PARA
TRONO

HANNAH WHITTEN

PARA O TRONO

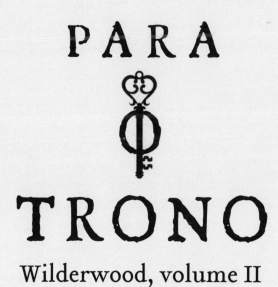

Wilderwood, volume II

TRADUÇÃO
Natalie Gerhardt

Copyright © 2022 by Hannah Whitten
Publicado mediante acordo com Orbit, Nova York, Nova York, EUA. Todos os direitos reservados.

*Grafia atualizada segundo o Acordo Ortográfico da Língua Portuguesa de 1990,
que entrou em vigor no Brasil em 2009.*

Título original
For the Throne

Capa
Lisa Marie Pompilio

Ilustrações de capa
Lisa Marie Pompilio
Arcangel

Ilustrações de miolo
Shutterstock

Preparação
Jana Bianchi

Revisão
Valquíria Della Pozza
Márcia Moura

Dados Internacionais de Catalogação na Publicação (CIP)
(Câmara Brasileira do Livro, SP, Brasil)

Whitten, Hannah
        Para o Trono / Hannah Whitten ; tradução Natalie
Gerhardt. — 1ª ed. — Rio de Janeiro : Suma, 2023. —
(The Wilderwood ; book 2)

        Título original : For the Throne.
        ISBN 978-85-5651-173-7

        1. Ficção norte-americana I. Título. II. Série.

23-147758   CDD-813

Índice para catálogo sistemático:
1. Ficção : Literatura norte-americana   813

Eliete Marques da Silva – Bibliotecária – CRB-8/9380

Todos os direitos desta edição reservados à
EDITORA SCHWARCZ S.A.
Praça Floriano, 19, sala 3001 — Cinelândia
20031-050 — Rio de Janeiro — RJ
Telefone: (21) 3993-7510
www.companhiadasletras.com.br
www.blogdacompanhia.com.br
facebook.com/editorasuma
instagram.com/editorasuma
twitter.com/editorasuma

— Você está na Terra das Sombras porque preciso da sua ajuda.

— E se eu não quiser ajudar você? Por que eu ia *querer* ajudar você?

— Porque você não tem muita escolha. — Ele a virou para que olhasse para ele, parecendo satisfeito por ela não lhe dar um soco até ele dar a ordem.

Solmir era bonito, um fato que ela odiava em dobro — odiava porque era verdade e odiava por ter notado tal beleza.

E os olhos dele... eram azuis. Azuis no meio daquela imensidão cinza, preta e branca.

— Não vou tentar me justificar para você. — Mas o brilho naqueles olhos azuis dizia que talvez quisesse. — Só vou dizer, com toda sinceridade, que tudo que fiz na superfície teve um objetivo.

— E que objetivo era esse?

Um sorriso cortante e sem nenhuma calidez apareceu no rosto dele.

— Matar os Reis.

Para os que têm espinhos em vez de flores...
Vocês tiveram seus motivos.

Este bloco de escuridão é minha propriedade.

Shakespeare, *A tempestade* (ato v, cena i)

Acrescente
uma segunda luz e você obtém uma segunda escuridão, é o justo.

Richard Siken, "Portrait of Fryderyk in Shifting Light"

espelho, espelho meu

três anos antes

Ela não conseguia dormir.

Não era algo tão estranho. O sono nunca viera fácil para Neve, nem mesmo quando ainda dormia no berço. Pelo que contavam, era necessário um ritual elaborado de histórias e canções de ninar para fazê-la cair no sono quando ainda era bebê, e as babás precisavam se alternar em circuitos intermináveis de caminhada enquanto embalavam a pequena Primeira Filha antes que ela enfim se acalmasse e descansasse.

As coisas não tinham mudado muito, na verdade. Neve ainda precisava exaurir a mente para que ela aceitasse relaxar, precisava dar nós nos fios de pensamento até que se desgastassem. Aquilo nunca a incomodara, já que dormir lhe parecia uma verdadeira perda de tempo, horas que poderiam ser mais bem gastas trabalhando.

Como naquele momento.

Neve tamborilava os dedos no edredom, recheado com as mais finas penas de ganso de Rylt e forrado com fibras macias tecidas nos teares de Karseck. Um bom uso para o imposto de orações. A cama dela provavelmente era a mais confortável de toda Valleyda, o que parecia um desperdício, já que a vinha usando tão pouco.

Desperdício ou não, o sono não chegaria tão cedo. Praguejando baixinho, Neve se levantou.

O piso estava frio, mas ela não se deu ao trabalho de procurar os chinelos. Havia uma lareira na biblioteca que estava sempre acesa; ela ficaria bem aquecida.

Uma vela em um castiçal e uma caixa de fósforos aguardavam por ela na mesa de cabeceira. Neve riscou o fósforo e sentiu o cheiro de enxofre no ar frio assim que a chama tocou o pavio. Abriu a porta com cuidado para impedir que rangesse e saiu para o corredor.

Passou por um ou dois guardas cochilando em seus postos, mas, se a viram, nada disseram. A Primeira Filha assombrando os corredores não era nenhuma novidade. Já fazia um ano que saía discretamente do quarto à noite e seguia para a biblioteca, sempre em busca de toda a informação que pudesse conseguir sobre os Lobos, a floresta e as Segundas Filhas.

Seus passos foram ficando mais lentos à medida que se aproximava do quarto de Red, adiando uma decisão que não queria tomar. Red costumava se juntar a ela naquelas excursões noturnas, tão incapaz de dormir quanto Neve. Mas, no ano anterior, depois que tinham feito dezesseis anos, depois que... bem, *depois*, Red deixara de acompanhar Neve até a biblioteca. Parara de tentar encontrar uma forma de escapar daquele pacto que nascera para cumprir.

Aquilo fazia algo bem próximo da raiva queimar na barriga de Neve, aquela aceitação de Red. Aquela aceitação do que era inaceitável. Talvez sua gêmea realmente acreditasse que aquilo era para o bem maior, mas nos momentos mais sombrios Neve achava que não passava de covardia. Se o destino oferecesse algo horrível a alguém, por que a pessoa decidiria aceitar? O que poderia fazer uma decisão daquelas viver com tranquilidade na mente dela?

Então, Neve continuava indo à biblioteca, continuava pegando cada livro que sequer mencionasse os Lobos ou os Reis ou as profecias e os pactos e os lia de cabo a rabo. Red poderia até estar disposta a entrar na toca de um monstro, mas Neve encontraria uma forma de sufocar aquele monstro.

Ela conseguiria resolver tudo.

Apesar de saber qual resposta receberia, parou por um instante diante da porta de Red. Havia apenas silêncio lá dentro, silêncio no corredor, silêncio na escuridão suave cortada pelo luar que entrava pela janela.

Neve suspirou e continuou seu caminho.

As portas duplas da biblioteca se abriram sob seu toque, as dobradiças silenciosas e brilhantes. A biblioteca valleydiana era valiosa, tinha crescido no decorrer dos séculos com cada rainha fazendo sua contribuição, repleta de livros raros e obras de arte — alguns dos quais eram o único exemplar do mundo conhecido. Neve entrou e fechou a porta, colocando o castiçal em uma mesa. A chama bruxuleante transformava as prateleiras em reentrâncias sombreadas, fazia todas as cadeiras parecerem compridas e finas como aranhas.

Brasas brilhavam na grande lareira à esquerda da porta, fazendo o quadro a óleo acima dela parecer macabro a meia-luz. Neve ficou olhando para ele enquanto cutucava as cinzas até uma chama se acender, espalhando uma onda de calor pelo aposento frio.

A pintura era enorme, praticamente do tamanho do piso do quarto de Neve. Um campo escuro salpicado com pontos claros de branco, conectados com linhas tênues. Um mapa das constelações.

Houvera um tempo em que Neve fora fascinada pelo céu noturno. Ainda sentia certa conexão com ele, embora tivesse consciência o suficiente para reconhecer que era dolosamente pretencioso alguém da sua idade se ver como sombrio e incognoscível.

Neve era bem cognoscível. Queria muito pouco. Segurança para a irmã. Alguém que a amasse. Um pouco de controle, o máximo que conseguisse. Gostaria de ser uma jogadora ativa na própria vida em vez de seguir forças externas, sendo empurrada em diversas direções com tanta facilidade quanto o fio de fumaça que subia da vela.

Com o fogo alimentado, deu um passo para trás e encarou a pintura com os olhos semicerrados. Sabia o nome de quase todas as constelações, um conhecimento que adquirira bem ali, naquela biblioteca. Leviatã, Estrelas da Peste, Irmãs e Rainha Distante. Conhecia algumas histórias também, mas variavam tanto de país para país que era difícil acreditar que havia um grão de verdade nelas. Em Nioh, a Rainha Distante fora uma filha conspiradora que usurpara o trono e lançara o mundo em uma guerra; a constelação era considerada sinal de mau agouro. Em Valleyda, a história da constelação era de paz e gentileza, uma rainha que fora criada longe enquanto crescia e voltara em um período de prosperidade. Já em Alpera, acreditavam que as estrelas não formavam uma rainha, mas sim uma adaga.

Destruição e renascimento, paz e guerra, tudo isso retorcido e nada verdadeiro. Neve endureceu o olhar.

Aproximou-se da prateleira que vinha consultando e esfregou os olhos cansados. Pegou três livros e os abraçou como se fossem escudos, depois os soltou sem cerimônia sobre uma mesa próxima. Sentou-se, bocejou e abriu o primeiro. Uma edição única, com o couro da capa rachado e as páginas cheirando a poeira. As cartas pareciam ter sido escritas à mão, a tinta desbotada a ponto de as palavras não passarem de sombras em alguns pontos.

A maioria dos registros estava em forma de poema. Ela franziu o nariz. Àquela altura, Neve não poderia se dar ao luxo de ser exigente, mas não tinha muita esperança de encontrar o que procurava ali, no que parecia mais um diário antigo do que qualquer outra coisa.

Na verdade, tinha tanta certeza de que o livro seria inútil que já o estava fechando quando seu olhar foi atraído por uma linha: *Aquela das Veias Douradas, a Emaranhada com a Floresta.*

Engoliu em seco, abriu o tomo e leu.

Ouvi sussurros nos galhos, e eles contam
de uma vira duas, que viram três.

Uma para ser o receptáculo — a Rainha das Sombras,
a Portadora da Escuridão.

*Duas para fazer o portal — a Rainha das Sombras e
Aquela das Veias Douradas, Emaranhada com a Floresta.*

*Três para formar um trono — a Rainha das Sombras, Aquela das
Veias Douradas e a Traidora Sagrada, Destinada à Blasfêmia.*

— Quanta bobagem — resmungou Neve para o livro, fechando-o com tanta força que fez as folhas antigas estalarem e soltarem uma nuvem de poeira. — Pelos Reis mais sagrados.

Sentia a garganta contraída e dolorida. Cruzou os braços sobre a mesa e descansou a cabeça neles, os dentes expostos na expectativa de lágrimas de frustração. Neve nunca fora de chorar, mas eram sempre coisas como *aquela* que provocavam o choro: tempo perdido, esforço inútil, lembretes de como havia muito pouco que pudesse fazer.

Soltou um soluço, baixinho em contraste com o crepitar do fogo, e depois se recompôs. Aquilo, ao menos, estava ao seu alcance: o controle das próprias emoções.

Depois de um tempo, ficou de pé e se apoiou, cansada, na mesa, como uma anciã, antes de seguir até a porta. Não conseguiria avançar mais na pesquisa naquela noite, com ou sem insônia.

Estava quase chegando à saída quando foi tomada por uma onda de fúria que eclipsou a frustração mais gentil que a fizera chorar. Não pensou antes de agir; voltou à mesa, agarrou o livro inútil e o atirou nas chamas.

O couro estufou e formou bolhas, enchendo o aposento com um cheiro acre enquanto as folhas pegavam fogo. O tomo se abriu, como em um último desejo, encolhendo enquanto o fogo o consumia, transformado em um monte de fumaça. A força de uma destruição tão rápida fez as páginas virarem. Neve viu linhas e os arcos de letras destruídas na contracapa: um *T*, um *N* e um *Y*.

Saiu dali antes que o livro acabasse de queimar.

Quando passou pelo quarto de Red novamente, olhou pela janela da parede oposta e disse para si mesma que não era porque não queria ver a porta fechada de Red, não queria pensar na irmã dormindo atrás dela, nem em como o relógio seguia rapidamente na direção da hora em que Red não existiria mais.

A maior parte das luzes da cidade estava apagada naquela hora tardia, e o céu acima das ruas parecia uma cobertor azul-escuro salpicado com estrelas. Estava claro o suficiente para ver algumas constelações, e Neve parou, quase que inconscientemente, enquanto os olhos traçavam as linhas brilhantes.

A constelação das Irmãs estava próxima do horizonte. A forma de uma das Irmãs era bem visível, a mão estendida na direção da outra ainda escondida atrás da curva do mundo.

O ângulo fazia parecer que ela estava tentando alcançar a Terra.

1

Neve

Havia algo se mexendo nas árvores.

Neve parou de correr, chocando-se contra um tronco com força suficiente para ficar sem ar. Sentia-se meio louca, e também era o que parecia — fugindo de uma torre para uma paisagem digna de pesadelos, na qual as árvores cresciam de cabeça para baixo e tudo era tingido em tons de preto, branco e cinza.

Terra das Sombras. A prisão de monstros, a prisão de deuses. Um mundo inferior, um mundo pela metade, a escuridão ancorada sob Wilderwood.

Fazia até um tipo retorcido de sentido. Um mundo tinha consumido Red, então outro consumiria Neve.

Minutos antes, ela despertara dentro de um caixão de vidro, acordara com as veias tingidas de preto e a mente confusa. E *ele* estava lá. E Neve nem parara para pensar, não reservara nem um segundo para trocar gentilezas ou pedir explicações. Tinha aberto o caixão e fugido.

Agora, obviamente, sentia um ligeiro arrependimento pela impulsividade. Tentou acalmar a respiração, suavizar o arfar, o pânico querendo surgir quando viu a coisa na floresta — *ainda é possível chamar um lugar de floresta se as árvores estão de cabeça para baixo?* — logo à frente. A coisa era grande demais para que fosse possível enxergá-la por completo, linhas cinzentas contra troncos brancos, apenas o suficiente para dar a impressão de um movimento lento e pesado.

As batidas do coração de Neve estavam quase retomando o ritmo normal quando sentiu um toque no braço e um sussurro no ouvido.

— Para onde acha que está indo, Neverah? — murmurou Solmir.

O instinto a fez erguer o cotovelo para tentar acertar alguma parte sensível dele, presumindo que tivesse alguma. O corpo pressionado contra o dela era magro e anguloso e cheio de superfícies planas, um homem com a constituição de uma faca. Ainda assim, a cotovelada o fez resmungar, embora mais de surpresa do que de dor, e aquilo foi o suficiente para fazê-la tentar chutá-lo também.

— Por todos os Antigos sem alma, você está *descalça*. — Ele parecia mais exasperado do que qualquer coisa, ainda falando naquele sussurro próximo, bem no ouvido de Neve. — Você realmente acha que vai...

Ele parou de falar e soltou outro gemido quando Neve acertou o punho no quadril do homem.

Doeu tanto nela quanto pareceu doer dele, e Neve soltou um grito zangado e rouco. Não foi muito alto, mas ecoou no estranho silêncio que reinava naquele lugar.

Solmir congelou no lugar, o olhar desviando dela e recaindo na criatura na floresta, que ainda se movia de forma lenta e sinuosa por entre as árvores. Depois levou a mão à boca de Neve para fazê-la se calar.

Ela tentou se desvencilhar — preferia tentar a sorte com a coisa nas árvores invertidas a ficar tão perto de Solmir. Ele resolveu a questão dos arranhões de Neve passando o outro braço pela cintura da jovem, os cotovelos dela contra as costelas e as costas contra o quadril dele.

— Ouça bem o que vou dizer — murmurou ele bem no ouvido de Neve, e era como se o maldito estivesse tentando acalmá-la. — Eu sei que você me odeia, e tudo bem. Mas juro que vai odiar muito mais o que aquela coisa vai fazer com você.

Neve tentou falar contra a mão dele, em vão, e lhe passou pela mente mordê--lo e dizer que não havia nada naquele mundo ou no que deixara para trás que ela odiasse mais do que ele naquele momento. Mas, então, a coisa entre as árvores se virou o suficiente para que ela visse seu rosto.

Rosto talvez não fosse a palavra mais adequada para se referir ao que estava diante dela. Na verdade, era apenas uma boca. Uma bocarra com fileiras e mais fileiras de dentes afiados e tão grandes quanto ela.

Neve soltou um gemido abafado pela mão de Solmir e parou de se debater.

A coisa repleta de dentes entre as árvores respirou, e o fedor de carniça envolveu Neve como uma onda espessa e quente, o contraste de temperatura ainda maior por conta do frio no ar. Solmir a puxou mais para si, envolvendo-a com o braço. Ficaram imóveis e esperaram.

Depois do que pareceu uma eternidade, a coisa se virou, a boca nojenta se voltando para o lado oposto novamente. E continuou a vagar por entre as árvores invertidas.

Um segundo se passou, e Solmir a soltou.

Neve girou, com os lábios retorcidos e os punhos cerrados. Ergueu um deles, mas ele foi mais rápido e segurou a mão dela, impedindo que acertasse seu maxilar.

— O que é isso, Neverah? — perguntou, com a sombra de um sorriso odioso nos lábios. — Depois de todas as aulas de diplomacia que teve, nem vai ouvir o que tenho a dizer?

— Diplomacia é para homens honrados. — As mãos de ambos, ainda unidas, estremeceram no ar, forças em oposição. — Não é o caso.

— Justo. — Com uma torção rápida da mão, Solmir prendeu o braço de Neve atrás das costas dela, entre o corpo da jovem e a estrutura rija do dele. — Então, vamos fazer isso da forma não diplomática. Acho que você secretamente gosta mais das coisas dessa forma. Parece aproveitar qualquer oportunidade de usar a violência.

Ela se debateu contra ele, que soltou uma risada sombria e fria.

— Vamos fazer o seguinte, pequena rainha: eu digo o que tenho para dizer e deixo você me bater. Com toda a sua força. Onde você quiser. — Na voz dele, havia o toque de algo que Neve não conseguia identificar. Algo deplorável e zangado, uma ferocidade contida como as chamas numa fogueira cercada. — O que acha?

Não era como se ela tivesse muita escolha.

— Tudo bem — respondeu ela. — Pode falar.

Ele relaxou atrás dela, ao menos um pouco, embora continuasse segurando-a. Usava anéis de prata em quase todos os dedos; eles machucavam a pele dela, pontos de uma frieza ainda mais profunda em um mundo já frio.

— Você está na Terra das Sombras.

— Percebi — respondeu ela, tentando deixar a raiva ocultar todo o medo na voz.

— Uma mulher inteligente. — Ele a segurou melhor, a prata gelando a pele do antebraço de Neve. — Você está na Terra das Sombras — continuou ele — porque preciso da sua ajuda.

— E se eu não quiser ajudar você? Por que eu ia *querer* ajudar você?

— Porque você não tem muita escolha. — Ele a virou para que olhasse para ele, parecendo satisfeito por ela não lhe dar um soco até ele dar a ordem.

Solmir era bonito, um fato que ela odiava em dobro — odiava porque era verdade e odiava por ter notado tal beleza. O cabelo, comprido e liso, escorria pelos ombros, chegando quase até os cotovelos. Ela não sabia de que cor era, porque a natureza monocromática da Terra das Sombras não permitia, mas parecia um cinza-claro, sugerindo algo entre o louro e o castanho no mundo colorido. Sobrancelhas escuras e afiadas marcavam a testa como lanhos de adaga; o nariz era reto e proeminente sobre os lábios finos de curvatura cruel. Era bem alto e, quando olhava para ela, quase parecia uma ave de rapina identificando uma presa em uma armadilha.

E os olhos dele... eram azuis. Azuis no meio daquela imensidão cinza, preta e branca.

— Não vou tentar me justificar para você. — Mas o brilho naqueles olhos azuis dizia que talvez quisesse. — Só vou dizer, com toda sinceridade, que tudo que fiz na superfície teve um objetivo.

— E que objetivo era esse?

Um sorriso cortante e sem nenhuma calidez apareceu no rosto dele.

— Matar os Reis.

Neve era muito boa em não demonstrar as emoções no rosto e na linguagem corporal, fingindo uma impassividade que estava longe de sentir, então permaneceu imóvel enquanto a confusão fazia seu estômago revirar e a blasfêmia queimava na sua mente. Tentou pegar aquela informação e a encaixar em algum lugar que fizesse sentido.

— Você — disse ela, por fim — vai ter que explicar muito mais que isso.

— Ora, Neverah. — Ele meneou a cabeça, todo aquele cabelo roçando no peito dela. — Você não acha que eles são *do bem*, não é? Sei que não. Vi como você nunca queria tocar naquele galho. Tudo que fez foi pela sua irmã, nunca por algum tipo de devoção mal orientada.

— *Não* fale da minha irmã.

Uma ordem dada em tom régio, que o fez arregalar os olhos por um instante.

— Entendido, Vossa Majestade.

Inexplicavelmente, Neve sentiu o rosto ferver ao ouvir o título. Puxou o braço para se libertar dele, mas não tentou agredi-lo. Ainda.

— Então, você quer matar os Reis. Foi por isso que tentou levá-los para o outro lado?

Solmir assentiu, um gesto solene que contrastava de forma estranha com o jeito debochado com que falara com ela.

Um bosque terrível e invertido, sangue em galhos brancos, escuridão gotejando. As lembranças do que tinha acontecido antes de acordar ali pareciam dispersas, difíceis de entender, difíceis de encaixar umas nas outras para formar uma imagem geral. Mas ela sabia, nos ossos entrelaçados pela magia fria, que — antes de ser sugada para a Terra das Sombras — Kiri, Solmir e as outras sacerdotisas estavam construindo um portal entre os mundos. Usando *Neve* para isso. Ancorando-a na floresta que era o inverso da que ancorava Red, tornando-as um espelho sombrio uma da outra.

Red. Maldita fosse, não podia pensar na irmã agora.

Neve engoliu em seco, controlando a pontada de tristeza que pinicava a garganta.

— Então agora você vai simplesmente tentar matar os Reis aqui?

— Bem que eu gostaria. Mas não tenho como. — O sorriso frio novamente, todo cheio de ângulos. — Temo que nada morra de verdade aqui na Terra das Sombras.

O fato em si poderia ser reconfortante, não fosse pelo tom que ele usara. Tanto como um desafio quanto como um trunfo que tinha nas mãos, os olhos brilhando e a boca formando uma linha dura.

Mas Neve não teve nem tempo de pensar naquilo.

As árvores invertidas começaram a balançar, as raízes delgadas se alongando na direção do céu frio e acenando como dedos esqueléticos. Um som como metal sendo rasgado ecoou pelo mundo cinzento, seguido por um estrondo, e o monstro de corpo comprido disparou de dentro da floresta com a boca cheia de dentes escancarada no ar, vindo bem na direção deles.

— Maldição — resmungou Solmir, empurrando Neve para o lado.

Ela cambaleou pelo chão seco e por meio dos arbustos emaranhados e caiu de joelhos, longe dos dentes afiados. Ainda estava usando a camisola branca, que não servia como proteção contra o frio ou o toque de troncos ásperos. Se soubesse que iria para o mundo inferior, teria escolhido um traje mais adequado.

O pensamento ridículo, algo que pertencia à sua vida como Primeira Filha, e não como rainha e herege, foi o suficiente para fazê-la soltar uma risada horrível.

Diante dela, Solmir se colocara bem no caminho daquela bocarra, os próprios dentes arreganhados como se estivesse sorrindo. Estava com um casaco antes, escuro e de aparência quase militar, mas o jogara de lado e arregaçara as mangas da camisa branca que usava por baixo. Linhas negras corriam por seus braços, como se o coração bombeasse tinta preta em vez de sangue. A escuridão se juntou nas mãos dele, banhando de preto os dedos e os punhos. Uma linha fina de gelo brilhava entre os nós dos dedos.

A bocarra escancarada do monstro vermiforme estava tão próxima que Neve conseguia sentir seu bafo fétido.

Então Solmir abriu os punhos erguidos.

A escuridão empoçada nas mãos dele jorrou pelo ar, cada vez mais afiada e espinhosa, como se ele tivesse tecido uma teia de arbustos na corrente sanguínea e agora a lançasse para fora. Ela caiu sobre o monstro, cortando a carne gosmenta, contraindo-se ao redor do corpo da criatura e a fazendo urrar.

Mas a coisa continuava a se aproximar.

O medo era uma emoção nada natural de se ver em Solmir; os ângulos do rosto dele não combinavam com aquilo. Ele arregalou os olhos azuis e abriu a boca cruel, mas se permitiu apenas um instante de choque antes de estender as mãos de novo, tentando convocar mais sombras. A tinta que corria lentamente pela pele do homem não era mais tão escura quanto antes, mais cinza do que preta.

Magia enfraquecida, se esvaindo. Neve ainda não conhecia bem a mecânica daquilo, a coisa fria que seu sangue em um fragmento de sentinela tinha atraído para dentro dos seus ossos — a única certeza era de que a coisa estava ligada àquele lugar, o inverso do poder verde e de crescimento de Red. Mas sabia que aquilo ainda existia dentro dela, gelado e espinhoso, ainda mais potente com o portal que tinham tentado abrir, o jeito como a haviam prendido àquele bosque horrendo.

E sabia que não queria ser devorada por um monstro com aquele monte de dentes.

Sem pensar, Neve seguiu o mesmo padrão de Solmir. Estendeu as mãos, e não precisou de esforço algum para fazer a escuridão fluir pelas veias, fechando os dedos em punhos enquanto ela se acumulava nas mãos. Parecia o inverno, o vento cortante, tornando seu âmago tão gelado que chegava a queimar.

O frio que queimava fluiu pelos seus braços, acomodando-se nas mãos, e, quando não dava mais para aguentar, ela abriu todos os dedos.

Sua própria rede de magia espinhosa envolveu a criatura vermiforme no instante em que os dentes se aproximaram o bastante para tocá-la.

O efeito foi imediato. Os espinhos de Solmir pareciam ter apenas diminuído a velocidade da criatura, mas os de Neve a haviam detido. O monstro se retorceu, gritando para o céu cinzento e diminuindo de tamanho enquanto definhava nos pontos tocados pela magia lançada pela Rainha. O corpo bestial começou a emanar nuvens de sombras, enevoando o ar e provocando um chiado que era um eco estranho e mais baixo dos berros do monstro vermiforme. Um estalo, outra explosão de sombras, e a coisa desapareceu.

As sombras que restaram correram para a floresta, e Solmir fez uma careta enquanto as observava, levantando uma das mãos e depois a relaxando novamente.

— Porcaria — murmurou ele. — Bem, podemos pegá-las na próxima. O poder de algumas criaturas de sombras não vai fazer muita diferença.

Neve ficou olhando boquiaberta para o espaço onde o monstro estivera antes, a respiração ofegante sob a camisola enquanto a escuridão desbotava lentamente das veias. Estava gelada, gelada da cabeça aos pés, água escorrendo pelas mãos antes cobertas por uma fina camada de gelo.

— Achei que você tinha dito que nada podia morrer aqui.

— Você viu todas aquelas sombras? — Ele arqueou uma das sobrancelhas, com calma e controle, como se não tivessem acabado de lançar magia sobre um verme gigantesco que queria devorá-los. — Aqueles eram resquícios de monstros inferiores. A energia deles transmutada. Tudo que parece morrer aqui não desaparece, simplesmente muda de forma.

Ela abriu a boca para perguntar outras coisas, para fazer um comentário ferino sobre a possibilidade de lançar a magia contra *ele* para que mudasse de forma e ficasse menos irritante. Mas sentiu uma pontada intensa de dor na cabeça e emitiu apenas um gemido.

Caiu de joelhos, levando as mãos às têmporas. Sentia como se estivesse sendo tanto esmagada quanto implodida, o corpo se contraindo e expandindo ao mesmo tempo. A dor foi tomando toda a cabeça, a barriga e cada terminação nervosa, um frio que nunca sentira antes se acomodando no âmago do seu ser com um latejar intenso.

Ouviu a voz distante de Solmir praguejar e sentiu as mãos dele pressionando o rosto dela de forma nada gentil. A visão de Neve estava embaçada, mas viu o brilho negro nas veias dele enquanto algo afiado pressionava sua pele a cada pulsar.

— Maldição, mulher — reclamou Solmir. — Não vá se esvair ainda. — Agachou-se diante dela. — Aqui embaixo a magia tem um preço, Neverah. — Disse aquilo com toda a calma do mundo, mas apertava as têmporas dela como se tentasse ancorá-la, evitando que se dissolvesse. — Lá em cima, a influência da Terra das Sombras era fraca porque sua magia era fraca. Mas sempre que usa o poder das sombras aqui, este lugar se prende a você. Se torna parte de você. E você não consegue lidar com isso. Esta foi uma prisão feita para deuses e monstros, e você não é uma coisa nem outra.

Deuses e monstros. Qual dos dois ele era, então?

— Posso resolver isso — continuou Solmir. Não havia suavidade naquela declaração. Era ferina e afiada. — Posso lhe dar outra âncora, alguma coisa da qual extrair poder que não seja a própria Terra das Sombras.

Ela olhou para ele, os lábios descascados, tentando falar apesar da dor.

— Você matou Arick. Você quase matou minha irmã. Você *me usou*. — Sentiu um estremecimento, um puxão dos espinhos em suas veias. — Não quero nada que você tenha a oferecer.

Ele a segurou com força, os dedos finos e elegantes apertando seu braço, os anéis de prata queimando a pele enquanto ele a levantava. A expressão do rosto de Solmir era dura, com as sobrancelhas afiadas sobre os olhos infernalmente azuis e os lábios retorcidos exatamente como os dela.

— Não é uma oferta — disse Solmir.

E colou os lábios contra os dela em um beijo contundente.

O choque de Neve foi tamanho que ela se manteve imóvel, mas estava consciente o bastante para saber que aquilo não era uma situação que já vivera antes. Era mais uma batalha do que um beijo; conseguia sentir os dentes dele atrás dos lábios, a pressão da boca intensa como o fio de uma espada.

E enquanto ele a beijava alguma coisa dentro de Neve... mudou.

A dor dos espinhos que rasgavam suas veias retrocedeu, diminuindo até um pinicar e depois uma ardência. O latejar na cabeça foi se amenizando aos poucos, cada vez mais fraco enquanto Solmir continuava com os lábios colados nos dela, o contato tirando a magia de dentro de Neve como se puxasse a ponta de uma corrente enrolada. O esvaziamento era bem-vindo, mas, ao mesmo tempo, devastador, dor e poder retrocedendo em igual medida. O corpo de Neve foi ficando mais firme à medida que aquilo acontecia, mais como *ela*.

Frágil e humana, sem o menor controle de nada.

Solmir se afastou, quebrando aquele não beijo, mas manteve os braços em volta de Neve para o caso de ela cair. Ele tinha cheiro de pinheiros e neve, altitude e céu aberto.

O brilho nos olhos dele a fez se lembrar de todos aqueles meses quando fingira ser Arick. Quando bancara o bonzinho, o...

Ela o empurrou, depois bateu no peito dele.

— O que foi que você fez comigo?

— Eu lhe dei uma nova âncora. Amarrei seu poder a mim em vez de à Terra das Sombras. A partir de agora, se quiser magia, vai puxar ela de mim primeiro. Eu sou seu *receptáculo*. — Ele pegou as mãos dela, mantendo o rosto impassível enquanto fazia com que ela ficasse parada. — Nosso trato foi um sucesso, Neverah, e você já conseguiu o segundo.

Eles congelaram daquele jeito, as mãos dele segurando os pulsos dela, o rosto da Rainha cheio de raiva e manchado de lágrimas.

A expressão de Solmir poderia ser confundida com uma de impassividade ou distância, mas Neve e o Rei caído estavam próximos demais, e ela conseguia ver o brilho do arrependimento, da fúria e de algo mais — talvez tristeza — nos olhos azuis. Ele a soltou devagar, abaixou-se para pegar o casaco e o vestiu sobre os ombros musculosos.

— Fiz o que era necessário.

Estamos fazendo o que é necessário.

Neve abraçou o próprio corpo, pensando novamente em como ele fora na superfície. Ele agira como se realmente se importasse com ela, e ela fora idiota o suficiente para acreditar. Mas não passava de um engodo, sabia agora. Um modo de conquistar sua confiança. Queria perguntar a ele sobre aquilo, perguntar por que Solmir não se contentara apenas em usar o rosto de Arick, por que tivera de tornar tudo tão sofrido. As únicas pessoas que tinham se importado com ela eram Raffe e Arick, e saber que o carinho de Arick não fora real — que nem mesmo fora o carinho de *Arick* — a feria por dentro.

— Você matou Arick — rosnou ela. — Não se atreva a usar as palavras dele.

— Nunca foram as palavras dele. — Os olhos de Solmir brilharam. — Sempre foram minhas.

Era uma abertura, quase um convite para perguntar, para descobrir o que ele queria com aquela bondade e aquele cuidado. Neve não aceitou. Não queria saber.

Ela engoliu em seco, sentindo a garganta arranhar.

— Minha irmã está viva? — Tinha uma vaga lembrança de ter visto Red através do vidro embaçado, mas não era o suficiente para confiar. Precisava ouvir dos lábios dele. — Se ela não estiver, vou matar você. Vou matar mesmo, e não apenas o transformar em fumaça de magia. E se eu precisar arrastar você até a superfície para fazer isso, é exatamente isso que vou fazer.

— Ela está viva. — Ele assentiu de leve. — Acho que vamos precisar dela para funcionar.

Neve franziu as sobrancelhas.

— Para o que funcionar?

— O assassinato dos Reis, é claro. — Um sorriso cruel apareceu no rosto de Solmir. Ele se virou, caminhando pelas árvores na direção da qual ela tinha fugido, como se estivesse confiante de que Neve o seguiria. — Por mais engraçado que pareça, arrastar pessoas para a superfície é exatamente o que vamos fazer.

Considerando tudo, ela não tinha fugido para muito longe. A torre se erguia um pouco além de uma fileira delgada de árvores invertidas, visível através dos galhos sem folhas.

Galhos não era exatamente a expressão correta. As árvores cresciam de cabeça para baixo, os ramos grossos atravessando a terra seca e cinzenta, formando cristas que batiam mais ou menos na altura da canela. No alto, as raízes se abriam pelo ar sem cor, longas, compridas e imóveis, estendendo-se até onde a vista alcançava, até desaparecerem na névoa.

Uma floresta espelhada, o bosque que tinham cultivado no Santuário expandido e ampliado.

Além das árvores, porém, havia um deserto estéril e cinzento que se estendia por quilômetros, sem nenhuma árvore à vista, fosse ela invertida ou não. A torre na qual Neve despertara crescia em direção ao céu naquele cenário desolador, os tijolos antigos e desgastados cobertos por negros espinhos trepadores. Solmir seguiu em direção à porta, relaxado, como se estivessem chegando de uma caminhada matinal e a caminho de um desjejum prazeroso.

— E como é que você planeja arrastar pessoas de volta para a superfície? — Neve cruzou os braços para controlar um tremor, o frio daquele lugar penetrando a pele. — Você tentou levar os Reis uma vez e fracassou. Vai simplesmente tentar de novo? Você não é só mau, é burro também?

Não era um dos melhores insultos de sua lista, com certeza, mas ela acabara de despertar no mundo inferior e escapar de um monstro; não era de estranhar que não estivesse muito afiada naquele momento.

Solmir arqueou uma das sobrancelhas enquanto abria a porta, fazendo um gesto galanteador para que ela entrasse primeiro. Neve cerrou os punhos ao lado do corpo enquanto entrava, parando logo depois do batente. A pele dela se lembrava da dele, e aquilo a fazia querer arrancá-la com as unhas.

— Extremamente burro — respondeu ele enquanto ela passava. — E extremamente mau.

Neve manteve as costas o mais empertigadas possível.

À distância, ouviu um rugido. A terra tremeu, o piso de pedra da torre ondulou sob seus pés. Neve estendeu a mão para se equilibrar, evitando, por milagre, os espinhos que se alinhavam nos degraus.

Solmir a segurou pelo braço e a puxou para baixo do vão da porta antes de se posicionar diante dela, sob a passagem. O nariz dela ficou quase acomodado na base do pescoço dele.

— O lugar mais seguro no caso de um terremoto — disse Solmir, entredentes, enquanto os olhos azuis estudavam o horizonte em vez de olhar para ela — é o vão da porta. Lembre-se sempre disso. Você pode precisar.

O chão estremeceu um pouco mais, depois parou e ficou imóvel de novo. Neve se segurou na moldura da porta com tanta força que os nós dos dedos ficaram brancos.

— Isso acontece muito?

— Cada vez com mais frequência. — Ele se virou e começou a subir a escada. — A Terra das Sombras está se desfazendo. Ficando mais instável. — Ele deu uma risada. — Pelo menos não há muito mais que se conter, não mais. Quase não há monstros inferiores, e apenas quatro Antigos. — Uma pausa. — Talvez três. Eu teria de perguntar à Costureira.

— Você tem noção de que eu não entendi absolutamente nada do que você acabou de dizer?

Ele abriu um sorriso cortante que não chegou aos olhos.

— Quem é burro agora?

Um estremecimento impediu que ela desse uma resposta atravessada, o frio da Terra das Sombras atravessando o tecido fino da camisola. Neve se esforçou para esconder o que sentia, mas Solmir notou, e os lábios se suavizaram numa expressão quase pensativa. Ele tirou o casaco.

Ela começou a negar com a cabeça antes que ele terminasse de tirar os braços das mangas.

— Eu não quero...

— Eu sei. Sei que você não quer nada que venha de mim. Paciência. Pegue esse maldito casaco.

Depois de uma breve hesitação, ela aceitou. Ainda abrigava o calor dele, e Neve tentou não contrair o rosto e se afastar do tecido.

Depois de uma pausa, Solmir suspirou.

— Também não estou muito feliz com sua presença aqui, Neverah. Não era isso que eu queria.

— Não. O que você queria era os Reis na superfície e minha irmã morta.

— Não exatamente. — A resposta veio entredentes, como se ele estivesse se esforçando muito para não entrar na briga que ela tentava provocar. — Eu disse o que queria. Os Reis destruídos.

Demonstrar qualquer emoção seria entregar o jogo, e Neve não queria demonstrar ainda mais vulnerabilidade. Ele não merecia, e ela não tinha muito para dar. Então, ela se recompôs e se esforçou para demonstrar raiva. Vestiu a máscara novamente, e, mesmo que ele pudesse ver através do disfarce, ela ao menos estava tentando.

— E você espera que eu acredite nisso?

— Vou repetir mais uma vez. Você não tem muita escolha. Posso ser mentiroso e assassino e todo o conjunto de outras coisas desagradáveis, mas também sou a única coisa em todo o mundo inferior que se importa minimamente com você. — Ele arreganhou os dentes. — Nós dois queremos a mesma coisa. Você e eu. E sei quanto você odeia isso.

Ele se aproximou. Ela queria se afastar, mas seria ceder, e Neve se recusava a permitir que ele achasse que tinha ganhado qualquer coisa. Ela estreitou os olhos.

— Uma declaração bem arrogante da sua parte.

— Você quer um fim. E só existem duas formas para isso tudo acabar. Ou os Reis são destruídos, tanto a alma quanto o que restou do corpo, ou escapam da Terra das Sombras quando ela finalmente se dissolver. — Havia cicatrizes espalhadas pela testa dele; as de aparência mais dolorida eram concentradas nas têmporas, e diminuíam de severidade quanto mais perto do centro. Ele ergueu as mãos e as esfregou, distraído. — Acredite ou não, eu *tentei* o caminho mais fácil para todos nós quando estive na superfície.

— Quando você manipulou Arick. — Ele não parecia estar demonstrando o menor arrependimento, e ela provavelmente não poderia mudar aquilo, mas Neve não permitiria que ele se escondesse atrás de meias confissões. — Quando você *me* manipulou.

— Eu nem precisei manipulá-la tanto assim, Vossa Majestade. — Os olhos azuis queimavam na luz cinzenta. — Você mal precisou de um empurrãozinho.

Neve engoliu em seco e sentiu as batidas do coração, mas se recusou a baixar a cabeça ou desviar o olhar.

Foi Solmir que quebrou o contato visual, mas de forma tão casual que fez com que a vitória parecesse menor do que Neve gostaria. Esfregou a testa novamente, antes de baixar a mão e a apoiar no cabo de uma adaga presa à cintura.

— Eu poderia ter conseguido tudo de que precisava. Tudo de que *todos* nós precisávamos. Na verdade, Neverah, você deveria me agradecer. Mas sua irmã tinha que se meter e complicar tudo. — Uma pausa. — Mas eu deveria ter imaginado. O destino é vingativo.

Ela abriu a boca mais uma vez para repetir que ele não deveria mencionar Red, mas outro terremoto fez o chão ondular antes que tivesse a chance.

Neve cambaleou e caiu de joelhos na escada, embora o tremor fosse pequeno se comparado ao primeiro. Solmir não tentou chegar à porta; em vez disso, agachou-se com a fluidez de quem já tinha experiência naquilo. Por quanto tempo aquele mundo estremecia para que ele já parecesse acostumado?

Quando a terra parou de tremer, Solmir se levantou e se virou para subir a escada em direção ao aposento circular no qual ela despertara.

— Imagino que você já tenha percebido que não temos muito tempo — disse ele por sobre o ombro. — Então, sugiro que me acompanhe.

2

Red

A floresta às vezes lhe enviava sonhos.

Fazia sentido. Abrigando tanta magia quanto ela abrigava, era de esperar que o poder a marcasse por dentro assim como fazia por fora, entalhando bosques dourados nos seus pensamentos de forma tão certa quanto emoldurava seus olhos de verde e trançava hera por seus cabelos. Não era menos perturbador, mas um efeito adverso leve, levando tudo em consideração.

Tudo começara depois que ela se transformara em Wilderwood. Logo depois de Neve ter sido dragada para dentro da Terra. Sonhos que deixavam imagens douradas na mente, sonhos que pareciam mais reais do que os pensamentos que giravam pela cabeça antes de finalmente pegar no sono. Os sonhos eram bem simples e não duravam muito. Um espelho sem reflexo. Estrelas girando no céu, unindo-se até quase formar palavras, mas se dispersando antes que ela conseguisse ler o que estava escrito.

Mas aquele fora o sonho mais sólido que Wilderwood tinha mandado a Red: uma árvore. Uma sentinela de tronco branco em um mar de névoa, uma névoa que obscurecia o que quer que aquele cenário fosse. Iniciava como uma muda, e depois começava a crescer — devagar para um sonho, e então de supetão. Erguendo-se e espalhando seus galhos acima da cabeça de Red, a superfície coberta de veios formando linhas trançadas de dourado e preto.

Depois, uma maçã surgia na sua mão. Quente e dourada, mais pesada do que uma maçã deveria ser. Ela levava a fruta aos lábios e mordia. Sentia o gosto de sangue e uma dor horrível no peito — como se ela, de alguma forma, tivesse comido uma parte de si mesma.

Red abriu os olhos, o corpo tremendo, o gosto ferroso na boca. O coração batia disparado no peito, fazendo teias verdejantes se espalharem pelas veias, até diminuir o ritmo enquanto ela se lembrava de onde estava.

A Fortaleza Negra. Com o Lobo.

Uma leve brisa passava pelas janelas abertas do quarto trazendo o cheiro de folhas, terra, canela, aquela lufada de outono eterno. A luz tênue da manhã banhava a cama, conferindo um brilho dourado ao cabelo escuro de Eammon e enfatizando as cicatrizes nos ombros e no abdômen despidos.

Ela sorriu ao vê-las, espantando os vestígios de sonhos sangrentos enquanto se aconchegava ao lado do Lobo e traçava, com a ponta dos dedos, as três linhas esbranquiçadas na pele da barriga dele. Tinham conseguido restaurar o tempo linear da floresta, tirando-a daquele eterno entardecer, e ela nunca se sentira tão grata pelas manhãs. O Lobo ficava ainda mais lindo sob aquela luz cinzenta e clara.

Acariciou as cicatrizes, descendo as mãos até o quadril. Depois um pouco mais para baixo. Ele se remexeu, levantando o queixo e soltando um suspiro satisfeito quando os dedos dela se fecharam em volta dele, mas não acordou.

Red abriu um sorriso lascivo e substituiu a mão pela boca.

Aquilo foi o suficiente para acordá-lo. Eammon abriu os olhos, âmbar com contorno de verde profundo, imediatamente derretidos. Uma das mãos cobertas de cicatrizes escorregou pelo cabelo dela.

— Bom dia.

— Muito bom dia — murmurou ela contra o membro de Eammon antes de se erguer e montar nele.

Depois, quando seus pensamentos já não estavam mais anuviados e quentes e enquanto ela se arrumava para o dia, Red pensou novamente no sonho. Aquele era diferente. Mais pesado, de alguma forma.

Mas tudo parecia mais pesado ultimamente. Uma semana se passara desde o bosque de sombras, desde que a Terra se abrira, desde que tinham frustrado o plano de Solmir de trazer o resto dos Reis para o outro lado, e ela e Eammon haviam se tornado Wilderwood por completo, a floresta dividida em dois corpos, duas almas.

Uma semana sem sinal algum de Neve.

Uma semana sem ter a menor ideia de por onde *começar* a procurar. O espelho na torre não lhe mostrava nada, nada desde a última vez em que o consultara e vira a Terra das Sombras, antes de irem até os limites da floresta e o encontrarem estilhaçado. A floresta enterrada nos seus ossos também não lhe dava pistas, tranquila agora que estava ancorada, sem mais falar por palavras feitas de ramos carinhosos, mas aninhada na sua mente como musgo em pedra. A floresta do lado de fora dela, sem nenhuma sentinela nem consciência, mas ainda tocada pela magia, não era nada além de outono dourado.

Red estava mais poderosa do que nunca. E se sentia inútil.

A familiaridade do toque áspero das mãos de Eammon na sua nuca a trouxe de volta ao presente. Perdida em pensamentos, parou de trançar o cabelo. Ele juntou os fios nas mãos e continuou de onde ela tinha parado.

— Algum problema novo? — A voz dele estava baixa e rouca por conta da manhã. — Ou o mesmo?

— O mesmo — murmurou ela.

Um som suave de afirmação. A trança que ele fez ficou torta, mas ele a prendeu com firmeza e a puxou de leve para que Red olhasse para ele. Deu um beijo na testa dela.

— Talvez Raffe tenha alguma novidade para Fife.

Ela suspirou, reclinando-se mais para encostar a cabeça na barriga de Eammon.
— Talvez.

Aquela era a segunda vez que Fife tinha ido até a capital valleydiana, não mais detido pela restrição das fronteiras de Wilderwood, embora ainda preso de formas diferentes — por um novo pacto pela vida de Lyra, feito nos poucos minutos em que Eammon deixara de ser Eammon e fora totalmente eclipsado pela magia e pela floresta. Eles se encontravam com Raffe em uma taverna, o último usando as roupas mais discretas que conseguia encontrar enquanto tentavam descobrir formas de usar tudo que Raffe tinha a seu dispor para achar Neve.

Bem. A seu dispor por ora. Antes de alguém descobrir que a Rainha não estava realmente se recuperando de uma doença em uma casa florianesa, e que seu prometido não estava visitando Apera, e que a Suma Sacerdotisa não estava lhe fazendo companhia.

Se e quando aquelas coisas viessem à tona, usar a biblioteca do palácio e vigiar o Santuário não seria mais tão fácil para Raffe.

Até aquele momento, o isolamento de Valleyda tinha funcionado a favor deles. Todas as coisas que tornavam o reino notável também o tornavam um território indesejado para se conquistar: a fronteira com Wilderwood ao norte, o tributo da Segunda Filha, o solo fraco e o clima que nunca permitia que o calor durasse muito. E, embora duas daquelas coisas não fossem mais impedimento, as notícias demoravam a se espalhar, principalmente quando o clima esfriava e os cortesãos ficavam em casa ou no exterior para se preparar para o inverno que estava para chegar.

Se fossem discretos e rápidos, não haveria motivo para os nobres descobrirem que Neve tinha desparecido. Red estava ocupada demais tentando trazer a irmã de volta do mundo inferior para lutar pelo trono também.

Já estava meio decidida a abrir mão dele se as coisas chegassem àquele ponto. O que um trono poderia trazer de bom para qualquer uma delas? Red com certeza não o queria.

Fechou os olhos e se encostou em Eammon, sentindo seu cheiro de biblioteca. Ainda o mesmo, embora o aroma de folhas fosse mais forte agora.

— Eu tive um sonho. Um sonho de Wilderwood. — Ela abriu um dos olhos para espiá-lo. — Você também teve?

Ele levou as mãos ao cabelo dela, ajeitando algumas mechas soltas atrás da orelha. Baixou as sobrancelhas e deixou a mente vagar para o sono que ela tinha interrompido.

— Não que eu me lembre. — Um brilho cálido apareceu no olhar dele. — Embora eu tenha acordado com o raciocínio um tanto comprometido, então minha memória não está tão afiada quanto poderia.

Ele sorriu quando ela deu um cutucão forte na barriga dele. Já tinha contado sobre os sonhos da floresta logo que começaram. O mesmo estava acontecendo com ele — os lampejos de imagens e sensações, fugazes demais para serem entendidos. Em geral, sempre que Red tinha um sonho com a floresta, Eammon também tinha, o fio de magia que os ligava se acendendo em sincronia.

Mas, ao que tudo indicava, aquele apenas ela tivera.

— Foi mais estranho que os outros. Mais longo. Havia uma árvore. Uma sentinela. E uma maçã. Eu a mordi, ela era sangrenta.

Eammon parou de acariciá-la. Sempre ficava tenso quando havia menções a sangue, mesmo depois que a floresta parara de exigir isso dele. Só de provocação, Lyra o chamava de melindroso, mas com um brilho compreensivo no olhar. O Lobo lidara com sangue por diversas vidas.

A tensão momentânea passou, e ele percorreu o queixo dela com o polegar antes de afastar a mão.

— Você acha que significa alguma coisa? Os sonhos que Wilderwood nos manda geralmente não significam, pelo menos não para mim, mas se você acha que sim...

— Pode ser. — Red suspirou. — Ou talvez signifique que os temperos que Lyra trouxe para nós ontem à noite mexeram com a minha cabeça.

Ele riu.

— Vou dar uma olhada na biblioteca. Verificar se encontro nas histórias alguma coisa que pareça semelhante, só para ter certeza. Menções a maçãs sangrentas devem ser poucas e bem específicas, acho.

— Vou ajudar assim que eu me despedir de Fife. Tenho uma carta para mandar para Raffe.

— Outra?

Ela encolheu os ombros, puxando um fio solto da bainha da túnica.

— Se eu estivesse no lugar dele, ia querer saber tudo que estamos tentando. Se fosse você que estivesse perdido.

O Lobo emitiu um som grave de concordância.

Red tamborilou os dedos na perna, apreensiva.

— Se Raffe não tiver nenhuma novidade, vamos precisar conversar sobre o que fazer em seguida — disse ela por fim.

Não olhou para ele, mas detectou o nervosismo no suspiro de Eammon. Aquela conversa beirava a discussão, uma que pairava no ar em volta deles havia dias. Estavam pesquisando em duas bibliotecas e não tinham encontrado, até aquele momento, nada que pudesse ajudá-los a achar Neve. A paciência de Red, que já era pouca para começar, estava quase no fim. Quem sabia o que Neve estava enfrentando enquanto eles perdiam tempo pesquisando em livros antigos e sendo cautelosos?

O ar pareceu estalar, cheio de expectativa. Por fim, Eammon assentiu.

— Vamos conversar sobre o assunto — disse. Depois, deu outro beijo na testa dela e desceu pela escadaria.

Red se levantou, espreguiçando-se para espantar a tensão matinal. Cheiros deliciosos chegavam da cozinha. — Lyra tinha voltado na noite anterior depois de uma breve viagem para o sul, a primeira de muitas que planejava fazer pelo continente agora que não era mais presa a Wilderwood. Fife tinha se esmerado no jantar da noite anterior, e tudo indicava que fizera o mesmo para o desjejum daquela manhã.

A carta para Raffe estava na escrivaninha, apenas uma página, bem dobrada. Red olhou para ela e mordeu o lábio inferior. Continha mais do que apenas o relato da falta de progresso. Algumas linhas rabiscadas no final. O aniversário de Arick estava próximo. Raffe lembraria sem que ela precisasse falar, mas sentiu que devia mencionar assim mesmo. Prova de que ela também tinha se lembrado.

O luto por Arick era uma coisa estranha, talvez a mais estranha que Red já havia sentido no meio de toda aquela tristeza sem fim. Não se arrependia de tê--lo matado; entre todas as estranhas emoções que ele despertava, culpa não era uma delas. Ela teria feito coisas muito piores para salvar Eammon, para salvar Neve. Arick fizera uma escolha ao chamar Solmir e lhe dar sua sombra e sua vida.

Mas ela ainda sentia muito pela perda.

Pressionou os lábios em uma linha dura enquanto pegava a carta e a enfiava no bolso. Da próxima vez que se encontrasse com Solmir, ela o mataria. Muito mais lentamente do que fizera com Arick.

Desceu a escada, deixando de lado os pensamentos sobre Arick e Solmir e se concentrando em problemas mais prementes enquanto ouvia a voz de Fife e Lyra na sala de jantar. Eammon tinha dito para Fife que ele poderia acompanhar Lyra nas viagens pelo continente se quisesse; agora que ele e Red eram Wilderwood e não havia limite algum para restringi-lo, não tinha motivo para ele não poder viajar com ela. Fife, porém, nem tentara, indo apenas até a capital valleydiana para se encontrar com Raffe. Red não sabia ao certo o que o prendia, mas não se sentia à vontade para perguntar — não quando tudo ainda era tão novo e tão sensível. Não quando nenhum deles entendia bem no que Fife tinha se metido ao fazer um pacto com o deus que Eammon se tornara por um breve instante.

O novo pacto que tinha feito com Wilderwood, com Eammon, era diferente. Ela conseguia sentir na floresta que carregava dentro de si, embora não soubesse ao certo de que forma. Wilderwood precisava de alguma coisa de Fife que não era sangue nem lealdade. A Marca no braço dele era maior e mais complexa do que antes, um emaranhado de raízes sob a pele que se abria do cotovelo ao meio do antebraço. A floresta não pedira nada dele; não havia criaturas de sombras nem brechas nas quais espalhar sangue na esperança de fechá-las.

Até mesmo naquele fio de pensamentos congruentes da floresta que corriam em paralelo aos de Red, tão próximos que mal conseguia diferenciá-los, ela não era capaz de discernir nada do significado que o novo pacto de Fife poderia ter.

Isso causava nervosismo nos três. Fazia com que agissem com cautela uns com os outros. E se aquilo era doloroso para Red, ela nem conseguia imaginar como seria para Fife e Eammon, que tinham passado tanto tempo juntos naquele mundo pequeno em que viviam.

Quando Red chegou à sala de jantar, Lyra já estava acomodada, com uma xícara de café fumegante e um sorriso radiante no rosto de elfo. O tempo que passara sob o sol fora da floresta havia clareado a ponta do cabelo preto encaracolado, conferindo aos cachos um brilho cúprico. Ela levantou a caneca rachada para cumprimentar Red, que passava pela porta.

— Você vai se sentar para tomar café ou vai fazer como o seu marido e pegar uma fatia de torrada sem nem dizer oi direito?

— Eu vou comer com vocês. — Red se sentou e pegou a xícara que Lyra oferecia, abrindo um sorriso grato ao ver que a amiga já tinha enchido o café de creme. — O cheiro está melhor do que o usual.

— Sabia que o café não precisa ter gosto de água suja? Eu aprendi isso quando parei em Meducia. Eles sabem tudo sobre bebidas diversas, do vinho ao café.

— Vou optar por não ficar ofendido. — Fife saiu da cozinha carregando o que parecia ser um presunto inteiro, que colocou na mesa ao lado da torrada. — Vou optar por nem comentar o fato de você ter chamado o meu café de *água suja*.

Lyra franziu o nariz e deu tapinhas no cabelo ruivo de Fife.

— O melhor tipo de água suja.

Fife sorriu para ela. O primeiro sorriso genuíno que Red vira em uma semana. Ele estava com as mangas longas da camisa abaixadas, escondendo a Marca do Pacto. Quando Lyra voltou a atenção para a comida, ele puxou o punho da peça para se certificar de que ainda estava presa ao pulso.

Provavelmente sentiu o olhar de Red, pois os olhos castanhos pousaram nela, e Fife encolheu os ombros de leve.

Então ele ainda não tinha contado para Lyra sobre o novo pacto, não tinha lhe mostrado a nova Marca. Precisava fazer aquilo e logo — Lyra se lembrava o suficiente da batalha com Solmir no bosque invertido para saber que tinha sofrido um ferimento grave. Acabaria descobrindo o que a tinha salvado.

Os três comeram em um silêncio leve, com Fife ao lado de Lyra e Red diante deles. As refeições eram bem mais elaboradas agora que não precisavam se limitar a usar apenas suprimentos da Fronteira. Os aldeões além da floresta ainda estavam se preparando para o grande plano de migrar para o sul, adiado pelo estado atual de caos em Valleyda, mas Valdrek e Lear já tinham ido para a capital para analisar o novo mundo ao qual voltariam.

Se conseguissem encontrar Neve — *quando encontrarmos Neve*, pensou Red com fé inabalável e os dedos apertando a caneca —, Red sabia que poderia ajudá-los a se adaptar. Por ora, porém, com Raffe aguentando as pontas em segredo em Valleyda usando apenas a força de vontade, não parecia muito inteligente tentar realocar um pequeno país saído de trás da fronteira de Wilderwood. Os moradores da Fronteira concordavam, e muitos preferiam ficar exatamente onde estavam. Agora que o caminho pela floresta estava aberto e eles podiam comercializar com o restante do mundo, as terras além de Wilderwood não pareciam mais uma prisão.

— Você se importa de entregar isso para Raffe quando se encontrar com ele? — perguntou Red, tirando a carta do bolso.

Fife a pegou, levantando a sobrancelha ao perceber como era fina.

— Alguma novidade para relatar?

— Não. — Ela suspirou. — Mas quero que ele saiba disso. Não ter notícias é, por si, uma notícia ruim.

Lyra pegou outra torrada.

— Achei que fosse justamente o contrário. "Não ter notícias é uma notícia boa."

— Nesse caso, vamos concordar que não receber notícias vai deixar Raffe ainda mais nervoso do que já está.

Além do breve lembrete do aniversário de Arick, não havia muita coisa na carta, apenas uma reiteração de que, embora Red consultasse o espelho todos os dias, ele ainda não tinha lhe mostrado nada da irmã. Também contava novamente que ela e Eammon estavam procurando uma forma de abrir a Terra das Sombras para tirar Neve de lá.

Bem. Uma forma *segura* de fazer aquilo.

Antes de se tornarem Wilderwood, havia diversas portas incidentais para a Terra das Sombras. As brechas, a lama negra em volta de sentinelas caídas que davam passagem para criaturas de sombras e monstros inferiores com os quais tinham lutado depois da primeira vez que Eammon a levara à Fronteira. E aquilo, pensou Red, poderia ser a resposta que estavam procurando.

E se existisse uma forma de recriar uma passagem para a Terra das Sombras? De dar um jeito de libertar uma sentinela dentro de uma delas, como um dente mole, plantá-la novamente na terra e deixar a distância entre ela e eles ser tomada de fungo o suficiente para abrir um portal entre os mundos?

Ela mencionara a ideia para Eammon apenas uma vez. A reação dele fora péssima. Talvez fosse mais correto dizer que ele tinha ficado *furioso*, os olhos fulminantes e a voz baixa e grave, pairando sobre ela como algo vingativo, perguntando que *idiotice* era aquela em que ela estava pensando.

Red não havia se dado conta até aquele momento de que tinha sido daquela forma que a mãe morrera. Gaya tentara abrir a Terra das Sombras e tirar Solmir de lá, e Wilderwood a consumira por causa daquilo, em uma tentativa desesperada de curar sua própria ferida.

Tinha que ser diferente daquela vez. Juntos, eles continham toda a floresta, e nenhuma parte dela estava ligada à terra. Com certeza aquilo significava que ela não se rebelaria, que entenderia, não? No entanto, Eammon se mantivera firme e claramente aterrorizado, dizendo que Red devia esquecer aquele assunto.

Mas a ideia não a deixava em paz.

E a carta para Raffe *era* fina.

— Espere um pouco, Fife. — Red se levantou, procurando uma caneta no bolso. Tinha adquirido o hábito de carregar uma o tempo todo, visto que Eammon sempre precisava de alguma coisa para escrever. Geralmente ele estava com uma caneta atrás da orelha o tempo todo, mas Red preferia que ele pegasse a dela e, depois, descobrisse sozinho que já tinha uma. — Tenho mais uma coisa para acrescentar.

Talvez o sonho pudesse servir de consolo para Raffe de alguma forma, já que não havia nada de novo para contar. E a biblioteca em Valleyda era vasta — se ela e Eammon não conseguissem encontrar nada de significativo, talvez ele conseguisse.

Escreveu um resumo do sonho no fim da carta, soprando a tinta para que secasse mais rápido antes de devolvê-la para Fife.

— Diga para ele escrever se tiver perguntas.

Fife assentiu, enfiando a carta no bolso do casaco.

— Quer vir comigo? — perguntou para Lyra, sem conseguir parecer casual. — Raffe sempre paga tudo e me hospeda nas melhores pensões.

— Claro. — Lyra deu mais uma mordida na torrada, depois se levantou e espreguiçou. Tinha comprado roupas novas em Valleyda, um vestido gelo que contrastava de forma perfeita com a pele marrom-dourada, mas ela ainda carregava a *tor* nas costas. O conjunto lhe conferia um ar de força e delicadeza ao mesmo tempo. — Aí, talvez a gente possa conversar sobre aonde você quer ir em seguida.

Nós ficamos juntos, ele e eu. Lyra dissera aquilo antes, bem antes de qualquer um deles saber que a floresta os libertaria, que Red e Eammon finalmente curariam o que estava doente. Lyra só tinha ido sozinha no início porque Fife se recusara terminantemente a acompanhá-la. Red ficou imaginando se ele conseguiria se safar uma segunda vez. Mesmo que Red entendesse a apreensão dele, que compreendesse que a nova ligação que tinha com Wilderwood o deixava nervoso com a perspectiva de se afastar, ela esperava que, quando Lyra o chamasse de novo, ele escolhesse ir.

Parte dela, no entanto, acreditava que Fife estava mais nervoso em relação a Lyra ver sua nova Marca do que qualquer outra coisa.

Todos eles ainda estavam tentando navegar pelo labirinto que tinham criado, sem saber ao certo como testar novos limites. Ela e Eammon não estavam confinados na floresta. Carregavam Wilderwood dentro deles; a mata não poderia mais aprisionar os dois dentro de fronteiras que não existiam mais. No entanto, com o desaparecimento de Neve e aquele poder tão novo, nenhum deles tinha abordado o assunto de sair de lá. Principalmente agora que carregavam a magia de forma tão física e clara. Red ainda não queria se encontrar com ninguém de Valleyda, ninguém que se lembrasse dela apenas como a Segunda Filha que, antes de desaparecer de novo, fizera uma visita logo antes de a irmã, a nova rainha, supostamente cair doente. O potencial para perguntas a que ela não queria responder era alto demais, tudo ainda era frágil demais.

E se ela estava nervosa em relação àquilo, não conseguia nem imaginar como Eammon estava se sentindo. Eammon, que tinha se perdido totalmente uma vez quando passara pela borda sul de Wilderwood, que não via o mundo exterior havia séculos.

Bem. Haveria tempo para lidarem com tudo aquilo. Assim que encontrassem Neve. Red vinha pensando em como gostaria de ver o oceano novamente.

Acompanhou Fife e Lyra até a porta e ficou olhando enquanto os dois seguiam pelo cenário dourado e ocre da versão curada de Wilderwood. Eammon estava esperando por ela na biblioteca. Seria uma boa levar mais uma xícara de café para ele; sem dúvida, o Lobo já devia ter terminado a primeira.

No entanto, Red seguiu em direção à torre.

Desde que haviam curado Wilderwood, as vinhas do lado de fora da torre tinham crescido de forma desordenada, cheia de folhas exuberantes e flores brancas tão grandes quanto a cabeça dela. Era lindo de ver, um ponto primaveril no meio de tanto outono. E sua magia, a floresta florescendo sob a pele, ficava ainda mais forte ali.

Embora não forte o suficiente para fazer o espelho funcionar.

Uma tentativa. Ela tentaria uma vez naquele dia, um sacrifício suplicante para ver se conseguia ter um vislumbre da irmã. Depois se juntaria a Eammon, pesquisando nos tomos da biblioteca informações que ainda não sabiam sobre si mesmos, Wilderwood e a Terra das Sombras. Coisas que talvez ajudassem a libertar Neve da escuridão que a mantinha prisioneira.

Uma tentativa.

Enquanto caminhava sobre os musgos, o olhar de Red — as íris castanhas contornadas de verde, exatamente como as de Eammon — pousou no portão de ferro e nas árvores atrás dela. Apenas tons de amarelo e laranja, apenas troncos marrons, sem nenhuma sentinela branca no meio delas.

— Tem que haver uma porta — sussurrou Red no outono da sua floresta. Disse as palavras em voz alta, mas direcionadas a si mesma, à floresta que carregava dentro de si. — Tem que existir *alguma coisa*.

Nenhuma resposta. Mas uma brisa começou a soprar, fazendo as folhas douradas girarem, e ela sentiu uma resposta farfalhar ao longo da espinha.

Red subiu correndo a escada da torre, já puxando mechas do cabelo da trança frouxa que Eammon prendera. Gavinhas finas de hera se entrelaçavam aos fios louros, crescendo tão naturalmente quanto as mechas; ela puxou uma delas também. Depois, sangue, só uma gotinha, tirada ao enfiar a unha de um polegar na ponta do outro. Um lembrete daqueles primeiros dias em Wilderwood, que pareciam uma eternidade atrás, quando ela fazia de tudo para tentar evitar o uso da própria magia.

Estranho pensar que ela costumava ter medo.

Esfregou o sangue na moldura do espelho, trançando o cabelo e a hera por entre as pétalas da peça.

— Me mostre minha irmã — ordenou Red em uma voz em camadas, que carregava consigo o farfalhar dos galhos e das pétalas e o sopro do vento.

Nada. De novo. Com um suspiro trêmulo e profundo, Red se levantou do chão.

Mas algo atraiu seu olhar para a superfície cinzenta e fosca do espelho. Uma agitação, dois tipos de escuridão contrastantes, como algo se movendo em um aposento escuro, mergulhado no breu. Ela se inclinou até seu nariz quase tocar no vidro, olhando fixamente para aquilo.

A escuridão no espelho quase parecia um emaranhado de raízes.

3

Raffe

Quando um assassino finalmente apareceu, Raffe estava preparado.

Vivia preparado. Desde aquela noite nas fronteiras de Wilderwood, a noite em que Neve desapareceu, estava preparado para tudo. Foi um milagre ter demorado tanto, na verdade.

Uma semana antes, ele tinha caminhado até a aldeia carregando Kiri pendurada às costas. Achara que teria problemas por lá: aldeões despertados por um efeito cósmico do que acontecera nos limites de Wilderwood — então uma floresta transformada em homem lutando com uma sombra — prontos para fugir de medo. Por mais estranho que parecesse, porém, estavam todos dormindo. Talvez por meio de magia, talvez porque as pessoas que optavam por morar tão perto de Wilderwood já estivessem acostumadas e nem notassem mais as coisas estranhas; o fato é que a batalha dos deuses nos limites da floresta acontecera e ninguém tecera comentário algum.

Felizmente, a aldeia mais ao norte de Valleyda também não tinha lá grande apreço pelas leis. Raffe conseguira encontrar uma pessoa que não pensara duas vezes em ajudá-lo a cruzar a fronteira florianesa com uma mulher claramente ferida, mal levantando uma sobrancelha quando ele pagou a passagem para Rylt com moedas de ouro. Não tinha sido barata, apesar da curta duração da viagem. Velejar para o oeste em direção ao conjunto de ilhas que formavam Rylt levava três dias, em geral, mas ele conseguira um marinheiro que afirmava conseguir fazer a viagem em dois dias. Raffe pagara o suficiente para que Kiri fosse alimentada, mas não muito mais que isso, e contara uma história para o capitão dizendo que ela era uma tia distante que havia enlouquecido. Ficou imaginando se o homem tinha acreditado nele. De qualquer forma, acreditara no ouro.

De volta à capital, tinha sido bem fácil fazer o resto da Ordem de Kiri seguir a Suma Sacerdotisa pelo oceano. Mandara uma carta para a Templo ryltês junto com o resto das sacerdotisas, e, embora o preço daquilo tivesse doído no estômago e no bolso, valera a pena mandá-las para longe. Também tinha sido fácil mentir, tanto no Templo quanto na corte. A Rainha Neverah havia ficado tão impressionada com a devoção em Rylt que enviara toda a Ordem Valleydiana para lá para que pudessem aprender umas com as outras.

Raffe fora obrigado apenas a acreditar que todas as sacerdotisas que mandara embora seriam inteligentes o suficiente para ficarem caladas em relação a tudo que tinha acontecido, e que considerariam que os delírios de Kiri estavam sendo causados por seus ferimentos. Até aquele momento, a sorte estava com ele. Mas não era tolo o bastante para achar que aquilo duraria para sempre.

Mais de uma vez, Raffe pensou que deveria ter matado todas elas. Matado Kiri e as sacerdotisas. Mas não era um assassino. Não ainda.

Mas provavelmente era o que Neve teria feito.

Neve. Arick. Raffe afastou os pensamentos de tristeza e frustração e qualquer outra emoção desagradável que o cercava, mantendo os sentimentos sob controle por pura força de vontade — e através do vinho quando esta não dava conta. Ele se lembrara no dia anterior de que o aniversário de Arick estava chegando, e, embora tivesse tomado uma garrafa inteira depois da lembrança, não havia ficado triste de verdade. Não tinha tempo. Nem energia. Quando tudo aquilo estivesse resolvido, quando finalmente tivesse Neve de volta, poderiam então ficar de luto juntos.

Embora até mesmo o contexto de *juntos* fosse estranho para ele.

Raffe amava Neve. Ele a amava desde que eram crianças. Mas o formato daquele amor era mais difícil de entender do que sua simples realidade: suas linhas e contornos, a forma como deveria se encaixar no peito dele. Ele amava Neve, mas será que a conhecia de verdade? Antes, achava que sim. Antes de Red e da floresta, antes das árvores no Santuário, antes de vê-la absorver toda a escuridão e afundar na terra.

Depois de testemunhar do que ela era capaz, o que estava disposta a fazer, ele não tinha tanta certeza se realmente a conhecia.

Naquele instante, porém, todas aquelas miríades de pensamento estavam bem longe da mente dele, já que o assassino que esperava desde seu retorno à capital finalmente havia entrado no seu quarto.

Raffe estava deitado sem camisa na cama, os olhos semicerrados na escuridão, observando o vulto que se movia nas sombras. Estava sonhando antes de o assassino acordá-lo. Um sonho estranho, com uma enorme árvore branca, o tronco serpenteado de veios dourados e pretos.

Imagens residuais do sonho ainda pairavam nos cantos de sua mente enquanto ele acompanhava os movimentos do assassino pelo cômodo, espiando pela fresta das pálpebras quase fechadas. Raffe manteve a respiração profunda e calma e o corpo relaxado. Quando escorregou a mão para baixo do travesseiro, onde mantinha uma adaga curta, moveu-se de tal forma a parecer estar se virando no sono.

O movimento não fez o assassino se deter. E não parecia trajado para o trabalho. Estava de preto, mas parecia estar usando um... vestido? Devia ser um truque de luz.

A sombra foi se aproximando. Não havia nenhum brilho que acusasse a presença de lâmina, mas existiam outras formas de matar alguém. Raffe segurou o cabo da adaga com mais força embaixo do travesseiro. Teria de descobrir quem mandara o assassino antes de matá-lo. Àquela altura, achava que qualquer um poderia ser um inimigo em potencial, mas seria útil saber quais não eram covardes.

Quando a sombra chegou perto o suficiente para que ele pudesse vê-la através dos olhos semicerrados, Raffe os fechou. Inspirou calma e profundamente pelo nariz, lembrando-se de algumas coisas que aprendera no seu ano de treinamento com a *tor*. Sentiu a respiração morna de alguém no rosto quando a pessoa se inclinou sobre ele.

Raffe se sentou com um rosnado, cortando o ar com a adaga até parar na base do pescoço do invasor.

— Pelo amor de todos os Reis, Raffe! — Uma risada leve. Familiar. — Você é mais rápido do que eu imaginava!

Ele estreitou os olhos, ajustando a visão para a penumbra, e viu uma pessoa sorridente diante da ponta da adaga.

— *Kayu*?

Okada Kayu, Terceira Filha do Imperador niohnês. O luar cintilou nos dentes dela quando sorriu, estendendo a mão para baixar o capuz. O cabelo liso, negro e comprido caiu pelos ombros da invasora, que o jogou de lado com um movimento impaciente.

— Vou ser sincera. Estou impressionada.

Fazendo um gesto exagerado para afastar a lâmina de Raffe com um dedo, ela deu um passo para o lado até a mesa, riscou um fósforo e acendeu uma vela. A chama sombreou os olhos dela quando se virou para ele com os braços cruzados.

— Quando cheguei bem pertinho e vi que você continuava dormindo, achei que seria o seu fim.

— Então você estava *mesmo* tentando me matar?

— Claro que não. Eu só queria saber se eu *conseguiria*.

— Isso não é tão reconfortante quanto você acha que é.

— Eu queria tentar uma coisa sobre a qual li hoje. Os Krahls de Elkyrath treinavam os guardas para caminhar em um silêncio quase total usando uma técnica na qual colocavam todo o peso do corpo no calcanhar. Veja só, era de imaginar que seria na ponta dos pés, como quando não queremos fazer barulho, mas isso só faz com que você perca o equilíbrio e possa cair...

— Você não caminhou em silêncio. Eu acordei.

— Bem, *eu* não fui treinada por Krahls de Elkyrath, não é?

Raffe esfregou o rosto. A desculpa de Kayu para estar em Valleyda era usar a biblioteca, o que a fazia ser mais uma de um grupo de mulheres letradas que estavam se provando uma pedra no sapato dele. As gêmeas Valedrem e agora uma Okada. Ao que tudo indicava, ele atraía aquele tipo de gente.

Kayu tinha chegado três dias antes, sem acompanhantes e com pouquíssima bagagem. A carta que trouxera, assinada por Isla — o que, por si só, era um *belo* golpe no peito — dizia que a princesa niohnesa era bem-vinda e poderia passar o tempo que quisesse na corte, que todos ficariam muito felizes de hospedá-la enquanto estudava navegação.

Era uma carta muito parecida com a que Raffe recebera aos catorze anos, quando fora para Valleyda aprender tudo sobre as rotas comerciais.

Como chegara no início do outono, Kayu não conseguiria nenhuma vaga decente com tutores valleydianos até o inverno passar, já que quase todo mundo voltava para as próprias terras para se preparar para o frio que se aproximava. Mas ela não parecia se importar.

Diante dele, Kayu lambeu o dedo e o passou pela chama da vela. Apesar do comportamento casual, parecia tensa, como se estivesse menos confortável por estar no quarto de um homem no meio da noite do que queria que ele acreditasse.

Raffe estreitou o olhar na penumbra.

— As táticas de assassinato de Elkyrath não são o que uma estudante de navegação deveria estar lendo.

— Eu sou eclética.

— Mas certamente é um assunto que talvez interesse uma pessoa que planeja usurpar o trono.

Parte da tensão de Kayu pareceu ceder, quase como se a honestidade dele fosse um alívio. O rosto em forma de coração não revelou nada, porém, e ela manteve os olhos na chama enquanto passava os dedos por ela de novo.

— Então, você ainda não acredita em mim.

— Que o fato de a sua família ter lhe mandado para estudar aqui enquanto a Rainha está doente não tem nada a ver com você ser a próxima na linha de sucessão para o trono valleydiano? Não. Não acredito.

Ela se empertigou um pouco, mas a voz se manteve firme.

— Por favor. Você realmente acha que *Valleyda* vale o início de uma guerra? Eu já estive em funerais mais animados do que esta corte. — Ele encolheu os ombros enquanto enrolava uma mecha de cabelo no dedo. — Além disso, eu nem sabia que a Rainha estava doente. A última notícia que tive foi de que ela estava se metendo na Ordem, mudando coisas que não eram mudadas havia séculos. Pareceu uma coisa bem saudável fazer tudo aquilo.

Tinha sido um erro mencionar Neve. Fazia o peito de Raff parecer vazio e cheio de raiva ao mesmo tempo.

— Ela logo vai se recuperar. Tenho certeza — continuou Kayu. — Depois, talvez dê um baile. Eu adoro bailes. E já faz séculos desde a última vez que dancei.

— Talvez você devesse voltar para casa e pedir para seu pai organizar um.

Ela parou de mexer o dedo, enrolado em uma mecha de cabelo negro. Qualquer menção ao pai de Kayu era como uma balde de gelo em uma manhã de inverno.

— É mais fácil meu pai me jogar no mar do que organizar um baile. — Ela soltou o cabelo e afastou o olhar. — E não sei quantas vezes vou ter que dizer que minhas duas irmãs mais velhas já se casaram, uma com um nobre de Elkyrath e outra com o tesoureiro do nosso pai. Ou seja, estão indisponíveis para a posição de Rainha.

— *Você* não é casada.

Qualquer rainha sucessória ao trono de Valleyda tinha que ser solteira ou casada com alguém da corte valleydiana. Kayu era prima de terceiro grau de Red e Neve, uma questão complicada envolvendo uma tia-avó que se casara nova-mente e tivera filhos mais velha, com um nobre niohnês. A linha de sucessão era complexa, mas acabava em Kayu — solteira, e portanto qualificada a se tornar a próxima Rainha de Valleyda.

Ela retorceu os lábios cheios em uma expressão que ele não conseguiu in-terpretar.

— Não, eu não sou casada. — Depois de uma pausa, ela fez um gesto com a mão. — Mas também não estou disponível. Pode acreditar. E *não quero isso*.

A falta de vontade dela de sentar no trono valleydiano era a única coisa que os salvava, já que ninguém sabia ainda que o tributo da Segunda Filha fora anulado. Raffe achou que seria melhor manter aquele segredo pelo maior tempo que conseguisse.

Ainda assim, a chegada de uma candidata à coroa dias depois do desapare-cimento de Neve na Terra das Sombras era o suficiente para fazê-lo desconfiar, ela querendo ou não o trono.

Raffe se perguntou, não pela primeira vez, se era tarde demais para realmente demonstrar interesse nos negócios de transporte de vinho.

Os primeiros raios de sol começavam a aparecer no céu, fazendo a noite cla-rear a caminho do alvorecer. Estava completamente desperto agora; não adiantaria tentar voltar a dormir. Fazendo uma careta, Raffe se levantou, segurando o lençol em volta da cintura enquanto seguia até o guarda-roupa.

— Tem algum motivo para você se esgueirar para dentro do meu quarto na calada da noite além de ver se conseguiria me matar? O que, repito, não me deixou nada feliz. Eu poderia ter matado *você*.

— Considere isso um elogio à sua nobreza, pois eu sabia que não faria isso. — Kayu se sentou em uma cadeira de madeira encostada na parede e descansou o queixo na mão. — Você é nobre *que até dói*, Raffe. A ponto de deixar de ser atraente e ficar chato.

— Ainda bem que não estou preocupado em ser atraente. — Ele abriu a porta do armário, parando atrás dela para que Kayu não o visse.

— Para ninguém além da Rainha, não é?

Ele congelou, segurando uma calça. Esperou um pouco antes de vesti-la, com o movimento mais casual que conseguiu.

— O que a faz pensar assim?

— Eu tenho olhos. E você, Raffe, é um homem que está carregando o peso do mundo nas costas. E por quem mais você faria isso?

Raffe puxou uma camisa do cabide com mais força do que o necessário, quase rasgando uma costura.

Quando ele fechou a porta do guarda-roupa, Kayu se sentou na cadeira como a princesa que era, cruzando os tornozelos de forma elegante. A luz da vela lançava sombras no cabelo comprido e liso, tão negro que era quase azul.

— Mal posso esperar pela recuperação dela — disse Kayu. — Quero muito conhecer essa prima distante que o deixou de quatro.

A expressão *de quatro* o fez cerrar os dentes.

— Ela está se recuperando em Floriane, e duvido que volte antes de você partir. O sacrifício da irmã cobrou um alto preço na saúde dela.

Aquilo pelo menos não era mentira.

— Floriane? — Um brilho de branco na penumbra. Kayu tirou um papel dobrado de um bolso escondido na saia. — Que estranho, então, você ter recebido uma carta sobre a saúde dela vinda de Rylt.

Rylt. Kiri.

Droga. Ela era rápida.

Não valia a pena se fazer de desentendido, e ele não era nada bom naquilo. Raffe cruzou o quarto e estendeu a mão de forma imperiosa. Kayu entregou a carta com um sorriso.

— Posso resumir o que ela diz, se você quiser. É bem simples. Fiquei até decepcionada. Estava lendo sobre línguas em códigos comuns ontem, e achei que teria a chance de descobrir um novo.

— Você me cansa.

Ele passou os olhos rapidamente pela carta, focando na assinatura antes de realmente ler o conteúdo. Era de Kiri, com certeza.

Droga, droga, *droga*.

— Como isso chegou às suas mãos?

Ela demorou a responder e, quando ele olhou para ela, viu um brilho fugaz de apreensão nos olhos da jovem. Ele desapareceu rapidamente, porém, efêmero o suficiente para ter sido produto da imaginação do próprio Raff.

— Quando vi um mensageiro seguindo para o seu quarto com uma carta, falei que podia entregar a você. — Kayu abriu um sorriso. — Eu talvez tenha dado a entender que nosso encontro noturno se devia a motivos carnais.

— Que maravilha — resmungou Raffe, voltando a atenção para a carta.

Era esperar muito que a Suma Sacerdotisa anterior tivesse ficado incapacitada por causa dos ferimentos, e que eles a tivessem deixado incapaz. Kiri escrevera de forma educada, rodeando o assunto até o limite da revelação, mas sem mergulhar nele. Agradecia pela viagem em segurança e por ele ter enviado a ela suas irmãs — *a um custo pessoal, tenho certeza*. Dizia que as acomodações em Rylt eram muito auspiciosas, uma escolha de palavras que fez os pelos da nuca de Raffe se eriçarem.

É mais fácil de ouvir, do outro lado do oceano, longe da algazarra da floresta amaldiçoada, escrevera Kiri. *E muitas das minhas irmãs perdidas se uniram à causa.*

Maluquice. Ele queria considerar aquilo tudo maluquice. Mas não conseguia. Não de verdade.

A carta dava a entender que talvez fosse necessário mais dinheiro para que as sacerdotisas valleydianas encontrassem a paz, uma tentativa bem transparente de suborno — uma ameaça tão benigna considerando todo o resto que ele quase riu.

E então, no final: *A rainha está bem, você ficará feliz em saber. Ela deve encontrar a chave dela, dar os passos certos. As estrelas escrevem histórias com muitos caminhos, mas a Árvore do Coração está no fim de todas.*

Ela ainda estava doida, então. Excelente. Estupendo, até.

Raffe dobrou a carta e a colocou no bolso, esforçando-se para não demonstrar toda a raiva que sentia.

— A Suma Sacerdotisa e sua Ordem foram para Rylt para orar pela Rainha, uma vez que as orações são ouvidas melhor quando feitas em grupos maiores. — Tirou *aquilo* da bunda; Raffe não era religioso e mal sabia o básico do básico. Mas usou o tom de voz cortês, que reservava para os pais quando estes vinham visitar, o que esperava ter dado um pouco de peso para aquela idiotice. — Claramente a pressão está afetando a Suma Sacerdotisa.

— Claramente. — Havia algo de inflexível e baixo na voz de Kayu. — Mas por que ela está escrevendo para você?

— A Rainha confiou a mim a missão de manter as coisas em ordem enquanto ela descansa.

Kayu estreitou o olhar.

— Ela confiou isso a *você*, um meduciano, em vez de a um dos nobres valleydianos?

— Você não conhece esta corte. — Raffe meneou a cabeça. — Ninguém aqui clama por um trono amaldiçoado.

Kayu deu uma risada irônica.

— Está vendo? O reinado de um país quase pobre e frio que talvez exija o sacrifício de uma filha não é uma coisa muito desejável. Nem por mim nem por ninguém.

O alívio fez Raffe relaxar.

Um momento de silêncio, mas que pareceu pesado com a ação do que viria em seguida. Raffe voltou até o guarda-roupa, pegou um casaco e o vestiu. Esperava para ver o que ela faria, aquela maldita mulher que parecia determinada a estragar tudo.

Ainda sentada com postura elegante, Kayu assentiu, como se tivesse chegado a uma conclusão.

Com a mesma graciosidade com que fazia tudo, ela se levantou, a saia preta farfalhando no chão enquanto se aproximava dele. Raffe era alto; Kayu, baixa. Ainda assim, quando olhou para ele, não se acovardou.

— Se você realmente quer conseguir seu intento — disse em voz baixa —, você vai precisar de dinheiro.

Aquilo foi tão inesperado que ele ficou boquiaberto por um instante.

Ela continuou, aproveitando a surpresa dele e mudando de uma princesa impertinente e estudiosa para algo mais duro.

— Passagens para Rylt são caras e parece que Kiri não está muito satisfeita com a quantia que você mandou junto com ela. Você vai precisar de dinheiro para as remessas de alimentos no inverno. Eu sei que Valleyda precisa importar a maior parte disso e, se os outros países sentirem quem podem aumentar o preço na ausência da Rainha, tudo vai ficar ainda mais caro do que já é. Isso sem mencionar as reduções recentes nos tributos de oração. — Ela fez uma pausa. — Os médicos da Rainha também são caros. Tenho certeza.

Era um teste, e o silêncio de meio segundo que se seguiu provou que ele não tinha passado.

— Eu achei que não. Onde ela está, então?

— Floriane.

— Você *realmente* acha que acredito nisso, Raffe?

Ele contraiu os lábios.

Kayu revirou os olhos.

— Tudo bem. Não precisa me contar — continuou. Tinha desistido daquilo mais rápido do que Raffe esperava. — Mas ela está viva?

— Está viva e vai voltar.

Aquilo deveria ter soado como um desafio, mas Kayu apenas assentiu, como se confirmasse algo que já sabia.

— O seu silêncio. — O tom de Raffe saiu cheio de desprezo. — Tenho certeza de que também vai custar caro.

Ela franziu as sobrancelhas.

— Você não precisa comprá-lo.

A confusão o deixou sem palavras.

Ela encolheu os ombros e afastou o olhar.

— Eu estava sendo sincera quando disse que você é tão nobre que até dói. A nobreza faz as pessoas serem comidas vivas, principalmente em reinos estrangeiros com rainhas desaparecidas. Eu quero ajudar você de verdade, Raffe. — Ela deu um sorriso triste. — Esse não é o tipo de coisa que vai conseguir fazer sozinho.

Ele quase ficou boquiaberto de novo, mas apertou o maxilar para evitar que aquilo acontecesse.

Kayu deu tapinhas no bolso do colete no qual ele escondera a carta de Kiri.

— Pense nisso. — Ela se dirigiu para a porta e saiu, fechando-a atrás de si.

Raffe ficou olhando para a entrada do quarto por um tempo, passando a mão pelo cabelo curto.

— Por todos os cinco Reis amaldiçoados pelas sombras montados em cinco cavalos *cagando*!

4

Neve

A torre era bonita. Brutal e desconcertante, mas bonita. Neve não tinha como negar.

Quatro janelas voltadas cada uma para um ponto cardeal, os peitoris entalhados com linhas sinuosas que lembravam sombras se retorcendo e se enroscando na estrutura de madeira. Uma estante quase vazia encostada em uma das paredes exibia uma coleção de potes rachados de cerâmica. Ao lado dela, a lareira ardia com brasas brilhantes ainda acesas que não tinham sido atiçadas para arderem em sua potência total. Era estranho ver o fogo sem cor. Quase não dava para distinguir as chamas da fumaça.

Além da prateleira, os únicos móveis da sala eram uma mesa, uma cadeira e um catre encostado na parede mais distante.

E o caixão de Neve.

Ela congelou no alto da escada, os olhos arregalados fixos no lugar no qual havia despertado. A tampa do caixão, de vidro embaçado com gavinhas de escuridão, ainda estava desencaixada onde ela a havia empurrado.

Olá, Neve. Você está acordada.

Aquela fora a primeira coisa que ouvira ali. Por um momento, bem breve, aquilo havia sido um conforto. Ouvir a voz de outra pessoa naquele lugar estranho, saber que não estava sozinha.

Não era mais um conforto.

Solmir foi até a prateleira, pegou um dos potes e fez uma careta ao olhar o conteúdo.

— Não é muito, mas vai ter que dar — murmurou para si mesmo. Uma bolsa de lona estava pendurada em uma das vigas da estante; ele a jogou sobre o ombro e guardou nela um punhado do que quer que estivesse na panela. — Uma coisa bastante conveniente por aqui — disse enquanto trabalhava — é que não é necessário comer. É um dos benefícios de não estar vivo no sentido mais técnico da palavra. Também não precisamos dormir necessariamente, mas eu ainda durmo. — Ele fez um gesto para o catre encostado na parede. — Acho que é uma questão de hábito. Não tem muito mais que fazer.

Mas Neve não estava ouvindo. Ainda estava hipnotizada pelo caixão.

Ele notou. Os olhos azuis acompanharam o olhar dela e ele contraiu os lábios.

— Do que você se lembra?

— Do suficiente. — A voz soou rouca. — Me lembro do bosque. Das sentinelas. Do... — Ela levantou a mão e flexionou os dedos, agora de um tom pálido de cinza, lembrando deles tomados de sombras.

Neve não terminou de falar, mas Solmir assentiu. Alguma coisa brilhou no olhar dele, inflexível e cintilante.

— E você se lembra de ter escolhido isto?

Um desafio, quase, como se ele esperasse que ela fosse negar. Mas Neve encolheu os ombros.

— Sim — murmurou. — Me lembro disso também.

Seus olhos se abrindo e se deparando com vidro embaçado de fumaça, um rosto conhecido do outro lado. Red. Machucada e com olhos marejados, coberta de sujeira. Red socando o vidro e berrando seu nome. Uma pequena parte de Neve sentira uma satisfação mesquinha de ver aquilo, de ver Red tentando salvá-la de forma tão desesperada como a própria Neve fizera por tantos e tantos meses. Quando tudo ainda parecia simples.

Ela se lembrava de ter olhado para si mesma. As veias externas pulsando, injetando escuridão e a ligando ao bosque invertido de sentinelas. Transformando-a em um portal para o mundo inferior.

Também tinha visto outro rosto do outro lado de lá do vidro. Raffe. Mesmo agora, a memória parecia uma lança atravessando-a. Raffe chamando por ela, Raffe tentando salvá-la. Sempre tentando salvá-la, mesmo depois que ela fizera sua escolha em Valleyda, mergulhando de cabeça na escuridão do Santuário e usando o próprio sangue nos galhos.

Em busca da irmã, sim. Mas em busca de outras coisas também.

E, diante de outra escolha, lá no bosque, ela optara por absorver todas aquelas sombras para si.

Neve ergueu as mãos de novo, enfim afastando o olhar do caixão para olhar para as palmas. Ainda estavam imaculadas e sem veias escuras, mas se tentasse conjurar a magia, como fizera lá fora...

— Não vai funcionar. — Solmir tinha se aproximado sem fazer barulho; estava bem diante dela, com a expressão inescrutável. — Você não tem mais magia.

Ela estreitou o olhar.

— Se acha que pode me controlar me tornando impotente, é melhor pensar melhor. Eu nunca fui impotente na minha vida. Nem por um dia sequer. E não é agora que vou começar.

Ele arqueou uma das sobrancelhas, e um sorriso cruel apareceu no rosto.

— Eu jamais ousaria chamá-la de impotente, Neverah.

E aquilo não deveria tê-la feito se sentir vitoriosa, mas foi exatamente como se sentiu.

— No entanto, usar aquele poder vai exigir um pouco mais de planejamento de sua parte a partir de agora — continuou ele. — Porque ele reside em mim.

Ela manteve as mãos erguidas entre eles, com as palmas estendidas, como se estivesse esperando que ele lhe desse alguma coisa.

— Do que você está falando?

— Não se lembra do beijo? — Os olhos dele brilharam. — Estou magoado.

Aquele beijo, um beijo que não havia sido fruto de uma paixão ou de um romance, mas sim de algo cortante e calculado, uma ação planejada em uma batalha complexa. A sensação que tivera de que alguma coisa estava sendo drenada de dentro dela.

Solmir bateu com um dos dedos elegantes e pálidos no meio da palma da mão de Neve.

— Absorver o poder da própria Terra das Sombras é um jogo perigoso. Faz você mudar, a emaranha e prende aqui. Melhor tirar de um receptáculo diferente. Algo que pode absorver o poder e passá-lo para você quando precisar.

— Você. — Ela cerrou os dentes. — Você é o receptáculo.

Um músculo se contraiu no maxilar de Solmir, mas o sorriso cruel não desapareceu.

— Exatamente.

Ela cerrou os punhos.

— Então, tenho que *beijar você* sempre que eu quiser usar a minha magia?

Nem precisou dizer quanto odiava aquilo; o tom da voz, gelado e furioso ao mesmo tempo, fez isso por ela. Ela preferia beijar o monstro cheio de dentes lá fora.

— A magia não é *sua*, Neverah. Não pertence a ninguém nem a qualquer coisa, mas a si mesma. — Solmir se virou para a estante e acrescentou na bolsa mais alguns punhados do que quer que houvesse naquele pote de cerâmica. — E não precisa ser um beijo, embora seja o método mais eficiente de transferência por motivos que não consigo imaginar. Posso apenas presumir que tem a ver com a natureza melodramática de Wilderwood e da Terra das Sombras e a criação de ambas. Mas só um toque é o suficiente.

Melhor, mas não muito.

Mais um punhado e Solmir prendeu a bolsa no ombro.

— Eu estou fazendo um favor enorme, na verdade. Pode acreditar, você não vai querer que a Terra das Sombras altere você mais do que o necessário.

— Então vai permitir que *te* altere?

— Eu sei o que estou fazendo — retrucou ele, sem dar uma resposta propriamente dita. — Por quê? Está preocupada comigo?

Neve cruzou os braços, ainda ciente e constrangida por estar usando o casaco dele. Tinha cheiro de pinheiro, frio e neve.

— Estou preocupada com a possibilidade de que seus dentes comecem a crescer e fiquem afiados.

— Ainda não. — Ele se virou, desaparecendo na escuridão da escada e a deixando sem outra opção a não ser ir atrás. — Temo que as marcas que a Terra das Sombras deixou em mim são bem mais difíceis de ver.

Se ela treinasse a mente para só prestar atenção nos troncos das árvores, seria fácil fingir que aquele era uma passeio normal por uma floresta normal. Não que tivesse passado muito tempo em qualquer tipo de floresta, não com o fantasma de Wilderwood pairando enormemente sobre toda sua vida, mas aquilo aquietava seus pensamentos e acalmava o pânico que crescia no peito.

Adiante, Solmir não fazia o menor esforço para manter um ritmo que ela conseguisse acompanhar. Os pés descalços de Neve pisavam em terra seca, galhos afiados e vestígios de plantas mortas, e ela só conseguia ver o balanço do cabelo comprido dele. Solmir se movia como um soldado, com ritmo controlado e constante, caminhando ereto apesar do chão irregular. O que quer que ele tivesse colocado na bolsa que carregava fazia um som desagradável durante a caminhada.

Talvez fosse melhor ficarem à distância de um toque. Só para o caso de precisar usar magia.

Maldito seja, pensou olhando para as costas do homem. *Que os Reis e as Sombras o amaldiçoem e o mandem para os confins da terra.*

Um epiteto irônico. Não havia, na verdade, uma maldição maior que ela pudesse desejar a ele do que aquela à qual já se encontrava submetido.

Neve olhou para as mãos, pálidas, frias e vazias. Curvou os dedos, como em um teste. Sentiu um tênue pinicar nas veias, mas não apareceu nenhuma escuridão no pulso ou gelo na palma das mãos. Era obsceno que a ausência de magia fizesse com que se sentisse destituída.

Dissera a Solmir que não era impotente, que nunca fora. Era verdade: Neve era uma Primeira Filha, uma Rainha. E Valleyda, apesar de todos os inúmeros problemas, pelo menos reconhecia que não eram apenas aqueles designados homens ao nascer e que se alinhavam com a distinção que mereciam traçar o próprio curso. Até mesmo agora, com a magia que não conseguia deixar de achar que era *dela* abrigada em um homem que odiava, não estava impotente.

Ter poder, porém, não era o mesmo do que controlá-lo, e era aquilo que ela queria.

Talvez fosse melhor mesmo, por mais que o pensamento a irritasse. O que Solmir lhe dissera fazia sentido, sobre a magia de Terra das Sombras e Wilderwood mudar a pessoa.

Afinal, tinha mudado Red.

O pensamento provocou um aperto no peito de Neve, como se o coração tivesse inchado e ficado grande demais para a caixa torácica. Red agachada no chão coberto de raízes do Santuário, animalesca, mais selvagem do que mulher. Veias esverdeadas e um aro verde contornando os olhos, a promessa de ainda mais mudanças por vir. Estavam presas em lados opostos de uma floresta mágica, em árvores e sombras.

Red ligada a um monstro, e Neve a um deus caído.

Estreitou os olhos para Solmir à sua frente. Tinha decidido segui-lo por instinto, ficando mais perto do inimigo que conhecia na presença de tantos outros que não conhecia, mas a sensação no peito não era de segurança.

— Aonde estamos indo?

— Ver uma amiga. — Solmir não se virou. O cabelo comprido era como um farol cinzento no meio das árvores negras.

— Uma *amiga*. — Ela tentou controlar o medo na própria voz, esperando que ele interpretasse o ligeiro tremor como desdém. — Algum tipo de monstro ou algo pior? Ou talvez todo o seu papo de matar os Reis seja mentira, e você esteja me levando direto para eles.

— Se você precisar escolher só uma coisa que eu digo para acreditar — disse Solmir ainda sem se virar — escolha a seguinte: os Reis e eu não estamos do mesmo lado. Melhor enfiar isso na sua cabeça, Vossa Majestade.

— Pare de me chamar assim. — Ela queria ter usado um tom imperioso, mas não conseguiu conferir o peso necessário às palavras. — Pare de me chamar assim como se eu fosse uma piada.

— Você é uma rainha, Neverah. — O som do nome dela saiu duro quando ele finalmente se virou para olhar para ela, parando no meio da trilha. Solmir quase nunca a chamava de Neve, mesmo quando estava usando o rosto de Arick. — Você tem uma coroa e um trono, e pode me chamar de antiquado se quiser, mas isso exige certa deferência da minha parte.

Ela sentiu um frio na barriga.

— Você é rei.

Ele contraiu os lábios.

— Eu era rei.

Neve não soube como responder.

Solmir se afastou dela, com os braços contraídos ao lado do corpo e o rosto implacável. Um duelo de dois soberanos que não desejavam ceder.

Mas ele cedeu primeiro, levando a mão à testa para esfregar as cicatrizes, antes de se virar e continuar a caminhada de forma quase casual.

— Eu sei que é muito para absorver — continuou ele com leveza. — Mas tudo que estou tentando fazer é matar os Reis. Neutralizar a ameaça deles antes que eles retomem o poder que o seu mundo não está preparado para enfrentar. E sim, até mesmo quando estava na superfície fingindo ser o pobre coitado do Arick. — Ele lançou um olhar rápido para ela, como se quisesse avaliar sua reação, e pareceu irritado consigo mesmo por ter feito aquilo. — Tudo que fiz... Kiri, Arick, o bosque... Foram meios para um fim. No instante que os outros passassem, eu ia destruí-los.

Outro tremor sacudiu o chão, não tão forte quanto aquele que tinham sentido na torre, mas próximo. Neve colocou uma das mãos em um tronco invertido perto dela, estabilizando os joelhos para não cair. Solmir não se apoiou em nada, mas ela percebeu que ele tinha retesado todos os músculos do corpo pela forma como a camisa se esticou sobre os ombros e as coxas se destacaram sob o tecido simples da calça escura que vestia.

Maldito fosse por ser tão lindo. A vida seria muito mais simples se todos os monstros tivessem a aparência de um.

Ele se recuperou primeiro, assim que o chão parou de se ondular. A linha da boca demonstrava preocupação em vez de deboche.

— Está piorando — disse ele, quase para si mesmo. — Deve restar apenas três.

Neve endireitou as pernas trêmulas.

— Parece que a própria Terra das Sombras vai acabar consigo mesma se esperarmos o suficiente.

Ela não estava falando sério, mas a expressão no rosto de Solmir ficou mais sombria.

— Mesmo que a Terra das Sombras seja destruída com os Reis aqui, não vai ser o fim deles. Não de verdade. — Ele se virou e continuou caminhando por entre os galhos e cruzando o chão de terra. — É preciso mais do que isso para aniquilar deuses.

Caminharam em silêncio. Neve estremeceu de frio e puxou o casaco de Solmir para mais perto de si, sem pensar muito no que estava fazendo. Parte dela queria se afastar do tecido, mas uma maior estava apenas com frio.

Depois de um momento, Solmir suspirou, como se o silêncio dela pesasse sobre ele.

— Eu *bem que tentei* fazer as coisas da forma mais fácil possível — disse ele. — Antes que sua irmã e o Lobo atrapalhassem tudo.

Se ele continuasse mencionando Red, ela o faria em pedacinhos, deleitando--se com o fato de que ele não poderia morrer ali de verdade.

— Não acredito que você já tenha feito alguma coisa em benefício de outra pessoa na vida.

— Existe uma primeira vez para tudo — retrucou ele.

— Foi por isso que você tirou toda a magia de mim? Para provar suas *nobres intenções*?

Ele se virou para ela, os olhos azuis cintilando como fogo no meio de todo aquele cinza. O canto dos lábios se levantou um pouco, mas não a ponto de formar um sorriso.

— Eu jamais afirmei que minhas intenções eram nobres, Neverah. Eu sei o que sou — afirmou, e ela contraiu a boca em uma linha fina. — Eu peguei a magia porque, aqui embaixo, ela apodrece a alma das pessoas e as transforma em monstros. — Ele começou a caminhar novamente, pisando com graciosidade e agilidade nos galhos que cobriam o chão daquela floresta estranha. Um deles se erguia do chão. Solmir subiu nele e olhou para ela. — Não espero um *agradeci-mento*. Pode ficar tranquila quanto a isso.

Neve o fulminou com o olhar.

— Pelo menos isso.

A boca cruel de Solmir se contraiu em um não sorriso e ele inclinou a ca-beça, quase como uma reverência, depois desceu e continuou abrindo caminho por entre as árvores invertidas. Não se ofereceu para ajudar Neve a passar por cima do tronco caído; ela quase caiu, ralando o dedão na casca pálida da árvore.

— Você diz que quer evitar que minha alma apodreça — disse ela, fulminando as costas dele e tentando ignorar a dor no pé. — E quanto a sua? Se é que tem uma.

— Ah, e como tenho. — Pareceu quase zangado com o fato. — Atrofiada e arrependida, mas tenho. Consegui desemaranhá-la da magia há algum tempo. — A voz dele estava baixa. — Foi um feito, se quiser saber a verdade. A magia aqui gosta de se infiltrar em cada espaço disponível, tomando posse de tudo. É bem parecida com a magia de Wilderwood, pelo que dizem. Mas, se eu for cuidadoso, posso impedir que ela não se mescle à minha alma.

— E você quer uma medalha por isso?

Ele desviou os olhos azuis.

— Um minuto do seu silêncio já é prêmio o suficiente.

E como a mente dela estava fervilhando de coisas que não conseguia enten-der, Neve deu isso a ele.

Ela olhava para cima enquanto caminhavam, tentando ver pedaços do céu por entre as raízes das árvores invertidas. Algo bem parecido com nuvens estratificadas marcava o cinza, mas, ao apertar os olhos, viu que eram apenas mais raízes, altas a ponto de serem cobertas pela névoa ondulante.

— Não mereço sua confiança. Eu sei disso. — Solmir mantinha o olhar fixo à frente, e o tom e a postura eram casuais de uma forma que parecia quase forçada, como se tivesse pensado nas palavras bem antes de saírem da sua boca. — Mas, infelizmente, você vai ter que confiar em mim assim mesmo.

— Eu confiei em você. — A voz dela saiu quase magoada, o que Neve odiou, mas não conseguia esconder o tremor na voz. — Foi assim que acabei aqui.

Ele apertou a alça da bolsa.

Neve estreitou os olhos e fitou as costas dele, com algo espinhoso e venenoso crescendo no peito apesar de todo seu poder estar dentro dele.

— Talvez seja injusto dizer que confiei *em você*, já que você estava fingindo ser outra pessoa o tempo todo — continuou ela. — Você mentiu para mim desde o início, Solmir. Como pode pedir que confie em você agora?

Solmir se virou e se aproximou dela, ágil como um dançarino, deslizando pelo chão irregular e coberto de galhos até parar bem diante dela, com as mãos cruzadas atrás das costas como um general se dirigindo a um reles soldado.

— E você engoliu todas as mentiras sem questionar, não é? — O olhar dele a prendeu no lugar, tão gélido quanto os anéis dele contra a pele dela quando a segurara. — Mesmo quando a parte mais profunda do seu ser sabia que tinha alguma coisa acontecendo. Mesmo sabendo que eu não era Arick.

— Eu não sabia. — Mas aquela sensação de frio no estômago dizia que sabia. Sabia, sim.

— Não insulte sua própria inteligência. Talvez não soubesse de todos os detalhes, não sabia exatamente o que tinha acontecido, mas você desconfiava. Sabia quanto ele tinha mudado, que ele estava sendo influenciado por algo além de Kiri. E não disse nada. — Ele fez uma pausa. — Nem mesmo quando descobriu que eles mataram sua mãe.

Outro tremor a salvou de ter de se defender, e ela tentou fingir que o que ele havia dito era mentira. O chacoalhão foi o suficiente para fazer Neve perder o equilíbrio e cambalear direto para o peito de Solmir. Ele estendeu as mãos para estabilizá-la, a palma envolvendo o pulso exposto pela manga do casaco.

Neve não parou para pensar. Virou a mão e fechou os dedos ao redor dos dele.

Solmir logo percebeu o que ela estava fazendo e ela sentiu o sobressalto, a tentativa de se afastar, mas ela puxou primeiro, *atraída* por ele como um planeta pela sua lua.

E aquele poder escuro e espinhoso que ele abrigava passou para as veias ávidas dela. Espetou e a rasgou por dentro, causando ferimentos conhecidos. A palma foi coberta por sombras, depois os dedos, as veias ficando negras e subindo pelos ombros em direção ao coração antes de fluir para o outro e marcar a mão que não o segurava.

Solmir tentou se desvencilhar, mas ela foi ainda mais rápida. Abriu a mão coberta de gelo entre eles, como se estivesse oferecendo algo para ele, e a oferta foi um arbusto cheio de espinhos longos e afiados como adagas envolvendo o pescoço dele, como um colar do qual não conseguia se livrar.

Mas ele não demonstrou o menor medo. Na verdade, parecia quase satisfeito.

— Ah, sim — murmurou ele. — Parece que tudo vai dar certo.

— Você me disse que não teve nada a ver com a morte da minha mãe. — A voz de Neve soava calma.

Aquela era uma das muitas diferenças entre ela e Red: Red demonstrava tudo que sentia para que todos pudessem ver, sem tentar esconder nada. Mas Neve era hábil em esconder as emoções em um lugar profundo e distante, algo com o que ela lidaria depois, se é que lidaria em algum momento.

— E não tive mesmo. — A voz de Solmir era tão calma quanto a dela, apesar dos espinhos que se enterravam no pescoço dele. — As mortes foram causadas apenas por Kiri. Mas foi naquele momento que você soube. Que teve certeza de que o que quer que estivesse acontecendo era maior do que o que você havia planejado. E não fez nada para impedir.

— Nem você. — Neve contraiu os dedos; os espinhos apertaram ainda mais o pescoço de Solmir, o suficiente para que ele contraísse o canto da boca. — Você disse que tentou fazer tudo de um jeito que não me magoasse, mas, quando viu que me magoaria, não fez *nada* para impedir.

— Mas queria que eu fizesse? — A expressão dele era dura. — Você nunca me pediu para fazer nada.

Ela arreganhou os dentes para ele.

— Não posso ser a sua consciência.

Um brilho nos olhos dele e uma resposta para combinar com a dela:

— E eu não posso ser a sua coragem.

Ficaram ali parados, unidos pela magia, uma Rainha e um Rei e a escuridão de um mundo inferior.

— Tudo sempre iria acabar nisso. — Solmir se virou, o colar de espinhos se enterrando ainda mais na pele. Um afundou um pouco mais no pescoço, mas não o suficiente para rasgar a pele. — Tudo sempre iria acabar com você impedindo-os, aniquilando-os para que não pudessem tornar o mundo a imagem deles. Sempre seria você e Redarys.

— Não se ela tivesse simplesmente fugido. — Neve meneou a cabeça, um tremor descendo por ela com o contraste daquela discussão conhecida e o lugar totalmente desconhecido. — Se Red tivesse me ouvido e se recusado a ir para o Lobo, nada disso teria acontecido.

— Você sabe muito bem que isso não é verdade. Você fez as escolhas que a trouxeram até aqui, Neverah. São tão suas tanto quanto dela. Você poderia ter fugido também, mas uma de vocês é para o Lobo e a outra para o Trono, e essas coisas tendem a encontrar os destinados mesmo quando tentam se esconder.

Escolhas dela. Permitir que Kiri a convencesse de que havia uma forma de salvar Red do destino que ela tinha acolhido de braços abertos. Sangrar em galhos de sentinela para cultivar o bosque invertido. Absorver toda aquela magia das sombras enquanto estava deitada naquele caixão de vidro.

Fizera todas aquelas coisas para ter controle, e tudo aquilo a levara para o mesmo lugar. Ela escolhera *ir*, exatamente como Red tinha feito, uma tentando salvar a outra.

Tudo sempre voltava a duas mulheres e à floresta.

Solmir olhou para ela, de alguma forma ainda imperioso, mesmo com um colar de espinhos esganando-o. Os olhos dele brilhavam da cor do céu de verdade, o cabelo comprido demais grudado nas cicatrizes da testa.

— Você vai me soltar, Vossa Majestade?

— Não consegue se soltar sozinho? — A pergunta saiu em tom de deboche. Que assim fosse. Os Reis e as sombras sabiam que ele tinha debochado dela o suficiente naquele dia.

Ele se remexeu, dando o primeiro sinal de desconforto que não tentara esconder.

— Não até que eu absorva mais algumas criaturas de sombras — respondeu ele. — Nosso suprimento de magia está baixo, já que não podemos absorvê-la da Terra das Sombras em si sem consequências nefastas. Dor e destruição para você, e, no meu caso, mais um pedaço da minha alma já despedaçada. — Ele deu batidinhas com o dedo em um dos espinhos. — Isso foi um desperdício vergonhoso.

Ela fez uma careta e controlou a vontade de agarrar o braço dele e puxar um pouco mais do suprimento limitado de magia só para que um daqueles espinhos cobrisse a boca de Solmir. Em vez disso, Neve se empertigou como uma rainha e afastou a mão, liberando a magia de forma tão instintiva quanto quando a tirá-la dele — como a lua soltando um cometa da órbita.

Lentamente, os espinhos em volta do pescoço de Solmir retrocederam e se encolheram, até se curvarem em nuvens de fumaça cinzentas que se dissiparam no ar. O processo fez Neve se lembrar de quando tinham matado o monstro vermiforme, mas aquelas sombras não faziam barulho. Ela tinha drenado toda a magia, tornando-a inútil.

Solmir se manteve próximo até toda a fumaça se dissipar. Próximo o bastante para sentir a respiração dele no rosto.

Mas ele logo se virou e continuou caminhando.

— Vamos logo. Minha amiga está esperando.

— Você ainda não me disse quem é a sua *amiga*.

— Não sei qual era o nome dela antes. Mas aqui é conhecida como Costureira. — Ele lançou um olhar por sobre o ombro. — Acho que você vai gostar dela.

A floresta foi ficando mais densa antes de ficar mais esparsa, os troncos invertidos mais próximos uns dos outros como fios em um tear, esperando para serem tecidos. Os galhos no chão mergulhavam no solo e se emaranhavam um nos outros, dificultando a caminhada. Em alguns pontos, empilhavam-se quase como se formassem uma escadaria confusa que subia e descia, e ela quase trombou com as costas de Solmir algumas vezes. Ele se contraía sempre que ela se aproximava, como se estivesse esperando que ela fosse agarrar o braço dele novamente para pegar a magia. Neve tentou não se deleitar muito com a sensação.

Os dois se mantinham atentos aos cantos da floresta enquanto avançavam, desconfiando de cada som. A lembrança do monstro vermiforme ainda estava bem vívida na mente de Neve, e ela não tinha a menor vontade de se deparar com nada parecido. Ou ainda pior.

Mas a floresta invertida estava silenciosa. Parecia que eles dois eram as únicas coisas dotadas de consciência em quilômetros.

Outro tremor reverberou pelo chão. Eles pararam e se equilibraram em cima de troncos até passar. Trocaram um olhar preocupado e silencioso. Foi quase uma demonstração de companheirismo, e os dois pareceram notar ao mesmo tempo: Neve fez uma careta, e Solmir deu um sorrisinho enquanto desviavam o olhar e voltavam para a trilha sem se fitarem de novo.

Devagar, a floresta invertida foi ficando mais dispersa, as árvores de cabeça para baixo mais distantes umas das outras. Chegaram a uma clareira, aberta o suficiente para que Neve conseguisse ver o que fazia as vezes de céu, ver as manchas que pareciam nuvens de raízes distantes no horizonte cinzento, entrelaçando-se de tal forma que pareciam uma coisa só.

No meio da clareira havia um chalé. Parecia tão normal que Neve precisou olhar de novo para ver se sua mente estava lhe pregando algum tipo de peça. Um chalé perfeitamente comum, feito de madeira, com nuvens de fumaça saindo pela chaminé na direção do céu cinzento. Havia até uma maldita *cabra* no quintal.

Ela franziu as sobrancelhas enquanto avançava, passando por Solmir, atraída pela visão de algo quase normal.

— A Costureira parece ter um lar bem aconchegante, dadas as circunstâncias.

O que era para ter sido um comentário aleatório pareceu atingir Solmir com mais força do que Neve imaginara. Ele assentiu, retorcendo os lábios.

— Ela tinha antes.

No quintal, a cabra olhou para Neve. Foi quando ela notou que o animal tinha três olhos. A cabra baliu, emitindo um som que parecia o choro de uma criança.

O coração de Neve quase saiu pela boca. Ela recuou alguns passos e colidiu com Solmir, que vinha atrás dela, a camisola se embolando em volta das pernas.

Solmir olhou para cabra e deu de ombros.

— Outro monstro inferior. Uma criatura inútil.

— Inútil, talvez, mas assustadora. — As batidas do coração de Neve foram diminuindo e ela se empertigou. — Por todos os *Reis*.

— É tão constrangedor quando você usa isso como uma interjeição... — resmungou Solmir.

Mas Neve não estava prestando atenção. Seus olhos pousaram no chalé, cuja porta se abria devagar.

Empurrada por dedos que definitivamente não eram humanos.

5

Neve

O instinto lhe dizia para se virar e sair correndo em direção às árvores invertidas que tinham deixado para trás. Em vez disso, Neve plantou os pés no chão e puxou o casaco de Solmir em volta de si como se pudesse ser uma armadura.

Solmir olhou para ela com uma das sobrancelhas levantada.

— Não precisa ter medo.

— Quem disse que estou com medo?

— Tudo em você nesse momento diz que está morrendo de medo.

Neve não gostava nada daquilo, não gostava da ideia de que ele a conseguia entender tão bem.

— Preocupação e medo não são sinônimos.

— O que quer que você prefira dizer a si mesma, Neverah.

A porta continuou se abrindo, empurrada por algo que quase parecia... patas de aranha. Três pelo menos, movendo-se juntas como os dedos de uma mão humana. Pelos escuros e eriçados cobriam as patas, e, embora a penumbra da casa escondesse o corpo ligado a elas, pareciam ter quase a altura de Neve.

— O que *raios* é aquilo? — Neve se esforçou para fazer a pergunta de forma controlada, mas foi um desafio. Odiava aranhas. Sempre odiara. *Obviamente* tinha de ter uma aranha gigante ali.

— *Ela* — disse Solmir, com ênfase no pronome. — *Ela* é a Costureira. E você não precisa ter medo. Ela só se alimenta de insetos.

A resposta não serviu de grande conforto, já que Neve não tinha visto nenhum inseto na Terra das Sombras.

A porta já tinha se aberto por completo, uma boca retangular na lateral do chalé. As pernas — a Costureira — tinham desaparecido de novo na penumbra do casebre. Ao que tudo indicava, a porta aberta seria o máximo de boas-vindas que receberiam. Nada abalado, Solmir seguiu em direção à porta, tirando a bolsa do ombro enquanto avançava.

Por um instante, Neve considerou ficar lá fora, esperando Solmir terminar qualquer que fosse o negócio que tinha para discutir com a Costureira. Mas a cabra de três olhos olhou para ela de novo, soltando outro som estranho — similar à corneta de um navio, como se estivesse repassando uma lista de sons sempre que abria a boca. Só aquilo foi o suficiente para fazer Neve se apressar para acompanhá-lo.

Um pouco antes do limiar, Solmir parou. Inclinou a cabeça em direção à escuridão, não em uma reverência, mas como um sinal de respeito.

— Amada de um Antigo, abro mão do meu poder ao cruzar a porta para o seu lar, e não seguirei nenhuma lei além da sua enquanto estiver usufruindo do calor da sua lareira. — Ele colocou a bolsa no chão.

Uma risadinha baixo soou lá dentro, surpreendentemente melodiosa.

— Pelo cheiro, você não tem muito poder do qual abrir mão, outrora Rei. Na verdade, parece que está quase sem nenhum. Mas agradeço o gesto. — Outra pata aracnídea irrompeu para fora da escuridão, pegou a bolsa e a puxou para dentro. Houve o som de um farejo alto, depois um estalo satisfeito, como dentes batendo. — Aceito sua oferta. Sejam bem-vindos, você e sua convidada.

Solmir olhou para Neve e riu.

— Última chance de ficar aqui fora. Você pode fazer amizade com a cabra.

Neve nem se dignou a responder. Deu um passo para a frente e cruzou o limiar antes dele, lutando contra o medo até que não passasse de uma pontada fria no peito. Flexionou os dedos ao passar por Solmir, desejando tocar nele e roubar mais um pouco de magia, mas cerrou o punho.

Logo que os olhos se ajustaram à penumbra, percebeu que o interior da casa era tão desconcertantemente normal quanto o exterior. Coisas afiadas pendiam do teto como ervas penderiam em outros lugares. Um olhar mais atento revelou que eram patas de inseto, cobertas de pelos e segmentadas. Parecia exatamente o que Solmir tinha colocado na bolsa lá na torre e depois oferecera para a Costureira.

Os lábios dela se voltaram para baixo. A impressão de Neve era de que a maioria das coisas na Terra das Sombras estava morta, mas aparentemente nem sempre havia sido assim, e Solmir tinha um estoque de carcaças de insetos para oferecer em troca de informações. Neve sentiu vontade de soltar um riso nervoso. Recebera muito treinamento em comercialização, mas jamais considerara usar partes de insetos como barganha. Ao que tudo indicava, sempre havia algo novo para aprender.

O espaço pequeno estava aquecido pelo fogo sem cor que crepitava em uma pequena lareira. Havia um grande bloco de madeira no meio da sala; uma mesa talvez, embora não houvesse cadeira. Manchas escuras marcavam a superfície do bloco, salpicada de pedacinhos de algo dotado de um brilho iridescente, como restos de asas. Havia um armário simples encostado na parede.

E, então, seus olhos não conseguiram mais manter o foco na aparente normalidade e se voltaram para a ocupante do chalé.

Uma mulher. Ou algo parecido. Um torso vestido com um tecido simples e branco, um pescoço gracioso, um lindo rosto emoldurado por cabelo negro que cascateava nas costas. Parecia normal o suficiente — da cintura para cima. Mas, no lugar das pernas, havia um conjunto de patas de aranha, maiores do que a altura total da mulher. Quando ela sorriu, exibiu os dentes afiados, e os olhos brilharam de forma multifacetada sob a luz da lareira.

Neve sentiu a boca seca, mas era uma rainha, e o cumprimento formal que Solmir fizera à porta lhe dizia que ela deveria demonstrar a mesma deferência à Costureira que demonstraria a um dignitário. Então, em vez de sair correndo e gritando, ela inclinou a cabeça.

— Obrigada por nos receber.

O sorriso da Costureira se abriu, como se estivesse satisfeita.

— A pequena Rainha das Sombras, enfim. — O sussurro parecia ter camadas, como se a criatura tivesse tantas vozes quanto patas, todas unidas e afinadas em um mesmo tom. A Costureira avançou de forma graciosa sobre as patas aracnídeas, parecendo flutuar, o dorso elegante de uma mulher em um mar negro. — Ouvimos falar de você. Ah, sim, ouvimos muito de você e de tudo o que fez. Do portal que criou e, depois, fechou. — Ela assentiu, solene de repente. — Como deveria mesmo. Não há atalhos para isso, não importa como Solmir queira que as coisas sejam. Alguém deverá ser um receptáculo.

Rainha das Sombras. Neve já tinha ouvido aquele título em algum lugar, mas não conseguia se lembrar de onde.

— Alguém *já é* um receptáculo. — Solmir fechou a porta e colocou os braços para trás. A voz soava casual, apesar da postura ereta. — Você não disse que sentiu o cheiro? Estou guardando a magia da nossa rainhazinha aqui. Ela não quer acabar se transformando em um monstro.

— Por que não? — A Costureira inclinou a cabeça na direção de Neve, o cabelo caindo pelos ombros. — Você já chegou bem perto disso, lá em cima, no seu mundo. As coisas não são tão diferentes aqui embaixo. São só mais difíceis de esconder.

— Ela não gostou da dor — disse Solmir. — Nem das mudanças. — Parecia estar quase se divertindo. Neve nem precisou olhar para ver se ele tinha aberto aquele sorriso cruel, porque, se tivesse, ela talvez não resistisse à tentação de arrancá-lo do rosto do homem às unhadas.

— Ah, sim. — A Costureira fez um gesto com a mão. — Bem. Poder é dor, Rainha das Sombras. E a *monstruosidade* está no olho de quem vê. Você vai aprender.

Um rugido sacudiu o chão, o suficiente para que as carcaças de inseto no teto balançassem e o armário chacoalhasse.

— Tremores — disse a Costureira com voz suave. — Convulsões mortais de um lugar moribundo.

— Estão piorando. — Solmir se aproximou e ficou ao lado de Neve, cruzando os braços. — Sentimos dois no caminho da torre até aqui.

A criatura assentiu.

— Este mundo está se desfazendo com a morte de cada um dos Antigos, se dissolvendo ainda mais e se tornando mais instável. A magia está sacudindo e se soltando à medida que os deuses caem. Só restam três agora.

Pela primeira vez, desde que Neve o vira na sua forma verdadeira, Solmir pareceu quase desconfortável. Quase compreensivo.

— E imagino que a sua deusa não esteja entre os três sobreviventes.

— Não. — A Costureira fechou os olhos, um tremor de tristeza descendo pelos ombros humanos até os membros aracnídeos. — Não, minha Tecelã se foi.

Solmir suspirou, esfregando os olhos com o polegar e o indicador. O brilho dos anéis de prata reluziu, e quando o cabelo dele escorreu para trás, Neve notou uma argola cintilando em sua orelha.

— Meu coração se condói tanto quanto o seu.

— Minha tristeza míngua com sua presença.

Aquelas eram expressões arcaicas e comportamentos de outra época que mantinham Neve fora da conversa.

— Vocês se importam de conversar em termos que eu consiga compreender? — A voz de Neve soou baixa, mas régia. — Creio que nosso tempo seja limitado, e eu gostaria de voltar para o meu mundo o mais rápido possível.

Uma pausa. Depois, a Costureira jogou a cabeça para trás e soltou uma gargalhada, um som musical e bonito que não combinava em nada com sua aparência assustadora.

— Você pode não carregar a magia, pequena rainha, mas acho que isso não vai detê-la nem um pouco. Caminha pelo mundo como se ele fosse cair aos seus pés e se dobrar a um mero gesto seu. — A Costureira abriu a bolsa que Solmir lhe dera e começou a separar o conteúdo com as patas aracnídeas, os braços humanos cruzados em uma postura casual. — Sempre seria a Rainha das Sombras e Aquela das Veias Douradas, um receptáculo e um portal. Eu disse isso a Solmir. Disse duas vezes. Primeiro quando ele tentou passar com uma rainha que não era dele, e depois quando encontrou uma forma de chegar à superfície. Este lugar me mudou profundamente, mas ainda tenho talento para prever o futuro. As estrelas que li há muito tempo não mudaram em nada, e elas não se prendem aos desejos de um Rei que nunca quis o que lhe foi dado.

Solmir estreitou os olhos, mas foi Neve quem falou.

— Por que você está me chamando assim? De Rainha das Sombras?

A Costureira encolheu os ombros.

— Porque é quem você é — respondeu ela com simplicidade. — Ou, pelo menos, quem você será.

Neve olhou para Solmir. Mas se o Rei sabia de mais alguma coisa, nada disse, mantendo a impassividade e a frieza no belo rosto.

— A Rainha das Sombras, para o trono — disse a mulher-aranha, as patas segmentadas curvadas atrás de si como um trono de escuridão próprio. Os pedaços de inseto que classificara estavam em pilhas organizadas em cima da mesa. — Embora não seja o trono que você imaginou. Lobos e florestas, tronos e escuridão, mundos inteiros presos em corações quase completamente humanos. Você e sua irmã são parte de tudo isso desde o início, atoladas muito mais fundo do que qualquer uma das duas imaginou.

O coração de Neve disparou ao ouvir a palavra *irmã*; não sabia ao certo se era por esperança, medo ou algo entre as duas coisas.

— O que você sabe sobre Red?

A Costureira inclinou a cabeça.

— Só o que as estrelas me contaram há muito tempo. Que ela se tornaria luz, enquanto você seria o oposto.

Luz e escuridão. Era assim que sempre tinha sido entre elas. Uma dança de inversões, reflexos em um espelho.

— Ela está bem?

— Não sei nada do que acontece na superfície — respondeu a Costureira. — Mas se alguma coisa acontecesse com Lady Lobo, você haveria de saber.

A reafirmação que Neve repetia para si mesma sem parar. Se Red tivesse morrido, ela saberia.

Ficou imaginando se seria uma via de mão dupla. Se Red sentia a ausência da irmã de forma tão aguda quanto Neve sentira a dela quando partira para Wilderwood.

— Não se preocupe, Rainha das Sombras. Vocês duas vão encontrar o caminho de volta para casa e para os braços uma da outra. Isso é certo, embora as circunstâncias disso sejam mutáveis. — Os olhos facetados da Costureira se desviaram de Neve e pousaram em Solmir. — Mas você precisa encontrar a Árvore do Coração primeiro.

Havia uma sensação de capitalização ali, de as palavras serem mais importantes do que pareciam. Não havia motivo para pesarem no âmago de Neve como estava acontecendo.

Ao lado dela, Solmir contraiu os braços cruzados, repuxando o tecido fino da camisa e revelando o contorno embaçado de uma tatuagem estranha na parte superior do braço.

— Eu bem que imaginei — murmurou ele. — Parece ser o único portal entre os mundos que vai realmente se abrir.

Havia irritação na voz dele, relembrando de um plano fracassado — um portal aberto na terra, sangue em galhos e Neve no meio.

— Também existem outros caminhos que podem ser forçados a abrir. — A Costureira fez um gesto de pouco-caso. — Mas a única poderosa o suficiente para atrair os Reis é a Árvore do Coração.

Neve se empertigou. Ao lado dela, Solmir se manteve em silêncio, mas a expressão no olhar dele era intensa.

— Não está mais aqui nem lá, não mais — continuou a Costureira. — Agora temos que nos concentrar no que sabemos que vai funcionar.

— Onde está, então? — perguntou Solmir em voz baixa e fria, uma tentativa de mascarar a ansiedade com o tom imperioso. Neve reconhecia aquilo, uma tática que ela mesma usava.

— Onde sempre esteve. — Com a oferenda totalmente organizada, as patas segmentadas da Costureira começaram a levantar os pedaços de inseto, fixando--os às vigas do teto. — Um castelo de ponta-cabeça. Um lar transformado em um reflexo escuro.

Solmir cerrou os dentes com tanta força que Neve quase conseguiu ouvi-los ranger.

— Mas as coisas se deterioraram lá, exatamente como em todos os outros lugares. — A Costureira pegou uma pata na pilha sobre a mesa e a enfiou na boca. — Cada um de vocês vai precisar do poder de um Antigo para entrar na presença da Árvore do Coração. Felizmente, ainda existem três, então podem escolher quais querem destruir.

Neve sentiu as mãos dormentes, pensando no monstro vermiforme cheio de dentes. Um dos Antigos seria quão pior?

— A Serpente, a Oráculo e o Leviatã — continuou a Costureira, de boca cheia, enumerando com os dedos humanos os deuses que restavam. — Se eu fosse vocês, escolheria os dois primeiros. A Serpente já está quase morta mesmo, aguentando firme contra a atração do Sacrário, e é mais fácil lidar com a Oráculo do que com Leviatã desde que você acorrentou o último.

Solmir fez um som que não indicava nem concordância nem discordância.

A Costureira colocou as mãos na mesa, inclinando a cabeça de forma que o cabelo escondesse seu rosto.

— Minha Tecelã lhe ofereceria o poder dela se ainda estivesse entre nós — declarou ela em voz baixa. — Esse era o nível de sua nobreza, disposta a aceitar a morte em nome do bem maior. Sabia que tudo deveria ter um fim, que um mundo feito de sombras não poderia durar.

Uma pausa, enquanto o sofrimento da Costureira pairava no ar empoeirado e pesado.

— Você pode nos contar a história de dissolução da sua deusa, se quiser. — Solmir se remexeu. — Talvez isso torne o luto mais fácil de suportar.

Ela franziu a testa. Neve lançou um olhar discreto para ele, surpresa com o que tinha ouvido. O Rei parecia quase... bondoso.

Aqueles estranhos olhos facetados se fecharam, e a Costureira suspirou.

— Seria uma honra contar tal história, se consentirem em ouvi-la.

— Eu ficaria honrado em ouvir essa história, se você aceitar contá-la.

Falas cerimoniais que estavam fora do escopo de conhecimento de Neve. Um ritual de luto cujo contexto ela desconhecia. Solmir estava oferecendo à criatura enlutada um tipo de conforto.

Aquilo fez Neve sentir um frio na barriga.

A Costureira pegou uma mecha do cabelo escuro e começou a trançá-lo com movimentos distraídos. Neve fazia algo semelhante quando estava perdida em pensamentos e precisava manter as mãos ocupadas.

— Eu não estava lá quando aconteceu — começou a Costureira, a voz tomada por um tom de culpa subjacente. — Minha Tecelã não morava comigo, continuava sendo uma criatura selvagem. Vagava por entre as árvores, mas sempre voltava. Até o dia que não voltou mais. — Uma respiração trêmula. — As horas e os dias não fazem sentido aqui, onde tudo continua sempre igual, mas, depois de um tempo, meu coração começou a sentir a dor da ausência, e soube que havia algo de errado.

Neve olhou para Solmir. O antigo Rei estava imóvel, com o maxilar contraído e os braços cruzados, mas havia algo além de frieza nos olhos azuis. Pena, talvez. Ou culpa.

— Eu não sou uma deusa — prosseguiu a Costureira. — O poder os atrai, como uma gravidade que os compele adiante, não importa quanto resistam, em direção ao Sacrário, onde a magia está, ou para abrir portais entre os mundos. Eu não sinto a atração, mas minha Tecelã sentia. E tal atração foi ficando grande demais para resistir. Minha Tecelã foi até os Reis, foi ao Sacrário deles, incapaz de se conter. — A respiração dela estremeceu. — Eles cortaram minha Tecelã com o osso de um dos outros; do Dragão, talvez, ou do Falcão, um daqueles que sucumbiram primeiro. Os Reis drenaram todo o poder para si. E agora a Tecelã se foi.

Uma história monstruosa em um lugar monstruoso; uma mulher transformada pelo amor que sentia por uma deusa bestial. Ainda assim, uma centelha de tristeza surgiu no peito de Neve com aquela história, sentimentos humanos por coisas inumanas.

— Senti quando aconteceu — disse a Costureira. — Éramos ligadas a esse ponto, minha Tecelã e eu. Pelo amor dela, abri mão da minha humanidade. Parte de mim achava que eu morreria assim que ela se fosse. — Ela fez uma pausa. — Sinto muito não ter sido assim.

Ela ficou em silêncio; ninguém o quebrou. Estranho como os sentimentos de deuses monstruosos ecoavam os de Neve. Como não pareciam nem um pouco diferentes.

A Costureira, pensativa, dobrou uma das patas segmentadas e a levou aos dentes.

— Não sei mais contar o tempo, mas sei quanto tempo se passou desde que mataram minha Tecelã. Por que você só veio agora, outrora Rei?

— Eu estava tentando aqueles outros planos. — Os olhos de Solmir brilharam; a suavidade que demonstrou enquanto ela contava a história tinha desaparecido, e agora ele estava frio e afiado. — Aqueles que você disse que de nada adiantavam.

Os dentes afiados apareceram quando a Costureira abriu um sorriso.

— Não vou dizer que avisei.

Solmir resmungou.

— Teria funcionado, mas houve... complicações.

Complicações como Red, com seu Lobo. Neve ainda não sabia como se sentia em relação àquilo. Tudo que fizera para salvar a irmã que não queria ser salva, que transformara seu altar sacrificial em um lar.

— Nunca teria funcionado — afirmou a Costureira com toda a certeza. — Caminhos abertos entre os mundos atraem os deuses na direção deles, com certeza, mas só a Árvore do Coração é capaz de atrair algo tão poderoso quanto os Reis. Eles sentiram seu portal, e tenho certeza de que se esforçaram para chegar até ele. Mas nunca teriam conseguido passar totalmente. Não como estão agora.

Solmir olhou para Neve, um lampejo fugaz demais nos olhos azuis para que ela conseguisse interpretar o significado.

A Costureira escolheu outro inseto da pilha de oferendas antes de prosseguir:

— Você andou muito ocupado, outrora Rei. Eu senti a ruptura... Todos nós sentimos, aqui nas margens, embora tenha sido pequena demais para atrair os Antigos. Não achei que tinha sido você a passar. Apenas uma criatura de sombras ou algum monstro inferior. Eu deveria ter sentido a passagem de alguém dotado de alma.

— Pois agora, não sou mais importante que um monstro inferior qualquer — disse Solmir. — E minha alma é pequena e mesquinha.

— Mas ainda é extraordinário que tenha uma. — A Costureira se recostou enquanto mastigava, pensativa. — A minha sucumbiu a este lugar há muito tempo, fundindo-se com a escuridão, a podridão e as sombras enquanto eu absorvia a magia e permitia que ela me modificasse. Nem me lembro mais de que cor meus olhos eram.

— A sua foi comprometida muito antes de você chegar aqui, creio eu, ou jamais teria se apaixonado pela Tecelã. — A provocação parecia ser bem diferente em Solmir do que o *deboche*. Havia um brilho nos olhos dele que não eram de malícia. Ele parecia mais relaxado.

— O sujo falando do mal lavado. — A Costureira tamborilou as extremidades das patas como se fossem dedos. — Eu não quis ofender. Uma amizade tão longa tende a nos fazer esquecer as boas maneiras.

— Por certo nossa amizade estragou as minhas.

Em um movimento elegante, como se o tivesse praticado, Solmir se abaixou, apoiando-se em um dos joelhos. Levou o punho cerrado à testa e inclinou o queixo na direção do chão empoeirado da Costureira.

Neve levantou as sobrancelhas, surpresa. Olhou para a Costureira, esperando encontrar a mesma confusão que sentia. No entanto, embora a criatura demonstrasse surpresa, parecia mais emocionada do que qualquer outra coisa, como se Solmir se ajoelhando diante dela fosse mais uma parte do ritual entre deuses e monstros que Neve desconhecia.

Os olhos facetados e aracnídeos se arregalaram, e as pernas da Costureira se dobraram enquanto ela dava um passo para trás e levava uma das mãos ao peito.

— Ah, não, outrora Rei. Nada disso. — Ela soltou um riso misturado a um soluço. — Eu não sou uma deusa. Não sou digna de tamanha deferência, de nada além de palavras de boas-vindas.

— Você era a Amada da Tecelã. — Novamente um senso de capitalização, como se *Amada* fosse um título, como Rainha das Sombras. — E a Tecelã se foi. Vou tratar você com a mesma deferência com que a trataria. — Solmir olhou para a Costureira com uma expressão solene no rosto, sem um pingo do desdém com o qual Neve se acostumara e esperava no comportamento do homem. — Qualquer um que faça um dos Antigos sentir alguma coisa como amor é merecedor de deferência.

A Costureira abriu um sorriso triste.

— Você acha o amor difícil demais — murmurou ela. — Algo pesado. Mas às vezes pode ser simples, mesmo quando tudo em volta não é.

Solmir nada disse. Mas, quando se levantou, a boca estava contraída novamente, a expressão arrogante e fria. Neve observava tudo com atenção, sem saber como juntar todos aqueles elementos díspares. Havia mais coisas em Solmir do que crueldade e ambição, ao que parecia, mas ela não conseguia encontrar as aberturas naquela armadura para ver o que esperava além dela.

Rainha das Sombras.

Neve franziu a testa. Virou a cabeça, em busca da voz que tinha acabado de sussurrar no seu ouvido. Mas não havia mais ninguém no chalé, e ninguém próximo o suficiente...

A Costureira. Os olhos dela estavam fixos em Neve, hipnotizantes em sua estranheza, e os lábios não se moviam. Mas era ela, falando, de alguma forma, com Neve.

Eu aprendi como este mundo funciona, como se afundar nele permite que você converse telepaticamente com alguém. A voz soava satisfeita, pelo menos o máximo que uma voz sem corpo poderia. *Engolir sombras é engolir um pedaço deste mundo, pequena rainha, e depois as coisas deste mundo conseguem falar com você através de tal pedaço. Você nos absorveu para si ao absorver toda a magia no bosque. E embora o outrora Rei carregue a magia agora, ela ainda deixou marcas em você. Cicatrizes de magia.* Algo como um suspiro roçou a mente de Neve. *Eu ando cansada de tudo. Cansada de tudo isso.*

Neve olhou para Solmir, cuja atenção estava nos pedaços de inseto pendurados no teto. As palavras da amante da Antiga estavam sendo dirigidas apenas a Neve, ditas direto na sua cabeça.

Eu já fui como você um dia, continuou a Costureira. *Uma garota humana, presa em teias muito além da minha imaginação. A Tecelã parecia muito diferente na superfície, mas eu a amei o suficiente para segui-la para o exílio. E quando descobri sua verdadeira forma, ela continuou linda para mim, pois eu também tinha mudado.* Ela fez uma pausa. *A monstruosidade é curiosa. Na forma mais crua, na definição mais simples, um monstro é apenas algo diferente do que você acha que deveria ser. E quem é que decide como uma coisa deveria ser?*

Neve pensou em veias negras e gelo, em espinhos onde deveria haver flores. Pensou em Red, com riscos verdes traçando sua pele. Solmir detinha a magia porque sabia como evitar que ela o modificasse — foi a explicação que dava, ao menos. Mas e se Neve a tomasse de volta? Ela se tornaria algo parecido com a Costureira?

Não como eu, respondeu a Costureira. Deu uma risada. Era muito constrangedor ouvir a mente de alguém. *E haverá o momento de tomar a magia, ou então outra coisa. Existe muita coisa para se conter neste mundo. Vocês dois vão ter que decidir quem vai conter o quê, Rainha das Sombras.*

O que isso quer dizer? Neve não era versada em conversas que ocorriam no nível mental. *Ser a Rainha das Sombras?*

Um silêncio longo antes da resposta da Costureira: *No fim das contas, isso depende de você.*

— Neverah?

A voz de Solmir a despertou do transe em que a Costureira a havia colocado. Neve balançou a cabeça, fazendo se dissolver o fantasma do riso da mulher-aranha.

— Oi?

Ele olhou de Neve para a Costureira, levantando uma das sobrancelhas quando entendeu tudo.

— Ah, então eles podem falar direto na sua cabeça também.

— *Também?* — Neve levou a mão até a testa, como se os seus pensamentos fossem palpáveis e ela pudesse protegê-los. — Então, todo mundo aqui pode ler mentes?

Perto da lareira, a Costureira deu uma risada.

— Nada tão prosaico — assegurou ela. — É necessário muito poder para conseguir estabelecer uma conversa de uma mente para outra. Os Antigos conseguem, os Reis também, mas só se você estiver na presença deles. Alguns dos Amados, como eu, também, embora eu seja a única que ainda resta. A não ser que leve em consideração aquele bichinho horrível que Leviatã fez do corpo do amado. Eu certamente não conto. — Ela encolheu os ombros de leve. — Só porque alguém fala direto na sua mente não significa que possa lê-la. Só podem fazer isso se você autorizar. — A sombra de um sorriso surgiu na boca cheia de dentes afiados, a um fio de cabelo de vil. — Concentre-se em não permitir que entrem na sua cabeça, Rainha das Sombras. Nenhum dos outros será gentil como eu. Vão pegar seus pensamentos como se estivessem roubando ouro sem lhe dar a cortesia de saber.

Neve se virou para enfrentar Solmir, arreganhando os dentes.

— Se você tentar ler a minha mente, juro que arranco o cérebro do seu crânio.

Ele levantou as mãos em rendição e abriu um sorriso odioso, embora a emoção brilhando nos olhos parecesse mais complexa do que a expressão demonstrava.

— Não sou mais Rei, Neverah. Não da forma que importa. Não consigo ler mentes. — Ele abriu mais o sorriso. — Quaisquer pensamentos lascivos que possa ter a meu respeito estão seguros.

Ela preferiu nem comentar, embora tenha apertado tanto os dentes para se controlar que parecia que podia quebrá-los.

Outra risada musical da Costureira.

— Seja lá como tudo isso se desenrole, outrora Rei, pelo menos você não vai se entediar.

— Talvez o tédio fosse melhor — resmungou Solmir, com as mãos ainda erguidas e os olhos queimando.

O ar entre eles estalou como uma tempestade de raios. Solmir baixou os braços e deu as costas a Neve. Um gesto que a enraiveceu, fazendo seu rosto esquentar.

— Se a Árvore do Coração está onde sempre esteve, então os Reis também estão lá? Tentando forçá-la a abrir?

A Costureira pegou uma caneca no armário atrás de si e se serviu do líquido que estava na chaleira no fogo.

— Há quanto tempo você não vê os outros, Solmir? Você se separou deles há muito tempo. Depois da primeira vez que foi até a Árvore do Coração. A primeira vez que tentou ir para a superfície.

Algo se quebrou nos olhos dele.

— Não vamos falar sobre isso.

As patas de aranha e uma das mãos humanas se moveram juntas.

— Tudo bem. A questão é que faz séculos desde a última vez que você viu os outros Reis. Por que acha que eles esperam os Antigos serem atraídos ao Sacrário em vez de caçá-los? Não é uma questão de preferência. É porque não conseguem sair. Eles chafurdaram tanto na magia da Terra das Sombras que se prenderam lá, com tanta firmeza quanto uma rocha ao chão. — Ela tomou um gole do líquido escuro na xícara, manchando os dentes. — A única forma de os Reis saírem do Sacrário é se a Árvore do Coração se abrir. Apenas o poder dela é capaz de os libertar de lá.

A surpresa era outra emoção que não aparecia com frequência no rosto de Solmir. Ele ficou boquiaberto por um instante antes de fechar a boca, e, quando ergueu a mão para esfregar as cicatrizes na testa, ela estava ligeiramente trêmula.

— Fisicamente, os Reis estão presos, mas não permita que isso lhe dê uma falsa sensação de segurança. Eles ainda podem enviar pensamentos e projeções de si mesmos. E, embora tais projeções não possam tocar em você, a escuridão que eles dominam pode. — A Costureira passou a língua no líquido que manchava os dentes. — Não existe segurança aqui. Não se iluda achando que as coisas vão ser fáceis.

Solmir ficou sério e estreitou o olhar. Parecia um homem resolvendo uma equação complexa na cabeça, como se aquela informação alterasse de alguma forma o plano que tinha feito e ele precisasse corrigi-lo.

— Se eles acharem que vamos abrir a Árvore do Coração, não vai haver motivo para nos impedirem — disse ele. — Eles vão achar que só estamos tentando ajudá-los a passar.

— Eles não são burros — retrucou a Costureira, ríspida. — Os Reis sabem que qualquer coisa que você faça não vai ser pensando no interesse deles, Solmir. Não vão acreditar que você aceitou seu destino tão fácil assim. — Ela deu de ombros, colocou a caneca na mesa e se virou para o armário de novo, as patas segmentadas se movendo tão rápido que Neve não conseguiu ver o que ela tirou de lá de dentro. — Não sei se vão tentar impedir você de chegar à Árvore do Coração, mas não vão ficar parados enquanto faz isso. Você está jogando um jogo complexo, e não é possível saber como eles vão jogar.

— Que destino? — perguntou Neve, virando-se para Solmir. Manteve o tom calmo e o rosto implacável. — Que destino você não aceitou?

Outro brilho de maquinação nos olhos dele; algo a esperar quando se conversava com Solmir, ao que tudo indicava. Cada palavra que ele dizia sempre parecia ser cuidadosamente escolhida e lapidada para cortar.

— Ser um deles — respondeu ele. — Não ser mais nada, porque um dia já fui Rei.

Ela queria dar uma resposta afiada, algo para feri-lo. Mas a sombra de vulnerabilidade pairou no ar e, por motivos que ela não soube explicar, ficou em silêncio.

A Costureira se virou para eles, escondendo entre as patas aracnídeas o que quer que tivesse pegado.

— Se eu fosse você, começaria com a Serpente — disse ela, ignorando a conversa que haviam tido enquanto ela estava de costas.

— Você faz até parecer que a Serpente vai nos dar as boas-vindas — comentou Solmir.

— E vai mesmo, pois sabe o que sua presença significa. Viva o suficiente, outrora Rei, e a morte se torna uma bondade. Você não está neste ponto ainda, acho que não. — Uma pausa. — Mas eu estou.

A frase ficou pairando no ar, um desejo de morte dito de forma casual. Neve não soube dizer se aquilo surpreendeu Solmir ou não. Se surpreendeu, ele escondeu bem e não deixou transparecer nenhuma emoção no rosto, que poderia ter sido esculpido em mármore.

A Costureira quebrou o silêncio. Fez um gesto na direção de um canto do chalé.

— Você parece ser do mesmo tamanho que eu na época em que precisava de botas, Rainha das Sombras. Acho que deve ter alguma lá trás.

Neve odiava a ideia de ter de dar as costas para aqueles dois, mas *precisava* de sapatos. Foi até o canto, limpou as teias de aranha e encontrou um par que parecia bem antigo, mas em condições boas o suficiente para melhorar a situação em que ela se encontrava. Calçou as botas e amarrou os cadarços, feliz por ter alguma coisa para protegê-la do frio, mesmo que fosse muito, muito velha.

Atrás dela, Solmir e a Costureira estavam em silêncio. Mas era um silêncio pesado, que a fez imaginar se tinham tido alguma conversa mental, deixando-a de fora.

— Obrigada — agradeceu Neve enquanto atravessava a cabana, tanto para expressar gratidão genuína como para anunciar sua presença se eles estivessem em alguma conversa mental profunda.

A Costureira não olhou para ela, mas abriu um sorriso triste para Solmir.

— Um favor por outro. — Ela virou as patas, revelando o que tinha tirado do armário.

Um osso.

Parecia um fêmur humano. Mas as proporções estavam erradas... Era curto demais, o nódulo em um dos lados, pequeno demais. O outro tinha sido esculpido para formar uma ponta afiada, transformando a peça em um tipo de adaga.

— A Tecelã me deu isso — disse ela, olhando para o marfim como se conseguisse enxergar o futuro ali. Talvez conseguisse mesmo. — Éons atrás, quando eu ainda era apenas uma mulher humana que não fazia ideia do que me esperava. Um osso da perna da minha Tecelã, um símbolo da nossa devoção. — Ela olhou para Solmir. — Você é um bom amigo, outrora Rei. Pelo menos, tanto quanto é possível ser amigo de alguém neste lugar. E você abriga a magia para a Rainha das Sombras. — Ela colocou o osso na mão de Solmir e se ajoelhou devagar diante dele. — Você vai precisar de mais. E estou exausta.

Neve compreendeu o que estava acontecendo como se uma peça se encaixasse em um quebra-cabeça: a morte do monstro vermiforme inferior, a forma como ele se dissolvera nas sombras — mas a sombra contivera magia, desprendida da Terra das Sombras, livre para ser absorvida.

Era isso que a Costureira estava oferecendo. Mais magia, através da própria morte.

— Estou cada vez mais cansada, Solmir. Este mundo está morrendo à nossa volta. — Ela ergueu o olhar, os olhos facetados cheios de paz. — Meu poder é pequeno. Mas você vai precisar de tudo que conseguir para fazer o que precisa ser feito.

Os olhos azuis do Rei brilharam, mostrando uma batalha que Neve não conseguiu entender. Então, ele assentiu e ergueu o queixo.

— Que o próximo mundo seja mais bondoso com você, Amada — disse ele em voz baixa.

A Costureira fechou os olhos e sorriu.

— Há de ser.

Então, Solmir fincou o osso afiado no pescoço dela.

Não saiu sangue. Só sombras, brotando da ferida como fumaça. Fragmentos de magia irrompendo de um receptáculo morto.

Solmir levantou a mão. As sombras voaram na direção do homem, tingindo o punho e o antebraço de negro, mergulhando em seu coração. Ele cerrou os dentes, mas não emitiu som algum.

Neve ficou imaginando se ele estava sentindo dor.

Obrigada.

O som não passou de um sopro na sua mente, e ela, de alguma forma, soube que Solmir ouvira o mesmo, um tipo deturpado de intimidade.

A Costureira então se foi, e o chalé ficou vazio a não ser pela presença de Neve e Solmir. Ela não deixou nem sequer uma mancha no chão, nenhum sinal da sua vida além da sombra pulsante subindo pelas veias de Solmir. Lentamente, elas foram se desbotando, murchando e se apagando.

Solmir ficou olhando para o chão onde o corpo da Costureira deveria estar. Depois se virou e seguiu na direção da porta.

Engolindo em seco, Neve foi atrás.

O ar frio da Terra das Sombras parecia quase fresco depois do tempo que haviam passado no ambiente fechado da casa. A cabra de três olhos no quintal agora soava como vidro se quebrando.

Solmir não olhou para Neve, mas estendeu o osso quando ela se aproximou.

— Fique com isto. — A voz dele era neutra, sem emoção. — Só o osso de um deus pode matar outro, e devem ser deuses que foram feitos da mesma forma.

Ela sentiu o peso e a maciez do objeto, que era mais leve do que esperava.

— Então, eu poderia matar você com isso?

— Nem se anime muito. — Solmir deu um passo adiante. — Eu não sou mais um deus.

A cabra berrou de novo, emitindo o som de duas lâminas se chocando. Neve se virou para a criatura, segurando o osso.

Ela pensou no poder, na necessidade.

Os olhos de Solmir acompanharam os dela e depois voltaram para o osso.

— Ela não tem muito poder — disse ele, respondendo à pergunta que ela não teve estômago para fazer. — Mas um pouco.

— A Costureira disse que íamos precisar — sussurrou Neve.

Ele assentiu.

— Esta adaga é capaz de matar a cabra?

— Monstros inferiores não são deuses e podem ser aniquilados com qualquer osso divino, não apenas com os de criaturas que tinham sido feitas do mesmo modo — disse Solmir. — Esse detalhe só se aplica aos deuses.

Ela assentiu, acariciando distraidamente o marfim macio.

— Você consegue absorver mais?

Solmir deu um sorriso frio.

— Sempre consigo absorver mais.

Com cuidado, Neve deu um passo na direção do ser que parecia uma cabra. A criatura baliu quando ela fincou o osso em sua garganta, e o berro pareceu o lamento de uma mulher.

6

Neve

Nenhum dos dois falou enquanto seguiam por entre as árvores invertidas, crescendo tão próximas umas das outras que Neve conseguia usá-las para se apoiar enquanto caminhava pela trilha irregular. Tudo estava mais fácil agora que calçava as botas.

Mais à frente, Solmir não se movia com a graça semelhante à de um predador que ela começara a esperar. Parecia trêmulo, quase como se estivesse sofrendo os primeiros estágios de uma febre. As veias escureciam esporadicamente, e ele flexionava os dedos várias vezes como se algo estivesse tentando escapar por eles.

Ela o observou com atenção. Ele tinha dito que sempre poderia absorver mais magia, mas parecia que aquilo não era tão fácil quanto dera a entender.

Neve sentiu algo semelhante a preocupação crescer no peito. E odiou o sentimento. Solmir não merecia.

Ainda assim, ele era a única coisa que parecia minimamente segura na Terra das Sombras. E a única fonte de magia de Neve se ela não quisesse se transformar em algo monstruoso.

Outro tremor ondulou o chão e Neve foi obrigada a se agarrar a uma das árvores invertidas para não cair. Solmir fez o mesmo, apoiando uma das mãos com veias escuras no tronco claro para se equilibrar. Quando o tremor acabou, ele olhou para ela como se quisesse se assegurar que estava inteira antes de seguir novamente.

Só depois cambaleou de leve, o que interrompeu o ritmo preciso com que seguia. Solmir parou e se virou para olhar para ela, o maxilar contraído e a mão pressionando a barriga. Os olhos estavam voltados para baixo, mas pousaram nela quando Neve deu um passo na direção dele. Neve congelou.

A parte branca dos olhos de Solmir estava completamente escura.

Neve sentiu um ímpeto de retroceder e erguer as mãos entre eles como um escudo. Em vez disso, franziu a testa, esperando que fosse o suficiente para ocultar o medo que sentia.

— Você vai desmaiar?

Afiada e precisa; escondeu a preocupação atrás dos dentes cerrados. Era uma preocupação de ordem prática, na verdade. A última coisa de que Neve precisava era ser abandonada, sozinha, na Terra das Sombras.

— Não, Neverah, não vou desmaiar. — O tremeluzir de sombras ao longo das veias dele diminuiu, mas os olhos ainda estavam totalmente negros em volta do azul-oceano da íris. Ele virou de costas e se apoiou no tronco de uma árvore, esfregando as cicatrizes na testa. O movimento fez a estranha tatuagem aparecer por baixo do tecido da camisa. — A magia é uma coisa difícil de conter. Principalmente quando você é obrigado a impedir que ela domine sua alma.

Ela arqueou as sobrancelhas.

— Então você está lutando pela sua alma enquanto conversamos aqui? Um pouco melodramático, não acha?

— Verdade. — Ele se afastou do tronco com uma careta, os anéis brilhando enquanto colocava o cabelo para trás. A escuridão ainda tremeluzia no corpo dele, mas foi desaparecendo diante dos olhos de Neve, as sombras seguindo para onde quer que ele as armazenasse. — Eu já vou melhorar. Não precisa gastar sua preocupação comigo. Sei que você tem um suprimento limitado do sentimento para qualquer um que não seja Redarys.

Ela baixou os olhos e não respondeu.

O cabelo comprido e cinzento esvoaçou como fumaça enquanto Solmir voltava a caminhar por entre as árvores, cada passo parecendo mais forte. Neve mordeu o lábio por um momento antes de segui-lo.

— Aonde estamos indo?

— A algum lugar onde possamos descansar.

— Eu espero que minhas perguntas sejam respondidas com clareza — falou ela entredentes. Maldita fosse se não parecesse uma rainha falando, mesmo calçando botas velhas e uma camisola esfarrapada e o casaco antigo e grande demais de Solmir. — É o mínimo que você pode fazer.

Por um instante, Neve achou que ele não fosse responder. O passo de Solmir ficou mais leve assim que toda magia espinhosa que absorvera encontrou lugares confortáveis para aguardar até ser necessária, e ele se virou por completo para olhar para ela. Neve já tinha notado que ele não gostava de olhar de soslaio quando podia evitar, não gostava de olhares rápidos por sobre o ombro. Solmir parecia preferir encarar tudo.

Ele baixou a cabeça.

— Sim, Vossa Majestade.

Neve cerrou os punhos.

Ele deu um sorrisinho malandro e afiado antes de continuar:

— A Tecelã não foi a única Antiga que trouxe um acompanhante para a Terra das Sombras, embora a Costureira seja a única ainda viva. — Ele fez uma pausa de um segundo, algo se apagando no olhar dele. — Bem, era.

Ele não parecia triste, não de verdade. Mas havia um senso de fim no tom de voz dele, um senso de vazio. A diferença entre saber que algo tinha partido e sentir sua ausência ao procurar por ela.

Solmir meneou discretamente a cabeça, gesto que Neve só percebeu por causa do cabelo.

— O Dragão tinha um acompanhante havia muito tempo. O Rato também... Cada um sabe com quem vai para a cama, mas *isso* eu não consigo entender. E Leviatã... — Os lábios dele se retorceram de nojo. — O Leviatã ficou com o corpo do amante, ao que parece. Como testemunho da devoção que tinham. O amor se transforma rapidamente em horror quando deuses estão envolvidos.

— O amor pode se transformar rapidamente em horror com qualquer um — retrucou Neve em voz baixa.

— E eu não sei? — resmungou ele, virando de costas para ela antes de recomeçar a caminhada.

A floresta invertida parecia toda igual, sem variação para marcar a passagem da distância nem do tempo, mas Neve estimava que já tinham caminhado mais de um quilômetro quando chegaram ao outro chalé.

Aquele parecia ainda mais sinistro que o da Costureira. Fora construído sobre estacas altas o suficiente para que o telhado tocasse na névoa constante que flutuava no lugar das nuvens. Uma escada de corda pendia da plataforma que prendia a casa ao chão, balançando devagar de um lado para o outro. Apesar de o telhado estar cedendo um pouco no meio, fora o buraco na parede que Neve conseguia ver, as estacas pareciam fortes o suficiente.

Mesmo assim, quando Solmir pegou a escada, Neve meneou a cabeça.

— Não mesmo. Por que nós...

— Você está cansada, Neverah?

A pergunta a surpreendeu, mas de fato sentia as pálpebras pesadas e estava cada vez mais difícil se manter em pé, como se ter parado de avançar tivesse permitido que a exaustão enfim a alcançasse.

— Isso é relevante?

Solmir flexionou os braços, fazendo a escada balançar. O cabelo acompanhou o movimento, ondulando no ar cinzento. Neve torceu para a corda arrebentar.

— Você já está acordada há muito mais tempo do que está acostumada. Nós dois precisamos dormir. — O brilho de um sorriso. — Parece que temos uma jornada e tanto pela frente. E eu, com certeza, quero estar descansado para isso.

Ele começou a subir a escada, os músculos das costas se contraindo enquanto ele subia, aquela tatuagem no braço aparecendo através do tecido da camisa.

Neve ficou séria.

— Então, nós dois vamos dormir na mesma cabana decrépita?

— Fique à vontade para dormir aí embaixo no chão se preferir.

— Pelo amor de todos os Reis — resmungou Neve.

Ela ouviu uma risada abafada acima dela.

Subir por uma escada de cordas usando botas emprestadas e uma camisola se provou ser uma tarefa bem difícil, e Neve estava sem fôlego quando chegou à plataforma lá em cima. A estrutura parecia forte, embora houvesse alguns espaços entre as tábuas grandes o suficiente para afundar o pé.

A porta se abriu rangendo nas dobradiças quebradas. Neve entrou com cuidado; o frio constante da Terra das Sombras ainda é mais pronunciado ali, e, por instinto, ela puxou mais o casaco de Solmir ao redor dos ombros.

O interior da cabana era tão decadente quanto o exterior. O buraco aberto à direita da porta tomava quase a parede inteira; Solmir já estava empurrando o que parecia ser um armário velho para impedir que o vento entrasse, e Neve ficou irritada consigo mesma ao perceber que estava olhando como os músculos dos ombros dele se contraíam com o esforço.

Assim que terminou de cobrir o buraco com o armário, ele se empertigou e limpou as mãos. Percebendo o olhar de Neve, encolheu os ombros.

— Não vai resolver muito a questão do frio, mas é melhor do que nada.

Além do armário, o único móvel no chalé era uma mesa quebrada na parede oposta e um tapete gasto no meio do aposento. Havia alguma coisa presa na trama do tapete, farpas afiadas salpicadas pelas estranhas fibras.

Neve se inclinou um pouco e tocou uma delas. Penas.

— Esta era a casa do amante do Falcão. Ele já morreu há muito tempo, há quase tanto tempo quanto o próprio Falcão. — Solmir se sentou no chão, encostou-se na parede e começou a desamarrar as botas. — Os amantes dos Antigos não parecem viver muito mais tempo do que eles.

— Esse é o problema da religião — comentou Neve. — Amarrar o motivo da sua existência a um deus parece fazer com que sua existência não tenha muita importância.

Solmir levantou uma das sobrancelhas, ainda desamarrando as botas.

— Para alguém que inaugurou uma nova ordem espiritual, você tem um grande desdém pela religião.

— Você já sabia disso. — Neve não seguiu o exemplo dele para tentar ficar mais à vontade; em vez disso, continuou empertigada, de pé ao lado do tapete. Ainda agarrava o casaco dele em volta do corpo. — Eu talvez tenha tentado demonstrar um pouco de devoção no mundo real, mas acho que você nunca se deixou enganar.

As mãos de Solmir ficaram imóveis e ele ergueu o olhar para ela, os olhos azuis se estreitando e brilhando naquela penumbra em tons de cinza. Aquilo fez Neve desejar desdizer as palavras e aprisioná-las na garganta.

O momento passou. Ele voltou a atenção para as próprias botas.

— Você enganou todos os outros muito bem, se isso serve de consolo. — Ele deu uma risada. — A não ser por Kiri, talvez.

Aquilo era o oposto de consolo, mas Neve não disse nada. Não disse a ele que os dois vilões da sua história conseguiram entendê-la melhor do que qualquer outra pessoa era um fato que lhe causava um aperto no coração e um vazio no peito.

— Eu não enganei o Raffe — disse ela em voz baixa. Quase uma arma. Prova de que uma outra pessoa olhou para ela e viu a verdade.

A maior parte.

O nome fez Solmir retorcer os lábios enquanto apoiava a cabeça na parede.

— Raffe acreditaria em qualquer coisa que você dissesse a ele. — Solmir riu. — É isso que *o amor de verdade* faz, não é? Eu não saberia dizer.

Ela cerrou os punhos sob as mangas compridas demais do casaco. Amor de verdade. Certo.

Neve meneou a cabeça para afastar os pensamentos sobre Raffe, sobre o que quer que houvesse entre eles e todas as formas como ela destruíra tudo. Com um suspiro, ela primeiro se sentou no tapete e depois deitou, a cabeça apoiada no tecido entremeado com penas quebradas.

— Confortável? — perguntou Solmir.

— Melhor do que um caixão de vidro.

Silêncio. Ela ouviu Solmir se mexer, apoiado na parede.

— Eu poderia dizer que sinto muito por isso, mas fiz aquilo para proteger você — disse ele, com a voz tão afiada quanto a dela. — Entendo que você tenha dificuldades de acreditar que me preocupo com a sua segurança, mas é verdade. — Outra pausa, mais longa e mais pesada no ar frio. — Eu preciso de você, Neverah. Infelizmente para nós dois.

— Não valeu a pena — disse Neve, virando de lado e apoiando a cabeça no braço, sentindo a aspereza do tecido do casaco contra seu rosto e o cheiro de pinheiro e neve.

— O que não valeu a pena?

— Me proteger — respondeu ela.

* * *

Névoa. Não só em volta dela — parecia que a névoa estava *dentro* dela, como se ela própria tivesse se dissipado e virado nada mais do que fumaça. Era uma sensação quase de paz.

Um sonho. Devia estar sonhando.

Neve não costumava sonhar com frequência, e não era do tipo que tentava encontrar algum tipo de sentido mais profundo no que quer que seu cérebro lhe mostrava durante o sono. Mas algo parecia... diferente ali. Mais pesado. *Consciente.*

Não conseguia sentir o chão, mas sabia que estava deitada nele; não conseguia sentir a trama do casaco contra o rosto, mas sabia que estava ali. As pontas das penas antigas pinicavam sua pele através da camisola, e ela sentia como se estivessem pressionando-a através de um tecido grosso, presente mas distante.

E ela sentia a magia.

Não muita, nada como a que carregava antes de Solmir a tirar dela com aquele beijo horrível e áspero, nem como a sensação fria de algo rastejando sob a pele que sentira constantemente quando ainda estava na superfície, quando a roubava diariamente ao esfregar sangue em uma sentinela. Mas havia um lufar de magia lá no fundo dela, o pinicar dos espinhos bem no âmago do seu ser, como algo que tinha sido permanentemente alterado dentro de Neve de forma que nenhum beijo poderia consertar.

Sua alma, talvez.

Devagar, a névoa em volta dela se dissipou e, com ela, a sensação de ser incorpórea. A consciência de Neve começou a voltar para os membros.

A névoa sumiu para revelar uma enorme árvore.

Mas só parte dela, a parte inferior. Uma torre de raízes, retorcendo-se umas sobre as outras, três vezes mais alta que Neve. Se inclinasse o pescoço, quase conseguia enxergar onde o tronco começava na névoa, o que parecia ser quilômetros acima da cabeça dela. Olhando para baixo, percebeu que estava pisando em raízes também. A árvore era a única coisa sólida que ela conseguia ver; o resto do mundo era todo feito de nevoeiro.

As raízes eram brancas, como os galhos no Santuário, como as árvores da floresta invertida. Veias escuras corriam por elas, listras de sombras que, de alguma forma, também eram luminescentes. Mas bem lá em cima, onde as raízes acabavam e o tronco começava, havia um fraco brilho dourado.

Neverah Valedren.

Uma voz, reverberando ao redor dela, vinda de todas as direções e de nenhuma ao mesmo tempo. O som era difuso, tornando mais difícil detectar suas características, mas parecia vagamente confiante e masculina. Ligeiramente conhecida.

Ela deu um passo para a frente em direção à torre de raízes. A árvore em si não ficou mais próxima, mas a cada passo que dava Neve parecia mais ancorada no próprio corpo. A camisola tinha desaparecido, assim como o casaco de Solmir e as botas da Costureira, deixando-a com nada além de um tecido fino e branco que lhe despertava a lembrança desagradável de uma mortalha.

Seguindo algum tipo profundo de instinto, Neve começou a subir pelas raízes em direção ao tronco.

Alguma coisa brilhava na madeira branca. À medida que se aproximava, viu que era um espelho, com uma moldura dourada que parecia vagamente desgastada em contraste com o brilho luminoso do tronco da árvore. Havia manchas de ferrugem na estrutura, a cor era quase insuportavelmente lúgubre, e fios de cabelo louro tinham sido trançados entre as espirais como raios de sol apagados.

Mas o espelho não era tão perturbador quanto o reflexo que mostrava.

As veias de Neve estavam negras sob a pele alva, cada uma delas, traçando faixas de escuridão por todo seu corpo. Espinhos minúsculos cresciam em volta do pulso, maiores quanto mais perto chegavam da mão, diminuindo até pontos menores à medida que se aproximavam do cotovelo. Havia mais espinhos saindo dos nós dos dedos, uma manopla. E os olhos dela eram uma coisa só, completamente negros.

Exatamente como Solmir quando absorvera toda a magia da Costureira e dos monstros inferiores que haviam matado. Só que os dela não tinham nem um toque de cor que mostrasse a presença de uma alma.

Aquela devia ser a monstruosidade da qual ele a estava salvando.

Neve estendeu com cuidado uma das mãos cobertas de espinhos e tocou a superfície prateada do espelho, a pele cinzenta contra o vermelho e o dourado.

Algo mudou no vidro. Uma distorção momentânea do próprio reflexo, sua desolação sendo preenchida e ganhando cor. Cabelo dourado, olhos castanhos e fortes, um rosto com lábios carnudos e rosto mais cheio que o dela.

Red.

Surgiu e desapareceu num piscar de olhos, e Neve só faltou atacar o espelho a unhadas, as mãos espinhosas arqueando-se contra o vidro como se pudesse estilhaçá-lo.

— Red! Você está me ouvindo? Volte!

Mas o reflexo voltou a ser o dela, e mesmo isso foi momentâneo. Logo depois o espelho parou de mostrar sua imagem, exibindo em vez disso apenas um emaranhado de raízes grossas e manchadas de escuridão.

Neve espalmou a mão contra o vidro.

— *Red!*

Nada.

Ela caiu de joelhos e pressionou a base da mão contra os olhos, sem se importar com o bracelete de espinhos.

Você quase conseguiu.

Aquela voz de novo, aquela que dizia o nome dela, clara e suave e, de alguma forma, familiar, como uma lembrança de infância que não conseguia desvendar. A tristeza a tomou por inteiro, profunda o suficiente para provocar o eco de uma dor no peito. Ela afastou as mãos dos olhos. Não havia sangue, como se seus espinhos fossem incapazes de ferir quem os brandia. Depois, olhou para a névoa.

— O quê?

Você ainda não está pronta para ser o espelho. Não até encontrar a Árvore, até encontrar a chave.

Neve meneou a cabeça. Palavras sem sentido em um lugar sem sentido, mas a voz tinha mencionado a Árvore, e aquilo foi o suficiente para que sentisse que deveria prestar atenção.

— Quem é você? Um dos Antigos? Um dos acompanhantes?

Uma pausa. Atrás do espelho, por entre os espaços entre as raízes da árvore, Neve quase viu uma imagem. Mas ela se foi rápido demais para que conseguisse enxergar alguma coisa com clareza.

Não sei o que sou. Não de verdade. Um tom fraco, com um toque de saudade. *Mas acho que nunca soube.*

A frustração se transformou em algo mais complexo. Neve engoliu em seco e mordeu o lábio.

— E por que eu deveria confiar em você?

Talvez não devesse. Quase como uma piada. *Mas você tomou muitas decisões questionáveis em relação a em quem confiar.*

Ela não estava disposta a ouvir o sermão de uma voz incorpórea em um quase-sonho sombrio. Preferia ir direto ao ponto:

— Você sabe alguma coisa sobre a Árvore?

Acho que sim. Talvez. Mas as lembranças... Elas são como uma névoa. Uma onda de fumaça passou pelos pés de Neve. *Quando vejo você, é mais fácil. Mas estou preso no meio.*

— No meio de quê?

Dos dois mundos. De vocês duas. Vida e morte, também, acho.

Neve abraçou o próprio corpo, o frio passando pelo onírico vestido fino.

— Diga tudo que sabe.

A Árvore espera por você, no lugar onde sempre esteve. Mas só chegar lá não é o suficiente: deve haver uma jornada espelhada, um amor em igual medida. E uma chave, se você for voltar.

— E onde consigo essa chave? — Aquele parecia o melhor lugar para começar. Jornadas espelhadas, amor em igual medida... Com essas coisas, lidaria depois.

Neve franziu o cenho para a névoa.

— Tem certeza de que não pode me dizer quem você é?

Uma pausa.

Quando me lembrar, conto para você.

A névoa escorreu pela pele de Neve. Ela estremeceu — era quase invasiva, como se estivesse procurando alguma coisa.

A voz ficou séria.

Você é um receptáculo vazio.

Ela se remexeu.

— Solmir está com toda a magia. Para que eu não... — Parou de falar e olhou para as mãos cobertas de espinhos. — Para que eu não acabe assim.

A voz ficou em silêncio, enquanto a névoa se ondulava em volta dela, pensando.

Isso vai mudar, disse por fim. *O passado e o presente e o futuro se entrelaçam aqui, e todos os caminhos parecem sólidos como aquele que será. Mas ele vai fazer o que é correto no final. Isso é sólido e certo.*

Ele. Solmir? Neve não perguntou, mas aquilo fez seus lábios se contraírem. A ideia de que Solmir faria o que era correto, e aquilo sendo *sólido e certo*, parecia quase tão provável quanto ela querendo beijá-lo por qualquer outro motivo que não fosse a magia.

Outro brilho de uma forma nas raízes além do espelho, concreta o suficiente para que Neve pudesse ver ombros largos e cintura estreita antes de a imagem sumir novamente. *Olhe para cima.*

Ela olhou. Devagar, um galho descia por entre a névoa. Sem folhas, e além de estar coberto de veias escuras, a madeira branca cintilava em dourado. Dualidade presa sob a casca. Ele parou pouco acima da cabeça dela, perto o suficiente para que pudesse tocar o que crescia ali se assim quisesse.

Maçãs. Uma preta, uma dourada, uma vermelha.

As mãos dela quase se moveram por vontade própria, cortando a névoa para tocar na fruta preta. Era quente. Tinha um cheiro acobreado. Pontas de espinhos minúsculos irrompiam da casca escura, como se estivessem crescendo a partir do centro.

Não a pegue.

A voz parecia urgente. Neve baixou a mão.

— O que é isto? — Ela suspirou. — É mais que um sonho.

Tudo aqui é mais do que parece. As maçãs balançavam devagar sobre a cabeça dela. *A existência de dois mundos significa que existe um lugar entre os dois, e* você não pertence nem a um, nem a outro. As coisas aparecem como você consegue concebê-las. Um tom divertido surgiu na voz. *Assim como você, aquilo não é uma maçã, mas seus olhos precisam de* alguma coisa *para ver.*

— Este lugar fica entre mundos, então?

De certa forma. Um lugar entre a vida e a morte. Um lugar para trancafiar as coisas. Uma pausa. *Somos muito eficazes em construir prisões.*

Muitas palavras que davam poucas respostas. Neve franziu as sobrancelhas, a ansiedade fazendo com que fincasse as unhas na palma da mão.

— Devo contar a ele? — perguntou ela em voz baixa. — Sobre tudo que você disse?

Faça como quiser, respondeu a voz. *Todo mundo deve decidir a melhor forma de contar a história do próprio vilão.*

Ela fincou mais as unhas nas palmas.

Não tenho mais nada a dizer. Ela não tinha ideia de como uma voz incorpórea podia soar tão cansada. Aquela familiaridade a cutucou de novo, fez Neve retorcer os lábios em um esforço para se lembrar exatamente onde havia ouvido aquele exato tom de cansaço, de exaustão e melancolia. *Volte para ele.*

E ela abriu os olhos ao ouvir a ordem.

Neve continuou encolhida por um instante, com uma sensação de que estava caindo de volta no próprio corpo. A consciência voltou aos poucos, primeiro das pernas, depois dos braços e, em seguida, do coração. Não havia mexido o corpo, mas parecia que tinha viajado por quilômetros e quilômetros.

Um lugar entre mundos. Entre a vida e a morte. Coisas grandes e pesadas demais para entender, coisas que sua mente não conseguia nem vislumbrar.

Mas não passou muito tempo tentando, sua atenção foi atraída por outra coisa. Porque ali, naquela cabana em ruínas na Terra das Sombras, alguém estava cantando.

Era uma língua que ela não reconhecia, uma melodia baixa e sussurrada que mais parecia uma cantiga de ninar. Ela ouviu o som de metal arranhando a madeira; depois, a cantiga parou com uma imprecação.

Solmir estava sentado com um joelho dobrado e o outro esticado, recostado na parede da cabana. Tinha o polegar na boca, uma adaga na mão e um pedacinho de madeira talhada caído no chão, em um formato que parecia deliberado.

Ele olhou para Neve quando ela se mexeu.

— Bom dia, bela adormecida — murmurou ele, ainda com o polegar na boca.

— Só que não existe *dia* aqui. — Neve se sentou devagar, os músculos protestando. — Que música era essa que você estava cantarolando?

Ele tirou o dedo da boca. Uma mancha cinza marcava a pele, sangue sem cor.

— Eu estava cantarolando?

Por um breve instante, ele pareceu muito diferente. Relaxado e vulnerável, humano. Alguém que seria capaz de fazer a coisa certa, independentemente do que fosse.

— Estava — respondeu Neve, incisiva. — E bem alto.

O tom de irritação não passou despercebido a ele. Solmir se empertigou, limpou o dedo na camisa, pegou a madeira entalhada e a enfiou no bolso.

— Queira me perdoar, Vossa Majestade. Cada um se distrai nas horas vagas como pode.

— Cantando e... entalhando?

— Se fosse *por mim*, estaria bebendo e curtindo os prazeres da cama, mas o vinho está em falta da Terra das Sombras, e para fazer a outra coisa eu teria que esperar você me pedir.

Uma onda de raiva a tomou rapidamente.

— É mais fácil pedir que você me atire na boca do próximo monstro inferior que encontrarmos.

— Não me ameace com diversão. — Ele se levantou, fazendo um gesto em direção à porta. — Agora que estamos descansados, vamos destruir um deus.

7

Red

— *Está diferente*, Eammon. Eu mostrei para você ontem, e você disse para esperar para ver se ia continuar. — Ela fez um gesto com a mão. — E *continua diferente*. Isso tem que significar alguma coisa.

Red estava ao lado do espelho, que ainda tinha os fios do cabelo dela e manchas de seu sangue na moldura, ainda com uma pilha de unhas cortadas como um enfeite macabro diante dele. Eammon parecia frustrado de ver todos os sacrifícios que ela fizera, mas ele não comentou nada. Permaneceu ao lado de Red com braços cruzados, olhando para o espelho que mostrava o reflexo de um emaranhado de raízes. Estava com as sobrancelhas grossas franzidas e a boca contraída em uma linha fina.

O espectro da discussão que os acompanhava havia dias pairava no ar. Ela tinha sido compreensiva no dia anterior, aceitara esperar um tempo para ver se ele estava certo quanto às mudanças no espelho serem uma ilusão. Agora ela estava pronta para entrar em ação. Pronta para fazer alguma coisa. Qualquer coisa.

— Talvez — respondeu Eammon, ainda relutante. — Mas também pode significar simplesmente que o espelho não funciona mais. Agora que nos tornamos Wilderwood, a magia mudou, e a ligação que fazia o espelho mostrar as Primeiras Filhas foi alterada de uma forma que ainda não compreendemos.

— Sim, eu sei disso, obrigada. Mas sua mãe criou o espelho para ver a irmã dela. *Essa* é a função dele, e é o que estou tentando fazer. Red fez um gesto na direção do espelho. — Ele funcionava antes, por que parou justamente agora que Wilderwood está mais forte do que há séculos?

— Porque antes Neve não estava na Terra das Sombras.

— Mas se ele foi feito para me ajudar a vê-la...

— Red, a Terra das Sombras é *errada*. — Ele soltou a última palavra quase em um rosnado. — É um mundo invertido repleto de monstros terríveis e deuses ainda piores. Mesmo que soubéssemos como abrir um caminho para lá agora que Wilderwood mudou de forma, você não poderia simplesmente criar um caminho para um lugar como aquele sem que haja consequências sérias. É sombrio, é retorcido e deforma tudo que está lá.

Tudo que está lá. Como Neve.

Eammon manteve os braços cruzados e contraídos sobre o peitoral forte, as mangas arregaçadas revelando as curvas de cicatrizes curadas muito tempo antes e as braçadeiras com aparência de casca de árvore que cobriam seu antebraço.

— Pode até ser uma pista — concedeu, por fim. — Mas também pode não ser nada. Só não quero que você tenha muitas esperanças, Red. Não quero... — A voz dele morreu e ele esfregou os olhos com o indicador e o polegar.

O silêncio foi ficando mais pesado em volta deles, algo capaz de sufocar. Eles vinham pisando em ovos em relação ao assunto por dias, e agora estavam ali.

Red engoliu em seco.

— O que você não quer, Eammon?

Ele baixou a mão, enfim deixando os olhos emoldurados de verde pousarem nela.

— Não quero que você se machuque tentando salvá-la — disse ele, cada palavra enunciada em voz baixa e clara.

— Mas foi exatamente o que ela fez por mim.

— E era o que você queria que ela fizesse?

— Não é a mesma coisa. Eu não precisava ser salva. E nós *sabemos* que Neve precisa.

Eammon não respondeu, mas manteve a expressão implacável.

Red contraiu a boca com força, sentindo todo o corpo se retesar como se fosse um arco e os lábios fossem a flecha.

— Você acha que não vamos conseguir trazê-la de volta.

— Não foi isso que eu disse.

— Nem precisava dizer.

— Acho que existe uma boa chance de conseguirmos trazê-la de volta. — Ela conhecia cada tom da voz de Eammon, sabia quando ele estava mentindo e quando estava dizendo a verdade e quando estava em algum ponto entre uma coisa e outra. E aquilo era verdade, mesmo que por pouco. — Mas não vai ser nada fácil, Red. Ela está em uma prisão criada para ser impenetrável. Vamos precisar de mais do que... *pressentimentos* e espelhos para tirá-la de lá, e precisamos nos certificar de que sabemos o que estamos fazendo antes de tentar qualquer coisa.

A raiva fez com que suas veias se acendessem em um verde brilhante.

— Então, você quer apenas ler mais um pouco — sibilou ela — enquanto minha irmã está presa no meio de monstros? Junto com os Reis? Eu vi como é lá embaixo, Eammon, e não vou abandonar Neve.

— É claro que não vamos abandoná-la. Mas precisamos de tempo...

— Ela não *tem tempo*!

Red não queria ter gritado. A voz estava rouca, e as palavras saíram quase como um soluço. Eammon fez menção de confortá-la em um gesto instintivo, mas ela retrocedeu e ele deixou as mãos caírem.

Ela levantou um dos braços, repleto de veias verdes e delicadamente cobertos de casca de árvore.

— Nós temos todo o tempo do mundo, mas Neve não tem. Neve ainda é humana.

Eammon se empertigou e manteve o olhar inescrutável.

— E você se arrepende de não ser mais humana, Redarys?

Ele ainda usava o nome dela completo alguma vezes — na cama ou de brincadeira. Mas daquela vez o tom era formal. Distante.

Ela sentiu um aperto na barriga.

— É claro que não. — Ela respirou fundo, mas não conseguiu estender a mão para tocá-lo. — Você sabe muito bem disso.

Ele não respondeu, apenas manteve os olhos âmbar contornados de verde fixos nela.

Por fim, Eammon suspirou.

— Vou estar na biblioteca. — Ele se virou para a escadaria. — Se junte a mim quando puder.

Os passos dele ecoaram nos degraus, e ela ouviu a porta ranger lá embaixo quando ele a abriu.

Red se afastou do espelho e se aproximou de uma das janelas com vinhas entalhadas, observando Eammon cruzar o pátio até a Fortaleza. Parte dela queria chamá-lo, atraí-lo de volta, deixar que ele a tomasse no chão da torre até que ambos se esquecessem da discussão.

Mas não chamou.

Em vez disso, pensou em todas as árvores dentro dela, a Wilderwood que carregava sob a pele. As sentinelas que ela e Eammon tinham absorvido, as sentinelas cujos fungos-de-sombras abriam portais para a Terra das Sombras.

Eammon queria esperar. Queria encontrar um jeito perfeitamente seguro de encontrarem Neve, um jeito que não os fizesse correr risco algum. Red sabia que aquilo não era possível. Entendia o medo dele. Só de pensar na possibilidade de perdê-lo a fazia sentir as entranhas presas em arame farpado. Mas Eammon não tinha irmãos. Não tinha um gêmeo. Jamais conseguiria entender aquele sofrimento único.

Red não podia mais deixar Neve na Terra das Sombras. Não podia esperar que Eammon encontrasse seu plano mítico perfeito no qual não houvesse o menor risco.

E não podia permitir que ele a impedisse de fazer alguma coisa que talvez funcionasse.

Ouviu um farfalhar na mente, como o vento passado por entre as árvores. Um aviso? Uma bênção? Ela não se importava. Seu plano era fraco e malformado, mas era a única coisa na qual Red conseguia pensar que tinha chance de funcionar, e o desespero cobria os diversos furos.

Lá embaixo no pátio, Eammon parou na porta da Fortaleza e se virou na direção dela, os olhos sombreados pelo sol do meio-dia. E, depois, desapareceu lá dentro.

Se contasse para ele, Eammon com certeza tentaria impedi-la, chegando talvez ao ponto de prendê-la na biblioteca. Se Red fosse em frente, tinha de ser naquele momento, e tinha de estar sozinha.

Então, assim que a porta da Fortaleza se fechou atrás de Eammon, Red desceu as escadas.

Não havia mais ameaça alguma contra ela em Wilderwood, mas ir além dos portões ainda fazia seu coração disparar a ponto de parecer que ia sair pela boca. Red os fechou sem fazer barulho, embora soubesse que ninguém estava ouvindo. Àquela altura, Eammon devia estar com o nariz enfiado em algum livro, completamente esquecido da discussão deles enquanto tentava encontrar alguma coisa de útil, e Fife e Lyra ainda estavam voltando do encontro com Raffe depois de terem passado a noite na capital.

Mesmo assim, ela observou as árvores com cautela enquanto passava por entre elas. Era melhor prevenir do que remediar.

Manter o ritmo apressado era um desafio, pois estava carregando o espelho aninhado contra o peito. Red o afastou um pouco e franziu o cenho ao olhar para a superfície, ainda manchada com aquela escuridão estranha e com camadas de raízes escuras, quase impossíveis de ver, a não ser que apertasse os olhos.

Com certeza, as raízes indicavam que ela precisava de uma sentinela. Precisava tirar uma de dentro de si para criar um portal através do qual puxar Neve. O que mais poderia significar?

Outro farfalhar interrompeu seus pensamentos, o fio dourado que corria ao longo deles vibrando como uma corda de harpa. Wilderwood comunicando *alguma coisa*, mas ela não sabia ao certo o quê.

Red entendia muito pouco sobre o que tinha se tornado. Uma mulher, ou quase, por fora, e uma floresta por dentro. Ela se lembrava de pensar em Eammon como uma balança, pendendo para um lado e para outro entre ossos e galhos, um equilíbrio difícil de manter. Desde que haviam se tornado Wilderwood, era como se tivessem colocado um peso nos pratos da balança para mantê-los em perfeito equilíbrio.

Então, o que aconteceria se ela mudasse o equilíbrio de novo? Se deixasse o que estava dentro dela *sair*?

Red meneou a cabeça, espantando a dúvida para tentar organizar os pensamentos e poder encontrar uma solução. Estava fazendo aquilo por Neve. E aceitaria as consequências.

Era o mínimo que poderia fazer.

Não tinha planejado o caminho. Mas, quando chegou à clareira na qual colocara os ossos das outras Segundas Filhas para descansar, onde encontrara Eammon quase consumido pela floresta, no que parecia ser tanto tempo atrás, pareceu correto. Folhas douradas e ocre atapetavam o chão, o cheiro forte de canela pesando no ar. Não havia mais sentinelas cercando o local, que ainda parecia mais próximo de ser sagrado do que qualquer outro que ela já tivesse visto.

Um lugar em particular. Não havia traços da sentinela com a cicatriz no tronco, a sentinela na qual as palavras que exigiam o sacrifício da Segunda Filha tinham aparecido, na qual Tiernan Niryea Andraline, a irmã mais velha de Gaya, as tinha localizado e levado de volta para Valleyda, mas alguma coisa em Red reconheceu o lugar onde estivera. Ela carregava dentro de si o mapa de Wilderwood, e aquele local estava marcado.

Depois de pensar por um instante, colocou o espelho no chão, bem no ponto no qual a árvore estivera, com a superfície refletora voltada para cima. O dourado do cabelo trançado na moldura tinha quase o mesmo tom das folhas. Red se ajoelhou, sentou-se nos calcanhares e puxou uma pequena adaga do cinto.

Talvez fosse tolice. Talvez não fosse adiantar nada. Nenhum dos sacrifícios que fizera pelo espelho adiantara. Ou talvez aquilo fosse o que salvaria Neve no fim das contas — ali, na clareira, onde ela salvara Eammon, onde a magia e o sangue caminhavam tão unidos.

A única coisa da qual tinha certeza era que não podia deixar Neve no escuro. Não podia deixá-la com os monstros.

Era aquilo que Neve faria por ela.

A Wilderwood dentro de Red estava tranquila. Nenhum farfalhar na mente, nem sob a pele; em geral, sua corrente sanguínea era uma brisa que fazia as folhas se eriçarem, as batidas do coração balançando os galhos. Naquele momento, a floresta enraizada nos ossos dela estava congelada, na expectativa do que Red ia fazer. Na expectativa de como afetaria a balança.

Red respirou fundo. A adaga pairou sobre a palma da sua mão, hesitante, e a linha dourada de Wilderwood contra seus pensamentos continuou imóvel e silenciosa.

Ela baixou a adaga. O sangue sempre tinha sido uma solução provisória, nunca a solução verdadeira. Quando Eammon lhe dera sua metade de Wilderwood, nos limites da floresta, quando era magia pura, tudo que fizera fora colocar o coração nas mãos dela.

Depois de um instante, Red pousou a mão nas folhas outonais e sentiu um estalar sob a pele enquanto pressionava os dedos na terra.

— Quero deixar uma sair — declarou depois de um momento de silêncio. — Uma das sentinelas. Preciso de uma fora de mim, para que eu possa ir até minha irmã. — Soltou um som que não era riso nem choro, mas algo que vivia no espaço selvagem e sensível entre as duas coisas. — Para que eu possa abrir o portal trancado.

Red se sentiu um pouco ridícula, declarando as próprias intenções para o solo. Mas se lembrou do momento em que aceitara as raízes, na prisão úmida sob o palácio valleydiano, e como tivera de dizer para floresta exatamente o que queria para que esta soubesse que tudo que fazia era por livre e espontânea vontade.

No primeiro instante, nada.

Depois, um rugido.

Ela demorou para perceber que o som vinha da própria boca, um lampejo de sentimento correndo a partir da mão, avançando pelo braço, queimando ao redor do coração. Red arqueou as costas — não por dor, mas algo além, que ultrapassava o conceito binário de dor e prazer que parecia vindo de um mundo diferente do que conhecia.

Um rasgo dentro de si, um estalo na espinha, uma coisa vital arrancada dos lugares mais profundos. Ambos mais sólidos e efêmeros do que as sentinelas que carregava, como se sua alma estivesse se soltando do corpo.

Red era a floresta que vivia dentro dela, era o mundo exterior. Sentiu uma parte dela se partindo e criando raízes no solo, espalhando sua consciência para além da própria mente, mergulhando na terra e em tudo que tocava.

Infinita. Onisciente.

Ela não tinha só desequilibrado a balança — tinha derrubado ela e descalibrado tudo. Seu sangue e sua intenção a viraram do avesso, fazendo a humana retroceder e a floresta surgir, desatando-a em luz e magia pura. Era lindo, era inebriante.

E a iria enlouquecer.

Todas as veias de Red ficaram verdejantes, e depois queimaram em tons de dourado. Raízes saíram de suas mãos, mas não se soltaram. A pele ficou branca e dura, enquanto o tronco subia pelos braços em direção ao coração.

Ela não estava apenas libertando uma sentinela. Estava *virando* uma. Ela e aquela árvore, em um só corpo transformado em portal.

Red sentiu mais do que viu Eammon entrando na clareira, olhando para ela e para o espelho ao seu lado, sabendo em um segundo o que ela tinha feito. Ele praguejou, um xingamento longo e alto.

— Redarys!

Um som de explosão fez toda a floresta estremecer, vibrando nos ossos de Red, nas partes dela que já eram sentinela e nas que ainda eram mulher, quase como um chamado. Nos dedos — o que antes eram dedos, mas agora eram raízes que se abriam através do solo —, Red sentiu a batida de um coração. Não o dela, mas um contraponto, como se tivesse chegado em alguém e agarrado uma única parte.

Quando a onda de choque passou pelas árvores, Eammon... mudou. Todas as marcas que Wilderwood deixara nele brilharam, obscurecendo sua forma por um instante. Onde ele estivera, havia um buraco, a forma de um homem na atmosfera que não tinha nada além de luz dourada e árvores altas e brancas, como se alguém tivesse usado o corpo do Lobo como um quadro no qual pintara Wilderwood.

O fio dourado da floresta que corria junto com seus pensamentos se retorceu, emitindo um som melodioso que reverberava na sua cabeça, lindo e terrível ao mesmo tempo. O braço que carregava a Marca, agora quase um tronco, queimou e doeu, como se ela estivesse prendendo raios de sol debaixo dela.

— Clame-se de volta, Redarys — ordenou Eammon em uma voz que parecia camadas de folhas, quase inumana. — Clame-se de volta para mim.

Parecia simples, o pensamento de que ela poderia simplesmente *parar*. Mas era o que realmente queria fazer? Se aquilo fosse o necessário para salvar Neve? Onde era longe demais quando se amava alguém àquele ponto?

Os olhos de Eammon. Âmbar envolto pelo mais profundo verde. Olhos sofridos e marejados.

— Por favor, Red. — A voz livre das folhas, rouca e baixa. — Não me deixe.

Não se atreva a me deixar aqui sozinha. Ela dissera aquilo para ele uma vez naquela mesma clareira. Uma promessa entre eles, antes que tivessem admitido qualquer outra coisa. Uma promessa que ela não quebraria.

Cerrando os dentes que pareciam casca de árvore e tinham gosto de seiva, Red se comunicou com Wilderwood, enviando de novo sua intenção para o solo como tinha feito ao começar.

Não dessa forma, pensou ela, atirando as palavras como flechas. *Me dê outro jeito.*

E Wilderwood suspirou, como se aquele fosse o desejo dela o tempo todo.

Sua consciência voltou à forma humana enquanto Red se retirava do solo. No início, os dedos ainda eram raízes, brancas e finas, mas, lentamente, foram retrocedendo à forma de mão, com pele em vez de casca. O processo era dolorido, e ela estremeceu.

Havia algo na palma da mão dela. Uma coisa muito suja de terra para que pudesse identificar o que, como se ela tivesse arrancado alguma coisa do solo. Não precisou pensar muito para saber o que era. O chão rugiu sob seus pés, ondulando como as costas de um monstro. Foi o suficiente para que se desequilibrasse. Red enfiou o objeto no bolso da túnica e apoiou as mãos no chão.

Da mesma forma que começou, o rugido parou.

E, no espelho, não havia nada além da imagem das raízes escuras.

O amargor de terra que sentia na boca tinha gosto de fracasso.

Do outro lado da clareira, os olhos de Eammon brilhavam, âmbar e verde, as veias saltadas nos antebraços cobertos de casca de árvore contrastando com a pele cheia de cicatrizes. Ele parecia mais um deus da floresta do que um homem. Ficaram se olhando, enquanto o ar entre eles estalava.

— O que você está fazendo? — A pergunta foi feita entredentes, como um xingamento. — O que você está *fazendo*, Red?

— O que fazia sentido. — Ela se levantou, sentindo as pernas bambas. — É como a Terra das Sombras sempre se abriu antes. Eu sabia que você me impediria se soubesse.

— É claro que impediria. — Ele se aproximou, movendo-se como um predador. — Claro que impediria você de se destruir sem motivo. De fazer a coisa mais perigosa que poderia sem nem saber se vai funcionar.

— Ela é minha irmã, Eammon.

— E você é minha *esposa*. — Quase um rosnado, cerrando os punhos. — Você realmente espera que eu fique parado enquanto você se desfaz?

— Era o que você esperava de mim, não era?

Ele calou a boca.

Red fechou os olhos e inspirou fundo, trêmula.

— Eu não podia deixar de tentar.

Eammon meneou a cabeça.

— Você deveria ter dito...

— *O que* você quer? — Uma terceira voz, tão cheia de raiva que os distraiu da própria fúria que sentiam. Dois pares de olhos alterados pela floresta se viraram para os limites da clareira.

Era Fife, com os dentes arreganhados e a expressão tempestuosa. Tinha uma manga levantada, a mão oposta segurando o antebraço. Sob os dedos, a Marca do Pacto brilhava como um farol.

O som na cabeça dela, a queimadura no braço. Fife devia ter sentido aquilo também, o desespero de Eammon fazendo que Wilderwood enviasse o seu chamado.

Lyra estava atrás de Fife, a expressão inescrutável, os olhos castanhos arregalados. Ela olhou para Red e para Eammon, contraiu os lábios e se virou.

— Fife? — Eammon soou confuso.

Ele não estava segurando a Marca; parecia não ter sentido o chamado, embora tivesse atravessado Fife e Red como se fosse uma flecha.

Red nunca vira Fife tão zangado. As sardas pareciam mais marcadas no rosto pálido, e sua respiração estava ofegante como se ele tivesse corrido por quilômetros.

— Você me *convocou*. — Um rosnado entredentes, como se a palavra pudesse cortá-lo ao meio. — Estávamos quase chegando à Fortaleza, mas *você* me convocou, e eu tive que vir. Então, aqui estou. — Fez um gesto em direção à floresta. — *O que* você quer, Eammon?

Red engoliu em seco.

— A culpa é minha — disse ela baixinho, colocando-se entre Fife e Eammon. — Fiz uma burrice e... Eammon entrou em pânico.

Lyra ainda estava de costas para eles. Mas, ao ouvir a palavra *pânico*, ela se empertigou, e Red a ouviu soltar um suspiro trêmulo.

— Foi um acidente — disse Eammon atrás de Red. Ela olhou por sob o ombro; os lábios dele estavam contraídos daquele jeito que mostrava que ele estava zangado, mas com ele mesmo, e os olhos estavam sombreados sob a luz do sol. — Não é desculpa, mas eu juro, Fife, não tive intenção. Você sabe, e espero que você saiba mesmo, que nunca faria uma convocação assim.

— Mas foi exatamente o que você fez. — Fife soltou o braço; o latejar da Marca parecia ter enfraquecido, embora a mandíbula contraída ainda demonstrasse dor. — Você, Wilderwood, ou seja lá o que você e ela se tornaram, me atraíram até aqui. E *dói*, Eammon. Pelo amor de todos os Reis, como...

— Ele sabe que dói. — A voz de Red cortou a dele, cheia de raiva: dela, de Fife, de Eammon e de tudo o mais. — Ninguém entende melhor como Wilderwood provoca dor do que Eammon, Fife. Ele disse que não teve intenção.

— Você sentiu também? — Os olhos castanhos de Fife pousaram em Red. — Ou tem passe livre? E a dor é só para os que não detêm magia?

— Eu senti — respondeu Red e, pelo canto dos olhos, viu os ombros de Eammon caírem.

Ainda assim, ele deu um passo para a frente.

— Estamos tentando descobrir como isso funciona agora...

— Parece que funciona do mesmo jeito. Que Wilderwood não ficou nem um pouco melhor em se comunicar, e *você* não ficou nem um pouco melhor em ouvi-la.

Lyra pousou a mão no braço de Fife, interrompendo-o antes que as coisas ficassem ainda piores.

— Vamos voltar para a Fortaleza. — Olhou por sobre o ombro para Red e Eammon. — Acho melhor vocês não virem. Pelo menos, não agora.

A voz dela estava calma, mas inexorável como aço. Estava chateada, Red percebeu, agitada e mal conseguindo se controlar. Havia uma expressão distante nos olhos dela, como se estivesse tentando entender alguma coisa nova, uma informação que ainda não tinha tido tempo de compreender.

A compreensão veio rápido. Fife ainda não tinha contado para Lyra sobre o pacto. Parecia que a convocação de Fife pela nova Marca era a primeira vez que Lyra ouvia falar daquilo. Os dois precisavam de um minuto a sós. E, pelas farpas no olhar de Eammon e Fife, eles também precisavam dar um tempo.

— Conversamos depois — disse Red baixinho.

Lyra também ia precisar de alguém com quem conversar. Red sabia como era aquilo, ver alguém que ela amava tomando decisões difíceis no seu nome.

Sabia muito bem o que era aquilo.

Com um último olhar fulminante, Fife seguiu Lyra pela floresta. Antes de desaparecerem nas sombras, Red viu Lyra pegar a mão dele.

Suspirando, ela se virou para enfrentar seu Lobo.

Eammon se agigantou diante dela, os olhos brilhando e as veias do pescoço brilhando de tão verdes. A voz carregava uma ressonância de folhas ao vento, um que sentia tanto quanto ouvia, e ela sabia que ele estava fazendo aquilo de propósito.

— O que você fez foi de uma burrice sem tamanho, Redarys.

— Eu não conseguia parar de pensar naquilo e queria saber se funcionaria. — Ela não era capaz de se agigantar como ele, mas o olhar dela correspondeu ao de Eammon, e ela sentiu o farfalhar de folhas no couro cabeludo enquanto a hera que entremeava seu cabelo se abria. — Não posso deixar de trilhar um caminho só porque ele talvez seja muito difícil, não da mesma forma que você.

— Você não está sendo justa.

— Não. Não estou. Mas ela é a minha irmã *gêmea*. — Ela meneou a cabeça. — Você não entende como é esse tipo de perda, perder alguém que é parte de você!

— Não entendo? — Ele pousou a mão no quadril dela e a puxou para mais perto enquanto a outra mão a tocava no rosto. — Eu perdi os meus pais. Quase perdi *você*. — Red sentiu um leve tremor nos dedos dele. — Sei bem o que é o medo, e você não vai me fazer sentir isso de novo.

Ela sentiu o calor crescer dentro dela, o que a deixou ainda mais zangada.

— Ah, você vai começar a mandar em mim?

— Com toda certeza.

E os lábios dele encontraram os dela, e ela fincou as unhas nos ombros dele com força o suficiente para machucá-lo, e aquilo era exatamente o que os dois queriam. Um alívio. Um castigo. A raiva e o desejo misturados, e aquele era o modo que tinham para aliviar a sensação, um modo de lutar e curar em igual medida. Ele mordeu o lábio inferior dela e Red ofegou, mergulhando os dedos no cabelo dele.

Ele se afastou apenas o bastante para olhar para ela, mantendo uma das mãos na nuca de Red, enquanto a outra escorregava pela lateral do corpo dela para tirar a túnica. Os lábios quentes de Eammon desceram pelo pescoço, passeando até o ombro até se aproximar do seio. Red arqueou as costas e soltou um gemido ofegante.

Eammon a lambia com vigor e intensidade enquanto continuava descendo. Beijou a barriga e foi puxando a calça dela, percorrendo com os lábios cada pedacinho de pele que revelava. Quando enfim a despiu, Red apoiou as mãos nos ombros dele para se equilibrar e chutou as calças em um arbusto. Ele olhou para ela, ajoelhando sobre as folhas douradas como um penitente, os olhos brilhando e o cabelo bagunçado.

— Você nunca permitiu que eu me perdesse, Red. — A voz saiu rouca, as mãos acariciando o corpo dela enquanto ele falava, como se não acreditasse que podia tocá-la. — Você me trouxe de volta todas as vezes, mesmo que eu tenha querido matá-la por fazer isso. Então, não vou permitir que você se perca também.

— Eu não vou me perder. — Ela puxou a camisa dele pela cabeça e a jogou em uma árvore. Também se ajoelhou, porque assim poderia ter um contato maior com ele, pressionar o corpo contra o peito dele até que as cicatrizes dele deixassem uma marca na pele dela. — Não mesmo.

— Não, não vai nem ferrando. — Ele pressionou os lábios contra os dela, mas continuou falando: — Você não vai me fazer sentir esse desejo todo para depois se matar tentando abrir um portal. Entendeu?

Ela não respondeu, mas o modo como moveu o corpo contra o dele, como o fez se deitar na terra e montou no quadril dele foi resposta suficiente.

Eammon não a deixou ficar ali. Ela o galopou apenas pelo tempo de ser tomada por aquela sensação familiar crescendo dentro dela, o suor brotando na testa de ambos apesar da brisa daquele outono eterno, antes que Eammon a agarrasse pela cintura e invertesse as posições, as costas dela contra a terra e ele em cima.

— Rápido demais — disse ele, inclinando-se para beijá-la enquanto saía de dentro dela. Ele começou a passar a boca pelo quadril de Red até chegar à área de pele macia entre as coxas. — Vai acabar rápido demais, e quero que você se lembre disso.

Ela ia responder que sempre se lembrava, mas, quando ele abocanhou o seu ponto mais sensível, qualquer pensamento coerente se tornou impossível.

Quando Eammon fazia aquilo, não parava até que ela visse estrelas, até que o calor que crescia dentro dela explodisse mais de uma vez. E só então ele a tomou novamente, apoiando o braço ao lado da cabeça dela enquanto os ombros bloqueavam o sol.

Eles não falaram. Não era necessário. E quando os dois chegaram ao êxtase, ele a beijou.

Depois, ficaram deitados nus na floresta, com a cabeça apoiada no manto dela. Red repousou o rosto contra o peito de Eammon, ouvindo as batidas do coração dele no ritmo da floresta. Os pensamentos dela se dispersaram, lânguidos, até ir caindo em um sono lento.

E ela viu névoa.

Antes estivera deitada com Eammon e agora estava de pé, mas ainda conseguia sentir a pele dele contra a dela, a trama do manto pressionando a lateral do corpo. Quando olhou em volta, porém, viu que Eammon não estava com ela. Red estava sozinha, só ela e a névoa. Um meio sonho, então, algum lugar entre o sono e a vigília.

Não estava mais nua também. Em vez disso, usava uma roupa comprida, clara e leve, como o vestido que tinha usado quando fora abençoada como um sacrifício para o Lobo. A boca se retorceu em uma expressão de sarcasmo quando puxou o tecido. Outra coisa feita de sonho, pedaços da vida e do desejo e da lembrança misturados e costurados de forma estranha.

Mas a névoa que a envolvia parecia quase... palpável. E Red teve certeza absoluta de que estava sendo observada.

Esse é o tipo de amor do qual você precisava. Animalesco e forte e capaz de fazer sangrar.

Ela se virou de supetão, tanto quanto possível para alguém em um sonho, estreitando o olhar para a névoa. Não havia forma alguma, nada que lhe indicasse quem ou o que estava falando, embora a voz soasse masculina e quase conhecida.

Aquilo era um sonho, tinha certeza, mas era bem estranho.

— Que é você?

Uma pausa longa o suficiente para achar que não teria resposta. E então: *Eu não sei, na verdade.*

A névoa se abriu lentamente, dissipando-se como lufadas de ar frio para revelar onde ela se encontrava.

Uma árvore. Mas Red estava na copa, empoleirada em um galho bem grosso, a largura quase correspondendo à altura dela, com veias douradas se espalhando pela casca branca. Abaixo dela, uma névoa sem fim, um tronco que ia descendo pelo que pareciam quilômetros. Apertando os olhos, conseguia ver as raízes lá embaixo, na base do tronco tão alto que parecia quase impossível, tocadas pela escuridão.

Quase exatamente o que tinha visto no espelho.

Red caiu de joelhos, debruçando-se tanto quanto a coragem permitia para berrar para a escuridão:

— Neve!

Ainda não.

A voz parecia cautelosa, mas firme, como um pai cansado admoestando uma criança levada. *Você tem a chave. A sua metade da Árvore estava dentro de você, mas ela tem uma jornada até encontrar a outra metade, onde vai achar a chave. Você deve ser paciente.*

Ela franziu o cenho. A voz vinha de todos os lados ao mesmo tempo, como se a própria névoa estivesse sussurrando. E tinha também aquele senso de familiaridade, uma lembrança que não conseguia localizar, mas que talvez conseguisse se pudesse ver quem estava falando. Red se levantou devagar, caminhando hesitante ao longo do galho.

Algo chamou sua atenção em outro, um brilho de uma cor incongruente. Red franziu as sobrancelhas.

Maçãs. Um conjunto de três: uma dourada, uma preta e uma vermelho-sangue.

A Árvore é a chave que é o espelho, continuou a voz, reverberando na névoa. *A Árvore existe e não existe. É você e a parte que você carrega.*

— Não estou entendendo — murmurou Red, ainda olhando para as maçãs.

Poder espelhado e amor espelhado, respondeu a voz. *É isso que abre a Terra das Sombras. Que abre a Árvore do Coração. Que abre* você.

— Isso não ajudou absolutamente nada — resmungou Red, mas o resto da resposta atravessada morreu na garganta quando olhou para o lado.

Quando viu o espelho crescendo do tronco da árvore.

O mesmo espelho que tinha levado até a floresta, que ela tentava a todo custo fazer com que lhe mostrasse Neve. Viu seu próprio reflexo nele, meio floresta, meio mulher, com olhos arregalados e marcas de beijos no pescoço. Mas, então, a superfície se ondulou, e um mundo em tons de cinza apareceu por um breve instante. Uma mulher parecida com ela e, ao mesmo tempo não, com o cabelo negro e comprido e olhos totalmente pretos e espinhos em volta do pulso.

Neve.

Mas quando Red tentou correr adiante, sem prestar atenção no galho em que estava e na queda infinita abaixo, o sonho lhe escapou, tornando-se mais algo que a mente cansada formaria e menos a própria realidade. Seus passos pareciam longos e lentos demais, os dedos estendidos incapazes de alcançar a moldura do espelho. Ele tombou para trás e desapareceu, e ela o seguiu para a escuridão.

— Red?

Eammon se virou e a abraçou, apoiando a mão do outro lado da cabeça dela e a prendendo nos braços enquanto a olhava com preocupação.

— Você gritou.

Ela estendeu a mão e acariciou a ruga entre as sobrancelhas dele.

— Desculpe — disse ela. — Tive um sonho estranho.

Ele franziu a testa.

— De novo?

Red assentiu, sentando-se, o cabelo bagunçado por causa do sexo e do sono.

— Mas foi diferente desta fez. — Ela procurou a túnica jogada, tomada por uma necessidade súbita de descobrir o que havia tirado da terra. — O nome *Árvore do Coração* significa alguma coisa para você?

Eammon franziu ainda mais a testa.

— Assim, de cabeça, não.

A túnica estava a poucos metros — *droga, ele realmente jogou a túnica longe* —, emaranhada nos ramos baixos de um arbusto. Red nem tentou pegá-la antes de levar a mão ao bolso, puxando o misterioso objeto que trouxera na mão depois de quase se tornar uma sentinela. Esfregou o objeto no joelho para limpar a sujeira.

Uma chave. Feita de madeira branca entremeada com veias douradas, mas, sem dúvida nenhuma, uma chave. E quando fechou a mão em volta dela, sentiu o ritmo fraco de batidas de coração, como se a chave fosse viva — ou, ao menos, ligada a algo vivo.

Ela se virou para olhar para Eammon, que ainda parecia confuso, e a mostrou para ele.

— O que quer que seja — começou ela — envolve uma fechadura.

8

Neve

Como o talento mais bem cultivado de Neve era o de se torturar, começou a pensar em Raffe enquanto caminhavam.

O frio sempre presente da Terra das Sombras fazia com que fosse fácil trazer a calidez dele à mente. Olhos castanhos ardentes, sorriso caloroso e lábios cálidos cobrindo os dela no único beijo que haviam compartilhado, lá no quarto dela, logo depois da morte da mãe, com Neve de mãos geladas por causa da magia e Red ainda desaparecida.

Ele a beijara como se quisesse puxá-la para longe da beira de um precipício.

Mas havia mais ali, não? Mais do que um desejo de salvá-la e usar o que acreditava que talvez fosse funcionar?

Neve contraiu os lábios, tentando se lembrar, tentando reviver o beijo na mente. Na época, não tinha pensado em nada além da sensação dele, da emoção puramente física de ter algo que acreditava estar além do alcance, mesmo que só por um instante. Aquele era o ponto crucial de tudo que sempre existira entre eles, potente e impetuoso: a consciência de que aquilo nunca poderia acontecer. Mas tinha acontecido, e o que era aquilo?

Um resgate. Raffe lhe lançando uma tábua de salvação, algo em que se agarrar, já que o que ela tentava segurar sempre escorregava por entre os dedos.

O pensamento a fez franzir a testa, analisar o beijo de forma tão objetiva. Tentar se lembrar da emoção, quando o desespero era a única coisa que conseguia identificar.

Muito antes de ela e Raffe começarem a orbitar um em volta do outro como estrelas que poderiam entrar em colisão, tinham sido amigos. E, no final, ela sentira exatamente aquilo durante o beijo, por mais excitante e profundo que tivesse sido. O desespero de um amigo diante da possibilidade de perder alguém para uma escuridão que não entendiam.

Não existe nada neste mundo que me faça deixar de amá-la.

Fora assim que ele declarara seu amor. Uma confissão, talvez, mas não uma surpresa. Mas as especificidades, os parâmetros e as formas como tudo se encaixava... aquilo era mais complicado.

Ela não dissera que correspondia ao sentimento. Já havia pensado naquilo mais de uma vez desde que acontecera. Não dissera, e não sabia se deveria se arrepender. Não teria sido uma mentira, mas sim uma verdade sem contexto — e não era melhor do que resposta alguma?

Neve ficou imaginando o que ele estava fazendo. Imaginando o que diriam um para o outro caso se encontrassem de novo. Ficou imaginando o que *gostaria* que ele dissesse.

Pensar em Raffe a fez pensar em Arick, e pensar em Arick a fez pensar em Solmir... Solmir como Arick, usando o rosto do seu noivo, usando todos eles no plano, como se não passassem de ferramentas.

Ela o fulminou com o olhar enquanto ele caminhava por entre as árvores, empertigado e com passos precisos. Toda a fraqueza que absorver a magia tinha lhe causado já tinha desaparecido, magia sombria concentrada. Um receptáculo, fora assim que ele se autodenominara. Aquilo tinha ficado na mente dela, aquela palavra, como se devesse ter mais peso, como se fosse a peça de algo maior. Mas não conseguia se lembrar do que era.

— Cuidado com a cabeça.

A voz soou baixo, arrancando-a dos devaneios. À frente, Solmir tinha se virado para encarar Neve, e apontava para os galhos — ou melhor, raízes — das árvores invertidas.

Teias. Suave como seda, quase invisíveis, mas ainda abundantes e turvando de leve o ar. Neve fez uma careta.

— Detesto aranhas — resmungou baixinho, como se estivesse falando consigo mesma.

— Eu também — disse Solmir, virando-se novamente e se abaixando para se desviar das teias.

Ela contraiu a boca. Além do objetivo compartilhado de mandar Neve de volta para o mundo dela, esperando matar os Reis no processo, ela não queria ter mais nada em comum com Solmir.

Os estranhos momentos de ternura que ele demonstrara quando ela achava que Solmir era Arick ainda a assombravam. O jeito como ele se portava e demonstrava carinho. Ela não sabia quanto daquilo havia sido uma tentativa de construir uma máscara convincente de Arick, de preencher as lacunas da experiência de ser noivo dela. Mas nem tudo parecia ser uma máscara.

Agora que ele estava ali, no próprio corpo, todo aquele cuidado com ela permanecia. Não de forma tão óbvia, mas havia vislumbres, tanto na forma como a tratava como na maneira como agia naquele mundo. Dando o casaco a ela. Cantarolando uma cantiga.

Neve não conseguia classificá-lo, e odiava coisas que não conseguia quantificar. Sempre tivera uma mente rápida, capaz de decifrar pessoas em questão de instantes, saber o que queriam e como ela poderia usar aquilo. Mas Solmir era evasivo, e aquilo a deixava insegura.

Ele precisava dela. E, por ora, ela precisava dele... Não poderia navegar no mundo inferior dos Antigos sozinha. Por ora, Solmir era um mal necessário.

Mas assim que deixasse de ser... Bem, então seria o momento em que poderia fazer escolhas.

As árvores foram ficando mais espaçadas e, por fim, abriram-se em uma clareira cinzenta. Talvez tivesse sido um campo em algum momento: em alguns pontos, havia tufos de mato morto presos à terra, enraizados teimosamente no chão. Agora, não era nada além de um espaço extenso, vasto e sem nenhuma característica marcante além de Solmir caminhando à frente de Neve.

O tremor começou devagar, espalhando-se pelo chão e fazendo suas botas emprestadas tremerem. Ela ergueu o olhar e se deparou com os olhos azuis de Solmir fixos nela.

— Fique de joelhos — disse ele, e, embora aquelas palavras em qualquer outra circunstância certamente fossem fazê-la ralhar com ele, Neve obedeceu.

Bem na hora.

O chão espasmou como se fosse se desfazer, espalhando um estrondo pelo ar estagnado, fazendo os dentes dela baterem. Foi quando o chão começou a se abrir, soltando partes de terra seca, rasgando abismos escancarados feitos de escuridão profunda.

Uma rachadura fina apareceu ao lado da mão de Neve e foi se abrindo rapidamente até formar uma fissura. Ela tentou se afastar, mas a ondulação do chão tornou impossível qualquer movimento enquanto mais rachaduras apareciam em volta dela, deixando-a agachada em uma ilha de segurança que rapidamente se deteriorava.

— Neverah!

Solmir se lançou em direção a ela, cambaleando como uma moeda chacoalhada em uma caneca de latão. Ele desviou dos abismos que se abriam, erguendo nuvens de poeira cinzenta. Todo aquele céu-que-não-era-bem-um-céu era tomado pelo som da terra que rachava e virava pó. Um mundo estrebuchando e se desfazendo.

Ele saltou e caiu ao lado dela, também agachado.

— Desculpe a intimidade, Vossa Majestade — sibilou, pegando-a no colo e saltando por sobre uma fissura crescente para aterrissar em um pedaço mais firme de terra.

Assim que seus pés tocaram no chão, ele tropeçou e os dois caíram no meio da terra, os braços dele apoiados perto das têmporas dela. As costas de Neve bateram no chão com tanta força que ela ficou com a visão embaçada e sentiu uma pontada de dor lancinante se espalhar pela cabeça.

Nuvens de fumaça preta subiam dos abismos escancarados como boca, ondulando na direção da névoa cinzenta que fazia as vezes de céu. O som chilreante cortando o rugido do chão que se abria — magia liberta, desancorada do mundo naquele processo de destruição.

Solmir se levantou diante dela como um predador protegendo a presa. Espalmou as mãos no ar e, com um rugido, absorveu toda a magia solta.

Era como observar alguém sendo atacado por um enxame de vespas. Os sons chilreantes sem forma e sem sentido foram aumentando cada vez mais enquanto a magia seguia na direção dele, fluindo para as mãos abertas e obscurecendo o homem da ponta dos dedos até o cotovelo, depois se espalhando ainda mais. E continuava fluindo, parecendo uma onda sem fim que subia do chão para as mãos dele.

Ele ficou berrando enquanto tudo acontecia, um som hostil que podia ser de dor ou de raiva ou os dois juntos, e aquilo assustou mais Neve do que qualquer outra coisa que já tinha visto naquele mundo inferior, qualquer coisa que já tinha visto na vida. Era o som de alguém se desfazendo, e ela cobriu os ouvidos com as mãos para tentar abafá-lo.

E o chão continuava tremendo. A ilha sólida onde estavam permanecia intacta, mas as pontas já começavam a se quebrar, a segurança se esvaindo enquanto Solmir ficava lá, gritando e absorvendo mais escuridão do que qualquer um devia ser capaz de conter.

E, por fim, o fluxo de sombras parou. Solmir caiu, joelhos e mãos batendo no chão, as costas subindo e descendo com a respiração ofegante enquanto a escuridão negra serpenteava pela pele dele como vagalumes invertidos. Espinhos grandes, do tamanho de dedos, irrompiam dos braços dele, rasgando o tecido da camisa. Garras brotaram no lugar das unhas.

Um deus caído transformado em monstro.

Neve se arrastou para trás, afastando-se dele, afastando-se daquela coisa retorcida na qual ele tentava evitar que ela se transformasse. Pensou naquele estranho sonho que tivera na cabana, no reflexo de si mesma que vira no espelho.

Devagar, Solmir ergueu a cabeça. Os caninos tinham crescido em presas protuberantes que não cabiam na boca, pendendo sobre o lábio inferior; os outros dentes também tinham crescido e ficado afiados. O negro engolira a parte branca dos olhos dele, mas a íris ainda brilhava naquele tom cruel de azul. O que mostrava que a alma dele ainda estava lá dentro, ainda lutando.

Mas quando ele olhou para ela, o azul vacilou.

Ele se levantou num salto para se equilibrar nas pernas trêmulas, pernas que estavam muito maiores do que deveriam, estranhamente arqueadas. Mesmo assim, Solmir manteve a elegância majestosa enquanto caminhava sobre a terra rachada na direção dela, o rosto sem expressão, a não ser o sorriso involuntário dos dentes grandes demais.

Desesperada para abrir um espaço entre Solmir e ela, Neve foi se arrastando para trás, apoiada nas mãos. Mas uma delas caiu no espaço vazio, quase a fazendo se desequilibrar. Não havia para onde ir, para onde fugir.

Então, ela se obrigou a se levantar, empertigando-se ao máximo, tentando ocultar o tremor do queixo enquanto o monstro se aproximava.

Quando chegou a meros centímetros dela, Solmir se deteve. As sombras se contorciam nos olhos dele, mas o azul se manteve firme, embora ela conseguisse ver pelo estremecer dos músculos que aquilo exigia um grande esforço físico.

Estendeu uma das mãos, retorcidas em garras cobertas por uma fina camada de gelo, na direção do rosto dela, parando pouco antes de encostar na sua pele. Neve se recusou a retroceder, a desviar o olhar dos olhos de Solmir, o azul vacilando para revelar o preto e depois voltando ao azul. Não sabia o que ele ia fazer, envolvido na escuridão daquela forma, mantendo apenas alguns poucos traços da humanidade que tentava manter com muito esforço. Não sabia, mas não demonstraria o medo que sentia.

Ela viu a maquinação naquele olhar, uma emoção familiar no rosto todo alterado. Solmir afastou as garras dela, como se tivesse tomado uma decisão. No mesmo instante se virou, elevando as mãos no ar cinzento, e um monte de arbustos pulsou a partir dele, em uma torrente espessa e rápida como sangue saindo de uma artéria aberta.

O fluxo foi diminuindo gradualmente, os espinhos se dissolvendo em fumaça cinzenta enquanto deixavam as mãos dele. Solmir se curvou e caiu de joelhos no chão, as costas curvadas enquanto os arbustos de magia jorravam dos seus dedos. As garras retrocederam, as veias negras começaram a desbotar. Ela não precisava olhar para saber que os olhos dele estavam azuis de novo e que os dentes tinham voltado ao tamanho normal.

Ele havia se transformado em um monstro e, depois, o expurgara. A humanidade era algo transitório ali.

— Por que você fez isso? — perguntou Neve, um sussurro pairando na planície vazia. — Por que você absorveu toda aquela magia se sabia o que ia fazer... com você?

O tom dela demonstrava preocupação. Não tinha energia para tentar esconder.

— Porque, se não fizesse, ela iria para os Reis. — Solmir se levantou devagar, passando a mão no cabelo como temesse que os instantes em que passara como monstro o tivessem bagunçado. — Desse modo, mesmo que tivéssemos que desperdiçar um pouco, pelo menos *eles* não teriam como ficar com ela.

Ele parecia ele mesmo de novo, um homem bonito demais com olhos frios demais.

— O que você estava fazendo? — perguntou Neve, ainda em tom baixo e preocupado. — Quando você se aproximou...

Solmir piscou. Desviou o olhar, só por uma fração de segundo, olhando por sobre o ombro de Neve em vez de para o rosto dela.

— Eu ia dar um pouco da magia para você — disse ele em um tom distante e sem emoção, apesar do ligeiro tremor no queixo. — Era magia demais, a ponto de me dominar, e não sabia se ia conseguir liberá-la.

— E por que mudou de ideia?

Ele engoliu em seco, fazendo uma pausa antes de responder:

— Você estava aterrorizada, Neverah. E a magia era tamanha que só conseguiria passar o suficiente para fazer diferença através de um beijo. Eu não ia fazer isso com você. Não vendo como você estava olhando para mim.

Ele então passou por ela, seguindo na direção do infinito horizonte cinzento. Neve franziu as sobrancelhas para as costas dele antes de ir atrás.

Cuidado, consideração. Coisa que ele tinha demonstrado para ela quando estavam na superfície, coisas que, de alguma forma, pareciam perigosas ali. Ela não queria o cuidado dele, só complicaria tudo. Mas tinha medo de como aquele mundo seria para ela se não tivesse tal cuidado.

Caminharam em silêncio por um tempo antes que ela falasse de novo, sem saber ao certo como formular a pergunta:

— Os seus olhos...

Ele levou o indicador ao anel de prata do polegar, girando-o sem parar enquanto andava de um lado para o outro.

— O que tem eles?

— Quase ficaram negros também.

Ele encolheu os ombros.

— Conter a própria alma e tanto poder ao mesmo tempo é um feito e tanto. Almas e a magia da Terra das Sombras não são coisas possíveis de se sustentar simultaneamente... Não se você planeja manter as duas coisas, ao menos. — Ele olhou para o céu, para as impressões nebulosas das raízes longínquas que pareciam nuvens borradas. — Talvez eu *queira* aquela medalha no fim das contas.

A referência à alfinetada anterior talvez tivesse feito Neve revirar os olhos se não estivesse tão concentrada na questão da magia e das almas.

— Foi isso que aconteceu com Red?

Solmir parou e se virou para olhar para ela. Cruzou os braços, a luz difusa da Terra das Sombras contornando seu corpo.

— Não — respondeu ele, por fim, em tom quase suave, ou pelo menos tão suave quanto a voz dele permitia. — A magia de Wilderwood é diferente. Se... harmoniza com a alma, digamos assim. Ela a amplifica, em vez de a consumir totalmente. Redarys ainda tem a própria alma. — Ele ergueu as sobrancelhas, um sorriso brincando no canto dos lábios. — Tão teimosa e irritante como sempre.

Neve abriu um sorrisinho, apesar de tudo.

— Isso é bom — murmurou. — Muito bom.

Ele a observou por mais um tempo, a expressão inescrutável, ainda girando o anel no polegar. A manga da camisa estava totalmente rasgada por causa dos espinhos que tinham crescido ali, a tatuagem em volta do bíceps bem visível. Três linhas, a de cima a mais grossa, a do meio marcada por traços verticais e a inferior, um traço simples.

Solmir se virou de costas e voltou a caminhar pelo deserto.

— Que bom que você acha que isso é bom — disse ele. — Tenho certeza de que Redarys tem mais utilidade para a alma dela do que eu para a minha.

9

Raffe

O Santuário lhe provocava calafrios.

Sempre provocara, na verdade. O rapaz nunca fora muito religioso. Na maioria dos países, a veneração do dia a dia era mais voltada para heróis folclóricos e pessoas das lendas locais, fé em uma escala menor e mais pessoal. Quem não era sacerdotisa da Ordem — ou uma rainha valleydiana desventuradamente fértil — não tinha muita convivência com o Rei. As pessoas acendiam uma vela vermelha umas duas vezes por ano, e se casavam de branco e eram enterradas de preto, mas a religião que se organizara em torno dos Cinco Reis não exigia muito dos seus devotos.

Raffe gostaria de poder voltar àquele tipo de distância.

Estava no segundo aposento do Santuário como alguém diante de um despenhadeiro, com as mãos ao lado do corpo e os ombros tensos. O bilhete de Red que Fife entregara pendia entre seus dedos, tantas palavras para dizer que ainda não tinham nenhuma novidade, que ainda não havia sinal de Neve, que não havia nada. Outro dia se passava com a Rainha de Valleyda desaparecida, e ele era o único que sabia.

Bem. Ele e Kayu.

— Droga — murmurou ele, amassando a carta de Red.

Os galhos das sentinelas guardados no segundo aposento do Santuário pareciam em pior estado depois da campanha de Neve contra eles, mas não muito. Um pouco mais tortos, um pouco mais gastos, mas continuavam robustos na base de pedra, e, embora houvesse manchas de sangue no chão, não havia nenhuma nos galhos.

Não que o Santuário sequer fosse necessário. Não era mais. Quase ninguém além das sacerdotisas oravam ali, e todas tinham partido para Rylt, enviadas por

Neve ou por ele. Ele não sabia se o mesmo acontecia nos Santuários dos outros reinos, mas Valleyda sempre fora o mais devoto. A religião deles estava morrendo lentamente.

Agora que Raffe sabia o que os Reis eram, que tudo se construíra em cima de mentiras e meias verdades e poder, estar no Santuário lhe causava um ligeiro mal-estar.

Não sabia bem por que estava ali, na verdade. Já tinha feito buscas no local, tentando descobrir se havia alguma pista que talvez tivessem deixado passar, alguma coisa sobre os estranhos experimentos de Neve que talvez revelassem uma forma de salvá-la.

Apesar de tudo, ao entrar, tinha seguido quase que automaticamente para a mesa de oração coberta com velas vermelhas. Ao perceber o que estava fazendo, retrocedera como se sobre o tampo houvesse um cesto cheio de cobras em vez de peças de cera e pavio. Os Reis eram as últimas pessoas de quem queria ouvir falar. Poderia voltar aos hábitos da infância, pensou, orando para alguma imagem folclórica ou para Aquela que acabou com a praga — mas, depois de conhecê-la em carne e osso, aquilo parecia estranho também. Passou pela cabeça de Raffe que Red e Eammon eram seres para quem podia orar agora, mas aquilo lhe parecia ainda *mais* estranho e inútil. Assim como ele, eles também não sabiam o que fazer.

Voltou a pensar em Kayu. Ele a vira naquela manhã depois do café, enquanto se encaminhava para o Santuário. Ela estava usando um suntuoso vestido de seda púrpura com bordados prateados, o cabelo negro trançado de forma elaborada para não cair no rosto. Passeava pelos jardins de braço dado com o valete de Belvedere — o mestre do comércio que mantinha uma moradia na capital, mesmo quando as estações frias do ano chegavam, embora geralmente se mantivesse afastado do palácio a não ser que precisasse atualizar os livros contábeis. Os olhos dela cintilaram na direção de Raffe enquanto ela ria de algum comentário do valete, mas, além de uma inclinação discreta com a cabeça, não dera a menor atenção ao rapaz. Era como se não tivesse aparecido no quarto dele para brincar de assassinato na calada da noite. Não tivesse lido a correspondência dele. Oferecido ajuda.

Raffe passou a mão no rosto. Não confiava nem um pouco em Kayu, mas não via como declinar a oferta. Ela estava certa. Ele precisava de dinheiro.

Além de tudo com o que precisava lidar, tentar despistar uma curiosa princesa niohnesa era uma tarefa que ele simplesmente não tinha cabeça para fazer no momento. Aceitaria a ajuda. E se as coisas desandassem... bem, fora ela quem bancara a assassina primeiro.

Só de pensar naquilo, sentiu um embrulho no estômago. Não era violento o bastante para fazer aquilo.

Então, quando se virou e se deparou com ela atrás dele, olhos arregalados e uma vela acesa na mão, os pensamentos que tinham acabado de passar pela sua cabeça pareceram muito impressionantes.

Ela inclinou a cabeça para um lado. Quando a vira pela primeira vez, Raffe podia jurar que notara uma expressão quase de pânico em seus olhos, mas agora ela parecia tranquila e calma como sempre.

— Sentindo-se devoto, Raffe?

Raffe gesticulou para a vela que ela segurava.

— Não tanto quanto você, ao que parece.

Novamente, um brilho de cautela no rosto em formato de coração. Mas Kayu encolheu os ombros.

— Hábitos antigos.

Ele ouviu o farfalhar do vestido enquanto ela passava por ele para colocar a vela diante de um dos fragmentos de galho. Foi cuidadosa ao fazer aquilo, com movimentos elegantes que demonstravam prática.

A luz da vela refletiu no vestido da jovem quando ela se virou de costas para orar. Os olhos escuros se estreitaram, fitando os galhos alinhados nas paredes.

— Isso que chamo de decoração simples.

— O Santuário em Nioh é decorado?

— É austero, mas melhor que este. Ter só um galho à mostra significa que temos outros meios de agir. Ter tantos deles realmente domina o aposento.

— Talvez seja melhor voltar ao seu passeio com aquele fulano se a falta de decoração ofende tanto o seu gosto.

— Não precisa ficar com ciúme. Aldous é muito benquisto. Ele e Belvedere já estão juntos há anos. — Ela fez um gesto para o bilhete que Raffe ainda segurava. — Mais notícias da Rainha?

A pergunta o fez flexionar os dedos e enfiar o papel no bolso enquanto olhava para ela com a expressão séria.

— Desculpe, mas a única forma de descobrir o conteúdo da minha correspondência é roubando-a.

— Parece um desafio. — Mas as palavras saíram mais suaves do que deveriam; Kayu parecia pensativa. Ela suspirou, afastando o olhar dele e pousando-o nos galhos nas paredes. — Sinceramente, acho notável você ter conseguido manter tudo isso por tanto tempo. Sei que a corte valleydiana não pende necessariamente para intriga; o frio os congela, creio. Mas a sua sorte não vai durar para sempre. Poder é poder, e, em algum momento, alguém vai querê-lo. Quanto mais cedo você encontrar Neverah Valedren, melhor.

Aquilo era mais verdadeiro do que Kayu imaginava. Não havia como saber o que estava acontecendo com Neve na Terra das Sombras, como ela passava os dias enquanto eles não estavam nem um pouco mais perto de encontrar uma forma de salvá-la. Raffe ficou repassando tudo na mente: o caixão de vidro, o furacão revolto em que o bosque se transformou, o modo como ela mergulhou na escuridão dando a ele apenas um vislumbre daquele céu cinzento, daquela floresta invertida, daquela terra morta e sem fim, povoada por coisas mortas-vivas. Era um mundo totalmente diferente do deles, e Raffe não tinha nenhuma referência para saber como ele funcionava e o que faria com ela.

O que *já* tinha feito, mesmo antes de Neve desaparecer nele. Ele não tinha se esquecido que a última jogada da noite havia sido dela. Como ela abrira os olhos e vira Red e Raffe, e então os fechara e sugara toda aquela escuridão, permitindo que ela a tomasse por inteiro. Tornando-se sombra. Abandonando-o.

O que o fez pensar em Solmir.

Nos meses entre a partida de Red e a batalha de Wilderwood, Raffe ficara perdido com o relacionamento entre Neve e Arick. Não era bem uma amizade, mas também não era algo mais. Ainda assim, no início, achou que estivessem se apaixonando, e isso fez com que seu coração parecesse vazio e retorcido. Era ciúmes, sim, mas misturado com algo que quase parecia... alívio? Era um peso grande demais se ver envolvido com a realeza e noivos prometidos e a geometria do amor tudo ao mesmo tempo. Talvez assumir a derrota fosse melhor.

Com o tempo, ele tinha mudado de ideia: não achava que Neve estava se apaixonando por Arick, só que Arick estava se apaixonando por ela. Não se encaixava com tudo que Raffe pensava saber sobre o amigo. Arick amava Red desde que tinha idade suficiente para saber o que o sentimento significava; ela vinha em primeiro lugar para ele em tudo. E, embora o amor de Arick não fosse do tipo sobre o qual ele pudesse construir alguma coisa, aquilo não tinha sido necessário. Eles tinham conversado muito sobre tentar convencer Red a fugir, mas, no fim das contas, sabiam que ela não aceitaria. Raffe percebera isso bem antes de Arick e Neve, mas, por mais que tivessem lidado mal com o desfecho daquilo tudo, ele não fora exatamente uma surpresa.

Então, o fato de Arick de repente decidir que queria Neve, sua noiva prometida, mesmo enquanto tentavam trazer Red de volta para casa, não fazia o menor sentido. E aquilo deveria ter sido a primeira pista para que Raffe percebesse que Arick não era mais ele mesmo.

Talvez *querer* nem fosse a forma correta de descrever. Solmir fora carinhoso com Neve; cuidadoso, até. Era nítido que queria mantê-la em segurança, mesmo quando as coisas começaram a sair do controle. Mas talvez não fosse por querer ficar com ela, e sim por querer *usá-la*.

O simples pensamento o fazia cerrar os punhos, mesmo agora.

Quando descobrira, as coisas já tinham ido longe demais para impedir. Ele se lembrava de entrar correndo no bosque, ver o caixão, tentar quebrá-lo com a espada e com as mãos. Nada.

Nada.

E agora Neve estava presa na Terra das Sombras junto com Solmir.

Ao lado dele, Kayu estava em silêncio, observando os galhos com os olhos semicerrados e os lábios retorcidos. As unhas pintadas tamborilavam na manga de seda do vestido, a verdadeira imagem de uma princesa.

Ele era bom demais em confiar em pessoas. Raffe sempre preferia acreditar que tinham boas intenções e já se decepcionara mais de uma vez, embora nunca em um nível que envolvesse possíveis consequências como aquela: guerras de sucessão e tronos roubados. Agora, lutava ativamente contra o instinto de confiar nos outros.

Mas, por motivos que não entendia bem, queria confiar em Kayu. Talvez fosse a solidão; afinal, estava segurando as rédeas daquilo tudo sozinho usando apenas a força de vontade. Seria bom contar com a ajuda de alguém.

Seria bom ter alguém de quem não precisasse se esconder.

Sentia o bilhete de Red no bolso, ao lado da carta de Kiri. Deveria ter queimado ambos, mas ficava relendo as mensagens como se, de alguma forma, pudesse encontrar algum sentido oculto se as repassasse repetidas vezes na cabeça.

— Quanto custaria uma passagem para Rylt? — perguntou ele em voz baixa.

Kayu não pareceu surpresa com a pergunta, apenas encolheu os ombros de forma graciosa.

— Depende do número de pessoas de que estamos falando.

— Três. Espere, cinco. — Talvez fosse uma boa ideia enviar Fife e Lyra para lá. Ele se sentiria mais tranquilo perto de Kiri se estivesse cercado de aliados.

— Seis — corrigiu Kayu.

Tarde demais, percebeu que ela usara o pronome "nós" para responder à pergunta.

— Kayu, você não está entendendo...

— *Não* diga isso para mim.

Desde que a conhecera (não tanto tempo assim, admitia), Kayu sempre demonstrara calma e tranquilidade. Mesmo quando invadira o quarto dele fingindo ser uma assassina, tinha o ar de alguém que sempre mantinha o controle, que sabia exatamente quais seriam os três próximos passos e estava preparada para eles.

Mas os olhos escuros brilhavam com destemor, os punhos cerrados ao lado do corpo. Girou nos calcanhares e o fulminou com o olhar, como se realmente pudesse matá-lo se tivesse uma arma. Raffe arregalou os olhos, mas controlou a vontade de dar um passo para trás, mesmo quando ela chegou perto a ponto de quase roçar o nariz na base do pescoço dele.

— Por favor, Raffe, não aja como se eu fosse tola demais para entender. — Ela obviamente estava zangada, mas manteve a voz controlada. — Se você quer ir para Rylt com meu dinheiro, vou com você.

Um momento, uma respiração. Ela estava perto demais.

Ele não tinha como pagar sozinho para todos irem para Rylt. E tentar trazer Kiri de volta para o castelo seria escancarado e perigoso demais; ele não queria aquela mulher perto de Valleyda. Isso sem mencionar as complicações de trazer Red e Eammon para a capital. Seria quase impossível esconder o que eram agora que mal pareciam humanos. Talvez Raffe pudesse inventar algum tipo de explicação, alguma meia verdade, mas seria difícil e ele não teria como controlar as fofocas.

Não tinha alternativa, e aquilo quase parecia um alívio.

— Está bem — respondeu Raffe, em voz baixa e sombria. — Mas se qualquer informação vazar, vou saber a quem culpar. E não vou ser clemente.

— Eu jamais esperaria que fosse — respondeu ela, fria.

E ficaram ali parados, um diante do outro, nervosos até a tensão do aposento ser quebrada por um tremor de terra.

O terremoto veio do nada. Uma ondulação do chão que os jogou um contra o outro e, depois, derrubou ambos no chão. Por instinto, Raffe se colocou sobre Kayu, esperando que rochas e detritos caíssem do teto.

Mas não caíram, como se o terremoto fosse localizado — centrado nos galhos das sentinelas. Em volta deles, as paredes de pedra rangiam, mas só os galhos se retorciam e chacoalhavam como se alguém os tivesse despertado depois de um longo sono. Cores tremeluziam contra a madeira branca, manchas em dourado e preto, uma dança de luz e escuridão que durou apenas um piscar de olhos.

Em pânico, Raffe verificou a palma das mãos e, em seguida, as de Kayu. Não havia sangue, nem cortes que pudessem ter despertado acidentalmente os galhos. Aquilo era diferente, era novo...

Assim como começou, parou. Os rangidos pararam, e o chão ficou firme novamente, imóvel. Eles continuaram encolhidos no chão, ambos tensos e prontos para um novo tremor, mas o Santuário permaneceu no mais absoluto silêncio.

Um instante se passou. As extremidades dos galhos se retorceram uma vez, como mãos moribundas. Então, com um estalo, todos mudaram de forma.

Chaves. Todos pareciam chaves.

Em um piscar de olhos, voltaram a ser galhos novamente, tão rápido que Raffe se perguntou se tinha imaginado aquilo. Mas, ao seu lado, Kayu estava com olhos arregalados e o queixo caído; também tinha visto.

— O que, em nome de todos os Reis, acabou de acontecer? — perguntou ela com um sussurro.

— Não sei. — Raffe suspirou e meneou a cabeça. — Mas sei quem pode saber.

10

Neve

Depois de dois dias caminhando — ou era o que imaginava, ao menos, já que tinham parado duas vezes para dormir, alternando-se para vigiar o horizonte imutável enquanto o outro cochilava a uma distância suficiente para garantir o conforto do outro —, a paisagem finalmente começou a mudar. Neve ficou constrangida com o modo como seu coração disparou ao ver algo além de chão seco e rachado.

Parecia um cadeia montanhosa, escarpada e bruta, um tom mais escuro de chumbo contra o brilho cinzento do céu. A cordilheira se estendia de um lado ao outro, como a curva da beirada de uma tigela, e parecia crescer à medida que se aproximavam, o único marcador de tempo e de distância que tinha notado desde que deixaram a floresta invertida.

Solmir estava sempre alguns passos à frente, mas ela não precisou levantar a voz para ser ouvida. O silêncio de um mundo morto se certificou de carregar as palavras dela:

— Qual é o tamanho da Terra das Sombras?

— Bem grande — respondeu ele, sem se virar.

— E sempre foi... assim? Mesmo antes de começar a se partir?

A terra estava firme desde o grande terremoto que liberara a magia das profundezas, mas Neve ainda andava com cuidado, preparada para o mundo tremer a qualquer momento.

— Nunca foi exatamente vibrante — respondeu Solmir, seco. — Mas quando os Antigos chegaram aqui, trazendo com eles os monstros inferiores que eram seus filhos, as coisas não eram tão mortas. — Ele fez um gesto na direção de onde tinham vindo e depois para onde estavam indo, na direção da cadeia montanhosa. — A Terra das Sombras é toda cercada por floresta, as fronteiras de Wilderwood, embora não correspondam exatamente às medidas uma da outra. Os Antigos, porém, deram a este lugar a forma que desejavam. Dividiram o local em territórios. A Serpente no subterrâneo, a Tecelã na floresta, o Dragão além do Mar Sem Fim, onde o Leviatã reside. Lutaram entre si, conquistaram alguns territórios, perderam outros. Tratando tudo mais ou menos como faziam na superfície, só que sem os seres humanos para atrapalhar. — Ele encolheu os ombros e baixou a mão. — Nunca foi um lugar agradável, mas era melhor do que isso.

Neve não conseguiu decidir se o mundo que Solmir descrevera parecia melhor ou pior do que aquele pelo qual vagavam, mas algo que ele disse chamou sua atenção mais do que a aula resumida de geografia.

— Os monstros inferiores são *filhos* dos Antigos?

— É um jeito de explicar a relação. — Solmir encolheu os ombros, fazendo o cabelo se ondular nas costas. Ainda o usava solto, embora o atrapalhasse de vez em quando. — Os monstros inferiores são cópias mais fracas dos Antigos dos quais vieram. Os Antigos são os pais deles. — Ele se virou para ela com uma das sobrancelhas arqueadas e os lábios retorcidos. — Até mesmo os Antigos que tomaram amantes não conseguiram procriar com eles.

Neve fez uma careta.

Os únicos monstros inferiores que tinham encontrado até aquele momento tinham sido a cabra de três olhos e a coisa vermiforme com a boca cheia de dentes. Mas Neve pensou, preocupada, que o que tinha visto como um verme também poderia muito bem ser descrito como uma *serpente*.

— Falta muito para chegar?

— Paciência, Vossa Majestade.

Neve poderia muito bem arrancar cada um dos membros dele naquele momento, mas preferiu ficar em silêncio enquanto o seguia por aquele não deserto rachado.

Então, um retumbar.

Solmir parou e mal teve tempo de estender a mão na direção dela antes que a terra os atirasse um contra o outro. As rachaduras no chão se abriram, cobertas de teias de aranha. O tremor não fora tão forte quanto o anterior — nuvens de magia não subiram dos abismos que se abriam como bocarras famintas. Mesmo assim, Neve sentiu os dentes baterem.

No horizonte diante deles, uma das montanhas começou a afundar. Uma nuvem de poeira se levantou para o céu cinzento, o som de sua queda abafado pela distância.

O tremor parou tão repentinamente quanto havia começado, deixando ambos numa posição desequilibrada enquanto se apoiavam um no outro para se levantar. O mundo tremeu mais uma vez antes de a terra ficar firme novamente.

Solmir se estabilizou primeiro, conseguindo parar de pé antes dela. Estendeu-lhe a mão de forma galante.

Neve lançou um olhar cauteloso para ela antes de pousar os dedos na palma, as unhas esbarrando nos anéis de prata. Solmir a ajudou a se firmar, afastando a mão assim que ela se estabilizou na vertical.

— Na última vez que te ajudei a se levantar, você absorveu uma quantidade grande de magia.

— Não me tente — resmungou ela.

Ele abriu um sorriso frio e recomeçou a caminhada pelo deserto aparentemente sem fim.

— Precisamos nos apressar.

Ela mordeu o lábio enquanto o seguia, um tique nervoso que compartilhava com Red. Mas enquanto a irmã apenas mordiscava o lábio inferior, de forma que poderia ser considerada charmosa por quem não soubesse que era uma marca de ansiedade, Neve tendia a enterrar os dentes com força no dela.

Continuaram caminhando. Depois de certo tempo — minutos, horas, Neve nem tentava mais acompanhar — algo surgiu diante deles, uma pequena interrupção contra o horizonte infindável. Uma montanha, talvez, mas com formato irregular, dotada de calombos e curvas estranhas que ela não conseguia entender bem.

Não parecia ser a entrada para um reino ou um território ou qualquer outra coisa. Neve presumiu que fossem simplesmente passar por ali, pela estranha aberração em uma terra ainda mais estranha, e continuar seguindo, mas Solmir se virou na direção da montanha.

Ela franziu a testa.

— Então é para lá que estamos indo?

Solmir estendeu a mão em direção ao monte estranho, fazendo um floreio preguiçoso de boas-vindas.

— Eis a entrada para o Reino da Serpente.

Neve inclinou a cabeça, tentando conciliar o que via com a imagem de entrada que tinha criado na mente: algo ornamentado, semelhante a algum templo, para marcar o reino de um deus.

— Todas as entradas são... comuns assim?

— Depende da sua definição de comum. — Solmir protegeu os olhos do brilho do céu para olhar na direção da cordilheira, depois fez um gesto com o queixo. — Aquele é o domínio da Oráculo, para onde vamos depois. Parece comum para você?

— Parece — respondeu ela com uma ponta de irritação. — São só montanhas.

— Olhe com mais atenção.

Com um suspiro, Neve se virou para a linha irregular que cortava o horizonte. Àquela distância, as montanhas não passavam de formas enormes. Semicerrou os olhos, forçando-os para focalizar a cordilheira.

Os ângulos eram estranhos. Os cumes afiados apontavam para direções estranhas, agregando-se de forma aleatória. Uma pedra em particular parecia assustadoramente familiar...

Ela arregalou os olhos. Não era um pedra, mas sim um crânio gigante.

— Ossos — murmurou ela. — São ossos.

— Antigos mortos. — Solmir deu as costas para o estranho cemitério com os olhos brilhando. Um território assustador até para um deus que provocava pesadelos.

— Você parece não gostar muito da Oráculo.

— Não gosto de muita coisa por aqui.

Justo, pensou ela.

À medida que se aproximavam da entrada, ficou mais fácil de ver a estrutura: a escarpa não era feita de rochas. Crânios novamente. Fileiras e mais fileiras deles, fundidos como se tivessem sido derretidos, dispostos como tijolos. Alguns pareciam quase humanos, mas a maioria era de criaturas que Neve não reconhecia, os ossos com formatos estranhos e ângulos bizarros.

— Tudo aqui é feito de ossos.

— Um dos efeitos adversos de a maioria das coisas aqui estarem mortas — disse Solmir.

No meio daquela catacumba havia um buraco, escuro como se fosse uma entrada para o centro da terra. Não havia escada, mas o chão parecia inclinado para baixo como a entrada de uma caverna criada de forma intencional. Aquilo despertava facilmente a imagem de uma serpente musculosa abrindo caminho pelo solo ao longo de éons para formar seu próprio reino.

Neve estremeceu.

Solmir notou.

— Melhor eu ir na frente, pelo jeito.

— Com *toda* a certeza do mundo.

Ele suspirou, o ar agitando o cabelo.

— Tudo bem. — Ele pousou os olhos azuis nela, nenhum toque de humor à vista. — Sei que a perspectiva de estar perto de mim não lhe apetece muito, mas acho melhor ficar bem perto de mim agora.

— Acho que consigo superar meu desdém por você por uma hora ou duas.

Ela já estava bem mais perto dele do que jamais escolheria estar, perto o suficiente para ver um brilho prateado por entre os fios do cabelo solto — o brinco na orelha. O homem usava mais joias do que ela já tinha usado na vida.

— O que vamos encontrar lá embaixo além da Serpente? Mais monstros inferiores? — perguntou Neve.

— Duvido muito. Aquela coisa que você matou um pouco antes de irmos nos encontrar com a Costureira foi o primeiro filho da Serpente que vejo em anos.

Então aquilo realmente *era* um dos filhos da Serpente. O que significava que a Serpente devia ser uma versão ainda maior e mais forte, com muito mais dentes. Neve sentiu o coração disparar.

— Mas se encontrarmos... — Solmir enfiou a mão no bolso do casaco que ela ainda estava usando. Neve deu um passo para trás, uma resposta na ponta da língua, antes de Solmir tirar algo lá de dentro.

O osso do deus.

Ele girou o objeto na ponta dos dedos e o entregou de volta para ela, o lado não afiado para a frente.

— Pode usar isto.

Hesitante, Neve estendeu a mão, e ele pousou o osso em sua palma.

— Já falei antes que não vai funcionar em mim, mas sinto a necessidade de reforçar isso, já que tenho certeza de que me machucaria. — Solmir se virou na direção da escuridão. — Você ainda precisa de mim e eu ainda preciso de você.

Neve virou o osso, batendo o polegar contra o marfim.

— Cuidado com o tom, e vou tentar me lembrar disso.

Ele deu uma risada fraca e seguiu em direção à entrada da catacumba, sombra e luz brilhando no cabelo. Pela segunda vez, ofereceu a mão para ela.

— É bem escuro — disse, como explicação.

E, pela segunda vez, ela pousou a mão na dele. A pele estava um pouco mais cálida do que o ar, o toque frio dos anéis de prata parecendo pontos de gelo contra a palma dela.

Solmir sorriu para Neve.

— Pronta para cometer o mais alto blasfemo dos atos?

— Sempre.

E, então, Solmir a puxou escuridão adentro.

A visão de Neve se ajustou rapidamente à penumbra — o tempo equivalente a dias passados em uma paisagem em tons de cinza tinha sido suficiente para mudar sua visão. Mas não havia muito que ver. As paredes da catacumba eram feitas de pedra lisa, curvando-se em um teto curvo. Manchas de mica brilhavam no piso igualmente liso que apresentava um declive acentuado. Se ela se sentasse e desse um impulso, provavelmente escorregaria.

O pensamento despertou uma vontade nervosa de rir no fundo da garganta de Neve, mas ela cerrou os dentes para se controlar. Mesmo conseguindo enxergar, continuou de mãos dadas com Solmir enquanto segurava o osso com a outra.

Um som veio das profundezas da catacumba. Neve apertou a mão de Solmir com força suficiente para os anéis machucarem sua pele; aproximou-se tanto dele que a única coisa que separava o corpo de ambos era o tecido do casaco dele.

— Assustada? — perguntou ele.

— Tenho motivos para estar.

— Não tanto quanto eu. É você que está com o instrumento cortante.

Solmir deu mais um passo na direção da escuridão e se afastou um pouco dela, mas não soltou sua mão. Neve se obrigou a manter aquela distância enquanto o seguia.

Seus pensamentos se voltaram repentinamente para Raffe.

Neve meneou a cabeça, um tremor de leve só para expulsar a lembrança do beijo de Raffe, da pele dele e do toque suave. *Depois*, admoestou-se. Poderia pensar nele depois, lidar com a confusão de sentimentos e tentar entender tudo. Ou poderia deixar tudo esfriar e se ossificar, tornar-se algo que precisaria ser rachado e quebrado em vez de desemaranhado. Continuar deixando tudo para depois. Ela estava ficando muito boa naquilo.

Sentiu um puxão impaciente na mão: Solmir, inclinando a cabeça para o lado para direcionar o olhar dela. Havia um corpo vermiforme e inchado beirando a parede, o comprimento equivalente à altura de três homens um sobre o outro. Um dos filhos da Serpente, um monstro inferior morto havia muito tempo. A pele parecia feita de retalhos, como uma cobra trocando de pele ou carne deixada muito tempo ao relento.

Em uma das extremidades, uma bocarra cheia de dentes afiados.

Neve se encolheu, o medo fazendo os pelos do braço se eriçarem, antes que conseguisse raciocinar e entendesse que o monstro já não estava mais vivo. Olhou para Solmir.

— Você vai absorver a magia dele?

— A criatura já está morta há um tempo. Qualquer magia já se foi.

— Para os Reis?

— Infelizmente.

Neve continuou com os olhos fixos no corpo da criatura, sem querer dar as costas para ela antes de virar na curva da trilha e perder o ser de vista. Mesmo então, não conseguia espantar a sensação de frio na espinha.

O que começara como um túnel que descia terra adentro ia se aprofundado cada vez mais à medida que avançavam, ampliando-se em mais corredores abertos nas paredes de pedra a intervalos regulares. Alguns deles eram grandes o suficiente para passar, mas outros eram tão estreitos que seria necessário engatinhar ou rastejar. Neve não se permitiu olhar por muito tempo para eles. Só de pensar em se aproximar de algum fazia as mãos suarem.

Por fim, o caminho ficou plano, terminando em uma caverna circular com túneis seguindo para todas as direções, escuros demais para dar uma dica do que guardavam. Solmir parou e soltou a mão dela, virando-se para olhar atentamente para uma passagem de cada vez.

Neve cruzou os braços.

— E agora? Para onde vamos?

— Preciso de um minuto.

Pela primeira vez desde que tinham se conhecido, Solmir pareceu completamente inseguro. Chacoalhou os ombros, fazendo os cabelos esvoaçarem nas costas. Um instante depois, flexionou os dedos, agitando-os como se aquilo fosse ajudar a descobrir a direção certa por algo no ar. Tentando detectar o poder da Serpente.

Tentando, mas aparentemente fracassando.

— Você está procurando o túnel certo ou chamando um cachorrinho perdido?

— Vossa Majestade, agradeço se me conceder a honra do seu silêncio.

Ela ficou andando de um lado para o outro, olhando atentamente para o espaço circular enquanto Solmir tentava decidir por qual túnel seguiriam. Por alguma razão, ali embaixo era um pouco mais difícil de enxergar. As sombras circundavam as paredes de pedra, densas, escuras e ameaçadoras, e ela tentou reprimir o impulso de se aproximar mais de Solmir de novo só pela segurança concreta de não estar sozinha.

Apesar de todo o deboche, entendia o princípio do que ele estava tentando fazer. Poder atraía poder, dissera Solmir, e ele estava repleto de poder. Assim como a Serpente. Se conseguisse ouvir a magia dentro de si, a que ele carregava para que ela não precisasse carregar, poderia encontrar o caminho que os levaria até o Antigo moribundo.

Com sorte, antes que o Antigo fosse atraído pelos Cinco Reis e ficasse preso no Sacrário deles.

A Costureira contara que a Serpente estava resistindo, tentando ativamente evitar ser absorvida pelos Reis de modo que o poder dela se juntasse aos deles. Mas não tinham como saber se ela havia conseguido. Não tinham como saber até descerem por um daqueles túneis e encontrar um deus ou mais escuridão vazia.

As duas opções a fizeram abraçar o próprio corpo com mais força, como se pudesse se proteger dentro do casaco de Solmir.

Depois do que pareceu uma hora, Solmir deixou as mãos caírem ao lado do corpo. Ele se virou para ela, e Neve viu uma expressão que parecia estranha no rosto dele: não surpresa, nem mesmo medo, mas sim derrota.

— Não sei — declarou ele, quase como se aquilo fosse um choque para ele tanto quanto era para ela.

Por um instante, Neve ficou parada em um silêncio confuso. Então, deu um passo em direção a ele, as mãos apertando mais os próprios braços.

— Como assim, não sabe?

— Não sabendo, simples assim. — Solmir estendeu a mão e começou a esfregar a testa salpicada de cicatrizes, o indicador girando o anel do polegar sem parar. — A magia não está me dizendo para onde devo ir. O poder deveria me atrair, mas simplesmente... não está me atraindo. Ou, melhor, está, mas... — Ele meneou a cabeça. — Eu não sei. É como se a Serpente *não* quisesse que eu a encontrasse.

Ela se aproximou dele, fulminando-o com o olhar.

— Quer dizer que nos trouxe até aqui embaixo e agora não sabe...

Solmir impediu que ela acabasse a fala venenosa cobrindo a boca de Neve com a mão. Ela tentou se desvencilhar antes de entender o motivo.

As sombras no canto do aposento estavam mais próximas. Mas pesadas, quase opacas. Um pequeno círculo de pedras sem sombras cercava Neve e Solmir, mas, fora aquilo, todo o aposento estava coberto por uma escuridão viscosa.

E, emanando dela, vinha um som baixo e incoerente.

Criaturas de sombra. Magia irrestrita, como a que tinha escapado do fundo da terra partida, como a exalada pelo monstro inferior quando os espinhos dela o tinham feito desaparecer. Mas havia algo de diferente ali. Elas estavam paradas e eram uniformes, como se estivessem sendo controladas.

Como se estivessem ligadas a algo maior, como se a magia estivesse sendo controlada por algo mais forte do que as criaturas.

Solmir se virou devagar, tirando a mão dos lábios de Neve quando ficou claro que ela ficaria em silêncio. Mas a outra mão a segurou pelo pulso com tanta força que quase doeu.

— Magia vinda da Serpente? — Ela mal moveu os lábios para fazer a pergunta, como se o menor som fosse capaz de romper a estase das criaturas de sombras. Mesmo antes de a pergunta terminar de sair da sua boca, porém, já sabia que a resposta seria não. Se a Serpente estava morrendo, não teria tido força o suficiente para manter seu poder estagnado daquele jeito.

— Não. — Quase inaudível, só um sopro no ouvido.

— *Você* pode absorvê-lo, então?

Solmir negou com a cabeça, devagar.

— Ela já foi reivindicada.

Neve sentiu um calafrio. Um tipo congelante de medo.

A parede de escuridão estava se erguendo, impenetrável, e se aproximando. Então, na escuridão, um brilho branco.

Dentes.

Dentes na escuridão, afiados e longos, uma centena de bocarras cheias de presas. No início, ficaram simplesmente imóveis, mas depois todas se abriram e falaram.

— O pródigo.

Uma voz soando de todos os lados mas de nenhum lado, em camadas discordantes. Neve precisou usar toda sua força de vontade para não cobrir os ouvidos. Segurou o osso do deus com a mão firme, perguntando-se se funcionaria contra algo incorpóreo.

Todos os dentes bateram uns contra os outros em um sorriso pontiagudo antes de falarem em sincronia novamente:

— Solmir, garoto, estávamos esperando por você. Bem-vindo ao lar.

— Calryes — disse Solmir.

O medo brilhou nos olhos azuis e no rosto pálido, e um ser que outrora fora um deus aterrorizado daquele jeito foi a coisa mais aterrorizante que Neve já tinha visto.

Mas ele logo se recuperou. Controlou a expressão para demonstrar calma fria, arrogância e indiferença. Quase casualmente, Solmir se virou, a pegada firme no pulso dela sendo a única coisa que revelava o que ele sentia.

Ele abriu um sorriso cortante para as sombras.

— Olá, pai.

11

Neve

Uma pausa. Depois, uma risada, ainda mais alta e horripilante do que a fala daquelas cem bocarras ecoando distorcida na escuridão.

O terror e a incredulidade tomaram a mente de Neve, e ela apertou ainda mais o osso do deus até sentir a sensação de que os nós dos dedos se quebrariam. Calryes? *Pai*? As lendas não informavam nada daquilo, nada de Solmir ser o filho de um dos outros Reis, e, embora ela não conseguisse entender o porquê da revelação a afetar tanto, era o suficiente para fazê-la sentir um nó no estômago.

Se Valchior era o líder dos Cinco Reis, Calryes era o seu braço direito.

O que significava que teriam muitos problemas.

— Filho. — Calryes ainda falava das centenas de bocarras de sombras repletas de dentes afiados, mas havia um espaço mais denso de escuridão bem na frente de Solmir que parecia estar se modificando e se retorcendo para formar algo novo. — Vejo que voltou com uma acompanhante. Que interessante.

Solmir deu um passo minúsculo para a frente, colocando-se entre Neve e as sombras que se retorciam. Não de forma protetora, necessariamente; mais como se quisesse esconder a jovem dele, evitar que o Rei, que assumia a própria forma, visse-a por inteiro.

Em qualquer outra circunstância, Neve se recusaria a se acovardar. Mas ali, atrás de Solmir, baixou a cabeça e se deixou esconder. Algum instinto interior lhe dizia que aquele não era o momento para arrogância real.

A escuridão diante de Solmir foi se solidificando lentamente. A essência sombria permaneceu, mesmo enquanto a escuridão se transformava em um vulto magro usando uma coroa de espinhos. Mudava muito para se firmar em uma única forma, apenas uma sugestão de pessoa.

Os Reis não podiam deixar o Sacrário. Pelo menos era o que a Costureira tinha dito. Estavam presos lá, ancorados por toda a magia que haviam absorvido, tornando-se parte da Terra das Sombras. Mas ainda podiam criar projeções de si mesmos. Aquele não era Calryes, apenas um simulacro.

Aquilo deveria ser mais reconfortante do que era.

— A pequena rainha da superfície — continuou o Rei, as sombras escapando pelos contornos do vulto como se fossem uma névoa. Ele não a chamara de *Rainha das Sombras*, não como a Costureira fizera, e, por algum motivo, aquilo fez Neve sentir um calafrio. — Por quê?

— Estava me sentindo sozinho — respondeu Solmir.

Neve fulminou sua nuca com o olhar.

— E eu aqui esperando que as coisas funcionassem melhor para você desta vez. — As palavras soaram irônicas. As sombras em volta da forma vaga de Calryes se retorciam e retrocediam, como víboras em um fosso. — Pelo menos ela chegou até aqui sem morrer. Isso já é uma melhora.

Solmir cerrou o punho ao lado do corpo, com tanta força que quase tremeu.

Atrás dele, Neve fez um cálculo rápido na cabeça, planos que foi bolando e descartando. Calryes sabia que estavam a caminho do covil da Serpente, então era de imaginar que ele também soubesse o motivo: coletar o poder de um deus moribundo, reivindicá-lo antes que os Reis tivessem a chance. Será que ele estava ali para tentar reivindicá-lo para si?

Não... Não, aquilo não fazia sentido. Se os Reis estavam tentando atrair os deuses moribundos para o Sacrário, onde estavam presos, era um sinal de que não poderiam absorver a magia a não ser que realmente estivessem fisicamente presentes. O que significava que ele não estava ali para tentar absorver o poder da Serpente, mas sim para tentar impedir que Neve e Solmir o fizessem.

E, mesmo que ele não pudesse tocar neles, perceber aquilo fez o nervosismo de Neve crescer.

Tudo bem, então. Ele só precisava de uma distração.

Neve deu um passo adiante, contornando Solmir como se ele fosse um móvel. Ele ficou parado e surpreso, a presença do Rei — *do pai dele* — paralisando-o totalmente e o enchendo de terror.

— Você sabe por que estou aqui — declarou Neve para a escuridão.

Silêncio. Seguido pelo ressoar de uma risada, discordante e rápida, vinda de todas aquelas bocarras cheias de dentes.

— Sei? — A figura vaporosa de Calryes tremeluziu de leve, a coroa de espinhos que era a parte mais sólida do vulto se inclinando para trás. — Consigo imaginar muitos motivos, rainhazinha. Nenhum deles é bom.

— E eu não sou bondosa.

— Não — respondeu Calryes com ar contemplativo. — Não, acho que você não é.

Gavinhas finas de escuridão envolveram o braço de Neve, quase como se estivessem procurando alguma coisa. Ela abafou um arquejo, mas não se moveu, mantendo a pose rígida mesmo que parte dela quisesse se encolher.

Mas ver as sombras se mover em volta de Neve arrancou Solmir do transe de medo. Ele tentou puxá-la pelo pulso, mas ela se desvencilhou e se virou, fixando o olhar no dele.

Disse, só mexendo os lábios: *Vá.*

Ele baixou a mão, mas não seguiu a ordem dela e simplesmente ficou olhando para Neve como se a estivesse vendo pela primeira vez.

As sombras que se retorciam em volta do braço dela se afastaram, como insetos noturnos espantados pela luz.

— Hum — disse a forma de Calryes, amorfa demais para que seus gestos fossem distinguíveis, mas Neve ficou com a impressão de que ele estava batendo com o dedo no queixo, pensativo. — Nenhuma magia. Pelo menos nenhuma que possa realmente ser usada. Mas você já a teve, e há bem pouco tempo. As cicatrizes são frescas.

E, então, as sombras dispararam na direção de Solmir.

A forma como reviraram em volta de Neve era lenta e sinuosa, mas partiram para cima de Solmir com uma intenção clara, um ataque direto em vez de uma exploração cuidadosa. A escuridão envolveu o pescoço dele e aprisionou seus braços. Gavinhas mergulharam dentro da boca, das narinas e dos olhos do homem, indo fundo para procurar algo.

Ele soltou um grito, cru e rouco, pior do que o que soltara quando o mundo estava ruindo, quando absorvera toda a magia solta como terra seca sugando a chuva. O som reverberou pela catacumba e, enfim, acabou com a pose de realeza que Neve tentava manter.

Parte dela queria correr para a superfície. Outra queria arrancar as sombras de Solmir e o levar consigo. Mas não conseguiu se obrigar a fazer nenhuma das duas coisas, então só cobriu os ouvidos com as mãos, tentando abafar os gritos.

— Ah, então ele se tornou um receptáculo — disse Calryes em tom casual, como se o sofrimento do filho não o afetasse. — Está guardando a magia para você. Deve parecer um gesto nobre, mas não permita que isso a engane, rainhazinha. É muito difícil manter a alma e a magia ao mesmo tempo. Salvá-la de uma das duas só significa que ele quer você por causa da outra. — Um riso baixo. — Ele está tentando superar o destino.

Cordas feitas de escuridão ergueram Solmir do chão, puxando e revirando-o no ar. Ele enfim parou de gritar, mas o pescoço, os olhos e o nariz ainda estavam cheios daquelas gavinhas horríveis, os tendões contraídos no pescoço e veias saltadas nos olhos. Ele olhou para ela tentando comunicar algo, palavras que não conseguia dizer com a boca estampadas no olhar. A mesma ordem que ela tentara dar para ele.

Vá.

E, como se por causa da ordem não dita, algo como um chamado despertou dentro de Neve.

Uma atração, um puxão. Como se um cabo preso a um gancho seu peito estivesse sendo tensionado, com gentileza, mas firmeza. Ela deu um passo antes que pudesse parar para pensar e obedeceu ao próprio instinto, começando a correr de forma desesperada pelo túnel diante deles.

Esperava que Calryes enviasse sombras atrás dela, que tentasse derrubá-la e a tornar prisioneira. Mas o riso que ecoou na catacumba atrás dela foi pior do que qualquer tormento que a escuridão poderia lhe causar.

— Fuja, rainhazinha! Fuja bem rápido! — exclamou Calryes.

E foi exatamente o que Neve fez.

Toda visão tênue que ainda mantinha havia desaparecido, sugada pelo negro sem fim do subterrâneo. Ainda assim, Neve quase conseguia enxergar as cercanias, por mais esparsos que fossem os pontos de referência. Paredes de pedra côncava e um piso de pedra arredondado, inclinado em um declive. Ela passou por mais alguns cadáveres de monstros inferiores, mais corpos manchados e cilíndricos com um monte de dentes na extremidade. Um tinha morrido virado na direção do um túnel em vez de virado para a parede, a bocarra aberta diante dela. Neve estremeceu enquanto corria, com cuidado para passar o mais longe possível dele.

Parou de correr depois de um tempo, o arfar da respiração sendo o único som a quebrar o silêncio. Inspirou fundo algumas vezes e se obrigou a prender a respiração, tentando ver se conseguia ouvir qualquer coisa, vindo da frente ou de trás.

Nada. Pensou em Solmir, torturado pelas sombras — pelo pai —, e fechou os olhos. Ela o tinha deixado para trás.

Era estranho, sentir-se culpada por alguma coisa feita contra Solmir. Ele era um Rei, um assassino que a manipulara, roubando o rosto de Arick para isso, e, sem dúvida, merecia qualquer coisa horrível que se abatesse sobre ele.

Ainda assim, a culpa crescia e se revirava dentro dela de forma desconfortável.

Ela pegou o osso do deus, brandindo-o como uma espada. Solmir ficaria bem. Já tinha passado por coisas piores que aquela.

E ela tinha um deus para apunhalar.

Respirando fundo, Neve começou a correr de novo.

A atração nas suas veias foi ficando cada vez mais forte à medida que avançava, chamando-a cada vez mais para baixo, o impulso constante e inexorável. Neve nunca gostara de cavernas. Estar no subterrâneo fazia com que se sentisse assustada e tensa. Seres humanos deveriam estar sob o sol, na superfície, mas o ritmo do seu coração e a atração que sentia puxando os próprios ossos não lhe davam muito tempo para considerar os arredores.

Não que tivesse tempo para sentir medo. Neve tinha prática em fazer o que precisava ser feito, mesmo quando estava assustada, mesmo quando sofria.

Sentiu quando chegou perto. O túnel, ligeiramente mais estreito àquela altura, abriu-se em um espaço escuro e vasto. O ar dali fez sua pele arrepiar, tomada por uma sensação de vazio cavernoso que, de alguma forma, dava a impressão de solidão. A escuridão parecia ainda mais espessa — não como as sombras ancoradas em Calryes, não de um modo que parecia consciente, mas só... escuro. A escuridão profunda de algo que nunca tinha sido tocado pela luz.

Hesitante, com uma das mãos diante do corpo e outra segurando o osso de um deus, Neve adentrou o espaço.

Foi engolida pela escuridão. Nem toda a visão acostumada do mundo seria suficiente para enxergar alguma coisa ali. Não havia nada para clarear a escuridão, e nunca tinha havido. Apenas o negrume, apenas sombras, escorregando pela pele de Neve como um veludo escuro. A respiração dela soava alta demais, a catacumba era silenciosa demais.

Então, quando ouviu o gemido, ele soou claro como o badalar de um sino.

Neve congelou, as mãos ainda diante do corpo. Nenhuma palavra — como conversariam? Mas ela permitiu que a respiração continuasse soando alta, uma saudação que qualquer monstro seria capaz de entender.

Não adiantava tentar de esconder. A Serpente estava ali.

Um tremeluzir nas têmporas, o toque de uma consciência estranha tentando entrar em sua mente. Era diferente de quando a Costureira conversara com ela, uma presença mais pesada, como se os pensamentos que estavam tentando se conectar com os dela tivessem de ser traduzidos antes se transformar em qualquer coisa que ela fosse capaz de compreender. A Costureira já tinha sido humana um dia. A Serpente, não.

Quando a Serpente finalmente falou, as palavras reverberaram nos ossos de Neve como se estivessem sendo entrelaçadas em sua medula.

Rainha das Sombras.

— Sim.

O frio era tamanho que sua respiração se condensava diante do rosto, formando uma nuvem de vapor, mesmo que Neve não pudesse vê-la. Responder ao título e ouvi-lo de um Antigo não lhe causavam medo.

Um suspiro da bocarra fez o ar se deslocar. Ela sentiu o cabelo esvoaçar.

Você tem cheiro de estrelas e enxofre. Eu conseguia distingui-la do outro, mesmo a quilômetros de distância. Era você que eu queria.

Neve flexionou as mãos ao lado do corpo. Pensou em Solmir no momento em que haviam chegado aos túneis, como ele não soubera para onde seguir. A Serpente tinha chamado por ela. Queria que fosse o instrumento da sua destruição, o receptáculo do poder do qual estava abrindo mão.

— Por quê? — perguntou baixinho.

Algo se deslocou na escuridão, um movimento poderoso e cataclísmico que ela não conseguia ver, apenas sentir. *Deve haver dois receptáculos. Um para a magia, um para almas. As duas coisas não podem ser carregadas simultaneamente, não quando existe mais de um.* A Serpente fez uma pausa, e Neve sentiu novamente uma coisa arranhando seus pensamentos, uma mente inumana se traduzindo para ela. *Talvez não seja o meu papel decidir qual dos dois você será, Rainha das Sombras. Mas a considero mais merecedora da minha simpatia do que o outro.*

Ela não estava entendendo, não de verdade, mas aquilo não era algo que Neve tinha o hábito de admitir. Ela se empertigou, segurando o osso com firmeza, e repetiu as mesmas palavras que dissera para Calryes.

— Você sabe por que estou aqui.

Sim. Um vento soprou os retalhos da camisola dela contra as pernas. *Vivi esta vida pela metade por muito mais tempo do que gostaria, resistindo contra os impostores que queriam me atrair para suas teias, unir minha magia à deles.* Uma pausa. *Mas morrer é difícil para alguém como eu. Nós quase sempre precisamos de ajuda. Estou feliz por ser você.*

O peso da enormidade do que estava prestes a fazer se acomodou sobre os ombros de Neve. As lembranças da dor que sentira quando usara a magia pela primeira vez ali, tirada de Solmir, fizeram a jovem querer dar meia-volta e sair correndo, retornando pela escuridão infinita até encontrar algum tipo de luz.

— Vai doer? — perguntou em um sussurro. — Absorver a sua magia?

Coisas importantes geralmente machucam, Rainha das Sombras. Você sabe disso.

Ela sabia.

Mas não vai ser para sempre. Outro suspiro agitou o ar. *A magia que tenho em mim não está presa às fundações deste lugar. Ela é livre. Não vai pesar na sua alma do mesmo modo que absorvê-la da Terra das Sombras faz.*

— Então é seguro.

Uma risada ecoando na sua mente. *Nada aqui é seguro. Mas é necessário.*

Neve assentiu, embora não soubesse ao certo se o deus era capaz de enxergar. Ainda assim, parecia que tinha engolido uma pedra, enquanto os dedos apertavam o osso afiado.

— Hesitação? Não esperava isso de você, Neverah.

Uma nova voz, cortando as sombras.

A escuridão diante dela se aglutinou, exatamente como acontecera com Calryes lá em cima, tomando forma. Tornando-se homem, de forma mais sólida do que o pai de Solmir, como se tivesse um domínio maior da magia. Tinha espinhos crescendo da cabeça como uma coroa, ombros fortes sob um manto púrpura, e o brilho de um cabelo avermelhado, a beleza tremeluzindo para se alternar com a decadência esquelética.

Ela nunca o tinha visto antes. Mas sabia exatamente quem era.

Valchior.

O Rei sorriu.

— Achei que você fosse apunhalar nosso divino amigo aqui na primeira chance que tivesse. Você gosta de magia. Gosta de *controle*. E terá todas essas coisas assim que absorver o poder dele.

Neve não respondeu, não se moveu, cara a cara com o maior dos deuses que tinha aprendido a venerar e cheia de um terror que não tinha nada de sagrado. Sentia o desprazer da Serpente na sua mente, emitindo um temor inumano, embora aquele medo fosse bem menor do que o dela. Ficou imaginando se o Rei conseguia sentir. Se gostava daquilo.

Valchior podia até ser mais sólido do que Calryes, mas ainda assim seu contorno era esfumaçado, as feições mutantes. Homem, crânio, mortalha. Em todas as formas, porém, tinha um sorriso cortante no rosto, os lábios mais cheios e sensuais do que um deus apodrecido poderia ter.

— Olhe só como você é adorável — murmurou ele, dando um passo para a frente enquanto sombras se ondulavam aos seus pés. — Não é surpresa alguma você ter mexido com a cabeça de Solmir.

Apesar de todo o terror que lhe queimava por dentro, Neve conseguiu dizer:

— Nós precisamos um do outro. Não é nada além disso.

Valchior inclinou a cabeça, o rosto se tornando esquelético enquanto ria.

— Talvez seja verdade. Você o deixou à mercê de Calryes, e com certeza aquele não está sendo um reencontro familiar muito agradável.

Culpa novamente, como garras enterradas no peito. Neve cerrou os dentes para se controlar.

— Você descobriu o que ele estava fazendo? Os planos dele para você? — perguntou Valchior. — Ele a transformou em alguém cruel ainda lá na superfície?

— Ele não me transformou em nada. — Neve segurou o osso com mais força.

Estaria revelando alguma coisa ao dizer aquilo? O sorriso frio que se abriu no rosto do Rei dizia que sim.

— Interessante — disse ele. — Sua crueldade é toda sua.

A voz serpenteou em volta dela, despertando os medos mais profundos que Neve jamais se permitira examinar de perto. Medo do que ela se tornaria. O que mais faria. Ela havia forçado todos os seus limites até que cedessem, mas ainda não tinha o menor desejo de redefini-los.

— É uma coisa libertadora, Neverah. — Valchior não estava corpóreo o suficiente para caminhar em volta dela. Em vez disso, aparecia em lugares diferentes nas sombras, atraídos para os pontos cardinais enquanto a escuridão se movia para acomodá-lo. — Todo aquele desejo por bondade não serve para nada além de exauri-la. Ninguém consegue decidir o que a bondade *é* de verdade. É uma coisa arbitrária, e nós a usamos como uma armadilha.

— A bondade é tudo que você não é — retrucou ela, mas a voz soou fraca.

— É mesmo? — Ele estava diante dela agora, e bem perto. Neve manteve cada um dos músculos congelados para não se encolher. — Porque acho que bondade tem mais a ver com tentar salvar aqueles que você ama. Independentemente do custo.

Ela queria argumentar, mas o que poderia dizer? Neve concordava, que as sombras a levassem. Ela concordava.

O sorriso de Valchior se alargou.

— Nós trilhamos caminhos parecidos, Neve. Eu tentei salvar minha filha de Wilderwood, do Lobo. Tentei obter de volta o poder que nos manteria protegidos dos deuses aprisionados aqui, deuses que este mundo não teria como manter para sempre. Você pode me culpar por isso? Pode mesmo?

O Rei parou de se mover, parando diante dela. O tremeluzir do semblante que ia do esqueleto ao belo rosto parou, e ele manteve apenas a beleza e a realeza.

— Este lugar não foi feito para nós. Você viu como ele modifica as pessoas. Nós temos culpa do que nos tornamos?

— Vocês não precisavam ter feito aquilo. — O suor escorria pelo osso do deus na mão dela, fazendo com que ficasse difícil de segurar. O ar gélido contra a pele coberta de suor frio de medo a fez estremecer. — Não precisavam ter absorvido o poder da Terra das Sombras, amarrando sua alma à magia deste lugar a ponto de não poder mais deixar o Sacrário. Solmir não fez isso.

— Solmir — sibilou Valchior. — Ele não contou para você toda a sua triste história.

Ela sabia. É claro. Ele não tinha contado tudo a ela, e ela não tinha perguntado, porque havia muito a ser feito e muito com que se preocupar sem precisar ouvir a triste história do Rei caído que era tanto seu captor quanto a única forma que ela tinha de voltar para casa.

Neve não precisava saber quanto ele tinha perdido também.

— Este mundo não foi feito para durar. — O ar em volta dela mudou quando Valchior se inclinou. — E seu mundo lá em cima também não está em sua melhor forma, não é? Assassinatos e cobiça, roubo e crueldade. Faz com que você se pergunte o que constitui uma boa alma. Mas as coisas não eram assim antes, quando todos tínhamos coisas em comum para odiar. Os monstros faziam com que os homens se unissem. E quando os monstros são os deuses, são os *regentes*, ainda melhor. Quando os homens têm muito que temer, se unem ainda mais.

— O seu argumento é que deixar você e os outros voltarem para o mundo de verdade vai ser uma coisa *boa*?

— Só estou fazendo um comentário, mas sim, acho que seria. — Valchior encolheu os ombros. — Tanta coisa pode se resolver com o medo... É uma das melhores ferramentas. Um excelente meio de controle.

— Não dá para reinar pelo medo. — A frase saiu entredentes.

— Uma ideia nobre — concedeu Valchior —, mas vazia. Quando você era rainha na superfície, não conseguiu nada que não fosse pelo medo, Neverah. E você sabe disso. Tudo que fez e todos os passos que deu só funcionaram porque as pessoas na sua pequena corte tinham medo de você. Medo do que poderia fazer, sem controle e cheia de tristeza. — Um riso caloroso, que não combinava com toda aquela escuridão. — E você gostou disso.

Vilões não deveriam mentir? Tudo seria tão mais fácil se ele estivesse mentindo...

Os pensamentos da Serpente ainda estavam na sua mente, tensos, mas não mais temerosos. Valchior mal dera atenção à presença do Antigo. Não poderia fazer nada com a Serpente na forma que estava; não poderia matá-la nem absorver o poder dela.

Também não poderia fazer nada com Neve além de conversar, de atirar todas as verdades cortantes contra ela, enquanto ela tentava desesperadamente se proteger.

— Você pode falar até ficar sem ar — disse Neve, contraindo o maxilar e segurando o osso com mais força. — Mas vou fazer o que vim fazer.

O Rei deu um passo para trás, abrindo os braços.

— E eu nem sonharia em impedi-la, Rainha das Sombras.

Pronunciou as palavras devagar e de forma deliberada. Ver o gesto a fez se encolher.

— Sim, nós sabemos quem você é — murmurou Valchior. — Sabemos por que está aqui. — Ele se inclinou e aproximou os lábios do ouvido dela, e, mesmo sendo apenas uma projeção feita de sombras que não poderia tocá-la, Neve se afastou. — E aceitamos isso de braços abertos.

— Neverah?

A voz de Solmir, quase em pânico. A palavra ecoou pelo corredor que levava até o monte de ossos, junto com o som das botas dele deslizando pelo piso escorregadio dos túneis acima.

Valchior virou a cabeça na direção do som. Neve achou que ele fosse desaparecer, mas, em vez disso, abriu um sorriso jovial.

— Nosso Rei errante, voltando do reencontro com o papai — disse. — Calryes adorou a oportunidade de vir ver o filho. De mantê-lo distraído para que você e eu pudéssemos ter essa conversinha. Foi quase gentil da parte dele.

Distrações. Ela sabia o tempo todo que aquilo tudo não passava de distração, mas ouvir a confirmação — tomando uma direção que ela não antevira — fez a ansiedade se retorcer dentro dela.

— Neve, responda! — Parecia que Solmir estava correndo agora, mergulhando fundo na escuridão crescente.

Seu apelido. Ainda era estranho ouvi-lo vindo da boca de Solmir.

— Que peculiar ele vir atrás de você — murmurou Valchior. — Aquele garoto é um poço de contradições. — Riu. — Cuidado com ele, rainhazinha. Ele pode até aquecê-la no frio, mas vai queimá-la no final.

— *Neverah Valedren!* — A preocupação era palpável na voz, o nome completo soando como se ele a estivesse invocando.

O exato oposto de um cavaleiro em uma armadura brilhante, vindo salvá-la depois de ela tê-lo deixado preso nas sombras com o pai sádico.

Diante dela, Valchior tremulou.

— E, com isso, me despeço, Neverah. — Os contornos foram se apagando e a fachada de beleza se desfez, deixando apenas os esqueletos antes de o vulto desaparecer na névoa. — Até nosso próximo encontro.

E Neve se viu na catacumba, maior do que poderia imaginar, sozinha a não ser pelo Rei caído que corria na direção dela e o deus antigo que queria morrer.

Rainha das Sombras. A voz da Serpente na sua cabeça parecia repleta de sofrimento. *Por favor.*

Neve chacoalhou a cabeça e preparou as mãos. O peso do osso a ancorava com sua maciez e frieza. Quando ela se virou na direção da Serpente na escuridão, ouviu o suspiro do Antigo.

Solmir ainda estava descendo pelo corredor. Conseguia ouvi-lo praguejando e escorregando pelas pedras, contornando os cadáveres pelos quais ela passara.

Ela estendeu a mão vazia, parando quando sentiu as escamas quentes, secas e ásperas contra a própria pele. Neve compreendeu como ela era grande, uma criatura cujo tamanho destruiria sua mente, e se sentiu grata pela escuridão que não permitia que a visse.

A Serpente suspirou de novo, um som forte que reverberou no escuro e na mente de Neve. *Eu não fui gentil*, disse ela, em um tom que não era de confissão nem de defesa. Apenas a declaração de um fato. *Saí dos mares e fui para a terra com toda a intenção de acabar com mundos. Em alguns casos, consegui. Uma cidade é um mundo para alguns. Uma aldeia.* Algo similar a uma risada lamentável ressoou, estranho vindo da mente de um deus. *Eu tornei a água não potável, fiz a terra não ser fértil, envenenei lugares inteiros.*

— Como lhe chamavam? — Parecia a pergunta certa a fazer. Neve se sentia estranha por estar prestes a tirar a vida de alguém sem saber seu nome.

De muitas coisas. A Serpente se acalmou, relaxando na escuridão. *A Serpente do Mundo é a mais fácil na sua língua.*

— Serpente do Mundo — repetiu Neve. Ela preparou o osso na mão. — Espero que... Espero que descanse em paz.

Qualquer coisa há de ser melhor do que isso, respondeu o deus. Depois, quase como uma reflexão tardia: *Nenhuma das suas decisões será fácil, Rainha das Sombras, mas uma coisa lhe digo: os Reis seriam piores do que jamais fomos. A humanidade gera crueldade de formas que a minha espécie não compreende.*

— Nós vamos detê-los — murmurou ela, sem perceber que tinha dito *nós* até ouvir as próprias palavras.

De um jeito ou de outro. Soltou um último suspiro, agitando o ar na catacumba. *Agora seja rápida.*

Neve sentiu a batida de um coração enorme através das escamas. Suas mãos estavam frias. Ela fechou os olhos.

Em seguida, levantou o osso e fincou a ponta afiada no corpo da Serpente.

A morte de um deus não demorou muito. A forma imensa que ela não enxergava espasmou, deslocando o ar frio. A jovem deu um passo para trás para não ser lançada longe. Outro arquejo, o movimento jogando pedrinhas a seus pés e fazendo a atmosfera estremecer.

E a magia começou a se esvair do corpo da Serpente, primeiro como um fiapo, depois como uma torrente. Neve ergueu as mãos.

12

Red

— Raffe está aqui.

Red ergueu a cabeça do livro que estava lendo com tanto ímpeto que o pescoço chegou a estalar.

— *Raffe?*

Lyra se apoiou na porta da biblioteca. Cruzou os braços sobre o vestido verde profundo que enfatizava o brilho dourado dos olhos escuros.

— E trouxe uma convidada.

Aquilo fez Red levantar as sobrancelhas enquanto se virava para Eammon. Ele estava sentado ao lado dela, curvado sobre uma pilha de livros inúteis, a expressão cansada e o cabelo bagunçado. Estavam ali havia quase quatro dias, desde o acontecido na clareira, vasculhando um livro atrás do outro. Até o momento, não tinham encontrado nada.

Ainda assim, Eammon continuava a busca incansável nos livros até os olhos se fecharem, e com frequência ela tinha que cutucá-lo para que ele fosse para o quarto dormir na cama em vez de debruçado na mesa.

Mas, na maioria das noites, ela esperava. E, quando ele já estava dormindo, Red pegava os livros que ele considerara inúteis e continuava buscando mais menções de vozes em sonhos.

Ela contara para ele a maior parte do sonho estranho que tivera, obviamente. A névoa, a maçã cálida e sangrenta, a Árvore do Coração, a voz que falava de forma críptica. Mas mantivera tudo bem vago, e não contara para ele sobre a voz em si. Não contara como lhe soara familiar, pessoal.

Aquilo fazia parte da charada, de alguma forma. Ela sabia, com a ressonância profunda de uma verdade inquestionável, que o que quer que tivesse que acontecer para salvar Neve *seria* pessoal, que a buscaria de um jeito que Eammon não poderia evitar.

Sabia que ele odiaria aquilo, então guardava a informação para si.

Red levou a mão ao bolso, para a chave que guardava ali. Eammon não gostava de olhar para ela; dera apenas uma olhada rápida no objeto quando Red lhe mostrara. Mas ela a carregava para todos os lados, passando os dedos na superfície como se fosse uma pedra calmante, girando a peça na mão. Parecia um elo com Neve. A única coisa na qual podia se agarrar.

O Lobo fechou o livro e baixou as sobrancelhas. Olhou de soslaio para Red, fazendo uma pergunta silenciosa. Ela deu de ombros. Não havia nada no bilhete que pudesse fazer Raffe pensar que precisava ir até lá — pelo menos nada que ela conseguisse vislumbrar. Principalmente quando todos tinham concordado que era melhor tentar manter Wilderwood longe dos pensamentos coletivos de Valleyda o máximo possível.

Eammon se levantou, enfiando um pedaço de papel no meio do livro para marcar a página.

— Não vamos deixar os dois esperando. — Passou a mão na boca. — Por que, em nome de todas as *sombras,* ele achou uma boa ideia trazer mais alguém para o meio disso tudo?

— Você devia saber muito bem sobre deixar outras pessoas se envolverem com assuntos dos quais deveriam se manter bem longe — murmurou Lyra.

Os três ficaram imóveis, como presas pressentindo a presença de armadilhas. Red não conseguia sentir raiva, mesmo que o olhar magoado de Eammon a dilacerasse por dentro.

Ela e Eammon tinham conversado sobre Fife e o que havia acontecido na clareira, tarde da noite, com os corpos abraçados e as pernas entrelaçadas, Red usando o peitoral de Eammon como travesseiro. Tudo o que ele se lembrava depois do breve instante em que enviara o chamado de Wilderwood estava envolvido em pânico. Assim como o que acontecera antes, naquele dia no bosque de sombras, quando ele absorvera toda a floresta para salvar Red.

— Eu também não me lembro de nada daquilo. De nenhuma das duas vezes — sussurrara ele na escuridão, as janelas sem vidro deixando o ar e o cheiro acentuado de outono entrar. — Havia uma luz dourada. A sensação de ser... de ser *vasto*, ocupando mais espaço do que seria possível. Todas as partes de mim espalhadas. — Os olhos com halos verdes pousaram nos dela, brilhantes ao luar, e demonstrando toda sua preocupação. — Doeu muito quando você sentiu o chamado?

— Não foi tão ruim. Só... barulhento, na minha cabeça. — Ela acariciou o peito do Lobo até pousar a mão sobre o coração dele. — Você não ouviu nada?

— Não. Mas Wilderwood e eu já coexistimos há muito tempo, e ela parece barulhenta o tempo todo. — Eammon passou a mão no cabelo. — Fife disse que não estou nem um pouco melhor em ouvi-la. Parece que ele está certo.

— Mas é difícil mesmo de ouvir — murmurou Red. — Principalmente quando ela já é parte de você por tanto tempo.

— É que não entendo mais as regras. Não me leve a mal, prefiro muito mais isso ao que Wilderwood e eu éramos antes, mas parte de mim sente falta de saber exatamente o que a floresta quer de mim. — Ele se remexeu sob o corpo de Red. — Talvez eu não devesse ter permitido que Fife fizesse um pacto para salvar Lyra. Ela não estava morrendo, estava ferida, e ele entrou em pânico. Mas eu não... Não sabia que seria *assim*.

Ele fez uma pausa, enrolando distraidamente no dedo uma mecha do cabelo dourado dele, entremeado por heras.

— É diferente — continuou ele, por fim. — Esse pacto é diferente do que ele fez antes, mas não sei de que forma. É como se Wilderwood soubesse de algo que eu não sei.

— Mas você tinha que deixar. — Red olhou para o Lobo, afastando uma mecha do cabelo escuro dos olhos dele. A ponta do pequeno chifre roçou na ponta dos dedos dela. — Lyra não estava mais ligada a Wilderwood o suficiente para que você a curasse sem o pacto.

— Eu sei. Não tinha como deixá-la daquele jeito. — Eammon pegou a mão de Red e entrelaçou os dedos nos dela, pousando as mãos no próprio peito. — Mas acabei deixando Fife *assim*.

Red se virou e depositou um beijo no ombro nu coberto de cicatrizes.

— Eles vão superar.

— Mas não deviam ter que passar por isso — murmurou ele, bem baixinho.

Logo sua respiração foi se acalmando, e ele adormeceu.

Mesmo ali, na biblioteca, os olhos de Eammon ainda carregavam o brilho da culpa. Não respondeu a Lyra, apoiando-se com os punhos fechados sobre a mesa para respirar fundo mais uma vez antes de seguir até a porta. Ela o deixou passar sem dizer nada.

Red pressionou os lábios e foi atrás. Fez uma pausa ao passar por Lyra, mas manteve o olhar à frente.

— Ele não queria envolver Fife nisso tudo de novo — disse, a voz suave.

Achou que Lyra talvez não fosse responder, mas, depois de um instante, a outra suspirou e curvou os ombros.

— Eu sei. — Um cachinho fechado caiu nos olhos dela, e Lyra o empurrou para trás. — Fife fez a escolha de fazer o pacto. E Eammon... — Ela encolheu os ombros. — Ele não estava em posição de recusar, acho.

— Ele teria recusado. — Red conhecia seu Lobo profundamente, o modo como pensava e as coisas que despertavam sua culpa. — Se fosse ele mesmo naquele momento, tentaria ter encontrado outro jeito. Um que não envolvesse um novo pacto.

— Mas não havia outro modo — respondeu Lyra, o tom cansado. — Todos nós sabemos disso.

Red não tinha o que responder.

Lyra tamborilou as unhas na manga do próprio vestido, mantendo os olhos fixos no chão.

— Foi para me salvar — continuou, tão baixo que mais parecia um sussurro. — Fife fez um pacto para me salvar, então eu não devia estar com raiva, não é? Mas ao longo de todos esses anos, séculos a mais do que qualquer um de nós deveria ter vivido, tudo que ele queria era se ver livre desta maldita floresta. E eu... — Ela engoliu em seco e suspirou baixinho. — Eu não quero ser o motivo por ele não ser livre. Ele não se ressente de mim. Pelo menos não ainda. Mas não consigo imaginar que *não vá* se ressentir algum dia. E o que faço quando isso acontecer?

Red estendeu a mão. No instante seguinte, Lyra pousou a mão sobre a dela, permitindo-se ser reconfortada.

— Fife ama você — declarou Red de forma simples e verdadeira. — Exatamente como você precisa que ele a ame. E já ama você há muito tempo, e esse amor esperou por muito mais tempo do que deveria ter esperado. Ele não vai se arrepender de ter feito nada para salvar você.

— Eu sei. — Lyra meneou a cabeça. — É só que... Pelos *Reis*! Eu gostaria que ele tivesse me dito. Gostaria de não ter descoberto dessa forma.

— Ele devia ter contado. — Red riu, dando um puxãozinho na mão da amiga enquanto deixavam a biblioteca para trás e se dirigiam à escada. — Segredos nunca fazem bem a eles, não é?

— Era de imaginar que aprenderiam.

Eammon já estava no alto da escadaria, empertigado e inseguro, os olhos ocultos pelas sobrancelhas baixas. Ele assentiu quando Red e Lyra subiram, mas não olhou para elas, concentrando toda a atenção no homem parado à porta.

— Raffe.

— Lobo. — Raffe estava no meio do vestíbulo, tão constrangido quanto o próprio Eammon, usando roupas discretas para não ser reconhecido na viagem: calça escura, botas, casaca e nenhuma *tor* visível. Flexionou os dedos algumas vezes, como se desejasse ter alguma coisa para segurar. Relutante, afastou o olhar de Eammon e o pousou em Red. — Lady Lobo.

O título não deveria incomodá-la. Mas incomodou. Uma distância cuidadosa ao substituir o nome dela. Um sinal de que as coisas entre eles estavam completamente diferentes do que já tinham sido um dia, que aquela amizade fácil tinha acabado.

— Olá, Raffe.

Ele não respondeu. Em vez disso, olhou por cima do ombro de Red, um brilho de reverência iluminando o rosto. Lyra era a única coisa que já despertara minimamente a devoção de Raffe. Ele levou o punho à testa.

— Aquela que acabou com a praga.

Um movimento discreto com os pés foi o único sinal de desconforto que Lyra deixou transparecer. Levantou o próprio punho, rapidamente, depois o baixou.

— Raffe. — Depois, olhou para a esquerda dele. — Amiga de Raffe.

Amiga de Raffe... Em nome de todos os Reis, era tão estranho ver alguém que não fosse um deles na Fortaleza! Onde ele estava com a cabeça? O tipo de roupa dela era bem parecido com a dele: um vestido escuro coberto por um manto cinza. A jovem era bonita, mais baixa e magra que Red, com uma cascata de cabelo negro e liso e olhos escuros e brilhantes em um rosto em forma de coração.

Ironicamente, parecia muito mais tranquila do que Raffe. Não havia temor nos olhos dela, apenas algo parecido com espanto. Ficou ali boquiaberta enquanto absorvia tudo que via na Fortaleza com um misto de animação e prazer.

— Quem é você? — Red não tinha a intenção de que a pergunta soasse tão grosseira, mas foi o resultado da surpresa e do choque de toda aquela situação.

Eles tinham concordado que tudo que havia acontecido deveria ser mantido em segredo — a mudança de Wilderwood, como Red era muito mais do que apenas a Segunda Filha. Nada de bom poderia resultar do envolvimento de muitas pessoas naquela história.

A convidada de Raffe, porém, não pareceu se ofender. Sorriu e baixou a cabeça, mas não em uma reverência — o que, de acordo com a etiqueta da corte, indicava a Red que ela também era um membro da realeza.

Fantástico.

— Okada Kayu — respondeu ela, em um tom de voz baixo e doce como o de uma cantora. — A Terceira Filha do Imperador niohnês, que o reino dele seja longo. — Curvou os lábios nas últimas palavras, e seus olhos brilharam. — Não que eu me importe muito.

Nioh. Um arquipélago de ilhas ao leste, além da costa continental, conhecido por seus avanços na ciência, principalmente botânica. Red se lembrou de quando os jardineiros do palácio valleydiano haviam tentado cultivar algumas delicadas flores niohnesas em tom de azul-céu, do tamanho de pratos. Mas o clima fora severo demais para elas, deixando-as sem cor e murchas.

Apesar de toda beleza, Kayu não fazia Red pensar naquelas flores. Parecia alguém que florescia em condições nas quais os outros achavam que ela não conseguiria.

Os olhos âmbar e verdes de Eammon pousaram em Raffe.

— O que significa isso, Raffe? Achei que todos tínhamos concordado não contar...

— Se serve de consolo, ele não me contou — disse Kayu.

Ela se afastou de Raffe e foi até a parede, onde ficou olhando para a tapeçaria de Ciaran e Gaya. Ainda estava pendurada ali, esfarrapada e suja. Red e Eammon não tinham tido muito tempo para redecorar o lugar. Kayu continuou:

— Eu descobri a maior parte sozinha. O plano de simplesmente esperar que todos ignorem Wilderwood só funciona com aqueles inclinados a ignorá-la de qualquer maneira. O que, para ser justa, corresponde à maioria das pessoas. — Ela ergueu um dos dedos e tocou a tapeçaria com uma reverência cuidadosa. — Mas qualquer uma com um pingo de curiosidade nas veias vai acabar percebendo que tem alguma coisa estranha. E qualquer sujeito com meio neurônio além do pingo de curiosidade vai perceber que tem a ver com o desaparecimento da rainha valleydiana.

Red pousou a mão no braço retesado de Eammon como forma de aviso. Era fácil mapear a fonte da ansiedade dele. Aquela era outra coisa sobre a qual cochichavam à noite, quando não havia espaço entre eles e as palavras vinham fácil: o que poderia acontecer se aqueles que haviam temido Wilderwood por tanto tempo descobrissem que ele estava vulnerável. Forcados e piras, séculos de terror e raiva invadindo os limites de uma floresta que não seria mais capaz de detê-los.

— Eu sei o que está acontecendo. — Kayu baixou a mão e se virou para olhar para eles. — Sei que a rainha Neverah foi para a Terra das Sombras. E sei que vocês estão procurando um meio de trazê-la de volta.

Red olhou para Raffe, incrédula.

— Que parte do *devemos manter isso em segredo* significou *traga a realeza niohnesa para a Fortaleza* para você?

Havia olheiras visíveis sob os olhos escuros de Raffe, como se ele estivesse tendo dificuldade para dormir.

— Ela descobriu sozinha, Red. Pareceu mais prudente mantê-la perto de mim, onde posso ficar de olho nela. — Esfregou a mão no rosto cansado. — Minha maldição é estar sempre cercado por estudiosos e bisbilhoteiros.

— Em defesa de Raffe, ele estava fazendo um ótimo trabalho em manter tudo sob controle — disse Kayu, apontando para o homem em questão com um gesto gracioso. — Mas vim para Valleyda para estudar, e foi exatamente o que fiz. Não foi muito difícil perceber que havia alguma coisa estranha quando comecei a prestar atenção. — Ela baixou a mão e deu de ombros. — E eu já tinha me interessado bastante por toda a questão da Segunda Filha valleydiana mesmo antes de vir para cá. É um costume fascinante, se desconsiderarmos quanto é horrível.

Red trocou um olhar com o marido. O Lobo baixou as sobrancelhas e contraiu os lábios. Era óbvio que a explicação da mulher não o tinha convencido.

No entanto, Red estava inclinada a acreditar nela. Não parecia estranho que uma princesa negligenciada de um reino distante talvez desenvolvesse interesses pelo conto de fadas em que Valleyda sempre se transformava quando uma Segunda Filha nascia.

Ainda assim, não era o ideal. Com um suspiro, Red apertou a ponte do nariz em um gesto de nervosismo que adquirira pela convivência com Eammon.

— O que você quer, Kayu? Nós não temos dinheiro...

— Todo mundo acha que quero dinheiro. — Kayu pareceu quase enojada, revirando os olhos escuros. Tinha se afastado da tapeçaria e se aproximado da parede coberta de vinhas, salpicada de chamas estáticas produzidas pela magia da floresta. — Eu tenho bastante dinheiro, muito obrigada. E planejo abrir mão de uma parte significativa dele para ajudá-los a encontrar a sua irmã.

O temor fez com que cada um dos músculos de Eammon se tensionassem, mas a forma como ele baixou a cabeça e voltou o olhar para Red dizia que estava colocando a decisão nas mãos dela. Ele aceitaria o que quer que ela determinasse.

Red soltou um longo suspiro. Não sabia de que forma o dinheiro poderia ajudá-los a encontrar Neve, mas nada do que tinham feito até aquele momento adiantara. *Desespero* era uma palavra fraca para descrever as emoções presas no próprio peito.

E Kayu sabia. Sabia que Neve estava desaparecida, sabia que Red e Eammon tinham se tornado Wilderwood, sabia como o sacrifício da Segunda Filha era algo do passado. Coisas perigosas para se saber. Todas elas. Raffe estava certo. Era melhor manter a jovem por perto.

Ela assentiu para Eammon. Kayu poderia ficar.

Kayu ficou observando as chamas na parede durante toda a conversa, sabiamente lhes dando tempo para decidir. Provavelmente sentiu que tinham chegado a um consenso — talvez pelo suspiro depois da aquiescência de Eammon. — E gesticulou na direção das vinhas.

— Que interessante. Magia da floresta? — Olhou por sobre o ombro, apontando de Red para Eammon. — Raffe disse que vocês dois têm... alguma relação... com Wilderwood.

— É uma maneira de colocar as coisas — resmungou Eammon.

Raffe suspirou.

— Se vocês tiverem cadeiras nestas ruínas, sugiro ir buscá-las — disse ele, seguindo para a sala de jantar pela porta à direita. — Tenho muita coisa para contar. É melhor se sentarem.

— Quer dizer então que Kiri sabe o que é a Árvore do Coração?

As canecas lascadas diante deles continham restinhos de chá frio. Red repousava os braços cruzado em cima da mesa, o pescoço inclinado enquanto encarava a carta escrita por Kiri. Lyra estava sentada entre Red e Fife, que permanecia em um silêncio tenso depois que chegara da Fronteira a tempo de ouvir a história de Raffe.

Diante deles, como se tivessem se dividido em exércitos opositores, estavam Raffe e Kayu, olhando para as folhas no fundo da xícara. Enquanto contava toda a história — a carta de Kiri, a extremidade dos galhos se transformando em chaves no Santuário e a oferta de Kayu de ajudar — a princesa niohnesa mal parecia estar ouvindo, a atenção mais focada na Fortaleza, como se estivesse lendo um conto de fadas pela primeira vez.

— Ela mencionou o nome, mas não deu detalhes. — Raffe meneou a cabeça, passando a mão pelo cabelo curto. — E a carta dela também diz algo sobre uma chave. O que aconteceu com os galhos no Santuário me faz pensar que sabe mais do que escreveu.

— Então Neve também precisa encontrar uma chave.

A de Red estava em cima da mesa. Quando Raffe mencionara os galhos do Santuário, tirara o objeto do bolso e contara como o tinha conseguido.

Eammon olhara de soslaio para a chave por um instante assim que Red a revelara, mas logo desviara o olhar como se ainda o constrangesse. Mas agora estava fitando o objeto com as sobrancelhas franzidas, quase como se o estivesse analisando.

— Como encontrou a sua? — perguntou Raffe. — Suponho que tenha aparecido para você quando aqueles galhos mudaram de forma, e isso foi quatro dias atrás em algum momento da tarde. Você se lembra do que estava fazendo?

A ponta das orelhas de Eammon ficaram vermelhas.

Red pigarreou e se ajeitou na cadeira.

— Estava tentando encontrar Neve — disse ela, deixando de fora os detalhes tanto da tentativa quanto do que acontecera depois. — Se a chave dela for aparecer do mesmo jeito, imagino que vá acontecer quando ela tentar vir ao meu encontro.

Aquilo deixou o grupo em silêncio por um tempo, todos pensando a mesma coisa: se Neve ainda não tinha a chave, e nenhum deles tinha motivo para acreditar que tinha, será que ela não estava tentando voltar?

Foi Eammon quem quebrou o silêncio tenso.

— Acho que reconheço sua chave, Red.

Ela se virou para olhar para ele com o cenho franzido. Eammon ainda estava com os olhos fixos na chave sobre a mesa, com os lábios curvados como acontecia quando estava concentrado.

— Talvez não seja nada, mas há um desenho que parece um bosque de chaves entalhado nos muros da Fronteira — continuou ele. — Valdrek talvez saiba alguma coisa a respeito.

— Vale a pena tentar — disse Raffe. — A essa altura, aceito qualquer conexão que conseguirmos fazer.

— Mas existe um monte de entalhes naquele muro. — A voz de Lyra soou suave, como se não quisesse que ninguém alimentasse muitas esperanças. — Pode até existir uma ligação, ou talvez seja coincidência. E Kiri é louca, todos podemos concordar com isso. O papo dela de chaves e árvores pode não passar de puro delírio.

Ao ouvir isso, a expressão de Kayu ficou sombria, apenas por um instante. Red não conseguiu interpretar se em concordância, desagrado ou algo entre as duas coisas.

— Não resta nenhuma dúvida de que ela é louca, mas as coisas que escreveu na carta correspondem ao sonho de Red. — Eammon se inclinou sobre a mesa, acariciando a nuca da Segunda Filha enquanto lançava mais um olhar para a chave. Passou a mão no rosto. — Não deveríamos desconsiderar tudo o que ela escreveu.

— Louca ou não, a melhor forma de descobrir o que Kiri quer dizer é ir perguntar a ela pessoalmente. Todos nós. — Foi a primeira vez que Kayu falou desde que Raffe os levara para a sala de jantar e começara a contar a estranha história. E a sugestão saiu com convicção. Os olhos escuros que fitavam a janela verdejante recaíram sobre Red. — Eu posso pagar as passagens para Rylt.

— Não podemos. — Eammon meneou a cabeça com vigor. — E se Neve voltar enquanto estivermos longe?

— Acho que a volta de Neve não vai acontecer sem mim — afirmou Red com gentileza.

Ele sabia daquilo. Red sabia que sim. Também sabia que a relutância dele de deixar Wilderwood não tinha só a ver com a possibilidade de um desencontro com Neve. O nervosismo o fez retesar os músculos do ombro; ela levou a mão ao joelho dele e deu uma apertadinha.

Lyra meneou a cabeça.

— Nós conseguimos nos passar por pessoas normais, mas Red e Eammon, não. — Ela apontou para a Marca do Pacto florida e a hera que crescia por entre os fios de cabelo de Red. — Como planejam explicar isso para a tripulação do navio?

— Podemos usar mantos. — Agora que tinham algum tipo de plano se formando, alguma possibilidade de que poderiam avançar nas tentativas de salvar Neve, Red não a deixaria escapar por entre os dedos. — Vamos ficar longe de todos o máximo possível. Vamos conseguir.

— E eu vou pagar muito bem à tripulação — disse Kayu. — Bem o suficiente para que a história sobre a estranha doença que acomete meus amigos não seja questionada.

Ao lado dela, Eammon contraiu os lábios, chacoalhando o joelho embaixo da mesa. Não disse nada, porém.

Red pegou a mão dele, segurando os dedos cobertos de cicatrizes do marido.

— Eammon?

Ele concedera a ela a escolha no vestíbulo — dissera a Red, sem palavras, que tudo que tinha a ver com Neve seria uma escolha dela. Mas ela não queria tomar aquela decisão por ele.

O Lobo apertou os dedos dela e olhou para Kayu, dando um breve aceno de cabeça.

Kayu bateu palmas, os olhos escuros brilhando.

— Que maravilha! Vou providenciar tudo. Devemos partir em alguns dias. É uma viagem de três dias, então arrumem a bagagem de forma condizente. — Ela olhou para Lyra e Fife, inclinando a cabeça. — Raffe presumiu que vocês dois também iam querer ir. O grupo completo.

O fato de ela ter se incluído no *grupo completo* não passou despercebido.

Desgosto e resignação apareceram no rosto de Raffe, mas não havia o que fazer. Quando Kayu se moveu, os olhos dele a seguiram, tomados por um misto de irritação, cautela e respeito ressentido.

— Se vamos perguntar a Valdrek sobre os entalhes, é melhor fazermos isso hoje — disse Eammon, levantando-se. Estava ávido por fazer alguma coisa que talvez lhe desse respostas.

Red assentiu.

— Mas eu... eu queria consultar o espelho primeiro.

Eammon congelou. Uma mão espasmou ao lado do corpo.

Não tinham consultado o espelho, nem falado sobre ele, desde aquele dia na clareira. Eammon o levara de volta à torre, e lá ele ficara. Red tinha se obrigado a se manter longe dele, mas alguma coisa a estava atraindo para o objeto.

Ela não parava de pensar em Neve e em como ela precisava procurar uma chave. E se já tivesse encontrado, mas só fosse conseguir se comunicar com Red quando ela usasse o espelho? E se alguma coisa na superfície de vidro tivesse mudado, dando alguma outra pista? Ela não poderia correr o risco de perder algo assim.

Red pegou a mão do marido e deu um aperto leve.

— Só quero me certificar.

Ele olhou para ela e contraiu os lábios. Depois de um instante, assentiu.

— Aquele espelho me dá arrepios — sussurrou Raffe.

Eammon deu uma risadinha sarcástica.

Era estranho cruzar o pátio em direção à torre, o céu escurecendo de forma contínua rumo ao anoitecer e banhando tudo em um tom arroxeado escuro. Os olhos de Kayu estavam arregalados e fascinados enquanto a princesa tentava absorver tudo de uma vez. Todas as vezes que estendia a mão como se fosse tocar em alguma coisa, Raffe lhe dava um tapinha. Na terceira vez que fez isso, ela reagiu:

— É falta de educação tratar como criança a pessoa que está patrocinando sua aventura.

— É perigoso aqui.

— Não mais. — Red olhou por sobre o ombro. — Eammon e eu temos um bom controle da floresta.

Eammon abriu a porta da torre; eles subiram a escada e chegaram ao aposento circular com as quatro janelas e o sol de papel. Havia livros espalhados pela mesa, deixados lá quando Red e Eammon tinham precisado desesperadamente mudar um pouco o cenário da biblioteca.

O Lobo se agachou, dobrando os dedos na direção da lareira. Um instante depois, as chamas se elevaram e pegaram nos galhos grossos, pairando delicadamente sobre a madeira, mas sem queimá-la. Kayu arregalou os olhos.

O espelho estava apoiado na parede entre duas janelas, coberto por um dos mantos antigos de Eammon. Ele o puxou, a boca contraída revelando o desprazer que sentia, e deixou o pano cair no chão.

A princípio, parecia que nada tinha mudado desde a última vez que Red olhara. A superfície do espelho ainda refletia as raízes de árvore, a forma mal visível além de escuridão retorcida.

Com cuidado, Red deu um passo para a frente, puxando alguns cabelos da trança. Depois se ajoelhou e trançou os fios por entre as voltas da moldura.

Um momento. E então, as raízes que cobriam o espelho começaram a se desabrochar.

Elas foram se desenrolando como o fio puxado da barra de uma roupa, e Red encarou a cena até sua visão ficar embaçada, esperando que algo aparecesse atrás delas. Mas, enquanto iam desaparecendo, as raízes não revelavam nada, apenas um espaço infinito de cinza disforme. Nada de Neve, nem da Terra das Sombras. Nenhuma pista.

Lentamente, a superfície gris e fosca foi se desfazendo, como uma cobra trocando de pele, revelando no lugar uma superfície reflexiva e brilhante. Apenas um espelho.

Apenas um espelho mostrando a própria imagem de Red refletida, uma mulher selvagem, com hera no cabelo e um contorno verde na íris. Magia, o poder vazando pela pele para se revelar.

Devagar, o reflexo mudou. Uma névoa se formou nas extremidades da moldura, cobrindo a imagem da Segunda Filha e a tornando cinzenta e amorfa. Ela se lembrou do sonho que tivera, de estar em algum lugar entre dois mundos.

Quando ouviu a voz, lembrou-se do sonho novamente. A mesma voz, vagamente familiar. O fio dourado de Wilderwood entremeado entre seus pensamentos vibrava com ela, como se fosse a corda de uma harpa tocando, as duas em total harmonia.

Ela deu o primeiro passo para se tornar o seu espelho. Absorveu o poder de um deus das sombras, absorveu a escuridão enquanto você absorveu a luz. Vocês duas são poderosas demais para se ligar através de um simples vidro.

Ela franziu o cenho.

— Eu não...

E o espelho se estilhaçou.

Ela gritou, o som se misturando ao ruído de vidro se quebrando. Os cacos se soltaram da moldura gasta em uma tempestade pontiaguda. Eammon entrou na frente dela usando o antebraço para proteger os olhos. Fife praguejou, Kayu ofegou. Red mal registrou tudo aquilo, sentindo os braços dormentes e os pensamentos confusos.

Ela deu o primeiro passo para se tornar o seu espelho.

Red se sentou no chão gasto de madeira, o olhar distante, o corpo parecendo tão distante quanto Neve. Eammon se agachou e pegou a mão dela. Havia vidro enfiado na carne. Ele foi tirando os cacos com cuidado.

— Não entendi nada. — Raffe meneou a cabeça, o vidro estalando sob as botas enquanto ele se afastava da moldura agora vazia. — Ele simplesmente... simplesmente se estilhaçou, sem nos dizer nada...

— Ele me disse uma coisa — murmurou Red. Eammon olhou para ela, a preocupação escurecendo os olhos de cor âmbar e verdes. — Eu ouvi a voz do meu sonho — prosseguiu Red, enquanto o sangue escorria lentamente da mão. — E ela me disse que Neve deu o primeiro passo para se tornar meu espelho.

— Mas o que isso *significa*? — A voz de Raffe demonstrava algo entre pânico e raiva.

Red não teve chance de responder. Sua visão ficou turva, os músculos fracos, e toda energia escorreu por ela como água por uma peneira. Ela sentiu vagamente a cabeça tombar no ombro de Eammon, a mão se arrastando pelos cacos de vidro no chão e, depois, mais nada.

13

Neve

Ela não se lembrava do retorno para a superfície, não de verdade. Havia lampejos de lucidez: o estalar de pedras sob as botas, a forma como a bainha esfarrapada da camisola arrastava pelo chão de pedra, a sensação da parede da catacumba sob a palma de uma das mãos e a pele de Solmir sob a outra. Na maior parte do tempo, porém, Neve se sentia à deriva, presa nos redemoinhos de sombras que corriam por suas veias para se unir ao nó gélido em seu abdômen, girando como um sol negro.

A magia de um deus, que agora era dela.

Havia substâncias que alguns cortesãos usavam, compradas em becos pouco iluminados na calada da noite. Coisas com nomes estranhos e aparência ainda mais estranha, pós para serem colocados sob a língua ou líquidos cuidadosamente aplicados com uma agulha na veia. Neve nunca experimentara nada daquilo; nunca haviam lhe oferecido nada, e nunca se importara o suficiente para procurar — vinho já era suficiente para fazê-la esquecer. Arick, porém, experimentara uma daquelas substâncias certa vez, e lhe contara que tivera a sensação de estar voando, como se alguma mão o tivesse levantado e levado para o espaço entre as estrelas, e tudo que sentira era a emoção sem nenhum medo da queda.

Aquilo que ela sentia era ainda melhor.

Nada de voo. Neve *era* o espaço entre as estrelas, um cosmo contido sob a pele, uma galáxia em forma humana. Ela estendera as mãos depois de matar a Serpente, e o fato de nunca ter feito aquilo antes não importava, assim como não importava o fato de que não sabia como absorver o poder da outra criatura — o poder simplesmente fluiu para ela, deslizando por sob a pele como uma adaga entrando na bainha. Houve uma pontada de dor no início, mas nada como o que sentira logo ao despertar, quando sugara toda a magia da Terra das Sombras para

145

si. Aquilo era *realmente* diferente, tomar o poder à medida que a morte o liberava de um Antigo ou de um monstro inferior.

E, embora suas veias estivessem se enegrecendo como se o sangue que corria por elas fosse tinta, e espinhos surgissem em volta dos seus pulsos como joias brutais, Neve se sentiu segura. Ela se sentiu infinita.

Quando a onda inicial de toda a magia absorvida começou a amainar, devolvendo a ela a noção de ser um corpo de carne e osso em vez de um condutor de sombras, Neve quase chorou pela perda da sensação. A escuridão era muito mais fácil do que a complexidade da humanidade.

Parou bem na entrada da catacumba, na faixa de sombra em que a beira da passagem bloqueava a fina luz cinzenta. Neve pressionou a mão no peito e arfou, como se tivesse se esquecido de respirar até aquele momento.

— Você se machucou?

Era Solmir, a preocupação nítida no tom da voz, fazendo a pergunta soar quase que como uma exigência. Ele soltara a mão dela em algum momento, um fato que Neve nem chegara a registrar até vê-lo estender as mãos para ela, a pele listrada pela luz e pela escuridão, parado do lado de fora da catacumba. A barba não tinha crescido nos dias de viagem, notou ela. Ainda estava cortada rente ao queixo forte. Mais um lembrete de que o tempo não passava como deveria ali. Que a vida e seus marcadores tinham pouco peso.

— Estou bem — respondeu Neve, a voz distante e sonhadora. — Mais do que bem.

A mão dele ainda estava no ar, aberta na direção dela, os dedos tremendo de leve.

— Não... Não doeu?

— A dor é temporária.

Ele franziu a testa e contraiu a boca. Agarrou a mão dela, um movimento rápido como um ataque, e Neve soube que queria que ela abrisse mão da magia, que a deixasse fluir para ele em vez de viver nela. Mas não era algo que ele poderia *forçá-la* a fazer. Ele a beijara para tirar o poder dela da primeira vez, mas na ocasião ela estivera confusa e temorosa, dispersa até. E aquele tinha sido o poder da Terra das Sombras apenas, não de um deus.

Mas agora Neve estava concentrada. Controlada. Ele não teria acesso àquela magia até que a Primeira Filha decidisse dá-la a ele.

Solmir baixou as sobrancelhas, mas não disse nada. Depois de um instante, soltou a mão de Neve.

— A sensação é tão diferente... — murmurou ela.

Olhou para os pulsos e os girou lentamente para admirar os espinhos. Havia uma beleza delicada neles, apesar de serem afiados.

— *É diferente.* — Uma emoção que ela não conseguia identificar transpareceu na voz dele. — A Serpente permitiu que você a matasse, mas mesmo assim foi você que cometeu o ato. O poder que obtém por meio das suas próprias ações é diferente do poder que lhe é dado.

E ela não sabia? Que o poder cedido tão somente por nome e título nunca era totalmente de alguém, sempre podia ser arrancado e distribuído por aqueles que o haviam dado? Que o poder podia ser apenas amarras? Talvez fizesse com que uma pessoa fosse mais longe do que outras, mas ela ainda era um fantoche.

Todo o discurso de Solmir contra os outros Reis começou a fazer sentido, considerando aquela dinâmica. Principalmente agora que sabia que Calryes era o pai dele, que ele tinha tido menos escolha ali do que ela pensava.

Era estranho como ela parecia entendê-lo melhor com toda aquela magia sombria divina correndo pelas veias.

Neve inclinou a cabeça. Parecia solta e leve, a trama que a formava ficando mais simples pela magia que carregava.

— Você não me contou que Calryes é seu pai.

A expressão dele mudou e toda a preocupação desapareceu, sendo substituída pelos ângulos cortantes da arrogância.

— Eu não sabia que você estava interessada na minha história familiar.

— Estou, se a sua história familiar interferir na minha volta para casa.

— Eu quero matar os Reis há mais tempo do que você tem de vida, Neverah. O fato de um deles ser meu pai não afeta em nada o meu desejo. — Solmir cruzou os braços. — Não gostamos um do outro. Como, tenho certeza, ficou bem claro mais cedo.

Mais cedo, ele fora aprisionado por sombras, torturado por elas. *Para que estivesse ocupado.*

Ela não tinha pensado mais em Valchior desde que o poder da Serpente entrara nas suas veias, mas ali a conversa com a projeção do Rei voltou à sua mente. Ele a chamara e Rainha das Sombras. Dissera que os Reis sabiam por que ela estava aqui. Que gostavam da ideia.

Nada daquilo fazia sentido para ela. Se os Reis sabiam que estava ali como parte do plano de Solmir para levá-los para o mundo real, onde poderiam ser mortos, por que gostariam daquilo?

Os Reis estavam jogando um jogo diferente do de Solmir. Mesmas peças, movimentos diferentes. E Neve estava presa no meio daquilo.

O que facilitou a decisão: ela guardaria a conversa com Valchior para si.

— Ficou bem claro que você e seu pai não se dão bem. — Ela cruzou os braços, espelhando a postura de Solmir, ainda na entrada da catacumba. — Mas você deveria ter me contado. Se estamos trabalhando juntos, você deveria me contar tudo.

Jogos diferentes, peças diferentes, regras diferentes. Só porque ela decidira guardar um segredo não significava que não tentaria arrancar informações de Solmir.

Mesmo assim, Neve não tinha expectativas de uma honestidade repentina. Então, quando o outrora Rei desviou os olhos azuis dos dela, relaxou os braços cruzados e suspirou, ela ficou tão surpresa quanto ele transparecia estar.

— Sou filho bastardo. Calryes dormiu com minha mãe quando foi à cidade murada que se tornou Alpera. Ele não soube que fui o resultado daquela noite até muito depois.

Então, ele era de Alpera. Fazia sentido. Parecia ser de gelo e neve e tinha cheiro de pinheiro.

— Minha mãe era a terceira filha do rei. Mas quando Calryes descobriu que ela tinha lhe dado um filho, um filho que conseguia usar a magia, providenciou para que todos na linha sucessória que pudessem impedir que eu me tornasse rei fossem mortos.

— Inclusive sua mãe?

A voz dele ficou ligeiramente mais baixa. Ainda controlada, mas um pouco rouca.

— Inclusive minha mãe e meus dois meios-irmãos.

Aquilo fez algo no peito dela ficar dormente e queimar ao mesmo tempo, saber que ele tinha perdido a mãe também. Que ele vivera aquele luto e, depois, permitira que a mesma coisa acontecesse a ela.

— Nós não éramos próximos — disse ele, quase como se conseguisse ler as emoções de Neve no ar. — Para colocar as coisas em termos mais gentis do que a situação merece. Ela queria esquecer que eu existia. Meus irmãos mais velhos eram cruéis, não só comigo, mas com todo mundo. Teriam sido reis terríveis. Então, quando percebi o que Calryes estava fazendo, não tentei detê-lo.

A dormência passou e se tornou apenas uma queimação, de empatia ou raiva ou algo entre as duas coisas. Neve não sabia definir se estava se sentindo consolada ou horrorizada ao perceber que ela e seu vilão tinham tanta coisa em comum.

— A possibilidade de ter um filho regendo as terras diretamente ao norte de Elkyrath era valiosa o suficiente para ele usar seus assassinos conhecidos — continuou Solmir. — Então, sim, Calryes é meu pai e o motivo de eu ser um dos Cinco Reis. Não foi exatamente ideia minha.

A noção de Solmir ter sido obrigado a fazer qualquer coisa, mesmo que fosse ser Rei, não combinava em nada com o homem diante dela naquele momento. Neve, porém, também sabia como era aquilo. Como a família poderia reduzir alguém a pó, mesmo quando nada mais conseguia.

Então, ela parou de pensar em família, recusando-se a lidar com a semelhança entre seus próprios sofrimentos e os dele, como reflexos um do outro; sofrimentos que se combinavam perfeitamente.

— Ainda é muito estranho para mim pensar que as pessoas simplesmente nasciam... com a capacidade de usar magia. — Neve se encostou na parede da catacumba, olhando para cima para analisar o teto de pedra. Era quase confortável conversar com Solmir daquele jeito, com ele na luz e ela na escuridão. — O mundo era muito diferente.

— E muito pior — murmurou Solmir. Imitou a postura dela, apoiando o ombro na parede externa da catacumba. Se não houvesse uma pedra entre eles, os ombros teriam se tocado. — Nada de bom vinha da magia solta e descontrolada. Não havia nenhum tipo de teste moral para determinar quem podia ou não exercê-la, e a maioria das pessoas era terrível.

— Isso revela uma visão bem pessimista da humanidade.

— Eu me incluo nessa avaliação. — Ele olhou de esguelha para ela com aqueles olhos azuis. — Está dizendo que discorda?

— *Isso* é uma armadilha.

— Que rainhazinha inteligente.

Neve mordeu o lábio seco e rachado.

— Algumas pessoas são boas — murmurou ela, baixinho.

Pensou em Raffe, tão fiel, confiante e bondoso. Em Red, que provavelmente nunca pensaria em si mesma daquela forma, mas que amava os outros com tal ferocidade e intensidade que estava disposta a se sacrificar em Wilderwood para salvar todo o mundo.

— Admito que não conheci muitas pessoas assim — continuou ela. — Mas acredito que as pessoas, na sua grande maioria, são boas.

Solmir ficou em silêncio por um momento. Neve não conseguia ver o rosto dele, mas viu como se moveu, como se estivesse desviando o olhar da catacumba para a paisagem cinzenta.

— Para alguém que já viu todas as mentiras que existem por trás das crenças, você tem uma grande capacidade de sentir fé, Neverah.

Distraída, Neve pressionou um dedo contra um dos espinhos no pulso. Um furinho, uma nascente quente de sangue, carmim transformado em cor de carvão no mundo inferior monocromático. Ela conseguia sentir a magia se instalando dentro dela, tentando estabelecer um lar mais permanente em Neve. Tentando ancorá-la à Terra das Sombras e fazer com que as mudanças fossem permanentes. Transformá-la em algo que não poderia voltar para casa.

Com um suspiro, Neve se afastou da parede e saiu para a claridade cinzenta daquela terra sem sol, as mãos circundadas de espinhos diante de si.

— Vamos acabar logo com isso então.

Não houve beijo daquela vez. Mesmo um cruel, como o que tinham compartilhado para transferir o poder antes, parecia uma proximidade excessiva naquele momento, com os fios da história pendendo entre eles, os espectros da compreensão ainda presentes.

Ele matara Arick. Ferira Red. Teria matado o Lobo de Red, e, embora Neve não tivesse o menor carinho pelo monstro que se casara com a irmã, ter mais alguma coisa contra Solmir era sempre bom.

Ela não podia se esquecer quem ele era, independentemente do que tinham em comum. Não importava que, quanto mais tempo passasse com ele, mais percebesse que ele não era o vilão terrível que parecia. Era um Rei, um deus caído. Um meio para um fim.

Então, Neve pegou o rosto de Solmir entre as mãos, pressionando todos aqueles espinhos contra as feições angulosas dele, e permitiu que a magia da Serpente fluísse.

Ela saiu de forma tão fácil quanto entrara, deslizando dela e adentrando Solmir, embora a transferência tenha demorado mais tempo do que teria se ela o tivesse beijado. Os espinhos nos pulsos de Neve foram retrocedendo enquanto os olhos dele enegreciam, as veias nos braços dela desbotando enquanto as dele escureciam. As mudanças oscilavam, impermanentes, apenas lampejos enquanto Solmir absorvia a magia e a armazenava, um receptáculo de poder. Ele estremeceu sob o toque dela.

Depois que toda a magia escoou de dentro dela, Neve baixou as mãos. Solmir permaneceu de cabeça baixa, tremendo um pouco antes de abrir os olhos.

— Eu meio que achei que você fosse ficar com ela.

Ele disse como se soubesse, como se tivesse mapeado os pensamentos de Neve só de olhar para ela. Neve estava cada vez menos preocupada com o que as mudanças daquele poder fariam com ela. Cada vez menos preocupada com o que significaria para a própria alma. Teria sido muito fácil ficar com aquela magia, ficar com todo o controle que ela oferecia. Muito fácil aceitar se tornar parte daquele mundo morto, poderosa e intocável sem dar a mínima para as consequências.

Mas Neve tinha uma vida esperando por ela. Pessoas aguardando, pessoas que o homem diante dela tinha machucado e machucaria de novo se fosse preciso.

Neve se virou, caminhando pelo deserto seco. O mundo se ondulava sob seus pés, como se tivesse passado do ponto de se manter realmente estável.

— Nós só precisamos de um monstro — disse ela. — E você já é muito bom nisso.

O espelho tinha desaparecido.

Neve estava deitada na torre de raízes retorcidas, tronco branco tomado por veias de sombras. Elas tinham se enrolado em Red também, curvando-se na têmpora dela para que pudesse apoiar a cabeça, serpenteando por suas costas para que conseguisse se deitar de lado. A mesma mortalha branca e comprida lhe cobria as pernas.

Mas o espelho tinha desaparecido. No início, Neve achou que talvez estivesse pendurado alto demais para ela ver, que estivesse em uma parte do tronco diferente de onde estava da última vez. Mas, na lógica estranha dos sonhos, ela sabia que tinha desaparecido. As únicas coisas ali eram Neve, a névoa e a árvore impossível contra a qual ela estava apoiada.

Aquilo devia fazê-la entrar em pânico? Pois não fez. Neve apenas se sentia perplexa. Inclinou a cabeça. A raiz que a apoiava retrocedeu, cumprida sua missão. As outras se encolheram de volta para o labirinto da torre que formavam assim que ela se levantou.

Neve olhou para cima. Um ligeiro tom de dourado, quilômetros acima da sua cabeça. Parecia mais brilhante.

Do que a voz tinha chamado aquele lugar? Um lugar intermediário. Entre a vida e a morte, entre dois mundos. Red de um lado e ela do outro.

Você deu o primeiro passo.

A voz. Mais forte agora, menos tímida, ainda familiar de um jeito que Red não conseguia definir.

Mesmo sabendo que não veria ninguém ali, ela se virou, procurando algo ao redor no meio da névoa sem fim.

— O que isso quer dizer?

Exatamente o que disse. Ela praticamente ouviu a pessoa revirar os olhos. Será que quem estava por trás da voz tinha olhos? *Você obteve o poder de um deus. Magia, o inverso da de Redarys. Um reflexo escuro.*

— Eu não fiquei com ela. — Neve flexionou os dedos disfarçadamente, tentando ver se havia espinhos ali.

Mas poderia ter ficado. Apenas escolheu não ficar. Muitas coisas envolvidas em tudo isso vão ser decididas por escolhas no final. Uma risada triste na névoa, vinda de todos os lugares e de lugar nenhum ao mesmo tempo. *Uma lição aprendida não é tão facilmente descartada.*

Neve franziu o cenho.

— Então, é por isso que o espelho desapareceu? Porque peguei o poder da Serpente?

Bússolas não são necessárias quando você mesma é um mapa.

Neve franziu mais a testa enquanto continuava caminhando pela névoa; por mais que se afastasse, a torre de raízes atrás de si não parecia ficar mais distante.

— E na sua metáfora aqui o espelho é uma bússola.

Muito bem.

— E eu sou o mapa.

Não você sozinha.

Os passos de Neve vacilaram. Ela parou por um instante e continuou o raciocínio.

— Red e eu, então — disse baixinho.

Uma primeira e uma segunda e uma terceira para tomar o que restou. A voz agora parecia tomada por um tom de melancolia, como se a menção a Red passasse nela tanto quanto em Neve. *Mas você e Redarys apenas, para a Árvore se abrir. Profecias podem vir de forma fragmentada.*

O nó gélido no peito de Neve pareceu pesado de repente, como se ela tivesse chumbo atrás das costelas. Aquele lugar para onde empurrava tudo, a culpa e a vergonha e toda e qualquer emoção com a qual não quisesse lidar, a prisão conveniente na qual mantinha todos os seus verdadeiros sentimentos em relação a tudo que acontecera desde que ela e Red tinham feito vinte anos. Ela levou a mão à barriga como se o gesto fosse, de alguma forma, evitar que escapassem, que a rasgassem na ânsia de serem reconhecidos.

Essas coisas não podem ser controladas para sempre. Triste, cansada. *Todas as verdades devem vir à tona para se ter o poder de chegar à Árvore. Para pegar a chave.*

— Mas nós sabemos onde a Árvore está — disse Neve, antes de acrescentar, quase de má vontade: — Pelo menos, Solmir sabe.

A localização não é tudo. Você precisa do poder de dois deuses, um para cada um de vocês. E depois, quando encontrar a Árvore, deve fazer sua escolha. Tornar-se o que as estrelas prometeram ou deixar o fardo para aqueles que vierem depois.

Neve balançou a cabeça.

— Como assim? Que tipo de escolha? — Mas as palavras foram se desfazendo já enquanto escapavam dos seus lábios, apagando-se, as raízes e a névoa desaparecendo.

— Neverah?

Visão cinza, emergindo da própria mente, do próprio sono. Neve se sentou, fazendo uma careta. Dormir no chão duro do deserto não estava fazendo bem para seus ossos.

— Oi?

Solmir estava a alguns metros, recostado nas pedras, as pernas estendidas diante de si enquanto talhava aquele toquinho de madeira de novo.

— Você fez um barulho.

Ela massageou a nuca e tentou desembaraçar o cabelo com os dedos.

— Você dormiu? — perguntou ela, porque não queria perguntar que tipo de barulho tinha feito, e não queria pensar que ele estava prestando atenção suficiente para ficar preocupado com qualquer tipo de barulho que ela tenha feito.

Não queria pensar que tinha feito a mesma coisa naqueles escassos momentos em que haviam parado para dormir, observando o rosto dele se retorcer e as sobrancelhas franzirem quando ela deveria estar vigiando a paisagem vazia.

Não havia *noite* ali. O não céu se mantinha na mesma penumbra cinzenta, sem nenhuma mudança no horizonte monótono. Mesmo assim, quando Neve mal conseguia manter os olhos abertos e seus passos haviam se tornado vacilantes, Solmir insistira que parassem em um afloramento de pedras — pedras de verdade daquela vez, não ossos amalgamados. Neve adormeceu assim que tinham parado de andar; a fadiga de ter carregado o poder de um deus e depois passá-lo para Solmir era tamanha que nem se preocupou em demonstrar aquela vulnerabilidade. Sabia que Solmir a protegeria.

Em algum momento, apesar de saber que não devia, tinha começado a confiar nele.

As palavras de Valchior, sussurradas na escuridão: *Ele vai queimá-la no final.*

Não se eu o queimar primeiro, pensou Neve, como uma resposta à lembrança. Mas o pensamento soou vazio, mesmo para ela mesma.

A manga da camisa de Solmir estava arregaçada até os cotovelos, mostrando os antebraços musculosos enquanto ele entalhava. Os rasgos na camisa deixavam antever a tatuagem em volta do bíceps.

— O que é isso no seu braço? — Neve abraçou os joelhos. Podia até estar acordada, mas não pronta para começar a andar de novo. E *era* curiosa.

— Tatuagem de clã — disse ele. — Um antigo costume alperano. Fizeram em mim quando me tornei rei. — Ele apontou para o braço com a ponta da faca, tocando uma linha depois da outra conforme falava. — A mais grossa representa o povo. A pontilhada, o rei antes de mim. Era um tio, acho; não cheguei a conhecer o homem antes de os assassinos elkiratineses o matarem. E a fina me representa. A parte menos importante de toda a equação.

Ele voltou a atenção para o entalhe. Neve mordeu o lábio.

Ali estava mais uma coisa em comum entre eles, indesejável e impossível de ser ignorada. O manto régio, como ele dava poder enquanto arrancava da pessoa toda sua individualidade. Principalmente quando não era algo que ela desejava.

Neve fora criada sabendo que um dia se tornaria rainha, fato que nunca tivera nenhum tipo de peso emocional para ela. Era simplesmente algo que iria acontecer, sua inevitável trajetória. E quando se tornara rainha não havia considerado a posição nada além de um meio para atingir um fim. A circunstância do nascimento de Red a condenara a ser sacrificada para a floresta, e Neve resolveu usar a do dela para salvar a irmã. Ser coroada rainha era uma coisa que tinha acontecido com ela, não uma que havia buscado.

Solmir era a única pessoa com quem conversar ali, mas também uma das poucas que entenderiam aquilo.

Ela apoiou o queixo no joelho.

— Quando minha mãe prometeu minha mão a Arick, nem me contou antes de fazer o anúncio.

O som suave da ranhura da faca de Solmir contra a madeira parou.

— Isso não foi nem um pouco legal.

— Exatamente. — Neve deu uma risada. — Foi... constrangedor na verdade. Era óbvio que ele era completamente apaixonado por Red.

— Hum.

A faca voltou a raspar a madeira, mas mais devagar. Dando-lhe espaço para conversar sobre o homem que ele tinha assassinado de forma inadvertida.

Mas Neve não queria pensar naquilo. Não naquele momento.

— Acho que foi quando me dei conta de como eu, como indivíduo, importava pouco — continuou ela. — O título, o poder... A pessoa é apenas um reservatório dessas coisas. As engrenagens do reinado continuam girando, independentemente de quem se senta no trono.

Solmir colocou a faca e o toco de madeira no chão e olhou para o horizonte cinzento.

— Se isso serve de consolo — começou ele —, você teria sido uma excelente rainha em outras circunstâncias.

— Duvido muito, para ser sincera. Embora talvez tivesse sido mais fácil se você não tivesse tomado o corpo do meu pretendente e retorcido meu desejo de salvar minha irmã para atingir seus objetivos. — O comentário poderia ter sido venenoso, mas soou apenas cansado. Era difícil continuar sentindo raiva, mesmo que tivesse todo o direito.

— Não tenho como refutar isso. — Solmir esfregou as cicatrizes de novo.

Ela mordeu os lábios, puxando ainda mais os joelhos junto ao corpo, um obstáculo físico para conter o frio na barriga. Quando finalmente conseguiu fazer a pergunta, a voz saiu bem baixa:

— Por que você agiu como se realmente se importasse comigo? Enquanto fingia ser ele?

Solmir congelou. Ficou olhando para as mãos como se não as reconhecesse. Franziu a testa e fechou os olhos por um instante, depois contraiu os lábios com força.

— No início foi porque achei que fosse o papel que eu precisava desempenhar.

Doía ouvir aquilo, mesmo que já soubesse. Parte dela ficou feliz por pelo menos ele não estar mentindo. Pelo menos tinham chegado a algo próximo da honestidade.

— Ele era seu noivo, e eu não sabia que tipo de relacionamento vocês tinham, mesmo ele tendo feito o pacto para salvar a sua irmã. Mas depois... — Ele contraiu os lábios e cerrou os punhos, e a impressão era de que precisou obrigar as palavras seguintes a saírem da boca: — Depois, comecei a me importar de verdade.

Neve não sabia o que dizer ao ouvir aquilo, então não disse nada.

Por um momento, pareceu que Solmir ia encerrar o assunto, sem tentar se explicar melhor. Mas depois fechou os olhos e olhou para ela. Suspirou.

— É fácil se importar com você, infelizmente — disse. — Você é forte. Você é boa.

— Eu não sou boa — negou Neve com desdém. — E precisei ser forte. *Você* providenciou tudo para que eu precisasse ser forte.

— Verdade — respondeu ele em voz baixa. — Então todo seu ódio é justificado.

Alguma coisa com certeza estava queimando dentro dela, uma alquimia de emoções que a fazia querer se encolher. Mas não sabia dizer se era ódio, justificado ou não.

Solmir puxou o cabelo comprido para a frente do ombro e começou a trançá-lo. Quando terminou, deixou que caísse no peito.

— Eu não matei Arick lá no final.

— E isso deveria inocentar você?

— Nada pode me inocentar. Sei disso.

De novo, aquele sentimento dentro dela, que não era bem ódio, contraiu-se.

— Se o meu plano tivesse funcionado, se tivesse conseguido trazer os outros e destruí-los, eu teria libertado Arick — continuou Solmir. — Foi Red que o matou. Para fechar o portal.

Ela e Red, ambas com sangue nas mãos. Deveria ter sido uma surpresa, mas, em vez disso, foi apenas mais um fio na tragédia da história delas. Tudo que Neve conseguiu fazer foi um leve aceno da cabeça.

Ficaram sentados ali por um tempo, em silêncio, sem olhar um para o outro.

— Me conte como foi ser Rei — pediu Neve, enfim. — Quando você era humano.

Ela não queria mais falar sobre si mesma, se era boa ou forte. Melhor saber mais sobre ele, descobrir tudo que pudesse enquanto estava presa ali, com Solmir sendo sua única possibilidade de voltar para casa.

Ele ficou puxando a trança feita de qualquer jeito e contraiu os lábios enquanto pensava.

— Alpera não era um grande reino na época. Séculos atrás; parei de contar quantos. Era apenas um grupo de pessoas na neve, sobrevivendo. Lutando contra a Oráculo.

A Antiga que visitariam em seguida. Neve sentiu os pelos da nuca se eriçarem quando pensou na última confissão da Serpente, sobre terras inférteis e água contaminada.

— O que foi que ela fez?

— A Oráculo não é como os outros. — Solmir pegou o toquinho de madeira que deixara de lado e começou a revirá-lo na mão. Estava começando a tomar forma, mas Neve ainda não sabia de quê. — Monstruosa, mas de forma mais sutil. Os Antigos não eram o tipo de deuses que desejavam adoração, mas a Oráculo sim. Ela modificava a verdade em troca de sacrifícios. — Engoliu em seco. — A adoração à Oráculo sempre terminava com a pessoa permitindo que ela a devorasse.

— Uma ótima informação para descobrir antes de fazer uma visita.

— Não deve ser um problema. — A voz dele estava sombria, sem nenhuma tentativa de leveza. — Na verdade, mal vejo a hora de matar aquela coisa.

Com aquilo, ele se levantou e enfiou a faca e o toquinho de volta na bota. Neve vestiu o casaco dele de novo, dando tapinhas no bolso para se certificar de que o osso do deus estava lá. O peso dele era reconfortante contra o quadril.

— Falta muito ainda? — perguntou ela, calçando as botas emprestadas.

Apertando os olhos, Solmir levantou a mão e apontou para algumas montanhas distantes. Depois a deixou oscilar de um lado para o outro por um momento até cravar a direção de um monte específico, mas arredondado, com um promontório saliente que se estendia até se nivelar com o chão.

— Lá — disse ele, baixando a mão. — É lá que vamos encontrar a Oráculo.

— Parece uma longa caminhada.

— Parece mais longe do que realmente é. — E começou a andar, as pernas compridas cobrindo o chão cinzento. — E não é com a caminhada que você deve se preocupar, e sim com a escalada.

14

Neve

E ele não estava de brincadeira.

A caminhada até a montanha foi surpreendentemente fácil. O solo nivelado fazia a montanha parecer simultaneamente mais próxima e mais distante do que realmente era, e pela primeira vez não houve nenhum tremor de terra durante o percurso. Por estarem na Terra das Sombras, não precisavam de comida nem de bebida, então não era necessário parar, e, apesar de andar por quilômetros e quilômetros, Neve mal sentia os músculos doloridos. Talvez aquilo devesse ser perturbador, um lembrete de que ali ela não estava necessariamente *viva*, pelo menos não no sentido com o qual estava acostumada, mas no fim era conveniente.

Até chegarem aos pés da cordilheira.

O que antes parecia ser uma lateral lisa de uma colina se mostrou, na verdade, uma subida escarpada e repleta de ossos emergindo dela. Se houvesse um sol, estaria bloqueado pela enorme pilha de marfim que parecia, de certa forma, precária, apesar do tamanho e da idade. Neve não conseguia afastar a lembrança do que tinham presenciado no caminho para encontrar a Serpente, o enorme pedaço de montanha desmoronando em uma nuvem de poeira de ossos.

E havia a questão da altura.

Solmir, ao que parecia, não compartilhava dos mesmos temores. Encaixou o pé calçado com bota no que parecia ser uma tíbia e apoiou a mão em uma peça redonda que lembrava um crânio.

— Não é tão longe. Só vamos subir até o primeiro sulco. — Com a cabeça, indicou um promontório que se abria na lateral da montanha de ossos, feito do que parecia ser uma vértebra gigantesca. — E a descida pelo outro lado é mais fácil do que a subida.

Mas ela já tinha começado a tremer. Sentia os dedos dormentes dentro da manga do casaco.

— É tão alto... — sussurrou.

— E isso é problema?

— Não, problema algum. — Mas a mentira ficou tão óbvia que Solmir percebeu só pelo tom dela.

Olhou para cima e suspirou. Saltou dos ossos nos quais estava pendurado e se virou para ela, levantando uma das sobrancelhas.

— Neverah Valedren, por acaso está me dizendo que você, a Rainha das Sombras, ladra de sentinelas, assassina de deuses, tem medo de altura?

Ela o fulminou com o olhar.

Solmir gargalhou. Jogou a cabeça para trás, as cicatrizes na sua testa escuras enquanto continuava rindo dela.

Neve o fulminou ainda mais.

— Que bom que está se divertindo às minhas custas.

— É mais algo chocante do que engraçado. — Ele balançou a cabeça, agitando a trança solta. — Você parece não ter medo de muita coisa, Vossa Majestade, e o fato de algo tão ordinário quanto *altura* ser o que finalmente faz você parar é deliciosamente irônico.

Ela cruzou os braços, puxando o casaco em volta do corpo.

— Eu caí de um cavalo quando eu era pequena. Um cavalo bem grande.

— Sim, tenho certeza de que foi muito traumático. — Ele dispensou o comentário com um gesto da mão. — Mas você não tem muita opção aqui. Precisamos do poder de dois deuses para chegar à Árvore do Coração. E a Oráculo é mais fácil de matar do que o Leviatã.

Ela sabia que não tinha opção, sabia que não tinha escolha a não ser escalar aquela pilha imensa de ossos e matar a deusa lá em cima. Neve flexionou os dedos, como se pudesse lutar contra a montanha.

Solmir ficou olhando para ela, com as mãos na cintura e a expressão inescrutável.

— Eu não vou deixar você cair, Neve.

O cuidado de tranquilizá-la ainda era estranho vindo dele. Ela se virou de costas para montanha e olhou para Solmir.

Depois de um instante, ele encolheu os ombros.

— Eu preciso de você.

A verdade nua e crua, sem nenhuma emoção. Ela assentiu, um único gesto firme da cabeça.

— Esta parte da cadeia é segura. — Solmir chutou a tíbia que tinha começado a usar como apoio para o pé. — A Oráculo mora no cume desta montanha e não pode sair. Não vai cair enquanto ela existir. — Inclinou a cabeça na direção dos ossos, dando um passo para o lado. — Você vai na frente. Vou dizer onde você deve colocar as mãos e os pés.

Ela se sentia tensa e trêmula ao mesmo tempo. Neve imitou o que o tinha visto fazer, um pé na tíbia enquanto segurava firme no crânio. A mão dela tremia um pouco, mas Solmir não comentou nada.

— Agora dê um impulso para cima — disse ele, em tom baixo e neutro. — Agora, está vendo aquele pedaço de costela um pouco acima da sua mão direita? Segure nele...

E assim, orientada pelo outrora Rei atrás dela, Neve escalou a montanha de ossos.

Quando chegaram lá em cima, ela se sentia toda dormente, mas conseguiu caminhar até um pedaço não identificável de osso e se sentar. Estava com a respiração ofegante e pesada, todo o medo que não tinha se permitido sentir na subida inundando o sistema nervoso de uma só vez. Ela escondeu o rosto nas mãos e estremeceu.

Chegava a ser ridículo o pavor que sentia de altura. A queda do cavalo tinha originado o medo, que foi crescendo à medida que ia ficando mais velha. Um medo extremamente comum, como Solmir dissera. Mas ser a Primeira Filha e depois Rainha não lhe dava muito tempo para escalar muros, então o medo continuou crescendo, sem ser domado.

E era quase revigorante sentir medo de algo tão simples. Altura em vez de florestas, escalar em vez de perder alguém.

Depois de um momento, sentiu Solmir se sentando ao seu lado. Ela contraiu os ombros esperando que ele fizesse algum comentário cortante, mas não fez.

— Veja só — disse ele, esticando as pernas e apoiando os braços atrás de si. — Você conseguiu.

— Consegui — respondeu ela.

Ele suspirou.

— E agora vem a parte difícil.

— Podemos esperar um minuto? Acho que partir direto de escalar uma montanha para matar uma deusa pode ser um pouco demais.

Solmir riu, pegando o toco de madeira e a pequena adaga na bota.

— Podemos esperar cinco. O fim do mundo pode aguardar mais um pouco.

Neve fechou os olhos e respirou fundo algumas vezes. Quando se sentiu um pouco mais calma, olhou de esguelha para ele. Usava a adaga para escavar o toco que segurava na outra mão, mas ela não conseguia ver o que exatamente ele estava fazendo.

— O que é isso?

Ele fez uma careta; não tinha percebido que ela estava olhando. Solmir fechou os dedos em volta do toco como se quisesse escondê-lo, mas os abriu em seguida com um suspiro.

— Ainda não terminei. E não está muito bom.

— Merda nenhuma. Deixe eu ver.

— Isso é jeito de uma rainha falar? — resmungou ele, colocando o toco na mão dela.

Neve virou o objeto. Um céu noturno. Ele estava entalhando um céu noturno, com a lua e as estrelas.

Ele deu de ombros de novo e olhou para o horizonte cinzento em vez de olhar para ela.

— Eu não sabia como estava com saudades do céu até vê-lo de novo.

Ela passou o polegar sobre uma constelação próxima à Lua.

— Também estou — murmurou ela.

— Pode ficar com isso.

— Não. — Ela se virou para ele e entregou o pedaço de madeira. — Você disse que ainda não terminou. — Abriu um sorriso. — Uma peça entalhada ainda por finalizar não é um presente digno para uma rainha. Pode me dar quanto tiver acabado.

— Isso partindo do princípio que eu consiga terminar antes que a Terra das Sombras desmorone.

— Você vai. — O tom foi de uma ordem.

Eles ficaram se olhando, em um misto de ansiedade e falta de compreensão, mas tentando esconder os sentimentos. Depois, Neve se virou para o horizonte para ver para onde a escalada a tinha levado.

Estavam sentados em um platô de ossos, a vértebra de alguma coisa imensa, cheia de manchas e brilhando em tons de branco naquela penumbra cinzenta. Atrás deles jazia um crânio gigantesco, com a órbita dos olhos grande o suficiente para que uma carruagem passasse por ela. Neve levou um instante para compreender a forma, expandida naquelas proporções épicas, mas lá estava o focinho comprido terminado pouco antes da vértebra em que ela estava e o que restava das presas logo abaixo.

Um lobo. Um lobo gigantesco.

— Outro Antigo? — A pergunta foi feita em um tom educado, embora estivesse com os olhos tão arregalados de surpresa que quase saltavam do rosto.

— O Lobo. — Solmir se levantou, depois se aproximou do focinho para chutar uma das presas imensas com a ponta da bota. — O verdadeiro. Ciaran matou um dos seus filhotes, e foi assim que ganhou o apelido tão evocativo.

Ciaran. O primeiro Lobo de Wilderwood. Mesmo sabendo que o monstro da lenda era tecnicamente o sogro da irmã, ouvir Solmir falar dele como se fosse um conhecido ainda a deixava confusa.

Solmir olhou para o crânio do lobo com pouco interesse, mas havia algo nos olhos dele que dizia que estava pensando na mesma coisa que ela.

— Você sabe que é o vilão daquela história, não sabe? — O tom dela era leve. — Da de Ciaran e Gaya.

Outro chute no dente gigante.

— Toda história precisa de um.

— Agora que me tornei uma vilã, suponho que exista mais coisas nessa história em particular.

Ele levantou umas das sobrancelhas e se virou para olhar para ela.

— Você se considera uma vilã?

Tinha sido uma alfinetada, não um convite ao escrutínio. Neve se remexeu, constrangida, e repuxou uma linha da bainha da manga esfarrapada.

— Tenho certeza de que Red acha que sim.

— Acho que os sentimentos de Redarys em relação a você são um pouco mais complexos do que isso. — Ele girou o anel de prata no polegar. — Afinal de contas, você estava tentando salvá-la.

— Quando ela não precisava ser salva — murmurou Neve. — Quando me pediu para deixá-la partir. Se eu tivesse ouvido...

Ela parou de falar, sem precisar terminar o pensamento. Se tivesse ouvido, não estaria ali. Se tivesse ouvido, a pergunta cósmica dos Reis e suas almas e a Terra das Sombras e Wilderwood — tudo aquilo seria problema de outra pessoa.

— É preciso mais do que não ouvir para virar um vilão — disse Solmir. — Embora eu não seja perito no assunto, já que deixei a maior parte da minha humanidade para trás há muito tempo, o que você acabou de falar soa como algo da própria natureza humana. Somos predispostos a pensar que estamos sempre certos.

Neve emitiu um lamento baixinho.

— E quanto a você, então? Você realmente foi um vilão?

Ele cruzou os braços e olhou para o céu cinza.

— A história é bem mais complicada do que a que você deve ter ouvido. Mas sim, sem dúvida, fui o vilão de Gaya.

Ela não pediu mais explicações, mas arqueou as sobrancelhas, em um gesto semelhante ao que ele fazia quando queria uma explicação.

Solmir mordeu a isca. Dobrou os joelhos e apoiou os antebraços neles. Estava se encolhendo para ficar menor, quase que subconscientemente, antes de começar a contar a história que ela já tinha ouvido tantas vezes antes.

— Gaya e eu éramos prometidos um do outro desde que éramos crianças. Nunca imaginei uma vida em que não ficássemos juntos. E presumi que ela se sentia da mesma forma. — Foi a vez de Solmir soltar um lamento de tristeza. — Mas eu estava errado.

"Ela costumava sair escondida", continuou. "Fingia ser uma pessoa comum. Valchior não se importava muito; não prestava muita atenção à família, e Tiernan, como a filha mais velha, era sua herdeira. Valleyda não tinha uma linhagem estritamente matriarcal naquela época, mas o filho mais velho, independentemente do sexo ou do gênero, seria o herdeiro." Ele ficou puxando a cutícula do polegar. O nervosismo sempre parecia estranho em Solmir, uma pessoa feita para demonstrar arrogância e frieza. "Foi quando Gaya conheceu Ciaran em uma das aldeias. E eu não sabia que estava acontecendo alguma coisa entre eles até fugirem para Wilderwood, depois que criamos a Terra das Sombras." Uma pausa. "A culpa foi minha, acho. Presumi que ela estivesse feliz com o papel que havia recebido. Que não queria mais nada."

Neve deu de ombros, mas não o refutou. Ele estava certo.

— Você ficou zangado quando ela se apaixonou por Ciaran?

— Eu não fiquei *feliz* — respondeu ele. — Mas com certeza não fui o homem traído e furioso que a história me pinta. Eu queria que Gaya fosse feliz. E se para isso precisasse ficar com Ciaran, eu aceitaria. A minha raiva era por Wilderwood, por tê-la prendido lá dentro.

— Foi por isso que você quis matar Eammon? — Ainda era estranho dizer o nome dele, daquele monstro que a irmã amava. — Porque ele... ele *é* Wilderwood?

— Eammon precisava morrer para o meu plano funcionar — declarou ele com simplicidade. — O fato de ser Wilderwood, e o filho de Gaya, não teve nenhum peso.

Mas algo na voz dele mostrava que aquela resposta era uma simplificação. Neve estreitou os olhos.

— Mas você se sentiria culpado. Se tivesse funcionado, você se sentiria culpado.

Ela esperava que ele fosse debochar do comentário, mas Solmir só continuou cutucando a cutícula.

— Talvez — admitiu ele, por fim. — Mas já carrego tanta culpa por tanta coisa... Uma coisa a mais ou a menos não faria diferença.

— Eu não acredito que você realmente pense isso.

— Não tente se enganar achando que sinto remorso, Neverah. — O nome dela foi pronunciado com irritação. Ele se levantou e se agigantou diante dela, bloqueando toda a luz cinzenta. — Tudo isso é um meio para um fim. Se lembre disso. Será melhor para você.

Neve se levantou também, fulminando-o com o olhar.

— Não confunda compreensão com perdão.

— Exatamente, Rainha das Sombras.

Eles ficaram parados ali, a tensão pesando entre eles. Neve foi a primeira a desviar o olhar. Solmir não valia a raiva dela. Ele mesmo vivia dizendo isso.

Neve se virou para fitar a vastidão vazia da Terra das Sombras, sobre os restos dos deuses, onde estavam. Tentou mudar de assunto.

— Devia haver muitos Antigos aqui para ter formado essa montanha de ossos.

— Não muitos. — Solmir pareceu grato pela mudança do rumo da conversa. — Esses são os restos de três, acho, mais os de alguns monstros inferiores. O Lobo, o Rato, o Falcão. Todos tinham territórios próximos daqui.

Três Antigos formando montanhas falsas que envergonhariam a cordilheira Alperana. Neve tentou imaginar o tamanho delas, mas aquilo lhe provocou uma pontada de dor de cabeça.

— Então, eles não foram atraídos para o Sacrário dos Reis para morrer?

Solmir negou com a cabeça.

— Esses três morreram cedo. Quando os Reis ainda podiam deixar o Sacrário, antes de terem se atolado em tanto poder que ficaram presos lá. Eles apunhalaram esses Antigos para obter o poder deles e deixaram os ossos aqui depois de absorverem tudo. A Oráculo veio morar nesta área logo depois. — Um sorriso feral apareceu no rosto dele. — E me certifiquei de que ela não pudesse sair daqui.

— Acredite você ou não, matar deuses foi uma atividade que só assumi recentemente. Cada Antigo que morre torna este mundo um pouco mais instável.

— Então, por que os Reis continuaram fazendo isso?

— Porque querem sair — disse Solmir, afastando o olhar do horizonte e encarando para o monte de ossos. — Quando a Terra das Sombras acabar, a alma deles ficará livre. Os Reis querem que a Terra das Sombras se dissolva.

É o que queremos. A voz de Valchior sussurrando na escuridão.

À direita de Neve, destacada contra o céu cinzento, uma coisa se projetava da lateral de um dos picos de ossos. Sua dimensão fazia com que fosse difícil identificar o que era logo de cara, mas logo entendeu que se tratava de outro crânio, tão grande quanto o palácio valleydiano. O do Falcão, ao que tudo indicava. Tinha uma vaga aparência de ave, com um bico curto apontado para o chão, como se o Antigo estivesse gritando para a paisagem seca.

Com um tremor, Neve se virou para seguir Solmir montanha de corpos adentro.

15

Neve

Depois de escalar outro monte menor de cacos de ossos atrás deles — Neve ficou com medo de que os pedaços fossem cair, mas aguentaram firme —, viram uma pequena caverna, a trilha que levava até ela marcada por outro monte de ossos fundidos. A gruta era escura, contrastando com o marfim.

Solmir parou na curva de uma pélvis gigantesca e fez um gesto para a entrada do espaço.

— Bem-vinda ao Reino da Oráculo.

— E que reino — resmungou Neve, equilibrando-se em uma perna de forma estranha que se projetava da montanha.

— Frio, pequeno e árido, exatamente como o seu.

Ela fez um gesto grosseiro para as costas dele.

Era uma subida íngreme salpicada de ossos até a entrada da caverna. Uma vez lá em cima, Solmir se virou e ofereceu a mão para ajudá-la a subir. Puxou com força demais quando ela aceitou, e Neve acabou trombando contra o peito dele.

A pele de Solmir estava fria contra a dela; o cabelo dele roçou no rosto de Neve, que sentiu cheiro de pinheiro. As cicatrizes na testa eram pontos profundos, com a borda irregular e vergões intensos no meio. Deviam ser avermelhadas, se houvesse cor naquele mundo, mas, na Terra das Sombras, eram apenas negras como carvão. Havia seis marcas, mais profundas nas têmporas, o tamanho diminuindo até ficarem menores no meio da cabeça.

— O que causou isto? — perguntou Neve, baixinho, os olhos fixos nas cicatrizes.

— Algumas coroas são difíceis de tirar — respondeu ele, antes de recuar um passo para longe dela.

Neve ficou ali parada por um instante, os punhos cerrados ao lado do corpo. Algo semelhante a culpa queimando o estômago, algo semelhante a vergonha. Ela dissera a ele que compreensão não era perdão, e era verdade. Mas Neve estava começando a sentir que talvez quisesse perdoá-lo, e que tipo de traidora seria se fizesse isso?

Ela se obrigou a pensar em Raffe. Um homem bom, gentil, uma pessoa que sempre buscava fazer o certo. Ele a amava, mesmo que ela não merecesse, e não era aquele o tipo de conexão que ela deveria desejar? Amor incondicional, amor que não poderia macular, nem mesmo com as mãos sujas de sangue?

Mas ainda conseguia ouvir a voz de Solmir, chamando-a pelos corredores da catacumba. Indo salvá-la, mesmo que fosse só porque precisavam um do outro.

Solmir não era bom, mas era... alguma coisa. E aquela coisa a fazia ter de lutar para continuar enxergando-o como inimigo. Lutar para manter os pensamentos pautados por dicotomias simples de certo e errado e bom e mau, porque os lugares intermediários eram perigosos.

A abertura para a caverna da Oráculo ficava em outro pedaço de osso, que parecia pertencer a um fêmur gigante, as extremidades arredondadas se projetando no ar. Ossos menores atravancavam a entrada, formando um muro baixo. No início, surpreenderam Neve, por serem ridiculamente pequenos em relação à vastidão dos restos mortais dos Antigos. Ela deu um passo em direção à abertura para olhar para eles, franzindo o nariz ao sentir o cheiro que vinha de dentro da caverna.

Os restos de monstros inferiores, asas e presas, crânios de formatos estranhos e muitos, muitos ossos que não guardavam semelhança alguma com qualquer coisa que ela pudesse nomear. Todos danificados por marcas de dentes.

Ela deu um passo para trás tão rápido que quase tropeçou na barra rasgada do vestido.

Solmir estava perto da extremidade arredondada do fêmur, como se também não quisesse entrar na caverna.

— Não se engane pela aparência dela — avisou ele com voz bem baixa. — A Oráculo sempre foi uma das mais perigosas entre os Antigos, mesmo antes da morte da maioria deles.

— Então, como vamos matá-la?

Solmir demorou para responder. Neve olhou para ele e o viu retorcendo o anel de prata no polegar de novo, enquanto contraía o maxilar. A tensão fazia com que as cicatrizes da testa ficassem ainda mais visíveis.

— Não se preocupe com isso — disse ele, por fim. — Só fique o mais longe possível da Oráculo.

Não havia toque de humor algum na voz dele, só o tom mandão. Neve ficou revoltada, já que odiava receber ordens, mas, naquele momento, prestes a enfrentar uma deusa que ele conhecia, não parecia ser a hora de discutir. Ela sempre poderia abordar sua insatisfação mais tarde.

E era um estímulo pensar que definitivamente haveria um "mais tarde".

O pedaço de osso do deus pesava contra o quadril dela. Sem dizer palavra, Neve o tirou do bolso e o entregou para Solmir.

Ele negou com a cabeça.

— Fique com ele por ora.

— Tem certeza?

— Só confie em mim.

Os olhares se encontraram enquanto se davam conta de duas coisas: que a frase deveria ser totalmente absurda e, ao mesmo tempo, de alguma forma, não era.

Neve guardou o osso novamente no bolso, e juntos adentraram a caverna.

Levou um tempo para os olhos se ajustarem, mas não por causa da escuridão — as pupilas de Neve se contraíram por causa de uma luz inesperada, um brilho suave que vinha de algum lugar mais profundo na caverna. No chão, mais montinhos de ossos, estratificados e mais altos do que os da entrada, como se o que quer que houvesse deixado aquelas pilhas de restos antes tivesse mais espaço para se movimentar.

Solmir cutucou um dos ossos com o pé, virando-o para revelar mais marcas de dentes.

— Ela vivia soltando as amarras — disse ele em voz baixa. — Acabei precisando usar um osso de deus para mantê-la presa ao chão.

— *Foi você* que a aprisionou? — Ele já tinha dito aquilo antes, mas ali, diante da prova concreta da violência da Oráculo, o feito parecia quase impossível. — Como? Por quê?

— Eu contei com uma boa dose de sorte. — Com cuidado, Solmir passou pela primeira fileira de ossos. — Quanto ao porquê, é uma longa história, e não temos tempo para ela agora.

Ela não tinha como discutir.

— Mas você vai me contar tudo depois.

Ele fez um som que não era nem de concordância nem de discordância. Considerando as circunstâncias em que se encontravam, Neve não insistiu.

À medida que avançavam, o brilho no fundo da caverna ia ficando mais forte. Era tênue e difuso, como raios de sol vistos através da névoa. A suavidade da luz parecia estranha em contraste com a carnificina de crânios retorcidos.

A última parede de ossos tinha altura suficiente para impedir que Neve visse o que quer que houvesse do outro lado, mas ela notou que era o que emanava aquele brilho. Solmir parou, girando o anel no polegar novamente. Fitou-a de esguelha com os olhos azuis e, depois, mirou o bolso dela.

Neve entendeu o recado: mantenha o osso escondido. Ela assentiu.

Solmir foi na frente, escalando a pilha de ossos com mais graça do que era de esperar dada a forma como as camadas escorregavam. Neve o seguiu, a camisola esfarrapada facilitando a subida. Para o frio da Terra das Sombras, talvez fosse inadequada, mas pelo menos com a saia em farrapos era possível correr, e aquilo parecia mais prudente.

Neve parou ao chegar ao alto do monte.

Havia uma plataforma circular de pedra além do muro, as cores drenadas pelo branco que a figura parada no centro emanava.

A deusa era elegante e feminina, de compleição delicada. O cabelo alvo cascateava até o chão, quase indistinguível da túnica branca e comprida que cobria a figura do pescoço às canelas, deixando os braços nus. A testa e os olhos estavam cobertos por uma máscara de prata, presa a uma coroa de rosas podres. Correntes prendiam os pulsos finos, escurecidos e repletos de cascas que pareciam ser tinta ou sangue seco, presas com estacas de marfim ao piso de pedra diante dela. Mais correntes em volta da cintura, ancoradas ao chão de forma semelhante, uma deidade presa em um palácio de ossos roídos.

A Oráculo.

Solmir estava parado aos pés da plataforma, olhando para a Antiga sem disfarçar o ódio que sentia. A deusa não deu sinal algum de ter notado sua presença, e se manteve impassível enquanto Neve descia pela pilha de ossos mesmo com as vértebras que foram caindo no chão conforme ela passava.

Solmir não olhou para Neve quando ela se postou ao lado dele, mas deu um pequeno passo para o lado como se quisesse ficar entre ela e a deusa que tinha aprisionado.

Neve permitiu. De todas as coisas que tinha visto desde que chegara ao estranho mundo invertido, aquela criatura de aparência infantil e feminina com uma coroa morta de flores era a mais inquietante.

Por alguns momentos, ficaram em silêncio.

Então, a Oráculo disse:

— Não vai conceder seu poder, Solmir? Isso é o que a boa educação manda. Ou vai ficar olhando para mim o dia todo:

— Prefiro comer vidro a conceder poder a você. — A resposta não foi dada com rudeza, apenas como um declaração óbvia, e as palavras saíram mais fortes por causa disso.

A Oráculo virou a cabeça para olhar para eles através da máscara de metal. A escuridão marcava a pele embaixo, como se os olhos da deusa tivessem apodrecido e escorrido das órbitas como gemas de ovo. Mais manchas pretas marcavam o vestido, resquícios de algum banquete sangrento.

Neve pensou em todas as marcas de dentada que vira e engoliu em seco.

— Entendi. — A voz da Oráculo soou gentil e suave. — Ainda chateado com mágoas de tantos séculos? Não é de estranhar. Seres da nossa natureza têm memórias muito antigas, e as eras acabam misturando tudo.

— Você e eu não somos, nem de longe, da mesma natureza — retrucou Solmir.

Um sorriso lento se abriu no rosto da Oráculo, revelando duas fileiras de dentes pontiagudos.

— Seria mais fácil para você se fôssemos, não é? Mas a única coisa que diferencia você de mim é uma alma, Solmir, e a sua parece que está cada vez mais prejudicada. Bem, uma alma e uma crença. Acreditar que se é um deus é o aspecto mais importante da divindade, e você perdeu a crença em si mesmo há muito tempo. Em todos os aspectos.

A expressão de Solmir não mudou, mas ele cerrou os punhos ao lado do corpo, com força o suficiente para que a pele em volta dos anéis ficasse branca.

— Toda essa magia dentro de você, correndo nas suas veias... — murmurou a Oráculo. — É surpreendente você ter conseguido manter sua alma. — Com uma explosão de velocidade extraordinária, a Oráculo inclinou a cabeça em um ângulo que deveria ter quebrado o seu pescoço, demonstrando uma curiosidade exagerada. — Ela sabe por que você tirou toda a magia dela? Por que a mantém, por que ela precisa ficar vazia?

— Sabe — respondeu Solmir, mas houve uma pausa, e os olhos de Solmir se desviaram para Neve como se ele quisesse avaliar a reação dela.

Neve estava tendo dificuldade de ter qualquer reação que não fosse um medo que a gelava por dentro.

Os dedos da Oráculo se retorceram no ar, os braços contidos pelas correntes.

— Você ainda sente muita raiva — disse ela para Solmir, parecendo se esquecer de Neve. — Consigo sentir o gosto da raiva emanando de você em ondas. Raiva e culpa, embora a culpa seja mais complicada. Você não consegue parar de trazer mulheres para o mundo inferior, não é? Ou tentar pelo menos. Essa parece estar se saindo melhor que a outra.

Aquilo enfim foi suficiente para provocar uma reação: Solmir deu um passo para a frente como se fosse atacar a deusa, a boca retorcida. Neve o segurou pelo braço para impedir, mas foi obrigada a fincar os pés no chão para conseguir.

A Oráculo gargalhou, um som estridente e quase ensurdecedor.

— Ou será que não? — perguntou a deusa, ainda retorcendo os dedos. — Você quis abrir a Terra das Sombras para a última porque a amava e queria fugir, mas essa daí... essa daí tem um objetivo. Essa daí tem amarras, amarras escritas nas estrelas, e você quer dedilhar tais amarras como se tocasse uma harpa. — Um leve dar de ombros. — Melhor ter amarras do que raízes.

Raízes. Gaya. Neve olhou para Solmir, apertando o braço dele com mais força.

Os músculos sob seus dedos se tensionaram, duros como pedra, mas ele não fez nenhum gesto para atacar a deusa de novo.

— Não ouse falar dela. — A voz soou baixa e perigosa. — Você não tem direito de falar dela.

— Por mim, tudo bem — respondeu a Oráculo. — Principalmente agora que trouxe alguém tão mais interessante. — A deusa inclinou a cabeça de novo. — Olá, Rainha das Sombras. Você quer alguma coisa de mim.

Neve desviou o olhar da deusa horripilantemente bela para Solmir, o medo fazendo as costas dela se endireitarem e os músculos enfraquecerem. De alguma forma, a Oráculo sabia que estavam ali para matá-la, e iria...

— Não fique tão chocada. Ninguém vem aqui a não ser que queira alguma coisa. Principalmente Solmir, que me odeia tanto. — Outro sorrisão, mostrando as fileiras de dentes. — Mas é impossível conseguir alguma coisa sem dar outra em troca. Eu sempre cobro a minha parte.

Os ossos mordiscados aos pés deles conferiam um peso assustador às palavras. Neve apertou mais o braço de Solmir, mesmo sem achar que ele tentaria atacar a deusa de novo. Pelo menos não até estar pronto para matá-la.

E quando estaria?

O que você quer e o que ele quer não são a mesma coisa, Rainha das Sombras.

A voz da Oráculo era mais suave do que a da Serpente, um toque macio na mente dela em vez de algo áspero. Neve engoliu em seco e contraiu o maxilar, tentando impedir que a Oráculo entrasse e lesse seus pensamentos.

A gargalhada que ecoou na sua mente foi tão estridente e desagradável quanto a que ecoara antes na caverna. *Seus desejos se enroscam e embaralham uns com os outros, mas estão se desfazendo nas costuras mais importantes.* Uma pausa de consideração. *Ele pode contar o número de pessoas com quem já se importou nos dedos de uma das mãos. Você acha que está entre elas, Rainha das Sombras?*

Neve cerrou os dentes e soltou o braço de Solmir. Ele olhou para ela, o cenho franzido.

A Oráculo fez bico, projetando o lábio inferior.

— A Rainha das Sombras não quer conversar comigo — disse, empertigando-se. Jogou a cabeça para trás, deslocando a coroa de rosas podres. — Mas alguém vai ter que falar. Esse é o preço pelo que desejam.

— O que você acha que desejamos? — perguntou Solmir. Flexionava a mão para trás sem parar, na direção de Neve. Na direção do osso do deus no bolso dela.

— Abrir a Árvore do Coração — respondeu a Oráculo. — Para fazer isso, precisam do poder de um deus. — Ela se pavoneou ao dizer aquilo, agitando os dedos e sacodindo o longo cabelo branco. — Eu sabia que você teria de me libertar em algum momento, Solmir. Essa punição não poderia durar para sempre.

Punição? Neve contraiu os lábios, sem compreender.

A Oráculo riu. Neve não permitira que ela lesse seus pensamentos, mas parecia ver a dúvida na expressão da jovem.

— Eu não contei para Solmir que tentar abrir a Árvore do Coração com sua ex-amante a mataria. — Ela deu de ombros. — Ele não aceitou isso muito bem.

Os ombros de Solmir se contraíram sob a camisa rasgada pelos espinhos, mas ele não mordeu a isca lançada pela Oráculo. Encarou Neve, e algo forte e esperançoso brilhava nos olhos dele.

Foi quando ela compreendeu. A Oráculo não sabia que estavam ali para matá-la.

As peças se encaixaram rápido: a deusa achava que estavam ali para libertá-la, para a obrigar a levá-los até a Árvore do Coração. A Oráculo sabia que a Árvore do Coração só poderia ser aberta pelo poder de um deus, e achava que queriam levá-la como prisioneira, não como vítima.

O que significava que esperava que Solmir se aproximasse o suficiente para soltar as correntes. Ela não tinha como saber que a aproximação seria para matá-la até ser tarde demais.

Mas só se dessem os próximos passos com muita, muita cautela.

Movendo-se devagar a ponto de os músculos tremeram, Neve escorregou o osso do bolso e o pressionou na mão de Solmir, o frescor da pele dele bem-vindo contra o medo fervente que ela sentia.

— Mas antes que me libertem quero uma verdade — disse a Oráculo.

Neve ficou com os dentes dormentes; quase deixou o osso cair. Ela e Solmir tentaram segurá-lo, mantendo-se o mais imóveis possível — e os dedos dela se fecharam ao redor do objeto um pouco antes que caísse das mãos desajeitada-mente entrelaçadas.

Neve afastou o braço, escondendo o osso na saia esfarrapada.

— Uma verdade? — perguntou ela, mais como um meio de distração do que para entender.

— Vejam só, ela fala. — O tom da Oráculo soou exatamente igual à sagaci-dade irreverente de uma experiente fofoqueira da corte. — Exatamente, Rainha das Sombras, quero uma verdade. Talvez não haja nem comida nem bebida aqui, mas todos nos alimentamos de alguma coisa, a não ser que queiramos ficar fracos o suficiente para sermos atraídos para o Sacrário.

Solmir subiu na plataforma com os punhos cerrados ao lado do corpo.

— Tudo bem. Pode pegar uma. Tenho verdades o suficiente para você se fartar.

— Mas nenhuma delas é surpreendente, outrora Rei, e quem está faminto deseja um banquete!

Aquilo os deixava com apenas uma solução. Neve deu um passo para a frente.

— Pegue uma das minhas, então.

A Oráculo deu outro sorriso lento, mostrando os dentes pontudos.

— Sim — sussurrou ela. — Você tem cheiro de segredos enterrados bem fundo, de coisas deixadas para envelhecer como vinho. Suas verdades hão de ser deliciosas.

Ao ouvir a palavra *deliciosas*, Neve sentiu um medo frio na espinha, mas cerrou os dentes e os punhos. A ponta do osso do deus estava na palma da sua mão, o comprimento do objeto rente ao antebraço.

Ela lançou um olhar rápido para Solmir, e leu o inevitável e o medo daquilo brilhando nos olhos dele. Era ela que estaria perto o suficiente. Ela teria de apunhalar a Oráculo.

A Serpente desejava morrer e não esboçara reação alguma quando Neve fincara o osso do deus no flanco do ser. Mas ela não fazia ideia de como a Oráculo reagiria, o que faria quando sua magia começasse a se esvair pela ferida aberta.

Neve não tinha tempo para pensar naquilo, nem para sentir medo. Deu um passo para a frente, aproximando-se com cuidado da deusa acorrentada.

— Que tipo de verdade deseja?

— Ah, Rainha das Sombras — disse a Oráculo, os dedos estendidos se remexendo para roçarem de leve na testa de Neve. — Não é você que escolhe.

O dedo não se moveu. Por um momento, Neve ficou imaginando se aquilo seria mais fácil do que tinha pensado, se a extração da verdade seria algo simples...

Dor. Dor como uma adaga rasgando seu cérebro, cortando seu coração, mesmo sem a Oráculo sequer mexer o dedo. Era uma dor muito pior do que qualquer outra que Neve já tinha sentido antes, pior do que quando absorvera toda a magia da Terra das Sombras para dentro de si e quase perdera a própria alma. Neve ofegou, mas só percebeu isso porque sentiu a boca se abrir. Não ouvia nada, nada além de um terrível zunido nos ouvidos, como uma horda de moscas-varejeiras. A sensação cortante foi descendo e descendo, viajando cada vez mais para o seu âmago, até chegar ao nó apertado das emoções que a jovem mantinha bem emboladas no peito.

Sua alma. Fria e pequena, envolta em raiva e culpa e todas as coisas que ela não queria ver, nem sentir.

Mas agora tudo lampejava diante dela, vislumbres de imagem e ação, narrados pela voz da Oráculo que ela não ouvia na cabeça, mas no âmago do seu ser, sibilando e borbulhando contra seus ossos.

Você achava que o amava, mas amava mesmo? Será que era mais uma ideia do que ele era, um apego a quem você achava que era ou desejava ser? Uma imagem de Raffe, olhos escuros e calorosos, segurando o rosto dela no quarto frio de Neve no palácio. *Você não vingou sua mãe, você mesma teria brandido a adaga se achasse que aquela era a única maneira.* Isla, distante do outro lado de uma mesa de jantar que parecia ter quilômetros de extensão. *Você sabia que Red estava bem, você soube no instante em que a viu de novo, mas já tinha ido longe demais para admitir seus erros. Você teria sacrificado o Lobo da sua irmã e acabado com toda e qualquer felicidade que ela tivesse encontrado porque, do contrário, teria de admitir que estava errada, e você não podia fazer aquilo, nem naquela época nem nunca.* Red, agachada no Santuário, mais natureza selvagem do que mulher, e Neve sabendo que aquilo era o que ela sempre estivera fadada a ser.

Uma imagem de Solmir encostado na parede depois da coroação de Neve, braços cruzados e boca estoica. Mas ainda era Arick, não era? Ou Solmir com o rosto de Arick? As coisas estavam misturadas demais para que ela pudesse saber quem ele era, quem tinha sido.

E isso importa?, perguntou a voz da Oráculo, mostrando que estava se divertindo. *Você sabia que havia alguma coisa errada, e não fez nada a respeito. Você nunca se permitiu pensar profundamente no que Arick estava aprontando porque sabia que não tentaria detê-lo, não importava o que fosse. E que tipo de rainha faz isso? Que tipo de amiga? Que tipo de pessoa? Ninguém com bom coração, Rainha das Sombras. Ninguém com bom coração.*

Neve sentiu os joelhos se chocarem contra o chão de pedras, as mãos junto ao peito, como se fosse possível colocar tudo de volta para dentro e trancar. Mas, uma vez desembaraçadas, todas as emoções que guardara começaram a sair em uma torrente, afiadas e enfatizadas pela voz da Oráculo, cortando e conhecendo tudo, uma bomba arterial da verdade.

Você nunca admite quando está errada e prefere morrer a permitir que alguém saiba que cometeu um erro tudo isso é culpa sua se tivesse ouvido Red e a deixado ir ainda estaria com Raffe mesmo que não o mereça...

Neve queria desmaiar, perder a consciência, mas o ataque da Oráculo continuava de forma cruel e terrível, ancorando-se em todos os momentos em que ela fizera uma coisa errada, vendo o rosto de todos a quem já tinha decepcionado.

Era horrível. Era merecido.

Mal notou quando Solmir passou por ela com os dentes arreganhados e arrancou o osso do deus da mão dela; só continuou agachada no chão coberto de ossos com a alma em frangalhos dentro do peito.

Solmir saltou na direção da Oráculo acorrentada à plataforma e fincou o osso na garganta da deusa.

Imediatamente o latejar de todos os fracassos de Neve martelando na sua mente cessou, um desfile interminável de todos os seus erros. Ela ergueu os olhos marejados.

A Oráculo estremecia. "Estremecer" talvez fosse suave demais — o espaço que ela ocupava parecia ruir, fazendo seu vulto sacolejar de um lado para o outro, sem um contorno claro, como se Neve estivesse vendo tudo através de frestas de uma janela. As sombras começaram a emanar da deusa, girando no ar com um som sibilante, mais alto e mais violento do que Neve jamais ouvira.

O osso caiu; Solmir abriu as mãos, convocando a magia para si conforme ela ia jorrando da ferida aberta no pescoço da Oráculo. As sombras envolveram o braço dele, preenchendo-o de escuridão, e Neve viu o instante em que o grito agonizante de dor se tornou algo impossível de conter.

O chão rugiu, poeira caindo do teto. A pilha de ossos atrás de Neve e Solmir estremeceu e começou a desmoronar no chão coberto de sangue.

A Oráculo caiu de joelhos, fazendo a coroa de rosas podres envergar. Ela abriu a boca e soltou uma risada pavorosa enquanto emanava mais sombras, uma cacofonia de loucura e deslindamento. A gargalhada reverberou no ar e na cabeça de Neve, que cobriu os ouvidos com as mãos.

Que tola eu fui, sussurrou a Oráculo na cabeça da rainha. *Tola de pensar que ele ofereceria liberdade em vez de morte, mas eu já estava tão farta dessas correntes que dá tudo na mesma. Mas não sou tão tola quanto você, Rainha das Sombras. Não a ponto de acreditar que existe alguma coisa nele que valha a pena salvar. Acreditar que existe algo de bom nele.*

As pedras começaram a se soltar do teto. Os ossos atrás deles continuavam deslizando. Outro terremoto, fazendo a caverna desmoronar, talvez a montanha inteira. E, ainda assim, a magia continuava emanando da deusa moribunda e entrando em Solmir, que não parava de berrar, os olhos azuis tremeluzindo em uma alternância de negro e azul.

— Vocês se merecem — declarou a Oráculo, em voz alta daquela vez. — Dois tolos, que ficam se condenando repetidas vezes.

O corpo da deusa se retorcia em ângulos dolorosos enquanto ia se desfazendo em fumaça e sombras. A magia se esvaindo foi consumindo músculos, ossos, o esqueleto de forma estranha. Depois, uma outra nuvem de fumaça escura, até a ossada desaparecer.

A massa de sombra sumiu rápido para dentro das mãos de Solmir, e ele caiu no chão, tremendo. A escuridão cobria sua pele, como se ele tivesse mergulhado os braços na tinta. A íris dos olhos tremeluzia entre o azul e o preto, repetidas vezes, mostrando o risco que sua alma corria.

Neve precisava se levantar. A caverna começou a desmoronar em volta deles, ossos e pedras rolando; mas ela precisava pegar um pouco daquela magia também, tirar um pouco de Solmir para que ele não fosse consumido. Ela deu um salto para a frente, lanhando o joelho contra a ponta afiada de uma tíbia quebrada. O sangue quente começou a escorrer pela perna e a fez cambalear. Juntando o ferimento e a fraqueza causada pelo ataque mental da Oráculo, Neve mal conseguia cambalear pelo espaço que os separava.

Quando enfim chegou a Solmir, ele estava tentando se levantar, a escuridão vazando das veias e dos olhos.

— Não. — Um comando claro e alto contra o som da montanha que ruía em volta deles. — Não pegue nada. Vamos precisar de tudo.

— Mas você...

— Eu — começou ele quase rosnando, enquanto enfiava o osso do deus na bota — fui feito exatamente para isto.

Outro tremor sacudiu a montanha. Uma pedra caiu do teto bem na direção da cabeça de Neve; Solmir agarrou o braço dela e a puxou para perto de si, tirando-a da rota de colisão, mas a soltou logo em seguida, sem querer ter contato com a pele dela.

— Prometa que não vai pegar nada da magia — disse ele, gritando para ser ouvido por sobre o rugido da montanha desmoronando em volta deles. — Não até chegar a hora.

— Tá bom, prometo!

— Ótimo! — exclamou Solmir.

E então a agarrou pela cintura, jogando-a por cima dos ombros de forma que a barriga dela ficasse contra a nuca dele, as pernas por cima de um dos ombros e os braços do outro, as mãos cobertas de anéis de prata segurando-a no lugar. Era uma posição desconfortável, e ela emitiu um som de protesto assim que ele se colocou em movimento, correndo em direção a uma pilha de ossos.

Solmir passou uma das mãos ásperas sobre o joelho dela e ergueu a palma suja de sangue.

— Você quer andar? Então, pare de reclamar!

Um gemido pontuou a última palavra quando ele saltou para cima dos ossos. O monte cedeu sob os pés dele, mas Solmir continuou se movendo com extrema rapidez, saltando para outro osso antes que o anterior caísse. Neve olhou para trás: a plataforma tinha afundado no chão, a pedra manchada de sangue completamente destruída. Os ossos começaram a cair no buraco que não parava de crescer, como se a montanha estivesse devorando a si mesma.

Ela ouvia contra a orelha o som alto da respiração chiada de Solmir enquanto ele a carregava para fora da montanha, em direção ao fêmur protuberante que formava um despenhadeiro. Ainda não estavam seguros. A montanha estremecia conforme os ossos amalgamados ao longo de éons iam se separando.

Eles tomaram a direção oposta de onde tinham vindo, Solmir correndo para outra ligeira elevação que se desfazia enquanto se aproximavam. Através das mechas emboladas de cabelo — de Neve e Solmir, emboladas umas às outras por causa do vento e do suor —, ela conseguia ver o ponto onde a montanha acabava de forma abrupta em um horizonte cinzento, além do qual parecia só haver uma queda acentuada.

Ele a girou e a passou para a frente do próprio corpo. *Doeu*, e Neve emitiu outro som de protesto enquanto Solmir a apertava contra o peito.

— Queira me desculpar, Vossa Majestade. Segure-se.

Enquanto a montanha de ossos ruía atrás deles, Solmir correu até a beirada e saltou.

16

Red

O caminho até a fronteira levava bem menos tempo que antes agora que não precisavam ficar atentos a fossos de sombras, árvores tomadas por fungo-de--sombras ou monstros que tinham escapado. Em qualquer outra circunstância, a caminhada seria até agradável.

Naquela, porém, todo mundo estava tenso e em silêncio. Principalmente Raffe.

Red o observou por sobre o ombro enquanto guiava, junto com Eammon, aquela estranha procissão, esmagando folhas do outono eterno sob os pés. As sobrancelhas do amigo estavam franzidas acima dos olhos preocupados, os quais ele mantinha fixos no chão, perdido em pensamentos que o faziam contrair os lábios. A única coisa que ele realmente parecia estar vendo quando erguia o rosto era Kayu, que, embora silenciosa como os outros, assimilava a paisagem da floresta com olhos arregalados e expressão de prazer. Mesmo assim, era difícil para Red interpretar o semblante dele.

Para Raffe, aquela devia estar sendo ser uma situação horrível. Ele e Neve nunca tinham chegado a ficar *juntos*, até onde Red sabia, mas os sentimentos que nutriam um pelo outro era óbvio. Havia sido, ao menos. As coisas pareciam ter ficado mais complicadas, com camadas que Red não conseguia interpretar agora que não os conhecia mais tão bem.

Não que a vida romântica de Neve fosse da conta de Red. A última vez que uma delas tentara se meter na vida da outra, o resultado tinha sido catastrófico.

Apesar de estar atento a ela, Raffe mantinha distância de Kayu. De vez em quando, ela tentava falar com ele ou mostrar alguma coisa que tinha achado interessante, e ele abria um sorriso discreto antes de ficar sério de novo. Lyra e Fife davam um pouco mais de atenção para ela, respondendo às perguntas que fazia sobre Wilderwood. Ao que parecia, a terceira princesa niohnesa lera bastante sobre a floresta e sobre Valleyda e estava ávida para ter alguém com quem conversar sobre aquilo tudo.

— Não sei o que pensar sobre ela — cochichou Eammon, acompanhando o olhar de Red.

— Nem eu. — Red se virou e apoiou a cabeça no ombro do marido, tanto para abafar o som da conversa deles quanto por conta daqueles ombros maravilhosos. — Mas Raffe parece confiar nela. E não temos como recusar ajuda financeira se quisermos mesmo ir até Kiri. Vamos precisar de um navio.

— Não me lembro de querer ir para Rylt — resmungou Eammon.

Red sentiu os músculos dele se contraírem sob seu rosto.

— Talvez a gente não precise ir — disse Red. — Se há entalhes daqueles galhos-chaves nos muros da Fronteira, talvez Valdrek saiba onde a Árvore do Coração se encontra. *O que* ela é. — Red suspirou. — Qualquer informação já vai ser um ganho, na verdade.

Eammon encolheu os ombros, deslocando um pouco o rosto dela. Red franziu as sobrancelhas, e ele deu um beijo na testa dela.

— Talvez — concedeu ele. — Mas mesmo que Valdrek tenha algumas respostas, sinto que teremos de lidar com Kiri em algum momento. Pode chamar isso de intuição de Wilderwood.

— É assim que você chama essa sensação?

Ela não precisou elaborar — ele estava descrevendo a impressão de ter algo correndo junto da mente, o fio dourado que passava pelo corpo deles que era completamente pertencente aos dois e completamente *alheio* ao mesmo tempo.

Eammon encolheu os ombros de novo, daquela vez com uma dramaticidade proposital, fazendo a cabeça dela se erguer. Ele riu quando Red deu um tapinha nele, embora a expressão estivesse pensativa.

— Parece um termo tão bom como qualquer outro.

— *A intuição de Wilderwood* é um espinho no meu pé.

— Você tem espinhos por todos os lados, Lady Lobo.

— Tão romântico... — retrucou ela.

Mas parecia tão preocupada quanto ele, e Eammon lançou um olhar compreensivo antes de entrelaçar os dedos com os de Red.

— Ela está bem — disse ele, baixinho. — O espelho se estilhaçando ontem nos mostrou que ela fez alguma coisa, não é? Não foi isso que a voz disse?

Red assentiu, sombria. A floresta dentro dela — sua intuição de Wilderwood — comunicara compreensão depois do momento em que o espelho se quebrara, através da voz que ela havia ouvido em seus sonhos. Não precisava mais do espelho, porque Neve tinha feito... algo. Tinha assimilado a escuridão assim como Red assimilara a luz.

Aquilo significava que Neve estava viva. Mas o pensamento não tranquilizava Red totalmente.

Quando o espelho se estilhaçara, algo dentro de Segunda Filha também se partira. Ela havia desmaiado na torre e acordado apenas nas altas horas da madrugada. Aquilo atrasara até o início da manhã seguinte a ida do grupo à Fronteira. O sol amarelado e pálido passava por entre as folhas outonais, banhando tudo de vermelho, ocre e dourado, um precursor do outono que se aproximava rapidamente fora de Wilderwood.

— Como vocês fazem para a floresta não mudar? — Kayu chegou até eles correndo, ligeiramente ofegante. O cabelo negro brilhava na luz outonal enquanto ela apontava para as árvores. — Não mudar de estação do ano, digo? Perguntei para Fife e ele me disse para perguntar para vocês.

Red duvidava muito que ele tivesse respondido de forma educada.

— Não é uma coisa consciente. É só... — Ela parou de falar e olhou para Eammon, que encolheu os ombros de forma inexpressiva. — Ela segue nosso desejo, acho. Assume aspectos de nós mesmos. Era início do outono quando nós... quando fizemos o que fizemos. — Nem mesmo agora conseguia articular o que tinha acontecido. A natureza do que ela era agora, mulher, Loba e floresta, era difícil de traduzir em palavras. — Então o tempo congelou naquele momento. Nós paramos de mudar, e a floresta também.

Kayu assentiu, olhando de um para o outro.

— Porque vocês *são* Wilderwood agora.

— Exatamente. — Red tentou dar a impressão de que estava segura de si. Eammon trocou o peso de perna, constrangido, o movimento fazendo o cabelo negro roçar na ponta dos chifres.

— E como vocês são Wilderwood — continuou Kayu, devagar —, ela não vai mais chamar nenhuma outra Segunda Filha.

Alguma coisa na pergunta fez os pelos de Red se eriçarem, aquela droga de intuição de Wilderwood vibrando dentro dela o suficiente para que ficasse cautelosa, mas não o suficiente para explicar o motivo para tal. Ela trocou um olhar com Eammon enquanto assentia.

— Isso. Nada de Segundas Filhas para a floresta.

Kayu pareceu pensativa, mas não disse mais nada. Voltou até Raffe e os outros, na parte de trás do grupo, parando para pegar uma folha caída no chão e girá-la entre os dedos.

— Que coisa estranha — cochichou Eammon enquanto a princesa se afastava. — Você concorda que isso foi muito estranho, certo?

— A curiosidade dela faz sentido. — Distraída, Red puxou uma das gavinhas de hera que cresciam junto ao próprio cabelo e a girou com um sorriso irônico. — Afinal, somos um enigma.

— Mesmo assim. — Ele meneou a cabeça de leve. Esfregou a braçadeira de casca de árvore que crescia sobre a pele dos antebraços. — Acho que é melhor termos cuidado.

— E quando não temos cuidado? — Uma piada, mas a voz dela saiu cansada. — E não é como se tivéssemos muita escolha. Ela sabe que Neve desapareceu. Como Raffe bem disse, faz sentido mantê-la por perto.

Red olhou na direção do amigo de novo. Kayu estava contando alguma coisa para ele, fazendo um gesto no ar com as mãos. Ele sorria para ela, de forma discreta, mas sincera.

Eammon emitiu um som de desagrado, algo entre um desafio e uma concordância. Fitou o casal por sobre o ombro antes de voltar o olhar curioso para Red. Nem precisou perguntar nada, pois ela era capaz de enxergar em que ele estava pensando.

— Não sei — respondeu ela com suavidade. — Não sei como... ficaram as coisas entre ele e Neve.

O Lobo apertou a mão da esposa.

— Nós vamos trazê-la de volta — disse ele em tom decidido. — E aí ela pode resolver a porcaria da vida amorosa dela.

Diante deles, a floresta ia ficando menos densa, as árvores outonais douradas abrindo espaço para o musgo verde e o sol direto. Red já conseguia ver o muro externo da Fronteira; mesmo apertando os olhos, porém, não conseguia enxergar os entalhes ali, incluíssem eles um bosque de chaves ou não. A chave dela estava no bolso da túnica, seu manto matrimonial. Red escorregou a mão para dentro dele e passou o dedo nas protuberâncias da ponta.

Eammon acelerou o passo assim que ultrapassaram a linha das árvores, os passos mais longos fazendo os outros terem que trotar se quisessem acompanhá-lo. Mas Red foi a única que fez isso: Lyra e Fife mantiveram a caminhada leve, e Raffe e Kayu os imitaram de muito bom grado. Eammon se aproximou rapidamente dos portões e bateu uma vez no muro de madeira, depois deu um passo para trás para observar atentamente os entalhes.

Red chegou e se apoiou no muro, sem fôlego por ter tentado manter o ritmo do marido.

— As suas pernas — ofegou ela — são compridas *demais*.

— Culpa da floresta.

Eammon colocou a mão no ombro dela e a empurrou gentilmente para o lado para analisar os entalhes que cobria. Red não conseguia perceber padrão algum seguido pelas marcas. Algumas eram curvas e fluidas, outras pontudas como runas. Nenhuma parecia uma chave.

Os outros os alcançaram, apertando os olhos por causa do sol forte depois da penumbra de Wilderwood. Raffe perscrutou as marcas, franzindo a testa e contraindo os lábios.

— Onde ficava mesmo o entalhe que você mencionou?

— Não lembro. — Um toque de irritação marcava a voz de Eammon; estavam todos com os nervos à flor da pele. — Vamos perguntar a Valdrek. Se eu conseguir descrever, ele vai saber onde está. Ele sabe ler o muro.

— Ler o muro? — Aquele era um novo conceito para Red, que arqueou as sobrancelhas.

Eammon apontou para o muro em questão.

— As marcas são uma espécie de mapa. Uma história. Quando o papel dos exploradores acabou, eles começaram a entalhar as coisas de que queriam se lembrar nos muros da Fronteira antes de descobrirem como fabricar mais. É um padrão complexo, uma língua em si mesma. Consigo entender algumas partes, mas não sou fluente.

Red arregalou os olhos. Ela olhou para os estranhos entalhes com interesse renovado, tentando encontrar significado em todas aquelas linhas onduladas. Achava que os entalhes eram meramente decorativos, mas fazia sentido que fossem mais do que isso. As pessoas da Fronteira se viravam com o que tinham, e o custo de recursos como papel era proibitivo mesmo no resto do continente.

Kayu traçou uma linha curva com ponta da unha bem-feita.

— Não parece nada além de formas para mim. — Ela deu de ombros para Eammon. — Mas você é um deus da floresta, então confio em você. Embora confiar em deuses tenha se provado algo perigoso hoje em dia.

— Por mim, tudo bem deuses que mostram a verdadeira forma — resmungou Raffe. — Temos que ter cuidado com os que se escondem. Por todas as *sombras*, parece que não posso andar um metro sem tropeçar em algo digno de uma história fantástica.

— Eu estou a meio metro de você — disse Lyra.

Raffe empalideceu, engolindo em seco.

— Quero dizer... é claro. Não é... Eu não...

— Precisa de uma pá para se enterrar mais? — Lyra deu um tapinha brincalhão no ombro de Raffe enquanto se juntava a Fife perto da porta. — Não se preocupe, Raffe. Você rezar para mim não faz com que eu seja uma deusa.

— Então *o que* faz com que alguém seja um deus? — perguntou Kayu, como se estivesse propondo um exercício intelectual.

Lyra tamborilou o dedo na clavícula enquanto pensava.

— Para começar, acho que o deus precisa acreditar que é um — disse ela, por fim. — Pelo menos é o que acho. Magias e orações não são suficientes se a pessoa não se decidir acerca da própria divindade.

— Quando tudo isso acabar, nunca mais vou discutir religião na vida — disse Raffe.

Fife riu.

— Também vou preferir evitar o assunto.

— Desculpe, querido — disse Lyra, bagunçando o cabelo ruivo de Fife.

O portão se abriu, revelando Lear com uma expressão de surpresa agradável no rosto.

— Lobos! E Fife! E aquela que acabou com a praga! E... — Ele estreitou o olhar para os rostos desconhecidos. — ... amigos?

— Por mais estranho que pareça, nós *temos* amigos. — Eammon deu um passo para a frente enquanto ele e Lear trocavam batidas nas costas. — Este é Raffe e esta é Kayu. — Não informou os títulos.

— Sejam bem-vindos.

Lear fez uma mesura com a cabeça, satisfeito com a apresentação simples. Se os Lobos confiavam em alguém, a Fronteira também confiava. E, embora Red ainda não soubesse ao certo quanto confiava em Kayu, era evidente que teriam de lidar com aquilo para que conseguissem encontrar Neve.

— Valdrek está na taverna — disse Lear. — Presumindo que queiram falar com ele.

— Eu nem imaginaria uma coisa dessas. — Red riu. — Como Loreth vai? Aliás, meus parabéns. O casamento lhe fez muito bem.

O outro homem retribuiu o sorriso, passando a mão pelo cabelo. Um dos dedos tinha uma linha fina de um anel tatuado.

— Obrigado pela gentileza, Lady Lobo. Ela é maravilhosa.

— Ela já aceitou a ideia de partir? — perguntou Fife em voz baixa.

Lear suspirou. Ele queria ir para além de Wilderwood, voltar ao mundo mais amplo depois de séculos ao longo dos quais seus ancestrais tinham ficado impedidos de sair da floresta. Mas Loreth queria ficar.

— Ela ainda não decidiu — respondeu Lear. — Porém temos tempo, ao que parece. — Ele contraiu o rosto ao perceber o que tinha dito. — Não que seja *bom* o que aconteceu com sua irmã... O que quero dizer...

— Tudo bem, Lear. — Red manteve o sorriso no rosto, mas ele perdeu um pouco o brilho.

Ela sabia que ele não falara por mal, mas aquilo acabou com a alegria da conversa. Lear fez um gesto para todos entrarem, sem dizer mais nada, inclinando a cabeça enquanto fechava os portões. Eammon pegou a mão da esposa e a acariciou com o polegar.

— Ele disse taverna? — Kayu se interessou. — Eu bem que gostaria de beber alguma coisa.

— Desde que você não se importe que a bebida venha aguada... — resmungou Lyra.

Eles passaram pela praça principal da Fronteira, cumprimentando os pedestres. Atrás deles, Fife e Lyra respondiam às perguntas de Raffe e Kayu, muito parecidas com as que a própria Red fizera quando Eammon a levara ali pela primeira vez: o que era aquela cidade, por que havia tanta gente ali, por que se vestiam com roupas tão fora de moda. Kayu parecia absorver tudo em um estalar de dedos, mas Raffe estava ligeiramente chocado. Quando Red olhou para ele, o amigo estava com os olhos totalmente esbugalhados.

Era impossível conhecer todos os cantos do mundo. Sempre havia algum lugar esquecido, algo que ultrapassava a compreensão de como as coisas eram e como a pessoa se encaixava nelas. Essa era uma lição que Red vinha aprendendo desde o aniversário de vinte anos, e ainda não sabia muito bem se aquilo era terrível ou reconfortante.

Eles chegaram à taverna, passaram pelos dançarinos e seguiram até o salão dos fundos, onde Valdrek estava, como era de esperar, jogando cartas com apostas em dinheiro antigo. O homem diante de Valdrek parecia vagamente familiar, mas mantinha as cartas na frente do rosto. Valdrek percebeu a presença deles antes que Red tivesse tempo para tentar se lembrar de onde o conhecia.

— Bem-vindos, Lobos! — Valdrek levantou a caneca, que claramente não era a primeira. — E acompanhantes. Lyra, querida, há quanto tempo. Você com certeza está ainda mais linda. Vou ter que escrever uma canção para você.

Lyra levantou uma das sobrancelhas.

— Você diz isso para todas as garotas.

— Só para as minhas favoritas. — Ele se virou para Eammon, dando um tapinha no ombro dele. — E o que eu posso fazer por você, Eammon? Algum daqueles livros ajudou?

— Infelizmente não. — Mesmo no bar barulhento, a voz de Eammon, baixa e adornada pelo farfalhar de folhas, sobressaía ao barulho sem que ele precisasse aumentar o tom. — Mas tenho uma pergunta, e acho que você vai poder me ajudar.

Ele explicou tudo de forma bem geral — falou da chave, dos galhos das sentinelas no Santuário, do sonho estranho de Red e de como Raffe tivera um parecido.

— A nossa dúvida, então, é se existe qualquer menção de alguma coisa chamada Árvore do Coração no muro — concluiu Eammon. — Ou qualquer coisa que se pareça com um bosque de fechaduras. Me lembro de ter visto algo parecido em algum lugar.

Em defesa de Valdrek, ele conseguiu manter o rosto quase impassível, não fossem os olhos se arregalando cada vez mais.

— Uma história e tanto — comentou ele, baixinho, tomando o último gole de cerveja. A caneca fez um som oco quando o homem a colocou de volta à mesa, e ele manteve os olhos fixos no tempo enquanto falava, como se conseguisse ler algo escrito nele tão facilmente quanto o próprio muro. — Os entalhes são enigmáticos — disse por fim. — Deixam espaço para interpretação. Meu pai me ensinou a ler as marcas, que por sua vez aprendeu isso com o pai dele. Mas não é um idioma registrado; é só passado adiante de forma oral, pelo nosso conhecimento da nossa história. Não é uma coisa infalível.

— Não. — A voz de Raffe soou dura e sem nenhum traço de nervosismo, apesar de ter acabado de descobrir que aquele lugar existia. — Acreditar em uma história nunca é *infalível*.

Valdrek apenas baixou a cabeça em concordância.

— Existem trechos do muro cujo significado nunca chegamos a saber, e nos orientaram a nunca nem tentar — disse ele. — Nossos ancestrais... estavam desesperados, bem no início. Os Reis tinham acabado de desaparecer quando chegaram, e Wilderwood se fechou prendendo todos eles aqui. Alguns fizeram coisas muito desagradáveis em uma tentativa de fugir.

— Coisas como pactos? — perguntou Red.

— Não é tão simples. — Valdrek suspirou. Apoiou o quadril na mesa e cruzou os braços, preparando-se para contar uma história. — Eles eram viajantes. Sempre no mar. Idolatraram o deus dos oceanos, da forma como os Antigos gostavam de ser idolatrados: com sangue e sofrimento.

— Leviatã. — Eammon praticamente cuspiu a palavra.

O outro homem assentiu, os anéis de prata tilintando na barba.

— Eles sangravam no mar para garantir uma travessia segura. E quando chegavam ao destino e se viam presos à costa por toda aquela névoa infernal que os impedia de voltar para o mundo, as oferendas foram se tornando mais... complexas. Sacrifícios completos. Corpos sangrados por completo no oceano, afundados com pedras.

Red trocou o peso de pé, desconfortável. Já sabia que a adoração aos antigos deuses monstruosos era violenta, antes de os Reis os banirem, mas os livros que lera sobre o assunto na biblioteca valleydiana traziam apenas descrições vagas.

Fife se sentou na cadeira que Valdrek tinha deixado vaga e fez um sinal discreto para a garçonete trazer uma bebida. Kayu fez o mesmo, erguendo dois dedos quando a garota se virou para ela. O homem ligeiramente familiar na mesa baixou as cartas, mas continuou encarando-as, o cabelo louro caindo nos olhos. Red só olhou para ele de relance, envolvida demais na história que Valdrek contava para tentar descobrir onde o vira antes.

— A adoração não os levou a lugar algum — continuou Valdrek. — Não depois que Leviatã foi trancafiado com os outros, com as linhas de comunicação embaçadas e rompidas pela Terra das Sombras. Mas ainda eram suficientes para fornecer conhecimentos estranhos a nossos ancestrais. Algumas informações vinham em sonhos e pareciam desconexas. Eles as registravam mesmo assim, entalhando-as nos muros junto com todo o resto.

Red pensou naqueles entalhes pontiagudos que pareciam runas junto com linhas fluidas no muro. Marcas violentas que não pareciam combinar com o restante.

— Mas a língua abreviada que usaram para entalhar aquelas coisas morreu junto com a adoração. E foi tarde. Parece que os que a conheciam ficavam loucos. — Valdrek girava um dos anéis da sua barba, pensativo. — Só a primeira geração sabia como decodificá-la. O resto de nós nunca se envolveu.

A garçonete se aproximou com as bebidas. Kayu passou uma para Raffe. Fife dividiu a dele com Lyra quando ela pediu.

Red também beberia algo de muito bom grado, mas sentia que o que quer que ficassem sabendo ali exigiria sua total capacidade intelectual.

Valdrek tomou um longo gole da bebida, a espuma manchando a barba quando afastou a caneca.

— Então sim, Lobo, sei exatamente a qual entalhe você se refere. Mas não, não sei o que significa.

— Eu sei. — O homem do outro lado da mesa finalmente afastou o olhar das cartas.

A expressão dele pairava entre clareza e confusão, como se não tivesse tido a intenção de se pronunciar. O cabelo claro caiu na tez branca e cobriu os olhos escuros.

Levou um instante, mas Red finalmente se lembrou de onde o tinha visto antes.

— Bormain.

17

Red

A última vez que Red vira Bormain, ele estava delirando com a doença das sombras e quase todo tomado pelos fungos, acorrentado embaixo da loja de Asheyda do outro lado da praça. Mesmo depois de ser curado por Red e Eammon, o homem continuara pálido como cera, com a aparência de um cadáver.

Tinha se recuperado desde então, e muito bem. Agora parecia ser um jovem saudável, nada abalado por ter estado às portas da morte.

— Sou eu. — Ele assentiu, quase acanhado. — Hum, obrigado. E eu... — Ele engoliu em seco, parecendo angustiado. — Sinto muito por qualquer coisa que eu tenha dito enquanto estava doente. Sei que eu... eu falei coisas cruéis, pelo que os outros contaram, e não...

— Não se preocupe com isso. — O pobre homem parecia muito envergonhado, e Red sabia quanto era difícil tentar expressar aquele tipo de coisa. Ela abriu um sorriso breve, em uma tentativa de tranquilizá-lo. — Não precisa pedir desculpas.

Eammon não pareceu tão surpreso com a transformação de Bormain quanto Red. Ao que tudo indicava, conheceu o homem bem o suficiente antes de vê-lo dominado pelo fungo-de-sombras para reconhecê-lo agora. O Lobo se inclinou para ele, pronto para conversar.

— Então, você acha que sabe o significado dos entalhes?

Bormain encolheu os ombros, como se a atenção de Eammon o deixasse um tanto nervoso.

— Acho que sim — disse ele, cutucando a ponta das cartas do baralho. — Quando peguei a doença das sombras, aprendi a ler alguns... alguns dos... dos entalhes estranhos, por falta de termo melhor. Então, se esse tal de bosque de fechaduras é um deles, é bem razoável imaginar que eu consiga ler essa história também.

Valdrek continuou com o quadril apoiado na mesa, mas todos os músculos de seu corpo se contraíram. Olhou para Bormain com uma mistura estranha de tristeza e cautela no rosto.

— Você não me contou isso, garoto.

Bormain deu de ombros novamente.

— Eu já passei por muita coisa — murmurou. — Não é nada, na verdade. Isso me dá até dor de cabeça às vezes, mas consigo ignorar os escritos.

Silêncio. Os olhos de Eammon encontraram os de Red, ambos tomando a decisão conjunta de ficar fora daquilo.

Uma decisão que Kayu não compartilhou.

— Faz sentido. Na minha experiência, esconder suas fraquezas é a única maneira de sobreviver. Caso contrário, alguém vai tirar vantagem delas. — Ela esvaziou a caneca e gesticulou para pedir outra. Estava com o rosto corado e os olhos brilhantes demais, o álcool já fazendo efeito. — Por todos os Reis, fazia muito tempo que eu não tomava uma boa cerveja.

Red sentiu um incômodo calafrio de preocupação descendo pela espinha. A declaração parecia mais uma peça do quebra-cabeça de Kayu, mas a Segunda Filha ainda não tinha peças suficientes para montá-lo e ter uma visão do todo.

A próxima cerveja chegou, e Kayu a virou. Do outro lado da mesa, Fife levantou as sobrancelhas.

Raffe se inclinou para perto de Bormain, ignorando totalmente os hábitos etílicos de Kayu.

— E que tipo de coisas você leu nos entalhes?

Era uma pergunta bem razoável. Se as marcas rúnicas tinham sido feitas para passar mensagens dos Antigos presos na Terra das Sombras, talvez houvesse informações úteis nelas, não importando o grau de obscuridade que tivessem. Bormain empalideceu, porém. Olhou para as cartas de novo, como se fosse mais fácil encarar o baralho do que o rosto de Raffe.

— Nada que valha a pena relatar — disse ele por fim. Algo semelhante a um sorriso triste surgiu na boca do homem, mas pareceu mais um espasmo. — Nada de útil. Pelo menos até onde percebi. Mas passo a maior parte do tempo tentando bloquear a imagem dos entalhes. — Ele balançou a cabeça. — Eles não são... Não parecem coisas que nossa mente deveria seguir, se é que isso faz sentido. Dói tentar compreendê-los, e, mesmo quando consigo, são sempre terríveis.

Red pensou em divindades monstruosas, coisas muito além de humanas presas em um mundo invertido, e no que coisas como aquelas poderiam tentar comunicar para as pessoas que as cultuavam com oferendas de sofrimento e sangue. Ela engoliu em seco.

— Então tem certeza de que está disposto a tentar ler os entalhes para nós? — A pergunta foi feita por Eammon de forma estranhamente gentil, embora continuasse com o rosto impassível.

Bormain assentiu.

— Tenho uma dívida com vocês. — Começou a juntar as cartas. — E já vi os entalhes a que você se refere. Eles são... menos pontiagudos do que os outros. Não parecem ter o objetivo de apenas ferir. — Ele se levantou. Me lembro de onde estão.

Eammon lançou outro olhar para Red, levantando as sobrancelhas em uma pergunta silenciosa.

Em qualquer outra situação, Red teria ficado apreensiva. Bormain podia parecer curado, mas fora infectado por fungos-de-sombras pouco tempo antes, e alguma coisa naquela experiência o modificara de forma inexorável. Talvez aquilo não fosse nada além de delírios febris do tempo em que passara se afogando na escuridão. Mesmo que o homem conseguisse ler os entalhes de cultuadores dos Antigos de outrora, eles não tinham garantia alguma de que teria a ver com a Árvore do Coração.

No entanto, como já havia dito a Eammon, não tinham muita escolha. E ela estava disposta a aceitar tudo para achar Neve.

Lyra tomou a decisão final. Olhou de Bormain para Red e assentiu de leve.

— Não sinto sombras nele — declarou de forma clara, sem tentar esconder de Bormain as palavras. Depois abriu um leve sorriso. — E não perdi o jeito para isso, mesmo sem a Marca do Pacto.

Red fez um gesto para Bormain.

— Então nos leve até lá.

Deixaram a cidade, todos claramente seguindo Bormain. Valdrek ia na frente, conversando em tom baixo e amigável com Lyra e Fife, Kayu e Raffe seguiam no meio e Red e Eammon iam por último. Os aldeãos observavam tudo com curiosidade, mas ninguém perguntou o que iam fazer. A Fronteira já tinha se acostumado com a estranheza de Wilderwood.

Assim que Lear abriu os portões, Bormain virou para a esquerda, na direção das montanhas que se estendiam ao norte em vez de na de Wilderwood. Mesmo sabendo como as coisas tinham mudado, que as raízes da floresta não poderiam prendê-los, Red segurou a mão do marido com mais força quando deram a volta no canto do muro.

Ele relaxou com o toque dela, como se a tensão na mão de Red fosse um lembrete para ele de que as coisas eram diferentes agora. Eammon olhou para a esposa.

— Está sentido alguma coisa?

Red negou com a cabeça. A floresta entrelaçada dentro dela não deu nenhum sinal além de uma folha soprada ao vento, uma flor se abrindo.

— Parece que realmente podemos ir para qualquer lugar.

Os olhos de Eammon escureceram, pensativos, parecendo compartilhar do pensamento da esposa: ali estava a prova concreta de que poderiam deixar a floresta sem sofrer qualquer tipo de efeito. Poderiam ir para Rylt.

Red sentiu um nó no estômago.

Mas mudou de assunto, levantando uma das sobrancelhas para o marido.

— E como foi que você viu esses entalhes antes, se ficam na parte norte do muro?

— Antes de as coisas ficarem ruins para valer, eu costumava testar os limites de Wilderwood para ver até onde ela me permitiria ir. — Ele encolheu os ombros, e Red ficou pensando se não teria sido melhor não perguntar nada. Ainda era difícil para ele falar da época em que era um Lobo solitário. — Em algum momento, entre Kaldenore e Sayetha, me obriguei a dar a volta completa na Fronteira. Só para provar que eu podia. Levei um dia e meio, não parei para dormir e praticamente não comi nem bebi nada. — Ele deu um risadinha triste. — Acho que desmaiei quando acabei. Recobrei a consciência na taverna, com Valdrek enfiando bebida pela minha garganta. Quase me afogou.

Em um gesto rápido e impulsivo, Red puxou o braço dele para que ele abaixasse e ela pudesse lhe dar um beijo na boca. Eammon correspondeu. Um sorriso curioso curvou os lábios dele sob os dela.

— Por que isso?

— Porque eu quis.

— Justo.

Mais à frente, Bormain parou, olhando para o muro com uma estranha expressão neutra no rosto. Kayu quase encostou o nariz no muro, com Raffe logo atrás. Mas Lyra parou a pelo menos dois passos de distância deles, abrindo as narinas e agarrando o cabo da *tor* com tanta força que os nós dos dedos ficaram brancos. Fife entrou na frente dela em uma postura defensiva, com os punhos fechados e o maxilar contraído, a expressão de alguém prestes a atacar um exército inimigo.

À medida que se aproximavam, Red entendeu o porquê. O ar naquela parte do muro parecia estranho, carregado e pesado como acontecia um pouco antes de uma tempestade. Sentiu um cheiro conhecido: frio, ozônio, vazio.

A dor a rasgou por dentro quando deu outro passo, um reflexo pálido da dor que sentira na noite que Solmir e Kiri haviam erguido o bosque de sombras. Wilderwood estremeceu dentro dela, fazendo seus passos vacilarem.

— Tocados pelas sombras — sibilou Lyra. — Não parece, mas os entalhes foram tocados pelas sombras, como as brechas.

— Pelo amor dos Reis — praguejou Eammon entredentes, enquanto pressionava a barriga com uma das mãos e estendia a outra para abraçar Red pelo ombro caso precisasse ampará-la.

— A sensação foi essa da outra vez? — perguntou Red, virando-se para seu Lobo. — Quando passou por esses entalhes ao contornar toda a Fronteira?

Ele negou com a cabeça, o cabelo escuro roçando no queixo contraído.

— Alguma coisa mudou.

Sem saber o que estava acontecendo atrás dela, Kayu olhou por sobre os ombros.

— O que estão esperando para vir ver isso?

Depois de uma breve hesitação, Red engoliu em seco e deu um passo. Wilderwood se agitou dentro dela, em desconforto, mas era suportável.

E havia quase que um direcionamento naquela fagulha de consciência que vivia junto à dela. Como se a floresta precisasse que Red se aproximasse daqueles entalhes, que entendesse alguma coisa. Como se aquele fosse um passo necessário.

Pigarreando, Eammon a seguiu até o muro. Pelo canto dos olhos, Red o viu menear a cabeça para Fife e Lyra; não havia necessidade de se aproximarem mais.

Quando Eammon se virou, Lyra pegou a mão de Fife e o puxou para trás, passando os dedos na testa dele em um gesto preocupado. Ela ainda sentia vestígios de sua duradoura ligação com a floresta, mas já estava livre dela, sem carregar mais nada daquilo consigo. Fife, por sua vez, ainda tinha a conexão, entranhada dentro dele de formas que nenhum deles compreendia. Ele estava com o rosto pálido e a boca contraída, uma camada de suor frio cobrindo a testa.

A parte do muro que Bormain encarava tinha mais de um entalhe. Em uma inspeção mais atenta, Red percebeu que lembravam as constelações pintadas na torre: conseguia ver a forma rudimentar do que achava ser as Irmãs, outro entalhe menor que poderia ser a Rainha Distante perto dela. Mas era o entalhe abaixo das constelações que ela sabia, instintivamente, ser o que estavam procurando.

Era simples. Um grupo de linhas entalhadas em ângulo para parecerem raios de sol formando um círculo. Cada raio do estranho sol tinha algumas marcas menores saindo dele, representações rudimentares que poderiam ser dentes de uma chave. A linha no meio descia e cortava todo o círculo, estendendo-se mais do que as outras de cada um dos lados. As extremidades eram claramente chaves, entalhadas detalhadamente, uma apontando para cima e outra para baixo.

Devagar, resistindo ao zumbido baixo de dor que vibrava por todo seu corpo, Red tirou a chave do bolso e a levou até o muro. Correspondia perfeitamente à ponta de cima da linha, em cada curva dos dentes.

— Ainda não entendi o que isso significa — murmurou ela. Contraiu os dedos, mas os relaxou em seguida ao pensar que poderia quebrar a chave. — Ainda não entendo como isso vai nos levar até Neve.

— Ela deve vir até você.

A voz de Bormain soou estranha. Baixa e sem inflexão. Red olhou por cima do ombro.

O rosto dele estava neutro, sem nenhuma expressão. Não fosse pelos olhos fixos no entalhe, ele poderia muito bem estar dormindo.

— Ela precisa encontrar a porta sozinha. Só quando passar e fizer a escolha é que a chave aparecerá para ela. Depois, o caminho será aberto.

Raffe levou a mão ao cabo da adaga, claramente incomodado com a mudança no comportamento de Bormain. Eammon olhou para o outro homem e meneou a cabeça de leve. Raffe não soltou a adaga, mas também não a desembainhou. Apenas deu um passo para trás, puxando Kayu com ele enquanto abria uma distância entre eles e Bormain. Valdrek ocupava o espaço à esquerda, como se estivesse preso entre a vontade de estar próximo do genro e o desejo de fugir dele.

— Duas chaves — repetiu Bormain. — Duas metades de um todo, com poderes correspondentes. Um amor correspondido é o suficiente para abrir, mas não o suficiente para pôr um fim. Só porque uma porta está aberta não significa que se pode passar por ela enquanto há sombra à espera.

Red ficou imóvel como uma estátua, mal se atrevendo a respirar, temendo que qualquer movimento repentino quebrasse o encantamento que estava dando aquelas respostas a eles, por mais crípticas que fossem. Reconhecia aquilo, lembrava do dia que ela e Eammon tinham curado Bormain. Canalizando mensagens da Terra das Sombras, uma língua que vinha da magia que se enraizara nele quando ele caíra na brecha. Mas a voz não soava maliciosa agora. Soava quase esgotada.

— A porta é você. — Bormain cambaleou, os olhos fixos nos entalhes. — Você é a porta.

Um instante de vasto silêncio, todos olhando para aquele homem e aquele entalhe, ambos tocados pelas sombras.

O rugido sob o chão foi sutil, subindo da terra como as batidas de um coração enterrado, reverberando pelo calcanhar de Red, subindo pelas pernas, chacoalhando seus ossos e a floresta entremeada deles.

Um pequeno terremoto que logo passou, quase imperceptível. Mas, para Red, pareceu significar alguma coisa. Como se algo cataclísmico estivesse acontecendo em outro lugar e ela tivesse sentido apenas o eco.

O que quer que tivesse possuído Bormain desapareceu da mesma forma que aparecera. Os olhos se desanuviaram, e a expressão neutra se abriu em um sorriso acanhado. Ele passou a mão no cabelo claro.

— Desculpe, me distraí um pouco. — O sorriso desapareceu e deu lugar a uma expressão confusa, enquanto ele franzia a testa e olhava para todos. — Aconteceu alguma coisa?

— Digamos que sim — murmurou Fife.

Kayu, rápida como sempre, foi a primeira a se recuperar da estranheza de tudo aquilo. Fez um gesto na direção do entalhe que tinham analisado e dos dois vizinhos.

— Essas outras marcas... são astrológicas? Parecem constelações.

— E são mesmo. — Valdrek falou com naturalidade forçada, tentando dissipar a tensão no ar. Bateu com um dos dedos na constelação que parecia as Irmãs, encostando na madeira tocada pelas sombras que repelira Red, Eammon e Fife. — Esta aqui é a constelação das Irmãs. E essa, do outro lado, é a Rainha Distante.

— Em Nioh, nós chamamos a primeira de Mão Solar e Mão Lunar — disse Kayu. — E a outra é a Mão Sangrenta. A história conta que duas rainhas rivais lutavam pelo poder do sol e da lua, mas os dois poderes eram tão equilibrados que se cancelavam, e nenhuma das duas conseguia conquistar a outra. A Mão Sangrenta era outra rainha de um território menor, que tomou para si o reino das outras duas rainhas sem conflito algum depois que as duas desapareceram. — Ela abriu um sorriso enquanto levantava um dos ombros. — Presumo que o título foi escolhido de forma irônica.

— Nossos ancestrais tinham uma história semelhante, mas com nomes diferentes, embora as traduções diretas não sejam muito fáceis nem façam muito sentido. — Valdrek apontou o dedo para o entalhe da direita, o que Red sempre considerara ser a Rainha Distante. — Esta é a Terceira Filha — disse Valdrek. O dedo coberto de anéis se moveu para as Irmãs. — E essas duas são Aquela das Veias Douradas e a outra a Rainha das Sombras.

18

Neve

Escuridão era algo com que Neve tinha se acostumado nos últimos meses. Parecia passar a maior parte do tempo na escuridão — na penumbra do Santuário, sangrando nos galhos em uma tentativa de trazer a irmã de volta para casa. Andando de um lado para o outro no próprio quarto, sem conseguir acalmar a mente o suficiente para dormir. E agora, na Terra das Sombras; não a escuridão com a qual estava acostumada, mas um outro tipo de vazio plano, duro e todo em tons de cinza.

Ela não estava acostumada à escuridão parecendo relaxante.

Havia dor. Latejante no joelho e constante em todo o resto do corpo. Com um tipo distante de lucidez, Neve sabia que estava prestes a recobrar a consciência, e as circunstâncias que a tinham levado até ali começaram a voltar de forma lenta.

A Oráculo, uma deusa terrível em uma caverna horrível cheia de ossos. Solmir, cortando a garganta dela e absorvendo seu poder. A montanha desmoronando, todos aqueles ossos fundidos enfim se soltando sem a deusa para mantê-los juntos.

A forma como a Oráculo tinha conseguido penetrar no cuidadoso emaranhado que Neve fizera para conter suas emoções, revelando-as em um instante. Desatando sua alma como se estivesse puxando o fio de um novelo esfarrapado.

Emitiu um gemido baixo, provocado não apenas pela dor física. Foi o suficiente para arrancá-la daquele precipício ondulante das inconsciências e a levar de volta para o corpo dolorido. Neve se encolheu e fechou os olhos com força.

— Neve? — Solmir. Ele não a tocou, mas ela podia sentir a mão dele pairando um pouco acima do ombro dela, um ligeiro distúrbio no ar frio e vazio. — Você está machucada?

Uma pergunta absurda naquela situação, uma que a teria feito rir se não estivesse com a garganta tão seca e arranhada. Negou com a cabeça. Solmir não estava perguntando sobre seus sentimentos. Só queria saber se ela conseguiria se mexer, se podiam continuar a viagem até a Árvore do Coração. Era para isso que ele precisava dela... O estado emocional dela era secundário, se é que ele o levava em conta.

No entanto, quando abriu os olhos e viu a expressão de preocupação no rosto dele, cogitou que aquilo talvez não fosse verdade.

A apreensão marcava os traços angulosos de Solmir, deixava sua boca contraída e um vinco na testa. O cabelo comprido, sujo de sangue, escorria pelo ombro, a ponta roçando no rosto dela.

— Neve — repetiu ele. Daquela vez, em um tom diferente. Como se soubesse que ela estava mentindo ao dizer que não estava machucada. Como se quisesse que ela falasse com ele.

E ele era a única coisa com quem ela podia conversar naquele mundo frio e morto.

Neve se sentou com cuidado, contraindo o rosto por causa da dor. Estavam cercados por escombros e ossos quebrados. Ela se virou para ver do que tinham escapado.

A montanha havia se achatado, mas não até rachado no chão. Alguns dos ossos continuavam fundidos, formando um muro quase liso de marfim mais alto que ela. O som de estalos ainda ecoava no ar, como se a montanha estivesse em um processo de desmoronamento lento, desfazendo-se de forma graciosa pela falta de velocidade. Pensou na caverna da Oráculo, em como a plataforma afundara chão adentro puxando os outros ossos para o buraco aberto, e estremeceu.

— Podemos descansar um pouco, mas não devemos demorar muito — disse Solmir. — Apontou os ossos com o queixo. — A montanha não está mais estável.

— Você se machucou?

Neve se lembrava de lampejos da queda. O vento no rosto, o som da destruição, os braços dele segurando-a com força suficiente para deixar marcas. Ele a protegera do pior, mantendo-a o mais segura possível, sabendo que eles não podiam morrer, mas querendo poupá-la da dor.

Porque ele precisa de você, disse para si mesma, afiando as palavras como se fossem lanças para que nunca as esquecesse. *Só porque ele precisa de você*.

Ele respondeu com um simples encolher dos ombros, mas as provas estavam bem diante dos olhos dela: escoriações nos braços, um corte ao lado do lábio. Era estranho ver que as pessoas sangravam ali, onde não havia vermelho para marcar a ferida. Só um líquido cor de carvão que poderia ser qualquer coisa.

— Meus machucados são só superficiais, não do tipo que precisamos abordar agora.

Uma deixa bem clara. Ele vira Neve ruir enquanto a Oráculo extraía uma verdade dela. Ele sabia que aquilo deixara uma chaga na Primeira Filha.

— Entendo que não sou a pessoa que você escolheria para conversar sobre essas coisas — disse Solmir, sentando-se no chão ao lado dela. Dobrou as pernas, abraçou-as e apoiou o queixo no joelho. — Mas estou aqui e estou disposto a escutar.

Ela manteve os braços em volta do corpo como se quisesse se proteger, como se todos aqueles cacos afiados de culpa, vergonha e raiva fossem objetos concretos que ela tinha de impedir que atravessassem sua carne, um tipo diferente de espinhos. Todos giravam na mente dela, sem se deixar afetar pelas formas como os tentava controlar, sempre deixando para lidar com aquilo depois, depois, depois, depois... Depois era agora, e o jeito como a Oráculo tinha mergulhado na cabeça de Neve fazia com que fosse impossível capturar todos aqueles sentimentos enterrados. Era como tentar pegar todo um rio nas mãos, como deitar no fundo de uma cova e engolir toda a terra.

Um rugido fez o chão tremer, chacoalhando alguns ossos.

— Eu queria te odiar mais — disse Neve com voz suave.

Solmir não demonstrou nenhuma reação, a não ser começar a girar o anel de prata no polegar.

— Eu queria te odiar mais — repetiu Neve — porque, se esse fosse o caso, conseguiria me convencer de que a culpa é toda sua. Só sua. Tudo é culpa sua. — Ela mudou de posição, puxando o casaco dele com mais força em volta do corpo. — Consigo culpá-lo de quase tudo. Você pode não ter segurado a faca que matou Arick, mas ele morreu por sua causa. Você teria matado Red e Eammon se fosse necessário.

Ele não negou. Não fez nada a não ser girar aquele anel sem parar.

— Mas nada disso teria acontecido se eu tivesse deixado Red partir — continuou a Primeira Filha. — Se eu tivesse feito o que ela me pediu. Se eu tivesse dito a Arick para ficar, se não tivesse dado ouvidos a Kiri, se tivesse me importado mais com a morte da minha mãe em vez de enxergar aquilo mais como um meio que justificava um fim. Se tivesse escutado Raffe. — Ela só percebeu que estava chorando quando sentiu o salgado nos lábios. Neve não costumava chorar, e a sensação era estranha. Enxugou o rosto com brusquidão. — Se eu te odiasse mais, talvez fosse capaz de me convencer de que tudo isso foi culpa sua e encontrar algum tipo de ciclo lógico que me permitisse pensar isso mesmo sabendo, no fundo, que não é verdade. Mas não odeio. Então, não consigo.

Solmir continuou em silêncio. Neve não olhou para ele, preferindo encarar o horizonte cinzento. O deserto parecia terminar em algum lugar mais além, virando um brilho cinza que refletia luz em vez do solo árido que a absorvia.

— Você gostaria que eu te desse mais motivos para me odiar? — perguntou Solmir.

Ele seria capaz disso, ela sabia. Ele tinha éons de experiência.

Mas não mudaria nada.

Neve negou com a cabeça.

Solmir deu um sorriso irônico, embora a expressão nos olhos dele estivesse longe de ser divertida.

— Dê tempo ao tempo. — Enfiou a mão na bota e tirou uma coisa brilhante de dentro dela. O osso do deus. Entregou-o para Neve, sem olhá-la.

Ela o pegou e guardou no bolso do casaco.

Outro tremor. Os dois reagiram, contraindo os ombros e as costas, mas não abriram a boca ou fizeram menção de se levantar.

— E quanto a você? — Neve se virou para ele, afastando o olhar do vazio cinzento diante deles. — A Oráculo entrou na sua cabeça. Algo sobre o passado. Sobre Gaya.

Ela tentou controlar o tom de curiosidade.

A expressão dele estremeceu e ele se fechou. Parou de girar o anel no polegar e ficou completamente imóvel, em total silêncio.

Um instante. Dois. Neve se sentiu ruborizar e desviou os olhos.

— Você não precisa...

— Você quer saber a verdadeira história entre mim, a Segunda Filha e o Lobo? — A voz dele saiu controlada, sem demonstrar sentimento algum. — De como encontrei a Árvore do Coração pela primeira vez?

— Quero — respondeu ela baixinho. — Eu gostaria muito de ouvir a verdadeira história.

Ele não se mexeu, apenas respirou fundo de forma ligeiramente trêmula.

— Quando os outros Reis e eu já estávamos aqui havia muitos séculos — começou ele em tom neutro e sem emoção —, abordamos a Oráculo para saber se existia alguma forma de sair daqui, já que todos nós ainda tínhamos alma na época. Um caminho que não fosse aberto para os Antigos. Ela disse que havia. — Soltou um som agudo, não uma risada. — Uma porta que poderia ser aberta por amor correspondido.

Neve puxou os joelhos e os abraçou, sentindo os pelos se eriçarem por causa do vento frio.

— Eu era o único de nós que tinha alguma chance, por menor que fosse. A Oráculo me disse que se eu seguisse rente às montanhas, encontraria a Árvore, escondida em um lugar que eu conhecia bem. Disse que, quando eu chegasse lá, a pessoa que eu amava estaria me procurando. — Ele engoliu em seco, como se estivesse tentando controlar a emoção que ameaçava transparecer na própria voz. — Fiquei nas nuvens. O pensamento de que Gaya tentaria me salvar, de que talvez acreditasse que eu fora obrigado a ir com os outros quando tinham tentado arrancar a magia de Wilderwood... Foi o que me fez não perguntar que tipo de preço eu teria de pagar por aquilo.

— O que aconteceu? — murmurou Neve.

Ele deu de ombros, um movimento brusco e sobressaltado.

— Eu caminhei. Fiz a jornada bordeando as montanhas, descendo até onde se encontravam com os pântanos. Andei pelo que pareceu ser semanas e, então, cheguei ao lugar que conhecia bem. — Um riso de escárnio. — Um castelo. Invertido. Quase exatamente igual ao de Valchior na superfície, onde Gaya e eu havíamos nos conhecido. Algo sobre toda a magia que ele exerceu lá criou um reflexo invertido do lugar na Terra das Sombras.

A ideia de algo tão conhecido existir ali de forma invertida era inquietante. Neve abraçou ainda mais os joelhos.

— E a Oráculo estava certa — continuou ele. — A Árvore estava lá, com as raízes encrespadas, as sombras. E havia uma mão estendida. A mão dela. — Ele mexeu os dedos, como se quisesse estender a dele para se agarrar à lembrança da amada. — Cheguei bem a tempo de a ver se contorcer enquanto morria. Wilderwood à qual ela tinha se ligado, por Ciaran, abatendo Gaya para se salvar. A porta se fechou antes que eu tivesse a chance de tentar passar. — Ele esfregou as cicatrizes na testa. — Depois disso, cortei relações com os outros Reis. Parei de puxar a magia da Terra das Sombras, praticamente parei de usá-la, na verdade. Fui para as margens, onde a torre e a floresta ficam. Observei enquanto o mundo inferior ficava mais instável à medida que Valchior e os outros se afundavam cada vez mais nele, a alma dos Reis se atolando na magia a ponto de ser impossível separar uma coisa da outra. Fui até o fim do mundo e lá esperei.

— Esperou por Arick — disse Neve. — Esperou por alguém tolo o suficiente para tentar fazer um pacto com uma árvore infectada por fungos-de-sombras.

— Eu nem sabia pelo que estava esperando. Só aproveitei a oportunidade que apareceu. — Por fim, os olhos dele se voltaram para ela, vívidos contra o céu cinzento. — Você me entende muito bem.

Neve mordeu o lábio.

Solmir se levantou em um movimento fluido e fez uma careta. Outro leve tremor se espalhou pelo solo, chacoalhando os ossos.

— Precisamos ir.

— Por que você acha que posso abrir a Árvore? — perguntou Neve, ainda sentada. Ela ergueu o olhar e franziu a testa, preocupada. — E se Red não estiver lá ao mesmo tempo?

— Vamos pensar em alguma coisa quando chegarmos lá. Deve haver uma forma de se comunicar com ela.

— E se a mesma coisa acontecer? — Agora que as preocupações dela tinham ganhado voz, não queriam se calar. — A mesma coisa que aconteceu com Gaya? E se Red...

— Não vai acontecer. — Ele a interrompeu de forma brusca, impedindo-a de concluir aquele pensamento horrível. Ela não deveria se sentir grata por aquilo.

— Como você sabe?

— Porque o seu amor é correspondido. — Ele a pegou pelo cotovelo e a levantou. — O meu e o de Gaya não era.

Ele continuava falando sobre o amor entre ela e Red de forma conclusiva, uma coisa imutável e fixa. Mas Neve pensou na expressão de traição nos olhos da irmã quando as sentinelas do Santuário haviam ruído, na distância que aquilo abrira entre elas. E se Neve tivesse arruinado o amor entre as duas? E se tivesse se tornado indigna do amor da irmã, e Red tivesse desistido de Neve?

Ela não a culparia se isso tivesse acontecido. Seus pecados eram muitos para serem expiados.

— Como você pode ter tanta certeza? — perguntou ela em um sussurro.

A expressão no rosto dele dava a impressão de que Solmir conseguia ler a ansiedade de Neve em seus olhos. A linha do maxilar se suavizou sob a barba e a testa dele relaxou. Ele levantou a mão para tocar nela, os anéis brilhando nos dedos, mas desistiu e se virou para começar a andar.

— Vocês duas reviraram mundos uma pela outra, Neverah. É difícil ser mais correspondido do que isso.

Eles caminharam até chegar a outra pilha de ossos.

Já haviam passado por alguns trechos em que os escombros do colapso das montanhas bloqueavam o caminho, mas tinham sido fáceis de escalar ou de contornar. Aquele, porém, não era. Olhando de perto, parecia mais um osso enorme do que uma pilha deles, macio e com juntas estranhas que saíam de um montículo maior de fragmentos que escorregavam das montanhas em direção à linha brilhante do horizonte.

Solmir se aproximou do osso e passou a mão nele, tentando encontrar um lugar para servir de apoio para os pés. Depois, deu um passo para trás e cruzou os braços.

— Bem — disse ele em tom leve. — Temos um problema.

Neve apertou os olhos, tentando enxergar o topo do osso.

— Não podemos contornar?

— Não sem acabarmos no pântano.

— E isso é tão ruim assim?

— O pântano era o território do Rato — disse Solmir. — E da Barata. É difícil matar os filhos deles.

Então, eles provavelmente ainda existiam. Neve fez uma careta.

Dando um chute no osso, como se ele o tivesse ofendido pessoalmente, Solmir se virou e começou a caminhar.

— Mas parece que não temos muita escola. Fique perto de mim.

19

Neve

Depois de uma caminhada de mais ou menos meia hora, ainda margeando o osso imenso, a paisagem começou a mudar.

Primeiro apareceram árvores. Nada como as de tronco branco e invertido na fronteira da Terra das Sombras, mas sim pequenas e finas, erguendo-se na direção do céu com folhas pequenas que mais pareciam espinhos. Depois, foi a vez de o chão mudar, deixando de ser árido e rachado para ficar enlameado, pintalgado por poças de água negra e brilhante.

Era uma vista quase tão desoladora quanto o deserto, sem lugar algum para qualquer coisa se esconder. Mesmo assim, Neve sentiu os pelos da nuca se eriçarem de preocupação.

— O Rato e a Barata — murmurou para si mesma, arrancando o pé do lamaçal. Era preciso certo esforço; a lama escura grudava na sola. — É claro que haveria um rato e uma barata gigantes.

— Estamos no *mundo inferior* — disse Solmir baixinho, um pouco à frente dela. — E, tecnicamente, só restam os filhos deles, que são monstros inferiores. — Ele se virou para Neve, sua expressão estava séria. — Mas é melhor falar baixo. Não queremos chamar atenção para nossa presença aqui.

Bom conselho. Neve fechou a boca.

— E a partir de agora preste atenção onde pisa — continuou ele. Virou e colocou um dos pés na frente, testando a firmeza antes de colocar o peso do corpo. — O chão aqui cede fácil, e os filhos do rato adoram túneis.

— Eca.

— Exatamente.

Eles finalmente viram a extremidade quebrada do osso imenso, pairando no ar acima deles. Solmir deu um suspiro de alívio.

— Assim que chegarmos à ponta, vamos dar a volta — murmurou ele. — Vai ser mais seguro perto das montanhas.

Neve também soltou um suspiro de gratidão.

Foi quando ouviu um som agudo vindo de algum lugar atrás deles. Algo que lembrava patas quitinosas se aproximando.

Neve parou, a bota ainda suspensa no ar, e se virou para olhar.

— Você ouviu isso?

— Continue andando.

A resposta de Solmir foi suficiente.

Neve se virou para a frente, enfim baixando o pé, mas não se certificou de que estava pisando no mesmo lugar que Solmir. E foi o suficiente para perder o equilíbrio e cair em uma poça de água negra.

Primeiro, achou que fosse um simples passo em falso, mas a lama começou a sugá-la como se a estivesse engolindo, devorando-a rapidamente até os joelhos antes que pudesse pedir ajuda. Já estava com o solo quase na altura da cintura quando conseguiu chamar Solmir, que voltou correndo.

Praguejando, ele agarrou as mãos dela e tentou puxar Neve para fora, mas ela já estava entalada até os ombros e continuava escorregando, com as mãos estendidas, tentando encontrar algo em que se segurar. Neve não tinha energia para gritar, concentrando todas as forças na tentativa de encontrar alguma coisa que pudesse usar para sair dali antes que o pântano chegasse à sua boca.

Mas, então, sentiu algo sob os pés: ar.

Ela congelou, arregalou os olhos para Solmir.

— Tem alguma coisa aqui embaixo. Uma caverna ou algo assim.

Por todos os Reis, já estava sentindo o *gosto* de lama; precisava erguer a cabeça para falar, a parte inferior do corpo já chegando ao que quer que houvesse abaixo da poça.

— Túneis — disse Solmir, deixando uma mancha de lama na pele ao afastar o cabelo da testa. Ele desviou o olhar, a expressão calculista. — Quando chegar lá, não faça barulho. Vou buscar você.

— Eles ainda estão nos túneis? — O pânico transpareceu no tom agudo e trêmulo de Neve. Aquele som de passos reverberou novamente, mais rápido daquela vez. — Solmir, se eles estiverem nos túneis, o que eu...

A lama cobriu o rosto dela antes que tivesse a chance de terminar a frase.

Era como ser enterrada viva. A lama entrou em cada orifício do rosto — nos olhos, nas orelhas, na boca. O gosto era úmido, amargo e incongruente com a forma como já conseguiu mexer as pernas, livres agora que já tinham passado pela barreira de pântano para o que quer que estivesse embaixo.

Quando a gosma enfim a soltou, fazendo um som nojento e distinto, a queda foi pequena. O corpo de Neve bateu no chão, fazendo-a ficar sem fôlego. Ficou ali respirando fundo, puxando grandes golfadas de ar malcheiroso. Tinha lama no cabelo, no rosto; passou a mão nos olhos para se limpar, torcendo para que eles se acostumassem logo à escuridão.

Uma caverna. Uma caverna com paredes firmes, chão úmido, e cheiro de terra e algo quase fecal e animalesco. No teto, via a lama, suspensa por algum tipo estranho de física da Terra das Sombras, resquícios de alguma magia do Rato e da Barata.

Pensar nos dois deuses que tinham vivido naquele território e nos filhos deles fez o seu coração disparar no peito. Neve se levantou, tentando desesperadamente acalmar a respiração.

E quando conseguiu inspirar e expirar com calma em vez de ofegar, ouviu a respiração de outra coisa.

Devagar, Neve se virou, mal conseguindo distinguir os vultos na escuridão. Corpos peludos apinhados no canto, uma massa pulsante de carne que inspirava e expirara em uníssono. Ela viu as caudas e os dentes, as partes das criaturas todas emboladas. Pareciam estar grudados uns nos outros, ratos unidos para formar um só ser em vez de muitos. Pedaços de lama marcavam os pelos arrepiados, fundindo os monstros já imensos para formar uma criatura de proporções ainda maiores.

Neve tampou a boca com as mãos sujas de lama. Lançou um olhar rápido para o resto da caverna, procurando baratas. Temia que se as visse não conseguiria segurar o grito preso na garganta. Mas parecia que a única coisa que vivia naquela caverna era aquela maçaroca horrível feita de ratos.

Ouviu alguma coisa lá em cima, passando pela lama. Ela se agachou e cobriu a cabeça com as mãos, mas, quando abriu os olhos, viu um vulto alto e elegante coberto de lama, e não um rato monstruoso e enorme.

— Bem — sussurrou Solmir. — Nojento, não é mesmo?

O emaranhado de ratos no canto soltou um ruído; os dois se agacharam, Solmir empurrando Neve para trás dele. Quando as criaturas se aquietaram, ela cochichou:

— Como a gente sai daqui?

Ele olhou de um lado para o outro. Mal dava para ver o túnel.

— Pela entrada da caverna. — Mal emitiu um som, praticamente só movendo os lábios por estar tão próximo dela. — Os túneis se abrem para os penhascos acima do mar. Dá para chegar à Árvore do Coração por lá, embora seja uma boa caminhada.

— Acho que já passamos do ponto de nos preocupar com *uma boa caminhada*.

— Concordo.

Neve olhou para os monstros no canto de novo.

— Tem mais? Ou... algum do outro tipo?

— Tenho certeza que sim. Então é melhor ficarmos calados. — Com aquela declaração nada tranquilizadora, Solmir pegou a mão dela, e eles seguiram pelo túnel.

Caminharam sob as terras pantanosas com tanto cuidado quanto estavam tendo na superfície. A mão suja de lama de Solmir escorregava da dela, mas, conforme avançavam, o barro foi secando e se solidificando, fundindo a palma da mão deles como os ratos no fundo da caverna. Neve não queria pensar naquilo. Não queria pensar em nada a não ser sair dali — e, de preferência, sem encontrar nenhum monstro inferior.

Depois do que pareceram ser horas no escuro, vislumbraram um pouco de luz quebrando a escuridão um pouco à frente: uma saída, e próxima. Na luz, foi possível ver quanto estavam cobertos de lama dura.

— Estamos quase chegando — murmurou Solmir. — Mais um quilômetro e meio, talvez...

Um farfalhar atrás deles. O som de muitas patinhas se movendo na mesma direção, uma tentativa de se esgueirar que teria funcionado se ela não estivesse prestando tanta atenção ao silêncio.

Eles ficaram congelados no lugar por um, dois segundos. Depois, o som das patas foi seguido pelo de dentes batendo, e depois por um *baque* que fez o túnel tremer e chover poeira do teto.

Solmir não olhou para trás para ver exatamente o que haviam acordado e agora os seguia por dentro da terra. Só puxou Neve pela mão, empurrando-a adiante, deslizando pela lama. Ela cambaleou; estavam com as mãos grudadas.

Solmir a segurou pelo pulso para ajudá-la a se equilibrar e puxou a mão com força para separá-las; viu o esgar dele, o meio segundo em que o braço se dobrou em um ângulo doloroso. Não o suficiente para quebrar ou torcer, mas o bastante para provocar dor.

Mas de repente ela estava livre, com ele empurrando-a pelas costas.

— Vamos!

Nem tentaram se mover de forma furtiva, não adiantava mais. As botas deslizavam na terra do túnel enquanto alguma coisa os seguia — algo com muitas bocas, muitos olhos e muitos dentes, algo que emitia um grito agudo terrível que mais parecia um bando de ratos sendo esmagados e colados por aquela lama movediça e sufocante.

Neve pegou o osso no bolso enquanto corria, brandindo-o como se fosse uma adaga. O osso do deus era necessário apenas para matar um Antigo, não um monstro inferior; era a única arma que tinham, porém, e era bom saber que podiam contar com ela. Apunhalar era apunhalar — e funcionara com a cabra da Costureira. Neve aproveitaria tudo que tinha.

O túnel estremeceu de novo; os sons altos e agudos correndo juntos como se fossem uma só coisa faziam com que quisesse cobrir os ouvidos. A Primeira Filha não tinha coragem de olhar para trás, então resolveu manter o olhar fixo à frente, tentando ouvir apenas o som das botas na lama e a respiração ofegante de Solmir às costas dela.

Luz, bem diante deles; ainda fraca, mas parecendo um farol na escuridão subterrânea. Neve aumentou a velocidade, sentiu a mão de Solmir empurrando-a para a frente e quase deu de cara com uma parede.

— Merda — praguejou Solmir.

A visão deles tinha se ajustado o suficiente para enxergar o que havia bem à frente — a luz cinzenta que indicava o exterior da caverna entrava pelas fendas de uma parede feita de pedras, mas as aberturas eram pequenas demais para que conseguissem passar. Neve sentiu um soluço saindo pela garganta, abafado pelo barulho horrível da criatura roedora atrás deles.

Solmir pegou o osso de Neve e se virou, empunhando o objeto como se fosse uma espada.

— Vai tirando as pedras. Eu vou proteger você.

— Mas se ela desmoronar...

— Você prefere morrer em um desmoronamento ou sendo comida por um rato gigante?

Ela nem precisou responder. Começou a mexer nas pedras, arrancando-as o mais rápido que conseguia, quebrando as unhas enquanto a abertura ia aumentando bem devagar.

O túnel estremeceu quando o perseguidor deles apareceu.

Ratos. Neve não conseguiu precisar quantos com o olhar apavorado que lançou por sobre o ombro, mas havia pelo menos dez bocas, dez duplas de leitosos olhinhos cegos, dez focinhos sujos de lama, fezes e gosma seca. Os corpos tinham sido fundidos pelo barro no pelo, e as caudas emboladas os mantinham unidos como um enxerto ósseo.

O monstro inferior gritou, empinando-se sobre muitas patas, que saíam das laterais do corpo como membros dorsais. Uma aberração que não tinha como viver em nenhum outro lugar além dali lançando-se na direção deles, que só tinham um osso afiado com que se defender.

E magia.

Ao lado dela, Solmir ergueu as mãos. O preto tremeluziu no azul dos olhos dele conforme a escuridão se espalhava pelas veias, saindo de seu cerne, como se ele tivesse guardado toda a magia em algum lugar atrás do coração. Espinhos brotavam da ponta dos dedos, devagar primeiro e depois ganhando velocidade, um arbusto espinhoso como a rede que ele lançara sobre o monstro vermiforme logo que Neve despertara em um mundo feito de sombras.

— Recomendo você se mexer. — A voz não parecia mais a dele. Era baixa e mais grave, profunda demais para ter saído da sua forma quase humana.

Neve obedeceu.

Ele girou de novo, uma das mãos estendidas na direção da criatura, a outra apontada para a parede. Uma rede de espinhos caiu sobre os ratos, a miríade de vozes gritando em harmonia com a queda de mais uma pedra depois que outro golpe de poder explodiu a pilha de pedras. Neve se agachou e protegeu a cabeça enquanto uma chuva de rochas caía em volta deles, a luz começando a cortar a escuridão. O berro dos ratos embolados se intensificou, como se a luminosidade ferisse seus olhos.

Neve correu adiante, apertando os olhos. Solmir a seguiu. Não havia muito para onde ir — a caverna se abria para um desfiladeiro cinzento acima de uma praia pedregosa. Além dela, só se via um mar de águas calmas e pretas se estendendo até onde os olhos alcançavam.

Atrás deles, a coisa que parecia um rato emitia gritos agudos, trêmulos e horríveis, baixando as muitas cabeças de volta à escuridão quando a luz iluminou a parte da frente da caverna. Os espinhos da magia de Solmir mergulharam na carne manchada de lama do monstro inferior, fazendo-o se retorcer e encolher. Uma coluna de fumaça de poder sombrio jorrava das pernas agitada e dos pelos sujos.

Contraindo o rosto, Solmir elevou as mãos de novo.

Absorveu a magia enquanto a criatura morria, ficando cada vez menor conforme os espinhos a apertavam. O som emitido pela nuvem de sombras que jorrava do ser era baixo, e logo silenciou quando Solmir a absorveu. Mesmo assim, ele caiu de joelhos enquanto a magia continuava fluindo, a mão que não estava sugando energia apoiada no chão, o peito ofegante. Fechou os olhos; Neve não conseguia ver de que cor estavam.

Além disso, os baixos estalos quitinosos que ela achava serem pedras escorregando pela lateral do desfiladeiro eram um tanto mais perturbadores.

A última nuvem de magia entrou em Solmir quando a lateral do desfiladeiro — não uma superfície de rocha, e sim uma asa inteira — se agitou, emanando um vento malcheiroso que soprou o cabelo de Neve. Ela tocou no ombro de Solmir e o apertou, repetindo as palavras dele de antes:

— Recomendo você se mexer.

Mais uma lufada de vento trouxe um fedor que quase fez Neve vomitar, e os filhos da Barata se lançaram da encosta ao lado da caverna.

Por mais estranho que parecesse, a mente de Neve tinha lidado mais fácil com a criatura feita de ratos. Com suas muitas pernas e muitos olhos e bocas, formavam claramente um monstro. Os filhos da Barata, porém, eram simplesmente baratas gigantescas, e havia algo de muito mais aterrorizante naquilo.

— Que visão de revirar o estômago — disse Solmir, ainda com aquela voz profunda e rouca demais.

Neve não tinha se dado conta de que tinha se agachado de medo até ver as pernas deles ao lado do corpo dela, já com as mãos erguidas. Perto assim, ela conseguia sentir o tremor dele, a vibração de algo prestes a colapsar por estar suportando peso demais.

Neve não ficou olhando, mas sentiu o impacto na atmosfera enquanto os espinhos de Solmir atingiam os filhos da Barata, um zunido baixo, pulsante e nojento enquanto as asas batiam contra os arbustos. Não ouviu o som do corpo imenso das baratas caindo no chão; elas se dissolveram no ar, transformando-se em nada além de sombras.

A respiração de Solmir foi ficando ofegante durante o processo, e ela sentiu as pernas contra as quais seu corpo estava apoiado tremerem cada vez mais, até quase cederem.

Quando Neve estendeu a mão e segurou o tornozelo dele não foi para absorver a magia, apenas para oferecer um consolo, um apoio, um gesto quase que de natureza prática; afinal de contas, ainda precisava dele.

Mas a descarga de sombras que passou por ele, dada a expressão nos olhos dele quando Neve ergueu a cabeça para ver, parecia mais um choque.

O último filho da Barata se desfez acima deles com um grito agudo que fez Neve sentir calafrios. E depois, finalmente, o silêncio.

E ela ainda segurava o tornozelo de Solmir.

Ela se sentou, flexionando os dedos enquanto saía debaixo dele. Um leve tremor fez o chão chacoalhar. Era a Terra das Sombras desmoronando aos poucos, mostrando que tinham pouco tempo.

Solmir ofereceu a mão para Neve, sem falar nada, veias ainda tingidas de escuridão e lama grudada na palma. Ela aceitou, e ele a puxou para que se levantasse. Ficaram ali por um tempo, olhando um nos olhos do outro, ofegantes.

Ela foi a primeira a desviar o olhar, focando em toda a água negra além do desfiladeiro. O ar não estava tão fétido, não como estava na caverna ou quando os filhos da Barata haviam alçado voo, mas também não cheirava a brisa do mar. Era só um vazio. Um nada.

— Imagino que este seja o Mar Infinito?

— Exatamente. — Solmir apoiou a bota em uma pedra e tentou, em vão, tirar a lama seca das pernas. — O reino do Leviatã.

Neve olhou para a camisola enlameada, os braços imundos.

— Será que o Leviatã se importaria se eu usasse o reino dele para me lavar antes de irmos até a Árvore do Coração?

— Provavelmente — disse Solmir. Ele pegou a barra da camisa toda rasgada pelos espinhos e tirou pela cabeça, fazendo uma careta. — Mas o Leviatã é um velho canalha e egoísta. Então, pode se banhar.

20

Neve

Desceram o desfiladeiro se apoiando nas protuberâncias de rocha que margeavam o penhasco até chegarem à praia estreita, a areia pedregosa espetando os pés de Neve quando descalçou as botas cobertas de lama. Com passos cuidadosos, foi até a zona de arrebentação, embora onda alguma se arrebentasse ali. Tampouco havia ondas — o Mar Sem Fim parecia um espelho negro sob o céu cinzento, liso e plano como uma poça de tinta derramada.

Neve olhou para Solmir, que ficara um pouco para trás. Estava sem camisa e com o corpo coberto de crostas de lama, mas, de alguma forma, ainda capaz de manter a aparência arrogante de nobreza, a postura ereta e o queixo erguido. A impressão que ela sentira antes, a de que ele tinha a constituição de uma faca, era apenas intensificada agora que estava sem camisa: ombros largos, quadris estreitos, pele clara e corpo musculoso sem ser corpulento.

Neve sentiu o rosto ruborizar e se virou para o estranho oceano.

— Posso tocar na água, não é? Isso não vai me fazer enlouquecer nem espinhos começarem a crescer pelo meu corpo?

— Você ficou bonita com espinhos, se não me falha a memória — disse Solmir, e o rosto de Neve ficou ainda mais vermelho. — Mas não, tocar a água não provocará nenhum efeito indesejado — tranquilizou. Ela ouviu ele se aproximando, depois se agachando na areia grossa. Quando chegou ao lado dela, mergulhou a mão na água e a passou no rosto, tentando tirar a lama da barba curta. — Você vai continuar não monstruosa.

— Talvez eu devesse ser monstruosa — sussurrou ela.

As palavras escaparam dos lábios dela antes que conseguisse detê-las. Ainda se sentia sensível por dentro no lugar onde a Oráculo cortara sua alma, revelando todas as verdades; elas estavam mais perto da superfície agora, e eram mais difíceis de negar. Vulnerabilidades, em um lugar que ela não podia se dar ao luxo de ser vulnerável.

Com uma pessoa com a qual não podia se dar ao luxo de ser vulnerável.

Uma pausa. Solmir se virou para ela, franzindo as sobrancelhas escuras. As íris ainda estavam azuis, ela notou, mas com um fino contorno preto, e as veias do pescoço pareciam mais escuras do que antes.

— Como assim?

Ela encolheu os ombros e entrou no raso. A água estava estranhamente morna, envolveu os pés e tornozelos de Neve, fazendo pesar a bainha da camisola.

— Depois de tudo que eu fiz — disse ela, fitando o reflexo que ondulava à sua frente em vez de olhar para ele. — Acho que isso deveria me marcar de alguma forma, não é? Tudo que você fez deixou marcas em você.

Ela poderia ter dito aquilo em tom de provocação, trocando farpas como costumava fazer. Mas não foi o que fez. Simplesmente declarou uma verdade, sem julgamento algum.

Ele esfregou as cicatrizes na testa e suspirou. Quando falou, não se virou para ela, mantendo o olhar fixo no horizonte vazio.

— Sei que você não vai acreditar em mim... Não acreditou antes, e sei que saindo da minha boca isso não significa muita coisa. Mas você é *boa*, Neve.

Ela fechou os olhos com força. Ele estava errado. Tanto na declaração em si quanto na ideia de que aquilo não significava nada por ter vindo dele.

— Tudo que você fez foi por amor à irmã — continuou ele, a voz baixinha. — Você ama sem limites, sem amarras. E isso é bom. Nunca deixe que ninguém diga o contrário.

As palavras se desfizeram no ar e flutuaram sobre as águas. Zuniram nos seus ouvidos.

Você é boa.

O ar ficou pesado e cheio de expectativas, causando calafrios em Neve. Ela sentia o olhar dele como um toque, e se virou para olhar nos olhos dele.

Solmir estava com os braços cruzados sobre o peito nu, o maxilar rígido sob a barba. A expressão era dura e implacável como sempre, mas algo tinha mudado — estava um pouco mais suave, como se ele estivesse menos na defensiva.

— Você é muito melhor que eu — murmurou ele. — Sei que isso não é uma grande revelação. Mas é por isso que preciso de você para isso. É por isso que precisa ser você.

Ela franziu as sobrancelhas.

— Como assim?

Ele engoliu em seco, meneou a cabeça e se virou para o horizonte.

— Nenhuma novidade — disse ele com o tom de voz indiferente, de volta à quase arrogância de sempre. — Você sabe como é. Profecias. Primeira e Segunda Filhas, portais e todas essas bobagens.

— Ah, sim. As bobagens de sempre. — O ar pareceu ficar mais leve, toda a tensão se esvaindo da atmosfera. Neve sentiu um misto de decepção e alívio.

Se Solmir sentiu o mesmo, não demonstrou. Mergulhou a mão na água de novo para continuar lavando o rosto, mas espirrou um pouco em Neve de propósito quando ela se virou para voltar para a praia.

— Pode se banhar. Eu não vou olhar.

Ela ficou vermelha enquanto tirava o casaco e puxava a camisola pela cabeça. Esfregou um pouco de areia nas roupas, uma peça depois da outra, fazendo o possível para tirar a crosta de lama sem estragar o tecido. Quando chegou à conclusão de que a camisola e o casaco estavam o mais limpos possível, mergulhou a cabeça na água e ficou flutuando por um momento nas águas paradas como se estivesse suspensa em um útero.

Esfregou bem o cabelo e o rosto e emergiu quase totalmente livre da sujeira, passando a mão pelo corpo e se sacodindo para se secar antes de se vestir novamente com a camisola e o casaco de Solmir.

— Sua vez.

Contrariando a própria natureza, Solmir se comportara como um perfeito cavalheiro, fitando os despenhadeiros até ouvi-la chamar. Olhou por sobre o ombro, ainda coberto de lama.

— Está querendo dizer que gostaria de me ver tomando banho?

— Está querendo dizer que gostaria que eu usasse aquele osso em você?

Ele tirou o osso do deus da bota e bateu com ele de leve na testa de Neve quando passou por ela a caminho da água.

— Se você fosse me apunhalar, Neverah, já teria feito isso.

Petulante, mas algo na afirmação provocou uma fisgada no coração de Neve enquanto ela pegava o osso e guardava no bolso. Ele estava certo. O osso do deus era a única arma que tinham, e ele confiara nela para ficar com ele. E ela confiara nele para guardar toda a magia que absorviam dos deuses e monstros inferiores que matavam. Era mais do que jamais havia confiado em alguém, e ela estava depositando tal confiança *nele*.

Neve contraiu os lábios.

Solmir descalçou a bota quando chegou perto da zona da rebentação e entrou, tirando a calça justa apenas quando já estava com água até a cintura. Seguindo o exemplo dela, esfregou a peça e a jogou na areia da praia junto com a camisa. A curva da tatuagem no bíceps refletiu a luz quando ele se espreguiçou, mergulhando em seguida. Um instante depois, ressurgiu com o cabelo escorrido, que penteou para trás com os dedos.

Neve se virou às pressas para o desfiladeiro.

— Estou vestido — disse ele, alguns momentos depois. Ela se voltou para o mar bem a tempo de o ver vestir a camisa, pegar o cabelo e o torcer na areia pedregosa. — Eu deveria cortar isso logo — murmurou ele com uma careta.

— Não.

Ele levantou as sobrancelhas.

— Só prenda para trás — disse Neve, encolhendo os ombros de uma forma que esperava parecer indiferente. — Vai ficar bonito.

Durante alguns segundos, Solmir manteve a expressão neutra. Mas depois rasgou uma tira de tecido da bainha da camisa e amarrou o cabelo, como ela sugerira.

Ela voltou a pensar no osso no bolso, uma ferramenta para matar deuses. Pensou nos segredos e nos sussurros no escuro e na confiança, o que ele tentara ganhar dela por meio de uma sedução lenta enquanto estavam na superfície, algo que insistia não ser merecedor ali embaixo.

Era verdade. Mas ela se via confiando nele assim mesmo. E fosse aquilo resultado de desespero, burrice ou solidão pura e simples, ela queria que fosse completo. Sem meias medidas.

O que significava que era hora de parar de guardar segredos.

— Eu vi Valchior na catacumba da Serpente — murmurou ela.

Silêncio. Depois uma pergunta desprovida de emoção:

— É mesmo?

— Ele disse que... os Reis sabem por que estou aqui. — Ela engoliu em seco, os olhos fixos no mar negro em vez de voltados para ele. — Que *queriam* isso. O que, em nome de todas as sombras, isso significa, Solmir?

Ele ficou quieto, por tanto tempo que ela foi obrigada a olhar para ele de novo, nem que fosse para forçá-lo a responder. Solmir estava com os braços firmemente cruzados, a cabeça baixa e o cabelo que prendera para trás caindo por sobre o ombro. Por fim, ele ergueu o rosto.

— Significa que tudo está saindo de acordo com o plano — afirmou. Neve ficou boquiaberta. — Pense bem, Neverah. Nosso plano é fazer os Reis passarem pela Árvore do Coração para que possam ser mortos no mundo de verdade, onde a alma deles será destruída junto com o corpo. Certo?

Ele esperou. Neve assentiu quando ficou claro que ele esperava uma resposta.

— Se eles de alguma forma descobriram o nosso plano, devem achar que vão conseguir ser mais espertos que nós — continuou Solmir. — Usarão o portal para escapar e nos vencer do outro lado.

A camisola ainda molhada estava gelada; Neve reproduziu a pose dele, cruzando os braços para ocultar um tremor.

— E isso é possível?

Solmir ficou em silêncio por um tempo, as mechas compridas do cabelo se agitando contra o ombro.

— Eu não vou permitir — disse ele por fim. — Deixe as mortes comigo, Neverah. Se concentre apenas em passar pelo portal.

Uma ordem direta e simples. Ela estreitou os olhos para ele.

— Sou tão capaz de matar quanto você.

Alguma coisa lampejou no olhar dele, rápido demais para que ela conseguisse interpretar. Sofrimento, quase. Arrependimento.

— Mas não precisa ser.

Ela não tinha o que responder.

Solmir olhou para a praia e para os desfiladeiros acima.

— Este provavelmente é o lugar mais seguro que vamos encontrar por um tempo — disse ele. — Se quiser descansar, é melhor fazermos isso aqui.

De repente, as pernas e os braços de Neve pareceram pesados, como se a simples menção a um descanso tivesse feito o corpo ansiar por isso. Neve assentiu.

— Acho que é uma boa ideia. Antes de irmos até a Árvore do Coração.

— Isso. — O mesmo toque de dor e arrependimento transpareceu na voz de Solmir; ele não estava conseguindo esconder os sentimentos. — Você vai precisar das suas forças.

Neve tirou o casaco e o embolou para servir de travesseiro improvisado.

— Não me deixe dormir demais. E me acorde se aparecerem mais monstros.

— Pode acreditar quando digo que o único monstro com o qual você precisa se preocupar aqui sou eu.

Ela deu uma risadinha de deboche e se virou, tentando encontrar uma posição confortável.

— Que parte disso você achou engraçada? A afirmação de que sou um monstro? — Ele não estava brincando, não mesmo. Havia um tom na voz dele que implorava que ela o levasse a sério.

— Não, não essa parte — disse Neve, já quase dormindo. — A parte onde você disse que preciso me preocupar com você.

Ele não respondeu, apenas contraiu o maxilar e cruzou os braços enquanto observava as águas escuras, um monstro atento a outros monstros.

21

Neve

Ela acordou com Solmir pousando a mão em seu ombro, mas ele a afastou assim que a viu abrir os olhos.

— Precisamos ir.

Neve se sentou, esfregando os olhos para espantar o sono; sentiu na hora a causa da urgência dele. O chão estava rugindo, pedaços de rocha se soltando do desfiladeiro e caindo na praia. Ondulações se espalhavam pela água negra. Não chegava a ser um terremoto, não ainda, mas motivo suficiente para partirem, além de um lembrete que tinham pouco tempo.

Foram embora sem muito estardalhaço. Solmir seguiu pela praia, em um caminho paralelo ao penhasco e ao mar. Neve o seguiu.

— Quanto tempo falta para chegarmos?

— Não muito. — Ele olhou por sobre o ombro na direção das águas escuras, contraindo os lábios em uma linha fina como se estivesse planejando algo. — Não se pegarmos o barco.

— Barco?

Mas Solmir já estava caminhando até a água com passos decididos.

— É necessário usar magia para convocá-lo — disse ele, quase que para si mesmo. — Mas devemos ter o suficiente.

Ela se lembrou da Costureira dizendo que precisariam do poder de dois deuses para chegar à Árvore do Coração. Solmir usara bastante magia para matar os filhos do Rato e da Barata, mas absorvera um pouco também. E ainda tinha o poder da Serpente e da Oráculo.

Solmir entrou no mar e se inclinou para tocar de leve, com a ponta dos dedos, na superfície da água. Fechou os olhos, franziu as sobrancelhas, e, então, a escuridão correu por suas veias, espalhando-se do peito para o cotovelo e para o pulso antes de, finalmente, fluir para fora, misturando-se à água como sangue jorrando de um ferimento.

As sombras eram de um negro ainda mais profundo que o do mar; Neve conseguia vê-las saindo das mãos de Solmir e correndo em direção ao horizonte.

— O Leviatã vai saber que estamos aqui? — perguntou ela baixinho. Anunciar para o derradeiro e mais poderoso dos Antigos que estavam perto do reino dele não parecia uma boa ideia.

— O Leviatã pode ser poderoso, mas não é *todo*-poderoso. — Solmir se empertigou e tirou os dedos da água. — Fica bem lá no fundo, e a Barca de Ossos sempre se constrói a partir de coisas da superfície.

— Se constrói?

Ele apontou para o mar.

Uma coisa clara corria pelas águas na direção do horizonte. Muitas coisas — ondulações se espalhavam em diversas direções enquanto vultos que Neve nem conseguia identificar saltitavam pela superfície do mar, vindos de costas distantes até o centro do oceano negro. À distância, os vultos se uniram, encaixando-se para formar algo maior e mais brilhante.

Algo que se parecia com um navio.

A embarcação veio navegando na direção deles, cruzando as águas de forma lenta e majestosa. Quanto mais perto chegava, mais fácil era identificar seus contornos.

Um barco, com certeza. Mas um feito totalmente de ossos. Menores e mais delicados do que as coisas imensas que formavam a cordilheira que constituía o lar da Oráculo, todos unidos em formas elegantes para formar algo belo e, ao mesmo tempo, macabro. A única coisa que não era totalmente feita de ossos eram as velas — pareciam feitas de escamas imensas, ainda molhadas, como se fossem pedaços de pele que antes jaziam nas águas rasas de alguma área costeira mais distante.

A embarcação deslizava até eles empurrada por um vento que não sentiam, até finalmente chegar à areia rochosa e parar. Com um estalo, uma prancha improvisada, feita de partes de uma vértebra, desceu até eles.

Solmir subiu na prancha, com os ombros retos como os de um soldado pronto para uma batalha amaldiçoada.

— Você vem, Vossa Majestade?

De todas as coisas estranhas que Neve fizera desde que acordara na Terra das Sombras, velejar em um navio feito de ossos talvez fosse a maior de todas.

Solmir indicara ao navio aonde queriam ir — um ritual complexo que envolvia furar o dedo e escrever uma série de símbolos no deque. Depois disso, só lhes restava esperar. Esperar que a embarcação os levasse até o castelo invertido onde ficava a Árvore do Coração. Esperar para ver se o poder que tinham roubado dos deuses mortos seria o suficiente para entrarem.

Esperar para ver se o amor dela era correspondido o suficiente por Red para abrir um portal entre os mundos.

Havia um estranho senso de paz em navegar por aquele oceano negro, o estalo baixo dos ossos sob as botas e o gemido da vela feita de escamas sendo os únicos sons. Solmir tinha ido para a proa assim que terminara de dar as coordenadas para o navio e lá ficara, com os cotovelos apoiados em um parapeito feito de delicadas unas e rádios. Não tinha mais falado nada desde então.

Neve suspirou, debruçando-se na murada para ver o próprio reflexo na água escura. Talvez ter contado a ele sobre Valchior tivesse sido um erro. Talvez confiar nele mais do que o absolutamente necessário também.

Mais um em uma longa lista deles.

Logo tudo estaria acabado. Era o que continuava dizendo a si mesma enquanto observava o reflexo escuro naquelas águas estranhas. Quando chegassem à Árvore do Coração, quando Neve a abrisse e arrancasse os Reis do Sacrário onde viviam, arrastando-os para o mundo real onde Solmir poderia matá-los, aquilo chegaria ao fim. Ela, então, voltaria para sua vida e começaria a penitência por tudo que fizera de errado e por todas as pessoas que prejudicara. Nunca mais precisaria ver o homem aterrorizante na proa, nunca mais teria de aturar o senso de humor debochado, nunca mais o veria esfregar as cicatrizes na testa nem retorcer os lábios quando achava alguma coisa engraçada.

O pensamento não a confortou. Ela o afastou antes que precisasse analisá-lo com atenção.

Continuaram velejando, a rota sempre paralela à costa em um lado e ao horizonte do outro, a trajetória que teriam seguido se não tivessem tido que desviar do osso gigantesco e enfrentar os filhos do Rato e da Barata. As horas foram passando, ou pelo menos era a impressão de Neve. Provavelmente deveria ficar preocupada com o fato de estar se acostumando à forma como o tempo parecia se condensar e expandir ali embaixo, onde não havia noite nem dia para ajudar a contar a passagem das horas.

— Você deveria dormir de novo.

Solmir, ao lado dela. Estava tão perdida em pensamentos que não o ouvira se aproximar. Ele parou na mesma posição na qual estivera na proa, os antebraços descansando no guarda-corpo e os olhos fixos na água.

Ela o fitou, só por alguns segundos, antes de voltar a atenção para o próprio reflexo nas águas.

— Não estou cansada.

— Abrir a Árvore do Coração vai exigir muita energia. Você deveria tentar descansar.

— Pode ser.

Ela não estava a fim de discutir. Na verdade, não estava a fim de muita coisa. O silêncio do mar e o estalar suave do navio a haviam embalado até um estado de estase, acalmando o pânico que a consumia por dentro desde que entrara na Terra das Sombras. Neve se virou e escorregou com as costas apoiadas na parede, sentando-se com o queixo erguido. Daquele ângulo, não conseguia ver o rosto de Solmir — apenas a curva dos ombros, as axilas e o longo cabelo preso.

Depois de um silêncio, perguntou:

— O que vai acontecer quando chegarmos lá?

Um suspiro. Ele levantou os ombros e os relaxou novamente.

— A Árvore do Coração fica dentro do castelo invertido — respondeu Solmir. — Quando fui até lá pela primeira vez, foi necessária uma quantidade imensa de magia apenas para abrir a porta e entrar.

O poder de dois deuses, dissera a Costureira. Dois deuses, um para cada um deles. Mas, naquela época, quando Solmir fora pela primeira vez até a Árvore do Coração — quando tentara abrir a porta com Gaya, um amor não correspondido —, ele mesmo era um deus. Ela contraiu os lábios.

— Então, vamos usar a magia que guardamos para abrir a porta — continuou ele. — E, depois, vamos até a Árvore. — Ele a fitou por uma fração de segundo antes de voltar o olhar para o horizonte. — Depois disso, é com você.

— E você não tem nenhuma dica para me dar?

— Acho que não vai querer minhas dicas, levando em conta meu total fracasso.

Aquilo os fez cair em silêncio de novo. O navio oscilava suavemente abaixo deles, fazendo as pálpebras de Neve ficarem pesadas apesar da declaração anterior de que não estava com sono. Tentou não questionar se o movimento se devia ao balanço das águas ou a outro terremoto abaixo da superfície, a Terra das Sombras se dissolvendo lentamente, até não restar nada.

Acima dela, Solmir mudou de posição, pegando o toco de madeira e a faca de dentro da bota. O som suave da lâmina talhando a madeira formava um contraponto com o balanço do navio.

Quando ele começou a cantarolar — a voz profunda e sonora, aquela mesma cantiga de antes, em uma cabana abandonada na floresta invertida —, Neve já estava dormindo.

* * *

Ela já tem a chave dela.

Mais um daqueles sonhos. Névoa e raízes e a voz familiar e incorpórea. Ela se levantou do chão estranhamente liso, o tecido fino do vestido semelhante a uma mortalha cobrindo as pernas.

A torre de raízes de árvores se elevava diante dela, subindo e invadindo a névoa. Gavinhas de sombras serpenteavam pelo tronco alvo, uma escuridão brilhante contra o branco e o cinza.

— Como assim? — perguntou Neve. — Que chave?

Não era preciso perguntar a quem a voz se referia. *Ela* só poderia ser Red. Sempre ela e Red.

Ela tentou chegar à Árvore. Quase se perdeu, sem saber o que estava fazendo. Como sempre. A voz demonstrava um misto de carinho e frustração. *Mas é isso que é necessário. Amor correspondido. Uma disposição a desistir da própria vida por outra pessoa.*

— Ela está bem? — Neve sentiu um nó de pânico na garganta e se virou, mesmo sabendo que não veria nada além de mais neblina. — Red está bem?

Está tudo bem com Red. Um tom calmo e um pouco sofrido, como se a voz também estivesse preocupada com Red. *Ela já tem as peças dela. Agora você precisa das suas.*

— E isso vai abrir a Árvore? Vai atrair os Reis para podermos matá-los no mundo real? — indagou Neve. A voz ficou em silêncio, por tanto tempo que a fez cerrar os dentes de raiva. — Responda. Não é por isso que está aqui?

Sim. Má vontade. *Sim, a Árvore vai se abrir. E, então, vocês escolherão. Vocês duas.*

— Como assim?

Existem dois caminhos aqui, e, embora os outros vão fazer escolhas que afetarão qual deles vocês vão tomar, no final a decisão é sua. Os dois caminhos vão levá-la de volta para casa, mas só um oferece a cura. Penitência.

— Penitência? — A voz dela saiu baixa e tímida.

Uma pausa. *Alguém sempre paga pelos erros que cometemos, Neve. Ou nós mesmos pagamos ou deixamos para aqueles que vêm depois de nós.*

Um solavanco a arrancou do sonho e a fez abrir os olhos para ver o navio marfim, a água negra e o horizonte cinzento. Solmir estava bem ao lado dela, debruçado no guarda-corpo, os olhos azuis atentos.

— Chegamos — murmurou ele.

Neve se levantou com pressa, quase tropeçando na bainha do vestido. O navio os levara até uma baía, um semicírculo de oceano negro batendo contra uma praia rochosa. Ali, as últimas montanhas da cordilheira desciam até o mar, deixando uma faixa de areia suficiente apenas para conter um castelo invertido.

Tratava-se de uma impossibilidade, um enigma arquitetônico que a mente da Primeira Filha não conseguia compreender na sua totalidade. Em vez disso, absorveu tudo por partes: as imensas portas de cabeça para baixo contra um afloramento em um penhasco feito de ossos, as torres apontando para o chão, sustentando toda a estrutura da construção como um corpo inteiro equilibrado na ponta dos dedos. O que deveria ser a fundição do castelo estava no ar, um platô de pedra pontilhado com paredes hexagonais das celas de um calabouço, as aberturas permitindo a entrada da luz cinzenta.

E, no centro daquela estrutura invertida, uma massa serpenteante de raízes.

— Cadê o resto dela? — perguntou Neve em um sussurro.

As raízes eram iguais às que via em sonhos, brancas e traçadas com brilhantes linhas pretas. Neve não conseguia afastar os olhos dela.

— Imagino que essa seja a parte da Redarys. — Um estalo quando a prancha começou a crescer pela lateral do navio. Solmir não olhou para Neve enquanto desembarcava. — Da última vez que estive aqui, só vi as raízes.

— Você quer dizer que não havia um tronco quando Gaya...

— Não — respondeu ele, irritado. — Como já estabelecemos, fiz tudo errado daquela vez.

Neve se calou.

— Espero que você tenha mais sorte do que eu, Rainha das Sombras. — Solmir caminhou pela praia em direção ao castelo invertido e à Árvore do Coração dentro dele.

Sentindo a pulsação acelerada, Neve o seguiu.

22

Red

A palma da mão deles estava grudenta, pressionada uma contra a outra com tanta força que Red quase conseguia sentir a pulsação de Eammon. Não sabia de quem era o suor. Presumia que dos dois.

Nem ela nem o Lobo estavam prontos para deixar a floresta deles. Mas, por Neve, Red iria em frente. Velejaria para Rylt, confrontaria Kiri, faria o que quer que tivesse de fazer para trazer a irmã de volta para casa.

Mesmo com a visão da planície aberta além das árvores fazendo sua respiração ficar ofegante e o coração disparar. Tivera três dias para se preparar para aquilo enquanto Kayu providenciava tudo para a viagem, mas o tempo não fora suficiente para acalmá-la.

A fronteira de Wilderwood assomava diante deles, as folhas de outono filtrando a luz suave da manhã que ainda não nascera totalmente, banhando tudo de vermelho e dourado. Depois que tinham curado a floresta, absorvendo tudo aquilo para dentro de si, a fronteira se consertara também — não era mais de uma linha pontilhada e falha como fora depois de Solmir e Kiri terem tirado várias sentinelas dali, parecendo um sorriso desdentado. Agora, era de novo uma demarcação firme, um muro de árvores bloqueando todos eles de Valleyda.

Um muro que nenhum deles ultrapassara desde então.

Red meio que esperava que Wilderwood dentro dela se rebelasse diante da decisão de partir. Que uma onda de dor a tomasse por inteiro como no dia em que Neve desaparecera sugada para a Terra das Sombras, que fosse alertada a se afastar da fronteira, alertada de que não poderia ultrapassá-la.

Mas não sentiu nada. Apenas o balanço suave das folhas na espinha, a hera se esgueirando pelos ossos da bacia.

Atrás deles, Fife e Lyra esperavam. Fife estava nervoso com a ideia de ir além de Valleyda, mas se recusava a demonstrar, mantendo-se o mais imóvel possível apesar dos pés se esfregando na terra. Lyra estava ao lado dele, com a mão pousada no antebraço do companheiro. Os dois tinham chegado a algum tipo de resolução, através das conversas cochichadas que Red os vira tendo nos cantos da Fortaleza. De qualquer forma, não pareciam mais chateados um com o outro.

A Fortaleza ficaria sob os cuidados não tão atentos de Lear e Loreth, que tinham se mostrado mais animados com a tarefa do que Red imaginara. Eammon rira quando ela comentara isso com ele, e levantara o queixo dela para lhe dar o beijo que a deixara sem fôlego.

— Recém-casados — murmurara ele contra os lábios dela — aceitam aproveitar qualquer tipo de privacidade possível.

Não havia sinal daquele humor leve nele agora. Eammon encarava a linha de árvores como alguém encararia a própria forca.

Red o empurrou de levinho com o ombro.

— Wilderwood está sendo boazinha comigo. E com você?

Ele encolheu os ombros, mas parecia tenso e alerta.

— Não estou sentindo nada.

A corrente de cautela sob as palavras dele a fez morder o lábio. Wilderwood morava nele havia muito mais tempo do que nela. A relação de Red com a floresta que ancoravam juntos era quase amigável, todos os erros perdoados. Para Eammon, as coisas eram mais complexas, e ela não sabia bem como abordar o assunto com ele. Não sabia sequer se ele teria palavras para responder se ela descobrisse como perguntar a respeito.

Ela se empertigou. Deu um passo para a frente. A mão de Eammon apertou mais a dela, como se fazendo menção de a puxar para trás, mas ele não fez isso. Apenas respirou fundo e soltou o ar devagar enquanto Red se aproximava das árvores.

Uma pausa. Então, ela passou por entre os troncos.

E nada aconteceu.

O vento brincou com o cabelo com mechas de hera, trazendo o cheiro distante de fumaça, gado e muita gente morando no mesmo lugar. Sentiu uma pequena fisgada de Wilderwood dentro de si, como um suspiro profundo de alguém que acabou de mergulhar na água fria — mas nada de dor, nada de consequências.

Em vez disso, parecia tomada por uma sensação que beirava a satisfação. Como se tivesse dado um passo dado na direção certa.

Estendeu a mão para Eammon, ainda à sombra das árvores.

Um instante depois, a mão de Eammon encontrou a dela. Ele saiu da floresta, o dourado do novo dia iluminando o cabelo. Arregalou os olhos, depois os fechou enquanto erguia a cabeça para o céu.

— Bem-vindo ao mundo, Lobo — sussurrou Red.

Fife e Lyra saíram logo atrás, ele depois de hesitar meio segundo. Os quatro ficaram parados na fronteira do mundo que haviam conhecido por tanto tempo, mergulhados em silêncio.

Fife foi o primeiro a falar, cruzando os braços.

— O cheiro de Wilderwood é bem melhor, preciso admitir. É algo que sempre me surpreende.

— É melhor você se acostumar com o cheiro de animais. — Lyra apontou para a estrada que levava à aldeia. Uma pequena carruagem se aproximava, puxada por cavalos comuns. O condutor tinha o cabelo negro, comprido e lustroso. — Parece que nossa carona até o litoral chegou.

As costas de Eammon se contraíam, os músculos ondulando sob a camisa escura enquanto ele se debruçava na murada do navio. Em geral, Red gostava de ver os ombros dele em ação, mas naquele dia franziu o nariz e tocou no pescoço dele com certa hesitação.

— Retiro o que disse. — O Lobo levantou o corpo, limpando a boca com o pulso. O tom esverdeado do rosto não se devia apenas a Wilderwood dentro dele. — Odeio o oceano.

A viagem até a costa florianesa, embora extremamente estranha, decorrera sem percalços. A carruagem aparecera na estrada diante de Wilderwood, Kayu sorrindo para eles do assento do condutor, usando calça e uma túnica com um capuz que cobria a cascata do cabelo.

Red tinha arqueado uma das sobrancelhas.

— Ah, então você também dirige?

— Sou uma mulher de muitos talentos.

— Isso é discutível. — A voz de Raffe soara um pouco trêmula no assento ao lado de Kayu, a cabeça apoiada na carruagem. — *Imprudente* nem começa a descrever você.

— Shiu — disse Kayu. — Eu talvez esteja um pouco enferrujada, mas chegamos até aqui sem machucar animais ou pessoas, então considero isso um sucesso.

— Melhor esperar para contabilizar os ferimentos quando chegarmos lá — resmungou Raffe.

O nervosismo de terem ultrapassado a fronteira de Wilderwood demorou a passar, mas logo foi substituído por um tipo diferente da sensação. Red estava agitada sob o manto escuro — o vermelho matrimonial estava guardado na mala, já que ela e Eammon tinham decidido que quanto mais discretos fossem, melhor.

— E a tripulação que você contratou? Vão ser... discretos?

— Eu disse a eles que você e Eammon são meus primos e que sofrem de um tipo raro de gangrena — respondeu Kayu. — Acho que não vão se aproximar o suficiente para ver suas veias ou olhos. Mas, se virem, essa será a explicação.

— Que maravilha — resmungou Eammon.

Kayu estalou as rédeas.

— Vamos logo, queremos chegar ao porto antes que comece a ficar movimentado.

Depois daquilo, viajaram por duas horas a toda a velocidade, com os quatro espremidos no banco de trás da carruagem como frutas em uma caixa na feira. Lyra ficou observando a paisagem pela janela, mas Eammon agarrou a mão de Red e Fife manteve os olhos bem fechados.

— Eu não sentia a menor saudade disso — disse ele com voz fraca enquanto passava a mão pelos cachos louros avermelhados. — Prefiro usar meus pés como meio de transporte.

Mas enfim chegaram. E lá estava o mar.

Logo depois de desembarcar, tinham ficado parados ali, piscando sob o sol matinal. Kayu e Raffe seguiram para as docas, onde havia um pequeno navio balançando de um lado para o outro ao sabor da maré e uns cinco tripulantes fortes preparando tudo para a partida deles. Lyra foi atrás depois de um instante, seguida por Fife, sempre voltando a fitar o oceano como se não conseguisse acreditar no tamanho daquilo.

Red nunca vira os olhos de Eammon tão arregalados. Ele olhava para a água como se estivesse procurando o fim de sua extensão, tentando traçar todo o caminho até a linha do horizonte.

— É imenso — murmurou ele. — Eu sabia que era, mas... nunca vi nada...

Ele nem precisou terminar. Mesmo nos breves anos em que ainda podia deixar Wilderwood, antes de ser o Lobo, Eammon nunca tinha visto nada maior do que sua floresta, e nunca se importara de ir além da costa.

— Vamos ver quanto você vai gostar do oceano quando estivermos no barco — dissera Red, puxando-o em direção ao porto e à galé de Kayu que os aguardava.

Quando atravessaram a prancha, os marujos manejando os cordames lhes deram bastante espaço. Red reprimiu um sorriso amargo.

Agora a costa já ficara para trás e o sol de meio-dia brilhava alto no céu, pintando o oceano com tons de verde e azul. O balanço do navio logo se provou ser algo que não caía muito bem para alguém que só tinha conhecido a solidez do solo da floresta.

O marinheiro que cuidava das velas olhou por sobre o ombro para Eammon e perguntou:

— Ele vai dar conta?

— Não — murmurou Eammon.

— Vai ficar tudo bem — disse Red, acenando para o marinheiro, torcendo para que ele não se aproximasse mais. Ainda estava usando o capuz, mas Eammon havia tirado o dele. — Ele só não está acostumado com o mar.

— Água com limão espremido — sugeriu o marinheiro, voltando a atenção para as cordas. — Sempre me ajudou. Embora as coisas possam ser diferentes com... a condição dele.

Eammon limpou a boca com o pulso mais uma vez.

— Você não faz ideia.

Red fez uma careta e afastou o cabelo suado dos olhos do marido.

Ele apoiou o rosto na mão dela por um instante mas logo se afastou, escorregando devagar pela amurada do navio até se sentar com as costas apoiadas nela. Ergueu o queixo para olhar para Red.

— Avise quando estivermos chegando.

Ela olhou para o mar aberto.

— É uma viagem de três dias, lembra?

Eammon gemeu.

— Vá lá para baixo e tente dormir. Acordo você na hora do jantar.

— Acho que nem consigo me mexer, para ser sincero. —Ele abriu um dos olhos. — E, por favor, não fale em comida até sairmos deste maldito barco.

Red ajeitou o cabelo dele antes de puxar o capuz sobre a cabeça do Lobo e foi até a proa, apoiando os cotovelos no guarda-corpo para olhar para a água sobre a qual o navio deslizava. Nunca passara muito tempo embarcada e nunca sentira afinidade especial pelo mar, mas havia uma liberdade naquela vida, salgada e áspera. Wilderwood dentro dela estava tranquila, muito mais do que previra, mesmo tão distante da terra e de seres crescentes. Flexionou os dedos em um teste. As veias neles lampejaram em esmeralda.

Red inclinou a cabeça para trás e fechou os olhos, deixando o vento açoitar seu cabelo.

— Desculpe.

Abriu os olhos. Fife estava ao lado dela, encarando para a água, tentando disfarçar a expressão. Pressionava uma das mãos cobertas de cicatrizes contra a barriga e, com a outra, segurava a amurada.

— Eu escolhi isto para salvar Lyra — continuou ele, como se temesse não conseguir voltar a falar caso parasse. — Escolhi assumir um compromisso com Wilderwood. Com vocês. E não deveria ter descontado a irritação em vocês como fiz.

A breve surpresa logo se transformou em alívio. Fife e Lyra tinham feito as pazes, mas eles não fizeram movimento algum nesse sentido em relação a Red e Eammon. Embora todos estivessem se comportando de forma quase normal, havia uma nuvem sobre eles, uma tensão no ar que não se dissolvia. Ouvir Fife finalmente voltar a falar como ela era como tirar um fardo das costas, em que ela nem se lembrava de ter pegado.

— Também quero me desculpar — murmurou Red. — Sinto muito por não conseguirmos encontrar uma forma de libertar você do novo pacto. Sinto muito por não entendermos muito desse assunto.

— A culpa não é sua. — Fife deu de ombros, mas de forma rígida. — Tudo mudou agora. Nenhum de nós sabe quais são os novos parâmetros. E eu teria feito tudo de novo sem me importar com quanto isso me custaria.

Red olhou por sobre o ombro. Lyra estava acima deles, na plataforma onde ficava o timão do navio, conversando animadamente com Kayu e um dos marinheiros. O vento carregava as palavras deles para longe, protegendo Red e Fife de serem ouvidos.

— Eu entendo — disse Red suavemente. — Eu teria feito o mesmo.

— Sei que teria.

— Quando você foi chamado, lá na clareira... — Red meneou a cabeça, voltando a olhar para o mar. — Fife, juro que foi um acidente. Eammon não queria fazer aquilo.

— Eu sei. Ele só estava tentando proteger você. — Ele piscou e olho para Lyra, acima deles. — Nenhum de nós consegue usar a inteligência para lidar com quem amamos, não é?

Red riu.

Eles mergulharam em silêncio. Red retorceu os dedos, pintalgados de leve pelo sal pulverizado no ar.

— Você já conversou com Eammon sobre isso?

— Acho que é um coisa que devo fazer, não é?

— Eu fico honrada por ter sido sua primeira parada na sua jornada pelo perdão. Mas, sim, acho que deveria falar com ele. — Red abriu um meio-sorriso e depois contraiu os lábios. — Vocês três... Vocês têm laços que nem posso começar a compreender. Ele ama você e Lyra, Fife. Muito. Está acabando com Eammon achar que magoou você, mas ele não sabe como abordar o assunto. Ele quis te dar espaço.

Logo no início, ela tinha pressionado Eammon a procurar Fife, pedir desculpas e conversar sobre o assunto. Mas o marido se recusara.

— Eu já pedi desculpas, e tentar obrigá-lo a me perdoar é focar nos meus sentimentos, não nos dele — dissera o Lobo. — Vamos conversar quando ele estiver pronto.

Fife suspirou e se afastou dela. Um instante depois, Red ouviu a voz suave de Eammon atrás dela, e um rangido quando Fife se sentou ao lado dele.

Ela sorriu, olhando para a mãos.

— Eammon vai sobreviver? — Kayu se movia com graça ao descer a escada do deque superior.

Ainda estava de túnica e calça, ambas largas e de tecido macio, e ela prendera o cabelo escuro com um lenço multicolorido para mantê-lo longe do rosto. Trazia um sorriso radiante no rosto, mas havia algo de distante e preocupado na sua expressão. Olhava o tempo todo na direção de Rylt, a oeste, com um quê de apreensão no rosto.

— Ele já sobreviveu a coisas piores — respondeu Red.

— Imagino. — Kayu se virou e apoiou os cotovelos na grade, mantendo as costas voltadas para o mar e os olhos em Red. — Então. Você e o Lobo.

Red se inclinou para trás, estendendo os braços, mas ainda segurando a grade. Uma onda de desconforto a fez contrair os ombros.

— Eu e o Lobo.

— Você é imortal como ele? Não pode mais morrer? — indagou. Red franziu as sobrancelhas, sentindo a tensão aumentar nos braços esticados. Kayu deu de ombros, um gesto casual apesar da pergunta audaciosa. — Ele não pode morrer, não é?

— Não. — Uma resposta curta e grossa e não totalmente verdadeira. — Ele não pode.

Não por causas naturais, de qualquer forma, não a menos que seja assassinado. As coisas tinham sido assim quando ele era apenas um Guardião. Agora que ele era Wilderwood, que eles *dois* eram, Red não sabia ao certo.

Mas não diria isso a Kayu.

— Um negócio e tanto — disse a outra mulher. Uma mecha do cabelo negro escapara do lenço e agora pendia rente à têmpora. Ela a pegou e começou a enrolar os fios no dedo. — Ficar presa a uma floresta em troca da imortalidade. E ainda ganhar um marido que parece uma árvore gigantesca no pacto.

Red segurou o riso ao ouvir aquilo, mas agora que Kayu mencionara a questão da imortalidade, o pensamento não saía mais da sua mente. Sua concentração estivera em outras coisas nas últimas semanas, mas com certeza pensara naquele assunto, na magia da floresta em seus ossos fazendo-a ter uma vida longa como a de Eammon. Havia felicidade naquilo; claro que sim, seria ótimo passar a eternidade ao lado dele. Havia preocupação também, porém. Todo mundo sabia que para sempre era um tempo longo demais, mas encarar aquela possibilidade lhe causava um misto de respeito e medo que sua mente ainda não conseguia compreender.

— Não tenho reclamações no quesito marido que parece uma árvore gigantesca — disse Red.

— Aposto que não. Ele olha para você como se você fosse a responsável pelo sol nascer todos os dias. — Kayu franziu a testa. — Ou geralmente olha. Porque, no momento, parece que vai colocar os bofes para fora.

Red fez uma careta.

— Espero que ele se acostume com isso.

Kayu encarou o nada, mas, quando Red seguiu o olhar dela, viu que estava fitando Raffe. Ele estava do outro lado do navio, em uma posição muito parecida com a delas, ali na proa, apoiado nos cotovelos e olhando para o horizonte que ficava para trás. Olhando na direção de Valleyda.

Os olhos dela se alternaram entre o amigo de infância e a princesa distante. Red contraiu os lábios.

— Ele ama a sua irmã. — Uma declaração e não uma pergunta, como se Kayu tivesse lido os pensamentos de Red em seu rosto. A princesa se acomodou contra a amurada, a expressão inescrutável. — Sempre amou.

Red fez uma pausa antes de falar. A frase não tinha sido feita de forma interrogativa, mas ela talvez quisesse uma resposta, e Red não se sentia qualificada para responder.

— Raffe e Neve foram criados juntos — disse ela com cuidado, olhando para os nós dos dedos ressecados. — E sim, eles se amam. Mas é... complicado.

Kayu riu.

— Já sei que, com vocês, nada é simples. É tudo emaranhado a deuses e florestas. — Ela meneou a cabeça. — Me sinto uma tola, acho.

Red emitiu um som miserável de concordância pelo nariz.

Um instante depois, Kayu se afastou da amurada.

— Vou descer para verificar a comida. O jantar deve estar para ser servido.

Enquanto ela se afastava, Red voltou até Eammon. Ele e Fife estavam encostados na amurada do navio em um silêncio confortável. O pedido de desculpas fora feito e aceito. Ela sorriu ao ver aquilo e sentiu um farfalhar sutil de folhas atrás das costelas, como se Wilderwood também quisesse que eles fizessem as pazes.

— Acho que estou me sentindo melhor — disse Eammon quando ela parou diante dele. O Lobo apertou os olhos para ela, um meio-sorriso cansado nos lábios. — Desde que eu não me mexa.

Ela se sentou ao lado dele.

— Você pretende passar a viagem toda aqui?

— Sim.

— Entendi.

Lyra desceu da plataforma e se aproximou, claramente a mais adaptada ao navio dentre todos eles.

— O jantar será servido em dez minutos — disse ela. — Kayu já resolveu tudo.

O rosto de Eammon se contorceu em uma careta ao ouvir a menção à comida.

— Talvez eu tenha falado muito cedo.

Fife arqueou uma das sobrancelhas.

— Eu não estou mareado, mas também não estou muito animado com a ideia de comer biscoito duro e carne-seca de origem questionável.

— Ah, qual é, onde está seu senso de aventura? — provocou Lyra, sentando-se ao lado de Fife de modo que os quatro formaram uma linha. — Rações de marinheiro fazem parte da experiência.

Os outros três gemeram em coro.

23

Neve

Eles subiram a ladeira óssea para chegar à porta, um feito que Neve conseguiu realizar por não pensar muito na altura. Temores tolos pareciam pequenos e fáceis de rechaçar diante uma coisa tão monumental e estranha quanto um castelo invertido, diante da possibilidade de voltar para casa.

Casa. Ela ficava repetindo a palavra na cabeça, tentando lhe conferir mais ressonância. Deveria estar exultante. Em vez disso, o medo pesava no peito.

Alguém sempre paga pelos erros que cometemos, dissera a voz do sonho. E ela cometera inúmeros.

Solmir não a tocara durante a subida. Não era algo necessariamente estranho, mas antes, quando tinham precisado escalar a encosta de uma montanha feita de ossos, ele oferecera ajuda. Já ali, ficava longe da pele dela com uma precisão quase metódica, mantendo uma distância calculada.

Neve estava ofegante quando chegaram ao platô do penhasco, a lateral pontiaguda se estendendo abaixo das portas invertidas, mais uma anomalia improvável mantendo a estrutura firme. Os ossos tinham uma aparência mais frágil, partes deles quase transparentes sob a luz fria, um brilho suave de marfim que era ao mesmo tempo bonito e brutal.

O castelo parecia ainda mais estranho de perto, mais precário. A curva que normalmente marcaria o alto das portas se arqueava contra o penhasco, e ficar olhando para aquilo por tempo demais foi suficiente para fazer Neve ficar um pouco tonta. Havia crostas de sal e poeira de ossos nas dobradiças, cementando a porta meio aberta. Lá dentro, escuridão.

— Tem um vão. — A voz de Solmir soou baixa. Ele estava de braços cruzados, e olhava para a porta como se esperasse que ela se soltasse das dobradiças e os atacasse. — Precisamos escalar até o chão.

— O teto, você quer dizer. — A voz saiu fraca. Neve não sabia dizer se tinha dito aquilo de brincadeira ou não.

De qualquer forma, ele não riu, nem sorriu. Desde que o barco os deixara naquela estranha praia, Solmir estava silencioso e estoico, como se algo pesasse na sua mente.

— Chame como quiser. A questão é que precisamos ter cuidado. Os tijolos sobressaem o suficiente para facilitar a descida, mas exigem atenção.

Neve assentiu e engoliu em seco.

Ele finalmente olhou para ela, com os lábios contraídos formando uma linha fina e os olhos azuis se estreitando. Havia ainda um pouco de lama na testa dele, um pouco abaixo das cicatrizes, que não conseguira lavar por completo.

Ouviram um rugido. Baixo, mas como estavam sobre aqueles ossos frágeis, foi o suficiente para deixar ambos tensos. Neve seguiu em direção à porta. Solmir agarrou o braço dela, coberto pela manga do casaco, e a puxou para trás quando estalos perturbadores se espalharam pelo penhasco abaixo deles.

— Onde você acha que vai?

— Você disse que portas são o lugar mais seguro em caso de terremoto!

— Não uma porta *invertida*, Neverah!

Agachou-se enquanto rosnava aquilo, escorregando o braço pelas costas dela e a puxando para perto de si para que ambos ocupassem um espaço menor. O rugido foi parando e os estalos também. Os ossos se mantiveram firmes, assim como o castelo, e Neve ainda estava sob o braço de Solmir.

Ele se levantou devagar. Não ofereceu a mão para ajudá-la a se erguer também. Ela pensou no poder, em como ainda poderia roubá-lo através de um toque, e se perguntou se aquele seria o motivo de ele evitar tocar na pele dela.

— Quando vamos precisar da magia? — Neve alternou o peso da perna, trêmula com a lembrança do braço dele sobre ela. — Você vai entregar ela para mim quando chegar a hora?

— Você vai saber quando precisarmos, e vai ter tudo de que precisa. — Ele cerrou os punhos, como se precisasse reunir coragem do ar.

Depois Solmir caminhou a passos largos até a porta enferrujada e entreaberta, segurou a extremidade curva da padieira e desceu, mergulhando nas sombras.

Ela ficou parada por um instante do lado de fora do castelo, olhando para tudo que havia de errado ali. Aquele castelo fora de Valchior, construído onde o palácio no qual ela crescera ficava. Partes dele ainda existiam, lá no mundo dela — os calabouços e partes da fundação. Aquilo deveria ser como estar voltando para casa, mas ver o reflexo invertido do seu lar tornava o pensamento ainda mais estranho.

Reproduzindo a respiração funda de Solmir, Neve entrou pela porta. Agarrou-se na madeira cheia de farpas. E o seguiu para a escuridão.

* * *

A descida não foi a parte difícil, na verdade. As pedras que sobressaíam na parede eram escorregadias, mas Neve foi sentindo o caminho com cautela, estendendo o pé para encontrar apoio antes de colocar o peso do corpo nele. Conseguia ouvir a respiração de Solmir logo baixo, o ritmo ofegante enquanto ele ia descendo, e se esforçou para segui-lo. A única luz vinha das janelas quebradas abaixo, os painéis de tons diversos de cinza indicando que eram vitrais, cujas cores tinham sido roubadas naquele mundo monocromático.

Depois da descida, porém, eles tiveram que avançar pelo que devia ser o teto, e aquilo foi mais difícil.

— Fique perto de mim — murmurou ele quando ela finalmente chegou ao seu lado; a primeira coisa que ele dissera desde que haviam entrado no castelo. A luz fracionada que vinha da janela lançava sombras sobre ele, fazendo seus olhos parecerem faróis. — E se eu mandar você correr, você corre.

— Você acha que vamos ter de fugir de alguma coisa? — A voz dela ecoou na ruína cavernosa, embora ela estivesse praticamente sussurrando. — Estamos no território de quem?

— De ninguém. Nenhum dos deuses, nem dos monstros inferiores, transformou este lugar em lar. — Solmir avançou, abaixando para se desviar de uma viga. — Só me diga que vai fazer o que eu disser, Neverah.

Ele parecia preocupado. Preocupado e aflito, com a mesma expressão relutante que demonstrara no Navio de Ossos.

— Qual é o problema, Solmir?

O som do nome dele o fez parar. Também a fez parar. Neve já tinha usado o nome antes, mas havia algo de diferente no tom dela agora. Como se estivesse falando com um amigo.

— Problema nenhum. — Ele meneou a cabeça de leve, fazendo o cabelo ainda sujo de sangue balançar nas costas — Vai dar tudo certo.

Ela não se convenceu, mas não o pressionou. Ele estava nervoso. Ela também. Era uma emoção que fazia sentido.

No entanto, o olhar que ele lançou para ela, que Neve viu de esguelha... parecia quase angustiado. E aquilo não fazia o menor sentido.

O chão — ou teto — era liso ali, as portas se abrindo para corredores bem acima delas. As vigas de madeira cruzavam o espaço, baixas o suficiente para Neve quase roçar a cabeça nelas, os retângulos das janelas de vitral quebrado entre as estruturas. Bem à frente, porém, a parte lisa acabava, e uma queda acentuada indicava o que seria uma área com teto mais elevado caso a construção estivesse virada de cabeça para cima.

— A escadaria é lá. — Solmir apontou para o declive. — Vamos ter que subir por ela.

— Ou descer, na verdade.

Ele não fez comentários.

— A Árvore fica no vestíbulo do térreo... Ou o que seria o térreo se este maldito castelo estivesse na posição certa. O cômodo com a plataforma.

Neve assentiu, engolindo em seco. Conhecia aquele cômodo. O salão no qual Red recebera a bênção como sacrifício para o Lobo. O salão no qual Isla escolhera Tealia como sucessora da Suma Sacerdotisa, selando assim seu destino.

Ela olhou de soslaio para Solmir, sem saber se estava esperando ver culpa ou simples reconhecimento no semblante dele. Mas seu rosto estava neutro.

Chegaram à descida — Neve tinha antecipado mais uma escalada, mas a inclinação do teto era suave o suficiente para que conseguissem andar, embora com cuidado. Solmir seguiu primeiro, com elegância, mas Neve escorregou no meio do caminho. Praguejou, estendeu as mãos para se segurar em alguma coisa, acabou apenas com um monte de farpas na ponta dos dedos...

Mas de repente, os braços de Solmir envolveram sua cintura e tórax, absorvendo o impacto da queda dela com um grunhido. Ela apertou os joelhos ao redor do quadril dele, as mãos espalmadas em seu peitoral, a palma tocando direto a pele nua sob a camisa semiaberta.

E eles ficaram se olhando, ela com expressão confusa, ele com o olhar estoico de um homem diante da forca.

— Você vai pegar? — perguntou ele.

Ela franziu a testa.

— Pegar o quê?

— O poder — sibilou ele. — A magia. Você poderia. Agora mesmo. Você poderia pegar toda ela.

Ela franziu ainda mais as sobrancelhas.

— Mas faria com que eu ficasse...

— Monstruosa? — debochou ele. — Você quer ter medo disso, Neverah, mas nós dois sabemos que você não tem.

Era verdade, e aquilo a fez se afastar dele, pisar no chão firme e cerrar os punhos para não sentir a sensação da pele dele contra a dela.

— O que você está tentando fazer?

— Dar a você todas as opções. — Os olhos dele brilharam na escuridão quando ele se levantou, erguendo os braços em uma postura que chamava para a briga. — Você vai ter que absorver o poder de um deus para passar pela Árvore. E se você pegar tudo, o poder da Serpente, da Oráculo e de todos aqueles malditos monstros inferiores que matamos no caminho, eu não vou impedir. Vou permitir que você se torne o monstro que sempre deveria ser.

A crueldade a surpreendeu. Neve tinha parado de esperar crueldade dele. E talvez fosse justamente o motivo de ele estar fazendo aquilo; era como se tivesse percebido que tinham ultrapassado a animosidade anterior e aquilo o assustasse. Então, ele formulara tal crueldade como se estivesse dando um soco enlouquecido no ar, sem se importar se acertaria ou não, apenas para mostrar que tinha tentado.

Aquilo a fez querer responder da mesma forma, a atacá-lo com palavras duras. Mas Neve ainda era uma rainha, e sua voz saiu calma enquanto levantava o queixo, monárquica mesmo que usando o casaco dele e a camisola rasgada.

— Como eu disse antes — declarou ela com frieza —, um de nós é mais propenso à monstruosidade.

Os dentes dele brilharam, mas não em um sorriso, embora a expressão furiosa estivesse amenizada por um brilho de arrependimento nos olhos.

— Tem certeza disso?

Neve cerrou os dentes com força, fechando e abrindo a mão. Todos os pensamentos calorosos que tivera em relação a ele — no pântano, no Navio de Ossos, na praia onde o vira lavar o cabelo e sentira o rosto ruborizar — pareciam acusações agora. Aquele homem a manipulara várias e várias vezes, e ela continuava procurando bondade em tudo que ele fazia. Continuava procurando algo que merecesse carinho.

Estranho e deprimente o que a solidão podia fazer.

Ela passou por Solmir a passos largos, perto o suficiente para esbarrar nele.

— Você estava certo — disse ela. — Parece que ter uma alma não tem muito a ver com alguém ser bom. Talvez ela não passe de um incômodo, no fim das contas.

Ele não respondeu, mas ela o viu contrair os lábios quando baixou os braços, desistindo do convite para briga.

Neve estava tão preocupada com o Rei caído que não tirara um instante para se maravilhar com o que tinha diante dos olhos até passar por Solmir. Um vestíbulo conhecido, um pelo qual passara incontáveis vezes naquela outra vida, aquela em que era apenas irmã e filha e futura rainha. Mas invertido, como todo o resto ali.

O piso de mármore que ela conhecia tão bem estava muito acima de sua cabeça, tão distante que ela nem conseguia distinguir as lajotas individuais das pedras encaixadas juntas. A enorme escadaria espiral começava bem no nível dos olhos dela, girando para cima em um ângulo que fez seu estômago se contrair.

E lá, na parte mais superior — inferior —, havia um brilho na escuridão, como uma sombra solidificada em uma parede.

— É lá que vamos precisar usar a magia? — perguntou ela baixinho.

— É. — Voz neutra, como se a discussão de antes já estivesse esquecida. Solmir parou ao lado dela, observando a escadaria. — Quando vim até aqui pela primeira vez, escalei pela escada. Não foi nada agradável.

— Eu não esperava que nenhuma parte disso fosse agradável — murmurou Neve.

— Acho que eu posso gastar um pouco de magia para tornar tudo *menos* desagradável. — Solmir ergueu as mãos, abrindo um sorriso cortante para a Neve. — Vamos fazer aquela morte toda servir para alguma coisa.

Espinhos brotaram da ponta dos dedos dele e começaram a crescer devagar escadaria acima, envolvendo os corrimãos. Uma treliça, mais fácil de escalar do que a escadaria invertida. Solmir ficou com a postura firme e inabalada enquanto a magia emanava dele, mas Neve estava perto o suficiente para ver a fina camada de suor que brotava na sua testa, para ouvir o som de sua pulsação tomada pelas sombras enquanto o gelo se cristalizava na palma das mãos.

— É o suficiente — disse ela em voz baixa.

Mas ele negou com a cabeça. Dobrou os dedos, e a ponta dos espinhos ficou cega — não desapareceu totalmente, mas pelo menos as protuberâncias não iriam mais machucá-lo.

Solmir baixou as mãos, fazendo uma careta de dor.

— Não posso gastar mais que isso. — Ele nem olhou para Neve antes de agarrar um dos arbustos e dar impulso para subir. — Sugiro que não olhe para baixo.

Neve seguiu o conselho dele, o coração quase saindo pela boca enquanto subia nos arbustos espinhosos. Mesmo não afiados, ainda era desconfortável passar pelas protuberâncias, que sempre agarravam na saia dela. Finalmente, praguejando, Neve apoiou o peso neles e usou as mãos para amarrar a saia com um nó, deixando as pernas praticamente desnudas.

Virou para Solmir bem a tempo de vê-lo desviar o olhar.

A mão segurando um apoio, um passo de cada vez. Os olhos queriam olhar para baixo, para ver quanto ela já tinha avançado, mas Neve não permitiu, encarando fixamente o que tinha à frente, vendo o chão se aproximar e o teto com vigas cruzadas ficar para trás. Era incrível, na verdade, como era possível controlar o medo quando não se tinha escolha.

Neve sentiu quando começaram a se aproximar da parede de sombras. Um zumbido nos ossos, os dentes tiritando de forma sutil. Parecia um dos terremotos, mas bem amenizado, menos violento mas tão perturbador quanto. Ela contraiu o maxilar para reprimir a sensação e continuou subindo.

Havia dois corredores margeando a escadaria, um para a direita e outro para a esquerda. A barreira de sombras só bloqueava o da direita — o caminho até o vestíbulo onde ficava a Árvore. Os espinhos formavam uma ponte precária entre o espaço vazio do patamar e o início do teto. Solmir estava bem na plataforma arredondada que marcava o início do corredor, com os braços cruzados.

— Não olhe para baixo — repetiu ele em voz baixa.

Com movimentos pequenos e precisos por conta do medo, Neve continuou pelos espinhos até chegar ao chão firme. Não conseguiu evitar olhar para baixo enquanto atravessava o caminho, e aquela visão fez cada pelinho em sua nuca se arrepiar.

Os arbustos que cobriam os degraus atrás dela começaram a se dissolver devagar, formando uma fumaça cinzenta e silenciosa que se dispersou pelo castelo invertido como um fantasma. O telhado pareceu bocejar lá embaixo, a uma distância que parecia ser quilômetros de queda livre; a respiração pareceu prender na garganta, um arfar estrangulado que não conseguiu conter.

Sentiu a mão dele nos braços dela, guiando-a dos espinhos até o declive de pedra firme do teto do corredor.

— Respire, Neve. Está tudo bem.

Solmir a fez sentar perto da parede, e Neve abraçou os joelhos e apoiou a testa neles. Começou a respirar fundo até sentir que o coração não queria mais sair pela boca.

Ele se agachou diante dela, a expressão inescrutável, pendurando as mãos com todos aqueles anéis prateados entre as pernas.

— Você consegue continuar?

Ela respirou fundo mais uma vez e sentiu o cheiro de pinheiro e neve. Assentiu.

Ele assentiu em resposta. Então Solmir se levantou e se virou para encarar a parede turbulenta de sombras que bloqueava o caminho até a Árvore do Coração.

Quando Neve e Red tinham dez anos, uma tempestade forte chegara da costa florianesa. Era algo bem comum em Floriane nos meses de verão, mas, até onde se lembrava, aquela fora a primeira e última vez que uma tempestade daquela chegava tão perto de Valleyda. Elas tinham subido no telhado, olhando para cima para assistir a uma massa de nuvens negras se espalhando lentamente pelo céu coroado com raios. Haviam ficado com os pelos dos braços eriçados, e o próprio ar parecia carregado.

O que tinha diante de si lembrava aquilo. Passava a mesma sensação. Uma tempestade de sombras, embora sem luz alguma. Apenas a escuridão turbulenta, cobrindo o corredor e impedindo a passagem deles.

Neve se levantou e tentou se aproximar. Mas seus ossos zuniram em reação, como se ela e a sombra tivessem a mesma polaridade, repelindo uma à outra.

— E agora? O que fazemos?

— Eu lhe dou o poder de um dos deuses e fico com o outro. — Solmir contraiu os lábios. — E as sombras vão nos deixar passar.

Ela pensou em como passavam o poder de um para o outro: por meio de um beijo ou por meio de um toque. Soube instintivamente qual dos dois deveria ser naquela situação. Não tinham muito tempo, e a magia que iam trocar era poderosa.

Solmir se virou para ela, o maxilar contraído sob a barba, os olhos azuis brilhando. Estava com os ombros tensos, fazendo a clavícula sobressair sob a pele clara, lançando uma sombra esfumaçada que ela conseguiria traçar até o coração dele.

Não falaram. Não havia necessidade, não agora, e Neve achava que nem conseguiria expressar em palavras o que sentia. Uma calidez que ele não merecia e que ela não queria sentir, a magia exigia uma proximidade. Um início e um fim.

Não fazia sentido ela estar sentindo aquele... aquele *arrependimento*. Como se estivesse deixando algo por fazer.

Sem dizer nada, Solmir estendeu a mão. Ela pousou a dela na dele. A magia começou a surgir entre eles, fria e cortante, espinhos cutucando suas veias.

Ele a puxou devagar. Colocou uma mecha do cabelo de Neve atrás da orelha, a mão segurando o rosto dela. Uma intimidade que ia além da magia necessária, mas a Primeira Filha não impediu.

Quando aproximou os lábios dos dela, chegando bem perto, ele já tinha mudado, o poder que emanava se manifestando: dentes afiados e alongados, olhos negros em volta da íris azul, veias pretas como a noite. Ele parou, olhando para ela, com aparência monstruosa.

— Lembre-se do que eu disse — murmurou ele. — Se você decidir ficar com a magia para si, eu não vou impedir.

E os lábios dele enfim tocaram nos dela.

Foi mais gentil do que da vez anterior, quando ele beijara Neve minutos depois de ela ter acordado no caixão de vidro, tirando o poder que a faria deixar de ser humana. E sua mente lutou contra aquilo, contra a consciência de que o beijo servia apenas para um objetivo, mas do que adiantava? Ela queria aliviar a solidão, e se as coisas saíssem de acordo com o plano, ela nunca mais teria de fazer aquilo. Nunca mais precisaria buscar conforto em um antigo deus que estava a um triz de ser seu inimigo.

Neve nunca beijara para ser confortada antes, uma coisa puramente física, sem sentimentos subjacentes mais profundos do que atração e oportunidade. O filho de um duque que sempre pronunciava seu nome errado, a filha de um marquês com olhos bonitos. Nem sempre era um ato que precisava significar algo importante.

Foi isso que ficou repetindo para si mesma enquanto a boca pressionava a de Solmir e a magia descia pela sua garganta, fazendo espinhos crescerem por suas veias. Aquilo não significava nada. Era simplesmente a transferência de poder, e que importância tinha se ela tirasse algum tipo de conforto daquilo?

Neve sempre fora boa em mentir.

Estavam ofegantes quando se separaram. Ela recuou um passo antes dele, abrindo um espaço entre os dois. Ele deixou as mãos caírem ao lado do corpo. Nenhum deles falou. Não havia palavras.

Juntos, viraram para as sombras. Neve recuperou a voz primeiro.

— E agora?

Casual e fria. Nada das emoções turbulentas que ambos queriam evitar.

— Agora — disse Solmir — é só você soltar a magia.

Enganosamente simples, sofrivelmente fácil. Neve ergueu as mãos, ela e Solmir agindo como um, como se o poder fosse um fio que os unia e sincronizava seus movimentos. Mãos espalmadas, dedos curvados, espinhos saindo de ambos, o poder de dois deuses atirado contra a tempestade.

Quando toda a energia a deixou, virando fumaça e espinhos, Neve apoiou as mãos nos joelhos, arfando. Ao lado dela, Solmir balançou os braços.

— Sempre fico com os braços formigando — disse ele.

Por um momento, nada aconteceu. Então, um gemido, como se o próprio ar estivesse se rasgando.

A tempestade de sombras se abriu ao meio, devagar, as laterais se afastando com graça contrariada pelo som agudo. Um caminho cortado na escuridão, levando-os para o outro lado do corredor.

Solmir gesticulou na direção das sombras.

— Primeiro as damas.

E ela agiu de acordo, empertigando-se e erguendo o queixo ainda mais alto, mesmo com o temor fazendo sua pulsação acelerar.

Passar pela tempestade fez cada pedacinho da pele de Neve pinicar. Ela sentiu os cabelos flutuarem para longe do pescoço, ondulando em volta da cabeça como uma coroa. Calafrios corriam pelos seus braços, e cada passo parecia ser um impulso contra uma corrente forte.

Chegar do outro lado foi equivalente a ter sido libertada de um punho gigante. Neve quase caiu, mas conseguiu se apoiar na lateral curva do teto no qual caminhavam enquanto o cabelo caía ao redor dos ombros novamente, fagulhas desagradáveis pinicando os nervos antes de desaparecerem devagar. Solmir veio logo atrás, passando a mão no cabelo. Virou-se para olhar de cara feia para as sombras enquanto elas se reuniam, formando de novo aquela escuridão impenetrável.

Neve sentiu as pernas bambas.

— Fechou de novo.

— Sim, fechou. — Ele deu um passo para a frente, passando por um vitral de cabeça para baixo listrado de luz e sombra.

— Isso vai ser um problema para você?

Solmir parou, um músculo se contraindo nas costas.

— Não se preocupe comigo. Só se concentre em abrir a Árvore do Coração.

— E voltar para casa.

— Isso — disse ele com voz suave. — E voltar para casa.

Ela conhecia o caminho dali em diante. O andar debaixo do castelo não tinha mudado muito entre a época de Valchior e a de Neve, além de alguns reparos de manutenção, e ela tinha participado de cerimônias de bênçãos e audiências da corte o suficiente para que seus pés a levassem até o cômodo sem que precisasse nem pensar.

Mesmo assim, não estava preparada para o que viu quando passou pelo último arco invertido.

Raízes. Uma massa imensa delas, exatamente como no sonho. Ela as tinha visto do navio, a forma como se espalhavam pela fundação do castelo voltada para o céu como tentáculos de uma criatura gigantesca. Mas vê-las de tão perto, assimilar o tamanho delas, foi o suficiente para deixá-la boquiaberta.

Neve não percebeu que tinha dado um passo para trás até Solmir emitir um gemido de dor. Ela olhou para baixo e percebeu que tinha pisado no pé dele.

— Desculpe.

— Vou sobreviver — resmungou ele, afastando-se dela.

As raízes se moviam. Giravam umas sobre as outras em uma dança sinuosa, quase como cobras, casca pálida e veias escuras em uma espiral contínua que a deixava tonta se olhasse por muito tempo. As raízes atravessavam o platô logo acima, o que seria o chão no mundo real. O lugar onde o sacrifício de Red fora cimentado. O lugar onde os planos dela, de Kiri e de Arick — Solmir — tinham entrado em ação.

— Ela vai me levar de volta ao palácio? — perguntou ela em voz baixa, hipnotizada pelas raízes em movimento. — Quando eu passar?

Solmir meneou a cabeça. Enquanto Neve observava as raízes com expressão maravilhada, ele as fitava com uma cautela mal disfarçada.

— A geografia do mundo real e da Terra das Sombras não é exata. Há duplicatas de lugares com alta concentração de magia aqui, mas não ficam no mesmo lugar que suas contrapartes. Não faço ideia de para onde vai levá-la. — Ele soltou um som amargo. — Mas suponho que ir para qualquer outro lugar já seja uma melhora.

Neve não respondeu. Depois de mais um instante observando as raízes se retorcendo, encarou Solmir. Os olhos azuis estavam atentos, observando cada movimento dela como se esperasse que cada um deles fosse iniciar uma luta. Cruzara os braços com força o suficiente para os tendões e músculos sobressaírem, o cabelo soltando da tira que o prendia e emoldurando o rosto. Ela não conseguia interpretar a expressão no rosto dele.

— O que eu faço? — perguntou Neve.

Mas, no instante que as palavras deixaram sua boca, a Árvore respondeu.

Não com um grunhido, não como quando a tempestade de sombra que protegia o caminho se abrira. Aquele foi um som mais suave, um suspiro, uma mudança no ar.

Neve se virou.

As raízes se retorceram para baixo, estendendo-se de forma lenta e graciosa em direção à pedra onde Neve estava. Conforme se moviam, revelavam escuridão.

Escuridão e o brilho pálido de uma neblina cinzenta.

Neve olhou para Solmir, tomada por um monte de sentimentos que eram afiados demais para entender totalmente.

— Os Reis estão a caminho?

— Não até você entrar — respondeu ele. — A verdadeira abertura é essa, na verdade. É quando o poder da Árvore desperta e os invoca.

Ela se virou para encarar as raízes imensas, o caminho entre elas.

— E quando eles passarem — começou Neve — você vai atrás deles.

— Isso.

— E como você vai matar os Reis?

Os olhos dele estavam frios, e a expressão, impassível. Mas ele cerrou os punhos ao lado do corpo como se estivesse tentando conter algo que escorria rápido por entre seus dedos.

— Não se preocupe com isso, Neve — disse ele, por fim. — Será mais fácil do que você imagina.

Ela assentiu novamente, um movimento curto e decidido. Mas se obrigou a fazer mais uma pergunta:

— E você acha que Red me ama o suficiente, mesmo agora? — Ela engoliu em seco, sentindo um nó repentino na garganta. — Acha que ela vai estender a mão na escuridão por mim?

Ela já estendeu.

A voz. A voz do sonho. Vazava por entre as raízes, um tom acima do silêncio. Quando Neve olhou para Solmir, viu que ele parecia não ter ouvido, como se as palavras tivessem sido ditas apenas para ela.

Ela estendeu a mão e encontrou a chave dela, continuou a voz enquanto Neve se voltava para a Árvore. *Agora tudo se resume a você e às suas escolhas, Neverah. Rainha das Sombras.*

— É claro que acho — respondeu Solmir, pouco depois que a voz incorpórea o fez. Ela se virou; ele estava bem atrás de Neve, mais próximo do que ela imaginara. Perto o suficiente para ela sentir o cabelo dele roçar no rosto e ver a determinação nos olhos de Solmir, como se tivesse acabado de tomar uma decisão. — Vale a pena estender a mão na escuridão por você. — E então, ele levantou o queixo dela e a beijou.

Foi real, mais real até do que o que tinham dado antes de passar pelas sombras. Real, e fazendo a magia da escuridão fluir garganta dela abaixo, toda a que ele ainda guardava dentro de si, esvaindo-se dele e mergulhando nela. Real, e ela deveria querer se afastar, mas não queria.

Antes que ela tivesse a chance de processar qualquer coisa, Solmir recuou e a empurrou para trás, para dentro da escuridão turbulenta entre as raízes.

Instintivamente, Neve fechou os olhos. Arfou e sentiu o coração disparar. Era quase como se as batidas do coração dela ecoassem em outro lugar, outra coisa respondendo ao ritmo da sua pulsação.

E, quando abriu os olhos, ela viu a Árvore.

24

Red

Dormir em um navio deveria ser fácil, pensou Red. O rangido lento dos cordames, o balanço suave — tudo isso deveria ser o suficiente para fazê-la cair no sono sem esforço. Eammon com certeza tinha conseguido. Estava deitado ao lado dela, grande e quente, roncando em uma cama que era pequena demais para os dois, o enjoo curado pelo sono.

Mas Red não conseguia adormecer.

Depois do jantar — charque e um tipo de pão qualquer, sim, mas tudo bem temperado e muito mais saboroso do que o esperado —, os marinheiros tinham ido para o convés fumar, e Kayu ensinara a eles um jogo niohnês que envolvia dispor pedras lisas em um tabuleiro simples e ver quem conseguia juntar mais peças em múltiplos de quatro. Red não era rápida com números, mas Raffe, Eammon e Lyra haviam ganhado quase tantas rodadas quanto Kayu. Raffe fingira irritação, mas o sorriso que dera para Kayu quando ela o cutucara no ombro fora sincero, e os dois tinham fitado um ao outro por um tempo como se não houvesse ninguém por perto.

Quando Raffe percebeu que Red estava olhando, parou de sorrir. Foi para o outro lado da mesa e não voltou a falar com Kayu. Depois de mais algumas rodadas, todos tinham ido para a cama, exceto Raffe. A desculpa que deu foi a de que não estava cansado ainda, mas as olheiras mostravam que era mentira.

Ali, na cama ao lado de Eammon, encarando as vigas escuras no teto, Red suspirou. Com cuidado, soltou-se dos braços do marido e subiu a escada até o convés.

Quando emergiu sob o céu escuro, parecia estar sozinha. Ela sabia que um dos marinheiros devia estar no timão, certificando-se de que se mantivessem no curso certo para Rylt, mas ele não lhe deu atenção.

Red seguiu até a popa da pequena galé, sentindo a aspereza das tábuas de madeira sob os pés. Quando chegou à amurada, tirou o capuz, ergueu a cabeça e deixou o vento soprar no cabelo com mechas de hera. Estava escuro para alguém ver, a não ser que estivesse bem ao lado dela.

— Também não conseguiu dormir?

Ela deu um pulo de susto, levantando as mãos em posição defensiva.

— Por *todas as sombras*, Raffe!

Raffe só franziu a sobrancelha e tomou um gole de bebida da caneca lascada de cerâmica que tinha na mão.

— Não é de estranhar, se está tão sobressaltada assim.

Ela baixou as mãos, que passaram de uma posição defensiva para uma de deboche. Red riu e apoiou os cotovelos na balaustrada.

— Acho que tenho o direito de ficar um pouco sobressaltada, considerando tudo.

— Não vou discutir quanto a isso. — O líquido na caneca chapinhou. Raffe tomou um gole de vinho e o ofereceu para Red. Ela aceitou, tomou um gole e fez careta.

— Não é meduciano — disse Raffe, pegando o copo de volta.

— Não mesmo — concordou Red.

Ficaram em um silêncio confortável, ouvindo o ritmo da maré batendo contra o casco.

— Você acha que ela vai voltar diferente? — perguntou Raffe, por fim. — Imagino que seja impossível não ser... modificada, de alguma forma, por tudo isso. Mas acha que... — Ele parou de falar, como se não houvesse palavras para o que queria perguntar.

Red entrelaçou os dedos. Mesmo naquela escuridão, o verde das veias dela se destacava contra os tons de cinza e azul do mar à noite.

— Você deve estar se perguntando se ela vai voltar modificada como eu.

Raffe não respondeu, e a ausência de resposta mostrou que ela estava certa.

Wilderwood farfalhou pela espinha dela, abrindo novas folhas em direção aos ombros. Era quase como se estivesse oferecendo uma resposta.

— Ela fez uma escolha — disse Red em voz baixa. — Lá no bosque. Você viu. Ela absorveu todas as sombras, tornando-as parte dela.

— Mas *não* foi uma escolha. Não de verdade. — A voz de Raffe soou ríspida no silêncio. — Não como a sua. Você se apaixonou e estabeleceu raízes, ela... ela tinha de fechar o portal, e fez isso da forma mais óbvia que conseguiu. Não foi a mesma coisa.

— Não, não foi exatamente a mesma coisa — reconheceu Red. — Mesmo assim, foi uma decisão dela.

Silêncio de novo, mas ela sentiu como ele ficou tenso, como o silêncio se alongou bem mais do que seria confortável entre amigos. Algo esperando para ser rompido.

Red suspirou e começou a trançar o cabelo, tanto para ter algo para fazer com as mãos quanto para que parasse de cair no rosto.

— Neve deu o primeiro passo para se tornar meu espelho. Foi por isso que o espelho na torre se espatifou. Ela está absorvendo a Terra das Sombras assim como absorvi Wilderwood.

Outro florescer entre as costelas, flores se abrindo inteiras entre seus órgãos. A floresta concordando.

— E o que ela vai virar? — O sussurro de Raffe passou toda a agonia que sentia. — Red, se ela tiver que fazer pela Terra das Sombras o que você fez por Wilderwood, o que ela vai ser quando voltar?

— Vai ser Neve, como sempre foi — respondeu Red de forma automática, esperando outro florescer dentro de si, Wilderwood sinalizando que estava certa.

Não sentiu nada.

Red cerrou os dentes. Pela primeira vez desde que ela lhe devolvera Eammon, sentiu certa animosidade pela floresta que carregava.

— Seja lá o que for, ainda será minha irmã. E vou fazer o que quer que ela precise que eu faça.

Ela prendeu a respiração. Sentiu um leve movimento de galhos envolvendo seu quadril.

Ao lado dela, Raffe respirou fundo e assentiu.

— Eu confio em você.

Red afastou o olhar e o pousou na água.

— Falando em confiança... — começou ela com leveza. — Ter trazido Kayu parece ter funcionado bem.

Ele não disse nada, mas segurou a caneca de vinho com mais força. Depois de um instante, ele virou o que restava, fazendo uma careta ao engolir.

Ela tamborilou os dedos na grade.

— Você nunca me disse *como* ela descobriu que Neve tinha desaparecido.

— Ela interceptou uma carta de Kiri — respondeu Raffe, olhando para a caneca como se o fato de estar vazia fosse uma ofensa pessoal.

— E como conseguiu isso?

Raffe deu de ombros.

— Ela viu alguém entregando a correspondência nos meus aposentos certa noite e disse que estava indo me ver. A pessoa entregou para ela.

— Que estranho — murmurou Red. — Eu nunca recebi cartas à noite. Não que eu tenha recebido muitas cartas na vida. — Ela fez uma pausa, a preocupação fazendo os pelos da nuca se eriçarem. — Você talvez devesse...

— Me poupe dos seus conselhos, Redarys.

Red se calou na hora.

Raffe não se virou para ela, mantendo o olhar fixo na água, o maxilar contraído e os nós dos dedos brancos por causa da força com que segurava a caneca. Fechou os olhos e respirou fundo. Quando voltou a falar, a voz estava calma e estável, apesar do leve tom acalorado marcando as palavras.

— Você não entende como tem sido difícil evitar que as pessoas descubram, fingir que tudo está bem sendo que a maldita rainha está desaparecida. — Ele meneou a cabeça. — Então, por favor, me poupe dos conselhos. Estou fazendo o melhor que posso.

— Eu sei — disse ela baixinho. — Eu sei que é difícil.

— Sabe mesmo? — Os olhos dele brilharam na escuridão. — Você estava vivendo um conto de fadas na floresta, se ocupando em ser um tipo de deusa da mata, enquanto eu tentava segurar as pontas em um país que nem é o meu por uma mulher que nunca disse que correspondia ao meu amor, e agora eu nem sei exatamente como me sinto em relação a ela.

O meio da noite sempre fora um excelente momento para confissões.

Red suspirou.

— Você está certo. Não consigo entender, e não cabe a mim dizer como você deve lidar com as coisas. — Ela fez uma pausa. — Sinto muito, Raffe. Por tudo isso.

— Eu também.

O silêncio perdurou por um instante ao longo do qual ela sentiu que ele tinha mais a dizer, mas não sabia como. Não era fácil encontrar palavras para coisas como aquela.

— Você teve mais algum sonho? — perguntou ele, por fim. — Com uma árvore, como o que me contou?

— Um ou dois — respondeu Red. — Por quê?

— Porque eu não sonhei mais. — Ele pareceu quase envergonhado, como se a ausência de sonhos fosse algum tipo de alegação cósmica. — Só aquela única vez.

Ela cutucou uma das cutículas.

— E isso é... ruim?

— Sinto que é — murmurou ele, passando a mão no rosto. — Parei de sonhar quando... quando percebi que não sabia mais como me sentia em relação a ela.

Ah.

— Raffe — disse Red em tom suave. — Está tudo bem. Sério.

— Não parece. Parece que estou fracassando com ela de alguma forma.

— Ser honesto com seus próprios sentimentos não é fracassar.

A voz nos sonhos de Red tinha dito que a Árvore do Coração só poderia ser aberta com amor correspondido. E Raffe não sabia que tipo de amor sentia por Neve. Aquilo tinha alguma coisa a ver com quem sonhava, imaginou ela.

Wilderwood floresceu ao longo das vértebras da Segunda Filha. Outra confirmação de que estava certa.

— Você é um excelente amigo, Raffe — continuou Red em voz baixa. — E é disso que Neve vai precisar quando voltar.

Quando. Não *se.*

Ele respirou fundo. Assentiu. O maxilar, porém, continuou totalmente contraído.

— Quero que saiba que estou feliz por termos trazido Kayu a bordo. — Ela gesticulou, abrangendo a embarcação, e riu. — Ela conseguiu uma forma de chegarmos a Kiri. Com certeza, se alguém tem respostas, esse alguém é ela.

— Espero que sim — murmurou Raffe.

Eles ficaram ali por um momento, sentindo o balanço do barco. Raffe bocejou.

— Vou tentar dormir agora.

— Se Eammon conseguiu, acho que qualquer um consegue.

— Ele pareceu se recuperar bem o suficiente para me derrotar no jogo que Kayu ensinou. — Ele se afastou do guarda-corpo. — Você deveria tentar dormir também.

— Em algum momento — garantiu Red.

Com um aceno da cabeça, Raffe desapareceu pela escada em direção ao porão sob o convés.

A chave pesava no bolso dela, sólida contra o quadril. Red a pegou, traçando o contorno familiar com os dedos.

Embora tivesse guardado o objeto consigo desde que aparecera, Red não olhava para ele desde que haviam partido de Wilderwood. Parte dela quase tinha medo de que a chave fosse mudar, distorcer-se, ser mais um caminho sem saída. Mas ela estava exatamente igual, brilhando ao luar e adornada com veios dourados.

Quando pulsou na sua mão, com mais força do que jamais pulsara antes, Red quase a deixou cair.

Praguejando, segurou o item com força e se afastou da balaustrada, determinada a não deixar a chave cair. Ela continuava a pulsar, quase como se fosse dotada de um coração próprio escondido em algum lugar da floresta, um contraponto ao ritmo do coração de Red. Antes achava que o latejar era uma alucinação, uma reprodução da própria pulsação, mas aquele era forte demais para ignorar ou explicar.

Eammon. Ela precisava contar para Eammon, tinha de...

Mas, então, a escuridão se agitou ao redor dela, que ouviu um zunido alto e foi tomada pela sensação de estar caindo.

E, quando Red abriu os olhos, não se deparou com o barco. Não se deparou com o céu estrelado e claro pelo luar.

Se deparou com neblina.

E com a Árvore.

25

Neve

Era diferente dos sonhos.

Nos sonhos, Neve ficava aos pés da Árvore, ao lado de uma torre maciça de raízes que espelhavam diretamente aquelas entre as quais tinha entrado. Mas ali, estava em... Bem... Não sabia bem onde estava pisando. A névoa serpenteava em volta dos pés dela, ocultando e se esparramando.

Mas aonde quer que fosse, era algo que a colocava diretamente no meio da árvore.

As raízes estavam lá embaixo, a casca branca repleta de fios de sombras. E, nos galhos acima, aquelas gavinhas de sombras iam se suavizando gradualmente até ficarem douradas. Embora já tivesse visto a árvore antes, sentiu uma grande referência crescer no peito.

Era real. Mítica e impossível, mas real.

E aquilo significava que poderia voltar para casa.

O pensamento foi forçado, o que ela sentia que deveria ser o próximo passo lógico no padrão de alívio seguido pela sua mente. Mas parecia pesado, não se encaixava muito bem.

— Neve?

Baixa, trêmula. Mas ela reconheceria aquela voz em qualquer lugar.

Ela sentiu um tremor começando nas mãos, subindo pelos braços enquanto se virava para olhar para a irmã.

Red estava com uma aparência feral. Usava uma túnica gasta e calça justa por baixo de um manto escuro, o cabelo preso em uma trança frouxa e entremeada de heras. As veias nas mãos exibiam um tom de verde, pulsando de leve em um ritmo que ecoava perfeitamente o dos veios dourados nos galhos acima delas.

Um halo verde contornava as íris castanhas e calorosas, e braceletes delicados de tronco de árvore envolviam seus pulsos.

Mais floresta do que mulher. Mais selvagem, mais Lobo. Mas a primeira coisa que Neve disse para a irmã gêmea foi:

— Você está bonita.

E Red se levantou da posição agachada em que estava, arregalando os olhos verdes e castanhos.

— Você também.

De repente, a ausência de um piso sólido no meio de toda aquela névoa, com o dourado acima e a escuridão lá embaixo e a árvore enorme ao lado delas, parecia completamente irrelevante. A Primeira e a Segunda Filhas de Valleyda correram no meio da neblina, pisando no que quer que fizesse as vezes de chão, e se abraçaram.

Neve sentiu algo enquanto corria até Red. A sensação de dedos fantasmas na pele, como se houvesse mais alguém ali, alguém desejando abraçá-las também. Depois de um similar a um suspiro ecoar pela bruma sem fim, a sensação se foi.

E Neve viu, enquanto abraçava a irmã, que as veias nos próprios braços estavam pretas, os pulsos envoltos em espinhos. O presente de despedida de Solmir. Era porque ela precisava? Teria ele se cansado de abrigar toda a magia?

Sentiu algo repuxar sob a pele, um gancho sutil a puxando pelo abdômen. Parecia algo abandonado, algo desfeito.

Sentiu a respiração de Red contra o ombro.

— Achei que tinha perdido você. — A respiração estremeceu e virou um soluço. — Eu escolhi o Lobo em vez de você, e aí você se foi...

— Mas eu a obriguei a fazer isso. — Neve tocou no cabelo da irmã. As folhas de hera se retorceram contra os dedos dela. — Eu a obriguei a escolher porque não a ouvi. — Sentiu as lágrimas queimarem os olhos e escorrerem pelo rosto tingido de sombras. — Quiz fazer suas escolhas por você.

— Neve — começou Red, em tom tranquilizante, mas Neve deu um passo para trás e ergueu a mão coberta de espinhos.

A Oráculo tinha lhe dado um presente ao desatar o nó que segurava as emoções de Neve, por mais brutal que tivesse sido o processo. Havia coisas que precisava dizer.

— Eu não queria admitir que estava errada. Mesmo sabendo que estava. — Lá estava, a confissão mais difícil de todas. — Eu sabia que estava errada e continuei mesmo assim porque queria ter algum tipo de controle. — A respiração ficou presa na última palavra, os dedos trêmulos. — Eu estava disposta a fazer qualquer coisa para sentir que tinha algum tipo de controle.

Um instante se passou, as duas paradas ali com o rosto manchado de lágrimas. Então a mão de Red, com as veias tingidas de verde, fechou-se em volta dos espinhos de Neve.

— Você teve seus motivos.

Neve soltou um suspiro estremecido.

Red baixou as mãos, mas manteve os dedos entrelaçados aos da irmã.

— Eu deveria ter contado a você a razão pela qual eu tinha de partir. Eu estava com tanto... tanto medo e tanta vergonha e achei que... — Red foi deixando a voz morrer, como se não fosse fácil colocar os pensamentos em palavras. Quando voltou a falar foi de forma comedida e firme; parecia estar recitando algo que tinha ensaiado várias e várias vezes na mente. — Neve, você se lembra do que aconteceu naquela noite?

Só havia uma noite à qual se referiam com aquele tipo de pesar. Quatro anos antes, quando tinham feito dezesseis anos, seguindo sob o infinito céu estrelado em direção às árvores escuras. Em direção a Wilderwood e sua Terra das Sombras embaixo, o lugar que iria engolir ambas.

— Algumas partes — murmurou Neve. — Mas não... não o que quer que tenha feito você achar que precisava partir.

Sentiu um nó na garganta, e teve de obrigar as palavras a saírem. Quantas vezes aquilo a ferira por dentro, de forma tão profunda que quase a fizera ficar indiferente à dor? Aquela noite dera início ao distanciamento entre as duas, e Neve não se lembrava de grande parte do que tinha acontecido.

E a maior pergunta, a que feria mais fundo, era: será que ela fizera algo que resultara em Red sentindo que poderia pertencer apenas à floresta? Será que, de alguma forma, tudo havia sido culpa dela?

Aquilo tudo era muito maior do que elas, mas, no fim das contas, acabava nela e na irmã e nas coisas que as tinham separado, certo como raízes, certo como espinhos.

Red manteve os olhos fechados.

— Eu quase matei você.

Neve não sabia o que esperava ouvir, mas com certeza não era aquilo.

— Como é?

— O poder de Wilderwood, sua magia... Ela veio para mim, parcialmente, quando sangrei na fronteira com a floresta. E eu não sabia como controlar aquilo e, quando os ladrões chegaram, eu... eu os matei... Mas o poder não estava sob o meu controle, não totalmente. Eu não sabia como controlar aquilo, e quase matei você. — Ela abriu os olhos, o contorno verde das íris castanhas brilhando. — Era por isso que eu quis ir para Wilderwood, Neve. Para ficar longe de você. Para proteger você. — Até mesmo naquilo elas eram espelho uma da outra. — Eu achei que aquela era a única forma de proteger você. De mim. Dos monstros... — Red riu, reconhecendo que elas duas agora sabiam que monstros eram reais, que as duas tinham *se tornado* monstros. — A única maneira de fazer isso era partindo. — Ela suspirou e olhou para Neve. — E foi quando conheci Eammon.

Não muito tempo atrás, aquele nome, um nome que ela nem conhecia antes de Red pronunciá-lo pela primeira vez, era o suficiente para despertar um ódio visceral nela. Uma raiva ao ver que o nome do monstro fazia os olhos de Red brilharem, a prova de que fizera a irmã se importar com ele. Que a fizera pensar que ela pertencia a ele e à floresta.

Agora, parecia apenas um nome. Ela conhecia monstros, e ele não era um. E não era como se ela pudesse julgar agora, não mais.

— Então, tudo que sempre quisemos foi salvar uma à outra — disse Neve.

Um vislumbre de sorriso fez o canto dos lábios de Red se levantarem, um tão forte e selvagem quanto o resto dela.

— E fizemos um *ótimo* trabalho.

Um instante de silêncio. E depois, de forma improvável, as duas começaram a rir. O som ecoou pela névoa e pelo tronco imenso ao lado delas enquanto caíam no chão e riam até as lágrimas começarem a escorrer pelo rosto, um acesso que era uma mistura de alegria e choro.

— Por todos os *reis* — disse Red enxugando os olhos. — Falando em *Reis*, o que foi que *fizemos*, Neve?

Neve balançou a cabeça, enxugando as lágrimas com o pulso.

— Se tudo que os Antigos me falaram na Terra das Sombras for verdade, nada que as estrelas não tenham definido para nós.

— Antigos?

— Os monstros. Os deuses que os Reis prenderam. — Neve fez um gesto com a mão coberta de espinhos. — É uma longa história, e você já conhece as partes importantes.

— Acredito em você. — Red meneou a cabeça, cruzando as pernas sob o corpo com um ar pensativo. — Mas as estrelas... Quando fomos à Fronteira para ver os entalhes do bosque de chaves, havia entalhes de constelações também.

— A Fronteira?

— Outra longa história. Existe um país atrás de Wilderwood. E somos amigos do povo de lá.

Neve estalou os lábios. Havia tanta coisa sobre a irmã que não sabia... Tantas informações que não compartilhavam... Apesar de terem crescido juntas e dividido o útero materno antes disso, às vezes parecia que mal se conheciam.

Red enfiou a mão no bolso e praguejou baixinho.

— A chave. Ela estava comigo quando... — Ela franziu as sobrancelhas. — Como foi que você chegou aqui?

Neve sentiu o rosto esquentar, o nome que estava tentando evitar se aproximando cada vez mais e de forma inevitável. Ela respirou fundo e soltou o ar devagar.

— Solmir me trouxe.

Silêncio. Red ficou olhando para a irmã com expressão neutra, mas a mão solta ao lado do corpo se fechou de leve.

— Ele machucou você?

— Não. — Pelo menos não do modo que Red estava pensando, não de qualquer forma que tivesse alguma explicação fácil. — Red, ele está do nosso lado. Bem, ele está do lado dele mesmo, mas o lado dele é o nosso lado. Na maior parte. Ele luta contra os Reis. Quando estava tentando trazê-los de volta...

— Quando quase matou meu marido, você quer dizer?

— Não estou tentando dar desculpas por ele. — *Aquilo* seria um esforço inútil. — Mas nós temos um inimigo em comum. Ele está tentando atrair os Reis para o mundo superior para matá-los. A alma deles está atolada na Terra das Sombras, e a Terra das Sombras, por sua vez, está desmoronando. Se tudo se dissolver enquanto os Reis ainda estiverem lá, eles vão ser libertados. Não o corpo deles, mas a alma. Vão encontrar uma forma de voltar, e vão ser ainda piores do que os Antigos foram.

Red contraiu o maxilar. Os punhos ainda estavam cerrados ao lado do corpo, quase tremendo tamanha a força com que os apertava. Mas quando falou, sua voz estava tranquila.

— Tudo bem. — Red fez um esforço consciente para relaxar os dedos. — Se você confia nele, eu não vou... matá-lo — garantiu, e era o melhor que Neve poderia esperar. Mas Red completou: — Mas se ele machucar Eammon de novo, vou arrancar todos os órgãos dele pela boca. Um por um.

— Entendido — respondeu Neve. Ela falaria exatamente aquilo para Solmir. Se o visse de novo. Será que o veria de novo?

Red ainda estava ali, assim como ela. E obviamente algo acontecera com a Árvore do Coração: aberta, o caminho livre. Ela poderia voltar para casa agora, deixar a Terra das Sombras para trás, deixar Solmir fazer o que quer que precisasse fazer e considerar sua parte naquilo tudo encerrada.

Mas não parecia... certo. Havia mais alguma coisa que ela devia fazer aqui, e a magia sombria que Solmir passara para ela um pouco antes de Neve adentrar a Árvore *vibrava* com a sensação.

— E como *você* chegou aqui? — perguntou Neve, esfregando os braços cobertos de espinhos para tentar amenizar o formigamento da magia.

— Eu tinha uma chave — respondeu Red. — Eu a consegui quando... bem... quando tentei chegar até você da primeira vez. — Ela se remexeu, demonstrando desconforto, como se a lembrança não fosse muito boa. — Tentei libertar uma das sentinelas que vive dentro de mim. Criar uma árvore para transformá-la em portal.

Neve olhou para trás, para o tronco imenso da Árvore do Coração.

— Acho que sua suposição não estava muito errada.

Red riu.

— De qualquer forma, minha tentativa claramente não funcionou. Mas me deu uma chave, feita de madeira branca repleta de veios dourados. Ela estava na minha mão quando começou a pulsar e, de repente, apareci aqui.

Neve franziu as sobrancelhas.

— Eu não tenho uma chave. O que devo fazer?

Só se você escolher ir até o fim.

A voz. A voz do sonho, que ela ouvira sussurrar um pouco antes de entrar na Árvore. Ela e Red se viraram para a neblina.

— Você já ouviu essa voz antes? — perguntou ela para Red.

— Já. E você?

— Eu também. Nos meus sonhos e em outros lugares.

Red meneou a cabeça.

— Não sei se devo ficar animada ou horrorizada de ouvir tudo que você fez na Terra das Sombras.

Red disse aquilo em tom leve, mas Neve mordiscou o lábio.

A chave é a Árvore, continuou a voz, parecendo mais próxima de alguma forma. O timbre parecia mais fácil de identificar, mas ainda não o suficiente para ser reconhecido. *A chave é a Árvore, mas você ainda não é o espelho, embora esteja perto de ser.*

— Ela precisa de uma chave? — A voz de Red cortou a névoa, aguda e exigente. — Ou você está cuspindo bobagens crípticas e sem sentido? Só diga logo se posso trazer Neve para casa!

Uma pausa pesada.

Ela pode ir, respondeu a voz por fim. *Se essa for a escolha dela. Encontrar uma chave e se tornar o espelho são peças de uma história maior, mas não são necessárias para a volta de Neverah. Só para a Rainha das Sombras.*

O título reverberou nos ossos de Neve, fazendo toda a magia que os envolvia cantarem dentro dela. Rainha das Sombras. O título que tinham usado para se referir a ela desde que entrara na Terra das Sombras, palavras que eram tanto aterrorizantes quanto um marco. Não tinha pensado na possibilidade de ser algo que poderia ser separado dela, mas a voz deixara muito claro: a Rainha das Sombras era Neve, mas Neve não era apenas a Rainha das Sombras. Ela teria de escolher usar aquele manto.

E, se escolhesse, significava que as coisas não tinham chegado ao fim. Neve tinha cometido erros — todos haviam — e, mais cedo ou mais tarde, alguém teria de pagar por eles.

Ela poderia voltar para casa e passar a tocha. Ou ela poderia se tornar o que nascera para ser. O que quer que fosse. O que quer que aquilo fosse exigir dela.

Lentamente, Neve se virou, olhando para a irmã. A pessoa que ela mais amava na vida, a pessoa por quem ela destruiria mundos sem pensar duas vezes. Ela segurou o rosto da irmã com uma das mãos cheias de espinhos.

— Eu amo você, Red.

A compreensão do que estava acontecendo cintilou nos olhos da irmã, que os arregalou enquanto ficavam marejados.

— Neve, você não pode fazer isso.

— Eu preciso.

— *Como assim*? O que você precisa fazer?

— Eu ainda não sei. — A bruma já estava ficando mais espessa, cobrindo a Árvore e o espaço entre elas, de forma que tudo que Neve conseguia ver era a irmã gêmea. — Mas isso precisa acabar. Solmir achou que poderia fazer isso sem mim, mas não é verdade. Ele ainda precisa de mim, mais do que apenas para abrir a Árvore do Coração.

— Neve, você pode voltar para *casa*. — Red cobriu a mão da irmã com a sua, como se pudesse segurá-la ali para sempre.

A irmã não se importava com os espinhos, com sua natureza afiada, e algo no gesto fez Neve querer começar a chorar de novo.

— Esqueça Solmir — pediu Red. — Esqueça os malditos Reis. Só volte para casa.

Neve negou com a cabeça.

— Eu escolho ir até o fim — murmurou ela. — Escolho ser a Rainha das Sombras.

E, com essas palavras, a neblina cobriu o rosto de Red, silenciando seu grito de pânico. Neve fechou os olhos, em paz com a decisão.

O aposento estava meio inundado. Água negra e salgada do mar já batia nos tornozelos de Neve, o nível subindo de forma constante, como se todo o castelo invertido estivesse afundando lentamente no oceano. A estrutura balançou.

Solmir estava diante da Árvore do Coração, os braços estendidos para os lados e as pernas abertas, firmes no chão, como se estivesse esperando um ataque. Ele viu Neve, desviou o olhar, depois olhou de novo.

— Neverah, o que está fazendo aqui?

— O que é meu dever fazer. — Havia algo na mão dela, as pontas ásperas perfurando a palma.

Neve olhou para baixo e viu uma chave de madeira branca repleta de veios negros.

Solmir rosnou como resposta, aproximando-se dela como se a quisesse jogar de volta dentro da Árvore do Coração. Mas outro tremor o fez perder o equilíbrio, e ele caiu espirrando água salgada.

— Tem alguma coisa vindo — disse ele entredentes. — Mas acho que não são os Reis.

— Não são.

A voz estava em todos os lugares e em lugar nenhum ao mesmo tempo, quase como se duas vozes tivessem sido fundidas em uma. O aposento escureceu.

Em uma das janelas invertidas, um olho imenso pressionava o vidro rachado.

26

Neve

O olho se fixou nela.

Neve nunca tinha se sentido tão pequena. Nem na presença da Serpente, o corpo imenso conhecido apenas ao ser tateado no escuro, nem diante da Oráculo, aquela coisa inumana, mas com forma humanoide. Nem mesmo ao lado da Árvore do Coração, a ligação entre o mundo inferior e o mundo real.

O olho imenso e escuro parecia enxergar através dela, e, embora Neve tivesse passado um bom tempo na companhia de deuses nas semanas em que estivera na Terra das Sombras, aquela era a primeira vez que se sentia daquele jeito.

Solmir não pareceu afetado pela mesma paralisia que ela. Ele praguejou e correu até Neve chapinhando pela água. Agarrou o braço ainda coberto de espinhos e a virou para olhar para ele, a outra mão puxando-a pela nuca até pressionar o rosto de Neve contra o peito dele.

— Não olhe, Neve.

Uma gargalhada ecoou pelo castelo instável, soando ainda pior do que as palavras. Neve cobriu os ouvidos com as mãos, sem se importar com os espinhos, e soltou um lamento baixo de dor.

— Queira me desculpar — disse o Leviatã. — Achei que ela conseguiria lidar com minha forma verdadeira. Afinal de contas, *você* consegue, mesmo não sendo mais um deus.

— Não posso dizer que a visão seja agradável — grunhiu Solmir.

Outra risada, daquela vez demonstrando uma diversão genuína.

— Você sempre foi o mais grosseiro dos Reis, Solmir.

A água já estava quase na altura da cintura deles, escura demais para enxergar através e muito gelada. Neve tentou ficar o mais próxima possível de Solmir, os dentes tiritando de frio. Ele a tocava despreocupadamente agora, sem a frieza que demonstrara quando estavam a caminho da Árvore do Coração. Ele lhe entrega toda a magia e parecia não a querer de volta.

O que tinha mudado?

Não havia tempo para pensar naquilo, não enquanto eram observados pelo Antigo mais poderoso e o único que restava, não quando a mente de Neve parecia estar derretendo sob o escrutínio daquela coisa tão enorme, tão desconhecida.

Solmir a abraçou com mais força.

— O que quer que esteja planejando fazer, faça logo — disse entredentes para o deus.

— Como queira — respondeu Leviatã.

Em um piscar de olhos, a água subiu e cobriu a cabeça deles, afogando-os na escuridão e no frio. A correnteza os jogou para os lados, tentando separá-los. Ela se agarrou às costas e ao cabelo de Solmir. Os braços dele pareciam feitos de pedra de tanta força que fazia.

Neve prendeu a respiração até os pulmões parecerem prestes a explodir. Não podiam morrer ali, não daquele jeito, não dotados de alma como estavam, mas parecia que a morte era o destino inevitável de ambos quando a boca enfim se abriu, sorvendo um gole das águas escuras do mar infinito.

Neve sufocou e perdeu a consciência.

Acordou com a cabeça apoiada no ombro nu de Solmir. A pele dele estava molhada e grudenta do sal que secava, áspera o suficiente para arranhar quando Neve se afastou dele. Embora ele tivesse perdido a camisa no turbilhão, ela mantivera a camisola e o casaco. Logo mergulhou a mão no bolso, o coração prestes a sair pela boca. Só se acalmou quando sentiu o osso do deus e a chave de madeira. Soltou um suspiro de alívio e levantou a cabeça para ver onde estavam.

Uma caverna. Enorme e branca como sal, rodeada de corais no chão e linhas onduladas de erosão nas paredes, mas praticamente seca e cheia de ar respirável.

Mas qualquer alívio que poderia ter sentido foi eclipsado pela visão do Leviatã diante da caverna.

Ele tinha mudado — em parte, ao menos. Transmutado em algo mais fácil de compreender, algo que não fazia o cérebro de Neve derreter quando o contemplava. Diante deles, havia uma criatura em um trono, tão bela quanto um tubarão podia ser belo, toda pálida e com contornos afiados. Os olhos negros e vazios os observavam com um toque de curiosidade, embora a emoção não fosse tão humana assim. Era como um animal tentando fingir interesse, imitando coisas que não compreendia e com as quais não se importava. A pele, embora clara, parecia dura e áspera, como a de alguém que fora embalsamado.

O amante do Leviatã, percebeu ela, de repente, lembrando-se do que a Costureira dissera sobre o Antigo que transformara o cadáver do amado em marionete. Saber daquilo tornava a criatura no trono de madeira flutuante ainda mais horripilante de se ver.

Mas ainda era melhor olhar para aquilo do que diretamente para o ser imenso logo atrás — a coisa que Neve vira espiar para dentro do castelo, a coisa que falava com voz tão terrível. Com a forma vagamente semelhante à de um tubarão, mas tão grande que Neve só conseguia ver partes dele de uma só vez, entrando e saindo de vista como algo oculto por uma cortina diáfana.

Sentiu-se grata por aquilo.

Toda a caverna estava banhada em um brilho fraco que fazia ambos parecerem embaçados; quando ela se concentrava na figura humanoide, o monstro atrás dela se reduzia a quase nada além de vislumbres ocasionais, sombra e luz vistas através de braças e mais braças de água.

Cordas de alga, desprovidas de cor como tudo ali, envolviam os tornozelos, os pulsos e o pescoço da figura humanoide, a extremidade desaparecendo neblina adentro. A coleira pela qual a coisa eusseláquia manipulava a marionete na qual transformara seu antigo adorador.

Neve reprimiu um tremor.

A pedra da caverna estava úmida; havia mariscos grudados ali e acolá, conchas espalhadas pelo chão, com pocinhas de água brilhando no côncavo. Pontas de rocha brilhante se elevavam do chão e desciam do teto, ainda pintalgadas de gotas. Neve olhou para trás — o fundo da caverna era aberto e, além dele, tudo que havia era o oceano negro, espelhado e infinito. A água parava bem na boca da caverna, contida por alguma força invisível.

Ela pensou em si mesma se afogando e engolindo água gelada. O Leviatã poderia derrubar aquela barreira em um estalar de dedos, permitir que o oceano sem fim quebrasse em cima deles.

Ao lado dela, Solmir se levantou sobre as pernas bambas. Não se virou para ela, os olhos fixos no homem-monstro-deus, mas, quando estendeu a mão, Neve aceitou e permitiu que ele a puxasse para ficar de pé ao lado dele.

— Bem-vindos. — Ainda aquela voz ressonante e terrível, mas mais suave de alguma forma. Forçada a sair por uma boca que já fora humana um dia e, dessa forma, mais fácil para Neve compreender. — Que prazer recebê-los aqui.

— Não tivemos muito como recusar o seu convite — retrucou Solmir, seco.

As cordas de alga puxaram a cabeça da marionete para trás, fazendo o maxilar se abriu. Uma risada ecoou, em um tom sibilante que feriu os ouvidos de Neve.

— Vamos lá, outrora Rei, você não achou que poderia navegar pelo meu reino sem que eu soubesse, não é? Posso estar mais fraco, mas nem tanto. — A coisa se levantou do assento, fluido como uma corrente marinha apesar das articulações de algas. — Achei que soubesse que eu o convocaria.

— Você sabe o que dizem por aí sobre achar.

— Que falta de educação... — O Leviatã parecia distraído, os olhos de tubarão fixos em Neve em vez de em Solmir.

Com um sutil movimento com o ombro, Solmir se colocou entre os dois, erguendo o queixo, água escorrendo do cabelo e descendo pelas costas.

O Leviatã sorriu, mostrando fileiras de dentes afiados.

— Pode ficar na frente dela quanto quiser, garoto — disse ele em tom baixo. — Mas não tem como esconder esse tipo de magia.

E, pela primeira vez, desde que Solmir a devolvera para ela, antes de entrar na Árvore do Coração, Neve viu o que a magia tinha feito com ela.

Antes, havia apenas escurecido as veias dos pulsos, do pescoço e dos locais onde a pele era fina e dava para ver o sangue correndo por baixo. Mas quando arregaçou a manga do casaco de Solmir, os braços dela estavam cobertos de escuridão até a altura dos cotovelos. E quando deixou o casaco escorregar pelos ombros, todas as veias também estavam negras, formando um nó de sombras bem em cima do coração. Os espinhos formavam braceletes nos antebraços e se projetavam das clavículas.

Ela olhou para Solmir e viu o reflexo dos próprios olhos nos dele. Negros, toda a parte branca engolida, com apenas um leve toque de castanho na íris. Sua alma ainda estava ali.

Neve pensou em como os olhos de Solmir tinham lampejado quando absorvera magia demais, como se a alma quisesse mergulhar na escuridão e se tornar parte dela. Neve não sentia nada parecido com aquilo, não sentia que algo pudesse estar afogando sua alma, mas não sabia qual o significado daquelas mudanças.

— Você guardou tudo isso? — sussurrou ela. — Mas você não parecia... Eu não...

Ele engoliu em seco.

— Eu estou bem acostumado a guardar sombras, Neverah.

Outro riso do Leviatã, parado diante do trono de madeira.

— E esse nem é o poder de um deus. Vocês dois só mataram dois, não é? A Serpente e a Oráculo? E tiveram de usar parte da magia para chegar à Árvore do Coração. Então, essa é apenas a magia de monstros inferiores que mataram no caminho. — Ele meneou a cabeça. — Parece que você tinha um motivo para ter guardado tudo, outrora Rei, se ela muda com tão pouco poder. — Os olhos escuros se estreitaram, e gavinhas de algas presas em cada canto da boca repuxaram os lábios emborrachados em um sorriso sinistro. — Mais do que um motivo prático, quero dizer.

Solmir contraiu o maxilar sob a barba.

— Você mudou de ideia — continuou o Leviatã, pousou a mão esquelética no peito, onde o coração deveria estar. — Ou devo dizer que sua alma o fez mudar de ideia?

Neve franziu a testa.

— Do que ele está falando?

— Sim, Solmir. — O Leviatã estalou os dedos e abriu um sorriso. Os olhos grandes e escuros brilharam por um instante. — Do que eu estou falando?

A caverna mergulhou em silêncio, quebrado apenas pelo gotejar da água que pingava do teto.

Solmir fechou os olhos. Respirou fundo. Deu um passo para a frente para que nenhuma parte do corpo dele tocasse no dela.

— Mudei de ideia em relação a sacrificar você — declarou ele por fim.

Por um instante, Neve ficou imóvel, sem conseguir pensar em nada, exatamente como o cadáver marionete diante do trono. Quando encontrou a própria voz, tudo que conseguiu fazer foi uma pergunta magoada:

— Como assim?

Ele ficou tenso, como se esperasse um soco, mas o tom sofrido da pergunta dela pareceu feri-lo mais. Solmir manteve os olhos fechados, levando a mão à testa para esfregar as cicatrizes.

— A forma mais fácil de levar os Reis para a superfície é usando um receptáculo — murmurou ele, como se não quisesse que o Leviatã ouvisse, como se quisesse que a confissão ficasse apenas entre ele e Neve. — Alguma coisa para conter a alma deles e os levar para um lugar onde pudessem ser mortos. E magia e almas... Você sabe como são as coisas. É difícil carregar ambos.

— Mas você carregou. *Eu* estou carregando.

— Difícil, não impossível.

Ele baixou a mão e finalmente olhou para ela. A expressão no rosto de Solmir... Ela já o vira em um momento de sofrimento, mas aquilo era diferente. Os olhos estavam quase suplicantes, dotados de um brilho que falava de dores profundas que não conseguia esconder, por mais que quisesse. — Eu ia permitir que a usassem como receptáculo. Quando a Árvore do Coração se abrisse e eles fossem atraídos para ela, a pessoa sem magia seria a escolha mais fácil para tomarem.

Ele disse tudo bem rápido, quase como se achasse que as palavras pudessem esconder a expressão do seu rosto, a forma como a mão dele fazia gestos na direção dela antes de cair ao lado do corpo.

Neve engoliu em seco. Sabia como manter a calma diante de notícias terríveis, sabia como manter a pose mesmo na pior circunstância. Então, ergueu o queixo e se empertigou, esperando que aquilo fosse suficiente para esconder a ardência nos olhos. Tola, como fora tola, por ter pensado que ele...

Não se permitiu terminar a linha de raciocínio.

— E o que fez os planos mudarem, outrora Rei?

Ouvir o termo sair dos lábios dela o atingiu. Solmir se encolheu, só um pouco, mas o suficiente para ela notar.

— O que me fez mudar de ideia — disse ele — foi perceber que não conseguiria matar você. Nem mesmo para salvar a porcaria do mundo.

Nenhum dos dois se mexeu. Nenhum dos dois falou. Só ficaram parados ali, a confissão pairando sobre eles como um castigo.

Na frente da caverna, o Leviatã uniu as mãos.

— Ora, ora — disse ele. — Isso *torna* tudo tão mais interessante...

Solmir se virou de costas para ela, o movimento pesado como se alguma coisa o prendesse no lugar.

— Satisfeito? — perguntou ele para o Antigo. — Foi por isso que trouxe a gente aqui?

— Não — respondeu o Leviatã, com um tom quase alegre. — Isso foi só um bônus.

— Então, por quê?

— Curiosidade. — O Leviatã bateu com um dedo ossudo no queixo. — Senti a Árvore do Coração se abrir. Senti alguém entrar. Mas depois senti a pessoa voltar.

O tom dele era calculista, e Neve teve a impressão de que o deus não estava contando toda a verdade, apenas parte dela. Mas talvez deuses falassem daquela forma.

— Estranho uma jornada para encontrar a Árvore do Coração ter sido bem--sucedida só para fracassar logo em seguida — continuou o Leviatã. Os dedos dele se agitaram. Em volta dos pés de Neve e Solmir, um anel de corais começou a crescer lentamente. — Estranho alguém entrar no nexo entre os dois mundos, o único caminho para casa e, depois, decidir ficar.

Os corais começaram a crescer mais rápido, chegando quase à altura do joelho de Neve. Ela tentou ultrapassar a barreira; um fio de alga saindo por entre as pedras envolveu seus pés, mantendo-a no lugar. Quando tropeçou, Solmir a segurou pelo braço, mas ela se desvencilhou. Não conseguia suportar a ideia de ser tocada por ele. Não naquele momento.

— Vocês dois me fascinam — refletiu o Leviatã enquanto o coral crescia, agora já chegando ao pescoço de Solmir. — O outrora Rei e a Rainha das Sombras unidos e, ao mesmo tempo, separados, tentando restabelecer o equilíbrio mesmo com ambos tomados de escuridão. Principalmente a Rainha das Sombras. Você escolheu o manto, agora quero vê-la usá-lo.

— Me mantendo aqui? — Neve sentiu um nó na garganta de pânico, a prisão minúscula de coral crescendo e fazendo com que ficasse ofegante, como se seus pulmões não conseguissem encontrar ar o suficiente.

— Por um tempo — respondeu o Leviatã. Neve não conseguia mais vê-lo; a barreira de coral bloqueava tudo, a não ser um círculo de luz bem acima da cabeça de Solmir. — Além disso, vocês dois têm muito que discutir. Aproveitem a privacidade.

E então, o círculo de luz desapareceu. A prisão de coral se completou e eles afundaram em total escuridão.

27

Neve

Aquilo lembrava a catacumba da Serpente, uma escuridão sólida que pressionava a pele dela, que lhe roubava todos os sentidos, de forma ainda mais profunda do que a água na qual o Leviatã os afundara.

— Que droga. — Era Solmir, praguejando bem perto do ouvido dela, naquela prisão apertada em que estavam ombro a ombro. — Mil vezes *droga*.

O som de alguma coisa contra a pedra. O punho dele passando rente ao rosto dela. Estavam tão próximos que ela segurou o braço dele na primeira tentativa, impedindo-o de socar a parede de novo.

— Solmir.

O nome soou como um comando quando ela o segurou pela mão, os dedos dele grudentos de sangue contra os dela. Como não conseguia enxergar, seu olfato estava aprimorado, sorvendo o cheiro de pinheiro de Solmir misturado a maresia com um toque ferroso. Ela estendeu a outra mão para tocar na parede. Coral afiado, manchado de sangue. Ficou feliz por não ver a ferida que ele tinha provocado na própria mão.

Tensão, depois relaxamento, o movimento mais sentido do que visto.

— Estamos presos — disse ele sem a menor necessidade.

— Temos como matar o Leviatã? — Talvez Neve devesse ficar assustada ao notar que matar agora era a primeira ideia que vinha à sua mente. — Quando sairmos daqui, se tivermos a chance...

— Não. — Solmir a interrompeu com firmeza. — Se o Leviatã morrer, a Terra das Sombras vai ficar completamente desestabilizada.

A parede era áspera demais para escorregar por ela; Neve se sentou com cuidado, ficando a menos de um centímetro das pernas de Solmir, o vulto dele a guiando na escuridão. Ela apoiou a cabeça contra o coral afiado.

— O que ele vai fazer?

— Sei lá. — Ele soltou um suspiro tão pesado que agitou o cabelo de neve. — Não vai nos matar, disso eu sei. E não vai machucar você.

— E quanto a você? — Aquilo não devia acelerar seu coração, o pensamento de um Antigo ferindo Solmir. Não depois de tudo que tinha acabado de descobrir, todas as coisas não ditas que pairavam entre eles. Mesmo assim...

— O Leviatã nunca foi o que chamo de amigo. — Um tom seco com um toque subjacente de apreensão. — Ainda assim, você é a pessoa interessante aqui, Rainha das Sombras.

Havia uma pergunta ali, voltando ao que o Leviatã tinha dito — algo sobre ela ter escolhido o manto, ter escolhido ficar. Mas aquela discussão poderia esperar.

Primeiro, Neve tinha de acertar as contas.

Não derramaria as lágrimas que queimavam seus olhos, mesmo que ele não pudesse vê-las.

— Você ia me *sacrificar*. — Ela não conseguiu esconder o tremor na voz. Gostaria de estar além da mágoa, mas Solmir tinha enfraquecido sua armadura. — Até uns instantes antes de a Árvore do Coração se abrir, você ia permitir que eu fosse um receptáculo para os Reis. Seu *canalha*. — A voz dela falhou totalmente e ela respirou fundo, trêmula. — Como pôde fazer uma coisa dessas?

— Eu não fiz. — Um sussurro, baixo e rouco. — Eu não fiz, Neve. Não consegui.

— E você quer outra medalha? — Neve esfregou os olhos lacrimejantes, depois o nariz. — Uma por manter a alma, uma por decidir no último instante não me matar?

— Nós dois sabemos muito bem que eu não mereço medalhas.

Solmir se moveu para se sentar ao lado dela, o sal seco na pele dele áspero contra a manga do casaco de Neve. Do casaco *dele*. Ela sentiu um ímpeto repentino de arrancá-lo, mas não fez isso.

— Finalmente algo em que concordamos. — Ela enxugou as lágrimas com as costas do pulso, espalhando o sangue dele no rosto. — Eu *confiava* em você, Solmir.

A ênfase no tempo passado foi intencional. Neve deixou a frase pairar no ar pesado.

— Eu sei — murmurou Solmir. Ele fez uma pausa, e a pergunta seguinte soou baixa e suave como uma oração. — E essa confiança é algo que posso conquistar de volta?

Neve mordeu o lábio, encolheu as pernas e abraçou os joelhos. O *sim* subiu por sua garganta como um rio contido por uma represa, aquela solidão a incomodando de novo, lembrando-lhe que ele era a única coisa naquele mundo inferior inteiro que chegava perto de humano. E ele tivera a intenção de traí-la, mesmo que tivesse mudado de ideia. Mesmo que a tivesse beijado para passar a magia que a salvaria, mesmo que aquele beijo tivesse parecido real.

Eu não conseguiria matar você. Nem mesmo para salvar a porcaria do mundo.

— Você pode tentar. — A escuridão a impedia de ver qualquer coisa, mas virou a cabeça na direção dele mesmo assim. — Não vai ser fácil.

Ele aquiesceu, algo que ela sentiu mais do que viu.

— Nem deveria ser.

Ficaram sentados ali em silêncio, quebrado apenas pelo som da respiração de ambos. O calor do corpo deles esquentava o espaço exíguo, deixando o ar úmido ainda mais pesado. Neve escorregou a mão para dentro do bolso do casaco e segurou o osso e a chave. Enfiou o osso na bota. Segurou a chave por um instante, sopesando o item por um momento antes de erguer as mãos e passar os fios finos do cabelo da nuca pela abertura da chave, embolando-os ainda mais para mantê-la no lugar.

Por fim, tirou o casaco de Solmir e o colocou ao seu lado. A ausência de barreira entre eles fez com que os ombros se tocassem, pele contra pele. A magia encolhida em seu âmago foi se espiralando preguiçosamente, como uma coluna de fumaça se erguendo do pavio de uma vela. Mas ele não fez nenhuma tentativa de recuperá-la. Dera a magia a Neve, e tinha a intenção de permitir que continuasse com ela.

Aquilo era reconfortante, ao menos.

— Eles vieram? — perguntou ela em voz baixa. — Os Reis?

— Não. — Solmir se virou, o cabelo endurecido pelo sal roçando no braço dela. — Talvez estivessem a caminho. Não sei como tudo isso funciona, a forma como o poder os atrai.

— Talvez tenham descoberto. Talvez soubessem que não iam conseguir ser mais espertos que nós.

Solmir riu.

— Isso seria nos dar créditos demais. Talvez exista um motivo para eles não terem vindo, para terem resistido de propósito.

— E que motivo é esse?

— Não faço a menor ideia, Neverah. — Ele parecia cansado. Neve sentiu o cabelo dele contra a pele quando ele apoiou a cabeça no coral.

Mas não era do feitio dela ficar chorando pelo leite derramado. Neve nunca permitira que circunstâncias aparentemente impossíveis a impedissem de seguir adiante, e não estava disposta a começar ali.

— Você disse que dar aos Reis um receptáculo era o modo mais fácil de matá-los. Mas existe outro?

Uma pausa.

— Existe — respondeu Solmir, por fim.

Ela esperou que ele elaborasse. Ele não fez isso. O ombro estava tenso contra o dela, duro como pedra.

Neve assentiu de forma decisiva, mesmo que ele não pudesse ver.

— Então, é o que vamos fazer.

O ombro dele relaxou um pouco. O ambiente exíguo fazia com que o toque fosse inevitável, e os dois aceitaram aquilo. Havia uma certa segurança em estarem lado a lado na escuridão.

Ela ficou passando a unha nervosamente contra o tecido da camisola.

— Eu vi Red quando estava na Árvore.

— Viu?

— De alguma forma, ela estava lá. Foi convocada quando entrei na Árvore, creio eu. Ela disse algo sobre uma chave... — Neve levou a mão até o cabelo, onde tinha escondido a dela. — A Árvore do Coração também me deu uma.

— Deu uma chave para você? — Solmir pareceu surpreso. — Não sei bem o que isso significa, para ser sincero.

— Então somos dois. — Neve deu de ombros. — Estava na minha mão quando eu saí.

— Quando você escolheu sair — murmurou ele.

Aquele questionamento de novo, pairando sobre ela como um machado prestes a cair. A chave que recebera da Árvore roçou no pescoço de Neve quando ela se ajeitou no chão duro e cheio de conchas, cuja temperatura fria era bem-vinda para compensar o calor dentro da cela. Ela não disse nada. Se ele queria uma resposta, deveria fazer uma pergunta direta em vez de usar aquele tom e ficar esperando.

— Por que você fez isso? — Ele parecia incrédulo, mas também um tanto admirado. — Você podia ter voltado para casa, Neve. Por que não voltou?

E ela ainda não sabia, não de verdade, não de um jeito que fosse fácil de traduzir em palavras. Tudo que tinha era aquela sensação, aquela impressão indelével de que havia mais alguma coisa ali que precisava fazer. Que se voltasse para casa, haveria consequências. Talvez não para ela, talvez não algo que pudesse ver. Mas alguém veria. Erros exigiam pagamentos, e eles seriam cobrados em algum momento.

— Porque minha missão só termina quando os Reis estiverem mortos — disse ela, por fim. — *Nossa* missão.

Aquele pronome coletivo o fez se empertigar. Ela sentiu o ar se movimentar quando ele assentiu, depois de novo, quando moveu o braço contra o dela.

— Neve, eu... *Droga*, que dor.

Ela tateou no escuro até encontrar o braço, que foi tateando até encontrar os dedos. A palma da mão dela ficou grudenta de sangue quando chegou aos cortes provocados pelo soco. Solmir praguejou de novo, afastando a mão.

— Maldição, mulher, que parte do *que dor* fez você achar que seria uma boa ideia pegar minha mão?

— Pare de choramingar — murmurou Neve. Com gentileza, foi apalpando os dedos de Solmir. Um deles estava dobrado em um ângulo estranho.

— A parede mereceu.

— Precisamos colocar na posição correta se você não quiser que ele cicatrize torto.

— Acho que um dedo torto é a menor das minhas... Que as sombras me carreguem para *as profundezas* da terra e me larguem lá!

Neve soltou o dedo dele, os ossos no lugar agora. Ele não conseguia enxergar o sorrisinho de satisfação dela, mas ela abriu um mesmo assim.

— Vai inchar.

— É mesmo? — O tom era de deboche, mas ela sentiu ele abrindo e fechando os dedos perto do joelho dela, testando a mobilidade. — Acho melhor tirar o anel.

— Melhor mesmo.

Ele afastou a mão do joelho dela. Um instante depois, os dedos dele encontraram a palma da mão de Neve, depositando algo no meio.

Um aro frio de prata.

— Guarde para mim — disse Solmir.

Neve o sopesou e, depois, colocou o anel no polegar.

28

Red

— Você vai comer? — A voz de Eammon soou baixa na penumbra da cabine. Red viu a sombra dele contra a parede, o contorno difuso por causa do sol no convés lá em cima. — Bom, não foi uma pergunta. — A beirada da cama afundou quando ele se acomodou. — Você vai comer. A questão aqui é se a experiência vai ser agradável ou não para os envolvidos.

Ela deu uma risadinha fraca. Virou-se para se encolher em volta do joelho dele em vez de no travesseiro.

— Neste caso, a resposta é sim. Prefiro comer um pouco sozinha a você quase me afogar com canja como da última vez.

— Ótimo — resmungou Eammon.

Red se obrigou a se sentar, fazendo uma careta por causa da dor de cabeça, e aceitou o jantar embrulhado em um guardanapo e a xícara de cerveja morna que Eammon entregou a ela.

Era a primeira vez em duas noites que conseguia comer, desde que sua chave a levara para aquele espaço estranho de sonhos — a Árvore do Coração — e lhe mostrara a irmã, apenas para tirá-la dela de novo. A chave ainda estava embaixo do travesseiro. Mais de uma vez, Red tinha pensado em quebrá-la em um acesso de raiva por ter chegado tão perto só para fracassar. Mas não conseguia.

A irmã, coberta de espinhos, com olhos e veias negros, modificada pela Terra das Sombras de formas que refletiam as transformações que Wilderwood fizera em Red. Não era aquilo que a voz quisera dizer quando o espelho se espatifara na torre? Que elas tinham que ser o espelho uma da outra, formando uma correspondência? Tinham conseguido fazer isso, porém, e ainda estavam separadas em mundos opostos.

Red mastigou de forma metódica, engoliu e tomou um gole da bebida. Não sentiu o gosto de nada.

— Eu não entendo.

— Eu sei. — Aquele diálogo era um refrão constante, algo que repetiam várias e várias vezes desde que Eammon encontrara Red desmaiada no convés. — Mas ainda temos a chave. Talvez Kiri nos diga como usá-la para trazer Neve de volta.

Ela assentiu, apática.

— Isso se ela quiser vir.

Aquela era a parte mais difícil, a que a magoava mais. A questão ali não era que Red tinha feito algo de errado, ou que a Árvore do Coração não deixara Neve passar. A Primeira Filha tinha *escolhido* ficar.

E Red não sabia como lidar com aquele fato.

Em algum nível, reconhecia a ironia. Red tinha escolhido entrar em Wilderwood, e Neve tinha escolhido ficar na Terra das Sombras. As duas se recusando a ser salvas. Mais um reflexo.

E havia ainda as coisas que ela havia dito, sobre Solmir estar do lado deles, sobre matar os Reis. Neve claramente acreditava que tinha um papel a desempenhar em tudo aquilo. Mas será que não podia fazer aquilo *no mundo da superfície*, onde Red poderia protegê-la?

Porque lá embaixo, mergulhada nas sombras, a única pessoa que poderia protegê-la era Solmir. E só de pensar nele Red dobrava os dedos em garra, heras bem pequenas saíam pelas cutículas e suas veias se tingiam de um verde primaveril.

Eammon nem tentou dizer que tudo ficaria bem. Não era de usar palavras vazias para oferecer um conforto inútil. Em vez disso, pousou a mão enorme e coberta de cicatrizes na coxa de Red e usou a outra para colocar uma mecha do cabelo entremeado com heras atrás da orelha dela.

— A decisão de voltar ou não — disse ele — cabe apenas a ela, Red. Você não pode obrigá-la a fazer nada que ela não queira. — Uma sombra de sorriso apareceu no canto da boca dele. — Isso nunca funcionou muito bem entre vocês.

Ela abafou uma risada triste e tomou o resto da cerveja.

— Não, com certeza, não. — Red contraiu os lábios e franziu as sobrancelhas. — Eu só... não entendo. Não entendo por que ela absorveu toda aquela escuridão lá no bosque, por que se deixou ficar presa na Terra das Sombras, para começo de conversa. Com certeza existia outra maneira.

Os olhos de cor âmbar e verdes brilhavam na penumbra, a expressão determinada.

— Ela provavelmente achou a mesma coisa quando você decidiu ir para Wilderwood.

— *Não* é a mesma coisa.

— Mas é quase. — Ele encolheu os ombros. — Vocês duas se envolveram em coisas bem mais complexas do que imaginavam. Com pessoas que não merecem vocês.

— Não se atreva a se comparar com ele. — A frase saiu baixa, quase um rosnado. — Ele tentou matar você, Eammon. Matou seus pais.

— Ele teve um papel em tudo que aconteceu — concordou Eammon, com a voz suave. — Mas a morte deles foi um acontecimento complexo. Nós poderíamos muito bem culpar Wilderwood. — Ele fez uma pausa e afastou o olhar. — Ou culpar o próprio Ciaran e a própria Gaya. É muito raro a culpa ser inteiramente de uma pessoa só.

Red mordeu o canto do lábio. Tinha contado a ele e aos outros o que Neve dissera sobre Solmir enquanto ambas estavam na Árvore do Coração. Que estavam do mesmo lado. Eammon não pareceu tão incrédulo quanto Red achou que ficaria. Quando tinham se tornado Wilderwood, parte da raiva latente de Eammon fora aplacada. Florestas eram antigas, com crescimento lento; também eram pacientes e equilibradas, e parte daquilo se infiltrava em Eammon também.

Red continuava esperando que um pouco daquela paciência e placidez a domassem também. Até o momento, não tinha acontecido.

— Não estou dizendo para perdoar Solmir e ponto-final. Você sabe disso. — Ele levantou uma das sobrancelhas pesadas. — Se quiser dar o primeiro soco, fico com o segundo.

— Raffe pode ficar com o terceiro — disse Red.

— Trabalhar com Solmir não significa que esquecemos de tudo que ele fez. — Eammon colocou outra mecha do cabelo de Red atrás da orelha dela. — Quando tudo se resolver e todos os Reis tiverem partido de uma vez por todos, aí a gente vai poder falar em retaliação, culpa e erros.

— E aí podemos matá-lo — disse Red, animada.

Eammon riu.

— Vamos ver.

Ela ficou olhando para ele, ainda mordendo o lábio. Uma sombra imensa na penumbra da cabine era seu Lobo, com o cabelo comprido e a casca de árvore nos antebraços áspera contra a perna dela.

— Você — disse ela em tom suave — tem muito mais compaixão do que tem o direito de ter.

Ele se inclinou e roçou os lábios nos dela.

— Alguém me ensinou que, às vezes, é bom sentir empatia por monstros.

Um beijo de conforto em vez de um de paixão. Já tinham afastado os lábios, as testas ainda unidas, quando alguém apareceu na porta.

— Terra à vista. — Kayu não parecia muito animada com aquilo. — Estaremos no ancoradouro do templo mais ou menos neste horário amanhã.

* * *

Rylt era bem diferente de Valleyda.

Toda a vegetação em Valleyda era cuidadosamente cultivada: flores tratadas para resistir ao frio, bancos de gramíneas que sobreviviam aos verões curtos e invernos longos e rigorosos. Diferentemente de Wilderwood, a maioria das florestas era composta por pinheiros e abetos, mais azuis e cinza do que verdes.

Rylt, porém, era verdejante. Até mesmo a praia além do pequeno ancoradouro do Templo era salpicada por extensões de relva que balançava ao vento, colinas gramadas que irrompiam da areia como se a terra ali fosse tão fértil que era impossível ser contida. Flores desabrochavam nos brejos além do tapete verdejante.

Red achava que a Wilderwood dentro dela ficaria feliz quando eles atravessassem a prancha e pisassem novamente em terra firme, principalmente no meio de todas aquelas coisas que floresciam. Mas a floresta continuou fechada e tensa, exatamente como durante toda a viagem.

Lançou um olhar para Eammon, que o retribuiu e assentiu de leve. O Lobo estava sentindo a mesma coisa. Aquele lugar até poderia ser abundante, mas não era o lar deles.

E o que os aguardava ali não era muito receptivo.

Kayu passou por eles, seguindo em direção às dunas.

— O Templo fica logo ali. — A voz dela soou baixa e preocupada, sem vestígios do tom engraçado e brincalhão da mulher que tinham visto em Valleyda e no navio.

Kayu foi ficando cada vez retraída à medida que se aproximavam de Rylt, fechando-se em si mesma. Nem mesmo Raffe conseguiu arrancar uma risada dela, só um sorriso fraco.

Raffe se aproximou de Red e Eammon, e os três ficaram observando Kayu subir por uma trilha que cortava as dunas além do ancoradouro.

— Ela não parece muito feliz de estar aqui — comentou Red, quebrando o silêncio.

— Não mesmo. — Raffe franziu a testa enquanto observava Kayu se afastar. Com um suspiro, começou a caminhar, puxando o capuz para se proteger do vento que soprava do mar. — Mas para ser bem sincero eu ficaria preocupado em relação à estabilidade mental de qualquer pessoa que demonstrasse animação para visitar Kiri.

Fife e Lyra foram os últimos a desembarcar. Lyra olhou em volta, cheia de curiosidade, sempre animada por estar vendo coisas novas. Fife, porém, parecia tão apreensivo quanto Red e Eammon, e esfregou a Marca escondida embaixo da camisa.

— Bem, vamos acabar logo com isso.

— Pelo menos a comida vai ser melhor — disse Red, tentando pensar positivo enquanto começavam a caminhar pela areia.

— Só se você gostar de bucho de ovelha — retrucou Lyra.

Red fez uma careta.

Assim que chegaram ao topo das dunas, viram o Templo de mármore brilhante no meio de todo aquele verde. Um abundante jardim com ervas e flores-do-campo, fustigado pela brisa sempre presente do mar, crescia em volta de uma cerca simples de madeira e degraus baixos de pedra que levavam às portas do Templo.

Kayu estava parada ao lado da porta, trocando o peso de perna, sem fazer contato visual com os outros. Raffe estava ao lado dela, com a expressão fechada e tensa.

Quando o resto do grupo chegou à entrada, foi ele que se virou, empertigando os ombros enquanto erguia a mão para bater.

Mas a porta se abriu antes.

Uma sacerdotisa ruiva de rosto pálido e coberto de sardas estava do outro lado, sorrindo.

— A delegação de Valleyda — disse ela, animada. — Estávamos esperando por vocês.

Todos trocaram olhares, agitados. Todos, menos Kayu. Ela passou pela sacerdotisa sem nem olhar para a mulher.

— Venham. Vou levar vocês até Kiri.

A sacerdotisa à porta deu um passo para o lado e abriu outro sorriso.

— Sim, por favor, entrem.

Red lançou um olhar rápido de apreensão para o marido. Os dedos dele se fecharam em volta dos dela enquanto cruzavam a porta como se estivessem seguindo para o território inimigo.

O interior do Templo ryltês era tão simples quanto o exterior; o único adorno nas paredes de pedra era uma tapeçaria simples contendo cinco coroas — quatro em quadrantes e uma no meio, um padrão que Red reconhecia do Templo de Valleyda. Três corredores saíam de um vestíbulo circular, um se estendendo para cada lado e outro na direção da porta da frente, sem nenhum sinal do que poderia haver em cada um deles. Castiçais nas paredes quebravam a penumbra com uma luz bruxuleante.

Todas as velas eram de um tom escuro de cinza.

Eammon lançou um olhar cauteloso para elas.

— É só dizer que damos o fora na mesma hora — murmurou ele, baixo o suficiente para só ela ouvir. A voz deixou transparecer um farfalhar de folhas. — Nem vou reclamar de ficar mareado.

— Precisamos saber o que ela sabe — cochichou Red. A chave queimava no seu bolso. — Temos que saber se ela sabe como chegar até Neve de novo.

Ele contraiu o maxilar, mas assentiu.

Kayu seguiu pelo corredor central, sem olhar para trás para ver se eles estavam. Lyra franziu as sobrancelhas.

— Como ela sabe para onde ir?

— Talvez ela já tenha vindo aqui? — Mas nem mesmo Raffe parecia convencido. Ele praguejou enquanto a seguia.

Fife olhou para Red e Eammon.

— Vocês estão sentindo o mesmo nervosismo que eu?

— Com certeza — murmurou Eammon.

Red suspirou e soltou o braço de Eammon para seguir Kayu e Raffe.

— Vocês dois são piores do que minhas antigas babás.

— E são assim há séculos — disse Lyra.

O corredor estava silencioso; o único som que ouviam era o dos próprios passos no chão de pedra. Algumas sacerdotisas passaram por eles, mas não muitas, e nenhuma delas falou com os visitantes. O corredor tinha várias portas, algumas abertas, revelando ambientes vazios com camas sem lençóis e guarda-roupas vazios.

— Não há muitas sacerdotisas aqui — comentou Fife. — Acha que mandam embora as que não concordam com elas? Ou as matam?

Lyra fez cara feia.

— Você *realmente* precisa tornar as coisas mais mórbidas do que já são?

Red sentia um nó de nervosismo na garganta, e era difícil de engolir. Eammon passou o polegar nos dedos dela.

À frente, Kayu parou diante de uma porta fechada, que não parecia nada diferente das outras do corredor.

— Este é o aposento da Suma Sacerdotisa.

— Como você sabe? — perguntou Red baixinho.

Kayu manteve a expressão impassível, mas arregalou os olhos escuros por um momento antes de desviar o olhar.

— Já estive aqui — respondeu em um tom distraído. — Estudei aqui antes de ir para Valleyda.

Red duvidou, e Eammon apertou os dedos dela de leve para indicar que também não acreditava. Mas o que poderiam fazer àquela altura? Precisavam conversar com Kiri, e Kayu os levara até lá para aquilo. O resto eles resolveriam depois.

Depois que Neve tivesse voltado para casa.

Após um instante de hesitação, Raffe se aproximou de Kayu e colocou a mão na maçaneta.

— Lá vamos nós — disse ele, abrindo a porta.

29

Red

A primeira coisa que Red notou foi como Kiri parecia pequena.

Nas lembranças que tinha da mulher, todas sangrentas e sombrias, a Suma Sacerdotisa *se erguia* acima dos demais, ruiva e branca e vingativa, os olhos cintilando com um brilho profano e silencioso. Mas a figura naquela cama era delicada e frágil. Estava com olheiras profundas e sua respiração parecia pesada, como se fosse um esforço enorme o levantar e baixar do peito sob as cobertas.

O quarto era pequeno e ficou lotado com eles seis apinhados ali, principalmente considerando a altura de Eammon e Raffe. Nada maculava a parede branca, a não ser uma tapeçaria bordada com coroas, bem parecida com a que tinham visto no vestíbulo circular.

Lyra quebrou o silêncio, mas foi com um sussurro:

— Qual é o problema dela?

— A Suma Sacerdotisa está doente — respondeu alguém atrás deles. Era outra sacerdotisa de cabelo escuro e pele branca, levando um pano pendurado no ombro e uma tigela com água quente nas mãos. Ela passou por eles e olhou de soslaio para Kayu, mas, fora isso, manteve o foco apenas em Kiri enquanto continuava: — Está assim desde que chegou. Conhecer a vontade dos Reis é um fardo pesado e nada fácil para o corpo.

A sacerdotisa mergulhou o pano na água e o passou com leveza na testa de Kiri. Os olhos da Suma sacerdotisa se reviraram atrás das pálpebras; os lábios rachados formavam o início de palavras, sem no entanto liberar som algum.

— Ela acorda às vezes. — A sacerdotisa falava como os visitantes se fossem os familiares da doente. — Para transmitir as mensagens que os Reis desejam que ela passe adiante. Boas novas. — Ela se virou para sorrir para eles, parecendo não notar como as palavras tinham deixado todos empertigados e tensos. — Talvez ela acorde logo para falar com vocês. São fiéis?

— De modo algum. — Eammon deu um passo à frente, a voz grave saindo quase em um rugido.

Ao fazer isso, baixou o capuz, revelando os olhos contornados de verde, a ponta do que sobrara dos chifres e o pescoço coberto por casca de árvore.

Red deu um passo e se colocou ao lado do marido, baixando o capuz do manto e sacudindo o cabelo dourado entremeado com heras. O manto vermelho estava na mala, mas mesmo sem ele os sinais de Wilderwood indicavam que ela era a Lady Lobo.

Eammon estendeu a mão para ela, sem afastar os olhos da sacerdotisa. Red a pegou e abriu um sorriso feral.

Os Lobos à porta.

Mas a sacerdotisa não demonstrou surpresa. Em vez disso, abriu ainda mais o sorriso agradável.

— Ah — disse ela. — Os Guardiões.

Red nem sequer teve tempo de permitir que a confusão transparecesse em seu rosto, porque, assim que o título saiu da boca da sacerdotisa, os olhos de Kiri se abriram.

Azul penetrante, o olhar febril da Suma Sacerdotisa foi atraído diretamente para Red. O resto do corpo dela permaneceu sobrenaturalmente imóvel, dando a impressão inquietante de que ela era uma morta-viva.

— Redarys. — O nome soou rouco, o *s* alongado demais. — Você finalmente chegou.

Eammon apertou a mão da esposa com força suficiente para doer. Red retribuiu o gesto, expressando a ansiedade apenas para ele em vez de a deixar tomar seu rosto.

— Você estava me esperando? — perguntou a Segunda Filha.

O sorriso começou em um lado da boca de Kiri e se estendeu lentamente até o outro.

— Ah, estávamos.

Ao lado dela, Eammon aguardava como um arco pronto para disparar, completamente retesado. Fife estava bem atrás dele, a mão pousada no cabo da adaga e o corpo posicionado entre a sacerdotisa na cabeceira e Lyra, cujos olhos estavam arregalados. Do outro lado, Raffe se colocara entre Kayu e Kiri, de forma tão sutil que Red se perguntava se ele se dava conta do que tinha feito. Só Kayu não parecia surpresa, apenas preocupada.

Os olhos de Kiri se estreitaram, sem foco.

— Você já se encontrou com ela — murmulhou a Suma Sacerdotisa, como se estivesse lendo a informação no ar. — Esteve no espaço entre os mundos. A Árvore do Coração. Você a absorveu e a carrega com você.

A chave no bolso de Red queimava, quase quente demais para tocar. Ela estendeu a mão e a pegou; o pulsar estava fraco de novo, mas as linhas douradas que envolviam o objeto se acenderam, brilhando contra a madeira branca.

— E ela agora também tem a chave — prosseguiu Kiri, observando a luz dourada na mão de Red. — O caminho de volta, preso entre vocês duas, os ponteiros de uma bússola. Você sabe que qualquer uma de vocês pode entrar agora, não sabe?

O coração de Red disparou e quase saiu pela boca.

— Quer dizer que eu posso ir até lá de novo? Trazer minha irmã de volta?

Kiri abriu a boca e emitiu uma gargalhada, mas nada em sua expressão mudou. Os olhos ainda pareciam vazios.

— Que Lobinha idiota — debochou ela. — A Rainha das Sombras escolheu ficar. Ela escolheu cumprir o próprio destino. Se tornar o receptáculo.

— Rainha das Sombras? — O título fez Red sentir um desconforto na espinha. — Como assim?

— Você é Aquela das Veias Douradas, ela é a Rainha das Sombras. Exatamente como deveria ser. — Kiri voltou o olhar para o teto, como se fitar Red a entediasse. — Eles me sussurram histórias sobre vocês desde que eu era pequena, sabe? Desde que sangrei em um galho na fronteira da floresta. Isso os colocou na minha cabeça, e passei todos os meus dias esperando por vocês. Ouvindo o sussurro deles.

Um sentimento semelhante a pena fez as folhas entre as costelas de Red farfalharem. Ali estava outro reflexo, retorcido e deturpado.

— Você também sangrou em um galho. Como Arick. É por isso que eles conseguem falar com você.

Kiri não respondeu. Em vez disso, soltou outra gargalhada; desta vez, porém, fechou os olhos e retorceu os cantos da boca, como se o riso pudesse se transformar em choro a qualquer momento.

— Ela é louca — sussurrou Raffe, colocando-se a um dos lados de Red. Do outro, Eammon permanecia em um silêncio estoico. — Alguma coisa aqui fez sentido para você?

— Quase? — murmurou Eammon. Atrás dele, Fife assentiu, esfregando a Marca.

Red respirou fundo, tentando se manter calma e equilibrada. Se falasse com a Suma Sacerdotisa como se tudo aquilo estivesse claro, talvez conseguisse começar a entender.

— Então eu sou Aquela das Veias Douradas e Neve é a Rainha das Sombras.

— Exatamente o que *acabei* de dizer — cantarolou Kiri, olhando para o teto. — Você nunca foi a irmã inteligente.

Um rosnado baixo começou na garganta de Eammon, mas com a mão entrelaçada à dele, Red deu um soquinho no abdômen do marido para que ele ficasse em silêncio.

— Certo — disse Red devagar. — E como isso me ajuda a trazer Neve para casa?

— Ah, ela vai voltar. De um jeito ou de outro. — Os olhos de Kiri se reviraram atrás das pálpebras fechadas, de um lado para o outro, como se ela estivesse assistindo a alguma coisa na própria mente. — Solmir acha que a salvou. Ele não sabe de nada.

O nome fez todos os músculos de Red se contraírem, mas a Segunda Filha permaneceu em silêncio na esperança de que a sacerdotisa louca continuasse falando.

— Ele sabe que precisa haver um receptáculo, e acha que pode ser ele. Até poderia ter sido, em outra época, mas agora que eles sabem que existe outra opção, nunca vão escolher usar Solmir. Idiota. Todos vocês ficam idiotas por causa de seus sentimentos. Isso sempre acontece. — Ela meneou a cabeça, o cabelo ruivo se agitando no travesseiro. — Existem dois receptáculos, espelhos, reflexos. É assim que deve ser. Isso será um fim ou um início, e a escolha é dela.

— Minha? — perguntou Red.

— Da Rainha das Sombras.

Então tudo estava nas mãos de Neve. Neve na escuridão, tendo apenas um deus caído como companhia. Neve nas sombras que ela mesma tinha escolhido.

— Os Reis sabem que a aposta é alta. — Outro sorriso cruzou o rosto de Kiri, mas esse foi quase sonhador. — Sabem que tudo está nas costas dela, encontrem eles salvação ou aniquilação. Mas estão confiantes. Foi natural para ela se afogar na escuridão.

— Diga como posso salvá-la. — Red parecia estar implorando. E estava mesmo. Em um movimento rápido, deu um passo à frente, soltando a mão de Eammon. Ouviu o Lobo tentando acompanhá-la e o sussurro de Fife dizendo para deixá-la. — Me diga como tirar Neve da Terra das Sombras. Por favor, Kiri.

— Não há nada que você possa fazer. Mesmo com sua chave, seu caminho para o local entre os mundos. Ela não vai partir até chegar ao fim da jornada.

Lágrimas embaçaram a visão de Red. Ela as enxugou com raiva.

— Então, o que *raios* eu devo fazer?

— Esperar — respondeu a Suma sacerdotisa. — Deve esperar. — Ela agarrou as cobertas com dedos brancos e magros. — Você é um receptáculo também. Uma irmã para a luz, outra para a escuridão. E o que acontece se essas coisas colidirem? Entropia. Vazio. — Uma risada suave, feita de arrepiar pela gentileza imbuída nela.

— Você, Aquela das Veias Douradas, Segunda Filha, *Lady Lobo*, não pode fazer nada, a não ser esperar. Exatamente como todas fizeram durante tantos séculos.

As últimas palavras foram ficando baixas. No fim, o peito de Kiri já subia e descia de forma rítmica, como se as palavras proféticas a tivessem ninado de volta ao sono.

Todos permaneceram imóveis e em silêncio. A chave queimava na mão de Red. Devagar, a jovem fechou os dedos em volta dela, o brilho dourado escapando por entre eles.

— Bem — disse a sacerdotisa de cabelo escuro em tom animado. — Espero que isso tenha sido esclarecedor. Vou levar vocês até seus aposentos.

— A gente não pode ficar aqui.

O sussurro veio de Fife, baixo e ansioso, alto o suficiente para que apenas eles ouvissem. Passos à frente, a sacerdotisa que limpara a testa de Kiri caminhava rapidamente pelo corredor, levando-os, ao que parecia, até aposentos arrumados para a delegação.

A mente de Red não conseguia acompanhar a realidade, ainda presa no quarto de Kiri. Não havia jeito de trazer Neve para casa. Aquilo reverberava, ecoava e martelava na sua cabeça. A chave poderia levá-la à Árvore do Coração, mas não poderia obrigar Neve a sair.

Red emitiu um som baixo e sofrido. Eammon a abraçou pelo ombro e a puxou para si.

— Não, não podemos ficar — concordou ele baixinho. Olhou para Kayu. — O barco ainda está esperando, certo?

A princesa niohnesa permanecera em silêncio desde a visita aos aposentos de Kiri, os olhos escuros fixos à frente, os lábios contraídos em uma linha fina. Ao ouvir as palavras de Eammon, pareceu quase despertar de um sono, sacudindo a cabeça como se estivesse com a mente em outro lugar.

— Acho que sim — respondeu ela suavemente. — Quer dizer, sim, eu paguei por uma semana. Eles ainda devem estar no ancoradouro.

— Então é para lá que devemos ir — disse Eammon. — A gente já descobriu o que queria.

Talvez, de forma bem limitada. Haviam ouvido o que Kiri tinha a dizer, descobrindo inclusive que a chave de Red poderia abrir a Árvore do Coração e que Neve tinha escolhido ficar na Terra das Sombras. Mas haviam ido até lá para descobrir uma forma de *tirá-la* de lá, e ainda não tinham essa informação.

Red fechou os olhos com força. Depois os abriu de novo. Sentiu a ardência das lágrimas que não derramaria.

274

Como se o pensamento tivesse vindo a eles de forma coletiva, os seis aceleraram o passo ao mesmo tempo, seguindo em direção à porta que os levaria para o ancoradouro, para longe daquele Templo e da Suma Sacerdotisa enlouquecida.

Mas quando se aproximaram da sacerdotisa sardenta que ainda aguardava ao lado da porta, ela perguntou com voz gentil:

— Aonde pensam que vão?

As palavras ameaçadoras ditas em uma voz nada ameaçadora fez os passos de Red falharem. Ela estreitou os olhos, as veias dos braços já tingidas de verde.

Mas foi Raffe quem falou, com tom baixo e cortês — e mais intimidador por causa disso.

— Como é?

A expressão no rosto da sacerdotisa era agradável, os olhos neutros.

— Temos quartos para vocês.

A sacerdotisa de cabelo escuro assentiu com um sorriso amplo e sincero.

— Não vamos ficar. — Kayu falou com o tom afiado de uma adaga, rápida e mortal. — Estamos de saída.

A sacerdotisa sardenta inclinou a cabeça como um pássaro inquisidor.

— E como vão embora?

A pergunta provocou um arrepio bem no meio das costas de Red. Ela se virou, correu para a porta e saiu para o jardim fragrante, repleto de botões florescendo. Chegou à beira da duna mais próxima, de onde era possível ver uma faixa brilhante do mar.

O ancoradouro estava vazio.

30

Neve

— Me conte uma história — pediu Neve.

O tempo era um conceito escorregadio na Terra das Sombras; era difícil se prender a ele e acompanhar sua passagem. Na escuridão completa da prisão de corais, porém, isso era completamente impossível. Poderiam estar ali por dias ou horas sem nem ter como saber. Não tinha como contar com a fome ou a sede para ajudar. As únicas coisas que mudavam eram tremores ocasionais de terra e os ecos de terremotos maiores em outros lugares.

Os espasmos de um mundo se desfazendo.

Solmir apoiou a cabeça na parede. A visão de Neve não tinha se ajustado o suficiente para ver a expressão no rosto dele, mas sabia que ele havia erguido uma das sobrancelhas afiadas sobre o olho azul.

— Que tipo de história?

— Tanto faz. — Neve se acomodou melhor. Era impossível encontrar uma posição confortável ali, mas aquilo não a impedia de tentar. — Um conto de fadas.

Ele deu uma risada seca.

— Um conto de fadas. — Um momento de silêncio contemplativo. — Já ouviu a história da amante do músico?

— Não me parece familiar.

— É antiga. Deve ter saído de moda. — Um suspiro. O arranhar da sola das botas contra pedra enquanto ele esticava as pernas o máximo que conseguia. — E já vou avisando que é uma história triste.

— A maioria é, se você olhar com atenção suficiente.

Ele emitiu um som de concordância.

— Não sou um bom contador de histórias, mas vamos lá. Era uma vez um músico. Não me lembro que instrumento ele tocava, pode escolher. Ele amava muito a esposa, mas ela adoeceu e morreu.

— Já começamos bem, com a parte *triste*.

— Shiu, Vossa Majestade. Enfim, ela morreu, e ele ficou muito triste, choramingando pela aldeia, como é comum de acontecer. Até que um dia foi abordado por uma sábia que conseguia usar a magia do mundo.

Neve se empertigou um pouco. Histórias de quando a magia era livre — antes de ter se entranhado em Wilderwood e na Terra das Sombras, quando qualquer um podia senti-la e usá-la de acordo com a própria vontade — sempre a fascinavam. Não conseguia entender a noção de poder disponível para todos. A Ordem dizia que fora um tempo de discórdia, e que era muito comum as pessoas usarem magia para dar cabo a represálias mesquinhas e obter ganhos próprios. Mas não era o que as histórias e os registros históricos mostravam. Parecia que era mais comum as pessoas usarem magia para fazer o bem, em quantidades pequenas para fazer plantações crescerem e crianças pararem de tossir.

— Mas, enfim, essa sábia disse que a essência de uma pessoa nunca morria de verdade — continuou Solmir. — Que permanecia nos lugares que a pessoa amava, nos elementos que formavam o mundo: ar, terra, fogo e água.

— Que a alma permanecia, você quer dizer? — perguntou Neve.

Solmir negou com a cabeça.

— *Essência* não é a mesma coisa que *alma* nas línguas antigas. Se quiser algo mais técnico, a tradução mais próxima seria *reflexo*. A palavra usada implica múltiplas partes do que resta de alguém depois da morte, uma impressão tênue das emoções, pensamentos e partes mais profundas delas. De acordo com esta história, pelo menos, a alma não é a única coisa que pode ficar para trás.

Ela pressionou os lábios.

— Isso faz nosso plano de nos livrar dos Reis parecer menos infalível.

— É diferente — disse Solmir. — Os Reis não são mais pessoas inteiras. Foram perdendo partes deles mesmos. — Um dar de ombros. — Não existe mais nada deles para que haja um reflexo, uma vez que a alma se foi. Todo o resto já foi incorporado à Terra das Sombras.

— Então, se alguém mantiver a humanidade... — murmurou Neve. — É mais que uma alma.

Uma pausa. Ela sentiu o braço dele ficar tenso contra o dela.

— É mais do que uma alma — concordou ele.

Silêncio, por alguns momentos. Então, Solmir voltou ao fio da meada.

— Então, na história, o músico teve uma ideia e perguntou para a sábia se existia alguém que poderia pegar aquela essência e transformá-la em vida de alguma forma. Ela disse que provavelmente não, mas se ele fosse ao lugar que a mulher mais amava e tocasse a música favorita dela, lembrando-a de todas as coisas que ela amava em vida, ele talvez conseguisse chamá-la de volta. O homem precisaria começar a tocar no pôr do sol, mantendo os olhos fechados até o nascer do sol no dia seguinte. Caso contrário, ela se esvairia.

Solmir dissera que não era um bom contador de histórias, mas a cadência baixa da voz dele era calmante. Neve encostou a cabeça contra o coral enquanto ouvia, tentando se ajeitar até encontrar algum tipo de conforto entre as pontas afiadas.

— Então, o músico partiu — continuou ele. — Preparou os pratos favoritos da mulher, pegou o cobertor preferido dela e foi até a montanha que ficava próxima à aldeia para a qual sempre iam juntos observar as estrelas. Ele levou seu... bom, o instrumento que tocava... e logo o sol se pôs, e ele começou a tocar com os olhos fechados. E tocou por horas a fio, até os dedos doerem. Quando já tinha quase perdido a noção do tempo, sentiu a presença da esposa. Um toque leve da mão dela no ombro dele, um sussurro no ouvido. Ele manteve os olhos fechados e continuou tocando.

Por que os olhos dela estavam ardendo? Neve piscou várias vezes. O pensamento de alguém chamando a pessoa que amava, fazendo o impossível apenas para ter a chance de vê-la de novo, tudo aquilo fazia o coração dela parecer grande demais para o peito.

— Conforme as horas foram passando, dando a ela a certeza de que a aurora estava próxima, o músico viu um brilho de luz atrás das pálpebras. E, certo de que tinha tocado a noite inteira, abriu os olhos, pronto para ver a mulher. — Solmir fez uma pausa. — E a viu. Por um instante. Ela estava bem diante dele, saudável e inteira como tinha sido antes de adoecer. Mas, então, desapareceu, e ele viu que ainda era noite. O sol ainda não tinha nascido. A luz que ele acreditara ser a aurora era apenas o brilho de uma tocha. Os aldeões tinham ido procurar o homem. — Ele se ajeitou contra a pedra. — Fim.

Ela engoliu o nó que parecia querer fechar sua garganta.

— *Realmente* triste.

— Eu avisei — murmurou Solmir.

O anel de prata parecia pesar no polegar dela, solto o suficiente para que conseguisse girá-lo.

— E qual é a moral dessa história? — perguntou Neve.

— Todas as histórias precisam ter moral?

— Não, claro que não. Mas parece que a maioria tem. — Ela franziu o cenho, girando o anel. — E, pensando bem, nem todas as morais são positivas.

Ele deu uma risada amarga.

— Então, vou ter que inventar uma. — Neve o ouviu tamborilar os dedos no joelho enquanto pensava. — Acho que "certifique-se de que é o sol nascendo e não uma tocha" é muito forçado, não?

Foi a vez dela de soltar uma risada amarga, ainda girando o anel pesado no dedo.

— Um pouco. — Ela ficou em silêncio por um tempo antes de continuar: — A moral é aproveitar ao máximo o tempo que se tem, porque provavelmente é menos tempo do que acreditamos.

Silêncio, quebrado apenas pelo som suave da respiração deles.

— Neve — disse Solmir por fim, um sussurro no silêncio. — Eu...

O que quer que ele fosse dizer foi engolido pelo som de pedras ruindo. A prisão de corais se abriu, deixando a luz cinzenta e brumosa passar e fazendo com que ambos cobrissem os olhos com as mãos. Uma abertura apareceu no teto, largo o suficiente para permitir a passagem de um tentáculo, que envolveu Neve pela cintura. Ele puxou.

Solmir se levantou, os dentes arreganhados enquanto os olhos lacrimejavam, e atacou o tentáculo com o punho que ela tinha acabado de colocar no lugar. Não adiantou nada. Neve sentiu um frio na barriga quando o tentáculo a puxou pela abertura no teto de coral, arranhando suas costas. A prisão se fechou de novo com um *bum*.

Seus olhos ardiam e a visão ainda estava embaçada, incapaz de se recuperar rápido o suficiente depois de horas na mais completa escuridão. O tentáculo a levantou no ar e a colocou no chão; Neve lacrimejava tanto que não conseguia distinguir nada, a não ser vagos vultos cinzentos.

Lentamente, seus olhos se ajustaram e ela começou a sentir os músculos que haviam ficado dormentes depois do tempo naquele espaço apertado. Estava sentada em uma cadeira elegante de espaldar alto, levemente úmida. À frente, havia uma mesa.

E, do lado oposto a ela, estava o Leviatã.

O deus estava sentado, com os dedos longos e cadavéricos dobrados sob o queixo borrachudo, os olhos negros e ávidos de um tubarão. As faixas finas de alga sumiam na escuridão.

— Rainha das Sombras. — Um sorriso amplo, dentes afiados, olhos negros. — Precisamos conversar.

Lentamente, a visão dela se adaptou de novo à luz, mesmo tênue. A mesa diante dela estava posta com um jogo de jantar cintilante, cercado por pratos suntuosos que ela não via desde o último banquete na corte. O Leviatã, na forma da marionete cadavérica, estava diante dela, observando-a com olhos inexpressivos e mortos.

Mas a sensação emanada pelo deus imenso que controlava os fios daquele títere era fome. Fome e curiosidade.

A comida diante dela — vinho, pão, queijo — parecia perfeita. Mas nada daquilo era real. Ilusões criadas pelo deus do outro lado da mesa, feitas para parecer versões idealizadas de si mesmas. Aquele vinho perfeito tinha a opacidade exata de sangue, e, na penumbra em escala de cinza, era fácil imaginar o gosto de ferro em vez de álcool.

Os fios de alga no canto da boca do Leviatã puxaram os lábios para formar um sorriso amplo e com dentes afiados.

— Sei que não está com fome, mas achei que talvez estivesse sentindo falta de vinho.

Neve se empertigou, vestindo a postura de rainha como se fosse um manto, apesar do cabelo embaraçado e da camisola esfarrapada.

— De um bom vinho, sim. — Ela bateu com o dedo na taça. — Não... do que quer que seja isto.

— Espinhosa, você. Tanto literal quanto figurativamente.

Ela cerrou os punhos. Os espinhos apareceram nos antebraços, seguindo as veias escuras e agarrando no tecido rasgado da saia. Já estava quase acostumada à agitação da magia sombria no seu âmago, ao frio dela à espreita nos cantos da sua mente, mas as mudanças que causava no seu exterior ainda chocavam Neve sempre que as via.

Os olhos de tubarão do Leviatã eram difíceis de ler, mas a Rainha das Sombras viu a cabeça dele se inclinar na direção da mão dela como se tivesse notado alguma coisa. O anel de prata de Solmir, brilhando no seu polegar.

— Vocês têm muita influência um sobre o outro — murmurou ele.

— Não sei o que quer dizer. — Não era uma negativa forte, mas Neve não poderia deixar algo como aquilo pairando no ar sem desafio algum.

Era vulnerável demais, como um órgão pulsando fora das fronteiras do corpo.

— Ah, acho que sabe, sim. — O Leviatã pousou uma das mãos na mesa, apoiando a cabeça com a outra. Era uma postura que uma pessoa adotaria em uma conversa relaxada com um amigo, e ver aquilo no cadáver do amante outrora humano do Leviatã provocou um nó no estômago de Neve. — Você estava lá, Neve Valedren. No nexo entre os mundos, com a irmã que faria qualquer coisa para levá-la de volta para casa, e você escolheu ficar. — O sorriso dele se alargou. — Estranho como invertem os papéis toda hora. Salvadora e sacrificada, vilã e vítima. Embora você seja realmente a única que realmente foi uma vilã, não é?

Ela tensionou a mandíbula, mas não respondeu.

— Então acho que, no fim das contas, não é tão estranho assim como você e o outrora Rei se uniram. — O Leviatã pegou um pedaço de pão e o mordeu com os dentes afiados. O feitiço sobre o alimento vacilou quando ele entrou na boca do deus, revelando uma massa cinzenta e esponjosa de algas que deixou Neve feliz por não ter provado o vinho. — Vocês dois têm experiência como vilões de histórias complexas. Em usar mantos complexos. Como o da Rainha das Sombras.

O Leviatã se calou. Por um momento, silêncio, depois o barulho de um golpe contra a pedra.

Neve se virou para ver de onde vinha o som. A prisão que o deus erguera para eles em um instante era um nó de pedras pontiagudas e corais, impenetrável e sólido no meio da caverna. Outro estampido veio lá de dentro.

— Deixe Solmir sair — disse ela entredentes, uma ordem que saiu sem querer. — É cruel mantê-lo lá dentro.

— Você se importa com ele o suficiente para tratá-lo com bondade? Depois de tudo que ele fez? — O Leviatã parecia contente, e tomou um gole da bebida que não era vinho. — Não, prefiro manter o outrora Rei onde ele está por um tempo. Deixar que se acalme.

Neve engoliu em seco e quase cedeu ao impulso de pegar a taça de vinho, mas se lembrou da maçaroca de algas na qual o pão se transformara quando o Leviatã o comera. Afastou a mão, sem tocar em nada.

— Você complicou as coisas para ele — disse o Leviatã baixinho, com ar de alguém muito satisfeito por dar uma notícia ruim. — Tornou tudo muito mais complexo. Nunca seria algo fácil para vocês, mas você com certeza tornou tudo muito mais *trágico*.

— Pelo jeito, você não me trouxe aqui para me dizer algo de útil. — Costas empertigadas, voz fria, uma rainha dos pés à cabeça. — Eu achava que se gabar fosse algo muito baixo para um deus.

— E eu achava que você já tinha aprendido o suficiente sobre deuses no tempo que passou aqui para saber que nada é muito baixo para nós. — O Leviatã deu de ombros, um movimento brusco por causa dos filamentos de alga presos ao cadáver. — A divindade é menos complexa do que os seres humanos imaginam. Metade magia, metade crença. Você não se torna um deus até se enxergar como um. — Outro sorriso eusseláquio e afiado. — E não consigo me lembrar de quando não me via como um deus digno de adoração.

— Você não é adorado há éons.

— Você ficaria surpresa. — Os olhos do fantoche eram desprovidos de emoção, mas ainda conseguiam passar uma ideia de astúcia. — E você ficaria surpresa se soubesse como é fácil reconquistar adoradores sob as circunstâncias certas.

Neve desviou o olhar da expressão vazia do fantoche, voltando a atenção para o entorno. A mesa estava em uma parte da caverna que ela não tinha visto antes, uma pequena alcova entalhada por anos de corrente salgada batendo contra uma plataforma rochosa. Aberturas na pedra acima da cabeça deles brilhavam com uma luz aquosa, o oceano suspenso como um teto de vidro.

— Respondendo à sua pergunta... — começou o Leviatã, como se estivesse incomodado por ter perdido a atenção de Neve. — Eu não tirei você da prisão para lhe passar algum tipo de sabedoria em particular. Mas se quiser fazer perguntas, perguntas inteligente e claras, eu talvez responda. — Ele cruzou as mãos sobre a mesa em uma pose quase recatada. — Não, Neverah, *Rainha das Sombras*, eu a tirei da prisão para satisfazer minha própria curiosidade. Para mensurar sua alma e ver o que eu achava dela.

A resposta a surpreendeu, tanto que não conseguiu esconder o sentimento com uma postura fria e equilibrada. Neve pestanejou, aprisionando as indagações atrás dos dentes. Era óbvio que o Leviatã queria que ela fizesse alguma pergunta só para ter o prazer de dizer *não*, e aquele era um jogo que ela não tinha a menor intenção de jogar.

O vulto imenso do verdadeiro deus no fundo da caverna se moveu, revelando o brilho cinzento de olhos imensos e a sugestão de uma barbatana brilhante. O fantoche que ele controlava se levantou, andando aos tropeços de um lado para o outro diante dela.

— Quando chegou aqui — disse ele de maneira direta —, você tinha a capacidade de tirar a magia diretamente da Terra das Sombras. Correto?

— Então, você pode fazer perguntas, mas eu não?

— Ainda estou esperando você fazer uma boa — respondeu o cadáver. — E vou considerar isso um sim. Doeu?

Neve contraiu os lábios. Ficou sentada e imóvel, resistindo ao impulso de cruzar os braços como uma criança petulante.

Tudo indicava, porém, que o deus não tinha muita paciência.

— *Quanta dor você teve que suportar, Neverah?* — A pergunta ecoou como um rugido por entre aqueles dentes, e as mãos esqueléticas do Leviatã bateram na mesa diante dele.

Neve se sobressaltou, erguendo a própria mão. Não tinha percebido que pegara o osso do deus do bolso até vê-lo brilhando diante de si.

O Leviatã olhou para o osso. Sorriu.

— Ótimo — disse ele em tom suave. — Você talvez precise disso.

Antes que ela pudesse processar a afirmação do Leviatã, ele voltou à estranha linha de interrogatório.

— A dor, minha querida. Diga quanta dor você teve de suportar.

— Muita. — Neve não elaborou mais. Baixou a mão, escondendo inutilmente o osso na bainha do casaco de Solmir, já que o deus já o tinha visto.

O Leviatã assentiu, pensativo.

— E agora? — O cadáver não tinha sobrancelhas, mas os músculos do rosto com textura de borracha, repuxados pelas algas, faziam parecer que ele tinha erguido uma delas. — E agora que Solmir a transformou em um receptáculo de magia? Você sente dor?

— Não. — Ela flexionou os dedos e sentiu o frio correr pelas veias.

— Entendi. — O Leviatã cruzou as mãos atrás das costas, ainda andando de um lado para o outro. — Eu não sou capaz de adivinhar o futuro — disse ele por fim, ainda sem olhar para ela. — Não como a Oráculo, ou a amante da Tecelã. Mas consigo sentir as correntes dele, o fluxo e o refluxo. — Levantou a cabeça, olhando para a imensidão negra e vítrea do oceano suspenso sobre eles. — Será você.

— Eu o quê? — Ela não conseguiu engolir a pergunta; o Leviatã abriu um sorriso satisfeito, claramente feliz por finalmente tê-la arrancado dela.

— Você vai ser o receptáculo — respondeu ele com simplicidade.

Ele estava tergiversando, dando respostas que não esclareciam nada ou só diziam coisas que ela já sabia. Os deuses eram um pé no saco.

— Então, as coisas que os Reis prometeram para mim em troca de capturar você estão essencialmente anuladas. — O Leviatã balançou a cabeça, parecendo tão irritado quanto Neve se sentia. — Não que eu esperasse muita coisa, para ser bem sincero. É preciso ter cuidado ao negociar com outrora inimigos.

Alguma coisa se encaixou na mente de Neve, fazendo o estoicismo bem cuidado ceder.

— Se os Reis mandaram você, nunca tiveram a intenção de vir — sussurrou ela.

O Leviatã assentiu, como um professor encorajando uma aluna com inteligência abaixo da média.

— Eles tinham força suficiente para resistir à atração da Árvore do Coração. Não por muito tempo. Mas não precisaram de muito tempo.

— Então, eles sabiam. — Um sussurro rouco de medo. — Sabiam o que estávamos planejando. Então por que não tentaram nos impedir?

— Porque não quiseram. Queriam que você chegasse à Árvore do Coração. E contavam que você ia voltar. Você nunca foi uma pessoa de fazer nada pela metade.

Neve sentiu o suor frio escorrer pelas costas e agarrou o tecido da saia com força, o anel pesado de Solmir escorregando do dedo.

— Eles estavam contando com você — repetiu o Leviatã. — Mas isso vai se voltar contra eles, acho. Você combinou com as sombras como um peixe combina com a água, se é que me permite a comparação. Mas não acho que você vai se afogar, Neverah Valedren.

A informação deveria ser reconfortante, não fosse pelo tom quase triste.

De repente, a caverna deu uma guinada, tão violenta que Neve quase caiu da cadeira. Os pratos que continham o falso banquete estremeceram; as taças caíram e saíram rolando pelo chão, derramando o vinho falso, que se transformou em água salgada e turva.

Neve se segurou na mesa até o tremor ceder. Em seguida, lançou um olhar assustado para o Leviatã.

— Outro terremoto?

— Quem dera as coisas fossem assim tão simples. — O deus ajeitou a cadeira com movimentos sobressaltados guiados pelo puxão das algas que conectava o fantoche à verdadeira forma do Leviatã. Ele se sentou e estendeu a mão por sobre a mesa, com a palma para cima. — Não foi um terremoto, foi um espasmo.

Atrás do cadáver, o vulto imenso do Leviatã se debateu, barbatana cinzenta e olho negro.

— Estou morrendo — declarou o Leviatã, sem rodeios. — Estamos sendo puxados para o Sacrário pela magia das minhas convulsões de morte.

Direto. Preciso. O corpo de Neve parecia dormente. Pensou no que Solmir tinha lhe dito na prisão de corais, sobre como a morte do Leviatã desestabilizaria completamente a Terra das Sombras, acelerando seu desaparecimento.

E ela ainda não sabia o que Solmir planejava *fazer*, como planejava destruir os Reis agora que não daria Neve a eles como receptáculo.

Sem saber do turbilhão de pensamentos provocados pelo pânico que girava na mente dela, o Leviatã estendeu o braço e pegou a mão de Neve, a que ainda segurava o osso do deus.

— Eis o que eu preciso que aconteça: me mate, Neverah. Absorva meu poder antes que os Reis tenham chance de fazer isso.

— Por quê? — A pergunta escapou pelos lábios gelados.

A expressão que o deus lhe lançou foi quase de pena.

— Porque sua alma é capaz.

Outro chacoalhão reverberou pelo solo, fazendo água pingar das estalactites que apontavam para o chão. A mesa estremeceu, acabando com toda a ilusão de fartura disposta ali. Neve se segurou na ponta dela para se equilibrar, olhando na direção da prisão de corais onde Solmir ainda estava. Uma rachadura surgira no alto, no mesmo lugar por onde o tentáculo do Leviatã entrara para arrancá-la de lá; a fissura se expandia, descendo devagar pela lateral.

O Leviatã ficou imóvel, ainda segurando a mão dela, o osso do deus ainda preso entre os dedos. Ele olhou para ela com aqueles olhos mortos e, atrás dele, o vulto do verdadeiro deus estremeceu, mostrando partes imensas do corpo cinzento através da bruma.

— Logo estaremos lá, Neverah. — Equilibrado e calmo, nem parecia estar morrendo. — Você escolheu seu caminho quando não voltou com sua irmã. Quando escolheu puxar a Árvore do Coração para dentro de você e transformá-la em algo que poderia carregar.

A chave, trançada no cabelo dela, parecia fria contra a nuca. Pelo canto dos olhos, Neve conseguia ver um brilho estranho e escuro, como o cintilar de uma estrela mergulhada em tinta.

— Seu caminho está definido. — Os dedos esqueléticos se fecharam em volta dos dela. — Agora tudo que resta a fazer é seguir por ele.

A rachadura na prisão de Solmir se abriu com um gemido. A mão ensanguentada e cheia de anéis irrompeu do sulco, agarrando-se à pedra.

— Neverah!

— Ele acredita em você — murmurou o deus. Outro tremor sacudiu a caverna. Os espasmos de morte de algo divino, levando a entidade lentamente em direção à destruição, a gravidade da magia podre atraindo-os em direção à condenação. — E se quer saber, eu também acredito.

O oceano mantido em estase acima deles estava mudando. Neve não conseguia olhar diretamente para ele — havia algo de embaçado na visão, como duas imagens finas sobrepostas de forma a misturar as linhas. Era um oceano escuro, mas também o interior de uma caverna enorme, quase no formato de uma pirâmide, o oco de uma montanha. As paredes eram adornadas por ossos, imensos e retorcidos.

— O tempo está se esgotando, Rainha das Sombras. — O Leviatã ainda parecia calmo, mas apertou a mão de Neve com mais força. — Ou você absorve o meu poder ou vai ficar tudo para eles.

Ou ela ficava mais monstruosa, ou os Reis ficariam.

Sua alma é capaz.

A frase se repetiu na mente dela, o Leviatã falando sem som pela primeira vez. A voz nos pensamentos dela era tão vasta quanto o corpo da criatura, algo que fazia a cabeça dela doer ao tentar conter.

Saber que um deus acreditava em você era um bom estímulo.

Neve segurou o osso do deus com mais força. Afastou a mão da do Leviatã. O fantoche de cadáver se recostou, esperando. Até mesmo os movimentos do verdadeiro e moribundo deus no fundo da caverna parou, o único olho enorme fixo nela.

— Como? — murmurou Neve.

— Basta um corte na garganta. — O sorriso do fantoche se abriu. — Estamos ligados por mais do que algas.

Neve então se inclinou por sobre a mesa e fincou a ponta afiada do osso no pescoço do Leviatã.

Quietude. Era algo profundo depois de ter passado tanto tempo com aquele ribombo sempre presente sob os pés, a ligeira vibração de um mundo ruindo aos poucos.

Devagar, a cabeça do fantoche cadáver rolou para trás, o lanho sem sangue no pescoço morto se abrindo cada vez mais enquanto a cabeça tombava, rasgando a carne emborrachada. Atrás dele, o vasto vulto do verdadeiro Leviatã estremeceu, o olho imenso fixo nela, sem pálpebra e encarando fixamente.

O peso da cabeça rasgou totalmente a pele esponjosa, e o tendão ressecado se partiu junto com o osso. E a cabeça caiu no chão.

A caverna tremeu como se fosse o fim do mundo.

O poder surgiu como uma onda negra, maior do que ela jamais tinha visto antes. Veio do fundo da caverna onde o verdadeiro Leviatã convulsionava, moribundo, cordões de sombras fluindo diretamente para Neve como se ela fosse o oceano para aquele rio.

Ela ergueu as mãos.

As sombras se chocaram contra ela com a força de um ciclone, o poder do Leviatã se enrolando em seus dedos e rasgando sua pele como se não fossem barreira alguma. Era fria, dotada de um frio mais profundo do que ela achava possível, gelo se derramando sobre a cabeça dela em uma onda que continuava vindo, uma veia de escuridão correndo por cada membro e cada pensamento. A boca de Neve se abriu em um grito, mas ela não o ouviu por sobre a magia; em vez disso, o poder do mais forte Antigo se abrigou no corpo dela.

Quando enfim drenou a última parte da magia, Neve caiu. Bateu com os joelhos no chão coberto de conchas, contando as mãos nos cacos de coral. Acima dela, do outro lado da janela formada por um buraco no teto da caverna, o mar e a parede de ossos em forma de pirâmide se viravam de um lado para o outro. E cada pedra da caverna parecia fina demais, ficando quase transparente enquanto os Reis os atraíam para Sacrário, poder puxando poder.

Ela se encolheu no chão, inundada pelo sombrio poder divino enquanto tentava se lembrar como se respirava.

— Neve!

Solmir se libertou com um golpe final. A prisão de corais se partiu ao meio; ele irrompeu dela com as mãos sujas de sangue e uma expressão de raiva no rosto, os olhos brilhando em um azul inacreditável. As estalactites se soltaram do teto enquanto ele corria pelo chão na direção de Neve, o olhar se alternando entre o fantoche decapitado e a rápida transformação de rocha e osso enquanto a caverna desaparecia.

Uma pedra afiada como uma lança se soltou do teto bem acima de Neve. Ela ouviu o ruído, mas não conseguiu se mexer; as pernas e os braços pareciam pesados, cheios de magia e escuridão e frio.

Algo caiu em cima dela — mais macio do que a pedra, embora não muito. Era Solmir, que se esticou por cima da Rainha das Sombras e a envolveu pela cintura antes de rolar para tirar ambos do caminho da estalactite, que atingiu o chão exatamente onde Neve estava segundos antes. Acabaram com ele em cima dela, as mãos em seus ombros, choque, medo e admiração nos olhos de Solmir.

— O que foi que você fez, Neve? — perguntou ele baixinho. E a expressão em seu rosto dizia que ele já sabia a resposta.

Toda a atenção dela estava centrada nele, no azul dos olhos e no contorno afiado da maçã do rosto, na linha de cicatrizes irregulares ao longo da testa. Ele era o ponto de ancoragem dela enquanto o mundo mudava ao redor, as rochas se apagando até desaparecerem, o mar uma mera lembrança.

Poder atraía poder, e eles tinham sido atraídos pela coisa mais poderosa que ainda restava no mundo inferior que se desfazia.

— Você sabe o que ela fez, garoto.

Não era a voz que ela reconhecia, não era exatamente a que ouvira na catacumba da Serpente. Soava mais profunda, mais grave, como se estivesse saindo da terra e não de uma garganta. Mas a cadência era a mesma, assim como a arrogância monárquica e o tom amigável demais.

Valchior soltou uma gargalhada, baixa e contínua.

— Ela fez exatamente o que achávamos que ia fazer.

31

Raffe

A aparência de Eammon era a de alguém que não havia dormido em dias. Nas sombras do quarto do mosteiro do Templo, Raffe o viu dar um beijo na testa de Red antes de seguir para a porta. O Lobo a fechou suavemente ao sair e passou a mão no rosto.

— Essa é a primeira vez que ela realmente consegue dormir desde que viu Neve. Acho que devo me sentir grato por isso, pelo menos. Ela vai descansar melhor em uma cama em terra firme.

— Aí está um item para acrescentar à lista de coisas boas por estarmos presos aqui — comentou Raffe, apoiando-se na parede do outro lado do aposento.

— Quantos itens essa lista já tem?

— Até agora, um.

O Lobo soltou um som abafado que provavelmente devia ser uma risada.

— Faz sentido. — Ele esfregou os olhos modificados pela magia com uma das mãos cobertas de cicatrizes. — Kayu disse quando vamos conseguir outro barco?

— Estamos indo para o cais agora — respondeu Raffe. — Devemos ter uma embarcação até amanhã de manhã. Talvez hoje à noite, até. A essa altura, estou disposto a voltar para Valleyda em uma canoa. Ou até mesmo em um colchão flutuante.

— Somos dois — murmurou Eammon, mas Raffe teve a impressão de que o tom esverdeado da pele dele não se devia apenas à magia da floresta.

— Ela disse mais alguma coisa? — perguntou Raffe baixinho. — Sobre Neve?

Aquela noite no navio, quando Raffe deixara Red um pouco antes de a chave a levar para... outro lugar..., tinha sido caótica, para dizer o mínimo. A força que unira Red e Neve, qualquer que tivesse sido ela, removera Red fisicamente do barco, fazendo-a desaparecer completamente em um lampejo de brilho dourado.

Raffe tinha sido o único a ver, já que o marujo na proa não estava prestando atenção. E só testemunhara parte da cena, na verdade. Estava descendo a escada quando viu uma chuva do que pareciam ser fagulhas douradas, ouviu algo que lembrava um trovão e o assovio do ar preenchendo um espaço recém-esvaziado. Quando voltara ao convés, Red tinha desaparecido.

E, como Raffe era a pessoa mais *azarada* do mundo, Eammon tinha escolhido exatamente aquele momento para procurar a esposa.

Dizer que o Lobo tinha ficado nervoso era pouco. Os olhos dele queimaram em um tom de verde, cobrindo totalmente a parte branca, e as vinhas começaram a sair pela extremidade dos dedos enquanto ele andava de um lado para o outro do convés, gritando o nome dela, prestes a se jogar no mar para verificar se ela tinha, de alguma forma, caído pelo parapeito.

Por sorte, a ausência de Red fora breve. Ela retornara com o mesmo lampejo dourado e trovejante com o qual se fora, impressionada e de olhos marejados, caindo de joelhos com o punho cerrado ao redor da chave.

— Eu a vi — sussurrara ela, com voz trêmula. — Eu a vi.

Só havia uma *ela* de quem Red podia estar falando.

— Ela está bem? — Raffe dera um passo para a frente; as palavras dele pareciam se atropelar na língua na pressa de saírem. — Como fazemos para tirá-la de lá? O que...

Mas Red começara a soluçar, afundando o rosto no ombro de Eammon. E Raffe soubera que não teria nenhuma resposta, e não tivera coragem de fazer mais perguntas.

Agora, do lado de fora da porta do quarto de Red em Rylt, Eammon apenas suspirou, afastando a mão do rosto.

— Ela disse que havia uma árvore. Que a chave a levou para algum lugar com uma árvore imensa, e que Neve estava lá. Presumo que seja a Árvore do Coração.

— E ela pode voltar. — Raffe apoiou a cabeça na parede. Tentava encontrar sentido nas palavras de Kiri, nas divagações de uma sacerdotisa louca a quem deveriam seguir escuridão adentro. — Ela pode voltar, mas não pode obrigar Neve a retornar com ela.

Eammon assentiu. Olhou de soslaio para Raffe, pensativo.

— Red disse que Neve escolheu ficar lá, Raffe.

O jovem se empertigou. Kiri dissera a mesma coisa, daquele seu jeito louco e cheio de circunlóquios, mas ouvir as palavras de Red tornava tudo mais real. Sólido de um jeito que ele não poderia desconsiderar.

— E por que ela faria uma coisa dessas?

O Lobo encolheu os ombros, parecendo constrangido.

— Ela disse alguma coisa sobre terminar um trabalho inacabado. — Uma pausa. — Ela e Solmir estão tentando matar os Reis.

Raffe sentiu um nó no estômago, mas não ficou surpreso. Era claro que era aquilo. *Claro*. Ele se lembrava de Solmir gritando ao ser dragado pela tempestade violenta do bosque moribundo depois que Neve puxara todas as veias escuras que a conectavam às árvores invertidas. Gritos de que eles não tinham entendido. Avisos de que tudo ficaria ainda pior.

Aquilo tinha a ver com os Reis. Com os monstros e deuses e os mundos que os continham ou que seriam deixados para sobreviver a eles.

Que as sombras o levassem, ele precisava de uma bebida.

— Por que isso é responsabilidade *dela*? — Ele ergueu a voz, mesmo sem intenção. — Você e Red são deuses da floresta. Por que Neve foi levada para o meio de tudo isso?

Eammon lançou um olhar significativo para a porta fechada; Raffe respirou fundo, tentando se acalmar.

— Não entendo por que ela acha que precisa ajudar Solmir.

Solmir. O nome soou como uma maldição, e a expressão nos olhos estranhos de Eammon era de concordância. Nenhum dos dois tinha qualquer sentimento positivo em relação àquele Rei.

— Eu não conheço Neve bem — disse o Lobo. — Na verdade, não a conheço nem um pouco, a não ser por tudo que ouvi você e Red falando sobre ela. Mas ela parece ser o tipo de pessoa que assume a responsabilidade pelas coisas. Ela e a irmã são assim.

— Maldito complexo de salvadoras — resmungou Raffe.

Eammon riu. Cruzou os braços e se encostou na parede ao lado de Raffe.

— Sei bem como é essa necessidade de assumir a responsabilidade — O tom era grave. — O sentimento de ter que consertar tudo que aconteceu antes de nós. Principalmente quando cometemos erros que acabaram machucando outras pessoas.

Raffe tamborilou o pé no chão para extravasar o nervosismo, mas não respondeu. Pensou nas Segundas Filhas desaparecendo na floresta. Nos galhos sangrentos em um Santuário escuro.

Depois de um momento, Eammon se virou olhando para a porta.

— Acho que vou pegar um pouco de água. — Falou bem baixo, como se achasse que poderia acordar Red mesmo com uma porta sólida de carvalho entre eles. E talvez pudesse; os Lobos eram ligados de formas que Raffe não entendia completamente. — Para quando ela acordar.

Raffe demorou um segundo para perceber que ele esperava uma resposta. Como se estivesse pedindo uma permissão disfarçada para sair. Se ele não respondesse, Eammon ficaria parado ali, olhando para porta e tentando ouvir qualquer sinal de alguém acordando lá dentro.

— Acho que é uma boa ideia. — Raffe apontou para o corredor. — A cozinha fica por ali, à direita. Logo depois de uma escada pequena.

— Eu encontro. — O Lobo se virou para ele, cheio de consideração nos olhos que pareciam ter todas as cores da floresta de uma só vez. — A escolha de Neve tem a ver com ela, Raffe. Com ninguém mais.

Não com você, foram as palavras não ditas que pairaram entre eles.

— Eu sei — respondeu Raffe, sentindo um gosto amargo na boca.

Eammon assentiu, lançando mais um olhar para a porta antes de seguir pelo corredor que levava à cozinha.

Raffe suspirou, esfregando a mão no cabelo curto, e bateu a parte de trás da cabeça contra a parede. Uma, duas, três vezes, tentando espantar todas as coisas com as quais não queria lidar. Conseguira parar de pensar nelas; pelo menos tinha conseguido até a noite em que contara para Red que não estava mais sonhando com a Árvore do Coração. Era difícil se controlar agora, porém, como se o Templo invocasse pensamentos de Neve e os emaranhasse às lembranças que Raffe tinha.

Ele gostava dela. Profundamente. E, embora se amaldiçoasse mentalmente por ter se envolvido com tudo aquilo, era mais uma exasperação do que um pesar. Não se arrependia de ter ido até lá, de ter ficado em Valleyda quando podia muito bem ter voltado para Meducia, evitando completamente aquela situação. Não se arrependia de tentar trazê-la de volta.

Mas que *droga*, seria tão bom se pelo menos uma coisa pudesse ser simples...

O Templo ryltês era uma construção modesta e pouco decorada. Contava apenas com os três corredores que saíam do salão principal: o da direita levava a um Santuário que ele não tinha a menor vontade de explorar; o do meio desembocava no conjunto de quartos com banheiro e cozinha; e o da esquerda seguia para um anfiteatro abobadado coberto de poeira, o qual parecia ser muito pouco usado. Um sinal de que o mundo estava se afastando da Ordem, que Reis que não faziam nada por seus súditos estavam desaparecendo cada vez mais do consciente coletivo.

Um maldito livramento.

Raffe seguiu em direção à porta de entrada. Kayu ia encontrar com ele lá, e iriam juntos para o cais para conseguir outro barco com o suprimento inesgotável de moedas que ela parecia ter.

Ela estava esperando do lado de fora, de braços cruzados e corpo tenso. Kayu estava retraída desde que haviam chegado ali, como se a atmosfera opressiva do Templo pesasse ainda mais nas costas dela do que nas deles. Ela se virou assim que Raffe abriu a porta, mas não olhou nos olhos dele.

— Pronto?

— Acho que sim. — Foram caminhando, ambos determinados a não se olharem. Depois que passaram por um portão decorado com flores, Raffe apontou com o polegar para trás. — Quando foi a última vez que esteve aqui? Você parece conhecer bem o Templo.

Ela quase tropeçou, o cabelo preto esvoaçando às costas quando se virou para ele com a expressão assustada.

— Como assim?

— Você disse que estudou aqui. Antes de seguir para Valleyda.

— Ah. — Kayu balançou a cabeça e fez uma careta. — Desculpe. Eu ando distraída demais desde que chegamos. Este lugar me dá arrepios.

Ele riu.

— Em mim também.

— Eu estudei aqui por pouco mais de um mês. — Ela retorceu os lábios como se estivesse pensando. — Línguas. As sacerdotisas ryltesas são algumas das últimas pessoas que ainda se lembram dos dialetos antigos falados séculos atrás.

— Parece uma matéria estranha para estudar.

— Não quando você gosta de aprender. — Mas ela disse aquilo em voz baixa, como se ainda estivesse tão distraída quanto mencionara.

Kayu foi se soltando à medida que se afastavam do Templo. O cais ficava na costa, um pouco longe do porto principal, que parecia mais movimentado à medida que se aproximavam. Aquele porto em particular era mais para navios de viagem do que de comércio, então, quase todas as embarcações eram galés como a que os levara até ali, embora alguns barcos maiores estivessem na água também.

Raffe, perdido em pensamentos, permitiu que Kayu mostrasse o caminho. Não sabia bem o que fazer agora que o fardo todo estava nas costas de Neve, agora que sabiam que a decisão de voltar para a Terra das Sombras tinha sido dela. Apenas esperar não parecia uma opção, mas o que mais ele poderia fazer? O que mais *qualquer um* deles poderia fazer?

Até mesmo Kiri e as outras sacerdotisas pareciam satisfeitas em apenas aguardar para ver o que aconteceria na Terra das Sombras e como aquilo reverberaria na superfície. Deviam esperar que Neve e Solmir falhassem, que os Reis passassem e regessem a terra como costumavam fazer antes? Não deveriam estar fazendo alguma coisa a respeito? Kiri conseguia falar com os Reis; isso era o que Raffe captara com base nos delírios dela, ao menos, quando falara com Red sobre escolhas e uma Rainha das Sombras. Mas ela estava apenas... deitada lá. Esperando. Todos, apenas esperando.

Aquilo fazia as mãos dele coçarem. Havia muita coisa em jogo, e estavam completamente impotentes.

— Mas é o que parece acontecer quando deuses estão envolvidos — resmungou ele baixinho.

Uma taça de vinho cairia muito bem.

Kayu encontrou o alvo rapidamente: um velho capitão grisalho de uma galé menor do que a que os levara até lá. Raffe ficou para trás enquanto ela negociava, aceitando o papel de segurança e deixando que ela fosse a cabeça de tudo. Manteve a mão no cabo da adaga — deixara a *tor* em Valleyda; sua habilidade rudimentar com a arma era constrangedora quando Lyra estava por perto — e ficou caminhando atrás de Kayu, tentando parecer um guarda contratado para segurança em vez de o filho de um Conselheiro meduciano. A roupa de bom corte atraiu alguns olhares, e ele sentiu que talvez fosse mais prudente não chamar tanta atenção.

— Somos seis — disse Kayu enfaticamente. — O mais cedo possível, amanhã de manhã.

— Apenas seis vai custar mais caro — disse o capitão. Ele abriu um sorriso cheio de dentes faltando. — Eu não deixo o porto com menos de dez passageiros para ir até Floriane. A viagem tem que valer a pena.

Aquilo era mentira. A galé boiando nas águas atrás deles não comportaria dez passageiros a não ser que dormissem um em cima do outro. Kayu sabia; Raffe viu a contração dos lábios dela, mas ela não discutiu. Em vez disso, puxou a bolsa do cinto e começou a contar as moedas.

— Esteja pronto ao nascer do sol — disse ela, deixando cair a última moeda na mão retorcida do capitão. — E lembre-se do número de passageiros.

— Pode deixar. — Apesar de ter definido o preço ele mesmo, o capitão pareceu surpreso com a quantia de dinheiro que acabara de receber. Olhando de soslaio para o porto lotado, enfiou as moedas no bolso. — Quando o sol nascer, vou estar esperando. Seis passageiros. — Estendeu a mão para um aperto.

Kayu apertou. Quando ela o puxou, o capitão soltou um urro baixo de surpresa, cambaleando adiante mais pelo choque do que pela força de Kayu.

— Eu nunca me esqueço de um rosto — disse ela bem baixo. — E tenho amigos em lugares que podem tornar a sua vida bem difícil se você decidir não cumprir a sua parte no acordo. Só um aviso.

Raffe arregalou os olhos; quando o capitão lançou um olhar de espanto para ele, porém, tentou manter a expressão neutra.

— Você tem a minha palavra — disse o capitão, tentando desvencilhar os dedos do aperto de Kayu. — Nascer do sol, seis passageiros, cais do Templo.

— Até amanhã. — Kayu se virou.

Raffe a seguiu. Quando olhou por sobre o ombro, o capitão estava sacudindo a mão, como se o aperto de Kayu tivesse cortado a circulação.

Quando deixaram o porto para trás, Raffe acelerou o passo para alcançá-la.

— Você negocia como uma profissional.

— Foi necessário. — Kayu tentou sorrir, mas fracassou. — Marujos são conhecidos por enganar passageiros que não ficam de olhos bem abertos. Você devia ter visto quanto tive que pagar para os que nos trouxeram até aqui.

Uma boa resposta; ainda assim, Raffe acelerou o passo de novo, ultrapassando-a. Virou-se para que ficassem cara a cara, impedindo-a de continuar.

— Kayu.

Ela apertou os lábios, e os olhos escuros finalmente encontraram os dele.

— Raffe.

— Diga o que está acontecendo.

— Nada. — O rosto em forma de coração assumiu uma expressão dura. — Por quê? Está com medo de que eu corte o suprimento de moedas se ficar de mau humor? Eu sei que você não me têm em alta conta, mas sou mais confiável do que isso.

— Kayu — repetiu ele, porque o nome dela era tudo em que conseguia pensar para conter o que quer que estava sentindo. Irritação, com certeza, mas também preocupação, e não só em relação a ele próprio.

Ela não disse nada, mas manteve os olhos arregalados pousados em Raffe. Ele só percebeu que colocara a mão no ombro dela quando sentiu um tremor sob a palma.

Raffe engoliu em seco e afastou a mão.

— Não estou preocupado com o dinheiro — disse ele. — Estou preocupado com você.

Ela retorceu os lábios. Ele não soube dizer que emoção tinha provocado aquilo. Kayu respirou fundo e desviou o olhar, parecendo estar mergulhada em pensamentos.

— É este lugar — disse ela suavemente. — Não tenho boas lembranças daqui.

— Do Templo?

Ela assentiu, fazendo o cabelo negro esvoaçar ao sabor da brisa do mar.

— Quando estive aqui, não foi na melhor das circunstâncias. — A frase saiu quase em um sussurro, como se fosse algo que ela não queria admitir. — Meu pai... ele queria que eu me casasse com um brutamontes que já tinha tido quatro esposas, todas misteriosamente falecidas depois de seis meses do matrimônio. Eu sou a terceira filha. Meu valor está apenas no meu casamento, em quanto dinheiro, poder ou influência estratégica posso dar ao imperador.

Ele assentiu, juntando as peças da narrativa.

— Então você veio para cá. Começou a viajar e a estudar em outros lugares... para fugir.

Kayu deu uma risada aguda e curta.

— Mais ou menos. — Ela encolheu os ombros. — Na noite em que recusei o casamento, peguei o primeiro navio que vi, sem me importar para onde me levaria. Ele me trouxe até aqui, e as coisas... — Ela parou de falar e engoliu em seco, parecendo mergulhar em pensamentos de novo, como se estivesse calculando quanto gostaria de revelar. — Eu fiz o que precisava fazer. Busquei abrigo no Templo. Minhas lembranças do tempo que passei aqui não são boas.

A irmã mais velha de Raffe, Amethya, tinha se casado com um homem escolhido pelos pais. No entanto, ele era gentil, engraçado e bonito, além de extremamente rico, e Raffe sabia que a família jamais consentiria em um casamento se não fosse por isso. Não conseguia imaginar obrigar alguém que amava a se casar com uma pessoa perigosa.

— E o seu pai... Ele ainda não sabe onde você está?

Ela baixou a cabeça, colocando o cabelo atrás da orelha em um gesto nervoso.

— Mesmo que saiba, não importa — murmurou ela. — Ele não pode me tocar.

As palavras podiam ter saído cheias de ousadia, mas ela as disse em um tom quase de arrependimento. Raffe assentiu e cruzou os braços.

— É difícil estar em um lugar do qual se tem péssimas lembranças — disse ele. — Eu entendo.

— Entende mesmo? — A voz dela ainda saiu suave e baixinha, mas Kayu passou por ele sem olhar para trás.

Quando chegaram de novo ao topo das dunas, Fife e Lyra estavam perto da cerca, falando baixo. Pareciam estar brincando de algo. Lyra apontava para uma planta e Fife dizia o nome.

— Musgo-agulha. — Fife tomou um gole do chá que segurava. Ao que tudo indicava, tinha encontrado a cozinha. Lyra apontou para outra variedade de musgo preso à cerca, e ele respondeu: — Tapete-de-rainha. — Depois deu nome a outra, esta rasteira e cheia de botões de flores. — Cabelo-de-sereia.

— Detesto quando eles dão o nome de uma coisa que não existe para uma que existe. — A máscara formada pelo sorriso luminoso e riso fácil voltara ao rosto de Kayu em algum ponto entre o porto e as dunas, a máscara que não estava conseguindo usar desde que tinham pisado em Rylt. — Parece uma inconsistência.

— Vai que sereias existem? — Raffe imitou a postura de Kayu, mas manteve uma distância segura entre eles. — Sinceramente, a essa altura, eu não ficaria surpreso.

— Se existem, eu nunca soube. — Lyra se abaixou e arrancou um dos botões para os quais apontara; tinha pétalas pequenas de um tom claro de azul presas a um caule verde. — Talvez sejam espertas demais para deixar o mar. As coisas parecem muito mais complicadas em terra firme.

— Pois é, com todas as donzelas em perigo e pragas para acabar... — murmurou Fife ao lado dela. Ela bateu o quadril contra o dele e colocou a florzinha atrás da orelha dele.

Os olhos de Kayu dardejaram de um para o outro, cheios de interesse e perguntas.

— Vocês dois são...

Raffe levantou as sobrancelhas, fitando Kayu e depois Lyra e Fife. Os dois moradores de Wilderwood se entreolharam em uma conversa silenciosa.

— Bem — disse Fife, baixando a xícara de chá e olhando para Lyra. — Eu amo você, mas você já sabe disso.

— E eu amo você — retrucou Lyra, arrumando a flor no cabelo dele. Ela olhou para Kayu e encolheu os ombros. — Eu não sou romântica, nem me interesso muito por sexo. Mas a gente se ama. Sempre se amou. — Ela sorriu para Fife. — E sempre se amará a essa altura.

— Para meu grande desgosto — disse Fife, mas estendeu a mão e entrelaçou os dedos com os de Lyra com facilidade e intimidade.

Aquela era a única marca de conexão entre eles: uma amizade sólida e mãos dadas. Nada de beijos, nenhum sinal de amor romântico como Raffe o conhecia. Mas parecia que o que Lyra e Fife tinham era mais profundo do que aquilo. Um tipo diferente de amor, um tipo de amor feito sob medida para eles.

Ultimamente, Raffe vinha saindo muito da zona de conforto no que tangia ao conceito do amor.

Os quatro ficaram parados, em silêncio. Lá embaixo na praia, uma gaivota berrou.

Kayu se empertigou, os olhos escuros e brilhantes se desviando do musgo e se encontrando com o de Raffe; ele não conseguiu ler a expressão no rosto dela, algo entre esperança, vulnerabilidade e uma disposição inabalável.

— Você vem?

Mesmo perdido em pensamentos sobre amor e outras coisas que não compreendia, Raffe entendeu o que ela queria dizer, a pergunta subjacente à que ela tinha feito. Uma necessidade de conforto, de algo cálido e um lugar para não *pensar* por um tempo.

Por isso, quando Kayu seguiu em direção ao Templo, cheia de um tipo particular de determinação no seu caminhar, Raffe a seguiu, sabendo o que aquilo significava.

Atrás dele, ouvia o sussurro da voz de Fife e Lyra, suave contra o vento e as gaivotas e as ondas quebrando na praia, uma linguagem secreta que só os dois compartilhavam.

Raffe seguiu Kayu pela porta do Templo, depois pelo corredor que levava a um conjunto pequeno de quartos com camas estreitas, em direção ao que ela escolhera para si quando ficou claro que permaneceriam ali por mais uma noite pelo menos. Ele não pensou no que aconteceria em seguida, embora seu corpo soubesse. Ele não se permitiu pensar.

Era bom deixar a mente descansar. Deixar que o resto dele assumisse o controle por um tempo.

Quando fechou a porta, Kayu se virou para ele. Era baixa; o nariz dela batia na altura do esterno dele, e, quando ergueu os olhos, as pupilas já estavam dilatadas. A respiração dele falhou quando ela tirou a camisa, a calça e as botas e se colocou diante dele, branca e nua.

— Já faz um tempo — sussurrou ela.

— Para mim também — retrucou Raffe.

Kayu o beijou. Ela tinha gosto de especiarias e flores. Ele mergulhou as mãos no cabelo dela, sedoso de um jeito quase inacreditável, roçando na pele dele como uma cortina negra.

— Não precisa significar nada. — Ela se afastou e tirou a camisa dele pela cabeça, acariciando os músculos do peito. — Não precisa significar nada se você não quiser.

Consolo. Era o que ambos buscavam. Pelo menos foi o que Raffe disse para si mesmo enquanto a beijava novamente, enquanto as mãos escorregavam pelo quadril de Kayu e além. Consolo não significava nada. Ele já tinha feito aquilo antes, com outras pessoas que sabiam que aquilo não significava nada além de alívio, que sabiam que o coração dele estava em outro lugar e não se importavam. Aquilo não significava nada além da necessidade de uma trégua. Raffe sabia muito pouco sobre o amor, mas aquilo... Aquilo ele conhecia bem.

E se significasse algo mais? E se fosse algo além de dois corpos fazendo o que corpos faziam, o que aquilo significaria para ele? Para Neve?

Naquele momento, enquanto Kayu recuava até a cama estreita, o corpo quente e macio, com as gaivotas berrando e as ondas quebrando lá fora, Raffe percebeu que não se importava.

Kayu adormeceu logo depois. Ficaram enroscados um de frente para o outro, duas metades de um círculo com um espaço vazio no meio. O único ponto de contato era a mão de Raffe na cintura dela. Uma mecha de cabelo esvoaçava contra o rosto dela soprada por sua respiração. Ele afastou a madeixa com cuidado e ajeitou a cabeça dela no travesseiro. Kayu não se mexeu.

Raffe se sentou e passou a mão no rosto. Sentia-se melhor. Realmente fazia um tempo que não fazia aquilo, e agora sua mente estava voltando a funcionar, repleta de preocupações infinitas. Tinha sido bom deixar tudo de lado por uma hora. Tinha sido bom deixar tudo de lado com ela.

Mas aquilo não poderia durar muito.

Ficou imóvel por um instante, esperando a culpa, esperando que o rosto de Neve aparecesse atrás das pálpebras. Não apareceu. Sentia-se aquecido e lânguido e, sim, preocupado, mas não se sentia nem um pouco culpado.

Deveria ter sido um alívio. Uma resposta, finalmente, para a pergunta: o amor que ele e Neve compartilhavam era mais do que amizade? Em vez disso, consciente do corpo da mulher ao lado dele, Raffe temia que aquela conclusão complicasse ainda mais a situação.

A própria Kayu dissera que não precisava significar nada. Bem que Raffe gostaria de dizer que não.

Kayu se virou em seu sono, um sorriso curvando os lábios carnudos. Reis, como ela era linda. Irritante e intrometida e inteligente demais para o próprio bem, mas linda.

Ele abafou o gemido com a mão.

A bolsa de Kayu estava em um canto do quarto. Um tecido ricamente bordado saía pela abertura, espalhando-se pelo chão. Raffe se levantou, pensando em devolver o tecido à bolsa; o vestido parecia caro e ficaria imundo naquele chão sujo. Ao que tudo indicava, limpeza não era algo com que as sacerdotisas se preocupavam.

E ele precisava se afastar da calidez de Kayu antes que a procurasse de novo.

Tirou o vestido da bolsa com a intenção de dobrá-lo e colocá-lo de volta. Mas, ao fazer aquilo, algo caiu no chão. Ele franziu a testa e pegou os papéis.

Documentos. Presos por um barbante. Conseguiu ler uma linha escrita no alto: *Para Sua Santidade, a Suma Sacerdotisa.*

Ouviu o sangue rugir nos ouvidos.

Raffe nem parou para pensar na privacidade de Kayu. Arrebentou o barbante com os dentes e se sentou no chão, nu, para ler o conteúdo.

Anotações sobre tudo. Todas assinadas pela Irmã Okada Kayu, noviça da Ordem das Cinco Sombras.

Foi como se tivessem colocado um osso dele no lugar, uma forma horrível de entender o que aquilo significava, a dor lancinante de partes se encaixando. A chegada abrupta de Kayu a Valleyda logo depois da partida das sacerdotisas. A interceptação da carta de Kiri, que, na verdade, não tinha sido interceptada, não é? Provavelmente fora levada por ela como uma forma conveniente de fazer Kayu entrar para o ciclo de confiança de Raffe. Para atraí-lo para a cama dela.

Reis. Aquilo doía.

— Eu não vou entregar para ela.

Os lençóis leves estavam embolados em volta da cintura de Kayu. Ela se sentara enquanto ele estava lendo, provavelmente observando enquanto ele terminava. Mas não parecia estar com medo. Sabia que ele não a machucaria.

Que as sombras carregassem todos os Reis... Que *tolo* ele fora.

— Eu só vim até aqui para fugir do meu pai. — As palavras saíram rápidas, agora que ela finalmente podia confessar tudo, como se estivesse esperando a oportunidade. — Se eu me tornasse uma sacerdotisa, ele não poderia me obrigar a voltar para casa. Achei que Rylt fosse longe o suficiente do continente para evitar questões políticas, mas, quando cheguei, as sacerdotisas daqui já tinham jurado lealdade à ordem de Kiri. Quando ela chegou um pouco depois de mim e descobriu que eu era uma sucessora distante do trono de Valleyda...

— Ela mandou você para nos espionar. — Raffe se levantou devagar, segurando com força o maço de anotações. — Para enviar relatórios sobre o progresso que fizemos na tentativa de encontrar Neve.

— Eu não mandei nenhum deles. — Ela balançou a cabeça, o cabelo negro roçando nos ombros nus. — Raffe, eu nunca mandei nenhuma dessas anotações. Eu parei de fazê-las no dia que entrei no seu quarto. Nunca quis fazer nada disso. Eu estou do lado de vocês.

— O único lado em que você está é do seu, Kayu. Eu não sou idiota.

— Você não conhece o meu pai. — Um tom que beirava o pânico apareceu na voz dela quando levantou o lençol até o peito. — Você não sabe como ele é horrível, Raffe. Eu não teria sobrevivido nem um ano. Eu tinha que fazer *alguma coisa*.

— E você com certeza fez. — Raffe atirou os papéis no chão e começou a catar as roupas espalhadas, vestindo-as sem verificar se estavam do lado certo.

Se ficasse ali, se ouvisse o que ela tinha a dizer, talvez a perdoasse. E ele já tinha feito tolices o suficiente por um dia.

— Eu quero ajudar *vocês,* Raffe. Eu... — Ela se interrompeu, baixando mais a cabeça para se esconder atrás da cortina de cabelos negros. Quando voltou a falar, foi um sussurro: — Eu não tenho nenhuma devoção pelos Reis. Quero que morram, quero ajudar Neve do jeito que eu puder e quero que ela volte. Porque *você* quer que ela volte, e você merece ser feliz.

Ela poderia ter enfiado a mão no peito dele, arrancado seu coração ainda batendo e o esmagado. Teria doído menos.

— Eu não posso... — Ele não sabia como terminar aquela frase. Não com ela sentada ali, nua e banhada pela luz do sol que se punha lá fora e entrava pela janela, a pele dourada coberta pelo lençol branco e o cabelo lembrando um rio negro.

Então, Raffe parou de falar. Abriu a porta e saiu sem destino pelo corredor, desejando estar em qualquer outro lugar bem longe da traidora por quem talvez estivesse se apaixonando.

32

Neve

Pequena Rainha Tola.

Ela estava apenas vagamente ciente do próprio corpo como algo físico; ainda assim, encolheu-se, tentando se livrar da voz que a atingia por todos os lados ao mesmo tempo. A mesma voz que ouvira na catacumba da Serpente, avisando-a sobre a traição de Solmir, alertando-a sobre tudo que estava por vir.

Na ocasião, ela não lhe dera atenção. E embora tivesse tomado cada uma das decisões que a haviam levado àquele ponto — mesmo sabendo, ao não permitir que Red a tirasse da Árvore do Coração, que aquele caminho talvez a levasse até ali —, Neve ainda queria se encolher em posição fetal e se esconder da voz de Valchior e de tudo que ela significava.

Tarde demais para isso, Neverah. Um riso reverberou na mente dela, amigável e cálido e ainda mais congelante justamente por isso. *Agora você está afundada até o pescoço nisso.*

Ela se encolheu de novo.

Coragem, Rainha das Sombras. Ela odiava o tom sincero da voz. *O jogo está chegando ao fim, de um jeito ou de outro.*

O poder que Neve absorvera do Leviatã girava e revirava dentro das veias, como tentáculos de sombras. Mais potente do que qualquer coisa que tivesse sentido antes, mais poder do que usara para abrir o caminho até a Árvore do Coração. Era quase esmagador, e havia um tênue equilíbrio entre a possibilidade de continuar sendo ela mesma — agarrando-se à própria alma — e a de mergulhar completamente na magia.

Nunca tinha sido daquela maneira antes. Ela vira Solmir se esforçar para conseguir manter a alma quando a magia das sombras ameaçava sobrepujá-lo, mas nunca tinha absorvido o suficiente para sentir que estava se perdendo dela mesma, para sentir como se tivesse que se agarrar à própria alma com todas as forças. Mesmo quando despertara e o medo a fizera drenar a magia da Terra das Sombras, ela só sentira dor. Não aquilo... aquela sensação de estar perdida. De estar vagando.

É difícil sustentar a divindade, murmurou Valchior na mente dela.

— Cale a boca — respondeu Neve, sem perceber que tinha falado em voz alta até sentir o sangue seco nos lábios rachar.

A consciência foi voltando devagar. As pernas primeiro, com aquela sensação de formigamento e pequenas agulhadas. Depois o tronco, os braços. Neve manteve os olhos fechados, esperando até se sentir sólida, até sentir que o corpo era uma coisa única e completa. Manteve os olhos fechados porque sabia o que veria quando os abrisse. Ossos e Reis.

O Sacrário, para onde os deuses eram atraídos para morrer.

Neve respirou fundo. Só então ergueu as pálpebras.

Sua mente só conseguiu absorver o cenário de forma fragmentada. Primeiro, o chão no qual estava deitada: pedra cinzenta e limpa, perfeitamente circular. Depois as paredes, construídas com ossos colossais e deformados, curvados como se tivessem sido arranjados no formato de uma montanha oca. De perto, ficava nítido que os ossos eram de algum tipo de cauda, começando com peças menores que iam ficando cada vez maiores à medida que subiam, debruadas com pontas afiadas.

Neve olhou para cima, seguindo a trajetória dos ossos monstruosos. Lá no alto do Sacrário, como um sino no ápice de uma torre, viu um crânio gigantesco, com um focinho, dois buracos vazios da órbita de olhos reptilianos e um maxilar do tamanho de uma carruagem ainda repleto de presas. A expressão no rosto sem vida, caso deuses mortos pudessem ter expressões, poderia ser a de um rugido ou grito.

— O Dragão. — A voz não era a de Valchior, nem a de Calryes, mas sim outra que ela não reconhecia. Vinha de um ponto externo, e não de dentro da sua cabeça. Era baixa e irritante, como duas pedras se atritando uma contra a outra. — O primeiro dos Antigos a cair. Tomar todo aquele poder foi como sentir o fogo nas veias e o gosto de fumaça na boca.

Lentamente, Neve afastou o olhar do crânio e olhou para os Reis em carne e osso.

Ou pedra, na verdade.

No início, Neve cogitou estar tendo algum tipo de alucinação. Não havia sombras, nem homens bonitos se alternando com podridão em um piscar de olhos, nada como as projeções de Calryes e Valchior enviadas para a catacumba da Serpente. Em vez disso, via quatro vultos enormes em quatro tronos enormes de pedra, além de um quinto vazio.

Os vultos nos tronos eram três vezes mais altos do que Solmir e completamente diferentes das ilusões que a sombra deles projetava. Todos estavam envoltos, dos pés à cabeça, em gaze branca, que cobria seus membros e rosto. Cada um usava uma coroa de espinhos que irrompiam do tecido de modo a fazer parecer que as pontas cresciam diretamente da cabeça abaixo. Não dava para diferenciar um do outro, todos esculpidos em pedras idênticas.

Todos os traços de humanidade haviam desaparecido. Tudo que lhes restavam eram suas almas, presas às fundações da Terra das Sombras, mergulhadas lá pelo clamor constante de poder da escuridão. E olhando para a verdadeira forma deles ali, Neve mal conseguia conceber que um dia já tivessem sido feitos de carne e osso, não conseguia imaginar Solmir entre eles.

Solmir.

Ela se virou, procurando por ele. Neve estava no centro do círculo de Reis, cercada por todos os lados por aquelas estátuas que pareciam mortas, mas que estavam terrível e monstruosamente vivas. Mas não havia sinal algum de Solmir, sinal algum do brilho azul dos olhos dele no meio de todo aquele cinza.

— Onde ele está? — A vontade férrea no tom das próprias palavras a surpreendeu. A voz de Neve pareceu ecoar e reverberar, quase como a dos Reis.

— Mesmo aqui, ela pergunta pelo seu filho pródigo, Calryes. — Outra voz que ela não reconheceu, de um dos outros Reis. — Ele sempre mexeu com a cabeça das garotas, não é? Uma habilidade muito útil. — Com um estalo baixo, uma das estátuas se inclinou para a frente, lenta e dolorosamente; o som fez os ouvidos de neve doerem. — Você sabe quais eram as intenções de Solmir, e ainda assim se preocupa com ele? Isso é mais do que um desejo de morte, Rainha das Sombras. Isso é um desejo por sofrimento.

— Deixe a garota em paz, Malchrosite. — Era a voz de Calryes, que parecia vir de trás dela; quando Neve se virou, porém, não conseguiu definir qual dos monólitos era ele. Todos pareciam exatamente iguais. — Neverah merece respeito, independentemente dos sentimentos tolos que possa nutrir pelo meu filho, que só me trouxe decepção. Afinal, ela escolheu voltar para nós em vez de voltar para casa, mesmo sabendo o que ia acontecer.

— Eu não sabia. — Neve não tinha a intenção de dizer em voz alta. Meneou a cabeça. — Eu não sabia o que ia acontecer.

— Mas sabia que isso a traria até aqui. — Uma nova voz daquela vez. Antiga, com um tremor que demonstrava idade avançada, loucura ou as duas coisas. Devia ser Byriand, o mais velho dos Reis, que já era idoso quando tinham sido aprisionados na Terra das Sombras ao tentar recuperar o poder. — Você sabia que a traria até nós. Você e ele sabiam.

— Ninguém respondeu à minha pergunta. — Neve se virou para o centro do círculo dos Reis, dirigindo-se a todos, já que não sabia quem era quem. Contraiu as mãos cobertas de espinhos, a magia pronta nas palmas. Não sabia o que poderia fazer. Provavelmente usá-la contra todos eles seria quase inútil. Mas ela manteve a postura ameaçadora e a rispidez na voz. — Onde está Solmir?

Um som grave e estrondoso a cercou por completo, e ela não sabia qual daqueles vultos tinha começado. Uma risada, todos eles juntos, o som de um desmoronamento.

— O traidor está no lugar destinado aos traidores — disse Valchior. — Até mesmo aqui temos calabouços.

Ela cerrou os punhos; a magia fluiu pelas veias, que ficaram escuras enquanto os espinhos cresciam.

— Se o machucarem, eu mato vocês.

Um gemido atrás dela — era outro monolito, inclinando-se para nivelar o rosto com o dela. Não havia olhos, mas se eles estivessem perdidos em meio a toda aquela formação rochosa estariam olhando diretamente para ela.

— Neverah — murmurou Valchior. — Não foi precisamente isso que você veio fazer aqui? — A cabeça de pedra se inclinou para o lado com um gemido, obscenamente devagar. — Ou, pelo menos, o que acha que veio fazer?

Poeira erguida pelos movimentos do Rei salpicou o ar, fazendo a garganta de Neve coçar. Quanto tempo devia fazer desde que haviam se mexido pela última vez? Ela imaginou as estátuas sentadas sem se mover por séculos, engolindo sombras e mergulhando cada vez mais fundo em um mundo apodrecido. Controlou-se para não estremecer.

Ainda estava com o osso do deus em uma das mãos. O corpo do Leviatã não tinha sangue com o qual pudesse tê-lo manchado, então a arma brilhava alva contra o cinza do Sacrário, banhado pela luz que entrava pelas aberturas do crânio gigantesco acima. Todos conseguiam vê-lo, todos sabiam que ela estava com o osso. E aquilo não parecia preocupar nenhum deles.

Aquilo, mais do que qualquer outra coisa, fez um terror paralisante pulsar entre as escápulas de Neve.

— Receptáculos — disse Valchior. — Você já sabe um pouco sobre eles. Quando as coisas mudaram na Árvore do Coração, quando Solmir lhe passou a magia, você sentiu acontecer. Enviamos o Leviatã para coletar você. — A efígie pétrea não era capaz de fazer expressões faciais, mas Neve sentiu algo como exasperação na voz. — *Essa parte* não funcionou exatamente como nós planejamos, é claro.

O Leviatã tinha decidido acreditar nela em vez de nos Reis. Neve cerrou os punhos, a escuridão manchando as palmas das mãos.

— Então, agora você está diante de outra escolha, Neverah. — A voz inumana de Valchior estava calibrada em um tom de consolo, mas ainda soava fria. — Desista do que o Leviatã deu para você e se junte a nós. Torne-se o receptáculo que nasceu para ser, e finalmente encontre um pouco do controle que tanto deseja.

O receptáculo que ela tinha nascido para ser. O que Solmir planejara para ela antes... antes de decidir que não conseguiria matá-la, mesmo que fosse por um motivo nobre. Mas ela não podia pensar naquilo agora, nem tinha tempo para analisar, porque isso exigiria que olhasse para dentro de si mesma.

Valchior estava pedindo que ela se tornasse um receptáculo para a alma dos Reis. Que fosse o veículo que os levaria de volta à superfície.

Para ser parte do reino de terror que planejavam.

A chave que a Árvore do Coração lhe dera queimava fria contra sua nuca.

— E se eu não aceitar?

— Se não aceitar, Solmir vai assumir o seu lugar — disse Calryes, a voz mais cortante e menos calorosa do que a de Valchior. — E nós todos sabemos como ele lida mal com a própria alma. Não consigo imaginar o que vai fazer com mais quatro.

Mais estrondos de risadas horripilantes, rangidos profundos de despenhadeiros ruindo e continentes se partindo.

Ela levou um instante para entender tudo, como aquela era uma resposta para duas perguntas. O que aconteceria se ela se recusasse a ser o receptáculo, e o que Solmir tinha querido dizer na prisão de corais ao falar que havia outra forma de fazer aquilo.

Ali estava o motivo de ter se esforçado tanto para fazer o outro plano dar certo. A razão de ele ter ido para a superfície e prendido Arick, o motivo de os ter conduzido até o bosque de sombras, para escrever um destino diferente no qual ele poderia ser salvo.

Se Neve não fosse o receptáculo para a alma dos Reis, Solmir seria.

E o que ele se tornaria?

Ela só notou que soltara o osso de deus quando ele caiu no chão.

Outro som de pedra gemendo, um Rei se inclinando à frente.

— Talvez as coisas sejam mais fáceis se ficarmos cara a cara — murmurou Valchior em uma voz de cascalho e argila.

Ele estendeu a mão, em um movimento lento como uma montanha se virando. Neve poderia ter corrido, mas para onde iria?

A mão gigantesca de pedra tocou a testa da Rainha das Sombras. Ela cerrou os dentes esperando uma dor que não veio. Depois de um momento de dedos ásperos ao toque, a mão na sua testa parecia feita de carne e osso, uma ilusão criada diretamente na mente de Neve.

Ela abriu os olhos, e o homem bonito e de olhos claros que tinha visto na catacumba apareceu diante dela. A imagem estava mais forte agora, menos trêmula; a visão que ele criara cobria tudo que ela conseguia ver. Em vez das sombras ondulantes, havia apenas o Sacrário, completamente vazio a não ser pelos dois.

Valchior abriu um sorriso triste e amargo, mostrando dentes perfeitos.

— Ah, Neverah — murmurou ele. — O que foi que o nosso irmão impertinente fez com você?

Ela bem que gostaria de ter uma resposta. Gostaria de saber exatamente o que a havia unido a Solmir, um tipo complicado de carinho que não era bem uma amizade nem algo mais, mas vivia em algum lugar fora de ambos; uma coisa quente, estranha e volátil.

Ela se manteve calada. Valchior não merecia uma explicação.

O Rei a observou com olhos calorosos enquanto aguardava a resposta. Quando ficou claro que ela não ia dizer nada, colocou a mão para trás e começou a caminhar lentamente pelo aposento falsamente vazio. Andando em volta dela como um predador, embora falasse em tom protetor.

— Solmir sempre esteve mais em contato com a própria humanidade do que o resto de nós. Isso eu admito. Mesmo antes de todo o fiasco com a minha filha, ele não se afundou nisso tudo como nós.

O fiasco com a filha dele. Valchior falava da morte de Gaya de forma fria.

— Então, quando sentimos que a Terra das Sombras estava começando a se dissolver, bem antes que a cria de Gaya se tornasse o Lobo, muito antes de ele ter encontrado a sua irmã, nós sabíamos que íamos precisar de um receptáculo se quiséssemos voltar para o nosso mundo. Se conseguíssemos escapar da prisão que nós mesmos criamos — prosseguiu ele, abrindo um sorriso carinhoso e cálido. — Era por isso que Solmir estava tão desesperado para que a Árvore do Coração funcionasse com ele e Gaya, por isso que tentou nos tirar daqui pelo bosque invertido quando o primeiro plano não funcionou. Nós teríamos ficado satisfeitos se qualquer um dos planos dele tivesse funcionado, mas é claro que não funcionaram. Ele sempre esteve em busca de uma forma de escapar, Neve.

O apelido saiu como um sussurro enquanto ele estendia o braço, mergulhando os dedos no cabelo dela. Mesmo sabendo que tudo não passava de ilusão, ela estremeceu. Ele acariciou suas têmporas e escorregou a mão até a nuca, parando na forma fria da chave que ela escondera lá, ainda pulsando de leve em um ritmo que não era o do coração dela.

Neve se empertigou. Prendeu a respiração.

Mas o Rei não arrancou a chave das madeixas. Em vez disso, abriu ainda mais o sorriso e afastou a mão.

— Cá entre nós, acho que o que ele mais teme não é a perda da própria alma — prosseguiu, e voltou a caminhar em volta dela. — Acho que ele teme se tornar mais ele mesmo, com todas as nossas almas incutidas na dele. Solmir não está tão longe da divindade monstruosa, e ele sabe disso.

Solmir lhe dissera uma vez que ela era boa. Quando estavam às margens da água negra, lavando-se da lama e do sangue. *Você é boa*, dissera ele. *É por isso que tem que ser você.*

Porque ele tinha medo do que aconteceria se fosse ele. Ele conseguira se livrar da escuridão uma vez e não sabia se conseguiria de novo.

— Ainda assim, ele estava disposto a enfrentar o medo por você. — Valchior riu. — Malchrosite disse que Solmir sempre teve facilidade em mexer com a cabeça das mulheres, mas isso significa que ele também fica de cabeça mexida bem fácil. Ele se transformaria em um monstro por você, Neverah. Mas é isso que você quer?

Ela pensou nele envolto na escuridão e nos espinhos, caminhando na direção dela em meio àquela planície inóspita e seca. O medo lampejara dentro dela, com certeza, mas também o reconhecimento. Os espinhos dela vendo os espinhos dele e sabendo que eram iguais.

Solmir tomara sua decisão na Árvore do Coração, quando a beijara e passara todo o poder para ela. Decidira se tornar algo terrível se, assim, pudesse salvar Neve. Mas ela nunca fora boa em permitir que os outros tomassem decisões por ela se achasse que eram erradas.

Quase inconscientemente, Neve olhou para as próprias mãos, para as veias negras e os espinhos protuberantes. Sempre se esquecia de que estavam ali; de que, com a magia que Solmir lhe dera e o poder que tomara do Leviatã, ela tinha se transformado em algo escuro e inumano, brutal e bonito.

Valchior pegou a mão dela com cuidado.

— Não seria muito diferente disso — refletiu ele. — *Você* não se tornaria algo tão terrível se nos abrigasse, não como ele. Poderia usar o poder para o bem. Manter todos que ama em segurança. — Ele deu um sorriso. — Inclusive ele.

Ela afastou a mão da dele, mas não disse nada. Não sabia o que dizer.

— Você é muito diferente de nós, Neve, diferente de um jeito que Solmir nunca poderia ser. — Ele não a tocou de novo, mas seus olhos traçaram todos os ângulos do rosto dela com tanta concentração que parecia que a tinha tocado. — Cheia de contradições, cheia de amor e raiva em igual medida, as duas coisas tão interligadas que às vezes você não consegue separar uma da outra. Você foi forjada em sombras muito antes de ele se tornar parte da sua história, escurecida por sua necessidade infinita de controle.

Lágrimas queimavam os olhos de Neve, mas ela se recusou a permitir que caíssem. Recusava-se a chorar diante de um deus.

— Pense nisso como uma forma de conseguir todo o controle que sempre desejou — murmurou Valchior. Passou o polegar no queixo dela e a fez olhar para ele. — É só engolir o apocalipse e usar o poder dele para transformar o mundo. Não é isso que você sempre quis, Neve? Fazer com que o mundo seja como acha que deveria ser?

Ela não se mexeu. Ele manteve o polegar sob o queixo dela, os olhos fixos nos dela.

— Você é mais forte que ele — sussurrou Valchior. — Sua alma vai aguentar. *Você é boa.*

— Me deixe ver Solmir. — Um sussurro, uma forma de não ter que responder ao que o Rei queria.

Ele pressionou os lábios antes de abrir um sorriso.

— Uma tragédia do começo ao fim.

Lentamente, a mão deslizou do queixo para a testa de Neve. Ao toque dos dedos dele, a ilusão do homem bonito e de carne e osso se desfez. A pressão na pele dela passou de cálida e macia para o toque áspero e frio da pedra.

Quando Neve abriu os olhos, a forma monolítica e verdadeira de Valchior retrocedia, novamente coberto pela gaze. A ponta da coroa estava próxima o suficiente para que ela visse as extremidades afiadas como adagas.

— Eu a levarei até Solmir — trovejou ele. — E, depois, você pode nos dar sua resposta. — Uma risada baixa, como se a terra estivesse se abrindo. — Você e sua irmã têm um gosto tão trágico...

Os outros Reis riram, até o Sacrário ecoar com o som de rochas se partindo e se chocando umas contra as outras, como se o mundo estivesse desmoronando lentamente.

33

Red

Eammon estava lá quando ela acordou, os passos abrindo uma trilha na poeira que cobria o chão enquanto andava de um lado para o outro, segurando ansiosamente um copo d'água. Um pouco dela tinha respingado por causa do movimento constante, e agora escorria pela mão coberta de cicatrizes antes de pingar no chão de pedra.

— Tem uma mesinha muito útil bem aqui, sabia?

A voz de Red saiu rouca e quase inaudível, mas ele foi para o lado da esposa e beijou sua testa, derramando um pouco mais de água.

— Para ser sincero, eu nem notei a mesa.

— Ocupado demais absorvendo o resto do cenário? — Ela apontou para o restante do quarto, branco amarelado e cinza, todo empoeirado, e deu um sorriso debochado. A preocupação de Eammon era algo que o consumia por inteiro, principalmente quando tinha a ver com ela.

Ele deu um sorriso que se apagou rapidamente enquanto os pensamentos sufocavam qualquer tentativa de humor. Os olhos dele brilharam quando meneou a cabeça, sentando-se ao lado dela na cama.

— Como você está se sentindo?

Red emitiu um som incompreensível.

— Tão bem quanto possível, considerando tudo.

Agora que estava acordada, sentia todo o peso do desamparo de novo. Ela tinha uma chave para o mundo inferior, uma chave para trazer Neve de volta, mas ela era completamente inútil a não ser que sua gêmea decidisse voltar com ela.

A chave estava ao seu lado, caída do bolso durante as viradas do sono, brilhando dourada contra o lençol. Red a tocou de leve com a ponta dos dedos, como se quisesse se assegurar de que realmente estava ali. Quase não queria tocá-la, agora que sabia exatamente o que era. Uma coisa que, apesar de tão poderosa, não poderia lhe dar o que mais queria. Contraindo o maxilar, ela a pegou e a colocou na mesinha de cabeceira.

A preocupação brilhava nas íris contornadas de verde dos olhos de Eammon, fixos nela. Red suspirou.

— Juro que estou bem.

— Não está — retrucou ele. — Mas não há nada que eu possa fazer quanto a isso.

— Pelo menos é verdade desta vez. — Ela deu um sorriso triste. — Não estou falando isso porque quero bancar a mártir. Diferentemente de *alguém* que eu conheço.

O Lobo revirou os olhos e levantou o queixo da mulher com o dedo.

— *Um filho da mãe sempre se martirizando* era o que você costumava dizer.

Ele deu um beijo rápido e casto na mulher, e ela encostou a testa na dele.

— Raffe e Kayu conseguiram outro barco?

— A última informação que tive foi que eles estavam seguindo para o porto. — Eammon colocou uma mecha de cabelo atrás da orelha da esposa. — Espero que possamos sair daqui amanhã bem cedo.

A manhã logo chegaria ao menos — já tinha anoitecido, e a escuridão reinava do lado de fora.

— Acho que vou ficar acordada e deixar você dormir — murmurou Red. — Não gosto da ideia de todos nós vulneráveis aqui com Kiri. Precisamos nos manter vigilantes.

— Talvez não seja má ideia. — Eammon se ajeitou na cama até estar ao lado dela, encostando-se na cabeceira de madeira. — Mas acho que não vou conseguir dormir. Vamos ter muito tempo para isso no navio, com milhas e milhas de água nos separando de qualquer sacerdotisa maluca. — Ele fez uma careta. — Talvez eu consiga dormir durante os três dias. Isso tornaria a segunda experiência bem melhor que a primeira.

— Nada de barcos depois disso.

Ele assentiu.

— Nada de barcos.

Red apoiou a cabeça no ombro do marido, franzindo a testa ao pensar nos delírios de Kiri.

— Kiri chamou Neve de Rainha das Sombras e me chamou de Aquela das Veias Douradas. Não era assim que a Constelação das Irmãs era chamada em algumas outras línguas antigas, segundo Valdrek?

— Acho que sim — murmurou Eammon. — Mas o que isso significa?

— Talvez nada. — Ela se aconchegou mais no ombro dele, sentindo-se repentinamente exausta apesar de ter passado as últimas horas dormindo. — No mínimo, significa que isso tudo é muito maior do que nós. Algo que já estava escrito para acontecer.

Ele ficou em silêncio contemplativo.

— Então a culpa é minha.

— *Não*. — Ela se sentou, virou e subiu em cima dele, um braço de cada lado de seu torso. — Não comece a bancar o mártir de novo. Eu já avisei.

A sombra de um sorriso apareceu no rosto do Lobo, mas o brilho de preocupação permaneceu em seus olhos.

— Você está se saindo uma Loba bem melhor que eu.

— E é melhor você não se esquecer disso. — Ela se sentou nos calcanhares, ainda montada nele. Depois de um momento, pegou a mão de Eammon e traçou as cicatrizes com um toque leve do dedo enquanto falava. — Acho que quando escolhi me tornar Wilderwood, isso... deu início a alguma coisa, e as engrenagens começaram a girar. Os papéis estavam esperando, as peças já nos devidos lugares, e nós só fizemos o jogo começar. Nesse caso, a culpa é tão minha quanto sua. E de Neve também. — Ela suspirou. — Todos fizemos escolhas que nos trouxeram até aqui. Elas só estão tendo consequências maiores do que esperávamos.

Silêncio enquanto ambos digeriam a ideia.

— Bem — disse Eammon por fim. — Eu provavelmente deveria me arrepender de tudo, mas não me arrependo nem um pouco.

— Se arrepender de quê?

— De fazer você se apaixonar por mim e colocar as engrenagens em movimento. — Um sorriso sedutor apareceu na boca do Lobo, fazendo os olhos brilharem como raios de sol por entre as folhas outonais. — Eu deveria ter tentado controlar o meu charme natural.

Ela deu uma puxadinha no cabelo dele.

— Pois eu acho que fui *eu* que fiz *você* se apaixonar por *mim*. Aquela sua nobreza em relação a tudo chegava a ser irritante.

— Eu comecei a me apaixonar por você no momento que você invadiu a minha biblioteca — disse ele, objetivo. — Eu só consegui esconder muito bem meus sentimentos.

Ficaram sentados por mais alguns minutos que pareciam roubados. Red se inclinou e descansou o rosto no peito dele, ouvindo as batidas do coração do marido, o som surdo amortecido pelo farfalhar de folhas e galhos. Ele a abraçou pela cintura, a respiração quente contra o pescoço dela.

A chave estava na mesinha de cabeceira, ao lado do copo d'água pela metade. Ela a pegou, sentou-se para trás e ficou segurando o objeto entre os dois, acomodado na palma. Ela ainda brilhava e parecia quente ao toque. Ainda dava para sentir o pulsar leve de um coração.

Eammon olhou com cautela para a chave.

— Você estava certa. O que fez lá na clareira, tentando ir até Neve. Foi isso que trouxe a chave para você, que fez a Árvore do Coração conseguir puxá-la para lá quando Neve chegou.

— Eu tinha que fazer alguma coisa por ela — murmurou Red, revirando o objeto nas mãos. — Ela foi para o mundo inferior por mim. Eu tinha que provar que estava disposta a fazer o mesmo por ela. É assim que funciona, acho. O mesmo tipo de amor, seja ele bonito ou não.

No fundo do seu ser, Wilderwood floresceu, se enraizando mais em sua medula. Concordando e confirmando que ela estava certa.

As mãos do Lobo apertavam as coxas dela, o olhar cauteloso com que fitava a chave ficando quase raivoso.

— Desde que ela não lhe peça mais nada — disse ele com a voz baixa e decidida.

Red mordeu o lábio, mas não respondeu.

Finalmente saiu de cima dele, espreguiçando-se.

— Preciso lavar o rosto e sair deste quarto.

Ele se levantou também.

— Fife encontrou uma biblioteca quando estava procurando a cozinha, disse que o acervo era grande e que havia muitos volumes que não vimos nem na Fortaleza nem na capital de Valleyda. Talvez valha a pena dar uma olhada.

— De alguma forma, você sempre encontra os livros. — Red o puxou com gentileza pelo cabelo para que ele se abaixasse e ela pudesse dar um beijo na testa dele, bem no espaço entre os resquícios dos chifres. — Pode ir para sua leitura. Eu vou ficar bem.

— Tem certeza?

— Não descarto a ideia de socar uma sacerdotisa se surgir a necessidade.

Eammon assentiu, beijou-a mais uma vez e seguiu para a porta.

— Caso precise de mim, a biblioteca fica do outro lado do anfiteatro.

Ela assentiu enquanto ele saía e fechava a porta.

Red lavou o rosto com um pouco de água da jarra que estava no canto do recinto e esfregou os olhos para espantar o sono. Parte dela pensou em seguir Eammon até a biblioteca para ver se conseguiriam encontrar alguma menção à Rainha das Sombras e Aquela das Veias Douradas. Mas o pensamento provocou um nó no estômago, em um sinal claro de que precisava de um tempo. Então, decidiu passear um pouco pelos corredores para acalmar o nervosismo.

Fechou a porta com cuidado ao sair. O quarto dela não era longe do vestíbulo principal, o cômodo que conectava todas as áreas do Templo. Quando chegou ao fim do corredor, a porta para o anfiteatro à direita estava aberta, revelando uma camada de pó nos assentos de pedra pouco usados. Ao que tudo indicava, o Templo ryltês não recebia muitos fiéis.

Red resolveu tomar o caminho oposto ao que levava até o anfiteatro, seguindo por um curto corredor de pedra que terminava em uma porta simples de madeira.

— Aonde você vai?

Red cerrou os punhos e se virou, pensando na promessa de socar sacerdotisas que tinha feito a Eammon. Mas era apenas Kayu.

O cabelo dela estava bagunçado, as madeixas — geralmente presas por grampos — emaranhadas e frisadas na parte de trás da cabeça. Vestia as mesmas roupas com que Red a vira mais cedo, mas as peças estavam atadas de um jeito ligeiramente diferente, como se tivessem sido removidas e depois colocadas de novo. Ela parecia cansada, com os olhos vidrados como se tivesse chorado ou estivesse prestes a começar.

— Só estou explorando.

A vulnerabilidade clara no rosto de Kayu fez Red querer perguntar à princesa se estava tudo bem, confiar nela. Mas ainda havia uma pequena parte da Segunda Filha que tratava a todos com cautela, algo agudo e feral e relutante em abrir seu círculo de segurança para pessoas novas.

Kayu se remexeu, olhando de soslaio para o corredor antes de voltar a fitar Red.

— Posso ir com você? Não quero ficar sozinha. E acho que você também não deveria ficar.

Aquilo fez Red franzir as sobrancelhas; depois de um momento, porém, ela assentiu. Era nítido que Kayu estava lidando com alguma questão, e Red entendia bem o desejo de não ficar sozinha. E ela estava certa; talvez fosse mais seguro para todos se ficassem juntas.

— Eu só ia ver o que tem por ali — disse Red, fazendo um gesto em direção ao corredor e à portinha. — Pode vir comigo.

Kayu assentiu, a boca ainda contraída em uma linha fina, os olhos ainda brilhando.

Red ficou imaginando se deveria perguntar o que tinha acontecido, mas achou melhor não; se estivesse no lugar do Kayu, talvez não quisesse compartilhar. Em vez disso, atravessou o corredor e levou a mão à maçaneta. No início, pensou que ela talvez estivesse trancada, mas a tranca se abriu, com suavidade e sem ranger, bem cuidada de um jeito que pareceu estranho em comparação com a negligência óbvia do resto do Templo.

A porta se abriu para um aposento pequeno iluminado por velas tremeluzentes, todas em um tom de cinza-escuro e escorrendo cera. No centro, havia um pedestal de pedra com um galho grosso branco em cima, lançando uma sombra na parede.

Um Santuário.

Um instinto de fuga aflorou dentro da mulher que Red fora antes, aquela que fugira pela floresta faminta e com o rosto sangrando, a que se ajoelhara entre os galhos do Santuário valleydiano para receber as bênçãos das sacerdotisas cheias de piedade por monstros. Perdida e zangada e indefesa contra forças que não compreendia.

— Está tudo bem?

A voz de Kayu a arrancou das próprias lembranças e a trouxe de volta. Red não era mais aquela mulher. Talvez estivesse com medo, mas não era mais alguém que não sabia quem era e não entendia o lugar que tinha criado para si mesma.

— Tudo bem — disse Red.

E passou pela porta.

Aquele Santuário era bem pequeno; ela e Kayu mal cabiam uma do lado da outra sem esbarrar na mesa cheia de velas no canto. As paredes eram da mesma pedra escura, mas a cor parecia ainda mais intensa na ausência de qualquer tipo de luz além das chamas bruxuleantes. O sibilar baixo do pavio delas era o único som quebrando o silêncio.

Com cuidado, Red se aproximou do galho no centro do aposento. Linhas escuras marcavam o tronco — não tão grossas quanto fungos-de-sombra, mas o suficiente para provocar mal-estar.

O clique da fechadura atrás dela a sobressaltou, fazendo-a se virar de costas para o galho com os joelhos flexionados e dedos em garra. Ao lado da porta, Kayu permaneceu imóvel como uma estátua, os olhos arregalados e o maxilar contraído.

A sacerdotisa que abrira a porta arfou, levando a mão pálida coberta de curativos aos seios fartos.

— Pela misericórdia dos Reis — murmurou ela, com um toque de sotaque ryltês que fazia as palavras soarem musicais.

Mas algo no brilho dos olhos dela parecia mais ávido do que surpreso. Ela se virou e olhou para trás, fazendo um aceno rápido para alguém fora do campo de visão de Red. E a porta se fechou.

A Segunda Filha se empertigou, saindo da postura de batalha. A expressão feral deu lugar à de ansiedade. Estar tão perto de uma sacerdotisa da Ordem ainda a deixava muito nervosa, mesmo com Wilderwood contida sob sua pele, em um lugar que não poderia ser ferida.

— Desculpe — murmurou ela, tentando se encolher o máximo possível para tentar contornar a sacerdotisa e sair dali.

— Não permita que minha presença a atrapalhe. — Sem perceber a tentativa de Red de escapar, a sacerdotisa ficou bem diante da porta, com um sorriso gentil no rosto. A mão que não levara ao peito no momento de surpresa segurava uma vela cinza apagada. — Nosso santuário é pequeno, mas mais de uma pessoa pode orar aqui. Seja bem-vinda, Segunda Filha.

— Lady Lobo. — Não foi um rosnado, mas algo bem próximo.

— Sim, sim, é claro. — A sacerdotisa baixou a vela apagada até a chama de outra para acender o pavio. Ainda assim, não se afastou da porta, ficando bem diante dela como uma sentinela. — Sou Maera.

Maera. O equivalente ryltês de Merra. Red sempre achara macabro o hábito de nomear garotas em homenagem às Segundas Filhas, mas não era algo incomum. Ela cruzou os braços, de repente se sentindo protetora do próprio nome ao contemplar a possibilidade de ele ser dado a outra pessoa que não fazia ideia do verdadeiro legado que evocava.

O bruxulear da vela iluminou o pingente no peito de Maera. Um pedaço de madeira branca em um cordão fino.

— Bonito, não acha? — Maera levou a mão ao cordão. — Não nos permite falar com os Reis, não como a Suma Sacerdotisa consegue. Mas, com o estímulo adequado, permite que sintamos a vontade deles de forma mais forte.

Os curativos nos dedos da mulher deixavam pouca dúvida do que era o tal *estímulo adequado*. Red sentiu o estômago se contrair. A Wilderwood dentro dela estremeceu.

— É um privilégio usá-lo — continuou Maera com voz suave. Os olhos se voltaram para onde Kayu estava, nas sombras. — A sacerdotisa precisa provar o próprio valor para receber um pingente. Digna de continuar fazendo parte da nossa irmandade e aproveitar a proteção que ela fornece.

Ao lado da porta, o rosto de Kayu estava pálido como uma folha de papel.

Red não sabia o que estava acontecendo ali, mas tanto a floresta que habitava nela quanto sua intuição humana diziam que era hora de sair daquele lugar.

— Muito obrigada — disse ela, sem saber bem pelo que exatamente estava agradecendo. — Mas preciso ir agora.

Ela mexeu os dedos, tentando chamar a atenção de Wilderwood. Mas não havia nada com raízes naquele aposento, nada que pudesse influenciar, mas com certeza ela conseguiria encontrar *alguma coisa*...

As veias de Red se tingiram de um tom fraco de verde. Tão longe de casa, naquele lugar feito de sombras e rochas, havia pouquíssima floresta que pudesse chamar.

— Você não precisa ir — murmurou Maera. — Pode ficar exatamente onde está, Lady Lobo.

E a porta atrás dela se abriu com um estrondo.

Kiri. Claro que era Kiri. A Suma Sacerdotisa ainda parecia debilitada, com aparência doente, mas estava parada na porta, com os olhos cintilando.

— Segunda Filha. — O tom era de desdém, assim como a escolha de usar aquele título em vez do atual. — Chegou a hora de acabarmos com isso, não acha?

O bosque de sombras não existia, não havia magia fria para Kiri clamar. Mas ela se lançou contra Red com as mãos esticadas, uma delas portando uma adaga.

Red deu um passo para trás; bateu com as costas no pedestal no centro do aposento, fazendo o galho cair no chão. Ela ergueu as mãos e dobrou os dedos, já verdejantes enquanto a Wilderwood dentro dela buscava por alguma coisa, qualquer coisa...

Raízes finas sob o chão de pedra, grama e ervas pelo chão. Red se agarrou a elas e as direcionou enquanto o piso se rompia com um estalo à medida que as raízes subiam seguindo sua ordem. Mas Kiri era rápida e a faca, afiada, e no instante em que as raízes surgiram sob os pés dela em uma chuva de terra, o brilho da adaga roçou o pescoço de Red.

Foi quando algo envolveu o pescoço de Kiri, fazendo-a arregalar os olhos azuis e enlouquecidos. Um cinto, uma fina tira de couro que Red achou familiar. Kiri tentava se desvencilhar pendendo para a frente, as veias saltando em volta do garrote improvisado.

Atrás dela, Kayu trincava os dentes enquanto esganava a Suma Sacerdotisa.

— Fuja, Red. — Ela ofegou. — *Fuja*.

— Não! — O rosto antes agradável de Maera estava totalmente tomado pela fúria.

Ela não tinha arma alguma, a não ser a vela cinza de oração. Red viu a intenção dela no instante em que a sacerdotisa tomou a decisão, levando a chama acesa em direção à cascata de cabelo negro de Kayu.

Red flexionou os dedos.

As raízes que clamara do chão subiram pela pedra quebrada e envolveram os braços, as pernas e o pescoço de Maera. Só o suficiente para a deter e não machucar a sacerdotisa.

Os olhos de Maera brilharam, o rosto vermelho e a boca retorcida em uma expressão de nojo.

— Imunda — disse ela para Red. — Abominação. Sua irmã está perdida, Segunda Filha. Ela há de se curvar aos desejos dos Reis, e não há mais nada que você possa fazer.

A decisão foi tomada em um piscar de olhos, à simples menção de Neve, um lembrete de que mesmo com todo aquele poder ela estava completamente impotente.

As raízes apertaram mais. Os olhos de Maera ficaram esbugalhados. E Red continuou apertando até a vida neles se apagar.

— Matá-la não vai tornar o que ela disse menos verdade. — Era a voz de Kiri, rouca. Ainda continuava avançando adiante, com um ímpeto que parecia impossível. Atrás dela, Kayu se esforçava para contê-la, mas a magia que permitia que Kiri ouvisse os Reis parecia lhe dar uma força anormal. — Não há nada que você possa fazer para impedir isso. Está tudo nas mãos de Neverah agora, e eu vi a escuridão dela. Você é a única coisa capaz de mantê-la no comando de si mesma. E, quando você partir, ela também irá. Acabou.

— Acabou mesmo — rosnou alguém à porta.

Eammon. Veias verdes, olhos acesos, avançando a passos largos pelo chão quebrado. Eammon fechando uma das mãos sob o queixo de Kiri e a outra ao redor da nuca. O Lobo torcendo a cabeça da Suma Sacerdotisa até um estalo indicar que a tinha matado.

Os olhos contornados de verde pousaram em Red para verificar se ela estava bem, depois se voltaram na direção de Kayu.

— Acabei de falar com Raffe — disse ele, o tom gélido como a floresta no inverno enquanto o corpo da Suma Sacerdotisa caía no chão. — Você tem muito a explicar.

34

Raffe

— Eu só fiz o que fiz para escapar do noivado.

Os seis estavam reunidos em volta de uma mesa na taverna, protegidos por mantos e sentados no canto mais escuro que tinham conseguido encontrar. Não chamavam muita atenção, pois todos ao redor estavam bêbados ou quase lá.

Kayu encarava uma caneca. A terceira que tomava. Raffe não gostava muito de cerveja, mas não havia vinho ali e estava precisando de uma bebida; então ele mesmo virara duas. Tinha parado ali, porém. A expressão no rosto do Lobo era mortal, e Raffe fizera questão de se sentar entre ele e Kayu.

Não se questionou quanto ao motivo.

Durante a louca fuga do Templo, em que haviam deixado para trás o Santuário trancado com os dois cadáveres lá dentro, esperando que a cena de morte sem sangue não fosse descoberta, não houvera tempo para discutir. Foi só quando chegaram à taverna, precisando de um lugar para esperar as duas horas que faltavam até o amanhecer, que as perguntas, e a raiva, tiveram tempo para se revelarem.

— Então, você entrou para a Ordem. — Lyra se estabelecera como a porta--voz, a cabeça fria que agia como intermediária entre os Lobos e Kayu. — Porque não queria se casar.

— Era a única forma de evitar — disse Kayu. — Eu não podia fugir do meu pai para sempre. Escolhi Rylt por ser um lugar distante e remoto. Eu já tinha ouvido dizer que a Ordem estava passando por... problemas..., mas não achei que o Templo ryltês seria afetado.

Raffe fez uma careta. Era o mesmo motivo que levara Neve a enviar para Rylt as sacerdotisas que não tinham seguido Kiri — o mesmo motivo que tinha levado Raffe a mandar a própria Kiri e suas seguidoras remanescentes para se juntar a elas, depois do que acontecera no bosque de sombras. Ao que tudo indicava, porém, as seguidoras de uma religião moribunda estavam dispostas a tudo para mantê-la viva. A viagem de três dias havia mudado a cabeça das sacerdotisas desertoras em relação ao que era aceitável, e elas tinham espalhado o veneno do outro lado do mar, fazendo que ali fosse o lugar perfeito para a chegada de Kiri. Um culto já preparado, só esperando pela líder.

Droga. Ele estava começando a acreditar em destino, em coisas das quais não havia como escapar. E o destino parecia ser um grande filho da mãe.

— Quando cheguei aqui, as únicas sacerdotisas no Templo eram leais a Kiri. E, quando ouviram a minha história, perceberam que eu seria útil. Assim que Kiri chegou e descobriu quem eu era, me deu um ultimato. — Kayu falava quase dentro do copo, em tom tão baixo que ninguém ouviria além da mesa. — Eu poderia ir para Valleyda ou ela me mandaria de volta para o meu pai.

— Só ir para Valleyda? — Red não parecia tão zangada quanto Eammon, mesmo que quase tivesse sido morta. No entanto, havia uma ferocidade no rosto dela que Raffe com certeza não iria querer enfrentar. — Mais nada?

Pelo modo como formulara a pergunta, Red parecia já saber a resposta.

— Eu deveria ir para Valleyda — respondeu Kayu devagar — e encontrar uma forma de trazer Red para Rylt.

Eammon estava quase completamente escondido pelo pesado manto, mas a mão coberta de cicatrizes que segurava a caneca estava visível. Suas veias começaram a brilhar de um tom de verde enquanto ele apertava o recipiente até Raffe achar que ele se quebraria.

Red pousou a mão na dele, e, do outro lado da mesa, Lyra lançou um olhar para o Lobo que não era bem de reprovação, mas de aviso.

— Por quê? — A voz de Lyra se manteve neutra, mas a mão na caneca se contraiu, mostrando as linhas finas dos tendões. Do outro lado, Fife fulminava Kayu enquanto esfregava sua Marca. — Para que Kiri pudesse matá-la?

Um breve aceno de concordância de Kayu. Não houve mudança na postura de Eammon, mas Raffe percebeu que Red o segurava com mais força, como se fosse capaz de detê-lo.

Kayu levou um momento para continuar, o que pareceu razoável diante da fúria dos Lobos e dos amigos próximos.

— Exatamente. — Ela suspirou, contando o resto sem que ninguém tivesse perguntado. — Kiri achou que matar Red resolveria dois problemas: fazer com que Neve não tivesse motivos para resistir aos Reis e eliminar a ajuda de Eammon, já que ele teria que ancorar Wilderwood sozinho novamente.

— O que você quer dizer com *resistir aos Reis*? — O nervosismo deixou a voz de Red dura. — O que eles querem que Neve faça?

Kayu deu de ombros.

— Sei lá. Nem sei se Kiri sabia. Do jeito que ela falava, parecia que estava recebendo ordens dos próprios Reis.

Silêncio na mesa. Raffe tomou um gole longo de cerveja, apesar do gosto de mijo quente.

O rosto de Red estava tempestuoso, os olhos brilhando entre verde e castanho por baixo do capuz do manto. As veias do pulso dela brilhavam em um tom de esmeralda, uma das mãos ainda pousada sobre a de Eammon.

— Então, Kiri achava que era inevitável os Reis se libertarem da Terra das Sombras.

Kayu assentiu.

— Não do jeito que seria antes. Kiri estava certa disso. Seria diferente. — Ela esfregou o rosto, jogando as mechas soltas do cabelo negro para trás. A noite insone entalhara olheiras profundas em seu rosto. — Mas ela não foi clara em como seria diferente.

Do outro lado da mesa, Fife mordeu o lábio, segurando a caneca com uma das mãos enquanto a outra descansava sobre sua Marca. Franziu as sobrancelhas ruivas como se estivesse mergulhando em pensamentos profundos. Ou ouvindo com atenção. Talvez as duas coisas: a floresta vivia nele — não do mesmo modo que vivia em Red e Eammon, mas quase. Ela devia estar dizendo a ele para dar o fora de Rylt.

Raffe gostaria de fazer o mesmo.

Lyra retorceu os lábios, lançando um olhar para Red.

— Isso talvez não signifique nada. Sabemos muito bem que Kiri é louca.

— *Era* — resmungou Eammon. A nota de satisfação empregada naquele tempo verbal fez um calafrio correr pela espinha de Raffe.

— Era — corrigiu-se Lyra. Ela deu de ombros em um movimento gracioso e tomou um gole de cerveja. — Talvez ela só não conseguisse imaginar os deuses dela falhando.

— Ela *falou* com eles. — Red se largou na cadeira. — Se não conseguia imaginá-los falhando, é porque *não vão*. O que não sabemos ainda é o que isso significa para Neve.

Nada de bom. Ninguém respondeu, mas as palavras pairaram sobre eles como nuvens tempestuosas que ainda não tinham se transformado em chuva.

— Precisamos voltar para Wilderwood. — A declaração foi de Fife, as primeiras palavras que disse desde a fuga do Templo, tentando atrasar a descoberta do corpo das sacerdotisas no Santuário. — Assim que possível.

— Já está amanhecendo. — Lyra fez um gesto para a janela. Os primeiros raios de rosa tingiam lentamente o céu acima do oceano. — Mas não temos como fazer a viagem ser mais rápida.

Como se pontuando as palavras dela, o chão rugiu.

Os talheres tilintaram, a cerveja espumosa chacoalhou nas canecas e se derramou na mesa. Os bêbados tranquilos que ainda estavam na taverna ergueram os olhos embotados, sem entender o que estava acontecendo.

O tremor de terra não foi o suficiente para causar danos e acabou tão rápido quanto começou, durante apenas alguns segundos. Quando tudo se acalmou, os clientes da taverna voltaram a atenção para as respectivas canecas como se o tremor não tivesse passado de uma alucinação.

Mas Raffe sabia que não era o caso. E, de alguma forma, sabia que tinha algo a ver com Neve.

— O que foi isso? — Lyra colocou a pergunta em palavras, embora estivesse bem claro no rosto de cada um deles que todos tinham chegado à mesma conclusão que Raffe.

— Neve me contou que a Terra das Sombras está se desfazendo — disse Red em voz baixa. — Acho que os tremores indicam isso. Senti um quando estávamos em Wilderwood, mas não foi tão forte.

As implicações *daquilo* fizeram Raffe tomar o resto da cerveja e pensar em pedir outra. Se conseguiam sentir os tremores tão de longe, como as coisas estariam em Wilderwood?

— Não temos muito tempo. — Fife envolveu o antebraço com a mão, como se a Marca abaixo da manga estivesse doendo. — Temos que voltar.

— E fazer *o quê*?

Red quase cuspiu a pergunta, alto o suficiente para atrair alguns olhares. O tom era de raiva, mas seus lábios tremiam e havia um brilho nos olhos dela que não tinha nada a ver com a bebida. Eammon afastou a mão da mesa e a levou ao colo dela, que se agarrou a ele como uma hera a uma parede.

— Não há nada que eu possa fazer, Fife — continuou ela, mais calma. — Está tudo nas mãos de Neve. Mesmo que eu volte para a Árvore do Coração, não posso obrigá-la a voltar comigo.

— Isso não tem a ver só com Neve. — Os olhos de Fife brilhavam na escuridão; pareciam quase distantes, como se ela estivesse ouvindo palavras sussurradas. — Red, isso tem a ver com coisas além de Neve, e você sabe muito bem disso. Você *é* Wilderwood, vocês dois são. — Ele olhou para Eammon. — Quando a Terra das Sombras se desfizer, quando toda a magia voltar, vocês vão ter que estar lá para contê-la. Para fazer *alguma coisa*, independentemente do que saia de lá.

Aquela, pensou Raffe, tinha sido a maior quantidade de palavras que já ouvira Fife dizer desde que o conhecera.

Lentamente, a expressão distante desapareceu dos olhos de Fife. Ele piscou e olhou para Lyra, que o observava atentamente com uma expressão confusa no rosto.

— Foi Wilderwood que disse isso para você? — perguntou Eammon, a voz surpresa e baixa.

Uma pausa. Fife assentiu, de forma quase relutante.

Red franziu o cenho.

— Eu não senti nada.

Fife apertou ainda mais a Marca, afastando o olhar.

— Talvez a floresta saiba que você não vai ouvir — retrucou ele em voz baixa. — Acho que ela me diz as coisas que vocês dois não querem ouvir.

Eammon olhou para Red com uma expressão inescrutável no rosto. Red mordeu o lábio inferior e empalideceu completamente.

Raffe sentiu uma vontade louca de tomar mais uma cerveja.

— O que você quer dizer com "independentemente do que saia de lá"? — Red engoliu em seco, pousando a mão na própria Marca, como se pudesse obrigar a floresta a se explicar. — É *Neve* que vai sair.

— Eu só disse o que a floresta me disse — avisou Fife, parecendo cansado.

— Nós não vamos machucar Neve.

Raffe quase ficou surpreso ao ouvir o som da própria voz; a julgar pela expressão de espanto à sua volta, os outros também. Ele não tinha dito nada desde que haviam chegado à taverna.

Ele se empertigou e olhou direto nos olhos de Fife.

— Não importa o que a sua floresta disse para você, nós não vamos machucar Neve.

Ao lado dele, os ombros de Kayu relaxaram. Se de derrota, alívio ou uma estranha mistura dos dois, ele não soube ao certo.

— Não — disse Red em tom suave. — Não vamos mesmo.

Eammon não disse nada, mas os lábios dele se contraíram em uma linha fina sob o capuz.

Lyra quebrou a tensão ao pousar uma das mãos no braço de Fife, a outra ainda segurando a caneca.

— Vamos voltar para casa — disse ela. — E, quando a gente chegar, vamos poder decidir do que realmente precisamos para nos preparar.

Não era um sentimento tranquilizador, mas era tudo que tinham.

A tensão em relação a Neve se dissipou e foi substituída por uma mais urgente. Red estreitou os olhos para Kayu.

— Você me salvou.

— Tecnicamente, foi Eammon — respondeu Kayu com a voz suave. — Mas eu tentei.

— Não sei quanto isso significa, já que foi você que nos trouxe para esta armadilha — rosnou Eammon.

— Não foi só uma armadilha. — Uma mecha de hera escapou do capuz de Red, que a prendeu atrás da orelha. — Mesmo que a intenção tenha sido essa, nós conseguimos informações valiosas. Temos uma ideia melhor de com que estamos lidando.

— Mesmo assim. — Kayu levantou um dos ombros e o relaxou em seguida. Estava com o rosto pálido e marcado pela exaustão. — Eu entendo se preferirem me deixar aqui.

— Não. — Novamente, Raffe ficou surpreso em ouvir a própria voz, e mais surpreso ainda com a força da negativa. Olhou para Red. — Não vamos deixar Kayu aqui. Não é seguro.

A porta da taverna se abriu. Um homem entrou cambaleando, já claramente meio ébrio, e se sentou diante do balcão.

— Ouviu falar da confusão no Templo? — perguntou ele para o atendente. — Uma gritaria danada. Parece até que alguém morreu.

— É claro que não vamos deixar Kayu. — Red olhou por sobre o ombro para a janela acima do balcão. Os raios de sol já manchavam o céu. — Todos nós vamos partir. *Agora*.

Tomar cerveja de barriga vazia tinha sido uma péssima ideia.

Raffe apoiou a cabeça contra o casco de madeira da embarcação, grato pela penumbra. Estava certo em relação à avalição preliminar que fizera do navio: a área de carga e aquela à qual o capitão Neils se referira como "cabine de passageiros" era a mesma, com alguns catres feitos de caixotes cobertos por colchões irregulares, distribuídos três de um lado e três do outro com uma cortina pendurada às pressas no meio.

Quando saíram pela porta dos fundos da taverna, o capitão grisalho já estava esperando, a pequena embarcação balançando ao sabor do movimento leve da maré no cais. Ele estava com os olhos turvos, e um bocejo enrugou o rosto bronzeado do homem quando se aproximaram, todos ainda envoltos em mantos. Se ele ficou surpreso, não demonstrou. Kayu lhe dera *muito* dinheiro.

— Bem-vindos a bordo. — Com a mãozorra, apontou a galé atrás de si com um gesto bruto. — O navio não tem nome, mas o meu é Neils. Melhor não me chamarem muito.

Nenhum deles tinha essa intenção. A brisa carregava o som distante de gritos no Templo e as vozes se elevando na taverna atrás deles. Os seis cruzaram a prancha o mais rápido que conseguiram sem correr.

— Vamos logo — disse Eammon, entrando por último.

Era uma ordem, e ela foi seguida. Pelo jeito, Neils era o tipo de homem que permitia que o ouro pesasse mais do que qualquer dúvida.

Agora Eammon e Red estavam do outro lado da cortina, cochichando baixo demais para que Raffe conseguisse ouvir. Lyra e Fife estavam lá em cima conversando com Neils.

Talvez Kayu estivesse com eles. Raffe estava se esforçando muito para não se importar com onde ela poderia estar.

As lembranças daquele breve momento no quarto do Templo não saíam da sua cabeça, brasas de um fogo que não conseguia apagar. Não tinha sido simples, nem um pouco, mas tinha sido *mais simples*. Ele ao menos tivera a ilusão de saber quem ela era, por mais tênue que houvesse sido.

Era amargo o gosto da decepção; decepção e vergonha. Ele devia ter desconfiado de que havia algo errado. Em retrospecto, não conseguia nem acreditar que confiara plenamente na palavra de Kayu, que confiara a ela algo tão imenso quanto a ausência de Neve. Era bem verdade que não tivera muita escolha depois que ela encontrara a carta — o que, ele sabia agora, era justamente a intenção por trás da mensagem —, mas que tipo de absolvição era aquela, caindo feito um patinho na armadilha preparada por Kayu? A Ordem escrevera um roteiro, e ele representara o papel de forma impecável.

Ela plantara a ideia de que precisavam falar com Kiri, que eram necessários em Rylt. E, embora tivessem conseguido informações importantes, permanecia o fato de que o principal motivo daquela viagem tinha sido matar Red.

Sim, Kayu a salvara no fim. E sim, ela sentira que não tivera escolha a não ser dançar conforme a música de Kiri. Mas tudo em que Raffe conseguia pensar era o que Neve diria se o plano funcionasse e Red tivesse morrido.

Se o pior tivesse acontecido, Neve jamais o perdoaria. Ele nunca se perdoaria. A faca teria sido brandida por Kiri, mas a culpa seria toda de Raffe. E mesmo que o pior não tivesse acontecido, ele ainda *sentia* como teria sido se tivesse — uma possibilidade que estava bem ao lado dele, tão próxima que ele conseguia sentir os ecos.

Ainda assim, ele defendera Kayu na taverna.

Não conseguia lidar com aquilo, não conseguia encaixar as coisas. Então, nem tentou. Apoiou a cabeça na parede sem pensar em nada.

— Raffe.

Droga.

Kayu tirara o manto, mas ainda vestia roupas parecidas com as da primeira viagem: calça e camisa largas, cabelo preso com um lenço colorido. Por um instante, imaginou como ela ficaria vestida com o branco da Ordem e rechaçou o pensamento com veemência.

Os lábios dela estavam rachados. As olheiras ainda estavam bem marcadas. Ela trocava o peso de perna, claramente agitada, como se estivesse dividida entre ficar ou fugir.

— Sei que pedir *desculpas* é pouco — murmurou ela, por fim, olhando para baixo enquanto puxava a bainha da blusa. — E também sei que dizer que eu não tinha escolha é covardia, mesmo que seja verdade. Ou que parecesse verdade. — Ela deu de ombros. — Sempre existe uma escolha, acho. Mas quando temos que escolher entre a morte de nós mesmos ou a morte de outra pessoa que não conhecemos, a decisão parece bem simples.

— E quando parou de parecer simples? — A voz dele saiu rouca.

Ela deu um riso triste.

— Praticamente no instante em que pisei em Valleyda. Ver você... Como você se importa com Neve, como a quer de volta... Isso tudo fez eu me importar também, de certa forma. Qualquer pessoa com quem você se importe de forma tão profunda deve ser do bem.

Raffe pensou nos galhos ensanguentados e nas veias cheias de sombras e em rainhas mortas. Não respondeu. Mas abriu espaço ao lado dele, um convite.

Kayu o aceitou e se sentou ao lado dele.

— Depois disso, conheci Red e também comecei a me importar com ela — disse a princesa, sem quebrar o ritmo da explicação. Ela curvou um pouco os ombros. — Eu nunca tive a intenção de permitir que ela fosse assassinada. Não depois de irmos até a Fronteira e vermos aqueles entalhes, não depois de ter a chance de conhecer tanto ela quanto Eammon. Mas eu não sabia como impedir as coisas que já tinha colocado em movimento. Foi isso que fiz durante toda a viagem para cá, durante todo o tempo que passamos em Rylt: tentei encontrar uma forma de tirar todos de lá vivos.

Seis passageiros, ela dissera para Neils quando haviam contratado o navio. A intenção dela era que todos partissem, mesmo sem saber como.

— No fim das contas, a solução não foi nada graciosa ou inteligente. — Kayu soltou um lamento, afastando o cabelo dos olhos. — Foi puro desespero, usando o que eu tinha. Minha reação quase não foi rápida o suficiente. — Ela estreme-ceu. — Fico revendo a cena na mente. O que teria acontecido se minha reação *de fato* não tivesse sido rápida o suficiente, ou se Eammon não tivesse chegado para terminar o serviço que não consegui.

— Não precisamos pensar nisso. — Uma linha salva-vidas para ambos, algo em que se segurar para fugir dos ecos do que não tinha acontecido, mesmo que por muito pouco. — Você reagiu rápido, e Eammon chegou a tempo. Então, não precisamos pensar nisso.

Kayu respirou fundo e assentiu. Por um momento, permaneceram em silêncio, os dois se esforçando muito para seguir o conselho.

— Quero que você saiba que, a partir de agora, estou do lado de vocês — murmurou Kayu. — De modo inequívoco. Não mereço confiança e entendo isso, mas só... só saiba que estou dentro do que quer que a gente precise fazer para trazer Neve de volta e garantir de uma vez por todas que esse seja o fim dos Reis.

— Eu acredito em você. — E era verdade, mesmo que aquilo o fizesse parecer um idiota. — Mas talvez seja mais difícil convencer os outros.

— É justo.

Raffe se virou. O movimento faz os ombros deles ficarem mais perto, o que o fez pensar em outras coisas se aproximando, mas ele não se afastou.

— As coisas seriam mais fáceis se soubéssemos o que precisamos fazer.

— Parece que não tem muito que fazer a não ser voltar para Wilderwood e esperar. — Os olhos de Kayu brilharam na penumbra. — E acho que ninguém está levando essa solução muito bem.

— Sentar e esperar que monstros sejam libertados da prisão não é o que considero um bom passatempo — resmungou Raffe.

De repente, o barco sacolejou para um lado e depois para o outro, rápido o suficiente para que se chocassem uns contra os outros em uma confusão de cabeças, braços e pernas. Raffe ouviu Red gritar, Eammon berrou. Lá de cima, veio o estardalhaço de algo caindo e mais gritos de surpresa.

Raffe foi o primeiro a chegar à escada, com Eammon logo atrás, embora houvesse um brilho de enjoo nos olhos vítreos do Lobo. Neils estava tendo um acesso de risadas roucas, puxando uma corda para ajustar a vela. Fife e Lyra estavam perto da murada, completamente encharcados e com uma expressão de susto no rosto.

— Que onda maluca! — Neils gesticulou para o mar como se ele fosse um cavalo que tivesse pulado uma cerca. — É como se tivesse acontecido um terremoto embaixo d'água ou algo assim! Nunca vi nada igual! — Deu outra gargalhada acima do rugido das águas. — Por todos os Reis! A cara de vocês! Acho que não vai acontecer de novo. Não se preocupem.

Não se preocupem, pensou Raffe, sarcástico.

Pelo jeito, a espera pelo momento em que os monstros seriam libertados da prisão estava ficando cada vez menor.

35

Neve

Neve manteve os olhos fechados enquanto os Reis riam. Manteve-os fechados e pensou na irmã, no lar delas, em Raffe e em Solmir. Todas as pequenas coisas que poderia usar como armadura.

Sentiu o deslocamento de ar quando Valchior estendeu a mão para ela, o rugido da pedra roçando contra pedra à medida que ele se aproximava. Ele tocou na testa dela com o dedo, transformando o mundo verdadeiro em uma ilusão de carne e osso novamente.

— Você ainda quer ver seu traidor? — O tom era alegre, como se tudo aquilo fosse uma piada. E, para ele, deveria ser.

Neve assentiu, erguendo o queixo de forma tão majestosa quanto caberia a uma rainha.

Valchior sorriu, a pele do maxilar desaparecendo para revelar dentes de esqueleto.

— Venha, então.

A projeção do Rei se virou na direção dos ossos espiralados que formavam a parede do Sacrário, depois seguiu até uma abertura na cauda do Dragão morto. Ele se abaixou e passou facilmente pela estrutura de marfim. Engolindo em seco, Neve o seguiu.

Até então, achava que as paredes eram feitas apenas com o esqueleto do Dragão, mas parecia que a suposição estava errada. Se o centro da cauda do Antigo formava o Sacrário, os demais ossos pontiagudos da criatura e de outros monstros formava corredores, aposentos e salas estranhos construídos com costelas unidas e placas quebradas de crânios gigantescos. Não havia um padrão que Neve conseguisse discernir, mas Valchior se movia com confiança, a ilusão do homem que ele fora passando por cima de ossos quebrados como se fossem pedras de um pavimento.

Eles moravam em um palácio feito com os ossos dos seres que haviam matado.

O Rei olhou por sobre o ombro, o espaço ao redor do olho se dissecando para mostrar a órbita ocular vazia. Um sorriso irônico apareceu em seus lábios.

— Tantos ossos... — disse ele em voz baixa.

Inspecionou o chão sob os pés, estalando a língua com uma expressão pensativa no rosto. Depois se abaixou e pegou o osso com a ponta mais afiada.

— Fora do Sacrário, não podemos tocar em nada quando estamos nesta forma. Projetando nossa imagem de como éramos em vez de como somos. — Ele levantou o osso. — Mas aqui, onde nosso poder é mais forte, temos algumas vantagens. Nossas projeções são mais conectadas a nosso corpo físico. Ferir um é ferir o outro.

Aconteceu rápido demais para Neve reagir. Valchior ergueu o osso e o fincou no próprio pescoço.

Ela não soube o que pensar daquilo, e o primeiro instinto foi dar um passo para trás e levantar uma das sobrancelhas. Com certeza alguém empático, alguém *bom*, daria um passo para a frente, com a intenção de ajudar antes que a compreensão de que nada adiantaria aparecesse no pensamento.

Mas não Neve.

E quando Valchior percebeu isso, os olhos grotescos e enormes encontraram os dela tomados por uma falsa expressão de susto, e ele *riu*.

Pegou o osso e arrancou do pescoço. A pele aberta mostrando os ossos brancos estremeceu até as bordas se unirem para fechar a ferida.

— Você aprende bem suas lições. — Ele riu, testando a ponta do osso de novo antes de soltá-lo no chão. — Eu só queria que você soubesse que não adiantaria, antes que tivesse alguma ideia. É necessário mais que um osso de qualquer um dos deuses para nos derrotar, Neve. E mesmo que conseguisse iniciar esse processo, tudo que conseguiria fazer seria liberar nossa magia. Libertar as almas dos Reis. E essas almas precisariam de algum lugar para onde ir: ou para você ou para Solmir.

— Você não deveria me dizer como fazer isso, então? — Era uma abertura fácil demais, provocando em Neve a pergunta que ela sentia que ele não responderia, mas ela não conseguiu resistir: — Não é isso que vocês querem?

— Como você é espertinha, Rainha das Sombras. — Ele estendeu a mão e a pousou no rosto dela. Era pura pele rasgada e osso exposto, e Neve se afastou. Valchior agarrou o queixo dela com força e a puxou para perto do rosto dele. Um olho estava inteiro e era verde, contornado por cílios ruivos; o outro não passava de um buraco oco no crânio. — Só o osso de um deus pode matar outro deus, mas precisa ser de um deus feito da mesma forma. E nos *transformamos nós mesmos* em deuses.

A última palavra foi dita com escárnio, a boca muito próxima da dela, lábios carnudos piscando sobre os dentes de esqueleto.

Neve rosnou antes que a boca dele tocasse na dela, levantando o braço para se afastar do toque com tanta força que ela caiu para trás, em cima de um monte de ossos.

Valchior deu uma risada alegre e jovial.

— Os beijos são só para Solmir — disse. — Certo, entendi o recado.

A projeção do Rei se afastou dela, adentrando ainda mais o labirinto. Neve o seguiu, segurando com firmeza o osso do deus que a Costureira lhe dera, independentemente de ter visto a prova de como aquilo era inútil para ela ali.

Passaram por mais alguns entulhos — Neve não soube precisar por quanto tempo; seu corpo perdera a capacidade de contar o tempo — até que Valchior parou, o espaço escuro diante dele cavernoso demais para que Neve vislumbrasse os detalhes.

— Aqui está ele — disse o Rei, fazendo um gesto de desprezo. — Seu traidor.

E Neve correu na direção dele, nada de timidez ou realeza no gesto.

Um conjunto de costelas. Pelo menos foi o que Neve presumiu. Ossos curvos, arqueados em cima, ligados a uma parte central que parecia segmentada. Mais ossos entulhavam o espaço entre as costelas maiores, fundidas com o tempo como a montanha na qual a Oráculo vivera. Uma pequena fogueira estava acesa no centro do piso de pedra, cuspindo uma chama cinzenta e uma fumaça acre.

E entre os ossos, Solmir, coberto de sangue e ferimentos. Estava sentado, mas se levantou quando ela se aproximou, fazendo uma longa corrente chacoalhar. Um dos pulsos dele estava preso por uma algema brilhante cor de marfim, feita de osso também. Até mesmo a corrente que o prendia ao chão parecia ser feita com ossinhos unidos, vértebras de formato estranho com tamanho suficiente para permitir que ele caminhasse pelo aposento, mas não que ultrapassasse a porta. A poeira se acumulava em volta dos pés dele, marcada com a pegada das botas, como se ele tivesse tentado puxar a corrente e fracassado.

— Aproveite o tempo para pensar — disse Valchior. — Mas lembre-se de que não há muito. A Terra das Sombras está cada vez mais instável. — Ele sorriu, e seus olhos brilharam. — Divirtam-se para decidir quem vai bancar o mártir. Vamos até dar um pouco de privacidade a vocês.

A sensação de um fardo sendo retirado de seus ombros, uma presença sumindo e levando a ilusão com ela. A forma de Valchior se apagou, deixando Neve, Solmir e uma fogueira fraca em uma prisão feita de uma carcaça.

Ela olhou para ele. Ele olhou para ela. O fogo iluminava os ângulos de seu peitoral ensanguentado, as entradas, as saliências e os músculos bem trabalhados. Ela já pensara nele como alguém com os traços afiados de uma adaga, e a comparação só ficara mais exata. Longo e esguio, feito para ferir, perigoso de se portar sem cuidado.

Ele engoliu em seco, e o esforço ficou claro no pescoço. Ela não tivera a chance de olhar para ele tão de perto, não desde que ele lhe dera toda a magia e se tornara apenas um homem. Seus olhos estavam ainda mais azuis, os ângulos do rosto menos brutais, suavizados de alguma forma.

— Neve... — O nome saiu rouco.

Ele estendeu a mão na direção dela, mas desistiu, flexionando os dedos e fazendo as correntes chacoalharem. Não tentou dizer mais nada.

— Eu sei qual é a outra maneira. — A tensão se rompeu em uma explosão de movimentos: Neve se virou e brandiu o osso do deus com o máximo de força que conseguiu. Ele atingiu as costelas que formavam as paredes e caiu no chão. Quando Neve se virou para olhar para Solmir, a expressão dele não tinha mudado, ainda retraída e inescrutável. — Você ia fazer com que eu fosse sua *assassina*, Solmir.

Mártir ou assassina. A história só poderia acabar com um dos dois subindo no altar e o outro segurando a faca.

— Não é tão simples assim — disse Solmir em um tom baixo e quase suplicante.

— Claro que é. Você me deu a magia para que eu não pudesse ser o receptáculo dos Reis. De modo que *você* teria que ser, mesmo tendo fugido disso por séculos. — Anos e anos tentando se salvar, e ele tinha desistido por ela. A mente de Neve esquivou-se do pensamento. Esquivou-se da lembrança de uma conversa no chalé coberto de teias sobre algo que deveria ser *simples*. — E se você fizesse isso, eu teria de matar você.

— Ou poderia deixar Redarys e o Lobo dela fazerem isso por você — murmurou Solmir.

— Não. — A resposta de Neve foi cortante e imediata. — Eu mato os meus próprios monstros.

Os olhos dele dardejaram até encontrar os dela. Neve já o chamara de monstro várias vezes, mas aquela era a primeira vez que dizia que ele era dela.

Solmir se sentou no chão e encostou a cabeça em uma das costelas, fechando os olhos azuis.

— E isso a deixa com tanta raiva assim? Pensar em me ver morto?

Raiva, sofrimento, medo. Mas Neve apenas assentiu.

O brinco prateado na orelha de Solmir brilhou quando ele meneou a cabeça, levantando o lábio em uma expressão de escárnio.

— E aqui estava eu pensando que você adoraria a chance de se livrar de mim.

Ela se aproximou dele com os dedos esticados, pronta para esbofeteá-lo. Mas tocar nele libertaria alguma coisa, a pele dela na dele como uma brasa acendendo o fogo, e aquilo a amedrontou o suficiente para fazê-la parar. Em vez disso, permaneceu de pé, diante dele, com os dentes cerrados e todos os músculos contraídos e tensos.

Era um momento que exigia alguma coisa: ela posicionada como uma deusa vingadora, e ele um penitente ajoelhado diante da fúria dela. Mas nenhum dos dois aproveitou o que aquele momento volátil oferecia. Era algo que só tornaria as coisas ainda mais difíceis.

— Você é um idiota. — Palavras fracas, frágeis demais para carregar tudo que Neve queria dizer.

Ele abriu os olhos, refletindo a luz do fogo.

— Eu sou muito pior que isso.

Ficar longe dele era difícil demais. E ela estava farta daquilo. Então, Neve se sentou ao lado de Solmir e apoiou a cabeça nos ossos como ele.

— Seus olhos ainda são castanhos.

Ela se virou para olhar para ele, franzindo as sobrancelhas.

Solmir encolheu os ombros.

— Toda essa magia que você está carregando... Todo esse poder... E seus olhos ainda são castanhos. Sua alma ainda está intacta. — Ele fez uma pausa. — Isso significa alguma coisa, Neve. Significa que você é boa o suficiente para carregar tudo.

Palavras parecidas demais com as de Valchior. Neve pressionou os lábios rachados.

— Não sou — murmurou ela. — Não sou, Solmir.

— Me diga por que acha isso.

Ele parecia quase zangado. Neve riu enquanto sua mente girava em um turbilhão de coisas que poderia dizer para ele, uma lista de todos os pecados que cometera. Mas ela resumiu tudo a uma palavra.

— Arick. — Ela suspirou.

Aquele nome vivia nos pensamentos dela, um zumbido do qual não conseguia se livrar. O homem a seu lado — o outrora Rei, o deus caído, o vilão daquela peça — causara a morte de um dos seus melhores amigos. Ainda assim, estava sentada ali, tentando encontrar uma forma de salvá-lo. Ainda assim, sabia a distância entre o corpo deles com precisão milimétrica.

Solmir olhou para ela com a expressão confusa.

— O que tem ele?

Que as sombras a levassem, ele ia obrigá-la a dizer. Neve encolheu os joelhos e descansou os braços dobrados, cobrindo a boca.

— Red pode ter brandido a faca, mas foi você que provocou a morte dele. E eu ainda estou aqui, tentando salvá-lo.

Ele não se mexeu, nem disse nada por um instante. Quando falou, foi em voz baixa:

— E não é isso que marca a bondade? Querer ajudar as pessoas, mesmo que elas não mereçam? — Uma pausa. — A compaixão pelos monstros?

Neve gostaria de conseguir pensar naquilo em termos objetivos, preto no branco. Ser capaz de se considerar *má* seria mais fácil do que estar naquela área cinzenta e confusa, sem saber se justiça era querer salvar um homem que não merecia ou buscar vingança por uma morte injusta. Heróis e vilões e os espaços entre as duas coisas, um prisma que mudava os reflexos dependendo do ângulo.

Se ela realmente fosse boa, talvez conseguisse manter a alma de todos os Reis sem ser sobrepujada. Talvez conseguisse controlar o poder deles, conter tudo aquilo dentro de si. Se realmente fosse má, tudo aquilo seria uma causa perdida.

Mas Neve estava em algum lugar no meio do caminho. Em algum lugar humano. E aquilo não lhe dava certeza de nada.

— Eu não sei — disse ela, fechando os olhos. — Eu não sei.

Depois de um momento, ele colocou a mão no chão entre os dois, com a palma virada para cima. Neve escorregou os dedos entre os dele. A magia zuniu onde a pele deles se tocou, mas ela não a liberou e ele não tentou absorvê-la. Não tinham tomado decisão alguma ainda.

Um rugido baixo, fazendo as paredes da prisão de costelas e pedras tremer. Os ossinhos espalhados no chão saltitaram e se espalharam.

— Neve... — murmurou Solmir, por fim, assim que o rugido silenciou. — Permita que seja eu.

Ela apertou a mão dele até os nós dos dedos ficarem brancos.

— Você consegue?

Os dois sabiam muito bem o que ela estava perguntando de forma indireta. Você consegue absorver a alma de todos os Reis sem se perder no meio deles? Sem se tornar algo terrível, algo que eles controlariam, fazendo com que tudo aquilo tivesse sido em vão?

Solmir remexeu os dedos.

— Posso tentar — disse ele, por fim. — Por você, eu posso tentar.

Por ela.

Aquilo deveria ser um alívio. Mas a garganta de Neve ardia.

— Você acha que é fácil para mim fazer parte da sua morte?

Silêncio. Então, Solmir praguejou. Soltou a mão dela e se levantou. Andou de um lado para o outro, passando os dedos pelo cabelo comprido. O sangue manchou a têmpora, deixando uma marca escura.

— Minha esperança era que fosse difícil para você. — Ele se virou, com os dentes arreganhados e os olhos azuis brilhando com frieza. — Maldito seja eu, Neverah... Minha esperança era que não fosse fácil, e isso, mais do que qualquer outra coisa que fiz, significa que sou, sem a menor sombra de dúvidas, o vilão desta história. Mereço ser o receptáculo, e eu mereço que você me mate.

Ela não disse nada. Não havia nada a dizer. Neve só ficou sentada ali, com os joelhos encolhidos contra o peito e o coração apertado.

Em seguida ela se levantou, soltando um palavrão quase tão feio quanto o que Solmir falara pouco antes e estendeu a mão para ele. Ele agarrou o braço dela, a manga do casaco dele como uma barreira entre a pele dos dois, como se soubesse o que ela estava pensando.

— Você não vai dar o poder para mim, Neverah, nem pense nisso.

— Não vou, seu idiota. — Era uma coisa difícil de admitir, e a confissão saiu quase rosnada: — Nem todo beijo precisa ter a ver com magia.

E ele ficou boquiaberto de surpresa quando os lábios de Neve encontraram os dele.

Não foi um beijo gentil, nem suave; foi uma colisão que pareceu alinhar as estrelas como uma trilha, fundindo-se em um sol ou um buraco negro. Foi um beijo voraz, cheio de ânsia e desejo, pois sabiam que aquele era o único momento que teriam.

A surpresa dele durou apenas um instante.

— Que as sombras me carreguem — murmurou ele contra os lábios dela, antes de mergulhar os dedos no cabelo da Rainha das Sombras e a puxar para si.

Ela forçou os dentes contra os lábios dele, sentindo o gosto de sangue; ele gemeu e a empurrou até que as costas dela estivessem contra as costelas que formavam a parede. Usou o joelho para abrir as pernas de Neve, que sentiu o fogo se espalhar até seu cerne.

Solmir tinha gosto de frio. Neve nem sabia como aquilo era possível, mas ele tinha gosto de frio, como o espaço entre os pinheiros no inverno. Era como ar puro. Ela queria sorver aquele ar. Uma das mãos dele a segurou pelo quadril, erguendo-a para que o peito deles se unissem. Usou a outra mão para fazer o casaco escorregar pelos ombros da Rainha das Sombras. Arreganhou os dentes no processo, mesmo por baixo daquele beijo bruto, mergulhando as mãos no cabelo de Neve para puxar a cabeça dela para trás, a boca em seu pescoço, a língua traçando a clavícula. Tudo entre eles eram ângulos afiados, até mesmo aquilo.

Foi fácil tirar as roupas, rasgadas e sujas de sangue como estavam. Solmir chutou os ossos soltos para longe antes de deitá-la no chão, os lábios descendo pelo pescoço, pelo colo e ainda mais baixo. Por mais rápido e desesperado que aquilo fosse, o braço sob a cabeça de Neve era gentil, os músculos retesados para que ela se sentisse confortável.

Ele se afastou por um instante para olhar para ela, olhos azuis fixos em olhos castanhos em meio àquele vácuo cinzento. Sinal de almas. Neve não tinha para quem rezar, mas fez uma oração esperançosa mesmo assim, para que ele fosse forte o suficiente para manter a dele até o final. Um final no qual ela ainda não conseguia pensar.

— Eu amo você. — Solmir proferiu as palavras como se aquilo o enchesse de raiva, como se estivesse desferindo um golpe de manopla, duro contra a garganta de Neve. — Não se atreva a dizer que me ama também.

Então, ela não disse.

36

Red

A viagem deveria durar três dias. Mas, com as ondas estranhas e o vento forte, levou menos de dois.

Neils não entendia as ondas traiçoeiras, que vinham com força suficiente para empurrar o navio, sem nunca ameaçar virá-lo.

— Nunca vi algo assim — disse ele, meneando a cabeça enquanto puxava os cordames. — Essas ondas não nos tiraram de curso nem uma vez.

— Felizmente — murmurou Eammon.

Ele e o capitão grisalho tinham estabelecido uma amizade improvável, já que o enjoo de Eammon — mesmo não tão forte daquela vez — o obrigava a ficar mais no convés do que na cabine. Red não sabia se Neils tinha acreditado na história que Kayu contara às pressas enquanto a galé deixava o porto, afirmando que Red e o Lobo sofriam de um estranho tipo de gangrena; o marujo, porém, não questionara os antebraços de Eammon cobertos de casca de árvore nem o verde que tingia as veias dele, ambas as características mais vibrantes do que antes.

As mudanças estavam evidentes em Red também — a hera no cabelo ficara mais exuberante, e o anel esmeralda que contornava a íris fora crescendo quase a ponto de cobrir a parte branca dos olhos à medida que se aproximavam de Valleyda. Era Wilderwood florescendo conforme se aproximavam de casa, imaginaria Red, não fosse pelo incômodo que sentia, uma sensação no fundo do seu ser que dizia que alguma coisa estava *acontecendo*, alguma coisa que aquele fio dourado de consciência além da dela não sabia como contar.

As ondas, os tremores de terra que sentiam — tudo estava ligado a Wilderwood e à Terra das Sombras. A Red e Neve.

Era noite quando chegaram à costa florianesa, com a lua cheia já flutuando no céu azul índigo. De alguma forma, o porto estava mais agitado naquele horário tardio do que bem cedo de manhã, mas não havia tanta gente nas docas além de alguns pescadores cansados. O ar frio de outono era mais gelado na costa, e ninguém ansiava muito partir enquanto o vento açoitava a água como um chicote.

Neils os levou até uma área vazia do porto, batendo com a mão calejada no leme antes de baixar a âncora. Ele se virou para Red com a expressão de alguém que tinha uma série de perguntas, mas não sabia se deveria fazê-las.

No fim, decidiu não se abster.

— Espero que os problemas que enfrentaram em Rylt tenham ficado bem para trás agora, quaisquer que sejam eles.

— Infelizmente, não é o tipo de problema do qual a gente consiga fugir de verdade — murmurou Red.

Ele riu.

— Sei bem como é. — Um momento de hesitação e, então, o capitão deu um tapinha rápido no ombro dela. — Nesse caso, espero que seja um problema que se resolva.

E se resolveria mesmo. De um jeito ou de outro. Red deu um sorriso fraco para Neils e se afastou da amurada da proa, seguindo para pegar a bolsa dela lá embaixo. Passou por Eammon no caminho, que deu um beijo em sua testa antes de ir falar com o capitão. Disse algo baixo demais para que ela entendesse, e Neils respondeu com uma gargalhada.

Kayu saiu da cabine parecendo um pouco melhor do que quando haviam deixado Rylt. Ela penteara o cabelo, que voltara a brilhar negro e liso como uma cascata, e as olheiras tinham quase desaparecido depois de uma boa noite de sono.

No dia anterior, depois que Raffe saíra e Kayu ficara sozinha, com a cabeça apoiada na parede e os olhos fechados, Red fora agradecer. Tinha ficado parada ali, sem saber ao certo como começar a conversa, o balanço suave do navio fazendo suas pernas vacilarem um pouco.

— Você pode me chicotear com uma vinha ou algo assim. — Kayu abriu os olhos o suficiente para confirmar que era Red mesmo antes de voltar a fechá-los. — Ou seja lá o que deuses enfurecidos da floresta fazem com quem atravessa seu caminho.

— Eu não vou chicotear você com uma vinha.

A ideia era tão absurda que quebrou a tensão. Red se sentou ao lado de Kayu e abraçou os joelhos. Poderia trazer tudo à tona de novo — a trama, Kayu frustrando os planos, o agradecimento e a negação —, mas só de pensar naquilo já se sentia exausta.

— Você fez o que achou que deveria fazer. — Red encolheu os ombros. — Acho que todos conhecemos bem esse conceito.

Uma pausa. Então, Kayu se virou para olhar para ela, os lábios retorcidos de forma intrigada.

— Você está facilitando muito as coisas para mim.

— Você prefere conversar com Eammon sobre isso?

— Não, obrigada. — Kayu se empertigou e esfregou o rosto. — Estou aqui para ajudar no que quer que você precise fazer para encontrar a sua irmã. É o mínimo que posso fazer.

— Gostaria que houvesse algo que eu pudesse pedir para você fazer — murmurou Red. — Tudo em que consigo pensar agora é voltar para Fortaleza e... esperar, acho.

Esperar para ver se Neve decidiria voltar. Esperar para saber o que aconteceria quando a Terra das Sombras se desfizesse. Esperar para ver o que restaria da irmã quando aquilo acontecesse.

— Então, vou esperar com você — declarou Kayu.

Agora todos estavam seguindo para fazer justamente aquilo. Esperar.

Quando Red desceu para a escuridão do porão sob o convés para pegar a bolsa, não conseguiu evitar que os pensamentos fossem para Neve, naqueles longos dias depois que Red desaparecera em Wilderwood, o tempo se arrastando para semanas e, depois, meses. Esperando para ver se os sacrifícios dela seriam suficientes para trazer Red de volta. Esperando para ver se o sangue dela em galhos de sentinelas seria suficiente.

Ela parou antes de voltar para a escada. Seu manto vermelho estava na bolsa. Red o pegou, tirou o cinza que usava e o substituiu pelo matrimonial. O bordado dourado brilhou na penumbra.

Melhor.

Na popa do navio, Raffe estava enrolando cordames, fazendo uma atividade vital para o navio sobre a qual Red não tinha o menor conhecimento. Duas viagens em uma semana, e ela ainda não fazia ideia de como navios funcionavam. Ele andava quieto. O máximo que o ouvira dizer fora o que entreouvira da conversa com Kayu, a voz dele abafada demais para que ela pudesse entender.

— Precisa da ajuda? — perguntou ela.

— Não, está tudo sob controle.

Kayu e Lyra ajudaram Neils a descer a prancha para que pudessem desembarcar. Kayu saiu primeiro, seguindo até a praia onde, além do lugar em que a areia se transformava em grama, os cavalos pastavam perto da carruagem parada.

Red mordeu o lábio.

— Sei que não é da minha conta...

— Lá vamos nós — resmungou Raffe.

—... mas quero que você saiba que não precisa se sentir culpado, Raffe.

Ele parou de enrolar o cordame, olhando para cima de modo que a fumaça condensada de sua respiração subisse para o céu. Red achava que ele ia ignorá-la ou fazer pouco do comentário, mas ele meneou a cabeça e voltou a atenção para o cordame.

— Eu sei que não. Mas é como sinto.

Red não insistiu, apenas se apoiou na murada.

Raffe falou sem que ela o estimulasse, como se fosse algo pelo qual estava esperando. E, se Red bem o conhecia, estava mesmo.

— O jeito que Neve e eu deixamos as coisas... Bem, acho que essa é a questão. Não havia o que deixar. Eu declarei meu amor por ela, e ela não declarou o dela de volta. E mesmo que tenha demonstrado o sentimento, ou pelo menos que se importava comigo, eu... — Ele passou a mão na cabeça. — Agora sinto que nem sei quem ela é. Só sei quem ela *era*.

— Nós mudamos — murmurou Red. Não era uma acusação nem uma absolvição, apenas a declaração de um fato. — Seguimos por caminhos diferentes às vezes.

— Eu ainda gosto dela — disse Red.

Gosto. Não *amo*.

— Eu sei.

— E, quando ela voltar, eu... — As palavras lhe escaparam, e não encontrou nenhuma adequada o bastante. Raffe meneou a cabeça.

— Quando ela voltar, você será um excelente amigo para ela — disse Red em tom decisivo. — Vocês dois vão conversar e descobrir que tipo de relacionamento querem ter. — Ela deu um sorriso fraco, mas reconfortante. — Tudo isso é complicado, Raffe. Sempre foi. Você não precisa saber exatamente o que estava fazendo o tempo todo.

Ele deu uma risada triste.

— Se eu soubesse o que estou fazendo na metade do tempo já seria ótimo.

A carruagem pegou a estrada que levava ao cais, com Kayu na direção. Quando os cavalos pararam, um tremor sacudiu a terra, as docas e algumas árvores esparsas, fazendo a ondas do mar ficarem maiores.

No leme, Neils soltou outra gargalhada.

— Se as coisas continuarem assim, vou chegar a Karsecka em menos de uma semana!

Red deu um sorriso sem graça para ele, sentindo o frio descer pela espinha. Wilderwood fez um arbusto de espinhos balançar nas costelas dela enquanto um galho subia até o pescoço, afiado e pontudo.

Kayu conduziu a carruagem a toda a velocidade, mas os tremores vinham com intervalos cada vez menores. Sentiram pelo menos três nas duas horas que levaram para sair da costa florianesa até a fronteira de Wilderwood, e a intensidade foi aumentando à medida que se aproximavam de Valleyda. Quando cruzaram a fronteira, a poucos minutos de Wilderwood, Kayu passou a ter de parar a carruagem cada vez que um novo tremor começava. Os cavalos pisoteavam o chão durante os tremores, nervosos. Tinha nevado enquanto haviam estado fora, deixando montinhos brancos nos cantos da estrada, os flocos rodopiando no ar quando a terra vibrava. Sempre nevava cedo ali, tão ao norte como estavam, mal dando tempo para o verão abrir caminho para o outono.

— O intervalo entre os tremores está cada vez menor. — Lyra meneou a cabeça, os olhos embotados de preocupação. — Como saber se a Terra das Sombras não já se dissolveu?

— Não tem como saber. — A floresta dentro de Red farfalhou, o botão de uma vinha desabrochando ao longo das escápulas, a raiz enrolada descendo pela espinha. Não era a primeira vez que desejava que Wilderwood conseguisse se comunicar com ela por meio de palavras de novo, mesmo que o preço fosse murchar parte de si. — Vamos saber quando a Terra das Sombras se dissolver.

Do outro lado da carruagem, Fife estava pálido, segurando o antebraço com força. Red contraiu os lábios, de olho nele para ver se Wilderwood falava com o amigo de formas que não falava com ela.

Ela me conta coisas que vocês não querem ouvir.

Mas Fife permaneceu em silêncio.

Outra raiz se retorceu dolorosamente perto do esterno de Red. Eammon apertou o joelho dela — estava sentindo também. Não era a dor profunda e lancinante de sentinelas sendo arrancadas, nada como o que haviam sentido na noite do bosque de sombras quando Neve desaparecera, mas a dor da floresta fazendo... *alguma coisa.*

Alguma coisa que nenhum deles sabia bem o que era.

— E aí? — perguntou Lyra. — Vai ser como uma brecha? Um milhão de criaturas das sombras surgindo de uma só vez? — Ela segurou o cabo da *tor* com mais força, a ponta arranhando o chão aos pés dela. — A gente só vai atirar sangue nelas de novo?

— Não.

Todos se viraram para Fife, surpresos com o fato de a resposta ter vindo dele. Ele manteve os olhos no chão, o maxilar contraído de forma desconfortável, o braço com a Marca bem junto ao corpo.

— Nada de sangue. O sangue sempre foi um curativo, mas nunca resolveu nada de verdade.

Red apertou a mão coberta de cicatrizes de Eammon.

Outro tremor sacudiu a carruagem, a neve desmoronando das colinas que ladeavam a estrada. Os cavalos relincharam, a voz calma de Kayu tentando consolá-los enquanto puxava as rédeas. A carruagem chacoalhou de um lado para o outro, ficando sobre duas rodas.

— Saiam agora! — A voz de Raffe se elevou acima dos relinchos dos cavalos. — A carruagem vai virar!

Fife se levantou, abriu a porta e empurrou Lyra para fora antes de saltar atrás dela.

Eammon agarrou Red pela cintura e se jogou na neve. Umas das rodas se soltou, fazendo toda a estrutura seguir na direção deles; com os dentes arreganhados, o Lobo a agarrou contra o peito e rolou para fora do caminho bem na hora em que a carruagem caiu no chão, exatamente onde haviam estado segundos antes.

A terra parou de tremer enquanto os cavalos galopavam para longe, soltos por Raffe quando saltara do banco do condutor. Ele e Kayu estavam na beirada da estrada, ofegantes, as mãos dela vermelhas pela força que precisara usar para puxar as rédeas.

— Bem — disse Kayu com a voz supreendentemente calma. — Acho que vamos ter que ir a pé.

Estavam perto, felizmente. Viram as árvores de Wilderwood se elevando para o céu diante deles depois de meia hora, a neve girando no ar entre os galhos. Outro tremor leve sacudiu o chão, menor do que o que destruíra a carruagem, mas forte o suficiente para fazê-los parar e se equilibrar na estrada.

Raffe se virou para olhar para Red depois do terceiro tremor em quinze minutos, quando a fronteira de Wilderwood já era visível à frente.

— E se a Terra das Sombras se dissolver enquanto Neve estiver lá dentro? — Os olhos dele lampejaram. — E se Solmir a mantiver lá e ela não conseguir sair mesmo que queira?

Red meneou a cabeça. A voz saiu rouca:

— Não sei o que dizer, Raffe. Não tenho como obrigar minha irmã a sair.

Ele olhou para ela por mais um momento, com os olhos brilhando. Logo que Neve desaparecera na Terra das Sombras, ele perguntara a Red como iriam salvá-la. Naquela ocasião, Red também não soubera o que responder. E ele dissera que aquilo não era bom o suficiente.

Continuava não sendo.

Red não tinha como salvar Neve, assim como Neve não tivera como salvar Red. Ele se perguntava se alguém seria capaz, na verdade. Salvar alguém era um muro que só poderia ser escalado se a pessoa lhe jogasse uma corda.

Quando chegaram à linha de árvores, Red soltou um suspiro involuntário de alívio. Uma tensão que não sabia que estava carregando desapareceu dos ombros, enquanto a floresta sob sua pele se abria em flores maiores, alongando os próprios galhos. Ao lado dela, Eammon respirou fundo, o som lembrando o farfalhar de folhas.

Fife esfregou a Marca no braço, lançando a ele um olhar discreto por sob as sobrancelhas ruivas.

— Nós vamos para Fortaleza, então? — perguntou Lyra. O brilho branco da neve pintava os cachos dela de prateado. Mesmo que não tivesse mais uma conexão com Wilderwood, estar ali parecia acalmá-la. — Esperar que as sombras nos encontrem?

Outro terremoto, forte o suficiente para fazer Red se desequilibrar. Ela caiu na neve, e Eammon a segurou pelo braço. No vilarejo, escondido sob o manto branco, ela conseguia ouvir o som de animais assustados e gritos distantes de medo.

A chave na mão dela pulsou mais rápido, as batidas aceleradas. E alguma coisa naquilo fez o temor no âmago do seu ser crescer mais — uma conexão que, depois de feita, pareceu óbvia.

Era o coração de Neve. Ela conseguia sentir o coração de Neve na chave.

O que significava que a irmã ainda estava viva. Ainda viva e optando por continuar na Terra das Sombras, para acabar com os Reis do jeito que ela e Solmir pudessem.

Red tirou a chave do bolso. Os veios dourados na madeira estavam maiores, *ainda* crescendo, quase cobrindo toda a parte branca. O objeto brilhava forte como um sol em miniatura na palma da sua mão, cintilando ainda mais que a neve. A pulsação — o coração de Neve — estava cada vez mais acelerada, quase visível, batendo em um crescendo.

— Isso tem que significar alguma coisa — murmurou Raffe.

— Acho que sim. — Wilderwood dentro de Red se abriu, novas folhas e flores florescendo totalmente. — Acho que ela está...

Ela parou de falar com um grito, a temperatura da chave aumentando de repente como uma fogueira. Red a soltou e a cambaleou para trás, trombando com Eammon enquanto levava a mão ao peito.

A neve derreteu onde a chave caiu, chiando até repousar na terra.

Então uma explosão os lançou para trás em uma erupção de luz cegante enquanto um tronco branco e dourado emergia do chão, estendendo os galhos brilhantes em direção ao céu.

37

Neve

Não tinha como chamar de confortável o chão de pedra sob a caixa torácica do Antigo deus morto, mas Neve estava ótima acomodada contra Solmir e seu casaco arruinado. A languidez do corpo saciado fez Neve cair em um sono muito mais profundo do que tinha experimentado em anos, enfim livre de árvores brancas gigantescas e limbos entre dois mundos. Eram apenas o sono, a escuridão e o silêncio.

Mas, ao acordar, ainda sabia exatamente onde estava; não houve aquela transição de volta para a consciência que geralmente acompanhava o sono profundo. Ossos estalavam acima da sua cabeça; as brasas cinzentas estalavam na fogueira. Solmir se aconchegou mais contra as costas de Neve, o peito ainda nu, o braço tatuado a abraçando pela cintura enquanto o outro servia de apoio para sua cabeça. Este estava estendido em um ângulo estranho; o pulso ainda preso por uma algema, a longa corrente prendendo-o no chão de pedra.

Ela estendeu a mão e entrecruzou os dedos com os dele, as veias negras contra o cinza pálido.

Valchior logo estaria de volta. Ela não conseguia encontrar energia para se importar. Tinham tomado uma decisão, ela e Solmir, mas Neve não queria pensar naquilo. Não queria olhar nos olhos dele até ser absolutamente necessário.

Primeiro Red, depois Arick e Isla, depois Raffe quando ela entrara nas sombras, e agora ele. Neve sempre perdia alguém.

A pele dela se arrepiou, aquecida apenas onde seu corpo encostava em Solmir. A respiração dele estava calma e baixa contra o ouvido dela, mas Neve sabia que ele não estava dormindo. Sempre que ele se mexia, ela sentia o cheiro de pinheiros. Espinhos irrompiam do pulso de Neve, do espaço entre os nós dos dedos. Ele passou o polegar de leve sobre eles.

— Que afiados — murmurou ele contra o pescoço dela.

Ela se virou, sem falar, escondida no espaço entre o ombro e o pescoço de Solmir. Ele a abraçou mais forte, enterrando o rosto no cabelo sujo e ensanguentado de Neve.

Antes, tinham sido brutos, puras pontas afiadas e desespero; agora, porém, as coisas entre eles pareciam ter se suavizado. Aquilo a assustava um pouco. Quanto mais suave algo, mais fácil de ferir.

— Você está... — Ele sussurrou as palavras no ouvido dela, claramente com dificuldade de encontrar o termo para descrever a emoção que ela estava sentindo.

Ela beijou o queixo dele, deixando que aquela fosse a resposta que nenhum dos dois sabia como perguntar.

As batidas do coração de Solmir sob o rosto de Neve tinham quase a ninado de volta ao sono quando ele falou de novo.

— Quando você voltar para casa e eles perguntaram o que aconteceu entre a gente, não se sinta obrigada a contar — murmurou ele contra o cabelo dela.

As mãos cobertas de espinhos se cerraram, espetando a pele dele. Ele não precisava definir quem *eles* eram. Red, o Lobo, Raffe.

— E se eu quiser?

Ele a abraçou com mais força.

— Você não precisa se explicar — disse ele. — Não precisa me absolver.

Ficaram deitados ali em silêncio, um nos braços do outro, a única âncora que o outro tinha. A chave de madeira ainda enrolada no cabelo de Neve pulsava fria contra sua nuca, fazendo a pele se arrepiar. Distraída, pensou em quanto tempo deviam estar ali. O tempo funcionava de forma estranha naquele lugar, sem sol, lua ou necessidade real de comida ou sono.

Mas fosse quanto fosse o tempo que tinha se passado, ela gostaria de ter mais.

Solmir a cutucou para que se levantasse e pegou a camisola esfarrapada do chão. Sacudiu a peça antes de vesti-la pela cabeça de Neve para espanar ossos e pedrinhas, fazendo a corrente que o prendia tilintar no chão. Depois, acomodou o casaco sobre os ombros dela. Enfiou a mão no bolso e tirou de lá um pedacinho de madeira.

O entalhe do céu noturno.

— Está pronto — disse ele, entregando o objeto para ela. — Se você ainda quiser.

Neve estendeu a mão, deixando que ele depositasse o entalhe ali. Fechou os dedos ao redor dele como uma promessa.

— Eu é que vou cuidar disso — disse ela com a mão ainda estendida entre eles. — Quando nós... Quando chegarmos à superfície. Não vai ser Red, nem Eammon.

— Você mata seus próprios monstros. — Um sorriso triste surgiu no canto da boca de Solmir.

Neve colocou o entalhe no bolso do casaco. Quando mergulhou os dedos no cabelo dele e o puxou para si, Solmir não protestou.

Ainda estavam se beijando, lenta e languidamente sem a intenção de que aquilo levasse a outra coisa, quando ouviram um riso.

Não havia ilusão alguma de Reis para observá-los, já que Neve não estava lá para que Valchior tocasse na testa dela para projetar a impressão do homem que já tinha sido. No entanto, ao que parecia, os Reis ainda podiam vê-los, mesmo sem o truque. A consciência deles estava impregnada em cada osso do Sacrário.

— Não se preocupe, Rainha das Sombras. — A voz reverberou no chão e nos ouvidos dela. — Nós não vimos nada.

Solmir rosnou e cerrou os punhos.

— Que as sombras os carreguem — sussurrou ele no ar vazio, rouco.

Mais risos.

Neve pousou a mão no rosto de Solmir, virando a cabeça dele para que os olhos assustados e arregalados dele pousassem nos dela. Ela já tinha passado do ponto de sentir vergonha. De que importava os monstros saberem que ela era uma coisa sombria feita de desejo?

— Sei que você me disse para não falar — começou ela.

— Não — murmurou ele antes de beijá-la, engolindo a confissão.

Eles se viraram juntos para a abertura do conjunto de costelas, para o arco de ossos que servia como entrada para a prisão. A longa corrente no pulso de Solmir se abriu com um estalo e caiu em uma nuvem de poeira. Os Reis o libertando com a força do pensamento.

De mãos dadas, Neve e Solmir abriram caminho entre os ossos, atraídos para o centro do Sacrário como planetas seguindo a curva da própria órbita.

Os Reis estavam sentados nos respectivos tronos. O crânio do Dragão olhava para eles lá do ponto mais alto do teto, a bocarra eternamente aberta em um grito infinito e silencioso. Neve foi até o centro do círculo com o maxilar contraído e os olhos observadores, a postura graciosa e régia. A mão dela estremeceu dentro da de Solmir, mas ela não permitiu que o temor aparecesse no seu rosto.

A expressão de Solmir era uma máscara para cobrir o terror. Uma careta de desprezo, olhos azuis agudos, lábios retorcidos como se quisesse arrancar cada membro da efígie de pedra.

— Pois muito bem — disse alguém, e Neve demorou para identificar a voz. Malchrosite, o mais reservado dos quatro. — Teve tempo de se despedir?

— Ah, sem dúvida teve. — Byriand estalou a língua, um som estranho naquelas vozes de argila e pedra. — Ela se despediu, e muito bem.

Valchior não disse nada. O Rei olhava para ela, imóvel, o rosto envolvido por gaze e os dedos de pedra parados. Esperando.

Maldito fosse. Ele não ia perguntar. Ia obrigá-los a declarar.

— Estou farto de fugir — disse Solmir em voz baixa e cheia de ódio. — Vou ser o receptáculo de vocês, mas antes vão ter que deixar Neverah ir.

Um momento de silêncio, a calmaria antes do trovão. E depois, uma risada baixa que vinha de todos os lugares ao mesmo tempo.

— Bem, Valchior, você bem que se esforçou. — A voz de Calryes soava debochada, mesmo com aqueles tons pétreos. — Mas parece que vamos ter de nos contentar com um receptáculo de segunda categoria no fim das contas. Você sempre foi uma grande decepção, filho. Fugindo por séculos e séculos só para acabar bem onde começou. Você tentou tanto não ser um vilão... E veja onde está agora.

— Ele é melhor que vocês — rosnou Neve. — Melhor do que vocês jamais serão.

— Isso é o que veremos, não é? — Calryes não tinha como expressar emoções, e a gaze que o envolvia escondia o lugar onde o rosto deveria estar. Mas Neve teve a impressão de que ele estava sorrindo.

Neve sentiu um frio de inquietação na barriga, uma ponta de dúvida.

O Rei diante deles se mexeu, emitindo um som de pedras se atritando umas contra as outras. Valchior se abaixou, os espinhos da coroa horrenda brilhando. Solmir se colocou entre os dois, como se pudesse bloquear o Rei, mas Neve pousou a mão no ombro dele.

— Espere — murmurou ela. A magia no âmago dela se retorceu e se revirou.

Ele não queria. Ela conseguia ver aquilo na linha fina dos lábios contraídos, no brilho aterrorizado dos olhos azuis. Mas, quando Neve saiu de trás dele em direção ao dedo estendido de pedra, Solmir não tentou impedi-la.

O dedo de pedra tocou na testa dela e se transformou em carne e osso. Quando abriu os olhos, ela e Valchior estavam sozinhos no Sacrário, uma ilusão de privacidade.

O Rei não afastou a mão dela imediatamente depois que a ilusão se completou. Em vez disso, escorregou-a da testa para o rosto de Neve, segurando o rosto dela com um brilho de preocupação nos olhos.

— Vou ser direto — disse ele. — Você está cometendo um erro, Neverah.

Ela franziu as sobrancelhas, sentindo a inquietação na barriga se espalhar pela espinha.

— Você quer acreditar que existe algo de bom dentro dele — murmurou Valchior. — E não a culpo por isso. Queremos o melhor para aqueles que amamos. Mesmo quando não há provas disso.

— Mas existem provas. — Os lábios de Neve mal se mexeram, um sussurro naquela vasta caverna formada pelo cadáver de um monstro. — Ele está disposto a se sacrificar para acabar com vocês. Para impedir que voltem.

— Tem certeza? — Ele levantou uma das sobrancelhas. — Tem certeza de que ele vai permitir ser morto no fim? Imagino que é mais provável ele fazer o possível e o impossível para viver. Principalmente com todo o novo poder que tem. Um poder que você está jogando fora.

Ela abriu a boca para dizer que claro que tinha certeza. Mas havia aquela pontada de dúvida na barriga, aquela inquietação.

Valchior continuou, sentindo a fraqueza e pressionando.

— Nós somos um fardo pesado, Neverah. Nossa escuridão é demais para carregar e pesa na alma, a modifica. Mesmo no caso de uma pessoa inicialmente pura e nobre, e você e eu sabemos que ele não é assim.

— Ninguém é. — Mas a resposta não pareceu a refutação forte que ela queria que fosse. Pareceu mais uma desculpa esfarrapada.

— Verdade. — O Rei inclinou a cabeça com um sorriso divertido no rosto. — Mas alguns estão em melhor forma do que outros, e ninguém pode negar que sua alma é melhor que a dele. É muito mais perigoso ele ser nosso receptáculo, e não você. Você foi feita para isso. Para ser a escuridão da luz da sua irmã.

Neve não percebeu que estava chorando até sentir o gosto salgado nos lábios, lágrimas escorrendo sem som pelos olhos. Queria enxugá-las, mas Valchior foi mais rápido, correndo o polegar com gentileza por sua bochecha.

— Isso não é justo. — Só notou que tinha falado aquilo em voz alta quando Valchior assentiu. Ela fechou os olhos. — Não é justo.

— Não mesmo — concordou ele. — Mas todos temos de pagar pelos nossos erros, Neve. Você absorveu a escuridão no bosque de sombras. Você deu início a tudo isso quando não deixou Red seguir o próprio destino.

O pivô, o eixo de tudo. Ela e Red, de novo e de novo. Ela conspirara com Kiri, permitira que a perda de Arick fosse um dano colateral, tinha mudado tudo sem pensar nas consequências. Para salvar Red, verdade, mas também por si mesma. Para sentir que tinha um pequeno controle que fosse sobre uma vida que permitia que fizesse tão pouco, para que tivesse um pouco de capacidade de mudar o que estava errado.

— Mas tem como se redimir de tudo isso. — Valchior colocou o polegar no queixo dela e o levantou. — Pense em tudo que poderá fazer com nosso poder dentro de você. Tudo que conseguirá ao usar a nossa magia.

Ela inspirou fundo, trêmula. Pensou em todos os erros que poderiam ser corrigidos. Pensou no controle que teria.

— Eu sabia que você era quem estávamos esperando — continuou Valchior em voz baixa. — Quando a vi pela primeira vez, quando a *senti* através do bosque que fez. Você nasceu para isso.

— Não posso. — Ela afastou o queixo do toque dele. — Quem quer que saia daqui como receptáculo vai ser...

— Os Lobos não vão matar você. — Havia um tom rascante na voz dele, algo que beirava a irritação. — Redarys não vai permitir que Eammon faça isso. E mesmo que fosse apenas Eammon, ele não mataria a irmã gêmea da mulher. Deixaria você passar.

Mesmo que fosse apenas Eammon. Valchior disse aquilo como se fosse uma possibilidade na qual tinha pensado. O pânico cresceu dentro de Neve. — Red...

— Está ótima. — O tom calmo voltou, o rosto novamente bonito e introspectivo, uma máscara feita para despertar confiança. — Você não sente na sua chave?

A chave. Escondida nas mechas do cabelo de Neve, pulsando gentilmente contra a nuca, fria e reconfortante. Quase o batimento de um coração.

O batimento do coração de Red. Uma garantia de que a irmã estava viva.

— Eles nem precisam saber — continuou ele, afastando o cabelo dela do rosto. — Você pode nos esconder, Neve. Bem no fundo da sua alma, alimentando você com um poder que jamais imaginou. Uma magia que vai fazer as coisas pelas quais você sangrou em um galho parecerem truques baratos de festa. Se aceitar nossa alma, você vai crescer. Vai viver sua vida e deixar um legado abundante. Acabar com a fome, acalmar os mares e curar as doenças. Você será uma deusa de verdade. Todos vão adorá-la.

— E quando eu morrer?

O Rei sorriu, algo brilhando nos olhos.

— E quem disse que você precisa morrer?

Foi aquilo que a fez decidir, o que a arrancou do estado de dúvida e confusão, dos sentimentos mistos de orgulho e culpa. Aquele sorriso de meio segundo, aquele brilho maligno.

— Não — respondeu Neve.

A expressão do Rei endureceu. Os toques gentis e as palavras suaves desapareceram; ele a agarrou pelos ombros e a puxou para si com dedos que não passavam de ossos e tendões e carne pendurada, tudo tomado pela podridão. O rosto se encovou de um lado, a maçã do rosto fazendo uma curva para a direção errada, os lábios ressecados e os dentes deteriorados.

— Você não tem escolha — sibilou ele, o bafo pútrido provocando ânsia em Neve. Valchior não gastava magia para aparecer bonito e inteiro, não mais; usou o suficiente para manter a forma humana de modo a conseguir negociar melhor com ela. — Nós não podemos ser mortos por ossos descartados de deuses, Neverah. Você não pode arrancar um fêmur da parede e nos apunhalar. Já que vamos abrir mão da nossa alma, vai ser de acordo com nossos termos. Você não pode nos obrigar.

A mente dela voltou para quando ele a guiara pelo labirinto de ossos até Solmir — horas antes, ou talvez dias, um borrão de tempo que não aplicava ao mundo inferior. Apenas ossos de deuses poderiam matar deuses, e deveriam ser deuses feitos da mesma maneira, forjados no mesmo fogo. *Nos transformamos nós mesmos em deuses*, ele dissera.

Neve pensou no Leviatã, falando através do cadáver do amante morto diante de uma mesa cheia de algas e água salgada em taças de vinho. Dizendo para ela que a divindade era simples, metade magia, metade crença. *Ele acredita em você. E se quer saber, eu também acredito.*

Como os Reis tinham eles mesmos se transformado em deuses? Com magia, na superfície, em quantidade maior do que qualquer outra pessoa seria capaz de usar, deixando que ela os tornasse poderosos. E magia ali no submundo também, de um tipo diferente e mais sombrio, absorvendo o poder dos deuses, matando-os e drenando tudo que tinham.

Exatamente como Neve tinha feito.

Metade magia, metade crença.

Neve fechou os olhos e se jogou para trás, tanto física como mentalmente — afastando-se do toque da ilusão de Valchior com tanto ímpeto que cambaleou quando se libertou e se viu novamente no círculo dos Reis de pedra. Solmir a segurou e a manteve em pé. As mãos dele estremeceram nos ombros dela, embora ele ainda estivesse com a expressão desdenhosa e arrogante no rosto; Neve se perguntou se ele fingira o tempo todo, um garoto amedrontado bancando o cruel.

Ela se afastou dele. Logo descobriria.

— Ah, Neverah. — Valchior se inclinou um pouco, exatamente como ela queria. — Você poderia ter sido uma deusa.

A ponta dos espinhos que formavam a coroa dele era afiada como lâminas, com um brilho perverso que refletia o marfim do crânio acima deles. Afiados o suficiente para cortar pele, músculo e tendão.

Afiado o suficiente para cortar ossos.

Agindo antes de mudar de ideia, Neve estendeu a mão e passou a palma direita contra o fio afiado da coroa de Valchior, pendendo sobre ela como a grade de uma prisão. Uma dor aguda e cegante explodiu atrás dos olhos dela, um berro escapando antes que pudesse impedir. Mas mesmo assim, ela continuou empurrando a mão até sentir o estalo do osso e sentir que o dedo mindinho se separava do resto da mão.

Ela o pegou, gosmento de sangue e tingido de cinza naquela luz monocromática da Terra das Sombras.

— Eu já sou uma deusa — rosnou Neve.

E fincou o dedo arrancado no buraco onde deveria estar o olho de Valchior, o osso da deusa cortando facilmente a pedra.

38

Neve

Por um momento, imobilidade.

Solmir estava atrás dela, as mãos ainda estendidas como se quisesse tocá-la, mas sem conseguir se mexer. Em volta deles, as efígies de pedra dos Reis, a confusão de pensamentos deles quase palpável no ar embora estivessem congelados no lugar.

— Não era para ser assim. — A voz de Byriand soou velha e trêmula. — Não era...

Sombras sibilando e vazando do buraco na mortalha de Valchior. O poder dele, a alma dele arrancados por um pedaço de osso da deusa ensanguentado, fincado na órbita do olho dele.

O osso de Neve.

A mão de pedra de Valchior erguida, quase em descrença. O sangue de Neve pingando do espinho afiado da coroa.

Então, a enorme mão disparou na direção dela, soltando o rugido retumbante de pedras em movimento lembrando uma montanha desmoronando.

Neve anteviu os movimentos, sabia o que estava por vir. Acreditara que era uma deusa e aquilo se tornara verdade; o poder no seu âmago se avivou com aquilo, a escuridão brilhando nas veias, fazendo os espinhos ficarem mais longos e afiados. A sensação era a de que um véu fora erguido, sua nova divindade polindo tudo até que as coisas brilhassem com uma clareza perfeita.

Movendo-se mais rápido que nunca, ela estendeu a mão e arrancou o dedo decepado do rosto de Valchior. Estava escorregadio por causa do sangue, mas ela conseguiu segurar.

— Solmir!

Neve não olhou para ver se ele pegaria a arma que jogara para ele. Não olhou para se certificar de que ele sabia o que tinha de fazer. Confiava nele.

Ele talvez até merecesse agora.

A mão de Valchior se chocou contra a testa dela com tanta força que provavelmente a teria derrubado se ela não fosse uma deusa recém-forjada. Ainda assim, doeu, e ela teve de se esforçar para manter o equilíbrio à medida que o toque do Rei a tirava da realidade e a lançava em uma ilusão.

Em uma meia ilusão, na verdade. Valchior estava preso em algum lugar entre o homem que fora e o mostro que se tornara enquanto sua alma saía pelo olho. A metade do rosto que ela golpeara era imensa, monstruosa, osso e pedra e véu rasgado, as proporções dissonantes e incapazes de se encaixar. A outra era a do homem que tinha sido, com as mesmas características que mostrara a ela antes, mas retorcidas de alguma. A fúria o fazia cerrar os punhos, e a boca estava retorcida em uma careta inumana.

Os nós dos dedos do Rei acertaram o rosto de Neve. Ralou a pele dela, pedra em vez de carne, apesar da ilusão que se tremulava. Ela cambaleou para trás, sangue escorrendo da mão de quatro dedos.

— Vagabunda. — O xingamento saiu trovejante do lado monstruoso da boca e sibilado do outro, lábios inteiros e dentes quebrados em uma harmonia de fúria. — Eu estava tentando ajudar você, Neverah.

— Não precisa fingir mais. — Mesmo nas profundezas da ilusão, ela conseguia ouvir os gritos e urros, a algazarra de ossos e pedras. O som rouco do grito de Solmir.

A ilusão se desfez, mostrando a ela o Sacrário por um segundo. Neve viu Solmir, coberto de cortes e machucados, segurando o dedo decepado dela. Atrás dele jaziam dois monolitos estilhaçados, só os resquícios de coroas pontiagudas. Sombras trêmulas subiam e desciam pelas veias do braço dele, fazendo as unhas se transformarem em garras e os dentes em presas. O azul e o preto se alternavam nos olhos, em uma guerra contra o negro profundo da imensidão do espaço.

Ele fizera exatamente o que sabia que devia fazer — usar o osso para golpear os Reis, liberar a alma deles para que pudesse atraí-las para si. Os outros não eram tão fortes quanto Valchior e não estavam resistindo. Eles se deixaram absorver por Solmir como se ele fosse uma segunda pele, fazendo o corpo do Rei reagir assim como reagia à magia, mas de forma amplificada. Afiada, cruel e dolorosa.

A ilusão voltou quando Valchior a golpeou com as costas da mão de novo; mais fraco dessa vez, mas ainda forte o bastante para quase fazer Neve cair de joelhos.

— Eu não estou fingindo — sibilou Valchior, a língua visível pela mandíbula esquelética enquanto se retorcia atrás dos dentes. Ele se erguia acima dela, monstro e homem. — Eu estava tentando dar a você uma forma de continuar com ele, Neve. Você nunca foi muito boa em continuar com as pessoas de quem gosta, mas eu não esperava que fosse tão apegada a um caminho que acabaria matando *todas* essas pessoas.

O coração dela não passava de um pulsar irregular e rápido demais no peito, um contraponto acelerado às batidas calmas da chave presa em seu cabelo.

— Só ele — disse ela, porque o pensamento completo era pesado demais para verbalizar.

Só Solmir morreria. Ele era a única pessoa de quem Neve gostava que teria de sacrificar, e para sempre daquela vez, sem esperanças de que algum galho ensanguentado e religião modificada o tentassem trazer de volta.

Os resquícios da imagem da mortalha de Valchior apareciam e desapareciam sobre seu rosto. Na ilusão dele, ela não era capaz de enxergar a fumaça negra da alma do Rei escapando no ar, mas conseguia ver como ela ia comendo lentamente a aparência humana que ele apresentava, deixando aparecer menos pele e mais pedra.

— O que acha que vai acontecer quando Solmir nos absorver, Neve? Você não é burra.

Uma piscadela, a ilusão tremeluzindo de novo. Solmir, agora de quatro diante do trono vazio que já fora dele, com veias ficando negras, dedos alongados e articulações e extremidades afiadas demais. Presas irrompiam da boca escancarada. O azul dos olhos era só um fantasma, um sopro de cor frágil.

— Venha, então, garoto. — Calryes, o último Rei, estalando enquanto se inclinava para colocar a cabeça imensa e coroada de espinhos ao lado da do filho. — Faça alguma coisa de útil pelo menos uma vez na vida.

Valchior novamente, diante dela, Solmir e Calryes fora do seu campo de visão.

— Ele não vai conseguir nos abrigar — disse ele. — Não sem se perder completamente. E se acha que sua irmã e o Lobo dela ou até mesmo *você* serão capazes de controlar o poder dele, o nosso poder, está redondamente enganada. E qualquer um que fique no nosso caminho será varrido da face da nossa *terra*.

A palavra veio com mais um estalo da mão dele contra o rosto dela. Os ossos recentemente divinos da face de Neve rangeram, mas não quebraram. Mesmo assim, ela ofegou, a dor fazendo sua visão ficar embaçada.

— Se fosse você, teríamos tempo de fazer o mundo que queremos — murmurou Valchior. — De forma suave e gentil, de um jeito que todos aceitassem, porque eles não querem sair da vidinha deles para ver como as coisas de distorcem. — Ele inclinou a cabeça, o sorriso afiado passando do lado humano do rosto para o monstruoso. — Tudo teria sido muito mais elegante. Mas a destruição, a devastação... Isso serve também.

A sensação da pedra se afastando dela, a mão pesada do deus enfim se afastando da testa de Neve e levando consigo aquela ilusão pela metade. A Rainha das Sombras caiu no chão, encolhendo-se toda enquanto a estátua de Valchior despencava do trono.

Não quebrado, não ainda. A fumaça ainda saía do olho de Valchior bem devagar. Como se ele estivesse esperando alguma coisa.

Um tremor sacudiu o chão, o suficiente para fazer os dentes dela baterem. Pó de ossos se elevou no ar, caquinhos de marfim se soltando das paredes para polvilhar o chão. Lá em cima, o crânio do Dragão trepidou, a mandíbula gigantesca se soltando.

A ferida onde o dedo mínimo de Neve ficava ainda jorrava um sangue espesso, preto, naquela luz sem cor. Aquilo deveria estar enfraquecendo-a, deixando-a tonta, mas tudo que sentia era um latejar de dor. Era uma deusa agora, e deuses não morriam de hemorragia.

Só morriam quando a alma se consumia e desaparecia.

— Com medo? — A risada de Calryes rugiu como um deslizamento tectônico, um som que fez a cabeça dela doer. — Você realmente vai falhar bem agora no final, Solmir? Deixar o trabalho incompleto? Só porque está com medinho de carregar minha alma? — Era impossível ver o rosto dele, mas Neve sabia que devia estar com uma expressão de escárnio. — Será que devo contar a você por que o odeio tanto em vez de deixar meus pensamentos se revelarem na sua mente? Quando eu estiver dentro de você, esses vão ser os únicos pensamentos que você vai ter. Quanto eu o odeio. A *decepção* que você sempre foi para mim, para sua mãe, para Gaya, para sua Rainhazinha das Sombras...

Com um rosnado, Solmir se levantou segurando o dedo decepado de Neve, o sangue dela escorrendo até o cotovelo dele. Fincou o osso na coxa coberta de pedra de Calryes.

A estátua não se moveu enquanto a fumaça saía da ferida improvável, o Rei libertando a própria alma. Mas a risada dele ecoou no ar, louca e entrecortada.

A fumaça da alma partiu na direção de Solmir, adentrando pela boca, pelos olhos e pelas narinas. O grito foi de dor; ele caiu de joelhos enquanto as sombras pulsavam dentro dele, as veias escuras, o azul dos olhos se apagando. Os lábios esticados sobre dentes alongados, espinhos surgindo no corpo com poças de sangue cor de carvão marcando os pontos da pele de onde irrompiam.

A última parte da alma de Calryes deixou a rocha; a estátua explodiu como se tivesse sido atingida por um martelo invisível, fazendo pedras e poeira voarem pelo aposento. O chão estremeceu, um tremor praticamente contínuo agora, sacudindo o crânio lá em cima e todos os ossos que formavam as paredes. Solmir soltou um som engasgado, como se estivesse com as almas dos Reis presas na garganta.

— Neve. — O nome dela saiu rouco, e ele o proferiu como se fosse algo difícil de se lembrar. — Neve, eu não consigo...

A cabeça dele se torceu para o lado, um movimento nada natural que poderia ter quebrado seu pescoço se Solmir ainda fosse humano. Os olhos se abriram, totalmente negros agora, o rosto contorcido em uma expressão que poderia ser de angústia ou de alegria terrível.

— Garoto estúpido. — A voz não era dele. Aguda demais, quase trêmula. Byriand. — Ele considerava tanto a própria alma, achava que era algo que poderia manter em separado, mas é só uma coisa franzina e retorcida...

Solmir gemeu, virando a cabeça de novo com um claro esforço. Fechou as mãos ao redor da pedra, as garras em que as unhas tinham se transformado arranhando a rocha. Quando ele olhou para ela, um brilho azulado contornava suas pupilas de novo.

— Eles são tão barulhentos... — Era a voz dele desta vez, o tom arrogante e direto amortecido pelo medo. — Neve, eles são tão barulhentos, só consigo ouvi-los, não consigo *pensar*.

Ela correu até ele, levando a mão aos ombros, ao rosto afiado de Solmir. A magia dentro dela se revirou e retorceu, tingindo suas veias de sombras. Antes, quando tocava Solmir, o poder se oferecia para ele também, algo fácil de trocar de um para o outro. Mas agora ele se recolhia das mãos de Neve, como se pudesse se esconder dentro dela, como se não quisesse ser passado adiante de novo.

Porque agora ela era uma deusa, e só a morte poderia fazê-la liberar o próprio poder.

— Eles querem... — O olho dele se alternava entre preto e azul. — ... querem coisas terríveis, um mundo queimando, e falam *alto* demais.

— Não ouça. — Ela sentiu gosto de sal e o rosto molhado. — Solmir, não ouça, você é *bom*, você consegue...

Com um estalar do pescoço, os olhos dele ficaram negros de novo. Abrindo um sorriso cruel, ele forçou o próprio peso contra as mãos de Neve, fazendo-a se desequilibrar e cair de costas. Depois se ajoelhou em cima dela, aprisionando o rosto da Rainha das Sombras entre as mãos cheias de garras, a boca dotada de presas perto o suficiente para dar um beijo nela.

— Ele é bom? — Era a voz trovejante de Calryes, tão alta e perto que ela se encolheu. — Ou é isso que diz a si mesma para não se sentir uma prostituta por ter ido para cama com ele?

Ela o esbofeteou com a mão ensanguentada por puro instinto — em parte por causa das palavras, em parte porque ouvir a voz de Calryes sair da boca de Solmir era uma execração. A mão dela atingiu um dos dentes afiados, abrindo um corte que começou a sangrar. Ele sorriu. Perto daquele jeito, ela conseguia ver as cicatrizes que cobriam a testa dele. Algo metálico brilhava ali. A coroa dolosa e afiada crescendo de novo.

Os olhos dele mudaram para um tom baço de azul. Ele a encarou com a expressão horrorizada, a boca se movendo sem emitir som algum.

— Neve — disse ele por fim, cambaleando para trás, cortando-se com as próprias garras. — Neve...

— Está vendo agora?

Valchior. A estátua do Rei ainda estava caída de lado, ainda inteira, enquanto a alma dele ainda saía pela ferida do olho — um fio delicado de fumaça que parava e se juntava no ar em vez de seguir direto para Solmir, como os outros. A voz estava fraca, mas havia um tom de triunfo nela.

O medo provocou um frio na barriga de Neve. A chave trançada no cabelo pulsou um pouco mais rápido, como se estivesse seguindo o ritmo do coração dela.

— Ele aguenta. — Uma mentira, e a prova era a coisa monstruosa na qual Solmir estava se transformando diante dos olhos dela. Mas Neve disse as palavras assim mesmo, como se pudesse as transformar em verdade.

— Ele está se esvaindo — continuou Valchior com a voz suave, ignorando completamente a Rainha das Sombras. — Aquele pedaço de alma do qual ele tanto se orgulha não vai aguentar a presença de todos nós. O peso é demais para carregar. Pouco tempo atrás, ele era exatamente aquele vilão que você acha que nós somos.

— Pouco tempo mesmo — concordou Solmir. E havia um brilho de azul nos olhos, mas era muito fraco, e ela não conseguia dizer se o sorriso dotado de presas era de alegria, tristeza ou, de alguma forma, uma mistura dos dois. Ela não sabia dizer se a voz era dele ou de um dos Reis enjaulados.

— Ele vai perecer. — A voz saiu mais fraca, enquanto mais da alma de Valchior deixava o corpo de pedra e se revirava no ar, como uma tempestade prestes a cair. — Você realmente acha que os Lobos vão conseguir detê-lo? Acha que você consegue? Ele... *Nós* vamos fazer todos os deuses que você matou parecerem bichinhos de estimação.

— Não. — Solmir meneou a cabeça e fechou os olhos com força, tentando abafar as vozes na sua cabeça. Pressionou as mãos nas têmporas, as garras ferindo o rosto. — Não, não, não, eu não vou, por favor, parem...

— Ele está perecendo — sussurrou Valchior. — Tudo de que precisa é um *empurrãozinho*.

E a palavra saiu às pressas, a tempestade que era a alma do último Rei dominando Solmir em uma torrente de sombras. A estátua explodiu. A fumaça negra fluiu para dentro das narinas, dos olhos e da boca de Solmir, um berro rasgando sua garganta enquanto Valchior entrava nele.

O Sacrário tremeu. Mais ossos se soltaram das paredes e se espalharam pelo chão. Neve se levantou, boquiaberta, repleta de divindade e de poder inútil que não poderia fazer nada por ele, encarando Solmir a se retorcer no chão.

Mas, então, ele se levantou, e foi pior.

Estava alto demais. Com articulações em excesso nas pernas. As garras na ponta dos dedos eram afiadas, assim como os dentes. O cabelo estava solto em volta do rosto, fazendo com que seus traços parecessem ainda mais afiados, cada ângulo entalhado com precisão de uma faca.

Não havia mais azul nos olhos dele.

— Neverah Valedren, lindinha. — Era a voz de todos eles juntos, um coral de Reis saindo de apenas uma boca. — Aquela que nunca foi suficiente para salvar as pessoas que ama.

E Solmir — ou o que tinha sido Solmir — partiu para cima dela.

Neve sabia, por algum tipo de instinto, que ele ia tentar pegar a chave. As garras tentaram mergulhar no cabelo dela; ela desviou para o lado, deu meia-volta e começou a correr, tropeçando em pedras e ossos quebrados. Ele riu, cinco vozes unidas em uma única e terrível cacofonia enquanto uma daquelas pernas estranhamente articuladas lhe passava uma rasteira. Neve se esborrachou no chão, mordendo o lábio quando o queixo atingiu o solo, o ar expulso do pulmão em um só golpe.

No momento seguinte ele estava em cima dela, debruçado sobre suas costas, apoiado sobre garras que pareciam grades de uma prisão dos dois lados da cabeça dela. Neve tentou se virar, atirar espinhos no pescoço dele como tinha feito tanto tempo antes, mas o poder não se solidificava; com facilidade, ele neutralizou as gavinhas da pobre tentativa dela de reagir.

— Neverah, Neverah — as vozes sussurraram. — Agora é hora de decidir se queremos manter você viva ou...

Algo mudou. Ela não conseguia ver o rosto dele, mas sentiu na atmosfera uma luta intangível e intensa marcando o ar.

— Neve, você tem que me matar. — Era a voz de Solmir, rouca e fraca no ouvido dela. — Você tem que abrir a porta e me matar *agora*.

Ela fechou os olhos. Estendeu os dedos na direção da nuca.

E o crânio do Dragão finalmente se soltou.

Caiu na direção deles, muito maior do que ela imaginava, e Neve se perguntou o que aconteceria se fosse esmagada por um crânio gigante na Terra das Sombras, onde não podia morrer. Solmir rolou, tirando ambos do caminho, os olhos ainda azuis e o corpo de Neve envolvido em um abraço das garras que a fez sangrar.

O crânio caiu com força suficiente para afundar parte do chão de pedra. Nos pontos em que se quebrou, não havia nada além de escuridão, girando e sibilando como o inverso de uma estrela.

A Terra das Sombras estava se dissolvendo.

Ao lado do buraco formado pelo impacto, Neve e Solmir inverteram a posição. Ela montou no quadril dele em uma paródia de como tinham ficado na prisão feita de costelas. Ele olhou para ela no instante em que o último raio de azul morreu em seus olhos.

— Você vai perder tudo — disse Solmir na voz de todos os Reis.

E já não tinha perdido? Não poderia voltar para a própria vida na superfície. Já tinha se provado uma péssima rainha; Valleyda merecia mais do que alguém capaz de deturpar o poder político garantido pelo nascimento para ganho próprio. Red estava segura com seu Lobo, mas intocável e irreconhecível. E Raffe...

Ela já libertara Raffe.

Então, o que havia para ela? Nada além daquilo. Garantir que os Reis morreriam e continuariam mortos. Garantir que aqueles que tinham sido feridos pela vida que ela levara teriam um lugar para se curar.

Estivera disposta a acabar com o mundo pela irmã. Aquilo era diferente?

— Não se eu desistir primeiro — murmurou Neve.

E se inclinou para dar um beijo em Solmir.

As presas machucaram o lábio dela. As garras foram até a cintura, e ela não sabia se era para atirá-la longe ou puxá-la para si, mas ela continuou o beijo, um beijo de verdade, um beijo que dizia tudo que Solmir não a permitira dizer e tudo que ela não sabia como proferir, um beijo que dizia tudo que nunca tivera tempo de descobrir.

Ela sentiu os Reis fluindo para dentro dela. A alma deles parecia óleo rançoso enfiado pela goela de Neve, uma doença que ela sentia estar pegando. Vozes malignas rindo na sua mente, coisas estranhas chacoalhando seu coração.

Doía. Lágrimas escorreram pelo rosto da Rainha das Sombras. Mas ela manteve os lábios colados nos de Solmir até sentir que toda a escuridão, que cada pedacinho daquelas almas monstruosas que não pertenciam a ele, tinha deixado aquele corpo e entrado no dela.

Enfim, a única alma que Solmir continha era sua própria. Pequena e reduzida, talvez, mas pela qual ele lutara com ardor. Não o suficiente para se opor ao mal de Cinco Reis, não ainda. Mas um dia seria.

E agora ele tinha uma chance.

Foi o último pensamento coerente de Neve.

Zunidos, gritos e gargalhadas, uma tempestade barulhenta de sons terríveis que não saíam da sua cabeça. Neve berrou e cobriu os ouvidos com a mão cheia de espinhos, sem perceber que Solmir estava saindo debaixo dela, segurando-a pelos ombros.

— Neve! — Ele berrou bem perto do rosto dela, tentando ser ouvido por sobre o som terrível dos Reis dentro da cabeça da Rainha das Sombras e o desmoronamento do Sacrário, o mundo de desfazendo em volta deles.

— Neve, você não pode fazer isso, você tem que devolvê-los...

— *Não!* — A resposta veio dela e de todas as almas presas dentro de si. Cinco recusas diferentes que o fizeram cambalear.

Neve fechou os olhos. Não conseguia se ouvir falando, só sabia que as palavras saíam da própria boca porque sentia o movimento.

— Tem que ser eu. Se dominarem você, vão dominar o mundo. Eu consigo controlá-los.

Consegue?, perguntou a voz macia de Valchior na mente dela. Parecia um verme abrindo caminho pelo crânio, deslizando em uma invasão que ela não conseguia impedir. *Ou será que você vai ser tão terrível quanto ele, mas mais astuta?*

Havia um tom de satisfação nas palavras, um prazer. Ela tentou não ouvir, mas era impossível não se afogar nos próprios pensamentos. Neve levou as garras ao cabelo e arrancou a chave dali. Mechas enroscaram nos espinhos que cresciam nos pulsos e na chave como raios de um sol negro.

As gavinhas de sombras na madeira branca tinham crescido; agora cobriam quase a chave inteira, e brilhavam com uma não luz que machucava os olhos. Solmir tentou tomar o objeto dela, mas ela estendeu a mão e um arbusto de espinhos o envolveu, detendo-o.

Era difícil caminhar com todos os Reis dentro da cabeça, como se a alma deles tirasse seu equilíbrio. Mas Neve andou assim mesmo, seguindo o instinto e a atração exercida sobre a chave pelo buraco aberto com a queda do crânio do Dragão, pela escuridão efervescente que fora revelada.

Você acha que sua irmã vai ser capaz de matar você?

Valchior. Aquilo a fez parar, os passos vacilantes no chão que tremia.

Você tentou salvá-la, e ela tentou salvar você. Ele parecia radiante de tão feliz. Aquilo fez as pequenas partes da mente de Neve que ainda pertenciam a ela se retraírem, e a Rainha das Sombras foi tomada por um medo que lhe provocava um frio gelado na barriga. *Não importa quão terrível você seja. Amor correspondido, Neverah. Tudo que ela quer é que você esteja viva.*

Os Reis gritavam na mente dela, horror demais contido em seu corpo, toda a magia da Terra das Sombras. As gavinhas que subiam da abertura no chão fluíram para ela sem que ela precisasse fazer esforço, sua própria gravidade sendo o suficiente para atrair a energia para si. Uma mulher transformada em monstro, transformada em um lar para sombras.

Mas ela tinha um trabalho a fazer. Tinha escolhido ficar ali para não deixar nada incompleto. Aquela era sua redenção, e ela tinha escolhido levar aquilo até o fim.

Neve pegou a chave, cuja pulsação estava acelerada como a dela. Jogou o objeto no buraco no chão, em toda aquela escuridão sibilante que formava o firmamento da Terra das Sombras.

E enquanto a Árvore do Coração crescia — o portal que ela e Red tinham comprimido em chaves pela força do amor correspondido, pela disposição de fazer o que fosse necessário para salvar uma à outra — ela ouviu Valchior rindo, rindo e rindo.

Você desempenhou seu papel com perfeição, Rainha das Sombras.

Raízes surgiram onde ela tinha jogado a chave; um tronco branco se estendeu em direção ao teto quebrado do Sacrário. Uma abertura no céu cinzento e anuviado, um traço de cor quando o portal se abriu.

Neve agarrou a mão de Solmir, puxando-o com ela. Se estava protestando ou tentando se desvencilhar, ela não sabia.

Deu um passo em direção à Árvore do Coração, tentando ignorar a voz, tentando se segurar no meio de toda aquela sombra serpentiforme. O tronco se abriu, a escuridão lá dentro cheia com uma roda e o brilho do que pareciam ser estrelas, como um limbo entre dois mundos, um corredor para passar de um para o outro.

Quando ela entrou, Valchior sussurrou, cantando ao longo de seus ossos:

Eu disse que era o que queríamos.

39

Red

Wilderwood estava dourada.

Ela fluía de onde a Árvore do Coração crescia na parte da frente da floresta, brilhando como um sol em forma de um conjunto de ramos, uma luz que queimava e se espelhava pelos veios de todas as folhas e envolvia todo o tronco. Um fosso de sombras ao contrário, que não apodrecia a mata, mas... a despertava. Tocando cada parte da magia da floresta, banhando-a em uma luz que fazia o espaço parecer imerso em uma penumbra crepuscular.

Red se levantou da neve, protegendo os olhos. Ainda não havia sinal da irmã.

Sentiu o coração acelerar, uma pancada de pavor cujo gosto quase podia sentir.

— Red.

A voz de Eammon, rouca. Ele estava ao lado dela, sentando-se com uma careta de dor, o cabelo molhado pela neve. Mas o olhar dele estava fixo na mão de Red, que pegou entre as dele com um misto de espanto e medo na expressão.

Ela seguiu o olhar do Lobo e seu coração disparou ainda mais. Red já tinha se acostumado a ver suas veias de outra cor; daquela vez, porém, não estavam verdes — estavam douradas, como se todo sistema vascular dela tivesse sido banhado em ouro. Os olhos buscaram os de Eammon, esperando ver algo semelhante nele, os dois brilhando para combinar com a floresta.

Mas Eammon não mudara como ela. Um cintilar fraco brilhava nos pulsos e nos nós dos dedos, mas nada comparado às linhas de luz que dardejavam pelo corpo de Red.

Aquela das Veias Douradas. As peças se encaixaram. Todas. A Rainha das Sombras, Aquela das Veias Douradas. Coisas escritas nas estrelas, papéis já definidos em que ela e Neve se encaixavam de forma perfeita.

Como se a mudança tivesse sido engatilhada ao ser notada, Red começou a sentir uma alteração bem no âmago do seu ser, no exato lugar em que sentira o poder de Wilderwood bem antes de aceitá-lo e torná-lo parte de si. Uma atração exercida pela Árvore do Coração, mitigada apenas pela presença de Eammon ao seu lado. Ela sentia que era puxada em duas direções diferentes, como se estivesse suspensa entre a Árvore do Coração e Eammon, como se cada um detivesse uma metade da sua alma.

Eammon olhou para ela. Red não via um medo como aquele no Lobo desde que Neve desaparecera.

Os outros se levantaram do chão, jogados longe pelo surgimento da Árvore do Coração. Kayu estremeceu, o cabelo escuro molhado de neve derretida. Raffe a ajudou a se levantar e a abraçou pelo ombro.

— A gente tem que fazer alguma coisa? — Quem perguntou foi Lyra, levantando-se e espanando a neve das pernas. Olhou para Red, depois para Eammon, notando o dourado das veias deles, o jeito como as de Red brilhavam mais. — A Árvore não está fazendo nada sozinha.

Eammon escondeu a expressão de medo e contraiu os lábios, segurando as mãos de Red com mais força. Dentro deles dois, Wilderwood mudou e despertou, incomodada, mas não em sofrimento. Agitada, esperando, desejando.

Mas sem dizer nada.

Red olhou para Fife. Estava apertando a Marca com força, os olhos distantes. Ela sentiu um calafrio.

A coluna de Red formigou, e as raízes se apertando ao redor dela a lembrou de quando Wilderwood começara a florescer e crescer naquele calabouço sob o palácio de Valleyda. De quando a arrancara de perto de Neve e a levara de volta para dentro de suas fronteiras.

Agora, ela a puxava em direção à Árvore do Coração. Em direção à irmã, em vez de para longe dela.

Eammon, porém, não sentia a mesma atração. Ela conseguia ver isso nos olhos dele, no jeito como ele ficava olhando dela para a Árvore logo atrás com os lábios contraídos. Ele conseguia sentir a atração exercida sobre *ela*, mas não sentia a mesma coisa. Red cambaleou em direção à Árvore, Eammon cambaleou em direção a Red. O coração dela estava partido ao meio, sempre, seus dois lares nunca satisfeitos em dividi-la.

A magia à qual ela se ligara era de um tipo egoísta. Não permitia que ela vivesse todas as vertentes de amor que carregava dentro de si.

A boca de Fife se contraiu em uma linha dolorosa. Os olhos se afastaram de Red e pousaram em Eammon. Era como se tivesse acabado de receber uma ordem que não sabia muito bem como cumprir. Esfregou novamente a Marca no braço.

Um tipo de compreensão começou a se desenrolar na mente de Red, junto com os ramos florescentes da floresta que carregava.

O chão rugiu de novo, um tremor forte o suficiente para deslocar a neve e fazer todos precisarem se equilibrar para não cair. No vilarejo, as vozes ficaram mais altas. Red meio que esperava que o povo subisse a montanha com tochas e forcados; ao que tudo indicava, porém, a magia que impedira que vissem o bosque de sombras também protegia a Árvore do Coração. Wilderwood cuidava dos próprios assuntos e não queria plateia.

A floresta *queimava* dentro de Red, retorcendo-se junto aos ossos; a magia de Wilderwood estava forte e brilhante como sol. A sensação de Red era a de estar abrigando brasas dentro de si; sentia que se abrisse a boca emitiria luz. Não percebeu que chegara mais perto da Árvore do Coração até Eammon a segurar pelo pulso, o padrão das cicatrizes contra a pele dela familiar como um lar.

— Red — murmurou ele, deixando transparecer toda a preocupação, o medo e a cautela. — Espere...

Outra explosão, de fazer os dentes baterem e a terra tremer. O ar em volta da Árvore vibrava, quase visível tamanha sua força.

O centro da Árvore se abriu, o tronco se arqueando com elegância para revelar seu lado oco. Uma luz efervescente e infinita preenchia o espaço, como um telescópio apontando diretamente para o sol. Era lindo e terrível ao mesmo tempo. Os olhos de Red ardiam, e ela sentia a luz da Árvore cantando para a luz dentro dela.

O oco foi escurecendo devagar, como se alguma coisa estivesse se erguendo das profundezas, das raízes gigantescas da Árvore. Algo imenso e terrível.

Mas tudo em que Red conseguia pensar à medida que a sombra imensa se erguia era: *Neve está voltando para casa.*

Traços finos de escuridão subiam pela Árvore do Coração, linhas sinuosas de sombras seguindo os veios dourados enquanto o oco escurecia. Mas a escuridão não dominou o dourado; em vez disso, os dois se entrelaçaram, traçaram um o inverso do outro, luz e sombra se enroscando em uma dança que pintava arabescos no tronco, imitando os entalhes dos muros da Fronteira. Por um instante brilhante, a Árvore do Coração se impôs, alta, pintada com um padrão de dourado e preto, um nexo perfeito de Wilderwood e da Terra das Sombras e o espaço entre as duas. Red se sentia como um farol na costa, brilhando para chamar a irmã de volta para casa.

Embaixo dela, o chão tremeu e espasmou, indicando que algo estava prestes a emergir. As sombras preencheram totalmente o oco no tronco da Árvore, infiltrando-se até abafar todo o dourado...

E outra explosão se fez ouvir quando toda aquela escuridão no centro da Árvore se lançou para fora.

Red foi atirada para trás e caiu de costas, todo o ar expulso dos pulmões. A queimação de Wilderwood dentro dela aumentou ainda mais, embora não de forma necessariamente dolorosa — apenas implorava por movimento, uma energia selvagem e cinética que fazia todas as flores em volta do seu coração se abrir e as vinhas que envolviam as costelas crescerem e murcharem até começar tudo de novo, em um ciclo infinito de vida e morte.

Inversos e espelhos, reviravoltas ambulantes de tristeza e perda. A perda de Neve, a perda de Eammon, e agora eles a perdendo.

A certeza daquilo cresceu junto com as flores, e um ramo se estendeu entre as escápulas em concordância. Sem falar nada ainda, mas finalmente confirmando o que Red não queria ouvir, finalmente permitindo que ela compreendesse o custo de tudo aquilo.

Para salvar Neve, Red teria de se perder de si mesma de alguma forma. Talvez a morte. Talvez algo diferente, algo mais estranho, um pós-vida criado pela floresta que se tornara o seu lar, a magia tão entranhada nela quanto raízes fincadas na terra.

Com aquela conclusão ecoando nos ouvidos, Red se sentou e olhou para a Árvore.

Não conseguia enxergá-la. A Árvore do Coração estava totalmente bloqueada por um muro de fumaça que se retorcia. No início, Red achou que eram criaturas de sombras, um amálgama delas impedindo Neve de sair, mas aquelas sombras não eram pretas — eram cinzentas como a fumaça de uma vela apagada, além de silenciosas. Fracas, de certa forma, como se tivessem perdido o poder.

Ao lado dela, Eammon se agachou, a boca contraída e os olhos cor de âmbar contornados de verde se estreitando enquanto fitava as sombras. Com um rosnado, ele correu até o muro; foi lançado para trás imediatamente, porém, repelido pela fumaça que se retorcia.

Mas Red se sentiu atraída por ela. Convocada.

Lyra estava de queixo caído, o olhar se alternando entre o lugar onde Eammon se levantava e o muro de sombras serpenteantes que tomara o lugar da Árvore. Finalmente pousou em Red, e a expressão do rosto de Lyra passou de preocupação para quase desespero.

— Red...

Ela olhou para as próprias mãos.

As veias cintilavam ainda mais, um brilho cada vez mais forte. Ao mesmo tempo, a floresta atrás dela perdia todo o vigor, o brilho dourado se dissipando das árvores tocadas pela magia e fluindo para Red — como se todo dourado tivesse partido para arrebanhar a magia desgarrada e a devolver ao receptáculo apropriado.

Eammon olhou da floresta para ela, contraindo o maxilar e cerrando os punhos. Colocou-se entre Red e Wilderwood, como se pudesse servir como um escudo para ela por uma última vez.

Tarde demais.

— Ela não vai levar você. — Eammon murmurou aquilo como um eco do passado, uma batalha que já tinha travado e que voltava a se apresentar diante dele. — Nós não fizemos tudo isso para essa maldita floresta simplesmente tomar você, Red.

Mas ela sentiu o reconhecimento de que a floresta a tomaria *sim* vibrando entre os ossos, em todos os lugares que Wilderwood ocupara dentro dela e transformara em outra coisa; não exatamente uma deusa, não exatamente um monstro, não exatamente humana. Red nunca tinha sentido o peso de olhar para o poço de uma possível eternidade, como sabia que Eammon fizera. Ela presumira que aquilo viria com o tempo, que os incontáveis anos se depositariam nela do mesmo jeito que acontecera com o seu Lobo, enquanto caminhavam de mãos dadas para todo o sempre.

O para sempre deles durara bem pouco.

Por todos os Reis, como doía. Lágrimas escorreram pelos olhos dela diante da ideia de deixar Eammon, de condená-lo novamente à solidão. Parecia que um buraco se abria no peito de Red, como se ela estivesse flutuando na escuridão sem uma âncora.

As coisas terminariam assim? Uma escuridão sem fim, sem ninguém com quem pudesse compartilhar a solidão?

— Red, *pare*!

Braços a seguraram pela cintura, fortes e conhecidos, ancorando-a no lugar — Red nem tinha notado que estava caminhando em direção ao muro de sombras até Eammon a deter.

— Fique comigo — murmurou ele com a voz rouca e suplicante. — Red, fique comigo.

Ele estava entendendo agora. Ele sabia. Wilderwood farfalhou no peito dela, outro florescer de reconhecimento — ela precisava de tudo aquilo. De toda a floresta, de toda a magia. Salvar Neve exigiria que ela se tornasse o que Eammon se tornara para salvar *Red*, um ciclo se fechando.

Wilderwood, inteira. Uma garota virando deusa.

De esguelha, Red viu Fife se empertigar na neve.

Seria diferente daquela vez, alguém se tornando Wilderwood em sua completude, absorvendo cada pedacinho da magia. Ela teria de juntar tudo e, depois, ir até as sombras e sua antítese e enfrentar o que quer que Neve tinha se tornado na escuridão.

Eammon não se importava com a magia — sabia que poderia invocar Red de volta, exatamente como Red invocara Eammon. O amor era uma linha que sempre conduziria um de volta para o outro.

Mas aquela escuridão. Aquela sombra. Neve mudara. Neve estava esperando.

Aquele era o lugar para o qual Eammon não queria que ela fosse. Para o qual ela tinha de ir.

E do qual nenhum dos dois sabia se ela iria sair.

— É egoísmo da minha parte pedir. — Eammon segurou o rosto dela, um toque cálido e áspero; uma lágrima se formou no olho contornado de verde e escorreu pelo rosto dele, cortando a cicatriz que ele tirara dela na biblioteca com cheiro de café e folhas. Red nunca o vira chorar. Já o vira perto das lágrimas, mas nunca *àquele ponto*; e aquilo, mais do que qualquer outra coisa, causava nela uma angústia que lhe consumia o coração. — Que droga, Red, eu sei que é egoísmo, mas... — Ele parou, encostou a testa na dela. — Fique, por favor. — A voz saiu em um sussurro. — Sei que você quer salvar sua irmã, e eu quero que você a salve também, mas não consigo... Precisa ter um jeito diferente.

Um jeito no qual ela não precisasse adentrar aquela escuridão efervescente, deixando-o sem floresta, humano e sozinho. Um jeito em que fosse possível o mundo ter as duas irmãs Valedren, a feita para o trono e a feita para o Lobo.

Mas esse jeito não existia. Não existia desde a morte de Gaya, desde que os Reis tinham quebrado o pacto com Wilderwood. O mundo nunca fora grande o suficiente para acolher a Primeira e a Segunda Filhas de forma livre e desimpedida.

Aquilo tinha de mudar. Aquela era a única forma.

— Eu amo você — declarou Red, murmurando as palavras contra os lábios dele. Estavam salgados pelas lágrimas, que ela não sabia de qual dos dois era. — Eu amo você.

Eammon não disse que a amava também. Não precisava. O sofrimento sufocado na garganta era o suficiente.

Red o beijou. Não foi um beijo quente, mas sim cheio de necessidade do jeito que muitos beijos eram. Ela se recusava a pensar naquilo como um adeus, mas era uma bênção, o fim de alguma coisa. Mergulhou a mão no cabelo do marido e puxou a cabeça dele até que encostasse na dela; emitindo um som sofrido, Eammon a abraçou, apertando tão forte que ela quase ficou sem ar.

Então, Eammon ficou rígido. As costas esticadas, o queixo erguido, olhando para o céu cheio de flocos de neve.

Atrás dele, Fife tocava a espinha do Lobo, o rosto retorcido em uma expressão de concentração. A Marca no braço dele brilhava em tons de verde e dourado, tão forte que ele teve de desviar o olhar, tão doloroso que a boca se contraiu.

O novo pacto, aquele que nenhum deles tinha entendido até instantes antes. Até a compreensão chegar a Red, Wilderwood crescendo e se movendo para ajudá-la a compreender o que era necessário.

O novo pacto de Fife era o fio condutor. Um receptáculo, por mais temporário que fosse.

A expressão de Fife ao olhar para ela era de tristeza tingida de raiva, mas foi com o Lobo que ele falou:

— Sinto muito, Eammon. Sinto muito mesmo, mas eu sabia que você não entregaria a floresta a Red, e ela precisa dela toda.

Wilderwood saiu de Eammon devagar, tantos e tantos anos levando tempo para se desfazer. A hera sumiu do cabelo, as pontas dos chifres retrocederam para dentro das têmporas, o verde que contornava os olhos desbotou até o branco.

A floresta foi se esvaindo para deixar apenas o humano para trás — e, que as sombras caíssem sobre ela, ele era a coisa mais linda que ela já tinha visto na vida.

Fife fez uma careta de dor, a Marca do Pacto no braço aumentando enquanto Wilderwood passava de Eammon para ele. Parou bem na altura do cotovelo, brilhando em tons de dourado e verde, um receptáculo de magia. Um jeito de tirar a floresta de um e passar para o outro.

Como se a floresta soubesse que o amor que seus Lobos compartilhavam poderia arruinar mundos.

Eu deixaria o mundo queimar antes de machucar você. Eammon dissera aquilo, uma confissão de que a amava antes de se atrever a usar as palavras. Wilderwood o ouvira, Wilderwood reconhecera a verdade. E providenciara um plano alternativo.

Eammon caiu na neve, olhos fechados. O rosto parecia pacífico, o peito levantando e baixando em um ritmo constante. Pela primeira vez, ela o via sem nenhum vínculo com a floresta, apenas um jovem de nariz quebrado, cabelo escuro e cicatrizes misteriosas, e ela sentiu vontade de chorar.

Tirou o manto vermelho e dourado e o cobriu. Não queria que sentisse muito frio.

Lyra, Raffe e Kayu se mantiveram afastados, como se não quisessem se aproximar demais do que estava acontecendo entre os Lobos e o homem que fizera um pacto com a floresta. Kayu parecia assustada; Raffe, confuso. Mas os olhos de Lyra estavam arregalados e úmidos, a mão pressionada contra a boca como se quisesse reprimir um grito.

— Você acha que ele vai nos perdoar? — sussurrou Red.

Fife olhou para a silhueta encolhida do Lobo — o antigo Lobo — em vez de para ela.

— Ele sempre vai perdoar você.

Todos ali sabiam que, às vezes, o amor tornava coisas monstruosas necessárias. Todos sabiam da própria capacidade de destruir mundos.

Lyra enfim se aproximou, a neve fazendo com que os cachos escuros parecessem mais claros e formassem uma auréola ao redor da cabeça. Não pediu esclarecimento, não fez perguntas. Tinha lido nas entrelinhas, tanto nas veias douradas de Red quanto na magia girando no receptáculo que era a Marca de Fife. Engoliu em seco e estendeu a mão, cujo tremor só era visível por causa do brilho da neve ao redor.

Red a pegou. Lyra não era uma pessoa de abraços, então Red se controlou, embora quisesse envolver a amiga com os braços e a apertar com força.

— Obrigada — disse ela. — Vocês dois.

— Não aja como se isso fosse um adeus. — Lyra meneou a cabeça, a expressão pétrea em contraste com a umidade nos olhos.

Ela pressionou os lábios. Red engoliu em seco.

A palma da mão de Fife era uma massa de verde e dourado, a porção de Eammon da magia de Wilderwood presa e segura ali, esperando que Red a tomasse para si.

Antes que pudesse pensar melhor, Red bateu a mão na de Fife.

Uma pausa. Em seguida, Wilderwood fluiu a toda, entrando nela e florescendo entre seus ossos. Foi mais rápido do que da primeira vez em que Red aceitara as raízes, e doeu menos — o corpo dela já estava acostumado com aquilo àquela altura, acostumado a abrigar algo inumano. O dourado inundou seu campo de visão, deixando-a cega; quando o brilho desapareceu, ela tinha se tornado a floresta, completa e inteira.

A linha de consciência que corria paralela à dela era barulhenta, o som de galhos se partindo e vento soprando entre as folhas. Por um instante, quase a sobrepujou, mas, então, tudo ficou silencioso, deixando espaço suficiente para que a mente de Red continuasse sendo dela.

Quando Eammon fizera aquilo, Wilderwood não tinha experiência, não sabia como se abrigar sem afogar a pessoa. Agora se dobrava, transformando-se em algo que poderia ser carregado.

O estalo dos galhos e o sussurro das folhas se transformaram em palavras breves e tranquilas. Wilderwood falando com ela, finalmente. Ela sabia que seria a última vez.

Olá, Lady Lobo. Estamos prontas.

Red abriu os olhos. As gavinhas de hera no cabelo haviam se recolhido em uma coroa. Chifres pesavam nas têmporas, feitos de madeira branca que irrompiam da pele de maneira natural. As veias em volta dos pulsos tinham germinado folhas outonais, como se Red estivesse usando pulseiras de ouro feitas de folhagem.

Ao lado dela, Eammon estava deitado no chão, envolvido pela neve e pelo manto vermelho. Lentamente, Red se curvou e pressionou os lábios contra a testa dele.

Então, Redarys Valedren — a Segunda Filha, a Lady Lobo e Wilderwood, a floresta — se virou para a Árvore do Coração.

Red avançou, as pegadas na neve mais pesadas do que antes, as mãos estendidas e prontas para passar pelo muro de sombras. Já que a Árvore do Coração não lhe devolveria Neve, ela a arrancaria de lá. Desceria ao mundo inferior pela irmã.

Quando estava a passos de distância da barreira de fumaça, um tremor sob seus pés quase lhe tirou o equilíbrio. Atrás dela, um grito, enquanto os outros se esforçavam para continuar de pé na neve que escorregava.

Mais um abalo, como se a própria terra estivesse em trabalho de parto.

A sombra se dissipou toda de uma vez, a fumaça se esvaindo no ar, como se o que quer que a tivesse criado tivesse desistido. Atrás dela, a Árvore do Coração, ainda coberta de veios dourados e pretos, luz e sombra se retorcendo.

Um momento de alívio, um grande peso tirado do coração de Red. Se a sombra tinha se desfeito, talvez Neve estivesse vindo logo atrás...

Então, a Árvore do Coração se abriu completamente no meio.

O tronco se partiu como se a mão de um gigante estivesse esmagando-a de cima. Galhos caíram, estilhaçando-se no chão coberto de neve; pedaços de madeira passaram voando perto da cabeça de Red, rente à coroa de hera e aos chifres pesados.

A Árvore do Coração havia desaparecido.

E, no meio das ruínas, havia um vulto escuro.

40

Neve

Ela sentiu a Árvore do Coração se quebrar quando fechou os olhos, enquanto direcionava todo o novo poder que tinha absorvido em um pensamento único: a superfície. Fugir. Seu próprio mundo.

O riso brutal de Valchior ecoou na mente dela, alto e forte demais para ignorar. *O mundo que você vai entregar para mim.*

A escuridão polvilhada de estrelas em volta deles ficou dourada no mesmo instante em que os últimos fios que seguravam a Terra das Sombras se romperam. O que restou da prisão criada tanto tempo antes se transformou em nada, esvaziada de toda a magia, de todos os deuses. Neve era a soma de todos os deuses agora, de toda a Terra das Sombras, de todo o poder, e era ela mesma e nada e tudo ao mesmo tempo enquanto se movia pelo espaço infinito entre o mundo que chegara ao fim e o mundo real.

Neve sentiu a queda e o colapso, sentiu como se os próprios ossos estivessem se estilhaçando. Berrou, mas o som se perdeu no espaço negro à sua volta, o nada se arremetendo para ocupar o lugar do mundo inferior que já não existia mais.

Todo o poder estava dentro dela agora. Era uma mulher transformada em mundo, e aquele mundo era escuro e fervilhante.

Não conseguia ver nem ouvir Solmir, mas sentiu quando ele fincou as unhas nela, tentando mantê-la perto. Foi em vão; aquela estranha e nova atmosfera só sabia ser sozinha, e o afastou. Ser uma deusa era solitário, solitário demais.

Toda a magia que engolira se misturava à voz dos Reis na cabeça dela: *faça esse novo mundo ser nosso cheio de escuridão e sombras para governá-lo com morte e sangue e frio...*

Neve só percebeu que tinha chegado a algum lugar fora de todo aquele vazio porque finalmente conseguiu ouvir os próprios gritos.

Estava nevando — sentiu os flocos molhando a camisola rasgada e as botas velhas que a Costureira lhe dera. O cheiro de ar frio e folhas.

Parou no meio do tronco da árvore destruída, que se abria à sua volta quase como um trono, as pontas quebradas emitindo fios de fumaça que rodopiavam no ar frio. Ficou imóvel ali. Era estranhamente confortável, e tocar a madeira queimada a ajudava a bloquear a voz do Reis.

Nosso mundo agora ela vai viver e nós vamos viver dentro dela e os Lobos não vão matá-la isso é tudo nosso ela não vai conseguir se segurar por muito tempo...

Solmir estava caído a alguns metros dali. Imóvel, mas ela conseguiu ver o movimento da respiração no peito. Era estranho vê-lo em cores: o castanho dourado do cabelo comprido e da barba bem aparada, o tom rosado das cicatrizes na testa. O hematoma arroxeado no maxilar, os anéis prateados brilhando contra os nós dos dedos vermelhos e esfolados.

Seu monstro, apenas um homem.

Uma parede de sombras cinzentas serpenteava em volta deles, como fumaça presa em um recipiente de vidro. Drenada de toda magia, de toda escuridão, servindo apenas como barreira entre eles e o resto do mundo. Os dedos de Neve se contraíram por instinto, as garras cortando o ar.

Red estava ali. Conseguia sentir. Precisava de Red para terminar aquilo.

A fumaça se dissipou ao seu comando. Havia três pessoas ali, paradas longe demais para que ela visse direito, manchas na neve. Mas uma delas estava mais perto e chamou sua atenção, assim como a dos Reis que aprisionara dentro de si.

Um homem, caído e imóvel, dormindo. Cabelo negro, enrolado enquanto o de Solmir era liso, comprido, mas não tanto. Cicatrizes no rosto, na sobrancelha, nas mãos. Neve olhou para ele. Nunca o tinha visto antes, mas alguma coisa nele parecia familiar, como se ela devesse saber quem ele era.

Outros sons ecoaram na escuridão, outras vozes, e ela conseguia ouvir gritos ao longe. Mas toda a consciência de Neve estava presa no próprio corpo, em um receptáculo móvel que mal parecia pertencer a ela.

Algo vermelho pingou dentro do seu olho. Sangue. Neve levou a mão à testa, envolta em espinhos e veios negros. Sentiu as pontas de uma coroa de ferro irrompendo de sua pele.

Exatamente como nós. Era a voz de Valchior, baixa e sibilante na cacofonia de magia que Neve carregava. *Toda aquela conversa fiada sobre ser melhor... Você quase caiu nela, não foi, Neverah? Você não é melhor. Você não é* boa. *É só mais uma monarca sedenta por poder e com disposição para fazer tudo que estiver ao seu alcance para conseguir o que quer. Vou mostrar para você.*

— Cale a boca! — Ela não tinha controle sobre a própria boca, sobre as próprias cordas vocais: as palavras saíram como um grito, embora a intenção dela era a de que fosse um sussurro. Neve bateu com o punho envolto em espinhos na testa, sem pensar em nada a não ser fazê-lo se calar. A extremidade da mão ainda era um caos sangrento por conta do dedo que tinha arrancado, a ferida se abrindo novamente quando atingiu os espinhos da coroa. — *Cale a boca!*

Um riso ecoou na cabeça dela, fazendo-a ranger os dentes. Será que ela também estava rindo? A própria boca emitindo a voz de Valchior? O corpo era um fantoche que ela mal conseguia controlar; a parte externa tinha o mesmo tamanho com o qual vivera por vinte anos, mas a parte interna estava inchada de magia e sombras. A sensação era que ela poderia se desfazer a qualquer momento.

A destruição já fazia a ponta dos dedos de Neve formigar, pronta para ser usada, pulsando nas veias. Um desejo de agarrar o mundo pelo pescoço e sacudi-lo até acabar. Aquelas vozes distantes de pessoas na neve incomodavam seus ouvidos, gerando uma irritação que foi crescendo no peito, fazendo que quisesse gritar. Neve contraiu os dedos em antecipação, sabendo que poderia usar a magia espinhosa para esgoelar aqueles que a incomodavam.

— Não. — Um gemido entredentes.

Neve levou as mãos ao peito, como se pudesse prendê-las ali. Aquilo tinha de acabar. Não aguentava mais.

Cambaleou para a frente, os pés amortecidos.

— *Neve!*

Uma voz que ela reconhecia, elevando-se em pânico do meio da névoa.

Neve se virou, as sombras girando com ela. O vulto que vinha na direção dela era Red, mas uma Red modificada — com chifres feitos de tronco branco nas têmporas, o verde dominando totalmente a parte branca dos olhos, hera coroando o cabelo dourado. Ela já era linda e selvagem antes, mas nada se comparava àquela nova beleza. Red era pura luz dourada em contraponto à escuridão sem fim da irmã.

Um soluço escapou da garganta de Neve, sabendo o que ela estava prestes a pedir. O que precisava que sua gêmea fizesse.

Apesar da elegância de outro mundo, Red quase tropeçou na pressa de chegar até a irmã, passando pela neve derretida e pela lama. Elas se abraçaram, luz e escuridão.

Por um instante, Neve se permitiu relaxar nos braços de Red, deixou-se levar pela ilusão de que estava chegando de uma viagem.

— Você está aqui — murmurou Red contra o cabelo dela. — Você voltou.

Neve não respondeu, apenas soltou o soluço sofrido que não conseguiu engolir. Red a abraçou mais forte, as folhas que enfeitavam os punhos roçando nos espinhos de Neve.

A balbúrdia dos Reis ficou mais alta, quase a deixando surda, engolindo as palavras reconfortantes que saíam dos lábios de Red. Algo sobre casa, sobre se curar. *Eu consigo consertar isso, consigo consertar isso. Eu consigo.*

Só havia um jeito de consertar.

O controle que tinha sobre si era fraco, vidro vibrando a ponto de se partir. Valchior e os outros lutavam para dominar sua mente, seus ossos, sua alma que continha a deles. Os dedos dela estavam pretos, como se tomados por ulcerações de frio, querendo se dobrar, querendo obrigar aquele mundo a se curvar diante da força das sombras dentro dela.

Meu mundo, Valchior sibilou no ouvido de Neve, as palavras serpenteando pelo crânio dela. *Nós vamos nos divertir tanto, Neverah... Existem outros receptáculos em que você poderia me despejar quando perceber que ficamos melhores juntos, quando perceber todas as coisas incríveis que podemos conquistar. Você pode encontrar alguém de quem gosta, outro corpo para eu ocupar. Até mesmo o de Solmir...*

— Pare. — O som saiu entredentes, cortando quaisquer palavras de consolo que Red oferecia.

Era uma ordem para a alma do Rei que ela abrigava, mas também para a irmã. Ela não podia consolar Neve agora. Era tarde demais.

Red se calou e se afastou um pouco, mas continuou com as mãos nos ombros dela. Os olhos verdes e castanhos marejados.

— Diga o que quer que eu faça, Neve.

Um som suave veio da neve atrás dela, onde o homem de cabelo escuro estava caído. Ele se mexeu e abriu os olhos cor de âmbar.

— Red... — O Lobo. Só podia ser.

Red fechou os olhos com força, e uma lágrima solitária escorreu pelo rosto.

— Diga do que você precisa — murmurou a irmã, os tendões do pescoço se contraindo com o esforço de não se virar para o Lobo na neve. — O que quer que seja, vou fazer.

— Promete? — sussurrou Neve.

E a irmã arregalou os olhos, tomados pelo horror e pela compreensão e por uma tristeza afiada o suficiente para cortar.

Dentro da cabeça de Neve, nos lugares ocos, a alma dos Reis chacoalhava os ossos dela como se fossem grades de uma prisão. O poder dos Antigos que tinham matado se torcia e retorcia dentro dela, escuridão que eclipsava todo o resto. Ela detinha todo o poder da Terra das Sombras, o espelho perfeito para a luz de Wilderwood que a irmã carregava.

Nós somos seus, Neverah, disse Valchior. *Como achou que poderia ser diferente? Você é nossa desde o dia que sangrou nos galhos no Santuário. Nossa desde que decidiu estar sempre* certa.

Neve fechou os olhos, ofegando como se tivesse corrido quilômetros, enquanto sangue ainda escorria pela testa à medida que a coroa de ferro crescia nas têmporas. Tudo que queria era cair nos braços de Red e dizer para a irmã que sentia muito, mas o controle que tinha era tênue demais. Estava perto de se descontrolar.

E quando Red tocou o rosto de Neve com a mão coberta de veias douradas, foi o que aconteceu.

Ela abriu a boca para gritar, mas em vez de som o que saíram foram sombras, elevando-se no ar como se a boca de Neve estivesse repleta de fumaça negra. As sombras rodopiaram em volta dela como um ciclone, como se a força da tristeza e do arrependimento e da raiva a mantivesse em uma órbita perfeita, rápida o suficiente para fazer o cabelo das irmãs esvoaçarem e as roupas se rasgarem.

— Red! — O Lobo estava totalmente desperto agora. Por olhos embaçados pelas sombras e dos quais lágrimas pretas escorriam, Neve conseguia vê-lo cambalear, o rosto retorcido em uma máscara de terror. — *Redarys*!

Os gritos dele acordaram Solmir, do lado de fora da barreira de sombras que ela erguera. O outrora Rei se levantou, o cabelo úmido de neve derretida, os olhos azuis embotados e, depois, brilhando de medo e raiva. Ele correu em direção a elas com os lábios retorcidos, como se esperasse que as sombras se abrissem para ele.

Não se abriram. Nem para ele nem para o Lobo, bloqueando a entrada de ambos e os atirando para trás quando tentaram avançar até elas novamente. A única regente que a escuridão reconhecia era Neve, e ela sabia que não poderia permitir que ninguém as detivesse agora.

Não sabia se Red estava entendendo ou se apenas agindo sob o comando de Wilderwood. De qualquer forma, aquilo tinha de acontecer. Wilderwood e Terra das Sombras, duas metades de um todo, exatamente como as irmãs.

E se Neve fizesse tudo certo, só restaria uma delas no final. Apenas Wilderwood, dourada e brilhante, toda a escuridão destruída.

Red segurou as mãos de Neve, as veias douradas contrastando com as negras. Arreganhou os dentes e segurou com força, liberando toda sua magia.

Primeiro, pareceu uma represa. O poder de ambas parou, brilho e escuridão, um congelado diante do ataque do outro. Até mesmo as sombras que giravam em torno delas pareceram pausar no meio da ação.

Depois, a magia explodiu.

Foi como uma onda se quebrando na praia, raios atingindo o chão. Opostos se alimentando infinitamente um do outro, formando um vácuo entre eles que nenhum dos dois poderia preencher. Cancelando um ao outro.

E quando caíram de joelhos, tendo como apoio apenas a mão uma da outra, Neve percebeu a verdade do que estava acontecendo.

Uma não podia viver sem a outra. Eram ambas parte daquela magia, duas pontas da mesma flecha. A alma delas estava tão mergulhada uma na da outra que nenhuma das duas aguentaria ser afogada pelo poder oposto.

Aquilo mataria as duas irmãs.

Na cabeça de Neve, Valchior irrompeu em um acesso de raiva, suas maquinações se provando incorretas, o plano não considerando todas as variáveis. Ele achara que Red não suportaria matar a irmã. E talvez fosse verdade — Neve esperava que sim —, mas Red era Wilderwood agora, em sua completude, e Wilderwood sabia o que precisava ser feito.

Neve tentou se afastar, o instinto animal optando pela autopreservação, mas era tarde demais. As mãos se mantiveram nas de Red, como se estivessem acorrentadas ali, naquela emanação de magia, devastadora demais para qualquer uma das duas resistir. Em volta delas, a atmosfera rugia com fios de luz girando contra a profunda escuridão, as irmãs formando o olho de um furacão próprio.

Os olhos de Red, contornados de verde, diziam que ela entendia. Diziam que não sentia raiva. Ela apoiou a testa contra a de Neve, o cabelo entremeado por heras esvoaçando.

— Eu amo você. — Palavras ditas em voz tão baixa que se perderam no caos, mas Neve as ouviu em alto e bom som na sua mente.

Engoliu em seco. O corpo dela parecia frágil e fraco, lançando a magia contra a irmã e a vida ao vento.

— Eu amo você.

A visão de Neve estava embaçada. O coração era um retumbar surdo no peito, cada vez mais fraco. Os uivos dos Reis na cabeça dela se tornaram sussurros, todos percebendo que aquele era o fim, que estavam acabados, que a alma do seu receptáculo estava se desfazendo e levando a deles com ela, ali no mundo real onde a morte não podia ser passada para trás.

E, então, ela perdeu a consciência.

41

Eammon

Não não não não não não não não não não não não não não não não não não não não não não não não não não não...

Tudo doía naquele corpo, diferente do dele de formas que Eammon nem conseguia catalogar. Mais leve, como se o fardo que carregava estivesse menor, mas tudo que aquilo significava era que não poderia correr mais rápido em direção a Red.

Acordara sem saber muito bem onde estava. Sabia apenas que ela não estava com ele. Reconheceu a ausência da esposa como se estivesse sentindo falta de uma parte de si mesmo.

As sombras, a tempestade. Eammon tinha vislumbres rápidos dela entre os fios de escuridão, sua garota transformada em deusa — com chifres e uma coroa de hera.

Ela estava linda. Ele estava aterrorizado.

As sombras não permitiam a entrada dele. Não sabia o que Red estava fazendo, só que estava fazendo sem ele, e cada vislumbre que tinha lhe mostrava ela murchando, apagando-se.

Não não não não não não não não não...

Havia mais alguém ali, outra pessoa tentando adentrar as sombras à força. Cabelo comprido, anéis de prata em todos os dedos, quase tão alto quanto ele.

Mas antes que pudesse ver melhor, as sombras lançaram Eammon para longe, fazendo-o se esparramar na neve. Ele estendeu a mão em direção ao redemoinho, tentando convocar a magia da floresta que poderia acabar com aquilo. Mas nada aconteceu.

Não apenas *nada* como se a magia não estivesse funcionando. E sim *nada* como se não houvesse mais magia alguma.

Não não não não não não não não não...

A tempestade congelou. Houve um estrondo, e as sombras se dissiparam deixando nada além do luar na neve.

Nada além de dois corpos no chão.

42

Solmir

Ele deveria ter desconfiado.

Aquele dia no bosque, o dia em que a levara para a Terra das Sombras — aquele dia fora o precursor de tudo, o eco de alguma coisa que ainda não tinha acontecido. Ela absorvera a magia para dentro de si em vez de expeli-la, e por que ele deveria esperar que fosse ser diferente dali em diante? Solmir tentara abrigar a alma dos Reis e não fora forte o suficiente, então Neve aceitara carregar o fardo por ele.

Até mesmo ali, tentando se levantar depois de ser lançado para longe do muro de sombras, a própria alma lhe parecia uma sentença.

Teve um pensamento terrível, então, embora ter pensamentos terríveis não fosse nada surpreendente para ele — pelo menos ela não o obrigara a matá-la. Pelo menos fora a irmã, uma drenando o poder da outra; amor espelhado, vidas espelhadas, mortes espelhadas.

Ele não teria conseguido matar Neve. Mesmo que ela pedisse, mesmo que implorasse, mesmo que a recusa dele significasse que o mundo se tornaria um verdadeiro inferno. Solmir permitiria qualquer coisa só para não machucar Neve.

Sempre fora fraco.

Quando a tempestade de sombras parou, Red e Neve estavam caídas no chão, as cabeças encostadas, o cabelo louro se misturando com o preto. Todos os vestígios de magia tinham desaparecido na morte. Apenas duas jovens na neve.

O Lobo uivou. Chegou nelas antes de Solmir, ajoelhado enquanto uma das mãos coberta de cicatrizes tocava a testa de Redarys, a outra cobrindo o próprio rosto e os ombros curvados como se pudesse dar a vida dele para ela. Um soluço rouco, alto o suficiente para ferir a garganta.

Solmir não chorava fazia éons. Nem sabia se ainda se lembrava de como era. Mas a própria garganta parecia estar se fechando, os punhos se abrindo e fechando de forma inútil. Queria socar alguma coisa. Queria lutar contra alguma coisa. Queria correr por quilômetros e quilômetros até cair e voltar ao estado em que não sentia nada, *maldita* Neve por fazê-lo voltar a sentir.

Como tinha se atrevido a fazer com que ele sentisse algo além de raiva ou tristeza ou culpa pela primeira vez em séculos só para *morrer* depois?

Então, quando Eammon saltou do chão, rosnando e com olhar alucinado, e partiu para cima de Solmir, acertando um soco no meio do queixo dele, foi quase que um alívio.

43

Neve

Ela não sabia qual seria a sensação de morrer, mas não esperava que fosse daquele jeito.

Neve levou um tempo para voltar a sentir o próprio corpo: os membros, o torso, a cabeça, tudo presente e catalogado. Não estava sentindo dor, algo que só percebeu que esperava até se surpreender com sua total ausência. Tudo parecia... quase normal.

Neve manteve os olhos fechados porque, por mais que estivesse se sentindo normal, ainda não tinha coragem para ver como era a morte. Hesitante, levou uma das mãos ao peito.

Bem, havia uma diferença. Não sentia o coração bater.

Uma respiração profunda e trêmula, puxando o ar para os pulmões que pareciam surpresos por estarem sendo usados. Só depois Neve abriu os olhos.

A morte, ao que parecia, era um campo.

Extenso e verde, estendendo-se até perder de vista em todas as direções. Florezinhas brancas salpicavam o gramado, mas o cheiro era de folhas de outono, forte e com um toque de canela. Uma incongruência em relação às estações do ano que não deveria surpreendê-la.

Só notou que recuara quando as costas se chocaram com algo sólido. Neve se virou.

A Árvore do Coração.

Era imensa, o tronco tão grosso que seriam necessários pelo menos cinco homens adultos com os braços esticados e mãos unidas para rodeá-lo completamente. A madeira branca era toda marcada por espirais e arabescos dourados contornados de preto, luz e sombra harmonizadas por toda a superfície. Se Neve desfocasse um pouco a visão, as formas quase pareciam... não exatamente letras, mas algo que poderia ser lido. Cenas, talvez. Cenas da vida dela, da vida de Red. Uma floresta faminta, um túmulo enterrado e mãos estendidas para ambas.

Neve deu um passo para trás, e a lembrança chegou rapidamente; o poema do livro que encontrara na biblioteca pouco antes de Red desaparecer na floresta. Uma para ser o receptáculo, duas para fazer o portal. Ela queimara o livro em um acesso de raiva, acreditando que o texto não lhe dizia nada. Mas dizia tudo. Ela só não sabia na época.

A história delas já tinha sido escrita, e estava bem ali, entalhada no limbo. Papéis que ela e Red tinham assumido por causa do amor que sentiam uma pela outra, da estupidez e da impetuosidade de ambas.

E ali estava o fim da história.

Neve correu o olhar pelos galhos da Árvore do Coração. Não havia folhas, mas, aninhadas nas extremidades, pesando nos ramos para que ela pudesse tocá-las se estendesse a mão, havia maçãs. Uma negra e inchada, uma dourada e brilhante e uma vermelha.

— Neve?

Era a voz de Red, baixa e hesitante do outro lado da Árvore do Coração. A irmã estava de pé nas raízes grandes como pontes, com um vestido diáfano branco, e, pela primeira vez desde que entrara em Wilderwood, ela se parecia exatamente com a Red de que Neve se lembrava: cabelo comprido e louro-mel que se recusava a formar um cacho sequer, olhos castanhos profundos, rosto redondo e corpo com curvas suaves, sem nenhum vestígio de floresta. Suas veias eram azuladas; não havia coroa de heras na cabeça.

Neve olhou para as próprias mãos, para o próprio corpo, envolto em uma mortalha branca como a de Red. Veias azuis finas e pálidas, nada de preto. Nada de espinhos. Nada de monstruosidade, nada de magia. O que quer que tivessem feito — lançar o poder de uma contra a outra, alimentar-se da força oposta até que ambas se cancelassem — as tinha deixado sem nada além da humanidade de outrora.

Neve deveria se sentir grata por aquilo? Decidiu que sim.

— O que... nós duas... — As frases de Red saíram entrecortadas, como se nenhuma palavra fosse adequada, e de qualquer forma ela já sabia a resposta para a pergunta que queria fazer. Olhou para si mesma, uma das mãos passando levemente pela testa onde antes havia chifres. A expressão dela desmoronou.

O que alguém deveria sentir na morte? Descanso, alívio, raiva? Neve não sabia; seu peito estava oco, pronto para sentir emoções que não chegavam. Em vez de tentar entender, envolveu a irmã em um abraço e se permitiu chorar.

Não eram soluços descontrolados, e ela não estava chorando a ponto de se encolher ou ficar com a garganta em carne viva. Era apenas um fluxo lento de lágrimas salgadas, uma forma suave de desabafar tudo que carregara por tanto tempo. Sentiu algo morno no cabelo: Red também estava chorando. As duas mereciam aquilo, pensou. As lágrimas que tinham derramado haviam sido sempre arrancadas delas, por tempestades que chegavam fortes demais para que pudessem fugir. Aquele choro, suave e consciente, era diferente. Necessário.

Minutos ou horas depois — parecia ridículo contar o tempo depois da morte, e nada no campo florido tinha mudado — elas se afastaram. Pararam sob os ramos da Árvore do Coração, mantendo as mãos nos ombros da outra. Red limpou o nariz na manga do vestido e olhou para cima.

— Maçãs?

— Acho que não são maçãs de verdade — disse Neve, soltando a irmã para se virar sob o galho carregado. O céu visível por entre os ramos era cinza-claro, quase azul, um dia de verão eternamente dublado. — Aquela voz... que nós duas ouvimos...

— Era minha.

As duas se viraram. A voz parecia estar vindo de um ponto bem ao lado delas, mas o vulto que a emitia estava caminhando sobre colinas distantes, em passos lentos que despertavam lembranças em Neve.

A pessoa parou um pouco antes do anel formado pelos galhos da Árvore do Coração, a luz do céu de verão iluminando apenas alguns traços marcantes. O nariz aquilino, o maxilar forte.

— Vamos lá, gêmeas Valedren — disse a voz, tentando soar jocosa, mas conseguindo transmitir apenas um tom mais triste. — Vocês achavam mesmo que iam conseguir se livrar de mim tão fácil assim?

Red arregalou os olhos, abrindo e fechando as mãos na saia do vestido. Mexeu a boca algumas vezes antes de conseguir formar uma palavra rouca:

— Arick.

Como se o nome tivesse feito a luz ficar mais forte, Neve finalmente conseguiu ver o rosto dele. Mais bonito do que nunca, usando túnica e calça brancas, o cabelo escuro e cacheado caindo sobre os olhos verdes.

— Red.

O abraço foi de amizade, as outras complicações entre eles já resolvidas. Arick fechou os olhos e mergulhou no acalento de Red; depois pousou o olhar em Neve, estendendo um dos braços. Um sorriso triste apareceu no canto da boca dele.

— Solmir pregou uma peça em nós dois, não foi?

Soltando uma risada misturada com soluço, Neve se deixou envolver pelos braços deles, os três em um abraço coletivo naquele campo infinito de morte feito para eles.

Foi Arick que se afastou primeiro. Mantendo uma mão no ombro de cada irmã, fez um gesto com a cabeça em direção à Árvore do Coração.

— Tudo o que aconteceu já estava escrito. Foi profetizado há séculos: Aquela das Veias Douradas e a Rainha das Sombras. Desde a criação da Terra das Sombras. Tiernan até escreveu sobre isso, embora o texto não tenha circulado muito. — Ele franziu a testa. — Foi um registro ofuscado por toda aquela questão da Segunda Filha.

Neve pensou no livro que queimara, as letras que vira na capa enquanto o volume se desfazia nas chamas. *T, N, Y*. Tiernan Niryea Andarine. Ela queimara o diário da irmã de Gaya.

Suspirou. Mais um item para a lista dos pecados que cometera.

Red franziu a testa.

— A voz no nosso sonho — disse ela, várias emoções se alternando no rosto dela enquanto juntava as peças do quebra-cabeça. — Era você?

— Era eu. — Mas o modo como ele respondeu demonstrava que não tinha certeza. — Mas não... As palavras não eram minhas, nem sempre. Era a magia falando através de mim, acho.

— Wilderwood? — O rosto de Red se iluminou, só um pouco, diante da esperança de algo familiar.

— A *magia* — repetiu Arick. — Wilderwood, sim, mas também a Terra das Sombras. Toda a magia. — Ele encolheu os ombros. — É tudo a mesma coisa, sabe? Duas partes de um todo. — Prendeu um cacho rebelde atrás da orelha. — Às vezes é difícil saber se era a magia ou se era eu. Tudo se mistura.

— A gente sabe bem como é — disse Neve.

Todos os três ali tinham sido capturados e modificados.

Arick assentiu.

— Elas não foram feitas para durar — continuou ele, em voz baixa. — Nem Wilderwood, nem a Terra das Sombras, os nós feitos na magia para a manter contida. Não era sustentável, principalmente depois que os Reis começaram a matar os Antigos, acelerando o processo de desintegração da Terra das Sombras. Sempre haveria um fim, mas tinha de ser algo equivalente. Equilibrado.

— Então a magia nos usou — murmurou Red. Distraída, traçava sem parar uma linha na palma da mão, uma cicatriz branca na pele clara. — Ela não poderia botar um fim em si mesma, então nos usou.

As palavras poderiam ter sido de acusação, a voz dela poderia ter sido mais incisiva. Mas a frase saiu apenas como uma afirmação.

— A magia foi dividida em duas metades, então precisava de receptáculos que fossem equivalentes. — Os olhos verdes de Arick se alternaram entre Red e Neve. — Almas espelhadas que poderiam absorver cada uma das metades e mantê-las em suspenso. Presas.

— Por quê? — Red meneou a cabeça. — Por que toda a magia precisa ficar presa? Por que não pode simplesmente... ser livre, como era antes de Wilderwood criar a Terra das Sombras?

— Até poderia — respondeu Arick, paciente. — Mas não foi assim que terminamos aqui, para começo de conversa? Talvez não houvesse mais Antigos para vagar pela Terra e usar a magia para subjugar os outros, mas sempre há aqueles que podem acessar mais poder do que outros, e essas pessoas sempre tentam usá-lo para o mal. A magia corrompe, apodrece. Vocês viram isso.

Red contraiu os lábios. Afastou o olhar.

— Mas, depois do que fizemos, talvez isso não volte a acontecer. A magia não apodreceria nem corromperia — murmurou Neve. — Ela não seria... *nada*. Apenas livre.

— Livre para ser usada de forma errada — retrucou Arick.

— Ou não.

Ele encolheu os ombros.

Lágrimas brilhavam nos olhos de Red, os braços cruzados sobre o peito.

— Então por que foi necessário que Eammon a mantivesse viva se Wilderwood já sabia que teria de morrer? — Ela engoliu em seco, tentando disfarçar o sofrimento. — Por que tive de manter a floresta viva também?

— Wilderwood precisava aguentar até este momento. — Era estranho ver Arick tão sereno, falando de forma tão neutra. Neve ainda pensava nele como o homem desgrenhado no porto, desesperado para encontrar uma forma de salvar a mulher que amava. A morte o suavizara, a morte e todas as coisas que ele aprendeu enquanto brigava por ela. — Ela precisava aguentar até que a Terra das Sombras se dissolvesse, para ser o contrapeso. E é do que ela precisa agora também, mas de um jeito diferente. — Ele fez uma pausa. — Estamos fazendo o que é necessário.

Um eco que os fez voltar no tempo, a reverberação de uma época quando outra pessoa usara o rosto de Arick para dizer a mesma coisa.

Entredentes, Red deu uma risada terrível e cheia de raiva.

— Então foi tudo *enrolação*. Eammon e eu dividindo Wilderwood entre nós, mantendo a floresta inteira... Já estava definido que só restaria um de nós. Wilderwood precisava de dois na superfície para aguentar, mas, quando a Terra das Sombras se desintegrou, passou a necessitar apenas de uma alma para armazenar toda a magia. — Ela levou o punho cerrado na altura do esterno, como se ainda conseguisse sentir as raízes entre os ossos. — Estava definido que seria só um Lobo.

— Não apenas um Lobo — disse Arick com voz suave. — Estava definido desde sempre que seria *você*, Red. A alma de que Wilderwood precisava era a sua, a alma que seria um espelho da de Neve. Tudo sempre se resumiu a vocês duas.

A respiração de Red parecia entrecortada e difícil. Neve se virou um pouco, fechando os olhos.

Almas que eram âncoras, balanças em equilíbrio. Um lado mantendo o outro no lugar.

Isso é maior do que você e sua irmã. Ela ouvira aquilo tantas e tantas vezes... Um aviso de que algo maior e cósmico cairia nas costas das duas, uma Primeira e uma Segunda Filha que se amavam tanto que suas almas, juntas, eram capazes de equilibrar o mundo.

— A alma de vocês tem de ficar aqui — declarou Arick em tom baixo. — Agora que a Terra das Sombras, os Antigos e os Reis se foram, o propósito atribuído a essa magia concluiu seu curso. A alma de vocês precisa mantê-la em estase para que não vaze novamente para o mundo. Para que não exista chance de o ciclo se repetir.

Quase distraída, Neve levou a mão ao peito. Não sentia batimento algum, mas parecia simplesmente o sintoma de algo maior, algo mais essencial que estava faltando no corpo agora morto.

Devagar, ela olhou para cima.

Viu as três maçãs, penduradas nos galhos da Árvore do Coração que, fora aqueles frutos, eram totalmente estéreis. A preta brilhava para ela, a casca salpicada de espinhos que irrompiam de seu interior, a única folha negra saindo do cabinho lustroso sob a luz estranha.

— Almas — disse ela com simplicidade. — É isso que são, não maçãs. Almas. A minha e a de Red.

Os olhos dela se alternaram entre a preta, que era dela, e a dourada, que presumia ser a de Red. Por fim, pousaram sobre a vermelha, um pouco menor.

Ela olhou das almas que pendiam na árvore para Arick.

— E a sua.

— E a minha. — Ele assentiu uma vez.

Red franziu as sobrancelhas, virando-se para olhar para as almas em forma de maçã penduradas na Árvore do Coração.

— Por que você está aqui? Você deveria... Você merece descansar em paz, Arick. Este não pode ser o fim que você deveria ter.

— Talvez não. Antes. — Ele fez um gesto com a mão. — Este lugar não existia de verdade até vocês duas chegarem. Eu estava... — Ele contraiu os lábios, procurando as palavras. — Estava em outro lugar, no limbo. Mas agora minha alma está aqui, com vocês duas. Estou tão envolvido nisso quanto vocês. — Não havia raiva nas palavras, era apenas a declaração de um fato. — Assim como estavam os outros Lobos, e as outras Segundas Filhas. Mas eles morreram de verdade, a vida deles se esvaiu, então a alma deles teve de partir. Comigo foi diferente. Eu... — A voz dele falhou enquanto tentava formular o que tinha acontecido com ele ao se tornar a sombra de Solmir, um pacto que o deixara parcialmente vivo. — Acho que nunca morri, não de verdade... Eu só... parti.

O coração que não batia no peito de Neve se apertou.

— Sinto muito — murmurou ela, sufocada pela culpa do que tinha acontecido com Arick e de como ela se sentia em relação ao homem que fizera aquilo. — Arick, eu sinto muito.

Os olhos verdes pousaram nos dela, a compreensão brilhando neles. Ele sabia, é claro que sabia.

— Não está sendo tão ruim. É legal entender tudo. — Aquele sorrisinho de novo, aquele suavizado pela tristeza que se expressava nos cantos. — Bem, em relação à magia e às florestas e aos mundos inferiores. Não tudo *tudo*.

Foi a primeira vez que soou como ele mesmo, e aquilo fez Neve rir e chorar ao mesmo tempo.

Os três ficaram ali parados em silêncio, vestidos de branco em corpos cujo coração não batia. Neve olhou para as almas de novo.

A sensação de não ter alma não deveria ser... *ruim*? A alma não era o suprassumo de tudo que as pessoas eram? Mas Neve ainda se sentia ela mesma. Ainda amava a irmã e amava Arick. Amava Solmir, apesar de não querer — era a primeira vez que pensava na palavra, e, estando ali, naquele limbo, um espaço intermediário que não era bom nem mau, pareceu certo.

Ela estivera preparada para morrer. Assim que aceitou tomar os Reis, tornar-se o receptáculo da Terra das Sombras, soube que tudo só acabaria se *ela* morresse. A divindade não era algo que poderia carregar, não era algo que *queria* carregar.

Mas embora pudesse fazer a escolha por si mesma, não podia fazer por Red.

Neve se sentia em paz, como se pudesse vagar por aqueles campos e se soltar e ficar bem. Mas Red... As lágrimas que escorriam dos olhos da irmã não tinham parado ainda, e ela continuava traçando a cicatriz na palma da mão. Neve sabia que estava pensando no Lobo dela.

Não era justo que Red tivesse de estar morta por uma escolha de Neve. Não ia mais tomar decisões pela irmã.

Ela se virou para Arick.

— É possível viver sem alma?

Ele arregalou os olhos, a primeira expressão de surpresa genuína que demonstrava durante todo aquele tempo bizarro que estavam passando juntos.

— Acho que nunca ninguém tentou.

Aquilo nunca a impedira de fazer algo.

Neve apontou para as almas no galho: preta, vermelha e dourada.

— É aquilo que nos prende aqui, não é? Nossa alma. Então, se nós...

Agindo antes que pudesse pensar melhor, ela estendeu a mão e pegou o fruto escuro que continha a própria alma. Parecia pesado e quente como se tivesse sido colhido em um pomar, vibrando um pouco contra sua palma.

Neve ergueu a maçã, meio que esperando que Arick a tentasse tirar dela.

— Se eu destruir *isso* — disse ela, usando um pronome porque não conseguiu dizer *destruir minha alma* —, tudo que ela carrega também será destruído, não é? Em vez de simplesmente ficar... guardado aqui, em um lugar seguro, tudo desaparece. — Ela engoliu em seco. — Eu vou desaparecer também. Não vou estar aqui, nem em nenhum outro lugar.

A afirmação parece reconfortante, embora não devesse. Ela estava cansada.

— Neve. — Red se aproximou e segurou o braço da irmã. — Não.

— Se minha alma desaparecer, vai carregar com ela toda a magia da Terra das Sombras. E é por isso que a sua está aqui, não é? Para manter a minha em equilíbrio? Então depois que minha alma desaparecer, você vai poder voltar. — Ela não sabia *como* sabia que aquilo era verdade, mas sabia lá no fundo. O conhecimento corria dentro dela como uma cascata, a morte sussurrando seus segredos para ela exatamente como fazia com Arick. — Você pode viver, Red.

— Sem você? — A irmã meneou a cabeça. — Não, não tem como. Fiz tudo isso para salvar você, não vou viver sem você agora.

— A escolha não foi sua. Foi minha.

— Talvez não... Não *isto*, especificamente. Eu não escolhi morrer. Não escolhi prender Wilderwood na minha alma para que ela pudesse servir como um contrapeso para a Terra das Sombras e manter toda a magia do mundo contida. — Red se empertigou e jogou o cabelo para trás; mesmo que a floresta tivesse deixado o corpo dela, sua força régia ainda estava presente. — Mas eu escolhi aceitar as raízes. Escolhi Eammon. E escolhi encontrar você e salvá-la. E se isto é parte dessa escolha... — Ela estendeu a mão, com tanta facilidade quanto Neve, e tirou a maçã dourada do galho. — Se isto é parte da escolha, eu escolho isto também.

Neve se perguntou se a irmã sentia os mesmos conflitos que ela — o vazio de não ter uma alma, a compreensão de que o vazio não era ruim. As irmãs sabiam quem eram, Neve e Red. Afinal, elas se entendiam.

E o que ter uma alma tinha feito por elas?

— Se destruirmos as duas, as coisas vão se reequilibrar — disse Red devagar, tomada pelo mesmo conhecimento estranho que Neve vislumbrara. — A magia vai ser liberada. Os dois lados dela. Só que não *haverá* mais lados. É tudo a mesma coisa. — Ela engoliu em seco. — Tudo a mesma coisa, e tudo livre.

— Livre para ser usada — disse Neve em voz baixa. — Para o bem ou para o mal.

Ela segurou a maçã negra com mais força. Pensou em Solmir, no que sentira quando tirara dele a alma dos Reis — alguém desesperada para ser boa, alguém que queria ser melhor.

Você é boa. Ele dissera aquilo para Neve uma vez. Ela quase conseguia acreditar.

Ninguém era totalmente uma coisa ou outra. A bondade era uma escolha diária, uma possibilidade infinita, uma decisão em cada encruzilhada.

Mas ela vira um deus outrora obscuro procurar a redenção, e aquilo significava que qualquer um poderia o mesmo.

— Vocês arriscariam o mundo por outra chance de viver? — Foi a primeira vez que Arick soou reprovador.

Neve não sabia se era ele, a magia ou uma combinação das duas coisas falando.

— Eu arriscaria o mundo pela minha irmã — respondeu Neve. — Já fiz isso uma vez.

Red apertou o fruto dourado na palma da mão.

— E eu não vou voltar sem ela.

Arick olhou pensativamente para as duas mulheres que seguravam a própria alma na mão. Depois de um momento, colheu a maçã vermelha. Um sorriso travesso apareceu no rosto, outro vislumbre do homem que tinha sido quando estava vivo. Ele jogou a maçã para cima e a pegou de novo.

— Foi a alma de vocês que criou este lugar — disse ele. — Então, imagino que se destruírem a de vocês, tudo isto vai desaparecer.

— E o que isso vai significar para você? — sussurrou Neve.

— Acho que vamos descobrir. — Ele esfregou a maçã na camisa branca. — Mas acho melhor eu ficar com isso aqui, só para prevenir.

Os três respiraram fundo.

Então, Red e Neve arremessaram a própria alma no chão salpicado de flores. As maçãs se espatifaram como vidro, e tudo ficou preto.

44

Neve

Voltar à vida doeu mais do que despertar na morte.

Foi como se o que sentira ao acordar naquele campo estivesse acontecendo ao contrário e bem devagar: cabeça, torso, membros, todos formigando enquanto retornavam da morte. O coração bateu uma vez, o suficiente para estremecer a caixa torácica, depois seguiu com um fluxo de batidas mais leves até voltar ao ritmo normal.

Quando ela abriu os olhos, estava nevando. Flocos suaves e brancos caíam de um céu de veludo, cobrindo o mundo e o transformando em algo novo. Para qualquer um, aquela cena talvez parecesse um contraste forte de preto e branco, mas os olhos de Neve tinham se acostumado a um único tom, e ela conseguia captar tons sutis de índigo na noite.

Levou um momento para começar a ouvir os gritos.

Eram mais rosnados do que gritos, na verdade, e vinham da direita de onde se encontrava. Neve virou na direção do som em um movimento vagaroso e arrastado.

Uma luta, tão violenta e comum quanto qualquer outra do lado de fora de uma taverna. Dois homens altos se engalfinhando enquanto suor e sangue voavam para todos os lados, ambos lutando como se não tivessem nada mais a perder.

— É claro. — Era a voz de Red, tão arrastada e cansada quanto Neve se sentia. A cabeça da irmã estava perto da dela, as duas deitadas lado a lado na neve, as pernas viradas para direções opostas. — Foi só a gente morrer que eles começam a se socar.

Três outras pessoas assistiam à luta, nítidas contra o manto branco que cobria o chão. Quando Neve percebeu que uma delas era Raffe, retraiu-se em uma alquimia estranha de culpa, vergonha e alívio, fazendo com que seu corpo parecesse novamente dela em um movimento agonizante.

Mas ainda havia algo faltando. Um tipo de... de vazio, uma parte dela mesma que deixara na morte. Neve estava levando a mão ao coração, pronta para verificar se ele estava batendo, quando parou, ao se dar conta do que era aquele vazio.

Sua alma. Uma prisão para magia, destruída.

Ela engoliu em seco. O olhar se voltou para Red, ainda deitada ao seu lado, os olhos de ambas no mesmo nível pelo modo como tinham caído na hora da morte. O cabelo comprido de ambas estava espalhado pela neve, louro-escuro e negro, dois lados de um círculo.

— Também estou sentindo isso — murmurou a irmã.

Os olhos escuros dela estavam anuviados e pensativos — e apenas castanhos, sem contorno algum de verde em volta da íris.

Neve assentiu.

— Eu não... — Ela se virou e olhou para a neve que caía. — Achei que fosse ser pior.

Red encolheu os ombros.

— E o que é a alma além de a parte mais concentrada da pessoa? — Um sorrisinho cansado se abriu no rosto dela. — Nós sabemos quem somos. Talvez isso signifique que não precisamos dela.

— Acho que vamos descobrir.

Os braços de Red desenharam asas na neve enquanto ela se movia, afastando folhas e agulhas de pinheiro.

— Bem, não é tão...

Ela parou de falar abruptamente quando esbarrou em algo sólido como uma parede. Red virou a cabeça para o lado oposto, de tal modo que Neve não conseguia ver mais o rosto da irmã, que encarava o que quer que tinha atingido enquanto se mexia.

Com uma careta, Neve se apoiou nos cotovelos para tentar ver o que era.

Arick.

O corpo encolhido e deitado de lado como se a neve fosse um colchão de penas, o peito subindo e descendo em um ritmo constante e fácil. Os cachos escuros caíam sobre a testa, e os lábios exibiam um sorriso discreto como se não existissem preocupações no mundo.

— Ele voltou com a gente. — A voz de Neve soou fraca e rouca, como alguém despertando de um longo sono. — Quando fizemos... o que fizemos, acho que o trouxemos com a gente.

Os olhos de Red estavam arregalados e marejados.

— Ele não estava morto de verdade, não de um jeito normal — murmurou ela. — Ele só estava... preso no limbo. Como nós. Deve ser por isso.

Estavam começando a entender, lentamente, a enormidade do que tinham feito, como uma folha afundando aos milímetros no leito de um rio. Estavam sem alma, mas ainda eram elas mesmas. Despojadas de magia, que ambas já tinham abrigado. Vivas, quando deveriam estar mortas.

Red meneou a cabeça e voltou o olhar para Eammon e Solmir de dentes arreganhados, ainda engalfinhados na neve, trocando socos.

— Que maneira de apresentar Arick para o meu marido...

Neve seguiu o olhar da irmã e ergueu uma das sobrancelhas.

— Você acha melhor deixar os dois extravasarem tudo que precisam?

— Não. — Red se sentou, balançando a cabeça para tirar a neve do cabelo. O rosto dela tinha virado uma máscara de pedra. — Eammon talvez o mate, e eu gostaria de dar pelo menos um soco na cara dele antes disso.

Neve sentiu um nó de nervoso no estômago, a dor mais aguda pelo fato de ter voltado da morte pouco tempo antes. Elas tinham resolvido um problema — um de proporções cósmicas e divinas. De alguma forma, porém, Neve estava mais apreensiva em relação às questões pessoais que teria de enfrentar. Tipo se certificar de que Red e Eammon não matassem Solmir, mesmo que ele merecesse.

Tipo explicar por que ela não queria que fizessem isso.

Red se levantou.

— Se o motivo da briga somos nós, tudo está resolvido agora! — gritou ela. — Se o motivo for outro, podem continuar!

Todo mundo na campina congelou, formando uma pintura contra a neve que não parava de cair. Então, Eammon — parecendo péssimo — se arrastou pelo chão na direção delas. Envolveu Red nos braços, sem se importar com o sangue que escorria do nariz.

— Você estava morta — murmurou ele contra o cabelo dela, a voz ainda falhando ao dizer a palavra. — Eu senti. Você estava morta.

Red o abraçou com força.

— Com tudo que aconteceu com a gente, eu ter voltado dos mortos é a maior surpresa?

O Lobo — ainda era o Lobo? Parecia ser um homem, só um homem — soltou uma risada entrecortada e a abraçou mais forte.

Neve pressionou os lábios e se abraçou. Ao longe, Solmir se levantou, ainda ofegante. Não se aproximou. Neve também não.

Eammon ergueu o rosto e encarou Neve nos olhos. Havia uma centelha de raiva em suas íris, e ela achou que merecia. Mas a raiva dele se transformou em cautela depois de um instante, e ela entendeu aquilo também. O amor podia despertar a compaixão, mesmo por pessoas que não mereciam.

— Eu sou o Eammon — disse ele com um gesto discreto da cabeça. — Prazer em conhecê-la.

Ela conseguiu sorrir, mesmo que fosse um sorriso trêmulo. Mas ela não confiava em si mesma para falar com ele.

Os olhos de Eammon miraram por cima do ombro dela e pousaram em Arick, arregalando-se.

— Aquele é...

— Deixe ele dormir — disse Red em voz baixa. — Ele vai acordar quando estiver pronto.

A neve ainda caía em volta de Arick, quase cobrindo-o. Neve colocou a mão na testa dele, temendo que estivesse gelado; mas a temperatura do rapaz estava normal e ele se virou no sono, franzindo a testa. Ela afastou a mão.

A falta de compreensão ainda brilhava no rosto de Eammon, mas ele concordou com a esposa. Suspirou e meneou a cabeça.

— O que aconteceu com a gente? Eu sinto... Eu não...

A irmã pressionou o indicador contra os lábios dele.

— Você é humano — murmurou ela. — Assim como eu. O resto a gente vai descobrir juntos.

O outrora Lobo foi tomado por um arrepio, mistura de horror e alívio, um fardo antigo enfim retirado de seus ombros. Eammon apoiou a testa na de Red e fechou os olhos.

Atrás deles, o vulto baço de Solmir permanecia imóvel em meio à precipitação branca, esperando que Neve lhe dissesse o que fazer.

Ela não sabia. Ela não sabia.

As outras pessoas esfarrapadas se aproximaram, as que ela só vira por um breve instante quando estava tomada pelas sombras: os amigos de Red. Um homem branco com cabelo cacheado e ruivo, abraçado a uma mulher bonita com pele marrom brilhante e um halo de cachos escuros, ambos olhando para ela como se ela... bem, como se ela fosse alguém que tinha acabado de voltar do mundo dos mortos. A expressão da moça era de espanto, mas a do rapaz parecia indicar que ainda não tinha decidido se aquilo era bom ou ruim.

Neve achou justo.

Um pouco atrás deles, estava outra mulher que ela nunca tinha visto. Baixa, com olhos escuros em um rosto bonito em forma de coração e uma cascata de cabelos lisos e pretos. A expressão dela se alternava entre culpa, maravilhamento e algo que parecia quase ciúmes. Os olhos escuros da desconhecida pousaram em Neve e, depois, na última pessoa que se aproximava pela neve em direção a eles.

Raffe.

Neve não sabia para onde olhar, nem o que fazer com as mãos. Queria correr até ele e abraçá-lo. Queria fugir antes que ele a visse, que visse em que tinha se transformado.

Apenas uma mulher sem alma que já tinha sido uma deusa. Que já tinha sido uma rainha. Que não queria jamais voltar a ser qualquer uma daquelas coisas.

O ar em volta deles pareceu faiscar por um momento. Filamentos de luz brilharam na neve, e Neve sentiu pinicadas discretas na ponta dos dedos. Mas a sensação desapareceu quando ela piscou, tão rápido que achou que tinha imaginado.

Raffe parou a poucos metros dela, uma sombra alta e imponente contra o céu. Neve não conseguiu ler a expressão no rosto dele, os olhos escuros colados nos dela, a boca ligeiramente aberta.

A mulher com a cascata de cabelos negros olhou de um para o outro e afastou o olhar.

— Neve. — Raffe abriu a boca algumas vezes antes de falar o nome dela, como se não soubesse quais outras palavras podia usar para substituir o silêncio.

— Raffe.

Ela agarrou os retalhos da camisola. Aquela coisa diáfana que usara enquanto estava morta tinha desaparecido, deixando-a com a camisola, as botas e o casaco rasgado de Solmir, e o frio já se entranhava naquele corpo recentemente feito humano.

Aquilo pareceu arrancar Raffe da inação. Ele deu um passo na direção dela, tirando o próprio casaco antes de notar que ela já vestia um. Parou por um instante, os ombros já meio fora das mangas, desajeitado. Depois vestiu a peça novamente, pensativo.

De esguelha, Neve viu o homem alto de cabelo comprido dar um passo para trás, afastando-se ainda mais dela, avançando mais para dentro dos flocos brancos.

— Você está bem? — Assim que as palavras saíram, porém, Raffe meneou a cabeça. — Não, é claro que você não está *bem*, você passou semanas na Terra das Sombras...

— Eu estou bem — respondeu Neve baixinho. — Está tudo bem.

Raffe contraiu os lábios como se não soubesse como continuar a conversa; antes que tivesse a chance de tentar, Red afastou o rosto do peito de Eammon.

— Nós resolvemos tudo — declarou, categórica. — Os Reis, a Terra das Sombras, Wilderwood. Tudo isso. Tudo acabou.

Olhou para trás, para a floresta. Ainda estava de pé, mas vazia, despojada de toda a magia que tivera antes. Mordeu o lábio, como se não soubesse ao certo se queria rir ou chorar.

Atrás de Red, Eammon arregalou os olhos, curvando um pouco os ombros sem soltar a esposa do abraço. Olhou para a própria mão pousada na cintura dela como se nunca a tivesse visto antes.

— Sumiu? — A pergunta foi feita pela mulher bonita ao lado do ruivo, as sobrancelhas delicadas unidas, sem entender. Os olhos dela se alternaram entre Red e o companheiro dela, como se estivesse procurando alguma coisa.

— Fife, o que você tirou... Você tirou *tudo*...

— Tudo. — A voz de Neve ainda soava baixa, quase um sussurro. Toda aquela gritaria seguida pela morte tinha deixado a garganta dela arranhando. — Nós... — Mas não era fácil explicar o que elas tinham feito, almas transformadas em maçãs espatifadas no chão, pessoas se tornando relicários. — Nós resolvemos tudo — disse enfim, repetindo as palavras da irmã.

As sobrancelhas da amiga de Red se franziram ainda mais, os lábios se contraindo.

— Eu ainda sinto... — Ela se interrompeu no meio da frase, abrindo e fechando os dedos ao lado do corpo.

Novamente, aquele brilho no ar, como se correntes de luz corressem logo atrás de um véu.

O homem ao lado dela a fitou, os lábios contraídos. Neve não conseguiu entender se ele estava ou não vendo a luz.

— O que você sente, Lyra?

Mas a mulher — Lyra — só meneou a cabeça. Ainda assim, quando baixou as mãos, continuou com o cenho franzido.

Raffe se empertigou, voltando a ser ele mesmo agora que havia um problema a ser resolvido, algo em que se concentrar além de nele e Neve e aquele espaço inavegável entre os dois.

— Então, o que isso significa para nós? Para... todo o resto?

Uma pergunta profunda sobre algo imenso. Red olhou para Neve e inclinou a cabeça. *Você é a mais velha*, pareceu dizer com o olhar. *Você responde às perguntas.*

Neve não sabia como lidar com aquilo. Mas respirou fundo e tentou.

— A gente não sabe — começou ela. — Mas acho... que a magia está de volta. No mundo, como era no passado.

A atmosfera brilhou, como se concordasse. Será que todos conseguiam sentir também? Ou só alguns deles, como acontecia antes?

Sempre há aqueles que podem acessar mais poder do que outros, e essas pessoas sempre tentam usá-lo para o mal.

Ela cerrou os dentes. Quanto daquela afirmação tinha sido Arick, sentindo resquícios de culpa pela vida que levara, e quanto tinha sido a magia falando através dele? Neve queria acreditar que tinha feito o certo. Queria acreditar que as pessoas podiam ser boas, que a redenção era possível.

Você é boa.

Ela ergueu o olhar. Solmir ainda estava lá, apenas uma mancha contra a neve. Ignorado por todos, o choque de todo o resto suavizando a chegada dele. Ela não sabia quanto tempo aquilo ia durar, e, quando aquele efeito acabasse, não seria mais seguro ficar ali. Ele também sabia; a briga com Eammon tinha deixado aquilo bem claro.

Mesmo assim, ele ficara. Para se certificar de que ela estava bem.

Você é boa.

— As coisas vão ser como antes da criação da Terra das Sombras — continuou Neve, mantendo o olhar fixo em Solmir. — A magia é livre. E todos que conseguirem senti-la vão poder aprender a usá-la.

Lyra assentiu. Em um movimento quase inconsciente, ela flexionou novamente os dedos ao lado do corpo.

A outra mulher, com cabelo comprido e negro, deu um passo para a frente, a expressão firme como se tivesse acabado de tomar uma decisão.

— Eu sou Okada Kayu. — Estendeu a mão, com lábios contraídos como se esperasse ser ignorada.

Okada. Neve se lembrava do sobrenome. Aceitou o aperto de mão de Kayu, inclinando a cabeça com a cortesia usada entre a realeza.

— Você é a próxima na linha de sucessão — declarou sem rodeios. Algumas coisas estavam se esclarecendo, respostas para as últimas perguntas surgindo.

Kayu assentiu sem pestanejar, depois parou como se a concordância tivesse sido prematura.

— Ou melhor, seria. Mas eu sou a Terceira Filha do Imperador, e uma sacerdotisa da Ordem. Noviça, quer dizer. — Ela franziu as sobrancelhas. — Mas acho que não mais. Já que ajudei a matar a Suma Sacerdotisa.

Neve arregalou os olhos. Kiri. Morta. Sentiu um misto de alívio e tristeza.

— Entendi.

Mais peças se encaixando. Neve quase tinha acertado, quase soubera de antemão como aquele último ato seria. O poema no livro de Tiernan que ela queimara tinha a resposta. Se ao menos conseguisse se lembrar...

A neve brilhava no cabelo escuro de Kayu enquanto ela se remexia, constrangida. Os olhos de Raffe se afastaram dela e pousaram em Neve antes de ele estender a mão para pegar a de Kayu. A outra mulher engoliu em seco e olhou de volta para Neve, com uma expressão ainda mais decidida no rosto.

— Estou disposta a enfrentar qualquer consequência que ache adequada pela morte de Kiri, Vossa Majestade. Embora ache que ela bem mereceu. E creio que você concorda comigo.

Neve deu uma risada breve.

— Não discordo.

Kayu ergueu as sobrancelhas, parte da apreensão se dissipando.

A Traidora Sagrada. Neve se lembrou da terceira parte do poema. Uma noviça que assassinando a Suma Sacerdotisa com certeza se encaixava. Mas havia outra coisa, outro papel que Kayu deveria representar.

O de *Majestade* não caíra muito bem.

— Você disse que é a Terceira Filha. — Neve falou devagar. — Suas irmãs mais velhas são casadas?

Raffe apertou a mão de Kayu enquanto ela assentia, a expressão preocupada voltando ao rosto da princesa.

E lá estava, a peça final se encaixando. Neve recebendo a liberdade de se livrar de mais uma coisa que não queria, um fardo que sabia que não tinha mais forças para sustentar.

Ela se ajoelhou na neve com graça e rapidez. Kayu deu um passo atrás, arfando de surpresa, e Raffe se empertigou ao lado dela.

— Pelo poder a mim concedido pela linhagem das rainhas de Valleyda — começou Neve, deixando as palavras saírem rapidamente —, transfiro o meu título, minhas propriedades e meu reinado para minha sucessora. — A frase seguinte era *Aceite esta missão em nome dos Reis*, mas Neve se recusou a dizer aquilo. Perguntou-se por quanto tempo a lenda iria se manter, quantos anos ainda se passariam com as pessoas agarradas a uma mentira antes de ela desaparecer completamente. — Você aceita esta missão, Okada Kayu?

A outra mulher ficou abrindo e fechando a boca, sem emitir som algum. Eammon parecia surpreso, ainda abraçado a Red, e Fife e Lyra pareciam confusos. Mas um sorriso brincava no rosto da irmã.

Silêncio por alguns momentos. Então, Raffe se virou para Kayu.

— Isso vai lhe dar *segurança* — disse ele baixinho. — Seu pai não vai poder obrigar você a se casar.

A palavra *segurança* fez Kayu se empertigar e soltar um longo suspiro. Ela se virou para Neve e assentiu.

— Aceito a missão — disse ela com suavidade. — Mas... por quê?

E Neve não conseguiu não olhar para onde Solmir estava na neve.

— Para ser sincera, estou farta disso tudo.

— E eu preferiria contar meu pé com uma colher a ser a Rainha de Valleyda — declarou Red em tom animado.

— É um bom motivo — concordou Kayu.

— Vai dar tudo certo — disse Neve, levantando-se.

O fardo do título de rainha pareceu sair das suas costas, como se tivesse retirado um manto, com muito mais facilidade do que no caso da divindade. Ao que parecia, ela tinha sido feita para um tipo diferente de trono, e não tinha mais nenhum.

Um peso que foi retirado dos ombros dela.

Uma expressão de ansiedade apareceu no rosto de Kayu enquanto assentia, olhando para Neve com um leve ar de cautela. A antiga Rainha se perguntou o que a outra mulher estava achando dela, esfarrapada e acabando de voltar da morte, vestida com uma camisola aos pedaços e botas roubadas de um mundo inferior.

No chão, Arick despertou.

Os olhos de Raffe pousaram imediatamente nele, escondido na neve por conta da túnica e da calça brancas. A expressão passou de surpresa a horror enquanto corria em direção ao amigo, caindo de joelhos ao lado dele.

— Arick? — Ele olhou para Red e Neve. — Como...

— Você não ia acreditar se a gente contasse — disse Red.

Depois de um instante, Arick se sentou e tirou o cabelo molhado de neve dos olhos. Olhou para Raffe, confuso, e depois para os demais, franzindo a testa sem entender. Quando fitou Red, a expressão dele pareceu oscilar, prestes a mudar, mas não mudou.

— Olá — disse Arick com cautela enquanto se sentava. Deu uma risadinha triste. — Queiram me desculpar, mas não sei bem o que estou fazendo aqui.

Neve contraiu os lábios. Uma lágrima escorreu pelo rosto de Red. Nenhuma das duas falou, sabendo instintivamente o que tinha acontecido.

Ao sacrificarem a própria alma, de alguma forma tinham trazido Arick de volta daquela estranha meia morte que o amarrava a elas, à Árvore do Coração. Mas aquilo cobrara um preço.

Se bem que Neve achava que Arick esquecer todo aquele pesadelo, esquecer tudo sobre *elas* talvez fosse uma bênção.

— Do que você se lembra? — perguntou ela em voz baixa.

Arick contraiu os lábios, pensando.

— Floriane — respondeu ele por fim. — Acho que moro em Floriane.

A expressão de horror de Raffe se transformou em tristeza enquanto encarava o amigo. Ele olhou para Neve, como se quisesse saber o que fazer, se deveria tentar contar a Arick tudo que havia acontecido.

Neve negou uma vez com a cabeça.

— Deixem ele descansar — murmurou antes de olhar para a irmã, que deveria ter alguma coisa a dizer.

Red assentiu, contraindo os lábios.

Raffe engoliu em seco e, quando falou, a voz estava pesada.

— Vocês estão certas. — Ele se virou para o amigo. — O seu nome é Arick. Você é de Floriane. Eu posso ajudar você a voltar, se quiser.

— Isso seria bom.

Apesar de não se lembrar de nada além de onde morava, Arick não parecia incomodado. Enfiou as mãos no bolso da calça e olhou para a roupa branca que usava, que tinha voltado com ele de um lugar que não existia mais.

— Eu não me vesti para o frio, não é?

— Aqui. — Eammon se aproximou, tirando o casaco.

Arick o aceitou com um sorriso inocente. O outrora Lobo ficou olhando para ele com a expressão inescrutável. Depois, apertou o ombro do outro homem e voltou para Red.

Raffe soltou um som sofrido, que abafou. Kayu se aproximou dele e tocou de leve em seu braço. Raffe cobriu a mão dela com a dele, sem perceber.

O olhar de Neve se voltou novamente para o vulto na neve, que os observava. Desta vez, Raffe acompanhou o olhar dela.

— Ele — disse ele, começando a atravessar o campo. — Eu vou...

— Não antes de mim. — Red avançou com as mãos curvadas como garras, bastante preparadas para a violência mundana em vez de para qualquer coisa relacionada à magia. Eammon se virou com ela, cerrando os punhos, pronto para voltar para a briga que elas tinham interrompido.

Mas não precisaram ir até Solmir. O outrora Rei foi até eles com passos decididos, até ficar perto o suficiente para Neve ver o rosto dele.

Aquela arrogância, que ela imaginara fazer parte dele tanto quanto o nariz reto e as maçãs do rosto definidas, tinha desaparecido. Ele parecia quase tão cansado quanto Neve, o rosto coberto de hematomas e um olho inchado e roxo.

Estava com as mãos soltas ao lado do corpo, a postura de um mártir. Mas o olhar permanecia fixo em Neve.

— Pode me bater. — A voz estava rouca, e havia outro hematoma no pescoço dele. — Não vou impedir.

Raffe hesitou, talvez por causa da expressão derrotada no rosto de Solmir; Eammon já tinha extravasado a própria frustração, o que estava evidente no olho roxo e nos hematomas.

Mas Red aceitou o convite. Foi até ele e deu um soco no queixo de Solmir, com força.

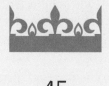

45

Neve

— *Red*!

Como esperado, o grito de Neve foi ignorado. A irmã balançou a mão enquanto Solmir gemia, tocando o próprio queixo. O soco tinha aberto um corte, sujando os dedos dela de sangue.

— Veja só — murmurou ele. — Fazia tempo que eu não sangrava vermelho.

— Tem mais de onde este veio — rosnou Red, pronta para dar outro soco.

Neve estendeu a mão, mas não foi ela que deteve a irmã.

Foi Raffe.

Os dedos dele se fecharam em volta do punho de Red, segurando-o com delicadeza. Red se virou para encará-lo.

— Se não quer que eu bata nele, é melhor você bater, e bem rápido.

Solmir cerrou os dentes. Os olhos azuis queimavam sob as sobrancelhas afiadas, encarando Raffe como se ele fosse um predador se aproximando.

Raffe, porém, não correspondeu, a expressão pensativa e retraída. Olhou de Solmir para Neve e percebeu o casaco rasgado que ela usava.

Neve não se mexeu. Não falou. Não sabia o que deveria fazer naquela situação, na qual seu príncipe e seu monstro estavam tão próximos e tudo que conseguia sentir era medo de fazer a escolha errada.

Devagar, Red baixou o punho e deu um passo para trás para ficar ao lado de Eammon. Fife estava do outro lado com uma expressão de raiva no rosto, mas não tentou atacar Solmir. Lyra parecia mais determinada do que zangada, abrindo e fechando os dedos sem parar em direção ao punho da lâmina curva que carregava nas costas. Kayu parecia sobretudo confusa, embora a postura tensa e a mão quase pegando a de Raffe traísse a apreensão que sentia por vê-lo tão próximo do outrora Rei.

E Raffe e Neve só ficaram se encarando, ambos sem palavras para explicar tudo que tinha acontecido.

Depois de alguns instantes tensos, Raffe pareceu entender e se virou para Solmir, ainda parecendo pensativo.

— Você a protegeu. — Um sussurro; no silêncio da neve, porém, foi o suficiente para todos ouvirem.

Neve meio que esperava que Solmir erguesse o queixo e desse alguma resposta afiada e debochada. Mas quando vieram, as palavras saíram baixas e quase sofridas, seguidas por um engolir em seco.

— Não no início.

Ela pensou naquele momento no castelo invertido, quando tinham encontrado a metade da Árvore do Coração que ficava na Terra das Sombras na sua primeira forma, antes de ela ter escolhido ficar e receber a chave. Aquele momento quando ele a beijara, um beijo de verdade, passando toda a magia para ela para que ele pudesse se tornar o receptáculo mais adequado enquanto esperava a chegada dos Reis.

Ele dissera que a amava. Neve supunha que ele descobrira isso naquele momento.

— Mas, depois, protegi. — O olhar de Solmir passou de Raffe para Neve. — O máximo que consegui.

Raffe assentiu. Flexionou os dedos ao longo do corpo.

— Só um soco, então.

Ele o acertou assim que disse as palavras. Solmir cambaleou, mas se reequilibrou e abriu um sorriso irônico.

— Ah, qual é, você não quer brigar para valer? Você e o Lobo podem vir com tudo, a única coisa que tenho a perder desta vez é tempo.

— Pare, Solmir.

Quase um sussurro; mesmo assim, ecoou. Todos os olhos se voltaram para Neve.

Durante todo aquele tempo ela sofrera pensando em como explicaria tudo para Raffe, Red e todos os outros que se importavam com ela e odiavam Solmir, como se as duas coisas fossem faces da mesma moeda, partes que vinham automaticamente juntas. Mas aquelas duas palavras — o modo como as pronunciou, talvez — pareceram explicar tudo por ela.

Neve olhou para Red, esperando que a irmã compreendesse, a irmã que tinha se casado com um monstro e se tornado um. O caminho delas se espelhava até nisso, ambas se apaixonando por sujeitos inumanos e seguindo os passos deles, só para serem atiradas de volta à humanidade grosseira.

Red engoliu em seco. Deu um suspiro trêmulo e olhou para Solmir, com os olhos estreitados e decididos.

— Quero que você saiba que só vai sair inteiro daqui por causa dela.

— Como sempre foi — respondeu Solmir em um sussurro.

Raffe deu um passo para trás, em um esforço consciente.

— Sou grato pelo que fez — disse ele. — Mas nunca mais quero ver sua cara.

— Não vai ver, acredite. — Solmir limpou o sangue do queixo. — Não sei bem o que vou fazer com essa humanidade que acabei de receber de volta, mas vai ser algo bem longe daqui.

Neve sentiu um nó no estômago. A irmã se virou de súbito para ela, como se soubesse.

Solmir não olhou para Neve, mas ela percebeu que ele queria. Em vez disso, olhou para Eammon, que estava atrás de Red.

— E o que você me diz, Lobo? Mas um round antes de eu partir?

Havia algo de esperançoso no convite, como se Solmir quisesse que Eammon batesse nele. Se o Lobo percebeu, não se deixou levar. O marido de Red simplesmente negou com a cabeça.

— Eu concordo com Raffe. Já acabou.

— Acabou — repetiu Solmir.

Levantou as mãos e foi andando de costas, com um sorriso sofrido no rosto. Depois, baixou as mãos e se virou para ir embora pela neve.

— Solmir... — Maldição, Neve mal conseguia dizer qualquer outra palavra além do nome dele.

Ele olhou por sobre o ombro, um lampejo de azul.

— Acabou, Neve — murmurou ele. — Melhor deixar as coisas assim.

E com isso partiu. E ela permitiu que partisse.

Todos ficaram parados ali, figuras imóveis naquele cenário branco. Neve respirou fundo. Fechou os olhos.

Empertigando-se, virou-se para Raffe.

— Eu amava você.

Ele notou que a declaração foi feita no passado e não pareceu se importar. Raffe assentiu, pousando a mão em Kayu ao seu lado, a ação distraída e natural.

— Eu também amava você.

Com um gesto rápido da cabeça, o problema foi resolvido. O amor que ela e Raffe tinham compartilhado era real, mas diferente agora, transformado em algo mais cálido e plácido. Kayu precisaria de alguém ao lado dela que conhecesse a corte valleydiana, alguém que a ajudaria a cumprir seu novo papel.

Ela abriu um sorriso agridoce. Sempre acreditara que Raffe seria um excelente consorte.

— Vamos para a Fortaleza — disse Red, com uma alegria forçada que só serviu para deixar bem claro para todos ali que ninguém tinha a menor ideia do que fazer. — É melhor do que ficarmos parados aqui no frio.

Começaram a seguir devagar em direção à fronteira da floresta, satisfeitos por alguém ter dado a eles alguma coisa para fazer em vez de só esperar. Neve ficou mais um tempo por ali, observando aquela figura solitária ficar cada vez menor na neve.

Depois, virou-se e seguiu a irmã.

Vozes baixas, cochichando enquanto caminhavam — Fife dizendo alguma coisa que Neve não entendeu, mas que fez Eammon cair na gargalhada. Kayu, sorrindo, inclinando-se para cochichar algo para Raffe. Lyra e Red lado a lado, e Neve ouviu a guerreira dizer alguma coisa sobre o ar estar estranho, uma sensação de algo pinicando os dedos.

Pessoas boas que fariam coisas boas. Nem sempre, talvez. Talvez as bifurcações na estrada as obrigassem a escolher caminhos diferentes, para um lugar cinzento entre o bem e o mal, mas continuavam sendo pessoas boas.

Pensou em Solmir. Na tentativa dele de fazer algo bom.

Estava mergulhada tão fundo em pensamentos que só percebeu que Red estava esperando por ela na fronteira com a floresta quando quase deu um encontrão nela.

Red segurou a irmã pelos ombros para que não caísse. Os olhos estavam úmidos, e havia um sorriso triste em seu rosto.

— Vá atrás dele e o obrigue a se despedir.

Neve franziu as sobrancelhas.

— O quê?

— Você merece uma despedida adequada. — Red a olhou nos olhos. — Que droga, não vou permitir que minha irmã seja deixada de lado sem uma despedida. Mesmo que me ressinta do ar que ele respira — continuou, e Neve deu uma risada que pareceu mais um soluço. — Então, vá lá e diga que ele tem que se despedir. Ou eu vou.

E aquela foi toda a motivação de que ela precisou para se virar e correr.

— Espere! — O grito saiu dela rasgando, mais forte do que ela achou que seria enquanto corria pelo tapete branco calçando as botas emprestadas. — Fique *exatamente onde está!*

Para surpresa dela, ele obedeceu.

O antigo deus ficou imóvel, permitindo que ela se aproximasse a seu tempo. O vento açoitava o cabelo comprido de Solmir, fazendo as mechas quase tocarem o rosto de Neve. Os olhos dele eram da cor de um lago congelado, azuis e faiscando.

Ficaram um diante do outro por um minuto, a outrora Rainha e o outrora Rei. Nenhum dos dois sabia ao certo o que fazer. Como avançar depois de tudo que tinham feito.

— O que você quer, Neve? — Havia apreensão na voz dele, como se esperasse que ela fosse pedir mais do que ele poderia dar. Solmir sabia que aquilo era um fim também.

Neve engoliu em seco.

— Uma despedida de verdade.

Alívio no rosto dele, e uma tristeza afiada.

Ela sentiu o frio dos anéis dele contra a pele quando pegou sua mão. O que Neve usava ainda no polegar bateu no que ficava no dedo mindinho de Solmir. Ele nunca o pedira de volta.

— É tão estranho para você quanto para mim?

— Você segurar a minha mão ou esse início repentino de humanidade?

— Os dois — respondeu ela, virando a palma para cima para entrelaçar os dedos nos dele.

— A primeira é bem natural. — Solmir olhou para as mãos unidas em vez de para o rosto dela. — A segunda... Ainda não sei. — Ele respirou e fechou os olhos azuis. — Estou me sentindo... pesado.

Ela pensou no vazio que sentia no peito, no espaço vago onde sua alma havia morado. E pensou na alma dele, que Solmir tinha sofrido tanto para desemaranhar da magia da Terra das Sombras.

— Lembra que você me disse que almas eram um incômodo?

Ele assentiu e arqueou uma das sobrancelhas.

— Vou poder dizer para você daqui a um tempo se concordo ou não. — Ela tentou sorrir, mas fracassou. — Eu perdi a minha.

Solmir não pareceu surpreso. Segurou o rosto dela, os anéis de prata gelados, e o ergueu para ver os olhos marejados de Neve. Hesitante, como se achasse que ela fosse repeli-lo, encostou a testa contra a dela.

— Se tem uma coisa que aprendi é que almas são coisas maleáveis — murmurou ele no espaço entre os dois. — Perdidas e achadas o tempo todo.

Ela deu uma risada que vacilou no final, quase se transformando em um soluço. O outrora deus a abraçou, e o cheiro de pinheiro congelado a envolveu.

— Será que posso me considerar humana mesmo sem ter alma? — A fumaça da respiração subia entre eles no frio. — A ausência de alma é a marca dos Antigos e o que os diferenciava de nós. Que os tornava monstros. Como posso ser qualquer outra coisa além de um monstro sem ter uma?

— Você não é um monstro — declarou ele, com simplicidade e completa certeza. — Não vai ser um monstro porque não é um. — Solmir a afastou dele, segurando-a pelos ombros. — Você é *boa*, Neve. Quantas vezes vou precisar repetir até você acreditar?

— Mais vezes do que cabe no tempo que você vai ter, não é? — A pergunta saiu em um sussurro.

Neve poderia ir com Solmir. Tinha considerado a possibilidade enquanto corria até ele, mas o pensamento foi efêmero. Ambos precisavam de tempo. De espaço. Existia um mundo inteiro que Neve nunca tinha explorado — e ela queria explorá-lo, desesperadamente. E Solmir... Ele tinha que lidar com a própria escuridão. Para expiá-la.

Mesmo assim, Neve queria saber, então perguntou baixinho:

— Você me deixaria ir com você?

— Você vai pedir?

— Não.

Ele assentiu.

— É melhor assim.

Ficaram inclinados um na direção do outro e, por um instante, ela achou que ele a beijaria. Mas não fez isso, e, por mais estranho que parecesse, foi um alívio. A despedida já parecia que ia partir o coração dela ao meio, e agora que não tinha alma, o coração era tudo que lhe restava.

Mais um momento de sofrimento, os dois se olhando. Então, Solmir fez uma reverência profunda.

— Minha Rainha.

— Não sou mais Rainha.

— Sempre será para mim.

E, com isso, ele se virou e partiu pela neve. Ela ficou olhando até ele desaparecer em meio à precipitação branca.

Neve levou a mão ao peito, sentindo as batidas fortes do coração e a respiração ofegante. A mente era um turbilhão de pensamentos e sentimentos, os mesmos desde que perdera a alma, ainda frágil, estonteada e confusa. Todas as coisas que a tornavam humana.

Lentamente, voltou para a floresta, para onde os outros a esperavam. A irmã igualmente sem alma, aguentando firme por saber quem era e pelo amor profundo por todos aqueles que a cercavam; seu cunhado, que acabara de se tornar humano e poderia viver naquele mundo sem ser o Lobo. Raffe e Kayu e Fife e Lyra, todos se preparando para viver uma vida na qual a magia poderia estar na ponta dos dedos, na qual qualquer um poderia ser um deus, um monstro ou um ser humano e disposto a acabar com tudo para proteger todos a quem amava.

Red esperava por ela na fronteira do que antes tinha sido Wilderwood. Quando Neve se aproximou, ela estendeu a mão.

Neve a pegou.

EPÍLOGO

Raffe

Ele serviu mais vinho para Kayu sem que ela pedisse. Ela não ergueu o olhar dos documentos espalhados pela escrivaninha — congratulações em todas as línguas que Raffe já tinha visto, todas escritas em caligrafia com níveis variados de capricho —, mas suspirou em agradecimento e tomou um longo gole da bebida, respingando um pouco na carta que estava lendo.

Raffe olhou por sobre o ombro dela, bebendo direto do gargalo.

— De quem é essa?

— Do Primeiro Duque de Álpera. — Kayu empurrou a carta para longe e se recostou. Havia uma pilha de folhas em branco ao lado da mão dela, junto com uma caneta nova e o tinteiro, mas a Rainha não os pegou. — Ele mandou as mais profundas condolências pela nossa perda, diz que tem grandes esperanças para o meu reinado e que quer conversar sobre a renegociação dos preços dos grãos.

Ele tomou outro gole e fez uma careta.

— Eu não ia querer conversar muito sobre isso.

— Mas eu tenho uma novidade boa. — Kayu remexeu nas cartas até encontrar a que procurava. — Valdrek respondeu à minha missiva. Acha que soberania oficial parece ser a melhor ideia para todos que ainda vivem onde ficava Wilderwood, uma vez que já se governaram sozinhos por muito tempo. Valdrek concordou em ser o meu emissário em troca de suprimentos para construção de navios, agora que a névoa se dissipou e eles podem zarpar direto de lá. — Ela estava radiante. Depois devolveu a carta a um dos montes que aparentemente era o dos assuntos concluídos. — Uma coisa resolvida! Mais umas catorze mil para resolver.

No mês que se passara desde o retorno — e posterior partida — de Neve, Kayu entrara tranquilamente no papel de rainha de Valleyda. Encarara alguns obstáculos menores, vindos principalmente de nobres que não gostavam da ideia de a próxima rainha ser estrangeira; depois de uma reunião com o conselho, porém, todos tinham concordado que a linha de sucessão era bem clara. Como Neve morrera sem deixar herdeiros, o trono iria para Kayu.

O funeral tinha sido uma das coisas mais estranhas que Raffe já havia vivido, o que era um grande feito. O funeral de rainhas valleydianas era um assunto estranhamente privado. A família preparava o corpo e ficava em vigília, sozinha junto à pira. Nobres e súditos não viam nada até as cinzas serem apresentadas. Ele queimara um galho espinhoso e um dos antigos vestidos de Neve, contando apenas com a presença de Kayu e Arick.

Em circunstâncias normais, uma sacerdotisa estaria presente na cremação, mas não restava nenhuma em Valleyda. As notícias da morte da Suma Sacerdotisa haviam se espalhado; ao que parecia, porém, a Ordem tinha trabalhado para propagar a ideia de que ela havia cometido suicídio. Os poucos rumores que Raffe ouvira o tinham feito acreditar que a Ordem depositara toda a confiança em Kiri, curvando a religião moribunda na direção dela. Agora que ela tinha partido, a fé estava desaparecendo devagar. A Ordem e os Reis eram coisas que recebiam homenagens reduzidas, e Raffe esperava que, mais cedo ou mais tarde, aquilo também desaparecesse. O mundo estava avançando, encontrando novos deuses.

Kayu já tinha cancelado preventivamente o imposto de orações, uma ação que irritara Belvedere além da conta. Ela argumentara, porém, que cancelá-lo agora faria com que caíssem nas boas graças dos outros monarcas em vez de ter de esperar que estes tentassem sonegar o tributo por conta própria. A rainha também fez questão de dizer a Belvedere que não tinha a menor intenção de pegar dinheiro sob pretextos falsos, e que todos eles sabiam que aquele imposto era uma enganação.

Então, agora ela tinha que negociar coisas como o preço dos grãos. Com franqueza, se pudessem acreditar nas palavras do Duque de Alpera. Mas Raffe acreditava que ela era capaz.

E ele a ajudaria. Como seu Consorte.

Era a solução mais prudente. Fora o que dissera para si mesmo ao apresentar a ideia ao conselho. Ele tivera dúvidas se permitiriam — já que, em geral, uma rainha de origem estrangeira teria de se casar com um valleydiano. O conselho, no entanto, concordara que Raffe seria ótimo para o papel. Passara a maior parte da vida em Valleyda, e era um elo importante com Meducia, o maior aliado do reino. Um casamento entre ele e Kayu fazia sentido, especialmente quando liberassem Floriane da anexação.

Ele deu um beijo na testa de Kayu, que sorriu.

— Aqui está outra, de Elkyrath. — Ela deu uma batidinha na carta em cima da mesa. — Todas nos oferecem condolências pela morte de Neve.

Ainda era estranho dizer aquilo em voz alta. No fim das contas, porém, era uma mentira fácil de contar. Afinal, Neve *tinha* morrido de verdade. E quando deixara a Fortaleza alguns dias depois de ter voltado à vida, foi o que pedira que dissessem aos nobres.

Raffe acordara cedo naquela manhã. Dois dias depois de tudo que havia acontecido, todos ainda estavam na Fortaleza — alguns por não saberem para onde ir, e outros porque queriam ficar junto dos demais.

Tinha sido esse o motivo de Raffe: ficar perto de Neve. As coisas eram diferentes entre eles agora, mas ele ainda queria se certificar de que ela estava em segurança. Que estava tão bem quanto possível.

Então, quando ouvira ela e Red conversando baixinho no vestíbulo enquanto entrava na cozinha, seguira a voz das irmãs.

Neve estava vestida para a viagem: um manto longo, calça justa e uma túnica larga demais, que sem dúvida emprestara de Red, além de uma mochila nas costas.

— Eu preciso ir — dissera ela, murmurando para não acordar ninguém.

— Eu entendo. De verdade. — O tom e a expressão no rosto de Red mostravam que era mentira. — Mas por que você não fica mais um pouco? Ou deixa alguém ir com você...

— Não. — Neve meneou a cabeça. — Eu preciso ir sozinha, Red. Eu só... só preciso de um pouco de espaço. Ficar longe daqui. Longe de...

— Tudo? — A voz de Red quase falhou.

Raffe deu um passo na direção delas, sem se importar de estar interrompendo alguma coisa, sua vontade de tomar o café matinal esquecida.

— Você está indo embora?

Neve suspirou. Depois assentiu com os lábios contraídos em uma linha fina.

Ela claramente esperava resistência, que Raffe formasse uma frente unida com Red. Em vez disso, ele apenas concordou com a cabeça. Provavelmente faria o mesmo se tivesse passado pelas mesmas coisas que ela. O desejo de ter espaço, colocar uma distância entre o lugar onde sua vida chegara a um ponto-final tão definitivo, fazia total sentido para ele.

Achava que Red ficaria com raiva, mas ela assumiu uma postura quase espelhada à da irmã: braços cruzados, lábios contraídos. Os olhos dela brilharam, e Raffe pensou que vira as irmãs Valedren derramarem mais lágrimas naqueles dois dias do que em todo o resto da vida.

— Por favor, tenha cuidado — disse Red em voz baixa. — E volte, por favor.

— Vou voltar sempre — sussurrou Neve.

— Bom dia!

Arick. Ele estava no meio da escada, o cabelo escuro despenteado e um sorriso alegre no rosto, e ainda olhava para todos como se não fizesse a menor ideia de quem eram. Os olhos verdes perderam um pouco da alegria ao olhar para Red.

— Ou não é um dia bom?

— Está tudo bem, Arick. — Ela fez um gesto de pouco-caso e enxugou os olhos.

Ele não pareceu convencido, mas assentiu. Mesmo desmemoriado, Arick ainda parecia bem sintonizado com o estado emocional de Red, um fato que incomodava Eammon.

— Vou preparar o café da manhã. Não me lembro de muita coisa, mas, ao que parece, ainda sei uma receita de panquecas. — Ele olhou para Neve com mais atenção. — Ah, você está partindo.

Ela mordeu o lábio e assentiu.

Arick terminou de descer os degraus e, por um momento, Raffe ficou surpreso com a sincronicidade daquilo: os quatro juntos de novo, os laços entre eles tão modificados que mal eram reconhecíveis.

— E o que devo dizer para os outros? — perguntou Raffe. — Digo, a mentira que contei antes era que você estava doente.

— Então, fale que eu morri. — Neve riu. — Nem vai ser uma mentira. Não mesmo.

— Isso é um consolo. — Raffe passou a mão pelo cabelo curto. — Eu já estava ficando bom demais em mentir para o meu gosto.

Arick retorceu os lábios.

— Eu gostaria de recuperar minhas lembranças. Vocês parecem ter vivido uma aventura e tanto.

— Dá para dizer que sim — murmurou Red.

Ficaram um silêncio. Então, Arick seguiu para a cozinha.

— Adeus, então.

— Adeus — sussurrou Neve.

Ela então saiu pela porta e adentrou a floresta. O mundo que ela tinha salvado. Red e Raffe ficaram parados ali por um longo tempo, observando em silêncio.

— Se você quiser dividir, eu gostaria de tomar um pouco desse vinho. Nem me importo de você ter tomado da garrafa.

A voz de Arick arrancou Raffe dos devaneios enquanto adentrava nos aposentos da rainha como se fosse dono do lugar. Estava vestido como antes, com colete e calça em vez da roupa branca esvoaçante que usava ao voltar do mundo dos mortos. Ou quase mortos. Red tentara explicar tudo para Raffe, mas ele não conseguira entender. Com certeza não o suficiente para explicar para Arick.

De qualquer modo, Arick estava ali. A propriedade da família dele estava pronta para recebê-lo em Floriane; até onde todos da corte sabiam, ele nunca tinha saído de lá, e cedo ou tarde assumiria o reinado do pequeno país. No entanto, ao que parecia a vontade dele era ficar perto de Raffe, em Valleyda.

Raffe ainda não sabia qual seria a melhor forma de contar a Arick sobre sua antiga vida. Até então, contara apenas partes: que ele era o prometido da rainha que acabara de morrer e que sofrera um acidente responsável por aquela perda de memória. Só não disse que Neve era a rainha em questão, nem mencionou que Red era a irmã da antiga rainha. Contaria tudo para Arick algum dia. De alguma forma.

Havia coisas piores do que um quadro em branco.

Por ora, contentou-se em servir uma taça de vinho para o amigo.

Red

Nunca passaria pela cabeça dela que seria Eammon que proporia uma nova viagem pelo mar.

Em uma reviravolta estranha do destino, a casinha em que estavam pertencia a Kayu. Uma construção pequena de um cômodo erguida sobre colunas à beira-mar, a única coisa que existia em quilômetros em qualquer direção, com um grande deque que se estendia sobre a água e uma cama gigantesca que ocupava praticamente todo o espaço. Depois de um uso intenso da referida cama, Red estava na varanda, encostada no guarda-corpo, enquanto o vento secava o suor do cabelo.

— No que está pensando? — Eammon, ainda sem camisa, passou pela porta trazendo uma garrafa de vinho meduciano (uma cortesia de Raffe) e duas canecas lascadas. Serviu uma boa dose em cada uma e entregou uma para a mulher.

Ela a pegou sem afastar o olhar das ondas.

— O mesmo de sempre.

Eammon não fez mais perguntas. Assentiu, acariciou o cabelo dela e tomou um gole da bebida.

Red fechou os olhos. Ao longo de mais de um mês que se passara desde que ela e Neve haviam destruído Wilderwood e a Terra das Sombras, ela se acostumara com o vazio no peito — tanto que quase não notava mais, a não ser que estivesse procurando. Mas, fora aquele vazio, ser alguém sem alma não parecia tão diferente.

Levara mais ou menos uma semana para explicar a Eammon tudo o que ela e Neve tinham feito, e a que custo. Ela não tinha percebido o medo que sentia até estar contando tudo para ele, tentando, em vão, impedir que as lágrimas detivessem a verdade, aterrorizada com a ideia de que ele talvez não a amasse mais quando soubesse que não tinha mais uma alma. Era por isso que as pessoas se apaixonavam, não? Pelas almas?

Mas ele a tomara nos braços e pressionara a testa contra a dela.

— Eu amo *você* — dissera ele de forma simples e com a veemência de uma oração. — Não estou nem aí para o resto.

E depois ele dera provas disso, embora ela não precisasse daquilo. Red esperava que Neve encontrasse alguém que fizesse o mesmo por ela, caso fosse necessário.

Mas pensou que a única pessoa capaz disso já devia estar bem longe àquela altura.

— Você acha que eu deveria ter obrigado minha irmã a ficar? — murmurou ela, com a caneca próxima aos lábios.

Ao lado dela, Eammon suspirou; não de frustração, mas sim de empatia. Ela vivia repetindo a mesma pergunta, nunca satisfeita com resposta alguma.

— Eu acho — começou Eammon, cauteloso — que você deve deixar Neve fazer o que ela acha que é o certo para ela. — Tomou outro gole de vinho, o vento balançando o cabelo dele em volta dos ombros coberto de cicatrizes. — E se o desejo dela é viajar por todo o continente por motivos que desconhecemos, você tem de aceitar.

Os motivos não eram desconhecidos. Talvez Neve estivesse viajando só para acalmar o impulso do âmago do seu ser, mas Red conhecia a irmã e sabia, no fundo do coração sem alma, que Neve queria encontrar Solmir.

O que Red ainda não sabia era como se sentia em relação àquilo.

Ela se virou, colocou o braço de Eammon sobre seus ombros e se aconchegou. Ele fez um som de surpresa e felicidade, dando um beijo no cabelo dela antes de tomar mais vinho.

O ar em volta deles cintilou, uma efervescência rápida que poderia ser um truque de luz não fosse pelo pinicar que Red sentiu na ponta dos dedos.

— Sentiu desta vez?

— Nadinha — respondeu Eammon, não parecendo se importar com aquilo.

A maneira como ele se movia agora era diferente. Antes, tinha passos pesados, como se carregasse um fardo, mesmo depois de passar a dividir Wilderwood com Red. Agora, embora ainda carregasse as cicatrizes que fizera pela floresta durante todos aqueles séculos, Eammon deixara o peso da magia para trás. Todo ele, ao que parecia. Red conseguia sentir os alvoroços discretos na atmosfera, poder puro esperando para ser usado. Eammon não sentia nada e parecia muito bem com aquilo. Com a humanidade plena.

Ela não se ressentia. Ele se exaurira por tempo demais, e a vida deles ainda era uma incerteza — ela não duvidava que viveriam uma vida peculiarmente longa depois de terem carregado tanta magia, mas a imortalidade não era mais uma conclusão certa.

E para onde ela iria quando morresse, já que não tinha mais alma? Não tinha uma concepção formada do que acontecia depois da morte, mas ter uma alma parecia ser um requisito para ir a qualquer lugar.

Red se aconchegou mais contra o peito do marido. Ela compartilhara aqueles receios com ele também, todas as verdades saindo dela como sempre parecia acontecer entre ela e seu Lobo. E ele apenas lhe acariciara o cabelo e lhe dera um beijo suave.

— Para onde quer que você vá, eu vou te encontrar — dissera ele.

Ali na varanda, ela se ajeitou melhor entre o peito de Eammon e o guarda-corpo, ainda olhando para o mar com as costas apoiadas no abdômen dele, e tomou o resto do vinho.

— Acho que nunca mais vou usar magia — declarou ela baixinho. — Mesmo conseguindo senti-la. Você acha que Lyra vai?

— Acho que Lyra a sente com intensidade demais para conseguir ignorar a magia completamente, mesmo se quiser. — Os músculos dele se contraíram contra as costas dela quando ele deu de ombros. — Mas se existe alguém merecedora de magia, esse alguém é ela. E Fife vai ajudar.

Fife também sentia a magia no ar, embora tentasse ignorá-la na maior parte do tempo. Os dois estavam viajando — Lyra finalmente conseguira arrastá-lo com ela para explorar o mundo que lhes fora negado por tanto tempo.

Estavam todos espalhados por aí, tentando entender o mundo que haviam criado. Em Valleyda, Raffe e Kayu estavam mergulhados nas complexidades da sucessão, usando a história oficial de que Neve morrera da doença que a acometera. E havia Arick, ainda desmemoriado, construindo uma nova vida, uma na qual nunca havia se envolvido com Solmir, Kiri e os Reis, uma vida na qual nunca amara Red nem fora arruinado por isso.

Tanta incerteza, tantas mudanças. Mas Lobo atrás dela era a sua constante.

Ela suspirou, apoiando a cabeça no ombro do marido.

— Vamos dar um mergulho?

Ele soltou um suspiro sofrido; já deixara bem claro na viagem para Floriane em uma carruagem alugada que aquela viagem era só por Red, e que ele ainda não era muito amigo do mar. No entanto, ele a seguiu até a areia pela escada em espiral da varanda.

A água estava gostosa. O pôr do sol brincava no horizonte, pintando o céu de rosa e dourado. Red tirou a camisa que roubara de Eammon e correu pelo raso, jogando água no Lobo e rindo enquanto ele se engasgava. Ele a seguiu e a pegou no colo, ameaçando dar um caldo nela.

Depois sossegaram, os dois ofegantes, as pernas dela em volta da cintura dele, o queixo dele apoiado na cabeça dela enquanto flutuavam nas águas mornas e salgadas do mar.

— É estranho — murmurou Red no espaço entre a pele molhada deles. — Mas eu não mudaria nada.

— Nada mesmo — concordou Eammon, pressionando os lábios contra os dela.

Neve
Um ano depois

Foi surpreendente descobrir quanto gostava de tavernas.

Neve não tivera muitas oportunidades de conhecê-las antes. Como Primeira Filha, era sempre protegida; como Rainha, estava ocupada demais e era reconhecível demais. Agora não era nem uma coisa nem outra; apenas Neve, uma Neve totalmente humana, e tinha muitas oportunidades para tomar uma cerveja aqui e outra ali.

Outra surpresa: preferia cerveja ao vinho. O fermentado lhe dava dor de cabeça, enquanto a cerveja só a deixava um pouco altinha. Aquela, em particular, estava muito gostosa. Os alperanos eram cervejeiros de mão-cheia.

A mulher bonita atrás do balcão encheu a caneca dela de novo e deu uma piscadinha convidativa. Neve apenas sorriu, sem interesse.

Nos primeiros meses de viagem, permitira-se algumas companhias. Relacionamentos casuais apenas para mantê-la aquecida de noite, nada duradouro. Mas tudo que via quando fechava os olhos era Solmir. Decidira ficar sozinha, porém. *Gostava* de ficar sozinha, outra descoberta surpreendente. Na sua vida anterior, tivera poucas oportunidades de usufruir da solidão.

Neve deu um sorrisinho antes de tomar mais um gole de cerveja. De forma lenta e metódica, estava descobrindo quem era de verdade. Todo dia, a dor do vazio deixado pela alma diminuía um pouco; em alguns dias, só sentia tal dor quando se concentrava nela.

Almas são um incômodo, repetiu para si mesma. De novo.

Sempre que pensava naquela declaração, ouvia a voz dele na mente. Neve não queria pensar que estava viajando apenas para tentar encontrar Solmir, mas seria tolice fingir que aquilo não era parte do motivo. Não sabia o que poderiam ter tido, se é que poderiam ter tido alguma coisa, mas queria vê-lo. Saber se ele estava bem.

Girou o anel de prata no polegar.

— Ficou sabendo sobre Freia?

O homem ao lado dela se dirigiu ao amigo que tinha acabado de chegar, que batia a bota no chão para tirar a neve enquanto se sentava diante do balcão. Ele meneou a cabeça, o rosto vermelho por causa do frio.

— Fora o caçula dela estar doente, não soube de nada. Espero que ele não tenha piorado.

O primeiro homem sorriu.

— Ao contrário. O garoto melhorou. Acordou esta manhã como se nunca tivesse caído doente. — Ele se aproximou mais do amigo. — Mas Freia disse que a cura não foi sorte. Ela diz que... fez alguma coisa.

— Alguma coisa?

Ele assentiu.

— Magia. — Virou a caneca de cerveja. — Passei lá para visitar, e ela parecia ter visto um fantasma. Estava sentada olhando para as próprias mãos como se nunca as tivesse visto antes. Disse que na noite anterior tinha colocado uma delas na testa do menino, desejando um milagre, e viu uma luz dourada em volta dos dedos. Sentiu alguma coisa acontecendo. — Ele deu de ombros. — Talvez estivesse sonhando, mas o garoto acordou curado hoje de manhã. Ela está convencida de que foi magia, como acontecia antigamente. Escondida no ar só esperando para ser usada.

— Isso foi há séculos.

O primeiro homem encolheu os ombros.

— Coisas mais estranhas já aconteceram.

Neve não podia concordar mais. Escondeu o sorriso atrás da caneca. A magia tinha voltado ao mundo e, mais cedo ou mais tarde, alguém inventaria uma história para explicar o porquê. Ela se perguntava se o mito se aproximaria da verdade. Se, algum dia, alguém conectaria o desaparecimento de Wilderwood e da última Segunda Filha ao renascimento da magia.

Neve se perguntava se faria parte da história. Não sabia se queria isso ou não. Parecia ser exaustivo ser um mito.

Estremeceu quando a porta se abriu de novo. Fazia tanto frio em Alpera quanto em Valleyda, principalmente naquela região mais ao norte, pouco depois de adentrar os Desertos — uma ampla área sem nada, a não ser pedras e gelo. Dentro da taverna, porém, a luz era cálida e o ar mais ainda, aquecido pelas pessoas que dançavam animadamente, girando ao som de uma banda de instrumentos de corda no fundo do salão principal. Neve não entendia a língua em que cantavam, mas as canções alegres a faziam pensar em Solmir. Ela bateu o pé no ritmo da música, sem perceber.

— Uma dança, docinho?

O convite veio de um homenzarrão, com ombros tão largos quanto a altura de Neve e um rosto vermelho e bondoso. A recusa já estava na ponta da língua dela, mas os olhos gentis e o sorriso genuíno a fizeram pensar que ele não parecia ser o tipo de homem que a pressionaria para conseguir algo além da dança. Já tinha se acostumado a se livrar daquele tipo.

Então, com uma risada, Neve aceitou, virando o resto da cerveja antes de oferecer a mão a ele.

— Vamos.

Os passos da dança popular eram tão desconhecidos para ela quanto as palavras, mas seu par — Lieve, disse ele, apresentando-se entre os giros com um gesto dramático da mão — a conduzia de forma galante, com toques gentis no pulso ou no quadril para guiá-la na direção certa. Neve pegou o jeito depois de um tempo, rindo a ponto de sentir pontadas na costela; quando a dança acabou, com todos batendo palmas acima da cabeça e os pés no chão, ela acompanhou bem no ritmo.

Depois, a banda partiu para uma música mais lenta, cuja melodia lhe parecia vagamente familiar. Neve franziu a testa enquanto se virava para os músicos, tentando se lembrar de onde a tinha ouvido antes.

Lieve deu um sorriso mais reservado e estendeu a mão de forma hesitante.

— Dança lenta é bem mais fácil de aprender.

Ela viu no rosto do homem que ele queria continuar dançando com ela; que, embora não nunca fosse insistir por algo que ela não estava disposta a dar, ainda queria pedir. O tipo de coisa que era melhor evitar quanto antes, recusando com gentileza.

Neve sorriu e deu um tapinha na mão dele.

— Sinto muito, mas...

Foi quando uma voz começou a cantar, acompanhando a melodia, e Neve se lembrou.

Era a cantiga que Solmir cantara para ela na cabana caindo aos pedaços na fronteira da floresta invertida. A que ele cantarolara enquanto entalhava o céu noturno, a peça que ela ainda carregava no bolso, um objeto que a acalmava só de tocar nele.

Ela ficou ali, abalada, até que a expressão do rosto de Lieve passou de constrangimento para preocupação.

— Docinho, você está...

— Posso interromper a dança?

A voz reverberou de trás dela, a mesma que ela ouvira na mente durante todos aqueles meses. Neve se virou.

Solmir estava igual, mas completamente diferente. Ainda usava cabelo comprido puxado para trás, um pouco mais claro por causa do sol, o que fazia as sobrancelhas escuras parecerem ainda mais marcadas. As cicatrizes na testa dele não estavam mais tão pronunciadas, a cor se misturando ao tom da pele. Os olhos azuis estavam fixos nela.

— Você — murmurou ela.

— Eu — respondeu ele.

Atrás dela, Lieve pediu licença com o máximo de dignidade possível. Neve mal notou. Ela e Solmir estavam no meio de um mar de dançarinos rodopiando, mas nenhum dos dois conseguia se mexer.

Havia palavras demais entre eles. Coisas demais para tentar dizer. Então, ficaram em silêncio. Solmir estendeu a mão, Neve aceitou e ele a puxou para si. Nenhum dos dois tentou seguir os passos da dança, só ficaram balançando um nos braços do outro, ouvindo o coração do outro.

Ela queria perguntar onde ele estava morando. Queria perguntar o que andava fazendo, se estava viajando como ela, vagando pelo mundo que lentamente se modificava para abarcar as mudanças que eles tinham feito. Neve conseguia sentir a magia estalando na ponta dos dedos às vezes; será que ele conseguia também? Será que Solmir tentava ignorá-la com a mesma veemência que ela, sem saber se seria capaz de suportar a ideia de pensar em poder novamente? Será que ele olhava no rosto das pessoas pelas quais passava enquanto se perguntava se elas conseguiam sentir também?

Enquanto se perguntava se elas eram boas?

— Você decidiu acreditar em mim? — Os lábios dele roçaram na orelha dela, como se estivesse lendo os pensamentos dela no padrão dos batimentos de seu coração.

Neve se aconchegou mais junto ao corpo dele.

— Diga de novo.

Ele respirou fundo, como se pudesse enraizá-la dentro de si.

— Você é boa.

Ela fechou os olhos.

— E você também.

— Ainda não — disse ele, perto o suficiente da orelha dela para que sentisse o sorriso. — Mas estou quase chegando lá.

E ela queria perguntar se ele estaria lá para contar para ela de manhã, no dia seguinte; se ficaria para se certificar de que ela acreditaria naquilo pelo resto da vida estranha que levariam. Mas não perguntou, porque não tinha certeza em relação à resposta; além disso, se fechasse os olhos e sentisse o cheiro dele, e vivesse aquele momento até drenar tudo que ele poderia lhe dar, talvez fosse o suficiente. Por ora, tinha de ser o suficiente.

Aquela era outra coisa que tinha aprendido sobre si mesma.

Mas, quando a música acabou, quando Solmir se afastou dela, quando inclinou a cabeça em direção à escada que levava ao quarto dela como uma pergunta, ela quase saiu correndo, agarrando a mão dele enquanto subia, puxando-o junto com ela.

AGRADECIMENTOS

O segundo livro de uma série é um monstro estranho; precisa de planejamento cuidadoso e um desapego do que você achava que ele devia ser. E, se você tiver recebido a bênção de ter uma equipe editorial incrível, como aconteceu comigo, também pode ser muito divertido.

Meu primeiro agradecimento vai para meu marido, Caleb: planejo ler para você as partes engraçadas em voz alta até a eternidade. Obrigada por sempre me deixar ouvir minha trilha sonora de livros no carro, mesmo detestando "Mayday parade". Você está errado, mas eu te amo mesmo assim.

Sempre agradeço a Whitney Ross, minha agente e parceira do crime, que foi a primeira pessoa a me dizer que Neve merecia seu próprio livro. Nisso, e em todo resto, ela estava certa.

Obrigada também à minha editora incrível, Brit Hvide: trabalhar com você foi um sonho, e estou animada para continuarmos. Obrigada por me estimular a fazer cada livro ser melhor que o anterior, e por sempre chamar minha atenção quando faço bobagem. Você é a melhor das melhores.

Meus agradecimentos a toda a equipe da Orbit, que tornou meu sonho realidade, principalmente Ellen Wright, Angela Man, Angeline Rodriguez e Emily Byron. Sou muito grata pelo trabalho árduo de levar esses livros para leitores que vão amá-los. Vocês são incríveis.

A Erin Craig (GIF da Blair e da Serena aqui). Muito grata por você.

E ao meu Pod, Laura, Steph, Anna, Jen e Joanna: simplesmente não existem palavras para descrever quanto vocês significam para mim. Vamos continuar mandando testes do Buzzfeed uma para as outras até o fim dos tempos.

A Saint, Kit, Bibi, Suzie, Emma, Rosie, MK e Jenny: seu apoio e amizade são tudo para mim.

E a Sarah, Ashley, Chelsea, Stephanie, Nicole, Jensie, Liz e Leah, que já estão há ANOS ao meu lado e que não vão se livrar de mim tão cedo. Obrigada por me deixarem enviar vídeos loucos do TikTok para vocês. Obrigada por sempre me acolherem.

E a todas as pessoas que me leem: jamais serei capaz de expressar a minha alegria por deixarem esta história, que viveu no meu coração por tanto tempo, viver no de vocês também. Nada disso seria possível sem vocês.

ESTA OBRA FOI COMPOSTA PELA ABREU'S SYSTEM EM CAPITOLINA REGULAR
E IMPRESSA EM OFSETE PELA GRÁFICA BARTIRA SOBRE PAPEL PÓLEN NATURAL DA
SUZANO S.A. PARA A EDITORA SCHWARCZ EM MAIO DE 2023

A marca FSC® é a garantia de que a madeira utilizada na fabricação do papel deste livro provém de florestas que foram gerenciadas de maneira ambientalmente correta, socialmente justa e economicamente viável, além de outras fontes de origem controlada.